KB070355

희극적 소설

나남
nanam

한국연구재단 학술명저번역총서
서양편 423

희극적 소설

2021년 9월 5일 발행
2021년 9월 5일 1쇄

지은이　　폴 스카롱
옮긴이　　곽동준
발행자　　趙相浩
발행처　　(주) 나남
주소　　　10881 경기도 파주시 회동길 193
전화　　　(031) 955-4601 (代)
FAX　　　(031) 955-4555
등록　　　제 1-71호 (1979. 5. 12)
홈페이지　http://www.nanam.net
전자우편　post@nanam.net
인쇄인　　유성근 (삼화인쇄주식회사)

ISBN 978-89-300-4088-4
ISBN 978-89-300-8215-0 (세트)

책값은 뒤표지에 있습니다.

'한국연구재단 학술명저번역총서'는 우리 시대 기초학문의 부흥을 위해
한국연구재단과 (주)나남이 공동으로 펼치는 서양명저 번역간행사업입니다.

한국연구재단
학술명저번역총서
423

희극적 소설

폴 스카롱 장편소설

곽동준 옮김

Le Roman comique

by

Paul Scarron

옮긴이 머리말

내가 이 책을 접한 지는 상당히 오래됐다. 1987년 프랑스 리모주대학에서 석사를 마치고 그르노블대학에서 바로크 시를 전공하기 위해 박사과정에 등록하면서 지도교수 장 세루아의 권고로 지도교수의 과목을 수강하게 된 때이다. 바로크 '시'를 공부해서 전공하려는 나에게 바로크 '소설'을 수강하라고 한 지도교수의 '지도'에 처음에는 사실 당황했고, 지도교수의 과목이니 예의상 한번 들어 보자는 생각이었다. 1987년 10월 22일 그르노블의 그르네트 광장에 있는 아르토 서점에 들러 스카롱의 《희극적 소설》을 구입하고 50여 명의 학부생과 수업을 들었는데, 강의실을 못 찾아 헤매다가 항상 교수 뒤를 따라 들어와 내 옆자리에 앉아 수업을 같이 들었던 어느 70대 후반의 수강생에 대한 기억이 새롭다. 그때 수강했던 과목이 바로 스카롱의 《희극적 소설》이었으니 작가와 작품에 대한 사실상 첫 대면이었던 셈이다.

그 당시 어떤 과목을 수강하면 반드시 30여 분간 발표를 해야 했던 내가 약간 부담 없이 편하게 들을 수 있었던 과목이었다. 수업 중 《희극적 소설》을 읽다가 웃겼지만 충격적인 내용이 있었는데 바로 '요강 사건'이었다. 라 랑퀸이라는 인물이 시골 여관의 한 침대에서 같이 자게 된 장사꾼의 얼굴에다 오줌이 든 요강을 쏟아 버리며 심술을 부린 사건인데, 소설에서 요강에 오줌을 싸고 그 요강을 얼굴에 쏟는, 오늘날의 다소 개그적인 사건을 다룬다는 것 자체가 그 당시 소설의 관점에서 보면 상당히 저속하고 놀라운 내용이었다. 왜냐하면 당시 소설 속에서 이상화된 인물들의 이야기만 다루던 전원소설이나 영웅소설에서 고상한 인물들의 재치 있고 세련된 취향을 대변하는 이른바 프레시오지테(préciosité)와 반대되는 당대에 대한 이야기, 일상적 현실 속에 사는 평범한 사람들의 이야기였기 때문이다. 그 외에도 연극이 공연되는 와중에 싸움이 벌어져 공연이 중단되기 일쑤이고, 따귀를 때리고 주먹을 휘두르는 등 난장판이 되는 세상을 과감하게 보여준다는 자체가 충격적이었다. 바로 여기에서 스카롱의 뷔를레스크(burlesque) 장르가 등장하는 것이다.

뷔를레스크는 고상한 것을 저속하게, 진지한 것을 우스꽝스럽게 묘사하여 이 양자를 대조시킴으로써 웃음을 유발하고, 이를 희화화함으로써 야유하고 풍자하는 패러디의 한 장르다. 스카롱은 심지어 프레시오지테 소설의 주인공을 웃음거리로 만들기도 한다. 프레시오지테가 귀족의 세련된 취향과 재치를 극단적으로 추구하며 감정의 관념적이고 공허한 유희에 탐닉하는 것이라면 뷔를레스크는 귀족의 세련되고 고상한 취향을 비속하고 저속하게 묘사하며 풍자와 조롱의 해학적 취향을 반영한 서민 문학의 전통을 계승한 것처럼 보인다. 프레시오지테가 이야기의 내용이나 그것을 꾸리는 방식에서 내용에 진실성이 의심받을 수밖에 없는 상황에, 이에 대항하는 뷔를레스크는 '진실'과 '삶의 관찰'을 그 본질로 삼고 있다. 이를테면 스카롱의 〈변장한 베르길리우스〉도 고상한 신화와 환상적 취향을 재현한 베르길리우스의 대 서사시 〈아이네이스〉를 희화화해서 패러디한 것이다.

스카롱의 《희극적 소설》은 유랑 극단 배우들의 현실을 패러디한 '희극적' 요소와 스페인 단편에서 현실을 환상적으로 보려고 한 '소설적' 요소를 결합한 것이다. 즉, 소설적인 것과 현실적인 것, 허구와 관찰을 융합하려고 한다. 아무리 세속적이고 보잘것없는 현실도 아주 풍성하며, 소설의 제재가 될 수 있을 정도로 예기치 못한 것들로 가득 차 있고, 가장 자유분방한 상상력 속에서 소설은 항상 삶을 비춰볼 수 있는 진실을 담보하고 있기 때문이다. 따라서 그가 등장시키는 인물은 서민이나 하층민이고, 그들이 사용하는 언어는 거칠고, 저속하며, 그들의 행동은 난폭하고 상스럽다. 특히 난장판의 연속과도 같은 그들의 일상적 삶이 생생하게, 그러나 익살스럽게 그려져 있다. 스카롱의 《희극적 소설》에서 등장인물들은 떠돌이 극단의 배우들로 지방 각지를 전전하며 다닌다. 이들은 가는 곳마다 이런 저런 소란을 일으키며 상소리와 주먹을 주고받는다. 서로 뒤엉켜 벌이는 난투극, 고함소리와 소동 등의 묘사는 관찰에 근거한 사실을 재현한 것 이상으로 보인다.

뷔를레스크 장르는 17세기 중반 스카롱에 의해 시작되고 대단히 유행했지만, 이후 고전주의 원칙을 지키며 고전주의 법칙으로 모든 것을 재단했던 문학 비평가 니콜라 부알로의 비판을 받아 문학사에서 약 300년간 사라진다. 부알로의 〈시학〉에서 그의 비판은 혹독했다. 문체의 고전주의적 양식(bon sens)과 품격을 주장하는 부알로는 스카롱의 뷔를레스크에는 저속하고 비꼬는 문체만 보일 뿐이며 그를 '후안무치한' 작가라고 일갈했다. 또한 그는 독자의 눈을 속이고 상스런 언어로 세상의 환심을 사려 한다고 비판했다. 스카롱의 〈티페우스 혹은 신과 거인과의 전쟁〉이라는 뷔를레스크 작품을 거론하면서 나쁜 풍조가 전염된 지방에서나 먹히는 작품이며, 그 당시 퐁 뇌프 다리에서 광대들이나 약장수, 만담가들이 구경거리를 좋아하는 사람들에게나 하는 세상의 풍자거리 정도로 취급했다. 그만큼 역설적으로 악의적 농담을 즐기는 뷔를레스크가 지식인에서 서민대중, 심지어 귀족에게까지 확산되었고, 특히 지방에서 대단히 인기 있고 대중적인 장르가 되었다는 것을 방증했다. 스카롱과 뷔를레스크 장르는 19세기 후반에 가서야 바로크와 뷔를레스크에 대한 전반적 복권이 이루어지면서 다시 세상의 빛을 보게 된다.

뷔를레스크는 1990년대 초반만 해도 '벌레스크'라는 영어식 표기로 버라이어티 쇼 막간에 등장하는 해학이나 풍자의 패러디 정도로 여겨졌다. 뷔를레스크는 프랑스 문학사에서 17세기 중반 스카롱의 작품에 등장해서 한 세대에 걸쳐 유행했다가 부알로의 비판을 받아 오랫동안 묻힌 뒤 다시 복원된 대단히 역사가 깊은 문학의 한 장르다. 그러나 국내에서 스카롱과 그의 작품에 대한 번역과 연구는 전무하다고 해도 과언이 아니다. 문학사에서 중요한 위치를 차지하고 있는 뷔를레스크와 이 장르의 거장 스카롱 및 그의 작품에 무관심했다는 것을 보여주는 대목이다.

스카롱의 《희극적 소설》 번역은 국내에서 부진한 뷔를레스크 연구에 새로운 전기를 마련하고 관심을 불러일으키는 계기가 될 수 있을 것이다. 특히 번역된 적이 없는 작품을 알리고, 이로써 그 장르에 대한 연구를 진전시키는 계기로 삼으려면 선구적이고 선제적인 번역작업은 필수일 것이다. 특히 《희극적 소설》에서 우스꽝스러움, 희화화, 풍자, 패러디, 조롱이라는 뷔를레스크 장르의 기법이 문학적 상상력으로 어떻게 작품으로 생산되고 창조되는지를 보여주는 중요한 모델이 될 수 있을 것이다. 이 책이 독자에게 웃음을 선사한다는 면에서 대중성을 제공할 뿐만 아니라, 이러한 웃음은 작가의 사물에 대한 비웃음, 빈정거림, 비아냥으로 나타나며, 이를 통해 사회의 진실을 드러내고 이 세상의 문제와 결함을 비판한다는 점에서 이 작품을 사실주의 문학의 전형으로 볼 수 있다는 것이다. 특히 소설이라는 대중성 있는 장르로 일반 독자에게 쉽게 접근할 수 있어서 문학의 즐거움과 재미를 찾을 것이라 기대한다.

　이 책은 1985년 갈리마르 사에서 나온 *Le Roman comique*의 포켓판을 번역한 것이지만, 독자의 가독성을 고려해 원본의 상당 부분을 편집했음을 밝힌다. 나의 지도교수인 장 세루아가 서문을 쓰고 주석을 붙였는데 번역에서는 서문과 주석은 제외했고, 책의 내용에서 17세기 프랑스의 역사적 인물이나 사건의 디테일한 에피소드에 관련된 것은 원본에 수록된 일부 주석과 스카롱의 생애를 참고했음도 아울러 밝힌다.

　이 책의 제목 *Le Roman comique*에서 '희극적'과 '소설'이라는 어울리지 않는 두 낱말의 결합은 '익살스러운 이야기', '우스운 이야기',

'코믹 이야기', '희극 이야기', '배우 이야기', '연극적 소설', '로망 코미크' 등 저마다 다양한 제목으로 언급된다. 물론 이러한 제목들은 원제목의 의미를 나름대로 살리고 있기는 하지만 그만큼 원제목이 어떤 제목으로도 규정하기 쉽지 않은 묘한 매력을 가지고 있다는 뜻일 것이다.

수십 년 전 프랑스 유학시절 수업시간에 이 책을 처음으로 접했고 2018년 한국연구재단의 동서양 고전 번역에 선정되면서 번역을 시작했지만 만만치 않은 작업이었다는 것을 고백한다. 특히 17세기 프랑스어의 난해한 문체를 고심하면서 번역한 원고를 바로잡고 교정을 거듭하면서 좋은 문장으로 윤문해 주신 나남출판 신윤섭 이사님의 노고에 진심으로 감사드린다.

2021년 8월
곽 동 준

차 례

제 2 부

보좌사제[1]께

그 이상 말이 필요 없습니다.

그렇습니다, 몬시뇰. [2]

당신의 이름만으로 우리 시대의 가장 유명한 사람들에게 드릴 수 있는 모든 칭호와 찬사가 다 담겨 있습니다. 그것만으로 제 책은, 아무리 보잘것없다 해도 훌륭한 책으로 여겨질 것입니다. 제가 더 이상 잘할 수 없었다고 생각하는 사람들조차도 이 책을 정말 잘 헌정했다고 고백하지 않을 수 없을 것입니다. 당신께서 저를 사랑해주시고, 수차례 선의를 베푸시며 찾아주신 저에게 입증해주신 영광 때문에 제

---

1 장 프랑수아 폴 드 공디. 즉, 레(Retz) 추기경(1613~1679)으로, 1651년, 파리 대주교의 보좌사제였다. 《회고록》(*Mémoires*)을 쓴 유명 작가이기도 하다. 스카롱은 젊은 시절 문단을 드나들면서 레 추기경과 우정을 맺고 그에게 《희극적 소설》 1부를 바친다.
2 몬시뇰(프랑스어 *Monseigneur*, 이탈리아어 *Monsignol*)은 가톨릭교회의 고위 성직자를 부를 때 사용하는 경칭으로 전하, 예하 등을 의미한다.

기질상 당신의 환심을 사는 방법을 세심하게 찾지 못하더라도, 그것은 그 자체로 유효할 것입니다. 그러므로 저는 당신의 마음을 즐겁게 했던 저의 소설을 영광스럽게 당신께 읽어드린 바로 그 순간부터 이 책을 당신께 바친 것입니다. 그 일은 다른 어떤 일보다 저에게 이 책을 완성하는 용기를 주신 것이며, 당신께 정말 보잘것없는 선물을 드려도 저를 부끄럽지 않게 하는 것입니다. 당신께서 가치 그 이상으로 이 책을 받아주시고, 이 책이 조금이라도 당신의 마음에 드신다면, 저는 프랑스에서 가장 행복한 사람으로 변함이 없을 것입니다.

그러나 몬시뇰, 저는 감히 당신께서 이 책을 읽으시길 바라지 않습니다. 그 이유는 당신처럼 시간을 유용하게 사용하고 다른 할 일이 많은 분들에게 지나친 시간낭비일 것이기 때문입니다. 당신께서 그저 저의 책을 받기만 해주셔도, 그리고 저의 말씀을 믿어만 주셔도 저에게 충분한 보답이 될 것입니다. 그게 저에게 남은 모든 것이며, 제가 마음을 다하는 것이기 때문입니다.

몬시뇰께,
아주 보잘것없고, 순종하며,
그리고 무한 은혜를 입은 당신의 종복,
스카롱.

제 1 부

어느 극단이 르망시에 도착하다

태양이 반 이상의 운항을 마무리하고, 마차는 지상의 내리막길을 타고 있었기 때문에,[1] 생각보다 더 빨리 달리고 있었다. 비탈길이었다면, 마차를 끄는 말들은 하루 중 얼마 남지 않은 시간을 마무리했을 것이다. 그러나 그놈들은 온 힘을 다해 마차를 끌기는커녕, 울음소리를 내고, 주인이 밤마다 잠을 잔다는 바다가 가까이 왔음을 알리는 바닷바람을 마시면서, 그저 즐겁게 머리만 조아리고 있었다.

좀더 인간적으로, 알아듣기 쉽게 말하면, 수레 하나가 르망의 시장통으로 들어섰을 때가 대여섯 시 사이였다.[2] 종마 한 마리가 끌고 온

---

[1]   그리스 신화에서 태양신 헬리오스는 매일 말 4마리가 끄는 마차를 몰고 동쪽의 오케아노스(세계를 둘러싸고 흐르는 대양)에서 서쪽의 오케아노스로 한 바퀴 돈다. 이처럼 헬리오스가 태양의 마차를 몰고 하늘을 한 바퀴 돈다는 이야기는 그리스로부터 유대, 바빌로니아, 이란, 인도를 거쳐 중국에 이르는 유라시아 대륙에 널리 전해지고 있다.

이 수레는 말라빠진 소 4마리를 달고 있었고, 망아지가 미친 듯이 그 주위를 왔다 갔다 하고 있었다. 수레는 피라미드처럼 쌓아 올린 트렁크, 가방, 벽지 뭉치들로 가득 찼고, 꼭대기에는 반은 세련되고 반은 촌스러운 옷을 입은 한 마님3이 보였다.

수레 옆에는 표정은 밝지만 차림새가 초라한 젊은이가 걸어가고 있었다. 그의 얼굴에는 큰 붕대가 하나 붙어 있었는데, 한쪽 눈과 뺨을 반쯤 덮고 있었다. 어깨에 총을 메고, 총으로 잡은 까치, 어치, 까마귀 여러 마리를 마치 멜빵처럼 차고 있었으며, 그 아래에는 서리를 해서 잡은 듯한 암탉 한 마리와 거위 새끼 다리를 묶어 매달고 있었다. 모자 대신에, 여러 색깔로 된 고무 밴드로 둘둘 감은 나이트캡을 쓰고 있었는데, 이런 머리 모양새는 마지막 손질을 제대로 하지 않고, 그저 대충 둘러놓은 식이었다. 저고리는 끈으로 졸라맨 회색 조끼였고, 그 끈은 쇠갈고리 없이는 능숙하게 사용할 수 없을 정도로 긴 검을 받쳐주는 역할을 했다. 그는 옛날 주인공으로 분장한 배우처럼, 무릎 아래 구멍이 난 바지를 입었고, 구두 대신에 다리 발목까지 온통 진흙으로 엉망진창이 된 옛날식 장화를 신고 있었다.

이 젊은이 옆에는 아주 서툴기는 하지만, 좀더 잘 차려입은 노인이 걸어가고 있었다. 그는 어깨에 베이스 비올라를 걸쳤는데, 약간 허리

---

2   서사시나 소설의 서막은 대개 새벽이나 태양이 뜨면서 시작하지만, 스카롱은 태양이 지는 시간을 선택함으로써 그 당시의 서사적 소설의 과장된 서막을 패러디하고 있다.

3   마님(demoiselle)은 상류계급 출신의 귀족의 아내나 딸을 가리키고, 단정하며 꽤 외모를 갖추고 상당한 재산을 가진 아가씨나 여인에게 붙여진 명칭이다.

를 구부린 채 걸었기 때문에, 멀리서 보면 뒷다리로 걸어가는 큰 거북이라고 착각할 정도였다. 사람을 거북이에 비유하는 것이 이치에 맞지 않는다고 투덜거리는 비평가가 있을 것이다. 그러나 나는 인도에 사는 거대한 거북이들을 두고 하는 말인데, 더구나 그렇게 표현하는 것은 작가의 권한이다.

다시 우리의 수레 이야기로 돌아가자. 수레는 라 비쉬 도박장 앞을 지나갔고, 도박장 입구에는 이 도시에서 가장 잘 나가는 많은 부르주아들이 모여 있었다. 신기한 짐짝들, 수레 주위에 모여 있던 불량배들의 떠드는 소리 때문에 이 지역의 웬만한 유지들이 모두 우리의 낯선 사람들에게 눈길을 던졌다.

그중에서 라 라피니에르라고 하는 관리(官吏)가 그 사람들에게 바짝 다가가서 공무원의 권위로 '뭐하는 사람들이냐'고 물었다. 내가 조금 전 여러분에게 언급했던 그 젊은이가 한 손에는 총을, 다른 손에는 다리를 치지 않도록 검의 손잡이를 쥐고 있었기 때문에, 터번에 손을 올려 인사도 하지 않고, 자신들은 프랑스 사람이고 직업은 배우라고 말했다. 자신의 예명은 르 데스탱이고, 그의 늙은 동료는 라 랑퀸이며, 짐짝 꼭대기에 암탉처럼 앉아 있는 마님은 라 카베른이라고 했다. 이런 희한한 이름이 거기 모여 있던 사람들을 웃겼다. 그 점에 대해, 젊은 배우는 라 카베른이라는 이름은 라 몽타뉴나 라 발레, 라 로즈, 레핀 등과 같은 이름4에 비하면 그렇게 이상한 게 아니라고 덧붙

---

4 '라 카베른'은 동굴이나 소굴, '라 몽타뉴'는 산, '라 발레'는 계곡, '라 로즈'는 장

였다.

둘의 대화는 수레 앞에서 들려온 욕설과 주먹다짐으로 끝이 나 버렸다. 도박장의 하인이 느닷없이 수레꾼을 두들겨 팼는데, 그의 소와 종마가 문 앞에 둔 꼴 더미를 제멋대로 먹어치우고 있었기 때문이다. 사람들이 나서서 싸움을 말렸고, 설교나 예배보다 연극을 좋아했던 도박장의 안주인이 안주인으로서 유례없이 자상함을 발휘해 수레꾼에게 꼴을 실컷 먹을 수 있도록 해주었다. 그는 그녀가 베푼 호의를 받아들였다. 짐승들이 꼴을 먹는 동안, 작가는 잠시 한숨 돌리고 2장에서 할 이야기를 생각하기 시작했다.

미, '레핀'은 나무의 가시를 뜻한다.

제 2 장

라 라피니에르 씨는 어떤 사람?

라 라피니에르 씨는 그 당시 르망시의 만담꾼이었다. 그런 만담꾼이 없는 소도시는 없었다. 파리는 한 사람만 있는 게 아니라, 각 지역마다 있었고, 여러분에게 이야기하는 나도 내가 원했다면 나름 그런 사람이 되었을 것이다. 그러나 세상 사람들이 알다시피, 오래전에 나는 세상의 온갖 허영심하고는 담을 쌓았다.

라 라피니에르 씨의 이야기를 다시 하자면, 그는 주먹다짐이 끝나자 바로 대화를 이어 갔는데, 그 젊은 배우에게 '극단이 라 카베른 양과 라 랑퀸 씨 그리고 그, 세 사람만으로 이루어져 있느냐'고 물었다.

우리 극단은 오랑주 대공의 극단이나 에페르농 전하의 극단[1]만큼

---

1   오랑주 대공의 극단은 가장 유명한 극단으로, 발레랑 르 콩트, 라 포르트, 르 누아르, 몽도리 등이 감독을 맡았고, 에페르농 공작이 운영한 극단은 1645년 일뤼스트르 극장이 실패한 후 몰리에르와 베자르 가의 배우들이 들어왔는데, 샤를 뒤프렌이 감독을 맡았다.

완벽한 극단이지요. 그런데 우리 극단의 경솔한 짐꾼이 투르에서 지방 관리의 소총수 중 한 사람을 죽이는 바람에 벌어진 불미스런 일로, 우리는 한쪽 발은 신발을 신고 다른 발은 신발을 벗은 채, 당신이 보고 있는 일행들과 달아나지 않을 수 없었던 거지요.

그가 그에게 대답했다.

이 지방 관리의 소총수들이 라 플레쉬[2]에서도 온갖 짓을 했소.

라 라피니에르가 말했다.

성 앙투안[3]이 제발 그놈들을 데려가 버리면 얼마나 좋겠어요! 그 자들 때문에 여기는 극단이 없어요.

도박장 안주인이 말했다.

우리가 옷을 입을 트렁크의 열쇠라도 있다면 문제될 게 없지요. 나머지 단원들과 약속한 알랑송[4]으로 가기 전에 여기서 4~5일 동안 사람들을 즐겁게 해주려고 하오.

늙은 배우가 대답했다. 그 배우의 대답 소리가 모든 사람들의 귀에 쩡쩡 울렸다.

라 라피니에르는 자기 아내가 입던 낡은 옷 한 벌을 라 카베른에게 주었고, 도박장 안주인은 저당 잡은 두세 벌의 옷을 르 데스탱과 라 랑퀸에게 주었다.

---

2   루아르 지방에 있는 마을.
3   성 앙투안은 그리스도교 수도사로 그리스도를 따르고자 사막 깊숙이 은둔하며 자신과의 치열한 싸움으로 수도 생활을 한 신화적 인물이자 초기 교회의 형성기에 이단파를 척결한 인물이다.
4   노르망디 지방에 있는 마을.

그런데, 당신들은 세 사람밖에 없지 않소.

일행 중에 한 사람이 덧붙였다. 라 랑퀸이 말했다.

나는 혼자서도 연극을 공연했소. 왕과 왕비, 대사 역을 동시에 다 했지요. 왕비 역을 할 때는 가성으로 말했지요. 대사 역을 할 때는 콧소리를 냈고요. 그리고 의자 위에 둔 왕관 쪽으로 몸을 돌려, 왕의 역을 위해 왕관을 쓰고 다시 자리에 앉아, 위엄을 갖추고, 약간 굵은 목소리를 냈지요. 그러니까 우리 짐수레꾼을 잘 대해주고 우리의 숙박 비용을 대준다면 그리고 여러분의 옷을 가져다주면 어두워지기 전에 공연을 하고, 좋으시다면 한잔 하고, 휴식을 취할 거예요. 우리도 하루 종일 일했으니까요.

함께 있던 사람들이 다 좋아했다. 항상 무슨 심술이라도 부렸던 라 라피니에르는 도박장에서 도박하던 그 두 젊은이의 옷 정도면 다른 옷은 필요 없을 것이고, 라 카베른 양은 평상복을 입고 무대에서 원하는 어떤 역이라도 해낼 수 있을 거라고 말했다. 말이 끝나자마자 바로 공연에 들어갔다.

순식간에, 배우들은 각자 술을 두세 잔 연거푸 들이켜고 분장을 했는데, 모이는 사람들이 늘어나자 높은 방에 자리를 잡았다.

더러운 막이 올라가고, 막 뒤에서 배우 르 데스탱이 매트리스 위에 누워, 왕관으로 쓰였던 작은 바구니를 머리에 쓰고, 잠에서 깨어난 사람처럼 눈을 약간 비비고, 몽도리의 말투로 다음과 같이 시작하는 헤롯의 대사를 읊조렸다.

"못된 귀신이 내 휴식을 방해하는군."[5]

붕대가 얼굴의 반을 덮고 있었지만, 그가 뛰어난 배우라는 것을 보여주는 데는 아무 문제가 없었다. 라 카베른 양은 마리안과 살로메의 역을 멋지게 해냈다. 라 랑퀸은 여러 역을 맡으면서 모든 사람을 만족시켰다.

연극이 멋지게 끝나려고 했는데, 그때 극 중에 절대 자는 법이 없는 심술쟁이가 끼어들었고, 마리안의 죽음과 헤롯의 절망으로 끝나는 게 아니라, 수차례 주먹다짐이 오가고, 따귀를 때리고, 어마어마한 발길질을 해대고, 욕설이 난무한 가운데, 그런 유사한 사건을 누구보다 가장 잘 알고 있는 라 라피니에르가 장내를 정리하고 그 비극을 끝장냈다.

---

5   몽도리는 마레 극단의 배우이자 감독으로, 특유한 과장된 말투로 유명했다. 여기서 공연하고 있는 작품은 트리스탕 레르미트의 비극 〈라 마리안〉(1637) 이다. 독재자 헤롯 왕이 자신을 따르지 않는 아내 마리안 왕비를 사촌 여동생인 살로메의 사주를 받아 죽이는 레르미트의 가장 유명한 비극 작품이다.

제 3 장

연극의 참담한 성공

프랑스 왕국의 모든 평범한 도시에는 보통 매일 그 도시의 백수라는 백수는 다 모이는 도박장이 하나 있다. 개중에는 직접 도박하는 사람도 있고, 도박을 구경하는 사람도 있다. 아주 멋진 시를 짓고, 이웃 사람을 거의 인정사정없이 대하며, 그 자리에 없는 사람들을 뒷담화로 씹어대는 곳이 바로 거기다. 거기서는 누구든 용서가 없고 터키 사람이든 무어 사람이든 모두 공공연히 적대하듯이 지낸다. 그리고 거기서는 신에게서 받은 재능에 따라 남을 비웃는 것쯤은 얼마든지 받아들인다.

내 기억이 맞는다면, 그런 도박장들 중 한 곳에서 라 라피니에르가 주재하여 제법 많은 사람들 앞에서 배우 3명이 〈라 마리안〉을 공연하고 있었다. 헤롯 왕과 마리안 왕비가 진실을 두고 서로 이야기하고 있었는데, 바로 그때 아무렇게 옷을 입은 두 젊은이가 각자 손에 라켓을 들고 팬티 차림으로 방에 들어왔다. 그들은 아무것도 개의치 않고 연극을 보기 시작했다. 헤롯과 페로르1가 입고 있었던 옷들이 먼저 눈길을 사로잡았는데, 그들은 도박장 하인에게 화를 쏟아냈다. 그에게 이렇게 말했다.

개새끼, 너는 왜 내 옷을 이 광대 놈한테 준 거야?

그를 난동꾼으로 여긴 이 하인은 아주 공손하게 자신이 그런 게 아니라고 말했다.

그러면 도대체 저 오쟁이 같은 수염을 한 저 놈은 누구야?

그가 덧붙였다. 불쌍한 처지에 놓인 이 하인은 라 라피니에르 씨가 있는 데서 그를 대놓고 감히 원망하지 못했다. 그러나 모든 사람 중 가장 오만한 그가 의자에서 일어나면서 이렇게 말했다.

나야. 어쩔 건데?

그러자 그중 한 명이 라켓으로 그의 귀싸대기를 사정없이 내리치면서 야, 이 얼간이 새끼야, 라고 대들었다.

라 라피니에르는 순식간에 한 방 당하고 너무 놀랐지만, 그런 식으로 당하는 데 익숙했던 그는 그대로 꼼짝 않고 있었다. 서로 치고받을 마음을 먹으려면 약이 더 올라야 했는데, 아직 화가 그렇게 많이 나지 않았기 때문이다. 결국 주먹다짐밖에 더 있겠는가. 만일 그보다 화가 더 난 그의 하인이 앞뒤 안 가리고 그놈에게 덤벼들어 얼굴에다 보기 좋게 주먹을 한 방 날렸다면 아마 일이 더 커졌을 것이다. 그다음에 다른 사람들이 떼로 몰려들었을 것이다.

라 라피니에르는 뒤에서 그를 붙잡고, 먼저 얻어맞은 사람처럼 그

---

1   페로르는 이 비극에서 헤롯 왕의 술을 따르는 하인 역으로 나오는 인물.

놈에게 주먹을 날리기 시작했다. 그가 상대한 사람의 친척 되는 사람이 같은 식으로 라 라피니에르를 잡았다. 이 친척은 기분을 풀려는 라 라피니에르의 친구에게 붙잡혔다. 라 라피니에르가 친척에게 잡히고 그 친척은 라 라피니에르의 친구에게 잡힌 것이다. 결국 그 방에 있던 모든 사람들이 끼어들었다. 욕을 퍼부으며 서로 두들겨 패고 있었다.

도박장 안주인은 자기 가구를 부수는 것을 보고 비명을 질렀다. 르멘의 판관과 함께 시장통을 산책하던 그 시의 관리 몇 사람이 그 소리를 듣고 달려오지 않았다면, 아마도 가구들은 나무의자로 치거나, 발로 차고, 주먹으로 쳐서 모두 남아있지 않았을 것이다. 어떤 사람들은 싸우는 작자들한테 물을 두세 동이 들이부어야 한다고 했는데, 그랬다면 아마 깨끗이 해결되었을 것이다. 그러나 그들은 지쳐서 떨어져 나갔고, 그뿐만 아니라 싸움판에 동정으로 뛰어든 성 프란치스코 파 두 수도사가 싸움꾼들 사이를 아주 확고하게 화해를 시킨 것은 아니지만, 적어도 휴전에 합의하도록 만들었는데, 그동안 쌍방에서 서로 주장한 것과 달리 쉽게 협상할 수 있었다.

배우 르 데스탱은, 특히 그를 상대한 싸움의 주동자인 두 젊은이가 한 말에 따르면, 르망시에서 아직도 회자되는 주먹다짐으로 위업을 이루었다는 것이다. 그는 주먹 한 방으로 상대편의 여러 작자들을 무력하게 만들어 놓았을 뿐 아니라, 그들을 두들겨 패 놓았다. 그 난투극 틈에, 붙어 있던 붕대가 떨어져 나갔다. 그 바람에 키가 크고 잘생긴 그의 얼굴이 눈에 들어왔다. 피 묻은 얼굴은 깨끗한 물로 씻어내고, 찢어진 깃은 바꿨으며, 몇 차례 찜질을 받고, 심지어 몇 바늘 꿰매기도 했다. 그리고 뒤죽박죽된 가구들은 완전히 정리된 것은 아니지만 제자리를 잡았다. 잠시 후, 전투 흔적은 마침내 말끔히 사라졌지만 서로의 얼굴에 흥분은 아직 가라앉지 않았다.

불쌍한 배우들은 마지막으로 조서를 작성한 라 라피니에르와 나갔다. 그들이 도박장에서 나와 시장통을 지나고 있었는데, 손에 검을 든 7, 8명의 자객들에게 둘러싸였다. 르 데스탱이 그의 몸통을 향해 마구잡이로 휘두르는 칼이 미처 닿기 전에 용감하게 나서지 않았다면, 라 라피니에르는 평소처럼 엄청 겁을 먹었을 거고 최악의 상황이 벌어질 거라고 생각했다. 그러나 그가 워낙 잘 막아서 팔에 가벼운 상처만 입었다. 동시에 그 검을 손에 잡고, 순식간에 검 두 자루를 땅바닥으로 날려 버렸으며, 머리를 두세 차례 흔들고 귀싸대기를 수차례 가격했다. 모든 목격자가 그렇게 용감한 사람을 본 적이 없다고 스스로 말했을 정도로 두 자객의 혼을 빼 놓았다. 못난 귀족 두 놈이 라 라피니에르를 혼내주려고 했던 이 계획은 이렇게 미수에 그쳤는데, 그 중 한 놈은 라켓을 휘두르면서 싸움을 시작한 작자의 누이동생과 결혼한 사이였다.

만약 우리의 용감한 배우에게 아마 신이 선동해서 나섰을 수호자가 없었더라면 라 라피니에르는 온몸이 성하지 못했을 것이다. 인정머리 없는 그의 마음속에 자비심이 일었다. 그는 엉망이 된 극단의 남은 불쌍한 사람들을 여관에 묵지 않게 하려고, 자기 집으로 데리고 갔다. 그리고 수레꾼은 우스꽝스러운 짐을 자기 집에 부려 놓고 마을로 돌아갔다.

제 4 장

라 라피니에르와 그날 밤 그의 집에서 일어난 이야기

라 라피니에르 양은 사람들과 함께하는 것을 제일 좋아했던 사교계의
여자였기 때문에 온갖 찬사를 늘어놓으면서 그 일행들을 맞았다. 그
녀는 불이 붙지 않은 초의 심지를 손가락으로 한 번도 잘라 본 적이
없을 정도로 야위고 말랐지만 못생기지는 않았다. 내가 거기에 대해
흔치않은 이야기들을 할 수 있겠지만, 이야기가 너무 길어질 것 같아
그만둔다. 순식간에 라 라피니에르 양과 라 카베른은 서로 사랑하는
친구, 변함없는 친구라고 불렀을 정도로 아주 친해졌다.

시내의 이발사만큼 신망이 안 좋았던 라 라피니에르는 들어가면
서, 부엌과 찬방[1]으로 가서 밤참을 서두르도록 하겠다고 말했다. 그
것은 순진한 허풍이었다. 집에는 말에게 먹이를 주던 늙은 하인 이외
에, 젊은 하녀와 개처럼 장애를 가진 절름발이 노파밖에 없었다. 그

---

1   부엌에 딸린 방.

의 허풍은 큰 혼란으로 대가를 치렀다. 그는 보통 어리석은 사람들에게 덮어씌우고 선술집에서 식사했고, 그의 아내와 공식 식솔들은 그 고장의 관습에 따라 양배추 수프로 때웠다. 자신의 손님들 앞에 나서서 음식을 대접하고 싶었던 그는 하인에게 동전 몇 개를 등 뒤로 슬며시 주고 밤참거리를 가지러 갈 생각을 했다.

그런데 하인이 실수했는지, 주인이 실수했는지 그가 앉았던 의자 위, 아래로 동전이 떨어졌다. 라 라피니에르는 얼굴이 완전히 사색이 되었고 그의 아내는 붉어졌으며, 하인은 욕을 했고, 라 카베른은 미소를 띠었으며, 라 랑퀸은 그런 것에 신경을 쓰지 않았고, 르 데스탱에 대해서, 나는 그 일이 그의 정신에 어떤 영향을 끼쳤는지 잘 알지 못했다. 동전을 주워 모으고, 밤참을 기다리면서, 그들은 대화했다.

라 라피니에르는 르 데스탱에게 왜 얼굴을 붕대로 변장했는지 물었다. 그에게 그럴 이유가 있는데, 우연히 변장한 자신의 모습을 보면서 적들에게 얼굴을 알아보지 못하게 하려 했다고 말했다. 어찌됐든 간에, 마침내 밤참이 나왔다. 라 라피니에르는 취할 정도로 술을 마셨고, 라 랑퀸도 지나칠 정도로 마셨다. 르 데스탱은 신사답게 아주 절제하면서 먹었고, 라 카베른은 굶주린 여배우처럼, 라 라피니에르 양은 이때를 노렸던 여자처럼, 다시 말해 정도를 넘어설 만큼 먹었다. 하인들이 식사를 하고 사람들이 잠자리를 준비하는 동안, 라 라피니에르는 허풍으로 가득 찬 온갖 이야기를 늘어놓으며 그들을 지치게 했다. 르 데스탱은 혼자 작은 방에 누웠고, 라 카베른은 하녀와 작은 방에, 그리고 라 랑퀸은 어딘지 모르지만 하인과 함께 각각 누웠다. 그들 중 일부는 지쳤고 또 일부는 너무 많이 먹어서 모두 자고 싶었지만, 그런 와중에 사실 이 세상에 확실한 것은 아무것도 없는 만큼 그들은 거의 자지 못했다.

먼저 잠이 들고 난 뒤, 라 라피니에르 양은 왕이라도 직접 스스로 갈 수밖에 없는 곳으로 가고 싶었다. 그의 남편이 조금 있다 잠이 깼는데, 술에 엄청 취했음에도 불구하고 혼자 있는 게 아닌지 생각했다. 그는 아내를 불렀는데 아무 대답이 없었다. 의심도 좀 들고, 화도 나고, 분해서 일어났는데, 마찬가지일 뿐이었다.

방을 나오면서, 자기 앞에서 누가 걸어가는 소리를 듣고 잠시 소리가 나는 쪽으로 따라갔는데, 르 데스탕의 방으로 통하는 작은 복도 가운데에서, 발꿈치를 들고 누군가 자신에게로 걸어온다고 생각하면서 따라갔던 물체 바로 옆에 섰다. 그는 자기 아내를 덮쳐서 붙잡았다고 생각하고 이렇게 소리쳤다.

이런! 빌어먹을!

그의 손에 잡히는 것은 아무것도 없었고, 그의 발이 무언가에 걸려서, 땅바닥에 코를 처박고 말았고, 그의 배에 뾰족한 무언가가 박히는 느낌을 받았다.

그는 "사람 죽인다", "누가 나를 찔렀어" 하고 고래고래 고함을 질렀고, 아내의 머리카락을 잡았다고 생각해 그의 아내를 꼭 붙들고 바닥에서 발버둥을 쳤다. 그의 고함 소리와 욕설, 저주하는 소리에, 온 집이 떠들썩했고 모든 사람들이 한꺼번에 그를 도우러 나왔다. 하녀는 촛불을 들고, 라 랑퀸과 하인은 더러운 속옷을 걸치고, 라 카베른은 너무 초라한 치맛바람으로, 르 데스탕은 손에 검을 들고, 그리고 라 라피니에르 양이 마지막으로 나왔는데, 집에서 출산하다가 죽은 어미 개의 강아지들에게 젖을 먹이던 염소하고 싸우면서, 자기 남편이 사람들에게 하듯이 엄청 화를 내는 것을 보고 깜짝 놀랐다.

라 라피니에르보다 더 당황한 사람은 없었다. 그의 아내는 그가 무슨 생각을 했는지 짐작을 하고, 그에게 미친 게 아니냐고 물었다. 그는 무슨 소리를 했는지 모르고, 자신은 염소를 도둑놈으로 착각했다고 대답했다. 르 데스탱은 무슨 일인지 짐작했다. 각자 잠자리로 돌아갔고 모두 그가 무슨 일을 벌이려 한 거라고 생각했다. 염소는 강아지들과 우리에 갇혔다.

제 5 장

대수로운 내용이 없음

배우 라 랑퀸은 우리 소설의 주요 주인공 중에 한 사람일 뿐이다. 왜냐하면 이 책에서 주인공 한 사람을 위한 이야기는 없을 것이기 때문이다. 그리고 이 세상에 행운과 불운밖에 없듯이, 책의 주인공보다 더 완벽한 것은 하나도 없기 때문에, 가장 최소한을 이야기하는 주인공이 될 단 한 사람보다는 대여섯 명쯤 되는 이른바 주인공들 혹은 그런 인물들이 나에게 더 큰 영광을 안겨줄 것이다.

그런데 라 랑퀸은 사람들을 싫어하고, 스스로 사람들을 좋아하지 않는 인간 혐오자 중 한 사람이었는데, 나는 많은 사람들로부터 그가 웃는 것을 본 적이 없음을 알았다. 그는 재능이 꽤 있었으며, 제법 독설을 쏟아 내곤 했다. 게다가 체면이라고는 전혀 없는 사람이었고, 늙은 원숭이처럼 심술쟁이에다 개처럼 시기하는 사람이었다. 그는 자기 직업군에 있는 모든 사람에게 트집을 잡았다. 벨로즈는 너무 부자연스럽고, 몽도리는 투박하며, 플로리도르1는 너무 냉정하다는 등, 다른 사람들에게도 이런 식이다. 그리고 내 생각에 자신이 나무랄 데 없는 유일한 배우라고 스스로 쉽게 결론을 내렸다.

그렇지만 그는 극단에서 더 이상 인정받지 못했는데, 배우로서 늙었기 때문이다. 아르디2 작품만 하던 시절에, 그는 거세한 가수 역을 하고, 가면을 쓰고 유모 역3을 맡기도 했다. 극단이 잘되기 시작한 이후부터는 극단 문지기의 감시인이었으며, 왕을 따르거나, 어떤 사람을 붙잡거나 살해하거나, 난투극을 벌여야 할 때는 심복, 심부름꾼, 교도관 역을 했다. 노래를 부를 때는 삼중창의 중간음으로 불렀고, 그리고 익살극에서는 밀가루를 뒤집어썼다. 그런 멋진 재능에, 끊임없는 익살과 결합된 참을 수 없는 허영심, 끝이 나지 않는 비방, 그러나 어떤 명분을 내세워 싸우기 좋아하는 기질이 배었다. 그런 것 때문에 동료들이 그를 두려워했다. 오직 르 데스텡에게만 양처럼 다정했고, 그 앞에서는 본성이 그렇게 하라고 한 것처럼 분별 있게 행동했다. 사람들은 그가 르 데스텡에게 패배한 것이라고 말하고 싶었다. 그러나 그런 소문은 오래가지 않았고, 알고 보면 은근히 남을 선의로 대한다는 소문 그 이상은 아니었다.

이런 모든 점에도 그는 세상에 둘도 없는 좋은 사람이었다. 나는

---

1   벨로즈는 오텔 드 부르고뉴 극단의 단장이었고, 몽도리는 마레 극단 단장이었다. 플로리도르는 오텔 드 부르고뉴 극단 소속이었다.

2   알렉상드르 아르디(1569~1632)는 초기 부르고뉴 극장의 전속 작가로 프랑스 고전 비극의 대표 작가였다. 그는 비극, 희극, 비희극, 전원극 등 600~700편의 작품을 쓴 것으로 알려졌지만 현재 남은 작품은 30여 편에 불과하다.

3   17세기 초까지만 해도 오페라나 연극에서 남자들이 여자의 역을 맡았다.

여러분에게 그가 도갱이라는 라 라피니에르의 하인과 함께 잠을 잤다고 말한 것 같다. 잠자리가 좋지 않아서인지, 도갱이 잠을 못 자서인지, 라 랑퀸은 밤새 잠을 자지 못했다. 그는 자기 주인이 불러 잠이 깬 도갱처럼 새벽부터 일어났다. 그리고 라 라피니에르의 방 앞으로 지나가면서 인사했다. 그는 으스대는 지방 관료처럼 인사를 받았고 그가 받았던 예의의 10분의 1도 돌려주지 않았다.

그러나 배우들이 모든 종류의 등장인물 역을 맡듯이, 그는 거기에 거의 동요하지 않았다. 라 라피니에르는 그에게 연극에 대해 수많은 질문을 했고, 차츰차츰 (내 생각에 이 표현4은 여기서 아주 잘 맞아 떨어진 것 같다) 르 데스탱이 언제부터 극단에 함께했는지 물었으며, 그가 훌륭한 배우라고 덧붙였다. 라 랑퀸이 즉각 대꾸했다.

반짝이는 것이 다 금은 아니지요. 내가 첫 역을 맡았을 때 그는 시동 역밖에 맡지 못했소. 그가 한 번도 배운 적이 없는 직업을 어떻게 알겠소? 극단에 들어온 지 얼마 되지도 않아요. 버섯처럼 배우가 되는 게 아니에요. 젊으니까 사람들이 좋아하는 거지요. 당신이 나처럼 그 사람을 안다면, 그를 반 이상 깎아내릴 거요. 게다가 그는 마치 자신이 성 루이 가문 출신인 것처럼 폼을 잡지만, 자신이 누구인지, 어디 출신인지도 모르고, 다만 그에게 아름다운 클로리스5가 따라다니는데, 그녀를 자기 여동생이라고 불러요. 그녀의 운명이지요. 나로

---

4 '차츰차츰'은 원문에서 '실에서 바늘로'(de fil en aiguille) 라는 표현으로 돼 있다.
5 클로리스는 그리스 신화에 나오는 요정으로 로마 신화에서는 플로라(꽃의 여신)라고 한다. 여기서는 르 데스탱의 연인 드 레투알을 가리킨다.

말할 것 같으면, 파리에서 두 번의 심한 칼부림에도 그의 목숨을 구해 줬소. 그런데 그가 그걸 너무나 몰라주고, 사람들이 나를 4시에 한 외과 의사한테 데리고 갔을 때, 나를 따라오기는커녕, 진흙 속에서 아마 가짜 다이아몬드에 불과한, 내가 모르는 무슨 다이아몬드 보석인지를 찾느라고 밤을 보냈지요. 그리고 그는 우리를 공격했던 자들에게 붙잡혔다고 말했지요.

라 라피니에르는 라 랑퀸에게 어떻게 그런 불행한 일이 일어났는지 물었다.

그날은 메시아 주일6이었는데, 퐁 뇌프 다리에 있었지요.

라 랑퀸이 대답했다.

이 마지막 말에 라 라피니에르와 그의 하인 도갱은 엄청 당황했다. 그들은 서로 얼굴이 창백해지고 붉어졌다.

라 라피니에르는 말투가 매우 빨라지고 정신적으로 너무 혼란스러워했는데 라 랑퀸은 그걸 보고 놀랐다. 도시의 형리와 궁수 몇 사람이 방으로 들어오면서, 대화가 끊겼는데, 그들은 라 랑퀸을 아주 기쁘게 해주었다. 그는 자신이 거기에 어떻게 관여되어 있는지 알 수 없지만, 자신이 한 말이 기억이 아주 생생한 어떤 곳에서 라 라피니에르를 엄청 놀라게 했다고 느꼈다.

그러나 바로 화제에 올랐던 가엾은 르 데스탱은 아주 어려운 상황에 처해 있었다. 라 랑퀸은 그가 라 카베른 양과 함께 있는 것을 발견

---

6   이 땅에 와서 부활한 메시아를 찬양하며 동방박사의 방문에 경의를 표하는 기독교의 축제일로 1월 6일이다.

했는데, 한 늙은 재단사가 말을 잘못 듣고 일을 아주 그르쳐 놓은 것에 대해 그에게 자백을 받아내지 못하고 있었다.

갈등의 원인은 르 데스탱이 우스꽝스런 가방을 풀면서, 자신이 입은 짧은 바지보다 더 유행하는 옷으로 재단하도록 이 늙은 재단사에게 주었던 저고리 두 벌과 짧은 바지 한 벌이 심하게 해져 있음을 발견한 것이다. 평생 낡은 누더기를 수선했던 재단사는 다른 저고리와 바지를 수선하려고 저고리 두 개 중 하나를 사용하기는커녕 같잖은 판단 실수로, 바지의 가장 좋은 옷감으로 저고리 두 벌을 수선해 버렸던 것이다. 그렇게 저고리는 그대로 있고 바지가 없어지면서 가엾은 르 데스탱은 방을 지키고 가만히 있거나 자신이 이미 입었던 우스꽝스런 옷을 입고 다니며 뒤에서 아이들이 쫓아오는 놀림을 당할 수밖에 없게 된 것이다.

너그러운 라 라피니에르가 수선한 저고리 두 벌을 이용해 재단사의 실수를 바로잡았고, 르 데스탱은 얼마 전 차형(車刑)에 처해진 한 도둑의 옷으로 보상받았다. 형리는 현장에 있다가 이 옷을 라 라피니에르의 하녀에게 맡겼는데, 아주 무례하게도 그 옷이 자기 것이라고 했지만, 라 라피니에르는 그에게 해고시키겠다고 위협했다. 그 옷은 바로 르 데스탱의 것이 되었고, 그는 그 옷을 입고 라 라피니에르와 라 랑퀸과 함께 외출했다. 그들은 한 주막에서 저녁 식사를 하고 라 라피니에르가 어떤 부르주아에게 식사비를 덮어씌웠다. 라 카베른 양은 더러운 옷깃을 비누로 씻었고 주막의 안주인과 함께 있었다.

바로 그날, 도갱은 전날 도박장에서 자신이 싸웠던 젊은이들 중 한 사람을 우연히 만났는데 두 차례의 심한 칼부림과 수차례의 방망이 세례를 당하고 집으로 돌아왔다. 라 랑퀸은 부상을 당했기 때문에, 온 시내를 돌아다니느라 지쳤고 저녁을 먹고 난 뒤, 동료 르 데스탱과, 그 후 살해된 자신의 하인을 피하고 싶었던 라 라피니에르와 함께 근처 여관에 자러 갔다.

제 6 장

요강 사건. 라 랑퀸이 여관에서 심술궂은 사건을 일으킨 밤.
극단 일행의 도착. 도갱의 죽음과 기억할 만한 다른 일들

라 랑퀸은 반 이상 더 취해 여관으로 들어갔다. 그를 안내했던 라 라
피니에르의 하녀는 여관 안주인에게 그의 잠자리를 준비해 달라고 말
했다.

오늘 만원이에요. 우리가 이거 말고 다른 일을 하지 않으면, 우리
임대료도 제대로 내지 못할 거예요.

안주인이 말했다.

이 멍청아, 좀 가만히 있어. 이 신사 분에게 잠자리를 준비해드려.
라 라피니에르 씨는 우리에게 지나칠 정도로 잘해주신 분이야.

그녀의 남편이 말했다.

방이 있어야 말이지요. 딱 하나 남아있었는데, 내가 방금 멘 저지
대에서 온 한 장사꾼에게 주었어요.

안주인이 말했다.

그리고 나서 그 장사꾼이 들어왔는데, 서로 언쟁하는 이유를 알고,

라 라피니에르와 관련이 있는지 혹은 천성적으로 친절해서 그런지, 라 랑퀸에게 자기 잠자리의 반을 주었다. 예의라곤 없는 라 랑퀸이 그점에 대해 최대한 그에게 감사를 표했다. 장사꾼은 저녁 식사를 했고, 여관 주인이 그와 함께했는데, 라 랑퀸은 술을 마시자는 요청을 두 번 거절하고 세 번째는 다시 비용을 치르고 마시기 시작했다. 그들은 세금에 대해 이야기했고, 세금쟁이들[1]에게 욕을 퍼부었으며, 국가를 제대로 통제하라고 비판하면서도 정작 그들 스스로를 통제하지 못했다. 여관 주인은 자기 집에 있다는 사실도 기억하지 못하고, 제 호주머니에서 돈을 꺼내서 계산하라고 했다. 그의 아내와 하녀가 그의 양쪽 어깨를 잡고 방으로 끌고 가서 아주 멋진 침대에 그를 눕혔다.

라 랑퀸은 장사꾼에게 자신은 오줌을 누는 게 힘들어 괴롭고 그를 불편하게 해서 화가 난다고 말했다. 그 말에 장사꾼은 밤이 곧 지나갈 것이라고 대답했다. 침대는 벽 사이에 공간이 없었고 벽과 붙어 있었다. 라 랑퀸이 먼저 몸을 뉘었고 장사꾼이 그 다음에 누웠으며, 라 랑퀸은 그에게 적절한 장소에 요강을 놔 달라고 부탁했다.

그러면 요강을 어떻게 하면 좋겠소?

장사꾼이 말했다.

당신을 불편하게 할까 봐 그걸 내 옆에 두겠소.

라 랑퀸이 말했다.

장사꾼은 그가 볼일을 볼 때 그에게 요강을 주겠다고 대답했다. 그

---

1 1610년대부터 1648년까지 매년 프랑스의 몇몇 지역에서 조세정책에 대한 민중의 소요가 일어났다.

리고 라 랑퀸은 자신이 그를 불편하게 할까 봐 걱정이라고 하소연하면서 그 말에 겨우 동의했다. 장사꾼은 그의 말에 대답하지 않고 잠이 들었다. 그가 온 힘을 다해 막 잠이 들기 시작했을 때, 한쪽 눈을 잃고 애꾸가 된 것처럼 그 짓궂은 배우가 불쌍한 장사꾼의 팔을 잡고 그에게 소리쳤다.

이봐요, 이봐요!

잠이 깊이 든 장사꾼은 하품을 하면서 그에게 물었다.

뭘 해드릴까요?

요강 좀 주시겠소? 라 랑퀸이 말했다. 불쌍한 장사꾼은 침대 밖으로 몸을 숙여 요강을 잡아 라 랑퀸의 손에 쥐어주자 그는 오줌을 눌 준비를 했다. 오줌을 누려고 무진 애를 쓰거나, 오줌을 누려고 하는 체하면서, 수없이 웅얼웅얼 욕을 하고 힘들어 투덜대고 난 후, 그는 오줌을 한 방울도 누지 못하고 요강을 장사꾼에게 도로 주었다. 장사꾼은 요강을 다시 바닥에 놓고, 화덕만큼이나 큰 입을 벌리고 하품을 하며 이렇게 말했다.

선생, 정말, 안타깝소.

그리고 바로 다시 잠들어 버렸다. 라 랑퀸은 잠이 들기 전에는 그와 한배를 탔다. 그런데 그가 마치 평생 다른 일을 한 것처럼 코를 고는 것을 보자, 배신자는 다시 그를 깨우고 처음에 한 것만큼 심술궂게 그에게 요강을 달라고 했다. 장사꾼은 자신이 처음 주었을 때처럼 순진하게 요강을 그의 손에 쥐어주었다. 라 랑퀸은 오줌을 누고 싶은 마음도 장사꾼을 자도록 그냥 두고 싶은 생각도 없어 요강을 오줌 누는 곳으로 갖다 놓았다. 그는 전보다 훨씬 더 큰 소리로 불렀고 오줌은 전혀 누지 않으면서 시간은 아까보다 두 배나 오래 걸렸다. 그리고 장사꾼에게 요강을 자기에게 주는 수고를 더 이상 하지 말라고 부탁하면서, 그건 도리가 아니니 그가 잘해 보겠다고 덧붙였다.

그때 실컷 자려고 모든 것을 다 바친 불쌍한 장사꾼은 계속 하품을 하면서 원하는 대로 요강을 사용하고 그 자리에 요강을 다시 놓겠다고 대답했다. 그들은 서로 아주 예의바르게 잘 자라고 인사했고 불쌍한 장사꾼은 모든 것을 다 걸고 일생일대 어느 때보다 더 깊은 수면을 취하려고 했다. 무슨 일이 일어날지 잘 알고 있었던 라 랑퀸은 그가 더 깊이 자도록 내버려 두었다. 그리고 깊이 자던 사람을 깨운다는 의식 없이, 그는 자기 팔꿈치를 그 사람의 배 움푹한 곳에 놓고 온몸으로 짓누르고, 바닥에서 뭔가 주우려고 할 때처럼 다른 팔을 침대 밖으로 내밀었다. 불행한 장사꾼은 가슴이 질식하고 내리 누르는 느낌을 받고, 소스라쳐 잠에서 깨 끔찍하게 소리쳤다.

이런, 빌어먹을! 선생, 나 죽이겠소.

라 랑퀸은 장사꾼의 흥분한 목소리만큼 부드럽고 침착한 목소리로 이렇게 대답했다.

죄송하오. 내가 요강을 잡으려고 했소.

그러자 상대방이 소리쳤다.

아! 제기랄, 내가 당신한테 요강을 주고 밤새 잠을 안 자는 게 낫겠소. 선생은 나에게 평생 느낄 고통을 줬소.

라 랑퀸은 아무 대답도 하지 않고 엄청나게 그리고 맹렬하게 오줌을 누기 시작했는데 오줌 소리만으로 장사꾼을 깨울 정도였다. 그는 오줌으로 요강을 채우고 사악한 위선으로 신을 축복했다. 불쌍한 장사꾼은 더 이상 잠을 깨우지 않을 것이라고 기대하게 만들 정도로 오줌을 양껏 눈 것에 대해 최대한으로 그에게 축하해주었다. 그런데 그때 이 우라질 놈의 라 랑퀸이 바닥에 요강을 다시 놓는 체하면서, 요강을, 그 안에 든 오줌을 모조리, 장사꾼의 얼굴과 수염 위에 그리고 배 위에 쏟아 버렸다. 그리고 위선적으로 이렇게 소리쳤다.

이런! 선생, 죄송하오!

장사꾼은 라 랑퀸의 무례에 아무 대답도 못했다. 왜냐하면 그가 오줌을 온통 뒤집어쓴다는 느낌을 받자마자, 화가 머리끝까지 난 사람처럼 고함을 치고 초를 찾으면서 일어났기 때문이다. 라 랑퀸은 테아토 수도사도 딱 잡아뗴도록 만들 수 있을 정도로[2] 냉정하게 그에게 말했다.

큰일 났어요!

장사꾼이 계속 소리를 질렀다. 여관 주인, 안주인, 하녀들, 하인들이 나왔다. 장사꾼은 그들에게 자기를 악마 같은 놈과 잠자리를 만들어주었다고 말하고 다른 곳에 불을 피워 달라고 부탁했다. 사람들이 그에게 무슨 일이냐고 물었다. 그는 아무 대답도 안 했는데, 그만큼 엄청 화가 났고 옷과 누더기를 걸치고 부엌으로 가서 옷을 말렸으며, 불 옆에서 의자에 앉아 남은 밤을 보냈다.

주인은 라 랑퀸에게 그가 장사꾼에게 무슨 짓을 했는지 물었다. 그

---

2   테아토의 주교가 1524년 수도사의 도덕성을 개혁하기 위한 창설한 수도회인데, 여기에서는 그 수도사의 의심스러운 도덕성에 빗댄 라 랑퀸의 침착하고 냉정한 태도를 말한다.

는 주인에게 아주 순진한 척하면서 이렇게 말했다.

　나는 그가 무슨 일로 불평을 하는지 모르겠소. 그가 잠이 깼고, 나를 깨우고 사람 죽인다고 소리쳤지요. 나쁜 꿈을 꿨거나 미친 거 같아요. 게다가 그 사람이 침대에 오줌을 쌌어요.

　안주인이 침대에 손을 갖다 대고, 매트리스까지 젖은 게 사실이라면서, 맹세코 장사꾼이 물어내야 한다고 했다. 그들은 라 랑퀸에게 잘 자라고 인사했고, 그는 행복한 사람이 누릴 만큼 평화롭게 밤새 잠을 잤으며, 라 라피니에르의 집에서 제대로 보내지 못한 밤을 보상받았다. 그러나 생각보다 아침 일찍 일어나야 했는데, 라 라피니에르의 하녀가 급히 그를 찾으러 왔기 때문이다.

　도갱이 죽어가고 있고 죽기 전에 그를 보고 싶으니 오라고 한다는 것이었다. 라 랑퀸은 바로 전날 알게 된 도갱이 무엇을 원하는지 몰랐지만, 그가 죽어가는 마당이어서 달려갔다. 그런데 하녀가 착각한 것이었다. 불쌍한 위독한 환자가 배우의 안부를 묻는 소리를 듣고, 그녀는 라 랑퀸을 르 데스탱으로 착각했는데, 르 데스탱은 라 랑퀸이 도착했을 때, 막 도갱의 방으로 들어갔고, 거기 있다가 그의 고해를 들었던 신부로부터 그 부상자가 자신에게 알릴 중요한 할 말이 있다는 것을 알게 됐다.

　불과 얼마 되지 않아, 라 라피니에르가 새벽에 몇 가지 볼 일이 있어 나갔던 시내에서 돌아왔다. 도착해서 자기 하인이 죽어가고 있고, 큰 혈관이 잘렸기 때문에 피가 멈추지 않는 상태며, 죽기 전에 배우 르 데스탱을 만나고 싶어 한다는 것을 알았다.

　그러면 그가 배우를 만났어?

가슴이 꽉 막혀 라 라피니에르가 물었다.

하녀는 그들이 함께 방에 있다고 대답했다.

그는 이 말에 몽둥이로 한 대 두들겨 맞은 것처럼 충격을 받았고, 매우 흥분한 채 달려가서 도갱이 죽어가는 방문을 두드렸다. 동시에 르 데스탱이 방문을 열고, 방금 실신해서 쓰러진 환자를 구해 달라고 알렸다.

라 라피니에르는 정말 어쩔 줄 모르고 그의 미친 하인이 그에게 원하는 게 뭔지 물었다.

그 사람이 꿈을 꾸고 있는 것 같아요.

르 데스탱이 냉정하게 대답했다.

나한테 수백 번 죄송하다고 했는데, 나를 기분 상하게 한 적이 없었는데 말이지요. 그를 잘 지켜야겠어요. 죽어가고 있으니까요.

사람들이 도갱의 침대에 다가가는 순간 그는 마지막 숨을 거두었다. 라 라피니에르는 슬퍼하기보다 기쁜 기색이었다. 그를 아는 사람들은 자기 하인에게 줄 보증금 때문일 거라고 생각했다. 르 데스탱만이 그가 도갱에 대해 무슨 생각을 하는지 잘 알고 있었다. 그러고 나서 두 사람이 그 집으로 들어갔는데, 우리의 배우는 그들이 자신의 동료들이라는 사실을 알아본 것이다. 우리는 다음 장에서 그 두 사람에 대해 더 자세하게 언급할 것이다.

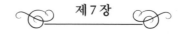

제 7 장

들것 사건

라 라피니에르 집으로 들어간 배우들 중에 가장 젊은 사람이 르 데스탱의 하인이었다. 르 데스탱은 그에게 르망에서 10여 킬로미터 떨어진 곳에서 한쪽 발을 삔 드 레투알 양을 제외하고 극단의 나머지 사람들이 다 도착했다는 소식을 들었다.

누가 자네를 여기로 오라고 하던가? 우리가 여기 있다는 것을 누가 자네에게 말하던가?

르 데스탱이 그에게 물었다.

알랑송을 덮친 페스트 때문에 거기로 갈 수 없어서, 우리는 보네타블1에 머물렀지요.

롤리브라는 다른 배우가 대답했다.

---

1   보네타블(Bonnétable)은 루아르 지방의 마을로, 르망에서 북동쪽으로 30여 킬로미터 떨어져 있다.

그리고 여기서 만난 사람들이 우리한테 여기서 당신들이 공연을 하고, 서로 싸우고, 부상을 당했다는 얘기를 하더군요. 드 레투알 양은 부상으로 아주 힘들어 들것을 하나 보내 달라고 부탁했지요.

도갱이 죽었다는 소문을 듣고 찾아온 이웃 여관의 주인이 자기 집에 들것이 있는데, 값을 잘 치러준다면, 실한 말 두 마리에 실어서 정오쯤 떠날 수 있다고 말했다.

배우들은 1에퀴에 들것과 극단이 머물 여관에 방을 몇 개 잡았다. 라 라피니에르는 재판관에게 공연 허가를 얻는 문제를 맡았다. 그리고 르 데스탱과 동료들은 정오에 보네타블로 떠났다. 날은 엄청 더웠다. 라 랑퀸은 들것 안에서 자고 있었고, 롤리브는 뒷말 위에 탔으며 그의 하인은 앞말을 몰았다. 르 데스탱은 어깨에 총을 메고 걸어갔고, 그의 하인은 그에게 샤토 뒤 루아르[2]에서 레투알 양이 말에서 내리다가 한쪽 발을 삐었던 보네타블 옆에 있는 어느 마을까지 가면서 그들에게 일어난 일을 이야기하고 있었다. 그때 망토로 얼굴을 가린 두 남자가 말을 타고 들것 옆으로 다가오는 것이 르 데스탱의 눈에 띄었다. 낯선 두 사내 중 하나가 들것 안에서 잠자던 늙은이를 발견하고 다른 사내에게 이렇게 말했다.

오늘 악마들이 모두 사슬을 풀고 나의 화를 돋우려고 들것으로 변장했나 보군.

이렇게 말하면서, 그는 벌판을 가로질러 말을 몰았고, 그의 동료는

---

2   샤토 뒤 루아르(Château-du-Loir)는 루아르 지방의 옛 마을로, 르망에서 남동쪽으로 40여 킬로미터 떨어져 있다.

그를 따라갔다.

롤리브는 좀 떨어져 있던 르 데스탱을 불러서, 그에게 그 사건을 이야기해주었다. 그는 도무지 이해할 수 없었고 그다지 걱정하지 않았다. 거기서 1킬로미터 떨어진 곳에서, 뜨거운 햇빛 때문에 선잠이 든 들것 몰이꾼은 라 랑퀸이 넓게 퍼져 있을 것으로 생각한 진흙탕에 들것을 처박아 버렸다. 말들은 진흙탕에서 마구를 부숴 버렸는데, 마구를 풀어주고 나서 말의 목과 꼬리를 잡아당겨야 했다. 그들은 부서진 마구 조각들을 주워 모았고 최선을 다해 다음 마을로 갔다. 들것의 장비를 수리해야만 했다. 수리하는 동안 라 랑퀸과 롤리브, 르 데스탱의 하인은 그 마을에 있는 어느 여관 앞에서 한 잔 마셨다. 그러고 나서 두 사람이 몰던 또 다른 들것이 도착했는데, 그들도 그 여관 앞에 멈췄다. 들것이 도착하자마자 얼마 안 있다가 또 다른 들것이 바로 옆에서 나타났다.

이 지방의 모든 들것이 중요한 일이나 연례 모임을 하려고 여기서 약속이라도 한 것 같군.

라 랑퀸이 말했다.

들것 회의를 시작할 모양이군. 더 이상 들것이 올 것 같지 않아. 그런데 제 자리를 양보하지 않을 것 같은 들것이 또 오고 있어요.

안주인이 말했다.

사실, 그들은 르망 쪽에서 온 네 번째 들것을 봤다.

내가 여러분에게 이미 말했듯이, 절대 웃은 적이 없는 라 랑퀸을 제외하고, 그들은 신이 나서 웃었다. 마지막 들것이 나머지 들것과 함께 멈췄다. 모두 이렇게 많은 들것을 본 적이 없었다.

만일 우리가 만났던, 들것을 찾던 사람들이 여기 오면, 기뻐했겠지
요.

첫 번째 등장한 몰이꾼이 말했다.

나도 그렇게 생각했소.

두 번째 몰이꾼이 말했다.

배우들의 몰이꾼도 같은 말을 했고 마지막 몰이꾼은 자신이 얻어맞
을 뻔했었다고 덧붙였다.

왜요?

르 데스탱이 그에게 물었다.

우리가 한쪽 다리를 삐어서 르망에 데려다준 한 아가씨를 그자들이
노렸기 때문이지요.

그가 대답했다.

나는 그렇게 화난 자들을 본 적이 없었소. 그자들이 찾던 것을 찾
아내지 못하자 나한테 분풀이를 했지요.

그 이야기는 배우들의 귀를 쫑긋하게 만들었다. 그들은 그 들것 몰
이꾼에게 두세 가지를 물어보았고, 드 레투알 양이 다쳤던 마을의 영
주 아내가 그녀를 찾아와서 정성을 다해 르망으로 가도록 해주었다는
것을 알게 되었다. 대화는 들것 사이에서 한동안 계속되었고 그들은
벌판 위를 지날 때 보았던 바로 그자들이 자신들을 지켜보고 있다는
것을 알아챘다.

첫 번째 들것은 벨렘 온천3에서 온 동프롱 신부를 싣고 르망으로 가

---

3   노르망디 지방의 마을로 로마 시대부터 온천수로 유명했다.

서 그의 병에 대해 의사의 진찰을 받게 해주었다. 두 번째 들것은 군대에서 돌아온 부상당한 한 신사를 실어주었다. 들것은 이제 다 서로 흩어졌다. 배우들의 들것과 동프롱 신부의 들것은 함께 르망으로 돌아갔고, 나머지는 가야할 곳으로 돌아갔다. 병든 신부는 배우들이 머물렀던, 바로 자신 소유의 그 여관에서 내렸다. 우리는 그를 방에 쉬도록 해 놓고, 다음 장에서 배우들의 방에서 일어난 일을 살펴보겠다.

제 8 장

이 책을 이해하기 위해 알아야 할 몇 가지

극단은 르 데스탱, 롤리브와 라 랑퀸으로 이루어져 있고, 그들에게는 각자 언젠가 주연 배우가 되기를 바라는 하인이 한 명씩 있었다. 이들 중에는 얼굴이 발개지거나 당황하지 않고 이미 무대에 선 하인이 몇몇 있었다. 그들 중에서 르 데스탱의 하인은 연기를 꽤 잘했으며, 자신의 대사를 잘 이해했고, 그리고 그런 재능이 있었다. 드 레투알 양과 라 카베른 양의 딸은 첫 역을 해냈다. 라 카베른은 왕비와 어머니 역을 했고, 익살극에서 연기했다.

　게다가 그들에게는 시인, 보다 정확히 말해 작가가 한 사람 있었다. 프랑스 왕국의 모든 식료품상 가게가 운문이나 산문으로 된 그의 작품들로 넘쳤기 때문이다. 이런 재능 있는 사람이 자발적으로 극단에 뛰어든 것이다. 그리고 그는 수입을 나누지 않고 배우들과 함께 몇 푼의 돈을 받았기 때문에, 그에게 마지막 배역들이 주어졌지만 제대로 해내지 못했다. 그가 두 여배우 중 한 명에게 사랑에 빠져 있다는 것을

사람들이 잘 알고 있었지만, 워낙 신중한 사람이라 비록 좀 광적이긴
해도, 불멸의 사랑을 기대하면서 둘 중에 누구를 유혹했는지 여전히
알 길이 없었다. 그는 작품의 분량으로 배우들을 위협했다. 그러나
그는 그때까지 그들에게 친절을 베풀었다. 다만 짐작으로 그가 〈마르
틴 루터〉라는 제목의 작품을 썼는데, 그가 썼음에도 자신이 쓰지 않
았다고 한 그 작품의 수기(手記)가 발견되었다는 것이 알려졌다.

우리의 배우들이 도착했을 때, 여배우들의 방은 이미 이 도시에 열
광한 멋쟁이 청년들로 가득 찼는데, 그중 시원찮은 환대를 받고 이미
마음이 식은 이들도 있었다. 그들은 모두 연극과 멋진 대사, 작가와
소설에 대해 이야기를 나누었다. 그들이 서로 싸우지 않는 한, 방에
서 시끄러운 소리는 더 이상 들리지 않았다. 그 사람들 중에서, 시인
은 그 도시의 재치꾼들처럼 보이는 두세 명에게 둘러싸여, 자신이 코
르네유를 만났고, 생 타망과 베이와 실컷 먹고 마셨으며, 죽은 로트
루1라는 좋은 친구를 잃었다고 입이 마르도록 이야기했다.

라 카베른과 그녀의 딸 앙젤리크 양은 마치 방에 아무도 없는 것처
럼 아주 조용하게 그들의 옷을 정리하고 있었다. 가끔 앙젤리크의 손
을 꽉 잡거나 손에 입맞춤하는 사람들이 있었다. 시골 사람들이 아주

---

1   1606년 루앙에서 태어난 피에르 코르네유는 그 당시 희극 〈멜리트〉(1630), 비
     희극 〈연극적 환상〉(1636), 〈르 시드〉(1637) 등으로 명성을 날렸고, 1594년
     루앙의 변방에서 태어난 생 타망은 풍자시와 뷔를레스크 시를 쓴 시인으로 유명
     했다. 1610년 파리에서 태어난 샤를 베이는 시인과 극작가로 활동했고, 1609년
     루아르 지방의 드뢰에서 태어나 40세로 요절한 장 드 로트루도 극작가로 명성을
     날렸다. 스카롱은 이들과 모두 파리의 문학 살롱에서 알고 지내던 사이였다.

흥분하고 성가시게 굴었기 때문이지만, 그녀는 적절한 때를 봐서, 정강이뼈를 한 방 차거나, 따귀를 때리거나, 이로 물어 버리는 등 그녀에게 지나치게 수작을 거는 작자들을 곧 몰아냈다. 그것은 그녀가 자유분방해서가 아니라, 그녀의 명랑하고 자유로운 성격이 예의를 지키는 데 방해가 되었기 때문이다. 게다가 그녀는 재치가 있고 아주 정숙한 여자였다.

레투알 양은 성격이 완전히 반대였다. 그녀보다 더 수수하고 더 다정한 여자는 없었다. 그녀는 얼마나 친절한지 그 당시 비록 다리를 삐어서 고통이 심하고 휴식하고 싶은 생각이 간절했지만 아첨하는 사람들을 모두 자기 방 밖으로 내쫓지 않았다. 그녀는 침대에서도 옷을 차려 입고 있었으며, 가장 상냥하게 구는 사람들 네댓 명에 둘러싸여 있거나, 지방에서 유행하는 재치 있는 말[2]에 어리둥절해하고, 즐겁지 않는 일에도 자주 미소를 지어주었다. 그러나 그것은 직업상 아주 불편한 것 중 하나인데, 거기에다 완전히 다른 일을 하고 싶을 때에도 울고 웃을 수밖에 없는 불편함이 더해져, 배우들이 비록 무대에서 늙어가고 그들의 머리칼과 이가 그들의 옷의 일부가 될지라도, 인생의 반을 넘어설 때, 그들이 가끔 황제와 황후가 되고, 늘 아름다운 존재, 젊은 아름다움으로 간주되는 그런 즐거움도 반감된다.

이 점에 대해 이야기할 게 많다. 하지만 내 책을 다양하게 하려면

---

2   원문 'les pointes'는 원래 '뾰족한 물건'이라는 뜻인데, 여기서는 재치 있는 말을 의미한다. 세련, 재치, 익살 등을 가리키는 이탈리어 concetti(화려하고 장식적인 문체, 기교적인 수식)가 메디치가(家)에 의해 17세기 초에 프랑스 궁중으로 확산되어 유행했다.

책의 곳곳에 그런 얘기를 배치하고 마련해 놓아야 한다. 세상에서 가장 성가신 족속들인 시골 사람들, 말 많은 수다쟁이들, 개중에 아주 버릇없는 사람들, 그리고 그중에 콜레주를 갓 졸업한 애들에게 끊임없이 시달린 가엾은 드 레투알 양의 이야기로 돌아가자.

그 사람들 중에는 가까운 작은 재판소에서 소소한 소송을 맡고 있는 변호사로 키가 작은 홀아비 한 사람이 있었다. 그처럼 키가 작았던 아내가 죽고 난 이후, 재혼하겠다고 도시의 여자들을 위협하고, 사제가 되어 심지어 중요한 멋진 설교를 하는 고위 성직자가 되겠다고 지방의 성직자를 위협했다. 롤랑3 이후 들판을 달린 가장 위대한 키 작은 땅딸보 미치광이였다. 그는 평생 공부했다. 공부하면서 진실을 알았지만, 하인처럼 거짓말쟁이였고, 현학자처럼 오만하고 완고했으며, 프랑스 왕국에 경찰이 있다면 숨이 막힐 정도로 못된 시인이었다.

르 데스탱과 동료들이 방으로 들어갔을 때, 그는 그들에게 서로 대면할 여유도 주지 않고, 스스로 나서서 〈24일간, 샤를마뉴 대제의 위업과 무훈〉이란 작품을 자기 식으로 읽어주겠다고 했다. 그런 행동은 모든 참석자에게 머리카락이 쭈뼛 서게 만들었다. 그 일행이 품었던 전반적인 공포 속에서 판단을 좀 유보한 르 데스탱은 미소를 지으면서, 그에게 저녁 식사 전에 그의 말을 들어줄 것 같지 않다고 말했다. 그가 이렇게 말했다.

---

3   프랑스의 무훈시 〈롤랑의 노래〉에서 프랑스어 이름 '롤랑'은 이탈리아어로 '오를란도'에 해당한다. 여기서는 이탈리아 르네상스 시대의 서사시인 아리오스토 (1474~1533)의 〈광란의 오를란도〉(*Orlando Furioso*, *Roland furieux*, 1516) 에 나오는 주인공 오를란도를 암시한다.

그런데 내가 여러분에게 누가 파리에서 나에게 보내준 스페인 책에서 발췌한 이야기를 하나 해주겠소. 나는 그 이야기를 가지고 규칙을 갖춘 작품을 하나 만들려고 하오.

　사람들은 〈당나귀 공주〉4의 모방일 것으로 믿었던 이야기를 피하려고 두세 번 화제를 바꾸었다. 그러나 그 땅딸보는 전혀 물러나지 않았는데, 사람들에게 수없이 말이 가로막히면서도 이야기를 되풀이했기 때문에, 그의 이야기를 듣는 사람이 생겼고, 듣고 후회하는 사람이 없었다.

　왜냐하면 그 이야기가 꽤 재미있는 데다 라고탱5에게서 나온 모든 이야기에 대해 사람들이 가진 안 좋은 생각과 모순되었기 때문이다. 라고탱은 목각 인형 이름이었다. 여러분이 다음 장에서 읽을 이 이야기는 라고탱이 한 것이 아니라, 나에게 그 이야기를 알려준 청중 중에 한 사람이 해준 이야기를 따라 내가 하려고 한다. 따라서 말을 하는 사람은 라고탱이 아니라, 바로 나다.

4　당나귀 가죽을 쓴 공주라는 구전 동화로 샤를 페로가 1694년 출판한 이후, 여러 버전이 나왔다. 프랑스 최초의 동화로 분류되고 있으며, 〈당나귀 공주〉의 소재는 만화, 영화, 인형극, 오페라 등으로 각색되었다.
5　스카롱은 '다리가 짧고 뚱뚱한'(*ragot*)에서 '라고탱'(*ragotin*, 땅딸막한 사람)이라는 인물을 만들었다.

제 9 장

보이지 않는 연인의 이야기1

아라곤의 동 카를로스는 이름이 있는 집안의 젊은 귀족이었다. 그는
나폴리의 부왕 필립 2센지, 3센지 혹은 4센지 ─ 내가 몇 센지 모르기
때문이다 ─ 결혼식에서, 대중들을 위해 개최한 경연에서 자신의 존
재감을 훌륭하게 보여주었다. 그가 반지 경주2에서 우승을 차지한 이
튿날, 부왕은 여인들이 변장을 해서 도시를 다니고, 이런 즐거움으로
그 도시에 몰려든 외국 여인들의 편의를 위해 프랑스식 가면을 쓸 수
있도록 했다. 그날 동 카를로스는 할 수 있는 한 가장 잘 차려입고,
멋 부리는 사람들이 모이는 교회에서 환심을 사려는 많은 사람들과
함께 있었다. 우리나라와 마찬가지로 이 나라에서도 교회들이 타락

---

1   스페인의 피카레스크 소설로 유명한 카스티요 솔로르사노(1584~1648)의 《카
     산드라의 유희》(*Los Alivios de Cassandra*, 1640)에서 발췌한 단편.
2   원형 경기장에 반지를 걸어 놓고 경기장을 달리는 사람들이 창으로 반지를 가져
     가는 경주.

하고, 신의 사원이 고객을 끌고 서로 신도를 빼앗는 가증스러운 야망을 가진 사람들에게 수치스럽게도, 젊은 멋쟁이들과 멋 부리는 여자들에게 약속장소 역할을 한다. 거기에 질서를 세우고 수캐와 암캐들을 쫓아내듯이 교회에서 젊은 멋쟁이들과 멋 부리는 여자들을 쫓아내야 할 것이다.

사람들은 여기서 내가 끼어드는 일에 대해 할 말이 있을 것이다. 사실 여러분은 다른 곳에서도 내가 끼어드는 것을 볼 것이다. 그런 일에 화를 내는 어리석은 자는 거짓말하는 사람만큼, 누구나 이 저속한 세계에서 어리석다는 것을 알아야 한다. 서로 더하고 덜할 뿐이다. 그리고 여러분에게 말하는 나도 다른 사람들보다 더 어리석을지 모른다. 아무리 내가 그런 사실을 고백한다는 점에서 더 솔직하고, 내 책이 어리석은 짓들을 모은 것에 불과할지라도, 나는 어리석은 자들이 각자 이기심에 지나치게 눈이 멀지 않는다면 자신의 본모습에서 사소한 것이라도 발견하기를 바란다.

따라서 다시 내 이야기를 계속하자면, 동 카를로스는 공작처럼 멋진 깃털 장식에 스스로 도취된 이탈리아, 스페인 출신의 많은 신사들과 함께 어느 교회에 있었는데, 그때 가면을 쓴 세 명의 여인들이 이들뜬 큐피드들 중에서 그에게 다가갔고, 그중 한 여인이 이런 말을 하는 것이다.

동 카를로스 영주님, 이 도시에 당신이 많은 은혜를 입은 여인이 있답니다. 모든 장애물 전투와 반지 경주에서 당신이 승리를 거둘 때마다, 그녀는 당신이 영광을 차지하기를 바랐답니다.

동 카를로스가 대답했다.

당신이 하는 말을 내 입장에서 생각해 보면 재능이 있어 보이는 당신이 그걸 알고 있다는 것이군요. 그리고 당신에게 솔직하게 말하면, 어떤 여인이 나에게 사랑을 고백하길 바랐다면, 내가 그 여인의 사랑을 받기 위해 정성을 더 쏟았겠지요.

면식이 없는 그 여인은 그에게, 그가 세상에서 가장 유능한 사람으로 돋보이게 만든 것을 하나도 잊지 않았지만, 검은색과 흰색 제복을 입고 있어서 그가 사랑에 빠지지 않았음을 보여준 것이라고 말했다.

나는 그런 색깔이 무엇을 의미하는지 전혀 몰랐지요.

동 카를로스가 대답했다.

하지만 그게 내가 사랑에 무관심하기보다 그런 것으로 사랑받을 만한 일이 아니라는 나의 인식 때문이라는 것을 잘 알고 있지요.

그들이 서로 자화자찬을 수도 없이 계속하겠지만, 나는 그런 말을 여러분에게 하지 않으려고 한다. 왜냐하면 내가 그 내용을 알지 못하기 때문이고, 내가 얼마 전 그들과 서로 알고 지냈던 나폴리 신사에게 들어서 안 거지만, 나보다 훨씬 더 많은 재능을 가진 동 카를로스와 면식이 없는 그 여인에게 피해를 줄까 봐 여러분에게 다른 말을 지어내지 않으려고 하기 때문이다.

어쨌든 가면을 쓴 그 여인은 동 카를로스에게 연정을 품은 사람이 바로 자신이라고 고백했다. 그는 그녀의 모습을 보고 싶었다. 그녀는 그에게 아직 그럴 상황이 아니고, 그럴 기회를 찾아보겠다고, 그리고 그녀가 그와 단둘이 있어도 절대 두려워하지 않겠다는 것을 증명하기 위해, 그에게 증표를 하나 주겠다고 말했다.

그렇게 말하며, 그녀는 세상에서 가장 아름다운 그 스페인 사람의 손을 보고, 그녀가 가지고 있던 반지를 주었는데, 그는 그런 뜻밖의 일에 너무나 놀라 그녀와 헤어질 때 인사하는 것도 거의 잊어버릴 정도였다.

신중하게 그와 멀리 떨어져 있던 다른 신사들이 그에게 다가왔다. 그는 그들에게 자신에게 일어난 일을 이야기했고 꽤 값비싼 그 반지를 보여주었다. 각자 거기에 대해 자신이 생각하는 바를 말했다. 그리고 동 카를로스가 그녀의 얼굴을 봤다면 그 얼굴을 본 사람들에게 정신적으로 영향을 줄 수 있는 만큼, 면식이 없는 그 여인에게 충격을 받았을 것이다. 그 여인에게서 소식 없이 지낸 지 꼭 8일이 되었는데, 그가 그렇게 심하게 걱정하고 있는지 나는 전혀 몰랐다.

그동안 그는 매일 여러 지체 높은 사람들이 자주 모여 게임을 하는 어느 포병대 대위의 집에 기분을 전환하러 다녔다. 어느 날 저녁, 게임을 하지 않고, 여느 때보다 더 이른 시간에 나왔는데, 어느 큰 저택의 낮은 방에서 자신의 이름을 부르는 소리가 들렸다. 그는 쇠창살을 한 창문에 다가가서, 목소리를 듣고 그 사람이 그의 보이지 않는 연인이라는 것을 알게 되었는데, 그녀가 먼저 그에게 말을 걸었다.

동 카를로스, 가까이 오세요. 나는 우리 사이의 갈등을 해결하려고 여기서 당신을 기다리고 있답니다.

동 카를로스가 그녀에게 말했다.

당신은 허풍쟁이에 지나지 않군요. 당신은 무례하게 사람을 의심하고, 8일 동안 숨어 있다가, 쇠창살 창문에서야 나타나는군요.

그러자 그녀가 그에게 말했다.

때가 되면 우리가 서로 더 가까이 만나겠지요. 내가 당신과 함께 있는 것을 미룬 게 심적인 문제 때문은 아니에요. 당신이 나를 만나기 전에 당신에게 알리고 싶었어요. 당신은 미리 정해진 전투에서 비슷한 무기로 서로 싸워야 한다는 것을 알고 있어요. 당신의 마음이 나만큼 자유롭지 못하더라도, 당신은 유리하게 싸우겠지요. 그리고 내가 당신에 대해 알고 싶었던 것은 그것 때문이지요.

그러면 당신은 나에 대해 무엇을 알았소?

동 카를로스가 그녀에게 말했다

우리는 서로에게 무엇인가요?

보이지 않는 여인이 대답했다.

동 카를로스는 그녀에게 상황이 동일하지 않다고 말했다.

왜냐하면 당신은 나를 보고 내가 누구인지 알고 있는데, 나는 당신을 보지 못하고 당신이 누구인지 모르잖소. 그가 덧붙였다. 당신이 자신을 숨기는 데 내가 신경이 쓰일 수 있다는 판단을 어떻게 생각하오?

사람들이 좋은 의도만 가질 때는 자신을 숨기는 일이 거의 없어요. 그리고 우리는 자신을 경계하지 않는 사람을 쉽게 속일 수 있어요. 그러나 우리는 그 사람을 두 번 속이지 않아요. 만일 당신이 다른 사람에게 질투를 일으키려고 나를 이용한다면, 나는 그런 일에 적임자가 아니며 당신을 사랑하는 것 이외에 다른 일에 당신이 나를 이용하지 말아야 한다는 것을 알려드리지요. 당신이 정말 경솔한 판단을 하셨지요?

보이지 않는 연인이 그에게 말했다.

그런 판단이 근거가 없는 건 아니오.

동 카를로스가 대답했다.

나는 아주 진실한 사람이에요. 우리가 함께할 모든 행동에서 당신이 나를 인정할 것이고, 나는 당신도 그러기를 원한다는 것을 아셔야 해요!

그녀가 그에게 말했다.

그건 지당한 말씀이오.

동 카를로스가 그녀에게 말했다.

하지만 내가 당신을 보고 당신이 누구인지 아는 것도 지당한 일이지요. 곧 아시겠지요.

보이지 않는 연인이 말했다.

하지만 당신은 끈질기게 기대하겠지요. 그 점에서 당신이 나에게 주장하는 것은 당연할 수 있지요. (환심을 사려는 당신의 태도가 근거가 있고 보답의 기대가 없지 않도록) 내가 신분상 당신과 동등하고, 내가 당신을 이 왕국에서 가장 위대한 공작으로 화려하게 살아가도록 만들 만큼 충분한 재산도 있으며, 내가 젊은 여자며, 추한 여자가 아니라 아름다운 여자라는 것을 당신에게 단언하지요. 그리고 재치에 대해서, 당신이 나에게 재치가 있는지 없는지 발견하지 못했을 정도로 재치가 넘치는 편이에요.

동 카를로스는 이런 갑작스런 고백에 너무 놀라고, 자신이 보지 못한 한 여인에게 너무 사랑에 빠져서, 그리고 어떤 속임수에 이를 수 있는 이런 이상한 행동에 너무 당황한 채, 입을 벌리고 대답할 준비를 하려고 하는데, 그녀는 그를 그대로 두고, 그렇게 말을 하고 가 버렸다. 그는 그렇게 놀라운 사건에 대해 이런저런 생각을 하느라 그곳에서 나오지 못하고, 족히 15분 동안은 그렇게 있었다. 그는 나폴리에 지체 높은 공주와 여인들이 여러 명 있다는 것을 잘 알고 있었고, 또 이방인들에게 아주 욕심 많고, 사기꾼에다, 아름다운 만큼 더 위험하고, 굶주린 화류계 여자들이 많이 있다는 것도 잘 알고 있었다.

나는 여러분에게, 주인공들의 모든 하루 일과를 정하고, 아침 일찍 그들을 일어나게 해서, 저녁 식사 때까지 그들의 이야기를 하도록 하며, 아주 가볍게 저녁을 먹고, 저녁을 먹고 나서 그들의 이야기를 계속하게 하거나, 그들이 나무나 바위에게 어떤 말을 할 때가 아니면, 숲 속에 처박혀 혼자 말하게 하는 몇몇 소설 만드는 사람들이 하듯이, 그가 밤참을 먹었는지, 먹지 않고 잤는지, 정확하게 말하지 않겠다. 밤참을 먹는 시간에, 그들이 때마침 식사하는 장소에 있거나, 거기서 그들이 식사하기는커녕 한숨짓고, 꿈을 꾸며, 바다를 바라보는 테라스에서 황당무계한 계획을 세우기도 한다. 반면에 어떤 시종은 자기 주인이 어떤 왕의 아들인데 세상에 그보다 더 착한 왕자는 없고, 그가 그 당시 사람들 중에 가장 잘생겼지만, 사랑이 그를 망쳐 놓고 나서 완전히 딴 사람이 되었다고 폭로하기도 한다.

다시 내 이야기로 돌아가서, 동 카를로스는 다음 날 그 자리에 있었다. 보이지 않는 연인도 이미 그 자리에 있었다. 그녀는 그에게 지난 대화에 너무 당황하지 않았는지, 그리고 그녀가 말한 것에 대해 그가 의심한 것이 아닌지 물었다. 동 카를로스는 그녀의 물음에 대답하지 않고, 그녀에게 자신의 모습을 보여주지 못할 어떤 위험이 있는지 그에게 말해 달라고 부탁했다. 왜냐하면 상황이 쌍방에게 동일하고 그들의 환심은 모든 사람들에게 인정받는 오직 하나의 목표를 지향할 뿐이기 때문이다.

시간이 가면서 아시겠지만, 위험은 도처에 있지요.

보이지 않는 연인이 그에게 말했다.

다시 한 번, 나는 진실한 사람이며 내가 스스로 당신과 맺은 관계에서 아주 절제한 것에 대해 만족해주세요.

동 카를로스는 더 이상 그녀를 다그치지 않았다. 여전히 그들의 대화는 얼마동안 계속됐다. 그들은 자신들이 생각했던 것 이상으로 서로를 사랑했고 매일 그 밀회 장소에 있겠다는 두 사람의 약속과 함께 서로 헤어졌다.

다음 날 부왕의 저택에서 큰 무도회가 있었다. 동 카를로스는 거기서 그의 보이지 않는 연인을 만나길 기대하고 그동안 그에게 호의적으로 대했던 그 집이 누구의 소유인지 알아보려고 했다. 그는 이웃들로부터 그 집이 한 스페인 대위의 미망인으로, 은퇴한 노부인의 소유이며, 그녀에게 딸도 조카도 없다는 것을 알았다. 그는 그 노부인을 만나고 싶었다. 그는 그녀가 남편이 죽은 이후 아무도 만나지 않는다는 말을 들었다. 그 소문에 그는 적이 당황했다.

동 카를로스는 그날 저녁 부왕의 저택에 있었는데, 여러분은 그 모임이 아주 아름다운 모임이라고 생각할 수 있을 것이다. 그는 면식이 없는 그 모임의 모든 여인들을 정확하게 관찰했다. 그는 자신이 만날 수 있는 여인들과 대화했고 그가 찾던 여인은 거기서 발견하지 못했다. 마침내 그가 나로서는 어떤 후작인지 모르지만, 한 후작의 딸을 만났다. 내가 확신은 못하지만, 모든 사람들이, 말하자면 자기 주인에게서 직접 후작 작위를 받던 시절에, 그게 세상의 이치였기 때문이다. 그녀는 젊고 아름다웠는데, 그가 찾던 여인과 목소리 톤이 상당히 흡사했다. 그러나 결국 그는 그녀의 재치와 그의 보이지 않는 연인의 재치 사이에 연관성을 거의 발견하지 못했기 때문에, 아첨하지 않고, 그렇게 짧은 시간에 그가 그녀와 나쁘지 않은 관계라는 것을 믿을 수 있을 만큼 이 아름다운 여인과 일을 꽤 진척시킨 것을 후회했다. 그들은 자주 함께 춤을 췄다. 그리고 무도회는 동 카를로스를 거의 만족시키지 못한 채 끝이 났고, 그는 그렇게 아름다운 모임에서, 모든 남자들의 부러움을 사고 모든 여자들에게 존경받은 상대를 혼자 차지하기에 너무나 영광스러웠던 그의 포로가 된 여자와 헤어졌다.

무도회를 나오면서, 그는 무장을 하고 거기서 그다지 멀리 떨어져 있지 않은 운명의 쇠창살이 있는 그녀의 집으로 서둘러 갔다. 이미 거기에 와있던 그 여인은 자신이 무도회에 있었음에도 불구하고 그에게 그 소식을 물었다. 그는 그녀에게 아주 아름다운 어떤 여인과 여러 번 춤을 추고 무도회가 계속되는 동안 그녀와 대화를 나눴다고 솔직하게 말했다. 그녀는 그에게 그 점에 대해 자신이 질투하고 있다는 것을 충분히 드러낸 여러 가지 질문을 했다. 동 카를로스는 그녀가 무도회에 없었던 것에 대해 조금 아쉬웠으며 그것은 그녀의 신분을 의심하게 만든다고 그녀에게 알려주었다. 그녀는 그걸 알아차렸다. 그녀가 그때만큼 매력적인 때가 없었는데, 그의 마음을 편하게 하고, 창살 사이로 이루어진 대화에서 최대한 그를 두둔하면서, 그에게 곧 자신의 모습을 볼 수 있을 거라고 약속까지 했다. 그는 그녀의 말을 믿어야 할지 잔뜩 의심을 품고, 무도회가 계속되는 동안 그가 대화를 나눴던 아름다운 여인에게 그녀가 약간 질투한 상태에서, 그들은 헤어졌다.

다음 날, 동 카를로스는, 내가 알지 못하는 어떤 교회에 미사를 들으러 갔는데, 그와 동시에 쓰려고 했던 성수를 가면으로 얼굴을 가린 두 여인에게 권했다. 두 여인 중 옷을 잘 입은 여인이 그에게, 자신이 (신분을) 드러내려 하는 사람의 예의는 받아들이지 않는다고 말했다.

동 카를로스가 그녀에게 말했다.

당신이 그렇게 서두르지 않을수록, 나중에 만족할 거예요.

그러면 가까운 예배당으로 나를 따라오세요.

면식이 없는 여자가 그에게 대답했다. 그녀가 먼저 갔고, 동 카를로스는 그녀가 자신의 여인과 키는 같다고 생각했지만, 그녀가 그 여인인지 잔뜩 의심을 품고, 그녀를 따라갔다. 왜냐하면 그가 그들의 목소리에서 어떤 차이를 발견했는데, 이 여인이 약간 걸쭉한 목소리로 말했기 때문이다. 그와 함께 예배당에 들어간 후, 그녀가 그에게 말했다.

동 카를로스 영주님, 당신이 여기 온 지 얼마 되지 않고부터, 나폴리시가 온통 당신이 얻은 높은 명성으로 가득합니다. 그리고 당신은 여기서 최고의 신사 중 한 사람으로 통한답니다. 이 도시에 당신에게 특별한 존경심을 가진 지체 높고 유능한 여인들이 있다는 것을 당신이 깨닫지 못하고 있어 사람들이 그저 이상하게 생각하고 있어요. 그 여인들은 최대한 예의를 다해서 당신에게 그런 존경심을 보여줬지요. 비록 그들이 당신에게 그렇게 믿게끔 열렬히 바라지만, 그들은 당신이 무관심해서 그것을 숨기는 것보다 무감각해서 그것을 인식하지 못하기를 바라고 있지요. 그들 중 내가 아는 여인이 한 명 있는데, 온갖 말이 나올 수 있는 위험에도, 밤에 당신에게 일어난 사건이 알려지고, 당신이 알지 못하는 일도 기꺼이 무분별하게 개입하려 한다고 알릴 정도로 당신을 아주 존경하고 있어요. 당신의 연인이 스스로 숨고, 당신을 사랑하는 것을 부끄러워하거나, 당신의 마음에 들지 않을까 걱정이 되기 때문이지요. 당신이 보내는 사랑의 시선이 많은 자질과 재치를 가진 한 여인을 대상으로 삼고 있다는 것, 그리고 그것이 아주 사랑스러운 연인을 상상했다는 것은 의심의 여지가 없지요. 그러나 동 카를로스 영주님, 당신의 판단을 희생하면서까지 당신의 상상력을 믿지 마세요. 자신을 숨기고 있는 한 여인을 경계하고, 이 야밤의 대화에 미리 더 이상 끼어들지 마세요. 그런데 왜 이렇게 나를 숨겨야 할까요? 당신의 환상에 질투하고 당신이 그녀에게 말을 거는 것을 기분 나쁘게 생각하는 사람이 바로 나예요. 고백했듯이, 나는 그녀의 모든 의도를 잘 차단해서 그녀와 싸워 승리를 차지할 거예요. 내가 미모와 재산, 자질 면에서, 어떤 사람의 마음에 들게 만드는 모든 면에서도 그 여자에게 뒤지지 않기 때문이지요. 당신이 현명하다면 잘 생각해 보세요.

그녀는 마지막으로 이 말을 하면서, 동 카를로스에게 대답할 여유도 주지 않고 가 버렸다.

그는 그녀를 따라가고 싶었지만, 교회 입구에서 지체 높은 어떤 사람을 만나 대화를 나누게 되었고 대화가 꽤 오랫동안 계속되는 바람에 어떻게 할 도리가 없었다. 그는 그날 내내 이 사건을 생각했고 우선 무도회의 그 아가씨가 그에게 나타난 마지막 가면을 쓴 여인일 거라고 짐작했다. 그러나 보이지 않는 여인이 그에게 많은 재치를 보여 줬다고 생각했고, 무도회의 여인은 그런 면을 거의 보여주지 못했다고 기억하면서도, 그가 더 이상 무엇을 믿어야 할지 몰랐고, 방금 그와 헤어진 여인에게 모든 것을 바치기 위해 그가 모르는 여인에게 더이상 개입하고 싶지 않았다. 그러나 결국, 무도회의 여인은 보이지 않는 연인보다 그에게 더 알려지지 않은 여인이고, 그는 보이지 않는 여인과 나누었던 대화에서 그녀의 재치가 자신의 마음을 사로잡았다는 생각에 이르면서, 그가 내려야 했던 결심이 흔들리지 않았고, 거기서 물러날 사람이 아니었으므로, 그에게 가해진 위협을 그다지 걱정하지 않았다.

바로 그날, 그는 어김없이 여느 때와 같은 시간에 창살문에 있었는데, 그의 보이지 않는 연인과 대화하는 중에 가면을 쓴 네 명의 남자한테 붙잡혔다. 그들은 그를 무장해제시켰고 얼마나 힘이 셌는지 길 끝에서 자신들을 기다리던 사륜마차에 거의 팔 힘만으로 그를 태웠다. 나는 그가 그들에게 욕을 퍼붓고 자기들에게 유리한 상태에서 그를 덮친 것을 비난했는지는 독자의 판단에 맡기겠다. 그는 심지어 갖가지 보상을 약속하며 그들을 매수하려고 했다. 그러나 그들을 설득하기는커녕, 그를 훨씬 더 철저하게 감시하도록 만들 뿐이었고 그의 용기와 힘으로 도움을 받을 수 있는 희망을 완전히 빼앗을 뿐이었다.

그동안 네 마리 말이 끄는 마차는 그대로 빠른 속도로 달리고 있었다. 마차는 도시에서 빠져 나와, 한 시간 후에 그 마차를 맞이하도록 문을 열어 놓았던 어느 멋진 저택으로 들어갔다. 네 명의 가면을 쓴 남자들은 동 카를로스와 함께 내렸고, 마치 대사를 소개받아 대영주에게 경의를 표하려는 것처럼 그의 양팔을 잡고 있었다. 그들은 같은 의식을 거쳐 그를 데리고 2층까지 올라갔는데, 거기에는 가면을 쓴

두 명의 여인이 각자 손에 촛대를 들고, 큰 응접실 입구에서 그를 맞
았다. 가면을 쓴 남자들은 그를 자유롭게 놔주고 깍듯이 인사를 한 뒤
물러났다. 그들은 그의 몸에 총도 검도 남기지 않았고, 그는 자신을
잘 보살피느라 애쓴 수고에 대해 고마워하는 것 같지 않았다. 그가 예
의가 없어서 그런 게 아니다. 우리는 기습을 당한 사람에게 가해진 무
례한 행동을 용서할 수 있다.

　나는 여러분에게 그 여인들이 들고 있던 촛대가 은촛대인지 말하지
않겠다. 굳이 따지자면, 그 촛대는 끌로 새겨 금박을 입힌 은이었고,
응접실은 세상에서 가장 화려했다. 그리고 말하자면, 《폴렉상드르》3
에 나오는 젤망드르의 배나 《유명한 바사》4에 나오는 이브라임의 궁
전처럼, 혹은 내가 언급한 다른 소설들 못지않게 아마 가구가 가장 잘
장식된 세계의 책 《키루스 대왕》5에서 아시리아의 왕이 만다네6를 영
접한 방처럼, 우리의 소설에 나오는 방만큼 잘 갖추어져 있었다. 따
라서 여러분은 우리의 스페인 주인공이 이 화려한 방에서, 말을 일체
하지 않고 그를 혼자 두고 나갔던 응접실보다 훨씬 더 잘 장식된 이웃
한 방으로 그를 안내했던 가면을 쓴 두 여인에게 놀라지 않았겠는지

3　프랑스 소설가 공베르빌(1600~1674)의 영웅소설.
4　《이브라임, 혹은 유명한 바사》는 마들렌 드 스퀴데리(1607~1701)가 쓴 소설이
　지만, 그의 오빠 조르주 드 스퀴데리(1601~1667)의 이름으로 1641년 출판됐다.
5　1649~1653년에 출판된 《아르타멘 혹은 키루스 대왕》은 프랑스 문학사에서 가
　장 긴 마들렌 드 스퀴데리와 조르주 드 스퀴데리의 대하소설이다.
6　키루스는 페르시아 지방을 다스리던 군주 캄뷔세스 1세와 메디아 제국 마지막 황
　제 아스튀아게스의 딸 만다네 사이에서 태어난 외아들이다. 만다네는 페르시아
　의 역사에서 제1의 모후로 간주되는 인물이다.

상상해 보라.

그에게 돈키호테 기질이 있었다면, 거기서 자화자찬할 거리를 발견하고 자신을 최소한 에스플라디안[7]이나 아마디스[8]로 여겼을 것이다. 그러나 우리의 스페인 주인공은 자신이 여관이나 주막에 온 것 이상으로 동요하지 않았다. 그가 그의 보이지 않는 연인을 정말 그리워하고, 끊임없이 그녀를 생각하면서, 이 아름다운 방을, 우리가 외부가 더 아름답다고 생각하는 감옥보다 더 우울한 곳으로 생각한 것이 사실이다. 그는 사람들이 그를 너무나 잘 환대해준 곳에서 그에게 해를 끼치려는 것은 아니라고 쉽게 믿었고, 그 전날 교회에서 그에게 말을 걸었던 여인이 이 모든 마법의 마술사일 거라는 의심은 조금도 하지 않았다. 그는 속으로 여자들의 기질에 감탄했고 그들이 내린 결정을 얼마나 빨리 실행하는지 놀랐으며, 그리고 그도 이 사건이 끝날 때까지 참고 기다리며, 어떤 약속과 위협을 한다 해도 창살문의 연인에게 변함없는 사랑을 지키기로 결심했다.

얼마 후에, 가면을 쓰고 옷을 아주 잘 차려입은 사관들이 와서 상을 차렸고, 다음에는 저녁 식사를 차렸다. 모든 것이 화려했다. 음악과 향로도 빠지지 않았고, 우리의 동 카를로스는 후각과 청각뿐만 아니라 미각 또한 만족했는데, 자신이 처한 그 상황에서 내가 생각한 것 이상이었고, 말하자면 저녁을 너무 잘 먹었다. 그런데 큰 용기를 내

---

7 1510년 스페인 소설가 몬탈보(1450~1505)가 쓴 기사도 소설, 《에스플란디안의 위업》(*Las Sergas de Esplandian*)에 나오는 기사.

8 1508년 몬탈보가 쓴 기사 모험담인 《갈리아의 아마디스》에 나오는 기사.

면 무엇인들 할 수 없을까? 나는 여러분에게 그가 양치를 했을 거라고 말하는 걸 잊었다. 왜냐하면 나는 그가 이에 정성을 다한다는 것을 알았기 때문이다. 음악은 식사 후에도 여전히 얼마동안 계속되었다. 그리고 모든 사람들이 물러가고, 동 카를로스는 이 모든 마법 같은 일이나 다른 일을 상상하면서, 오랫동안 산책했다.

가면을 쓴 두 여인과 가면을 쓴 난쟁이 한 명이 화려한 화장대를 세우고 나서, 그가 자고 싶은지 알아보지도 않고, 와서 그의 옷을 벗겼다. 그는 그들이 하는 대로 따랐다. 여인들은 잠자리를 정리하고 물러났다. 난쟁이는 그의 신발, 장화를 벗겼고, 이어서 옷을 벗겼다. 동 카를로스는 잠자리에 들었다. 그리고 이 모든 일이 서로 말 한마디 없이 진행되었다. 그는 사랑하는 사람을 위해 마련해준 잠을 잘 잤다.

새벽에 새장의 새들이 그를 깨웠다. 가면을 쓴 난쟁이가 나타나서 그를 시중들고 세상에서 가장 아름답고, 가장 잘 세탁된, 그리고 가장 향기 나는 내의를 입혀주었다. 자, 그가 밤참에 비길 만한 저녁 식사 때까지 무엇을 했는지 말하지 말고, 그때까지 지켜졌던 침묵이 깨질 때까지 가 보자.

가면을 쓴 한 여인이 침묵을 깨고, 황홀한 궁전의 안주인을 만나 봐도 좋을지 그에게 물었다. 그는 환영이라고 말했다. 그 후 곧장 그녀가 들어왔고, 아주 화려하게 옷을 입은 네 명의 여인이 따라왔다.

비록 키테라9는 아닐지라도,

---

9   미의 여신인 비너스의 다른 이름

그때 그녀는 새로운 사랑의 열정으로,

연인을 정복하려고

화려하게 치장하고 나오는구나. 10

우리의 스페인 주인공은 이 미지의 여인 우르강드11보다 더 나은 미
모의 여인을 본 적이 없었다. 그는 온몸으로 존경을 받으며 너무 황홀
한 동시에 놀랐으며, 그녀가 그를 다음 방으로 들어가도록 안내하고
그의 손을 잡아주는데, 그는 걷고 있지만 한없이 헛발을 딛고 있는 것
같았다. 내가 이미 여러분에게 언급한 응접실과 방에서 그가 본 아름
다운 것은 모두 그가 여기에서 발견한 것과 비교하면 아무것도 아니
었고, 이 모든 것이 여전히 가면을 쓴 여인의 광채에서 나오고 있었
다. 그들은 세상에 연단이 생기고 난 이후 전혀 본 적이 없는 가장 호
화로운 연단을 지나갔다.

스페인 주인공은 자신의 자리가 있음에도 불구하고 연단의 한 안락
의자에 앉았다. 그리고 여인은 나도 얼마나 호화로운지 모르는 쿠션
위에, 그와 마주 앉아서, 클라브생처럼 부드러운 목소리를 들려주었
고, 그녀는, 내가 여러분에게 할 말을, 그에게 거의 다 했다.

동 카를로스 영주님, 어제부터 우리 집에서 당신에게 일어난 모든
일에 당신이 너무나 놀랐을 것이라고 의심하지 않아요. 그리고 그 일

---

10 말레르브(1555~1628, 프랑스 고전주의 시인)의 〈프랑스에서 환영받는, 마리
드 메디치 왕비에게 바치는 오드〉의 일부(31~34행).

11 《아마디스》에서 우르강드(urgande)는 아무도 모르게 기사들에게 나타난 선의
의 요정이다. 궁전의 안주인을 우르강드에 비유하고 있다.

이 당신에게 큰 영향을 주지 않았더라도, 적어도 당신은 그 점에 대해 내가 약속을 지킬 줄 안다는 것을 보았을 것이고, 내가 이미 한 행동을 통해, 당신은 내가 할 수 있는 모든 것을 보고 판단할 수 있었겠지요. 아마 나와 경쟁하는 여자가 교묘하게, 당신에게 먼저 구애했다는 기쁨으로, 당신의 마음속에서 나와 다투는 위치에 있는 그녀는 이미 절대적인 연인이 되었겠지만, 여자는 단번에 물러서지 않아요. 무시할 수 없는 나의 재산과 내가 소유할 수 있는 모든 것으로도 나를 사랑하도록 당신을 설득할 수 없다면, 나는 수치스럽거나 쑥스러워서 숨지 않고, 나의 기교로 나를 사랑하게 만드는 것보다 내가 부족해서 나를 무시하게 만드는 편이 더 낫다는 것으로 만족하겠지요.

이 마지막 말을 하면서, 그녀는 스스로 가면을 벗었고, 동 카를로스에게 열린 하늘, 말하자면 그가 지금까지 감탄한 가장 풍성한 육체를 가진 여인, 세상에서 가장 아름다운 얼굴, 작은 하늘을 보여주었다. 결국 이 모든 것을 종합하면, 그녀는 아주 신성한 여인이었다. 그녀의 상큼한 얼굴은 열여섯 살이 채 넘지 않은 것 같았다. 그러나 젊은 사람들이 아직 가지고 있지 않지만, 내가 알지 못하는 쾌활하고 위엄 있는 태도를 보면, 스무 살은 될 거 같았다.

동 카를로스는 한동안 그녀의 말에 대답을 하지 못하고, 지금까지 본 가장 아름다운 여인에게 모든 것을 쏟아붓지 못하게 만든 그의 보이지 않는 연인에게 화가 났고, 그가 무슨 말을 해야 하고 무엇을 해야 할지 망설였다. 마침내, 그 황홀한 궁전에 있는 여인의 애간장을 태울 정도로 오랫동안 계속된 내적 갈등을 끝낸 후, 그는 마음속에 간직했던 것을 숨기지 않겠다고 굳게 결심했다. 그것은 그가 지금껏 해

본 적이 없는 가장 멋진 행동 중에 하나였다. 그는 그녀에게 이렇게 대답했다. 여러 사람들이 아주 노골적이라고 생각한 대답이었다.

부인, 내가 당신을 사랑할 수 있어서 내가 행복할 수 있다면, 내가 당신의 마음에 들어서 너무나 행복하다는 것을 내가 당신에게 부인할 수 없어요. 나는 아마 내 상상 속에서만 아름다운 또 다른 여인 때문에 세상에서 가장 아름다운 여인과 헤어질 수 있다는 것을 잘 알고 있어요. 그러나 부인, 당신이 내가 불성실한 사람이라고 믿었다면, 당신은 내가 당신의 애정을 받아 마땅하다고 생각했을까요? 그리고 내가 당신을 사랑한다고 하더라도 내가 지조를 지킬 수 있을까요? 그러니, 부인 나를 나무라지 말고 나를 동정해주세요. 당신은, 당신이 바라는 것을 얻을 수 없고, 나는, 내가 사랑하는 사람을 보지 못하니, 차라리 우리 함께 동정합시다.

그가 너무도 애통하게 이렇게 말하자 여인은 그가 진실한 감정으로 말하고 있다는 것을 쉽게 알아차릴 수 있었다. 그녀는 그를 설득시킬 수 있는 것을 하나도 잊지 않았지만, 그는 그녀의 간청에 귀를 막았고 그녀의 눈물에 감동받지 않았다. 그녀는 여러 번 시도했다. 잘 공격하면 잘 방어해냈다. 결국, 그녀는 모욕과 비난을 하기에 이르렀고 그에게 이렇게 말했다.

분노가 감각을 지배할 때
모든 것은 분노로 말하니,

그리고 그에게 다시 기운을 되찾으라는 게 아니라, 오직 행운이 넘쳐서 찾아온 그의 불행을 수백 번 저주하라는 뜻에서 그를 그대로 두었다. 그가 자유롭게 정원을 산책하러 가고 나서 잠시 후, 한 여인이 그에게 와서 말했다. 그는 계단까지 아무 눈에 띄지 않고 이 모든 방을 가로질러 갔다. 계단 아래에서 그는 미늘창과 소총으로 무장하고, 문을 지키고 있던 가면을 쓴 열 명의 남자들을 봤다. 그가 그 저택만큼 아름다운 정원을 산책하려고 마당을 가로질러 가고 있었는데, 경비대의 궁수 중 한 사람이 그를 보지 않고 옆으로 지나가면서 들릴까 봐 겁을 먹은 것처럼, 한 노신사가 자신에게 편지 한 통을 맡겼는데, 발각된다면 목숨이 왔다 갔다 하는 것이었지만, 그에게 직접 손으로 편지를 전해주겠다는 약속을 했다고 말했다. 그러나 금화 스무 냥의 현금과 약속이 그만큼 그에게 모든 것을 위태롭게 만드는 것이었다. 동 카를로스는 그에게 비밀로 하겠다는 약속을 하고 재빨리 정원으로 들어가서 이 편지를 읽었다.

내가 당신을 보지 못한 이후, 내가 당신을 사랑하는 만큼 당신이 나를 사랑한다면, 당신이 처할 고통을 통해 내가 처한 고통을 판단할 수 있었지요. 결국, 당신이 어디 있는지 알고 나서 조금 마음의 위로를 받고 있어요. 당신을 납치한 사람은 바로 포르시아 공주예요. 그녀는 자신이 만족할 때까지 다른 것은 그 무엇도 고려하지 않아요. 당신은 이 위험한 아르미다의 첫 희생양 리날도12가 아니에요. 하지만 나는 그녀의 모든

---

12 이슬람에 함락된 예루살렘을 되찾기 위한 원정을 다룬 타소의 서사시 〈해방된 예루살렘〉에 나오는 인물들. 이슬람의 아름다운 마녀 아르미다는 기독교군의 기

마법을 단절하고, 당신이 변함없다면 내 팔 안에 내가 바라는 만큼 당신이 당연히 받아야 할 것을 당신에게 드리도록 그녀의 팔에서 당신을 끌어내겠어요. 보이지 않는 여인.

동 카를로스는 자신이 진정으로 사랑한 그 여인의 소식을 알고 나서 너무나 기뻐서, 편지에 수백 번 입맞춤하고, 손가락에 끼웠던 다이아몬드 반지로 보답하려고 정원 입구에 그에게 편지를 준 사람을 찾으러 갔다. 그는 잠시 동안 정원을 다시 산책했고, 왕국에서 가장 훌륭한 저택 중 하나로, 그가 아주 부유한 젊은 여인에 대한 이야기를 자주 들었던 이 포르시아 공주에게 동요할 리가 없으며, 그리고 자신이 아주 고결한 사람이기 때문에, 감옥 밖으로 도망가려고 목숨을 걸고 그가 할 수 있는 모든 것을 하기로 결심할 정도로 공주에 대한 혐오감을 품었다.

정원에서 나가면서, 그는 가면을 벗은 어떤 여인(왜냐하면 궁전에서 더 이상 아무도 가면을 쓰지 않았기 때문이다)을 만났는데, 그에게 와서 그녀의 안주인이 그날 그와 함께 식사하려고 하는데 괜찮은지 물었다. 그녀가 반가운 분일 거라고 그가 말했는지는 여러분의 생각에 맡기겠다. 잠시 후 밤참인지 저녁 식사인지 차려졌다. 어떤 식사인지 더 이상 내가 기억이 나지 않기 때문이다.

포르시아는 내가 조금 전 여러분에게 말한 대로 키테라보다 더 아름다운 것 같았다. 달리 말하면, 여기서 태양이나 여명보다 더 아름

사 리날도를 억류해 놓고 그의 미모에 끌려 그를 사랑하게 된다.

답다고 말해도 불편한 것은 없다. 그들이 식사하는 동안 그녀는 정말 매력적이었는데, 아주 신분이 높은 여인으로서 뛰어난 자질이 제대로 발휘되지 못한 것을 보고 은밀하게 고민한 스페인 사람에게 더 많은 재치를 보여주었다. 그는 끊임없이 그의 면식이 없는 여인을 상상하고 창살문에서 다시 서로 만나고 싶은 욕망이 강렬했지만, 좋은 기분을 보여주려고 할 수 있는 최대한 자제했다. 식탁을 치우자, 그들 둘만 남았다. 그 여인에 대한 경의의 표시로 혹은 그녀가 먼저 말하도록, 동 카를로스는 말을 하지 않았는데, 그녀가 침묵을 깨고 이렇게 말했다.

나는 당신의 얼굴에서 내가 봤다고 생각하는 어떤 즐거운 것을 기대하는지, 당신이 숨기는 사람이 당신에게 사랑을 더 줄 수 있는지, 당신이 의심할 정도로 당신에게 보여준 내 얼굴이, 그다지 아름답게 보이지 않았는지 모르지요. 나는 당신에게 주고 싶었던 것을 숨기지 않았어요. 왜냐하면 당신이 사랑을 받고 후회하지 않기를 내가 원했기 때문이에요. 그리고 아무리 (사랑의) 간청을 받는 데 익숙한 사람이 거절했기 때문에 쉽게 감정이 상할 수 있어도, 당신의 보이지 않는 연인보다 더 가치가 있다고 생각한 것을 나에게 보상한다면, 내가 이미 당신에게서 받은 것에 대해 어떤 원한도 가지지 않겠지요. 그러니까 당신의 마지막 결정을 나에게 알려주세요. 그 결정이 나에게 불리하게 내려지면 내 안에 있을 법한, 당신을 사랑하는 이유와 싸울 정도로 아주 강한 이유를 내 마음속에서 찾기 위해서지요.

동 카를로스는 잠시 그녀가 다시 말할 때까지 기다렸다. 그리고 그녀가 더 이상 말을 하지 않고, 고개를 바닥으로 숙인 채, 그가 말문을 열 순간을 기다리고 있다는 것을 알고, 지금까지 그녀에게 걸었던 어떤 희망도 다 버릴 거라고 솔직하게 말하고, 그가 이미 내린 결정을 따랐다. 그가 한 결정은 이렇다.

부인, 당신이 나에게 알고 싶은 것을 답하기 전에, 당신은 내가 솔직하게 말하기를 바라는 것처럼, 당신은 내가 당신에게 말하려는 것에 대해 당신의 감정을 나에게서 진지하게 찾아야 하오. 만일 당신이 어떤 사람에게 당신을 사랑하라고 강요하고, 한 여인이 자신의 미덕을 해치지 않고 베풀 수 있는 모든 호의를 다해, 당신이 그에게 불가침의 변함없는 사랑을 맹세하라고 강요한다면, 혹시 그가 당신에게 약속한 것을 어겼을 때 당신은 그를 모든 사람들 중 가장 비겁한 자와 배신자로 여기지 않을까요? 그리고 내가 당신을 위해 그 사람을 사랑할 거라고 믿는 사람과 헤어진다면 내가 이 비겁한 자와 배신자가 아닐까요?

그는 그녀를 납득시키려고 형식적으로 논쟁을 많이 하려고 했지만, 그녀는 그에게 그럴 여유를 주지 않았다. 그녀는 갑자기 일어나서, 그가 결국 어디로 가려고 하는지 잘 알고 있으며, 비록 자신의 생각은 그와 정반대이지만 그녀는 그의 변함없는 마음에 감탄하지 않을 수 없다고 그에게 말했다. 그리고 그녀는 그를 다시 자유롭게 해주었고, 굳이 그녀에게 그리해야 한다면 그가 왔을 때와 똑같이 되돌아가기 위해 밤이 올 때까지 기다리겠다고 말했다. 그녀가 말하는 동안, 눈물을 감추려는 듯, 손수건을 눈앞으로 가져갔고, 그 스페인 주인공은 약간 제지는 받았지만, 세상에서 가장 대단한 위선자였을지라도, 그가 숨길 수 없을 정도로 다시 자유로워질 수 있는 기쁨에 너무나 황홀했다.

나는 그 여인이 아무리 그런 것을 신경 썼더라도, 그녀가 그를 책망할 수밖에 없었을 것이라고 생각한다. 나는 날이 어두워지는 데 오랜 시간이 걸렸는지 모른다. 왜냐하면 내가 여러분에게 이미 말했다시피, 나는 때와 시간을 지적하는 데 더 이상 애를 쓰지 않기 때문이다. 여러분은 단지 날이 어두워졌다는 것, 그리고 그가 꽤 먼 길을 떠난 후 그녀의 집에 그대로 있었던, 사륜마차를 타고 있음을 알게 될 것이다.

그가 세상에서 둘도 없는 선한 주인이었기 때문에, 하인들은 그를 보고 한없이 기뻐했고 그를 꼭 껴안았다.[13] 그러나 그들은 오랫동안 그러지 못했다. 그는 무장을 하고, 서로 싸우도록 그냥 둘 사람들이 아닌 측근 두 사람을 대동하고, 그와 함께 가던 사람들이 따라가는 데 애를 먹었을 정도로 빨리, 너무나 빨리 그의 창살문으로 갔다. 그 바람에 그는 그의 보이지 않는 여신이 그와 서로 연락했던 익숙한 신호를 하지 못했다. 그들은 너무나 다정한 이야기를 수없이 나누었는데, 나는 그 생각을 할 때마다 눈에 눈물이 맺힌다. 결국 보이지 않는 연인은 그에게, 그녀의 집에서 상당한 고통을 받았고, 집에서 나가도록 사륜마차를 가져오라고 말했다. 왜냐하면 마차가 오기까지 오래 걸리는데, 더 빨리 올 수 있다면, 그녀가 더 이상 그에게 자신의 얼굴을

---

13 바로크 수사법인 과장된 표현의 예로서, 원문은 "그의 하인들은 그를 보았을 때 기뻐서 죽을 정도였고, 그를 포옹한 나머지 그를 질식시킬 정도였다"라고 되어 있다.

숨기지 않을 곳으로 데리고 가도록 마차를 가져오라고 부탁했기 때문이다.

스페인 주인공은 말이 떨어지자마자 행동했다. 그는 미친 사람처럼 자신을 길 끝에서 내려주었던 그의 하인들에게 달려가서 마차를 가져오라고 했다. 마차가 왔고, 보이지 않는 연인은 약속을 지켰으며, 그와 함께 마차 안으로 들어갔다. 그녀는 마부에게 마차가 갈 길을 가르쳐주면서, 직접 마차를 안내했고, 어느 큰 저택 옆에 마차를 멈추게 했다. 그들이 도착하자, 마차는 불이 켜진 여러 촛대의 불빛을 따라 안으로 들어갔다. 기사가 큰 계단을 지나 그 여인과 함께 높은 응접실로 올라갔는데, 거기서 그는 그녀가 아직 가면을 벗지 않은 것을 보고, 안심한 것은 아니었다.

마침내, 화려하게 옷을 입은 여러 여인들이 그들을 맞이하러 왔고, 각자 손에 촛대를 들고 있었는데, 보이지 않는 연인은 더 이상 그러지 않았다. 그리고 가면을 벗으면서, 동 카를로스에게 창살문의 그 여인과 포르시아 공주가 그저 같은 사람일 뿐이라는 것이 드러났다. 나는 여러분에게 동 카를로스의 유쾌한 놀라운 표정을 묘사하지 않겠다.

아름다운 나폴리 여인은 그에게 자신이 그의 마지막 결정을 알아내려고 그를 두 번 납치했다고 말했다. 창살문의 여인은 자신이 요구한 것들을 그에게 양보했다고 말하고, 이어서 수많은 정신적이고 우아한 말을 덧붙였다. 동 카를로스는 그녀의 발밑에 엎드려, 무릎을 끌어안고, 격렬하게 손에 입맞춤을 하면서,[14] 사람이 너무나 편할 때

---

[14] 원문은 "손에 입맞춤을 한 나머지, 그녀의 손을 먹을 정도였다"(lui pensa

하는 온갖 무례한 말을 그녀에게 스스럼없이 했다.

이렇게 첫 흥분이 지나간 후, 그는 모든 재치와 아첨을 발휘해서 그의 연인의 유쾌한 변덕을 과장했고, 그녀가 자신의 선택이 잘못되지 않았다고 훨씬 더 확신했을 정도로 그녀에게 너무나 돋보이게 말함으로써 그녀의 빚을 갚았다. 그녀는 그에게, 그녀가 한 가지에 대해 그녀 자신이 아닌 다른 사람을 믿고 싶지 않았는데, 그 한 가지가 없었다면 그를 사랑하지 않았을 것이고, 변심하는 사람에게 결코 모든 것을 바치지 않았을 거라고 말했다.

그러고 나서 포르시아 공주의 부모들이 그녀의 의사를 통보받고, 도착했다. 그녀가 왕국에서 가장 신중한 사람 중 한 명이었기 때문에, 그녀와 지체 높은 동 카를로스는 그들의 결혼을 위해 대주교를 사양하는 데 큰 어려움이 없었다. 그들은 바로 그날 밤 훌륭한 신부와 위대한 설교자였던 본당 사제의 주례로 결혼했다. 그렇기 때문에, 그가 멋진 설교를 했는지 물어볼 필요가 없다. 그들은 다음 날 아주 늦게 일어났다고 한다. 내가 쉽게 믿을 수 있는 말이다.

그 소식은 곧 퍼져나갔고, 동 카를로스의 가까운 친척이었던 부왕은 너무나 기뻐서 나폴리에 온 백성들의 기쁨이 계속 넘치도록 했으며, 아라공의 동 카를로스와 그의 보이지 않는 연인에 대한 이야기는 아직도 사람들에게 회자되고 있다.

---

manger les mains à force de les baiser)로 되어 있다.

제 10 장

라고탱의 손가락에 살대는 어쩌다 생겼는가

라고탱의 이야기에 모든 사람들의 박수가 이어졌다. 그는 그 이야기를 마치 자신이 창작한 것처럼 그렇게 자랑했다. 그리고 그는 선천적으로 오만한 데다가, 배우들을 아랫사람처럼 다루기 시작했으며, 사교계 신사라기보다는 지방의 호색한 끼가 있는 사람처럼 여배우들의 환심을 사려고 접근해서 동의 없이 그녀들의 손을 잡고 애무하려고 했다. 레투알 양은 그의 아주 더러운 털북숭이 손에서 그녀의 하얀 손을 빼내는 것으로 그쳤고, 그녀의 동료 앙젤리크 양은 코르셋 받침대로 그의 손을 한 대 갈겼다. 그는 분하고 부끄러워 얼굴이 완전히 벌게져서, 아무 말도 없이 그들을 떠나, 남들이 하는 말은 듣지 않고 각자 최대한 자기 말만 하는 무리들이 있는 곳으로 갔다.

라고탱은 목소리를 높여서 최대한 그들을 조용하게 만들어 놓고, 그들에게 자신에 대해 무슨 이야기를 했는지 물었다.

내가 이름을 기억하지 못하는 한 젊은이가 그에게 자신이 그 이야기를 어느 책에서 읽었기 때문에 그건 다른 사람의 이야기지 그의 이야기가 아니라고 대답했다. 그렇게 말하면서, 그는 사람들에게 라고탱의 작은 호주머니에서 반쯤 밖으로 나온 책을 보라고 하고 갑자기 그 책을 낚아챘다. 라고탱은 그 책을 되찾으려고 그의 양쪽 손을 모두 할퀴었다. 그러나 그는 라고탱 몰래 책을 다른 사람에게 넘겼고 라고탱은 처음 책을 넘겨받은 사람을 붙잡으려고 했지만 소용없었다. 그 책은 이미 제3자의 손으로 넘어갔고, 같은 식으로 다른 대여섯 명의 손으로 넘어갔는데, 라고탱은 무리 중 키가 가장 작았기 때문에 그들에게 닿을 수 없었다. 그는 손을 길게 대여섯 번 뻗었지만 결국 소용없었고, 소맷부리는 찢어지고 손은 할퀴였으며, 책은 방 가운데서 돌아다니고 있었고, 모든 사람들이 자신이 당하는 꼴에 폭소를 터트린 것을 본 불쌍한 라고탱은 화가 극도로 치밀어 올라 자신을 혼란에 빠트린 첫 주동자에게 달려들어, 더 높은 곳에 닿을 수 없었기 때문에, 그의 배와 엉덩이를 몇 대 갈겼다. 유리한 위치에 있었던 상대방의 양손이 바로 라고탱의 귀싸대기를 대여섯 번 후려쳤고 얼마나 묵직하게 쳤는지 머리가 모자 안으로 턱까지 들어가는 바람에 이 불쌍한 땅딸보는 정신이 혼미해져 자신이 어디 있는지도 몰랐다. 마지막으로 라고탱의 적은 그를 제압하려고 그를 피해서, 머리 꼭대기를 발로 한 방 차 버렸다. 그 발길질에, 급히 뒤로 물러나다가 여배우들의 발치에 발라당 자빠졌다.

자신의 이야기에 허세를 부리고, 지나치게 자만하던 순간, 연인이 되고 싶었던 여배우들 앞에서, 프랑스 왕국의 모든 이발사보다 더 거만한 땅딸보가 얼마나 화가 났을지 한번 생각해 보시라.

여러분은 나중에 알게 되겠지만, 그가 누구에게 가장 마음을 두고 있는지 아직 모른다. 사실, 작은 체구가 뒤로 자빠지고 머리가 모자 안에 처박혀 있었기 때문에 비록 라고탱의 얼굴은 볼 수 없었지만, 팔과 다리를 발버둥치는 걸로 봐서 그가 속으로 얼마나 분했는지 잘 보여주었다. 함께 있던 사람들이 모두 라고탱과 그를 화나게 했던 사람 사이에서 그를 구하기 위해서는 서로 마주치지 않도록 차단해야겠다고 판단했다.

그동안 인정 많은 여배우들은 모자 속에서 눈과 입이 막혀 숨쉬기도 힘들어하며 황소처럼 으르렁거리던 땅딸보를 일으켜 세웠다. 어려운 점은 그에게서 모자를 벗겨내는 일이었다. 모자는 버터를 담는 항아리 모양이었는데, 입구가 배보다 더 좁아서, 코도 무지 큰 데다가 억지로 들어간 머리가 들어갔을 때처럼 모자에서 나올 수 있을지 아무도 모르는 일이다. 그나마 불행 중 다행이었다. 왜냐하면 아마도 그를 숨 막히게 했던 모자로 인해 그가 상대를 쓰러뜨리지 못하고 오히려 자신의 몸을 보호할 생각을 못했다면 아마 당연한 결과로 그의 분노가 극에 달했을 것이기 때문이다. 그는 사람들이 자신을 구할 것이라고 전혀 기대하지 않았다. 왜냐하면 그가 말을 할 수 없었기 때문이다. 그러나 자신의 머리를 자유롭게 하려고 떨리는 손을 머리에 받쳤지만 아무 소용없었고, 쓸데없이 손톱이 깨진 데 너무나 화가 나서 두 다리를 바닥에 발버둥치는 것을 보고, 누구든 오직 그를 구해야겠다고 생각했다.

사람들이 그의 모자를 얼마나 세게 벗기려고 했는지 그의 머리를 뽑아내는 것 같았다. 결국, 더는 어쩔 도리가 없었기 때문에, 그가 손가락으로 모자를 가위로 자르는 신호를 보냈다. 라 카베른 양은 그의 허리띠를 풀었다. 그리고 이런 처방을 집도한 경험이 있는 라 랑킨은 얼굴을 마주 보고 마치 절개할 것처럼 (이 정도는 그에게 조금도 두렵지 않았다) 머리 뒤 쪽에서 아래서 위까지 펠트 모자를 잘랐다. 사람들이 그의 얼굴에 바람을 통하게 해주자마자, 얼굴로 올라온 기운 때문에 마치 터질 것 같았는데, 거기 있던 사람들이 얼굴이 팅팅 부어 있는 데다가 코에 살갗이 벗겨진 것을 보고 폭소를 터트렸다.

그렇지만 한 심술궂은 익살꾼이 모자를 기워야 한다고 그에게 말하지 않았다면, 사태는 그냥 지나갔을 것이다. 때늦은 이런 생각은 완전히 꺼지지 않은 그의 화에 다시 불을 지폈고, 그는 벽난로의 장작 받침쇠를 하나 잡고 모여 있는 무리 사이로 던질 것처럼 했는데, 아무리 대범한 사람이라도 얼마나 겁이 났는지 각자 그 받침쇠를 피하려고 문으로 도망치려고 했다. 그들이 그렇게 급히 서두르는 바람에 비록 넘어지고, 박차를 착용한 그의 다리가 다른 사람들의 다리에 걸려 우왕좌왕하기는 했지만, 문 밖으로 나갈 수 있었던 사람이 딱 한 사람 있었다. 이번에는 라고탱이 웃기 시작하자, 웃음소리에 모든 사람들이 안심했다. 사람들이 그에게 책을 돌려주었고, 배우들은 그에게 낡은 모자 하나를 빌려주었다. 그는 자신을 심하게 구박했던 사람에게 화를 엄청 냈다. 그러나 앙심을 품어 봤자 소용없었기 때문에, 그는 배우들에게, 마치 어떤 특별한 것을 약속한 것처럼, 자신의 이야기를 연극으로 만들고 싶으며, 연극을 다루는 방식에서, 다른 시인들이 여러 단계를 거쳤던 것을 그는 단번에 할 수 있는 자신이 있다고 말했다. 르 데스탱은 그가 한 이야기가 대단히 마음에 들기는 하지만, 그건 연극에는 적합하지 않다고 말했다.

당신은 나한테 그걸 배우게 될 거요. 우리 어머니가 시인 가르니에[1]의 후견인이었소. 당신에게 말하지만, 우리 집에 아직 그의 문갑이 있어요.

라고탱이 말했다.

르 데스탱은 그에게 시인 가르니에가 자신의 명성에 못 미칠 거라고 말했다.

그러면 연극에서 그렇게 어려운 게 뭐라고 생각하는 거요?

라고탱이 그에게 물었다.

예의에 반하고 판단에 반해서 많은 오류 없이 규칙에 따라 연극을 만들 수 없는 것이라고 르 데스탱이 대답했다.

나 같은 사람은 필요할 때 규칙을 만들 수 있소.

라고탱이 말했다. 그는 이렇게 덧붙였다.

제발, 생각을 좀 해 봐요. 무대 가운데 커다란 교회 현관이 있고, 그 앞에 약 스무 명의 기병들이 수많은 아가씨들을 꼬드기는 짓거리를 보면 정말 새롭고 멋지지 않겠소. 그건 모든 사람들의 넋을 빼 놓을 거요. 예의나 미풍양속에 반하는 행동을 하지 말아야 한다는 당신의 의견에 동의하오. 그리고 그러기 위해 나는 배우들에게 교회 안에서 말을 하지 못하도록 할 거요.

---

1   로베르 가르니에는 프랑스 르네상스 시기의 대표적인 고전비극 작가이다. 1545
년 루아르 지방의 라 페르테 베르나르에서 태어나, 툴루즈 대학에서 법률을 공부
하였고 1574년 르멘의 검찰관을 지내다가 1590년 르망에서 사망했다.

르 데스탱이 그의 말을 가로막고 그렇게 많은 기병과 여인들을 어디서 구할 수 있을지 물었다.

전투가 벌어지는 콜레주에서 어떻게 연극을 하겠소?

라고탱이 말했다. 그는 덧붙였다.

그런데도 나는 라 플레쉬 콜레주에서 〈퐁 드 세의 패주〉2를 공연했지요. 왕의 모후 마리 드 메디치 진영의 수백 명의 군인들이 무대에 등장했소. 훨씬 더 많은 왕실 군대의 군인들 없이 말이오. 그리고 그 축제를 방해했던 엄청난 비 때문에, 사람들이 빌렸던 프랑스 귀족의 모든 깃털이 축제를 흥행시키지 못할 거라고 했던 말이 기억나오.

자신에게 적절한 말을 하게 해준 데 대해 기쁨을 느낀 데스탱은 그에게 콜레주는 그럴 만한 충분한 학생들이 있었지만, 극단이 아주 잘 나갔을 때 콜레주는 7, 8개밖에 없었다고 대꾸했다.

여러분이 알다시피, 존재가치가 없던 라 랑퀸은 라고탱이 공연하도록 도와주기 위해 그의 편을 들었고, 자신의 동료인 르 데스탱에게 자신은 그의 의견에 동의하지 않으며, 자신이 그보다 더 늙은 배우라고 했고, 교회 현관은 지금까지 본 가장 멋진 무대 장식이 될 것이며, 필요한 수의 기병들과 여인들에 대해서는 이리저리 빌릴 수 있을 것이고, 종이상자로 만들 수 있을 거라고 했다. 라 랑퀸의 종이상자라는 멋진 궁여지책이 모인 사람들을 웃겼다. 라고탱도 그 때문에 웃었

---

2 〈퐁 드 세(Pont-de-cé)의 패주〉는 앙리 4세가 설립한 예수회의 중요한 콜레주 중 하나인 라 플레쉬 예수회 콜레주에서 공연한 연극 작품이다. 루이 13세의 모후 마리 드 메디치의 군대는 퐁 드 세 교전(1620년 8월 7일)에서 루이 13세의 왕실 군대와 거의 싸워 보지도 못하고 도주했다.

는데, 그는 그런 방법을 잘 알고 있었지만, 그런 말을 하고 싶지 않았던 것이라고 단언했다.

그리고 마차가 연극에서 뭐가 새롭겠소?

그가 덧붙였다.

나는 전에 '토비'라는 개 역3을 한 적 있는데, 모든 스태프들의 넋이 빠질 정도로 그 역을 잘 해냈지요. 나로서는, 〈피람과 티스베〉의 공연을 볼 때마다, 마음속에서 일어나는 대로 판단했다면, 관객들이 사자에게 그렇게 겁먹지 않았을 뿐만 아니라 피람의 죽음에 그렇게 감동하지 않았을 것이오.

라 랑퀸은 말도 안 되는 여러 가지 이유를 들어 라고탱의 변명을 뒷받침했고, 그렇게 해서 라고탱이 자신을 저녁 식사에 데리고 간 것을 마음속에 아주 잘 간직했다. 다른 훼방꾼들도 모두 배우들을 자유롭게 해주었고, 그들은 도시의 게으름뱅이들과 이야기하는 것보다 저녁 식사를 하고 싶은 생각이 들었다.

---

3   스카롱은 개 한 마리가 등장하는 〈토비〉라는 우앵(J. Ouyn)의 비희극에서 참고한 것으로 보인다.

제 11 장

여러분이 애써 읽으면 눈에 보이는 것

라고탱은 라 랑퀸을 어떤 술집으로 데리고 갔는데, 거기서 그는 더 재미있는 온갖 일을 벌였다. 라고탱은 자신의 습관이 그다지 좋지 않았기 때문에 라 랑퀸을 자기 집으로 데리고 가지 않은 것 같았다. 그러나 내가 경솔한 판단을 할까 싶어서 거기에 대해서는 아무 말하지 않겠다. 그리고 그런 문제를 다룰 필요가 없고 다른 중요한 쓸거리들이 있기 때문에 그 문제를 깊이 파고들고 싶지 않았다.

라 랑퀸은 사리 분별을 아주 잘하고 무엇보다 세상 돌아가는 이치를 잘 알고 있는 사람으로, 라고탱이 독특한 재능을 가졌다거나 그의 이야기가 연극의 좋은 소재가 될 것이라고 라 랑퀸이 호응하자 자신에게 베푼 호의에 보답하려고 융숭하게 대접한 것이겠지만, 일찍이 라고탱이 두 사람을 위해 자고새 두 마리와 닭 한 마리를 대접하는 일은 본 적이 없어서, 라 랑퀸은 그에게 어떤 다른 의도가 있다고 의심했다. 그래서 라 랑퀸은 우선 자신의 속내를 드러내지 않고 계속 자신의 이야기를 하는 라고탱의 새로운 기상천외한 이야기를 들을 준비를 했다.

그는 대부분 이웃 사람들과 이름을 언급하지 않은 오쟁이 진 자들, 그리고 여자들을 두고 지은 많은 풍자시를 암송했다. 권주가를 몇 곡 불렀고, 라 랑퀸에게 철자 바꾸기 놀이1를 가르쳐주었다. 보통, 별로 재주가 없는데도 비슷한 작품들로 조잡한 시를 쓰는 그런 시인들이 사교계 사람들을 불편하게 만들었기 때문이다. 라 랑퀸은 그의 응석을 받아주었고 하늘을 쳐다보면서 들은 말을 과장했다. 그는 정신없는 사람처럼, 이보다 더 멋진 말을 들은 적이 없다고 단언했고, 심지어 정말 흥분해서 머리를 잡아 뜯는 체했다. 라고탱에게 가끔 이렇게 말했다.

당신이 연극에 모든 것을 다 바치지 못해 정말 불행하군요. 우리도 마찬가지예요. 2년 후에는 아르디2 시대 그 이상으로 코르네유에 대한 이야기도 나오지 않을 것 같아요.

그리고 이렇게 덧붙였다.

아첨하는 게 뭔지 잘 모르지만, 당신에게 용기를 준다면, 당신을 보면서 당신이 대단한 시인이라는 것을 고백해야겠군요. 그리고 당신은 내 동료들에게서 내가 그런 얘기를 했다는 것을 알 수 있겠지요. 나는 확신해요. 멀리서도 시인이라는 느낌이 들어요. 처음 당신을 보았을 때, 당신에게서 마치 내가 당신을 가르친 게 아닌가하는 생각이

1 　철자 바꾸기 놀이는 사교계에서 유행이 지난 놀이지만, 1650년까지만 해도 여전히 부르주아의 오락이었다.

2 　알렉상드르 아르디(1572~1632)는 부르고뉴 극장의 전속작가로서 17세기 프랑스 고전 비극의 기초를 확립한 인물.

들었지요.

라고탱은 포도주 여러 잔을 한꺼번에 우유처럼 들이켜면서 라 랑퀸의 찬사에 더 취해 버렸고, 라 랑퀸은 가끔 고함을 지르면서 억지로 먹고 마셨다.

그러니까, 라고탱 씨, 재능을 발휘하세요. 다시 한 번 말하지만, 당신은 제 실력을 발휘하지 못하는 보잘것없는 사람이에요. 우리도 마찬가지고요. 다른 사람들처럼 그 시에 대해 좀 헷갈려요. 그러나 당신이 방금 나에게 읽은 시 반만큼만 좋은 시를 쓴다면, 궁색하게 살아가지는 않을 것이고 몽도리3처럼 연금으로 살 텐데 말이지요.

그러니, 라고탱 씨, 한 번 해 보세요. 해 봐요. 올겨울 우리가 오텔 드 부르고뉴 극단과 마레 극단4 사람들의 눈을 속이지 못하면, 내 팔이나 다리를 부러뜨리지 않고는 절대 무대에 올라가지 않을 거요. 더 이상 할 말이 없어요. 한잔 합시다.

라 랑퀸은 그렇게 약속하고, 한 잔에 한 잔 더 주면서 라고탱 씨에게 건강을 위해 건배했고, 모자를 벗고 여자 배우들의 건강을 위해 건배했다. 그러자 그가 얼마나 흥분했던지 식탁 위에 다시 잔을 놓다가 생각지 않게 잔의 다리를 부러뜨렸고 그걸 옆으로 놓고 두세 번 다시 세우려고 했다. 결국 그는 잔을 머리 위로 던져 버렸고, 잔을 깨 버렸

---

3   몽도리(1594~1653)는 오텔 드 부르고뉴 왕립 극단의 배우로 비극 연기에 뛰어났으며 고전주의 시대 최고의 배우였다. 1부 2장 각주 5 참고.
4   오텔 드 부르고뉴 극장은 1597년 왕립 극단을 결성하고 왕성하게 활동했지만 1634년 마레 극장이 생기면서 부르고뉴 극장의 독주는 막을 내린다. 마레 극단은 1636년 코르네유의 비극 〈르 시드〉를 대성공으로 이끌면서 존재감을 알렸다.

다는 오명을 쓰지 않도록 라 랑퀸의 팔을 잡아당겼다. 그는 라 랑퀸이 그걸 보고 전혀 웃지 않은 것이 약간 슬펐다.

그러나 내가 이미 여러분에게 말했다시피, 그는 웃는 동물이라기보다 시기하는 동물이었다.

라 랑퀸은 여자 배우들에 대해 무슨 말을 했는지 그에게 물었다. 그 순진한 땅딸보는 얼굴이 벌게졌고 라 랑퀸의 말에 대답을 못했다. 그래서 라 랑퀸이 다시 똑같은 질문을 하자, 결국 그는 말을 더듬거리고 얼굴이 벌게지면서, 제대로 말을 못하고, 라 랑퀸에게 여자 배우 중 한 명이 너무 마음에 든다고 말했다.

어떤 배우요?

라 랑퀸이 말했다. 그 땅딸보는 그 말에 너무 당황한 나머지 이렇게 대답했다.

모르겠소.

나도 모르겠군요.

라 랑퀸이 말했다. 이 말에 그는 더욱 당황했고, 완전히 말문이 막힌 채 이렇게 덧붙였다. 저 … 저 … . 그가 같은 말만 네댓 번 되풀이하자, 그 배우가 참지 못하고 그에게 말했다.

당신 말이 맞아요. 그 여자 정말 미인이지요.

그 말은 그를 몹시 당황하게 했다. 그가 누구에게 눈독을 들이고 있는지, 그리고 아직은 거기에 대해 아무것도 알지 못하고, 자신이 사랑보다 악덕을 가지고 있다는 말을 절대 할 수 없었다. 결국 라 랑퀸이 그에게 레투알 양의 이름을 들먹이자, 그는 그녀에게 반했다고 말했다. 그리고 나로서는, 그가 앙젤리크나 그녀의 어머니 라 카베른의 이름을 들먹였더라도, 둘 중 한 여인의 가슴 살대5와 또 다른 여자의 나이를 잊어버렸을 정도로, 내심 얼마나 당황했는지, 라 랑퀸이 그에게 누구 이름을 댔어도 그 여인에게 몸과 마음을 다 바쳤을 거라는 생각이 든다.

배우는 잠시 당황하게 했던 그에게 포도주 한 잔 가득 마시라고 하고 자신도 다시 한 잔을 마셨다. 그러고 나서 그는 방 안에 아무도 없는 데도 불구하고, 그에게 은밀히 낮은 목소리로, 온 방을 이리저리 둘러보면서 이렇게 말했다.

당신은 죽을 정도로 부상을 당한 건 아니오. 그리고 당신이 말을 건넨 사람이 있는데, 당신이 그를 믿고 비밀을 잘 지켜준다면, 당신을 낫게 해줄 거요. 당신이 정말 힘든 일을 하지 않은 것은 아니오. 레투알 양은 호랑이 같은 여자고, 그의 오빠 데스탱은 사자 같은 사람이지만, 그녀는 당신하고 닮은 남자들을 항상 만나는 것은 아니지요. 나는 내가 무엇을 해야 할지 잘 알고 있소. 우리 마지막 술잔을 듭시다. 내일 날이 밝아올 거요.

두 사람은 서로 한 잔을 마시고 잠시 말이 없었다. 라고탱이 먼저 말을 다시 꺼냈고, 그의 온갖 장점과 그의 재산에 대해 이야기했으며, 그에게는 재정을 담당하는 조카가 있다고 라 랑퀸에게 말했다. 이 조카는 그가 르망에 있는 동안, 특별세를 제정하기 위한 라 랄리에르6 동지와 돈독한 우정을 맺고 있다고 말했고, 라 랑퀸에게 이 조카

---

5   여성용 코르셋의 버팀살대를 가리킨다.
6   재력가이며 투기가. 프롱드 난 때 투옥되었다. 특히 그를 향한 수많은 비방문 중

의 예산으로 궁정 배우들의 연금과 유사한 연금을 그에게 주었으면
하고 바랐다. 또 그에게, 자식이 있는 부모가 있다면, 그들에게도 혜
택을 주게 할 것이라고 말했다. 왜냐하면 그의 질녀가 한 지방 사제의
시종장을 거느리고 있고, 사제 수여권에 상당한 특권을 가진 한 여자
의 오빠와 결혼했기 때문이었다.

　라고탱이 자신의 무용담을 이야기하는 동안, 술을 마시면서 목소
리가 변한 라 랑퀸은 동시에 빈 술 두 잔을 채우는 것밖에 달리 할 게
없었고, 라고탱은 자신을 기분 좋게 해주는 사람의 도움을 감히 거절
할 이유가 없었다. 결국 그들은 서로 술잔을 가득 채우고 들이켰다.
라 랑퀸은 습관에 따라, 어느 때보다 진지했다. 그런데 라고탱은 너
무나 얼이 빠지고 몸이 무거워 식탁 위에 엎드렸다가 잠이 들었다. 라
랑퀸은 그가 술집에서 잠이 들었기 때문에 침대를 준비하도록 하녀
한 명을 불렀다. 하녀는 그에게 침대 두 개를 준비할 필요가 없을 것
같고, 현재 라고탱 씨의 상태에서 그를 깨울 필요가 없다고 말했다.
그동안 그는 잠을 깨지 않고 전에 없이 코를 골고 잠을 잘 잤다. 2인
용 침대에 시트가 깔렸는데, 방 안에 있던 세 사람 중에 그는 잠이 깨
지 않았다. 침대가 준비되었다고 알렸을 때 그가 하녀에게 욕을 퍼붓
고 때리려고 위협했다. 결국 라 랑퀸은 시트를 따뜻하게 하려고 피워
놓은 화롯불이 있는 의자 쪽으로 그를 돌려놓고, 눈을 뜨고 아무 말도
없이 옷을 벗었다. 라 랑퀸은 있는 힘을 다해 그를 침내 위로 올려놓

에 하나가 프랑스의 주요 강도질, 도적질, 부당 징세의 주동자 중에 한 사람으로
고발할 정도로 경멸의 대상이었다.

고, 문을 닫고 난 뒤 자신의 침대에 누웠다.

그로부터 한 시간 뒤, 라고탱이 일어나서, 나로서는 그 이유를 잘 알지 못했지만, 침대 밖으로 나갔다. 그는 완전히 방 안에서 헤매다가 온갖 가구를 뒤집어 놓고 자신도 여러 번 넘어지면서 자기 침대를 찾지 못하고, 결국 라 랑퀸의 침대를 찾아 그를 발견하자 그를 깨웠다. 라 랑퀸이 그에게 무엇을 찾는지 물었다.

내 침대를 찾아요.

라고탱이 말했다.

당신 침대는 내 침대 왼쪽에 있어요.

라 랑퀸이 말했다.

그 땅딸보 술꾼은 오른쪽으로 가서, 매트도 깃털 침대도 없는 세 번째 담요와 매트 사이로 기어들어 갔는데, 거기서 결국 아주 평화스럽게 잠을 들었다.

라 랑퀸이 옷을 입자 라고탱이 잠에서 깼다. 그는 그 땅딸보 술꾼에게 고행 삼아 짚단 위에서 자려고 침대에서 나갔는지 물었다.

라고탱은 자신은 일어난 적이 없으며 틀림없이 방 안에서 정신이 멀쩡했다고 주장했다. 그는 그의 집안 편에 선 술집주인하고 싸웠고, 자신을 헐뜯었다며 그를 재판대에 세우겠다고 위협했다. 그런데 내가 너무 오랫동안 라고탱의 방탕한 짓으로 여러분을 지겹게 만들고 있는데, 배우들이 있는 여관으로 돌아가자.

제12장

야밤의 결투

나는 너그러운 독자에게 자신이 지금까지 이 책에서 본 모든 익살스러운 행동에 분노한다면 더 이상 이 책을 읽지 않는 편이 훨씬 나을 것이라고 알릴 정도로 지나치게 솔직한 사람이다. 왜냐하면 솔직히 말해서 이 책이 《키루스》[1]만큼 두꺼워진다 한들 별게 없을 것이기 때문이다. 그리고 독자가 앞에서 이미 읽은 것을 통해, 앞으로 어떤 내용이 나올지 눈치 채기 힘들더라도, 내가 독자와 함께한 만큼, 한 장 한 장을 이끌면서 나는 이 책에서 말의 굴레를 목 위에 내려놓고 말 뜻대로 가도록 그대로 두는 사람들처럼 할 것이다. 또 나는 확고한 목표가 하나 있는데, 내 책을 때로 우스꽝스럽고 또 때로 비난 살 만한

---

1   《키루스 대왕》(1649~1653)이라는 제목으로 출판된 마들렌 드 스퀴데리와 조르 주 드 스퀴데리의 대하소설로 페르시아 제국의 역사를 다루고 있다. 프랑스 소설 사에서 가장 긴 소설로 210만 개의 단어에 13,095쪽에 달했는데, 그 당시에 상당 히 성공을 거뒀지만 너무 길어서 17세기 이후 한 번도 출판된 적이 없다고 한다.

것들과 행동을 그려서, (독자들이) 따라할 모범들로 채우지 않고, 술 주정뱅이가 자신의 못된 짓 때문에 혐오감을 주고, 때로 추태를 부린 무례한 짓으로 즐거움을 줄 수 있는 것과 똑같은 방식으로 즐기면서 가르칠 것이다.

도덕 나부랭이는 그만 따지고 여관에 두고 온 우리의 배우들 이야기를 계속하자. 방을 치우고 라고탱이 라 랑퀸을 데리고 가려는 순간, 투르에 두고 온 짐꾼이 짐을 가득 실은 말 한 마리를 끌고 여관으로 들어왔다. 짐꾼은 그들과 함께 식탁에 앉았다. 그의 이야기를 통해 지방 감독관이 그들에게 어떻게 나쁜 짓을 하지 못하고, 그자와 소총수들의 손아귀에서 빠져나오는 데 얼마나 고생했는지 알았다.

르 데스탱은 동료들에게 자신이 어떻게 터키식 복장을 하고 도망쳤는지 이야기해주었다. 그는 그 옷을 입고 메레의 〈솔리만〉[2]을 공연할 생각을 했다는 것이다. 그리고 페스트가 알랑송에 돌고 있다는 것을 알고, 라 카베른과 라 랑퀸과 함께, 정말 진정한 모험, 거의 영웅적이라고 할 수 없는 모험을 하면서 앞에서 우리가 만났던 일행과 함께 르망에 왔다는 이야기도 했다.

레투알 양도, 나로서는 이름을 모르는 투르의 어느 부인에게서 도움받은 것을 그들에게 알려주었다. 부인이 하는 대로 그녀는 보네타블에서 가까운 마을까지 안내받았고, 거기서 말에서 내리다가 한쪽

---

2 보나렐리(Bonarelli)라는 이탈리아 비극 작가의 작품을 모방한 고전극 작가 장 드 메레(Jean de Mairet, 1604~1686)의 〈위대한 최후의 솔리만 혹은 무스타파의 죽음〉이라는 비극으로, 1639년 출판되었다. 스카롱은 1637년 르망의 블랭 백작 댁에서 메레를 만났다.

발을 삐었다는 것이다. 극단이 르망에 있다는 것은 알았지만, 자신을 후하게 대접해주었던 그 마을의 부인이 소유한 가마를 타고 르망으로 왔다는 말도 덧붙였다.

저녁 식사 후, 르 데스탱은 혼자 여인들의 방에 있었다. 라 카베른은 그를 친아들처럼 사랑했다. 레투알 양은 그녀에게 르 데스탱 못지 않게 소중했다. 그리고 그녀의 딸이면서 유일한 상속녀인 앙젤리크는 르 데스탱과 레투알을 오빠와 언니처럼 사랑했다. 그녀는 그들이 어떤 사람인지 왜 연극을 하는지 사실 알지 못했다. 그러나 그들이 서로 오빠와 여동생으로 불렀지만, 가까운 친척이라기보다 정말 친한 친구 사이라는 것을 잘 인식하고 있었다. 르 데스탱은 레투알을 세상에서 둘도 없이 존중하면서 지냈다. 르 데스탱이 재치 있고 교육을 잘 받았다는 것을 보여주었다면, 레투알 양은 아주 얌전했고, 시골의 여배우라기보다 지체 높은 여인처럼 보였다. 르 데스탱과 레투알이 라 카베른과 그녀의 딸에게 사랑을 받았다면, 그들은 두 모녀에 대한 서로의 우정으로 잘 지냈다. 그리고 그들은 그다지 어려움을 겪지 않았다. 왜냐하면 그들이 비록 능력이 없어서라기보다는 운이 없어서, 배우들의 양대 '울트라 극단'인 오텔 드 부르고뉴와 마레 극단에 들어가는 영광을 누리지는 못했지만, 다른 프랑스 여배우들만큼 사랑을 받을 만했기 때문이다. '울트라'3 (때마침 이런 말이 있어서 여기서 피할 수 없었다) 라는 이 라틴어를 이해하지 못하는 사람들이 원한다면 설명하도록 해주겠다.

---

3   원문은 'non plus ultra'. '이보다 더한 게 없는, 최고의'라는 뜻이다.

옆길로 새는 소리는 그만하고, 르 데스탱과 레투알은 오랫동안 만나지 못한 탓에 두 여배우들에게 숨기지 않고 서로를 쓰다듬었다. 그들은 그동안 자신들이 서로 걱정한 것들을 이야기했다. 르 데스탱은 레투알 양에게 그들이 투르에서 마지막으로 공연했을 때, 전에 자신들을 공격했던 자를 본 것 같다고 했다. 그자가 비록 외투로 얼굴을 가리기는 했지만, 많은 관객들 사이에서 봤다는 것이다. 그 때문에, 자신이 완력으로 공격을 당하면 그 당시 방어할 수 있는 상황이 아니었기 때문에, 투르에서 나올 때 그자가 알아보지 못하도록 얼굴에 고약을 붙였다고 했다. 그다음에는 우리가 제 7장에서 본 것처럼, 사람들이 그녀를 마중가면서 만났던 많은 들것과 그자가 정확하게 그 들것을 찾아왔던 어떤 낯선 인물이 아니었다면 그가 그대로 속았을 거라는 것도 알려주었다.

르 데스탱이 말하는 동안, 불쌍한 레투알은 눈물이 흐르는 것을 주체할 수 없었다. 데스탱은 그녀의 눈물에 큰 감동을 받았고, 그녀를 최대한 위로하고 난 후, 그때까지 자신을 피하려고 했던 그 공공의 적을 찾아야 한다는 자신의 임무를 다 하도록 허락한다면, 그녀가 그자의 박해에서 곧 벗어날 것이며 혹은 자신은 그러다가 목숨을 잃을지 모른다고 덧붙였다. 이 마지막 말이 그녀의 마음을 훨씬 더 아프게 했다. 르 데스탱도 상심하지 않을 정도로 강한 정신력을 가지고 있는 것은 아니었다. 그리고 라 카베른과 딸은 그들의 심정을 매우 동정하면서, 배려한 탓인지 전염된 탓인지 괴로워했으며, 나는 그들이 그 때문에 울었을 거라는 생각까지 든다. 나로서는 데스탱이 울었는지 모르지만, 그가 여배우들과 한참동안 서로 아무 말이 없었다는 것은 확실한데, 그사이 울고 싶은 사람은 울었다.

마침내, 라 카베른은 흐르는 눈물을 그치고 데스탱과 레투알에게, 그들이 함께한 이후 자신들과 정말 친해졌다는 걸 인정했지만, 그들이 그녀와 그녀의 딸을 신뢰하지 못하는 바람에 두 사람은 그들의 진정한 신분을 몰랐다고 나무랐다. 그리고 그녀는 겉으로 불행하게 보이는 그들을 도와주다가 목숨을 위협받았다고 덧붙였다.

그 말에 데스탱은 자신들이 그녀에게 밝히지 못한 것은 불신 때문이 아니라, 그들의 불행한 이야기가 그저 지루한 이야기에 불과할 거라고 생각했다고 대답했다. 그러고 나서 그는 그녀에게, 원하면 그리고 시간이 되면 그 이야기를 하겠다고 했다. 라 카베른은 더 이상 지체하지 않고 그 이야기를 들으려고 했고, 마찬가지로 이야기를 듣고 싶었던 그녀의 딸도 레투알 옆, 침대 위에 앉았고, 르 데스탱이 막 이야기를 시작하려고 했는데, 그때 옆방에서 시끄러운 소리가 들렸다.

데스탱은 한동안 귀를 갖다 댔는데, 멈추기는커녕, 시끄러운 소리와 싸우는 소리가 점점 커졌고, 심지어 누군가가, 사람 죽여요! 도와줘요! 나를 죽여요!라고 고함을 쳤다. 르 데스탱은 라 카베른과 딸이 그를 붙잡으려다가 저고리가 찢어졌는데도, 재빨리 방 밖으로 나갔다. 그는 고함 소리가 난 방으로 들어갔는데, 아무것도 보이지 않고, 방 안에서는 동동 구르는 여러 명의 묵직한 맨발 소리에 뒤섞여, 주먹을 휘두르고 따귀 때리는 소리, 남자들과 여자들이 서로 싸우면서 나는 여러 목소리들이 뒤엉켜 무지막지한 고함 소리가 나고 있었다.

그는 무모하게 싸움꾼들 속으로 휩쓸려 들어갔다가 처음에 이쪽에서 한 방, 저쪽에서 따귀 한 대를 맞았다. 이 때문에 이 악당들을 뜯어말리려는 그의 선의는 복수를 해야겠다는 강렬한 욕망으로 바뀌게 되었다. 그는 주먹을 쥐고 양팔을 휘두르기 시작했는데, 여러 명의 턱을 가격했고, 그때부터 양손에 피가 흐르는 것 같았다. 그가 스무여 대 맞고 그 두 배로 가격했을 정도로 그렇게 오랫동안 뒤엉켜 싸움을 벌이고 있었다. 결투가 한창일 때, 그는 누가 다리 살점을 무는 것을 느꼈다. 두 손을 거기에 갖다 대자 털 같은 무언가가 만져졌는데, 개한테 물린 느낌이었다. 그러나 라 카베른과 딸이 폭풍우 칠 때 세인트 엘모의 불빛[4]처럼, 불을 들고 방문 앞에 나타나자, 데스탱의 모습이 보였고, 그가 셔츠를 입은 일곱 명 가운데 있었는데, 불빛이 비치자마자, 하나하나 매정하게 떨어져 나가 버렸다. 평온은 오래가지 않았다. 하얀 옷을 입은 일곱 명의 속죄자 중 한 명이었던 주인은 시인과 함께 기운을 되찾았다. 거기 있던 롤리브도 다른 속죄자인 주인의 하인에게 공격을 받았다.

르 데스탱은 그들을 뜯어 말리고 싶었지만, 그를 물어뜯고 그가 개로 착각한 짐승 같았던 여주인이 맨머리에 머리카락이 짧았기 때문에 그의 눈에 확 띄었고, 그녀처럼 맨머리에 머리를 푼 두 하녀도 가담하고 있었다. 고함 소리가 다시 시작되었다. 따귀 때리는 소리와 주먹을 휘두르는 소리가 더 크게 울렸고 아까보다 훨씬 더 혼란스러웠다. 결국 이 소리에 잠이 깬 여러 사람들이 싸움꾼들을 하나하나 뜯어말렸고, 두 번째 휴전이 되었다.

---

4   세인트 엘모의 불빛(feu Saint-Elme) : 폭풍우나 대기의 전기 때문에 배의 돛대 끝이나 밧줄의 열선에서 생기는 불빛.

문제는 싸움의 원인이 무엇인지, 같은 방에서 일곱 명이 모여 옷을 벗고 싸운 분쟁이 무엇 때문인지 아는 것이었다. 가장 침착해 보였던 롤리브가, 시인이 방에서 나갔다가 신속하게 다시 방으로 들어오는 것을 봤고, 그를 패려고 했던 주인이 따라 들어왔다고 말했다. 주인의 아내가 그의 남편을 따라왔고 시인을 덮쳤다는 것이다. 그들을 뜯어 말리려고 했던 하인과 두 하녀가 그에게 덤벼들었고 그러고 나서 불이 꺼졌는데, 그 때문에 생각보다 더 오래 서로 싸우게 됐다는 것이다.

그 원인을 변명하는 사람은 시인이었다. 그는 시를 쓴 이래 전대미문의 아름다운 시 두 편을 썼다고 했다. 그래서 그 시를 놓치지 않으려고 여관의 하녀들에게 초를 부탁했는데, 그들이 자신을 비웃었다는 것이다. 여관 주인은 시인을 줄 타는 곡예사라 한 적이 있었고, 그도 거기에 대응하지 않을 수 없어 여관 주인을 오쟁이 진 남편이라고 불렀다. 시인은 그 말을 내뱉지 않았는데, 가까이 있던 여관 주인이 그에게 따귀를 한 대 갈겼다는 것이다.

사람들은 그들이 함께 공모한 것이라고 했다. 왜냐하면 따귀를 갈기자마자, 곧바로 주인 아내와 하인과 하녀들이 한꺼번에 배우들에게 덤벼들었고 거기에 배우들이 그들에게 주먹을 갖다 먹였기 때문이라는 것이다. 이 마지막 충돌은 더 거칠어졌고 다른 싸움보다 더 오래 이어졌다. 르 데스탱은 뚱뚱한 하녀를 악착같이 쫓아가서 해치웠는데, 그녀의 궁둥이를 수없이 걷어차 버렸다. 그것 때문에 일동이 웃는 것을 본 롤리브는 다른 하녀에게도 똑같이 해주었다.

시인은 주인을 맡았다. 가장 화가 난 여주인은 구경꾼들에게 붙잡혔는데, 그녀는 도둑들에게 고함을 치듯이 엄청나게 화를 내고 있었다. 그녀의 고함 소리가 여관과 마주 보고 묵고 있던 라 라피니에르를 깨웠다. 그는 문을 열라 하고, 시끄러운 소리를 들어 보고는 방에 아무리 많아도 7~8명이 안 될 거라 생각하고, 제발 싸움질을 그만두라고 했다. 그는 그 소란의 원인을 알고 나서, 시인에게 더 이상 밤에 시를 짓지 말라고 권고하고 주인과 여주인을 한 대 치려고 했다. 그들이 초라한 배우들을 곡예사와 광대라고 부르고 그들을 다음 날 쫓아내겠다고 하며 수차례 욕설을 하면서 나불댔기 때문이다.

그러나 주인에게 빚을 지고 있던 라 라피니에르는 그를 법적으로 다루겠다는 위협만 하면서 입을 닫았다. 라 라피니에르는 집으로 돌아갔고, 다른 사람들도 각자 방으로 돌아갔다. 그리고 데스탱은 여배우들의 방에 있게 되었는데, 라 카베른은 더 이상 지체하지 말고 그와 그의 여동생이 겪은 모험을 이야기해 달라고 부탁했다. 그는 그들에게 이보다 더 바랄 게 없다고 하면서, 여러분이 다음 장에서 보게 될 자신의 이야기를 하기 시작했다.

제 13 장

앞 장보다 더 긴, 데스탱과 레투알 양의 이야기

나는 파리에서 가까운 어느 마을에서 태어났지요. 나는 말하자면, 우리가 잘 모르는 사람들에게 아주 당연하겠지만, 내가 아주 유명한 집안 출신이라는 것을 두 분에게 믿게 하겠소. 그러나 솔직하게 태생이 천하다는 것은 부인하지 않겠소. 아버지는 마을에서 가장 부유한 사람들 중에 한 사람이었지요. 나는 아버지에게서 그가 가난한 귀족으로 태어나서 젊은 시절 전쟁에 참전하여, 전과를 거둔 것도 거의 없었는데, 파리에 꽤 부유한 어떤 부인의 시종 혹은 집사가 되었다는 이야기를 들었지요. 그리고 그녀와 상당한 재산을 모았는데, 아버지도 여관 주인이었고 많은 애를 썼기 때문이지요. 말하자면 아마 부당 이득을 취한 것 같아요.

그는 그 집안의 한 노처녀와 결혼했는데, 얼마 후에 그녀가 죽었고 그녀의 상속자가 되었지요. 그는 곧 홀아비 신세가 되고 그에 못지않게 그렇게 지내는 데도 지쳐, 여주인의 집안에 빵을 공급하는 밭을 가진 여자와 재혼했는데, 나는 이 재혼에서 태어났지요. 아버지 이름은 가리그였지요. 나는 아버지가 어떤 고장 출신인지 전혀 몰랐지요. 어머니의 이름에 대해서 아버지는 나에게 아무 말도 안 했지요. 아버지보다 더 인색한 그녀, 그녀보다 더 인색한 아버지는 그걸 서로 잘 알고 있었지요. 아버지는 옷감이 덜 들어가도록, 옷의 치수를 잴 때, 처음으로 체면을 지키면서 숨을 참았지요.

나는 두 분에게 아버지가 재사꾼과 발명가로서 명성을 얻은 수백 가지 인색한 행동을 알려드릴 수 있겠지만, 지루하게 만들까 싶어, 아주 믿기 어렵겠지만, 그럼에도 불구하고 아주 진실한 두 가지 이야기만 하려고 해요. 아버지는 상당한 밀을 모아두었다가 가뭄 때 아주 비싸게 팔았지요. 풍년이 계속되고 밀값이 떨어지자, 그는 너무 절망에 사로잡히고 신에게 버림을 받았다고 생각해 목을 매달려고 했지요. 아버지가 이 숭고한 의도를 가지고 방에 들어갔을 때, 나로서는 그 이유를 모르지만, 거기에 아무 눈에 띄지 않게 숨어 있던 이웃집 여자 중 한 명이 그가 그 방 서까래에 목을 맨 것을 보고 깜짝 놀랐지요. 그녀는 그에게 달려가서, 사람 살려라고 고함을 지르고, 밧줄을 끊고, 곧바로 도착한 어머니의 도움으로 목에서 밧줄을 풀었지요. 그녀들은 옳은 행동을 한 데 대해 아마 후회한 것 같아요. 왜냐하면 아버지가 석고상 대하듯이 그들을 두들겨 팼고 이 불쌍한 여자에게 빚졌던 약간의 돈을 돌려주지도 않으면서 그녀가 끊었던 밧줄값을 물어내라고 했기 때문이지요.

또 다른 튀는 행동은 이상하기 그지없어요. 마을의 노인들이 그렇게 물가가 높은 걸 본 기억이 없다고 할 정도로 물가가 높았던 바로 그해, 아버지는 자신이 먹은 모든 것을 후회했지요. 그리고 아내가 사내아이를 낳았을 때, 그는 아내가 아들에게 젖을 먹이고 그리고 자신도 먹일 젖이 충분하다는 생각을 하고, 아내의 젖을 빨면서, 빵값을 절약하고 소화가 잘되는 음식을 먹으려고 했던 거지요. 어머니는 아버지보다는 재주가 못했는데, 아버지처럼 일을 저지르지는 않았지만 아버지 못지않은 구두쇠였지요. 그러나 어머니는 일단 일을 구상하면, 아버지보다는 훨씬 더 정확하게 실천했지요. 따라서 어머니는 자신의 젖으로 아들과 남편을 동시에 먹이려고 애썼고 또한 위험을 감수하고 정말 고집스럽게 자신도 젖을 먹다가 그 순진한 아기가 순전히 배가 고파 희생된 것이지요.

아버지와 어머니는 너무나 쇠약해지고 그 후 너무 굶주려서 지나치게 먹다가 각자 오랜 병에 걸렸지요. 어머니는 얼마 뒤 나를 임신했고, 다행히도 아주 불행한 아이를 낳았지요. 아버지는 파리로 가서 여사제에게 아들을, 자신이 은혜를 입고 있는 그의 마을에서 받들 성실한 성직자로 키워 달라고 부탁했지요. 그가 낮의 더위를 피해 밤에 파리에서 돌아오다가, 대부분의 집이 아직 지어지고 있는 교외의 큰 길을 지나고 있었을 때, 멀리서, 달빛에, 반짝이는 무언가가 거리를 가로지르는 것을 보았지요. 그는 그것이 무엇인지 그다지 신경 쓰지 않았지요. 그런데 멀리서 본 것이 그의 시야에서 사라진 바로 그곳에서, 그는 괴로워하는 어떤 사람의 신음소리를 듣고, 대담하게, 아직 완성되지 않은 어떤 큰 건물 안으로 들어갔는데, 거기서 바닥에 앉아 있는 한 여인을 발견했지요.

그녀가 있던 그곳은 달빛을 충분히 받고 있어서 아버지는 젊은 여인이 옷을 잘 차려 입고 있다는 것을 알아보았지요. 그녀의 옷이 은빛 천이었기 때문에, 멀리서도 그의 눈에 반짝였던 것이지요. 두 분은 아버지가 천성이 아주 대담하긴 하지만 이 젊은 아가씨 못지않게 놀랐다는 것을 의심하지 않겠지요. 그러나 그녀는 지금의 처지보다 더 나빠질 수 없을 정도의 상황이었지요. 그 때문에 대담하게도 그녀가 먼저 말을 걸었고 아버지에게 기독교인이라면 자신을 불쌍히 여길 것이라고 말했다는 거예요. 그녀는 출산 준비를 했고, 자신의 산통에 다급한 느낌이 들어서, 믿을 만한 산파를 찾으러 갔던 하녀가 돌아오지 않자, 다행히 아무도 깨우지 않고 집에서 빠져나왔으며, 하녀도 아무 소리 없이 돌아올 수 있게 문을 열어 두었다는 거예요. 그녀가 짧은 이야기를 마치자마자 다행히 아기를 낳았는데 아버지는 자신의 외투에 아기를 받았지요. 그는 최선을 다해 산파역을 했고 이 젊은 여인은 그에게 작은 생명을 빨리 데리고 가서 돌봐 달라고 부탁했으며, 그리고 틀림없이 이틀 후에 그녀가 지명한 교회의 한 노인을 만나러 가면, 그에게 아기의 먹을거리에 필요한 돈과 모든 것들을 줄 것이라고 했지요.

돈이라는 말에, 타고난 구두쇠인 나의 아버지는 시종으로서 웅변을 늘어놓으려고 했지요. 그러나 그녀는 그에게 그럴 여유를 주지 않았지요. 그녀는 그가 찾아야 할 사제에게 단서 역할을 하도록 그의 손에 반지를 하나 놓고, 그에게 아기를 자신의 목도리 안에 싸도록 하고 그녀가 처한 상황에서 아기를 포기하지 않도록 약간의 실랑이가 있었지만 그에게 급히 서둘러 떠나도록 했지요. 내 생각에 그녀가 자기 집으로 돌아가는 것도 힘들었을 거라는 생각이 들어요. 아버지는 마을로 돌아갔고 아기를 아내에게 넘겨주고 이틀 후에 어김없이 늙은 사제를 찾아가서 그에게 반지를 보여주었지요.

아버지는 사제에게서 아기의 어머니가 좋은 가문에 아주 부유한 집안의 딸이라는 것을 알았지요. 그리고 그녀가 왕을 위해 군대를 일으키려고 아일랜드로 간 어느 스코틀랜드 영주 사이에서 아기를 낳았으며, 이 이방(異邦)의 영주가 그녀에게 결혼을 약속했다는 것도 알았지요. 게다가 이 사제는 그에게, 그녀가 급하게 출산하는 바람에 산통으로 목숨을 잃을 뻔했으며 이런 극한상황 속에서 그녀의 아버지와 어머니에게 모든 것을 고백했으며, 그들은 그녀에게 화를 내기는커녕, 그녀가 그들의 외동딸이었기 때문에 그녀를 위로했다고 했지요. 그 일은 집안에서 대수롭지 않게 넘어갔다는 거지요.

그다음에 사제는 아버지에게 만일 아기를 돌보고 비밀로 한다면 출세를 보장할 거라고 했지요. 그러고 나서 그는 아버지에게 50에퀴와 아기에게 필요한 온갖 옷을 넣은 작은 보따리를 주었지요. 아버지는 사제와 저녁 식사를 하고 나서 마을로 돌아왔지요. 나는 유모에게 맡겨졌고 이 이방(異邦)의 아기가 집안의 아들 자리를 대신했지요. 그로부터 한 달 만에 스코틀랜드 영주가 돌아와서, 그의 연인이 더 이상 살 수 없을 정도로 심각한 상황이라는 사실을 알고, 그녀가 죽기 하루 전에 결혼했는데, 결혼하자마자 그렇게 홀아비가 되었지요.

그 영주는 2~3일 뒤 아내의 아버지와 어머니와 함께 우리 마을로 왔지요. 그는 다시 눈물을 흘리기 시작했고 아기를 질식시킬 정도로 입맞춤을 했지요. 아버지는 너그러운 스코틀랜드 영주를 입이 마르도록 칭찬했고 아기의 부모들은 그걸 잊지 않았지요. 그들은 아버지와 어머니가 아들을 돌봐주는 데 아주 흡족해서 파리로 돌아갔고, 내가 이유를 알지 못하지만, 그 결혼이 비밀리에 이루어졌기 때문에 아직은 아기를 파리로 오게 하고 싶지 않았지요.

내가 걸을 수 있게 되자마자, 아버지는 글라리스 (사람들은 그의 아버지 이름을 따 그를 그렇게 불렀지요) 집안의 어린 백작과 함께 지내도록 나를 집으로 데리고 왔지요. 야곱과 에서[1] 사이에 어머니의 배 속에서부터 있었다고 하는 적대감은 어린 백작과 나 사이에 있었던 반감보다는 더 크지 않겠지요. 아버지와 어머니는 그를 사랑스럽게 대했고, 비록 언젠가 글라리스가 사교계의 신사가 될 희망을 주지 못하고, 내가 그런 희망을 준다고 하더라도, 나에 대한 혐오감을 가지고 있었지요. 그와 동일하게 대해준 것은 아무것도 없었지요.

나로서는 내 존재가 없는 것 같았고, 가리그의 아들이라기보다 어느 백작의 아들 같았지요. 그리고 결국 내가 불행한 배우가 된 것은 아마 운명의 여신이 자신의 동의 없이 나를 무언가로 만들고자 한 자연에 복수하려고 한 것이거나, 혹은, 말하자면, 자연은 가끔 운명의 여신이 혐오한 사람들을 두둔하면서 기쁨을 느끼는 것이지요.

나는 어린 시절 내내 어린 시골뜨기로 보냈지요. 글라리스는 나 이상으로 그런 성향이었고, 또한 우리의 가장 멋진 모험도 수없이 싸운 주먹질밖에 없었으니까요. 우리가 서로 싸울 때마다, 아버지와 어머니가 끼어들지만 않으면 내가 항상 이겼지요. 그들이 하도 자주 그의

---

1   야곱과 에서는 구약성경에 나오는 이삭의 쌍둥이 형제다. 야곱이 형 에서를 속여 장자권을 빼앗음으로 둘은 적대적인 운명을 맞았다.

편을 들고 하니까 성 소뵈르라고 불렀던 나의 대부가 그 일에 심히 분노했고 아버지에게 나를 달라고 요구했지요. 아버지는 크게 기뻐하면서 나를 대부에게 주었고, 어머니는 나를 보지 않는 데 대해 아버지보다 그다지 애석해하지도 않았지요.

이렇게 나는 대부의 집에서 지내게 되었고, 거기서 잘 입고, 잘 먹고, 대단히 사랑을 받았으며, 누구에게 맞은 적도 없었지요. 대부는 아낌없이 나에게 읽고 쓰는 것을 가르쳤으며, 내가 라틴어를 배울 정도로 앞서가자, 곧장 사교계 신사에다 아주 부자였던 마을의 영주가 파리에서 모셔 온 한 학자에게 내가 그의 두 아들과 함께 공부하도록 해주셨고 모든 것을 믿고 나를 그에게 맡겼지요.

아르크 남작이라고 불렸던 이 귀족은 자기 아이들을 정성을 다해 키웠지요. 장남은 이름이 생 파르였는데, 풍채가 아주 좋았지만, 세상에 둘도 없는 난폭한 사람이었지요. 그리고 반면에, 막내는 형보다 더 나을 뿐 아니라, 잘생긴 몸매에 맞는 활발한 성격과 훌륭한 영혼을 지닌 사람이었지요. 요컨대, 그 당시에 누구도, 베르빌이라고 불렸던 이 젊은 귀족보다 훌륭한 신사가 될 수 있다는 더 큰 희망을 주는 사람은 없을 거라고 생각해요. 그는 우정으로 나를 공경했고, 나도 그를 형제처럼 사랑했으며 항상 스승처럼 존경했지요.

생 파르는 나쁜 열정만 불사했는데, 여러분에게 이렇게 말하면 그가 자기 동생과 나에 대해 마음속에 가진 감정을 이보다 더 잘 표현할 수 없을 거예요. 그는 나에게 아주 무관심했던 것 이상으로 자기 동생을 사랑하지 않았고, 그가 자기 동생을 거의 사랑하지 않는 이상으로 나를 미워하지 않았지요. 그가 노는 물은 우리하고 달랐지요. 그는 사냥만 좋아했고 공부는 아주 싫어했지요. 베르빌은 사냥하러 가는 일은 거의 없고 공부하는 데 커다란 기쁨을 느꼈는데, 그 점에서 우리는 다른 모든 일에서나 마찬가지로 놀랍게도 일치하고 있었지요. 그리고 내가 그의 기분을 맞추려고 그다지 배려할 필요가 없었고 오직 내 기분대로 할 뿐이었다고 말할 수 있어요.

아르크 남작은 아주 커다란 소설 서재를 가지고 있었지요. 라틴 구역에서 소설을 읽어 본 적이 없던 우리의 가정교사는 처음에 우리에게 소설 읽는 것을 금지하고, 소설을 재미있다고 생각하는 것만큼 소설을 가증스런 것으로 만들려고 아르크 남작 앞에서 수없이 소설을 비난했지요. 그런데 나중에는 자신이 완전히 소설에 빠져 고대 소설과 현대 소설을 모조리 다 읽고 난 뒤, 좋은 소설을 읽는 것은 우리를 즐겁게 하면서 교훈을 주고, 플루타르크의 작품을 읽는 것 못지않게 젊은이들에게 좋은 감정을 주는 데 적합한 것으로 생각한다고 고백한 것이지요. 따라서 그는 우리를 영웅전에서 시선을 돌려 소설을 읽도록 했고, 무엇보다 우리에게 현대 소설을 읽도록 권했지요.

그러나 그런 소설은 아직 우리의 취향에 맞지 않아, 열다섯 살까지 우리는 《아스트레》2와 그 이후 나온 다른 멋진 소설들보다는 《골의 아마디스》3를 읽는 것을 훨씬 더 좋아했는데, 프랑스 사람들은 다른

2 《아스트레》는 1607년에서 1628년 사이 20년 동안 쓴 5권 60책에 달하는 오노레 뒤르페(1567~1625)의 기념비적인 작품이다. 목동 셀라동과 아스트레의 사랑 이야기를 다룬 전원소설이다.

3 《골의 아마디스》 혹은 《갈리아의 아마디스》는 아서왕의 전설 같은 기사들의 모험담을 다룬 스페인 기사도 문학의 작가인 몬탈보(1450~1505)의 작품.

수많은 것들을 다른 나라만큼 발명하지 않더라도 소설을 통해 그 이상으로 완벽하게 만든다는 것을 보여준 것이지요. 따라서 우리는 기분을 전환하려고 소설을 읽는 데 대부분의 시간을 보냈지요. 생 파르는 우리를 책벌레들이라고 불렀고, 사냥하러 가거나 시골뜨기들을 패러 갔는데, 놀랍게도 그가 잘하는 일이었지요.

올바르게 행동하는 나의 성격 덕분에 나는 아르크 남작의 호의를 얻었고, 그는 내가 그의 가까운 친척인 것처럼 나를 사랑했지요. 남작은 자기 자식들을 아카데미로 보낼 때 내가 그들과 떨어지는 것을 원치 않았지요. 이처럼 나는 하인이라기보다는 오히려 동료로서 그들과 함께 지냈지요. 우리는 아카데미에서 운동을 배웠고, 2년 후에 거기에 선발되었지요. 그리고 아카데미를 졸업할 때, 아르크 남작의 친척인 어느 신분 높은 사람이 베네치아로 군대를 파견하면서, 생 파르와 베르빌은 아버지에게 그 아버지 친척과 함께 베네치아로 가게 해 달라고 설득했지요. 그 귀족은 나도 그들과 함께 가길 원했지요.

그리고 나를 지극히 사랑하셨던 나의 대부인 생 소뵈르 경은 너그럽게도 내가 필요하면 사용하고 내가 영광스럽게도 따라가는 그 사람들에게 짐이 되지 않도록 상당한 금액의 수표를 주셨지요. 우리는 가장 먼 길을 떠나, 스페인이 점령한 도시를 제외하고, 로마와 이탈리아의 다른 아름다운 도시들을 구경하면서, 각각 그 도시에서 얼마간 머물기도 했지요. 나는 로마에서 병이 들었고 두 형제는 여행을 계속했는데, 그들은 여행하면서 다르다넬스 해협에서 터키 군대를 기다리던 베네치아 군대와 만나기로 한 교황의 갤리선과 접할 기회를 놓칠 수 없었기 때문이지요.

베르빌은 나와 헤어져서 너무나 가슴 아파했고, 나도 그가 나에게 간직한 우정에 마땅히 내가 도움을 베풀 수 있었을 시기에 그와 헤어져 실망스러웠지요. 나는 생 파르가 마치 나를 본 적이 없는 사람처럼 나와 헤어졌다는 생각이 들었고, 나와 헤어지면서 가능한 많은 돈을 나에게 맡긴 베르빌의 형이었기 때문에 그를 생각한 것뿐이지요. 그게 그의 동생과 같은 생각인지는 모르지요.

이렇게 나는 로마에서 병이 들었고, 아픈 동안 상상할 수 있는 모든 도움을 받았던, 플랑드르 약제사로 내가 묵던 숙소의 주인 말고 다른 아는 사람이 없었지요. 그는 치료법을 잘 알고 있었지요. 그리고 내가 판단하건대 그는 나를 진료하러 온 이탈리아 의사보다 더 잘 아는 것 같다고 생각했지요. 마침내 나는 나았고, 외국인들이 상당히가 볼만하다고 생각하는 로마의 유명한 곳을 찾아갈 만큼 원기를 회복했지요.

나는 포도밭을 (뤽상부르나 튈르리 공원보다 더 아름다운 여러 공원을 그렇게 부르지요. 추기경들과 고위인사들은 그곳을 정성을 다해 보존하는데, 거기에 가는 일은 거의 없고, 간혹 가더라도 즐거움이라기보다 허영심 때문이지요) 찾아가는 것을 제일 좋아했지요. 내가 그중 가장 아름다운 포도밭을 산책하던 어느 날, 오솔길 모퉁이에서 아주 옷을 잘 차려입은 두 여인을 보았는데, 두 명의 프랑스 젊은이가 그들을 세우고 그중 젊은 여인의 얼굴을 덮고 있던 베일을 올리지 않고서는 그냥 못 지나가도록 했지요. 이 프랑스 사람 둘 중 한 명은 다른 한 명의 주인인 것처럼 보였는데, 비록 그의 하인이 얼굴을 가리지 않은 여인을 붙잡지는 않았지만, 힘으로 그녀의 얼굴을 드러내게 할 정도로 아주 무례했지요. 나는 내가 어떻게 해야 할지 따지지 않았지요.

나는 먼저 이 무례한 자들이 이 여인들한테 폭력을 가한 것을 절대 참지 않겠다고 말했지요. 그들은 내가 그들을 당황하게 할 정도로 아주 단호하게 말하는 것을 보고 매우 놀랐는데, 그때 내가 검을 가진 것처럼 그들도 검을 가진 것 같았지요. 두 여인은 내 옆에 섰고, 이 프랑스 젊은이는 패배하는 것보다는 불쾌하지만 모욕당하는 쪽을 택하고, 헤어지면서 이렇게 말했지요.

용감한 양반, 검이 어느 한쪽 편을 들지 않을 다른 곳에서 우리 만날 거요.

나는 그에게 숨지 않겠다고 대답했지요. 그의 하인이 그를 따라갔고, 나는 이 두 여인과 남았지요. 얼굴을 가리지 않은 여인은 서른다섯 살쯤으로 보였지요. 그녀는 나한테 이탈리아어 억양이 전혀 없는 프랑스어로 감사를 표하고 나에게 한 여러 마디 중에서, 모든 프랑스 사람들이 나 같은 사람이라면 이탈리아 여인들이 프랑스식으로 사는 데 전혀 어려움이 없을 거라고 말했지요. 그러고 난 뒤, 내가 그녀에게 호의를 베푼 데 대해 나에게 보답하려는 듯이, 그녀는 본의 아니게 사람들에게 자기 딸을 보지 못하도록 했기 때문에, 내가 기꺼이 그녀를 보는 것은 당연한 것이라고 덧붙였지요.

자, 레오노르, 이분이 영광스럽게도 우리를 보호해주신 데 대해 우리가 전혀 나쁜 사람들이 아니라는 것을 아시도록 베일을 올려라.

그녀가 말을 마치자마자 그녀의 딸이 베일을 올렸는데, 내 눈이 부셨지요. 나는 이보다 아름다운 여인을 그전에 본 적이 없었지요. 그녀는 마치 은밀하게 나에게 두세 번 눈을 깜빡였고, 그럴 때마다 내 눈과 마주쳤는데, 그녀를 천사보다 더 아름답게 만든 홍조가 그녀의 얼굴에 피어올랐지요. 내가 보기에 그녀의 어머니가 그녀를 지극히 사랑하는 것 같았는데, 내가 그녀의 딸을 기쁘게 바라보는 데 그녀가 함께하고 있는 것 같았기 때문이지요. 내가 그런 만남에 익숙하지 않았고, 젊은 사람들은 같이 있다가 쉽게 헤어지기 때문에, 나는 그들이 떠났을 때 그저 아주 서툰 인사를 했을 뿐이며, 아마 그들에게 언짢은 생각이 들게 한 것 같아요. 그들에게 거처를 물어보고 그들을 집으로 데려다주고 싶지 않은 것은 아니었지만, 그들을 뒤따라갈 마음은 없었지요. 나는 포도밭의 수위가 그들을 알고 있다면 그에게 물어볼 생각이었지요. 수위는 내가 이탈리아어를 하는 것보다 프랑스어를 더 못했기 때문에 우리는 오랫동안 서로 말없이 있었지요. 마침내, 그는 어쩔 수 없이 신호로 자신은 그들을 모른다고 알리거나, 혹은 그가 그들을 알고 있더라도 굳이 나에게 알리고 싶지 않았던 거지요.

나는 내가 나왔을 때와는 완전히 다른 사람으로, 즉 사랑에 푹 빠져서 아름다운 레오노르가 화류계 여자인지 점잖은 여자인지 그리고 그녀의 어머니가 나에게 입증했던 그런 재치를 가진 여자인지 알기 힘든 상태에서, 플랑드르 약제사 집으로 돌아갔지요. 나는 몽상에 빠졌고 잠시 즐거웠지만 그들을 찾는 게 불가능할 거라고 생각한 후 나를 아주 괴롭힌 숱한 희망에 대한 기대를 가졌지요. 수도 없이 쓸데없는 계획을 한 후, 나는 그들을 반드시 찾겠다는 생각을 그만두었지만, 나는 로마만큼 사람이 그렇게 많이 살지 않는 도시에서 그리고 나처럼 사랑에 빠진 남자가 그들을 오랫동안 보지 못한다는 것을 상상할 수 없었지요.

바로 그날부터, 그들을 찾을 거라고 생각한 곳은 어디든지 찾아다녔고, 떠났을 때보다 더 지치고 더 울적한 마음으로 집으로 돌아왔지요. 다음 날, 나는 여전히 더 세심하게 찾았지만 나를 지치게 할 뿐이었고 그만큼 걱정스러울 뿐이었지요. 나는 그렇게 집착하고 창문을 들여다보면서, 맹렬하게 레오노르와 약간의 관계라도 있는 모든 여인들을 뒤쫓았으며, 사람들은 나를 거리에서, 교회에서, 로마 안에서 모든 프랑스 사람들 중에서 수도 없이 자기 국가 신용을 떨어뜨리는 데 기여한 가장 미친 사람으로 여겼지요. 내가 정말 저주받은 영혼이었던 그 시절 어떻게 다시 힘을 얻었는지 지금도 알 길이 없지요. 나는 육체를 완전하게 회복했지만, 반면 정신은 병들었고, 내가 자주 베르빌에게 받은 편지대로 따르는지 가끔 의심하면서, 캉디4에서 내가 얻을 수 있는 명예와 나를 로마에 붙잡은 사랑 사이에서 이러지도 저러지도 못하고 있었던 거지요. 그 당시 베르빌은 우리의 우정 때문에 나에게 명령하기보다 자신을 만나러 와 달라고 간청한 상황이었지요.

결국, 내가 그녀들을 찾는 데 아무리 열성을 쏟아도, 그 미지의 여인들에 대한 소식을 들을 수 없어서, 주인에게 돈을 지불하고 떠나려고 작은 짐을 준비했지요. 내가 떠나는 전날 밤, 스테파노 방베르그 영주(나의 주인을 이렇게 불렀지요)는 나에게 자기 여자 친구들 중 한 사람의 집에서 저녁 식사를 하고 자신이 플랑드르 사람으로 그녀를 잘못 선택한 것은 아니었다는 것을 나더러 고백해주기를 바란다고 말

---

4 캉디는 크레타섬에 위치했으며 1212년에서 1669년간 베네치아 공화국의 식민지로, 터키와 베네치아 전쟁에서 주요 격전지였다.

하고, 내가 떠나는 전날에야 나를 그 집에 데리고 가고 싶다고 덧붙였지요. 그는 내가 떠나는 데 약간 집착했기 때문이었다고 했지요. 나는 기꺼이 가겠다고 약속했고 우리는 저녁 식사 시간에 거기로 갔지요. 우리가 들어갔던 집은 한 약제사의 정부(情婦)의 집이라는 기색도 없었고 가재도구들도 없었지요. 우리는 가구가 잘 갖춰진 홀로 건너갔고, 거기서 나와 나는 먼저 아주 멋진 방으로 들어갔는데, 레오노르와 그녀의 어머니가 나를 맞아주었지요.

두 분은 이 놀라움이 얼마나 나를 기쁘게 했는지 상상할 수 있겠지요. 이 아름다운 여인의 어머니는 나에게 프랑스식으로 인사했는데, 두 분에게, 내가 그녀에게 입맞춤을 했다기보다 그녀가 나에게 입맞춤을 했다고 고백하지요. 얼마나 어안이 벙벙했던지 나는 제대로 보지 못하고 그녀가 나에게 한 인사도 전혀 들리지 않았지요. 마침내, 정신을 차리고 다시 눈을 뜨고, 내가 본 것보다 더 아름답고 더 매력적인 레오노르를 보았지만, 나는 그녀에게 인사할 자신이 없었지요. 그녀에게 인사를 하자마자 실수했다는 생각을 했지요. 실수를 바로 잡을 생각을 하지 않고 수줍어서 레오노르의 얼굴에 홍조를 띠게 할 만큼 수치심으로 내 얼굴이 벌겋게 달아올랐지요.

그녀의 어머니는 나에게, 내가 떠나기 전에 신경 써서 그녀의 거처를 찾아와준 데 대해 감사하고 싶다고 말했는데, 그녀가 나에게 한 말은 나를 더욱 더 혼란스럽게 했지요. 그녀는 나를 프랑스식으로 장식된 어느 규방으로 데리고 갔지요. 거기에 그녀의 딸은 우리를 따라오지 않았는데, 그럴 필요가 없을 정도로 틀림없이 나를 너무나 어리석다고 생각했기 때문이지요. 그녀는 영주 스테파노와 함께 있었고, 그동안 나는 그녀의 어머니 옆에서 나의 진짜 모습, 말하자면 시골뜨기 같았지요. 그녀는 친절하게도 혼자 대화를 해 나갔고 비록 재치가 없는 사람에게 재치를 보여주려는 것 외에 어려운 것은 아무것도 없지만 아주 재치 있게 대화를 이끌어갔지요.

재치 있게 대화를 이어간 그녀가 지루하지 않을 정도로 내가 지루해하지 않고 재치 있게 잘 대처했지요. 그녀는 여러 가지 문제에 대해 내가 네, 아니오라고 대답한 후에, 자신은 프랑스 출신이며, 그녀를 로마에 붙잡은 이유들을 내가 영주 스테파노로부터 알게 될 거라고 말했지요. 규방에서 했던 것처럼, 저녁 식사를 하고 또 접견실로 가야 되는데, 얼마나 당황했는지 어떻게 갔는지도 몰랐지요. 나는 저녁 식사하기 전과 하고 난 후에도 여전히 어리둥절했는데, 식사하는 동안 끊임없이 레오노르를 바라보는 것 말고 자신 있게 할 수 있는 게 없었지요. 그녀는 그 때문에 괴로운지, 그런 나를 외면하려고 내내 고개를 숙이고 있었던 것 같아요. 그녀의 어머니가 줄곧 말하지 않았다면, 저녁 식사는 아무 말도 없이 지나갔겠지요.

그런데 적어도 내 생각에는, 그녀가 스테파노 영주와 로마의 여러 문제에 대해 이야기를 나누었던 것 같아요. 내가 확신을 갖고 말할 수 있을 정도로 그녀가 하는 말에 제대로 신경을 쓰지 않았기 때문이지요. 마침내 눈에 띄게 안 좋아진 나를 제외하고, 모두 마음의 부담을 덜려고 식탁에서 나갔지요. 밖으로 나가야 했을 때, 그녀들은 나에게 수도 없이 호의적인 말을 했지만, 편지의 말미에 쓰는 의례적인 말 이외에 대답하지 않았지요. 집에 도착했을 때, 그 집에서 나오면서 내가 평소에 하던 것 이상으로 한 행동은 레오노르에게 입맞춤하고 결국 정신을 잃었다는 것이지요.

스테파노 영주는 집으로 돌아가면서 우리가 보낸 시간 내내 나에 대해 한마디도 꺼낼 생각을 하지 않았지요. 나는 내 방에 틀어박혀 외투와 검을 그대로 걸친 채 침대에 몸을 던졌지요. 누워서, 나에게 일어난 일을 돌이켜 보았지요. 상상해 보니 레오노르의 모습은 내가 본 것보다 더 아름다웠지요. 어머니와 딸 앞에서 내가 노골적으로 드러냈던 마음이 조금씩 다시 기억났고 그런 기억이 머릿속에 떠오를 때마다, 나는 수치스러워 얼굴이 화끈거렸지요. 나는 내가 부자였으면 했지만, 내 출신이 천한 것이 슬펐지요. 나는 내 운명과 사랑을 극복할 온갖 모험을 하겠다고 마음먹었지요. 마침내 오로지 여기서 떠나지 않을 마땅한 변명을 찾으려 했지만, 나를 만족시키는 어떤 구실도 찾지 못하고, 너무나 낙심한 나머지 다시 아팠으면 하고 바랄 정도였고, 이미 그랬으면 하는 생각만 했지요. 그녀에게 편지를 쓰고 싶었지만, 내가 쓴 모든 내용에 만족하지 못했고, 편지 일부를 호주머니에 집어넣었는데, 내가 완성했더라도 아마 감히 보내지 못했겠지요.

너무도 괴로워하고 난 뒤, 레오노르를 생각하는 것 말고 할 게 아무것도 없었기 때문에, 그녀가 처음으로 내 앞에 나타나 완전히 나를 열정에 빠지게 만들었던 정원을 다시 보고 싶었고, 그녀의 집 앞을 다시 지나가고 싶은 생각이 들었지요. 이 정원은 시내에서 가장 멀리 떨어진 곳으로, 사람이 살지 않는 몇 채의 낡은 건물들 가운데 있었지요. 어느 건물 기둥의 잔해 아래로 꿈을 꾸듯 지나가고 있었을 때, 내 뒤에서 누군가 걷는 소리가 들렸고, 동시에 허리 밑으로 검을 휘두르는 것을 느꼈지요. 나는 손에 검을 쥐고, 갑자기 몸을 돌렸는데, 이미 두 분에게 말씀드렸던 그 젊은 프랑스 사람의 하인이 선두에 있는 것을 발견하고, 그가 나를 기만하면서 검을 휘둘렀던 것에 대해 적어도 그에게 보복해야겠다고 생각했지요. 그러나 내가 멀리서 밀고 들어갔지만 그가 대비하면서 뒤로 한 발 물러났기 때문에, 그에게 닿을 수 없었는데, 그의 주인이 기둥의 잔해 가운데서 나와, 나를 뒤에서 공격하고, 머리에서 넓적다리로 검을 사정없이 휘두르는 바람에 쓰러졌지요. 그렇게 공격을 받았기 때문에, 나는 그들의 손아귀에서 벗어나지 못한 것 같았지요.

그러나 서투른 행동으로, 우리가 항상 많은 판단을 제대로 하지 못하듯이, 그 하인이 주인의 오른손에 부상을 입혔고, 동시에 그 옆을 지나다가, 나를 살해하려는 것을 멀리서 보고, 나를 도우러 달려왔던 트리니티 데이 몬티 교회의[5] 젊은 두 수도사에게도 상처를 입히고, 살인자들은 도망쳤는데, 나도 검에 세 차례 찔려 부상을 입었지요. 이 선한 수도사들은 프랑스 사람들이었는데, 나에게 큰 행운이었지요. 왜냐하면, 이런 외딴 곳에서, 이탈리아 사람이 어려운 처지에 있는 나를 보았다면, 나를 도와주면서도 그 사람이 바로 나를 살해하려고 한 사람으로 의심받을까 두려워, 나를 구해주기보다 오히려 나를 멀리했을지 모르기 때문이지요.

이 두 명의 자비로운 수도사 중 한 명이 나의 고해를 들어주는 동안, 다른 수도사는 집으로 달려가서 나의 주인에게 내 딱한 처지를 알

---

5   로마에 있는 국립 프랑스 교회 중 하나로, 스페인 광장의 꼭대기 핀치오 언덕에 있다.

렸지요. 그는 곧 나에게 와서 반쯤 죽은 나를 침대로 옮겼지요. 많은 보살핌에도 불구하고 여러 군데 입은 상처 때문에 나는 오랫동안 아주 심한 열이 났지요. 사람들은 내가 살아날 가망에 대해 실망했고, 나는 목숨에 대해 다른 사람들보다 더 기대할 게 없었지요. 그러나 레오노르를 향한 사랑은 나를 떠나지 않았지요. 오히려, 내 기력은 떨어져도 사랑은 항상 더 커지고 있었지요. 따라서 나를 내려놓지 않고 그렇게 무거운 짐을 견딜 수 없고, 오로지 그녀를 위해 살고 싶다는 것을 레오노르에게 알리지 않고는 죽을 수 없다고 생각하며, 나는 펜과 잉크를 달라고 부탁했지요.

사람들은 내가 꿈을 꾼다고 생각했지요. 그러나 나는 정말 간절하게 부탁했고, 내가 부탁한 것을 거절한다면 나는 절망에 빠질 거라고 하소연했으며, 내 열정을 제대로 인식하고 내 의도를 거의 다 짐작할 정도로 영민한 스테파노 영주는 글을 쓰는 데 필요한 것을 모두 나에게 주라고 했지요. 그리고 그는 마치 내 의도를 알고 있었던 것처럼, 나를 방에 혼자 있게 해주었지요. 나는 바로 그 문제에 대해 내가 이미 갖고 있던 생각을 펼치려고 그전에 내가 쓴 글을 다시 읽었지요. 마침내, 다음은 내가 레오노르에게 쓴 글이지요.

당신을 보자마자 난 당신을 사랑하지 않을 수 없었소. 이성적으로도 나에게 반(反)하는 일은 아니었지요. 내 이성은 나에게, 겉보기에도 내가 당신을 사랑하는 사람으로 어울리지 않는다고 생각하기는커녕, 당신이 이 세상에서 가장 사랑스러운 여인이라고 말하고 있었지요. 내 이성은 소용없는 약으로 병을 악화시킬 뿐이었고, 나 스스로 어느 정도 저항을

122

하고 난 뒤, 당신을 만나는 사람은 누구나 당신 때문에, 당신을 사랑할 수밖에 없을 거예요. 따라서 아름다운 레오노르, 내가 비록 감히 당신에게 사랑을 찾았지만, 그 때문에 당신이 나를 미워하지 않을 너무나 존경스러운 사랑으로, 당신을 사랑했어요. 그러나 당신을 위해 죽을 수 있고 그것을 자랑스럽게 여기지 않을 방법이 있어요!

당신이 나를 나무랄 수도 없는 죄를 가지고 나를 용서하기가 얼마나 힘들겠어요? 사실, 당신을 죽음의 명분으로 삼는 것은 오직 당연히 당신을 수없이 섬기는 보상이며, 당신은 아마 그런 생각을 하지 않고 나에게 이런 선의를 베풀었다고 후회하겠지요.

사랑스런 레오노르, 나에게 그것을 동정하지 마세요. 당신은 나에게 그 선의를 더 이상 잃게 할 수 없어요. 그것은 내가 여태껏 행운의 여신에게서 받은 유일한 특혜이기 때문이지요. 그런데 행운의 여신은 세상의 모든 아름다움도 당신의 아름다움보다 못하다는 것을 나뿐만 아니라 많은 숭배자들을 당신에게 바치면서 그게 당신의 미덕 덕분이라는 데서 벗어날 수 없겠지요. 따라서 내가 최소한의 동정심이라도 바라는 것이 그렇게 헛된 것은 아니겠지요…….

나는 편지를 마무리할 수가 없었지요. 갑자기 힘이 없어졌고 펜이 내 손에서 떨어져 나갔으며, 내 육체가 그렇게 빨리 움직이는 정신을 따라갈 수 없었지요. 그렇지 않았다면, 내가 방금 두 분에게 암송하기 시작한 편지는 단지 최소한 편지의 일부에 불과했겠지요. 흥분과 사랑이 나의 상상력을 데웠던 것처럼, 나는 조금도 회복될 기미를 보이지 않고 오랫동안 실신했지요. 그것을 알아챈 스테파노 영주가 방문을 열고 들어와 사제 한 명을 데리고 오라고 보냈지요.

바로 그때 레오노르와 어머니가 나를 보러 왔지요. 그들은 내가 살해된 줄로 알았지요. 오직 그들을 도와주려다가 나에게 그런 일이 일어났고, 그렇게 그들이 내가 죽을 수 있는 순수한 명분이었기 때문에, 내가 처한 상황에서 나를 보러 오는 데 어려움이 없었지요. 내가 너무나 오랫동안 실신해 있었기 때문에, 누구나 그렇게 판단할 수 있겠지만, 그녀들은 내가 회복하지 못하리라는 생각으로, 너무나 애통해하면서, 내가 의식을 되찾기 전에 가 버렸지요. 그들은 내가 쓴 글을 읽었고, 딸보다 더 관심을 가진 어머니는 내가 침대 위에 두었던 서류도 읽었는데, 그중에는 나의 아버지 가리그의 편지도 있었지요.

나는 오랫동안 생과 사를 오갔는데, 마침내 젊음으로 이겨냈지요. 보름 만에 나는 위험에서 벗어났고, 5, 6주 후에 방을 여기저기 걷기 시작했지요. 주인은 나에게 자주 레오노르의 소식을 전해주었지요. 그는 그녀의 어머니와 그녀가 고맙게도 나를 찾아왔었다고 알려주었는데, 나에게 그게 가장 기쁜 일이었지요. 나는 그들이 아버지의 편지를 읽은 것에 대해 약간 고통스러웠지만 내 편지를 읽었다는 것에 대해서는 매우 만족했지요.

스테파노와 단 둘이 있을 때마다 나는 레오노르 이외에 달리 할 이야기가 없었지요. 어느 날, 레오노르의 어머니가 나에게, 스테파노가 그녀가 누구인지 그녀를 로마에 붙잡은 이유가 무엇인지 알려줄 수 있을 것이라고 말한 것을 기억하고, 나는 그가 그것에 대해 알고 있는 것을 나에게 알려 달라고 부탁했지요. 그는 나에게 그녀의 이름은 라 부아시에르 양이며, 그녀가 프랑스 대사의 아내와 함께 로마에

왔다고 했지요. 그리고 대사의 가까운 친척인 지체 높은 사람이 그녀에게 반했으며, 그녀는 이 사람이 싫지 않아 비밀 결혼으로 이 아름다운 레오노르를 낳았다고 했지요.

게다가, 스테파노는 나에게, 이분이 대사 집안과 사이가 나빠졌고, 이 일로 그는 로마를 떠나서 그 프랑스 대사의 임기가 끝날 때까지 라 부아시에르 양과 한동안 베네치아에서 지낼 수밖에 없게 되었다고 알려주었지요. 그는 다시 그녀를 로마에 데리고 왔고, 그녀가 가구를 갖춘 집에, 신분이 있는 사람들 속에서 살아가도록 필요한 모든 조치를 해주었지만, 반면에 그는 프랑스로 가게 된 것이지요. 그의 아버지가 그를 프랑스로 돌아가도록 했는데, 말하자면 그의 아내이지만, 그의 결혼이 아무에게 인정받지 못했다는 것을 잘 알고 있었기 때문에, 감히 그의 연인을 프랑스로 데리고 가지 못한 것이지요.

나는 두 분에게, 가끔 레오노르가 출신의 약점으로 나의 천한 출신과 더 어울리도록 어떤 지체 높은 사람의 합법적인 딸이 아니기를 바랄 수밖에 없었다는 것을 고백하지요. 그러나 나는 곧 이런 죄스러운 생각을 후회하고, 비록 이 마지막 생각이 나에게 묘한 실망을 주기는 했지만, 그런 행운이 그녀의 신분에 당연한 만큼 그녀와 잘 어울리기를 바랐지요. 왜냐하면 내가 그녀를 내 목숨 이상으로 사랑하면서, 그녀를 소유하지 않고는 행복할 수 없고, 그녀를 불행하게 하지 않고는 그녀를 소유할 수 없을 것이라고 예상했기 때문이지요.

마침내 내가 다 낫고, 심한 상처로 내가 흘린 많은 피 때문에, 얼굴이 매우 창백한 상태가 되어 있었을 때, 나의 젊은 주인들이 베네치아 군대에서 돌아왔지요. 온 동방을 전염시킨 페스트 때문에 더 오랫동안 그들의 용기를 발휘할 수 없었던 것이지요. 베르빌은 항상 나를 사랑했던 것처럼 여전히 나를 사랑했고, 생 파르는 그 이후, 티를 내지 않았지만, 예전처럼 나를 싫어했지요. 나는 그들에게, 레오노르에 대한 사랑만 빼고, 나에게 일어난 일을 모두 이야기 했지요. 그들은 너무나 그녀를 알고 싶다고 했고 나는 그들에게 어머니와 딸의 장점을 과장하면서 그들에게 만나고 싶은 바람을 더 부추긴 거지요.

우리가 남들 앞에서 사랑하는 사람을 절대 칭찬해서 안 되는데 말이지요. 그들도 그 사람을 사랑할 수 있으니까요. 왜냐하면 사랑은 눈으로 보는 것뿐 아니라 귀로 들어도 가슴속으로 들어오기 때문이지요. 그것은 흔히 사랑에 빠져 본 사람들을 괴롭힌 열정이며 두 분은 내가 경험상 그런 이야기를 한다는 것을 알겠지요. 생 파르는 매일 내가 언제 자기를 라 부아시에르 양의 집으로 데리고 갈 것인지 나에게 물었지요. 그가 전에 없이 그 이상으로 나를 채근하던 어느 날, 나는 그에게 그녀가 그를 기쁘게 할지 모른다고 말했지요. 왜냐하면 그녀가 완전히 은둔해서 살고 있었기 때문이지요.

그는 나에게 이렇게 대꾸했지요.

나는 네가 그녀의 딸에게 반한 것을 잘 알고 있지.

그리고 그는 나 없이 그녀를 보러 가겠다고 덧붙이고, 나를 면전에서 아주 거칠게 밀쳐 버렸는데, 나는 그가 아직 수상하게 여기지 않으리라고 생각한 것을 그가 확신하고 있어서 깜짝 놀랐지요. 그러고 나서 그는 나를 수없이 심하게 조롱했으며 혼란 속으로 몰아넣었고 베르빌은 그걸 동정했지요. 그는 나를 이 난폭한 사람으로부터 끌고 나와서 안뜰로 데리고 갔는데, 베르빌은 자신과 비슷한 또래이지만 거리가 아주 먼 신분을 가진 나에게 특별히 선의를 가지고 위로하느라 무진 애를 썼지만, 나는 너무나 슬펐지요. 그렇지만 난폭한 그의 형은 자신을 만족시키려고 혹은 오히려 나를 망쳐 놓으려고 애썼지요.

그는 라 부아시에르 양의 집으로 갔는데, 처음에 그들은 그를 나로 착각했지요. 왜냐하면 그의 곁에 거기에 여러 번 나와 함께 갔던 내 주인의 하인이 있었기 때문이지요. 그러지 않았다면 내 생각에 그들이 그를 받아주지도 않았겠지요. 라 부아시에르 양은 낯선 남자를 보고 너무나 놀랐지요. 그녀는 생 파르에게, 그를 알지도 못하는데 그가 그녀를 방문한 게 무슨 영광인지 모르겠다고 말했지요. 생 파르는 주저하지 않고 그녀에게, 자신은 그녀를 도와주다가 부상당하는 바람에 아주 행복했던 한 젊은이의 주인이라고 말했지요. 내가 그 전부터 알았던 것처럼, 그 어머니도 딸도 좋아하지 않은 소식부터 시작해서, 차분한 이 두 사람이 우선 그 사람에게 그런 면이라고는 거의 없다는 것을 보여준 한 남자로 인해 그들의 체면을 위태롭게 하는 데도 그다지 개의치 않자, 이 난폭한 사람은 그들과 거의 즐거운 시간을 보내지 못했고 그들은 그에게 대단히 싫증이 났지요.

그를 분노하게 만든다고 생각했던 것은 로마에서 아직 결혼하지 않은 신분의 여자들이 그러는 것처럼, 그가 그녀에게 평소에 쓰고 있는 베일을 즉각 올려 달라고 부탁했지만 그녀가 기꺼이 베일을 올리지 않아 레오노르의 얼굴을 보지 못한 것이었지요. 결국 그녀의 환심을 사려던 이 남자는 그들을 지루하게 하는 데 싫증이 났지요. 그는 나를 팽개치고 못된 짓을 하고 거의 이득을 보지 못한 채, 그의 난처한 방문으로부터 그들을 놓아주고, 스테파노 영주 댁으로 돌아갔지요. 그

때부터, 보통 난폭한 사람들이 결국 자신들이 대했던 사람들이 잘못되기를 바라는 것처럼, 그는 나에게 아주 참을 수 없는 모욕을 가했고, 만일 베르빌이 지속적인 선의로 나에게 그의 형의 잔인성을 참도록 도움을 주지 않았더라면, 그의 신분에 대해 내가 가져야 할 존경심을 수백 번도 잃었을 정도로 수시로 내 마음을 상하게 했겠지요.

나는, 비록 그가 자주 나에게 끼친 해악이 어떤 영향을 미쳤는지 느끼기는 했지만, 아직 그런 걸 알지 못했지요. 나는 라 부아시에르 양이 우리를 알기 시작했을 때보다 더 냉정해졌다는 것을 알았지요. 그러나 나는 여전히 예의바르게 행동했지만, 내가 그녀에게 부담이 된다고 생각하지 못했지요. 레오노르는 자신의 어머니 앞에서 깊이 생각하는 것 같았고, 어머니가 눈에 띄지 않았을 때, 그녀의 얼굴빛은 좀 덜 우울했고, 나에게 더 호의적인 시선을 보내는 것 같았지요.

르 데스탱은 이렇게 자신의 이야기를 했고 두 여배우들은 자정이 지나고 2시를 알리는 종이 울렸는데도 잠자고 싶다는 기색도 없이 그의 이야기를 주의 깊게 들었다. 라 카베른 양은 르 데스탱에게 다음날 라 라피니에르가 그들에게 즐겁게 사냥하기로 약속했으며, 시내에서 10여 킬로미터 떨어진 어느 집까지 그와 함께 가기로 했다는 것을 상기시켰다. 따라서 르 데스탱은 여배우들과 헤어지고 방으로 가서 잠자리에 든 것 같았다. 여배우들도 잠자리에 들었다. 그리고 시인이 다행히 새로운 구절을 창작해내지 않았기 때문에, 나머지 시간은 여관에서 너무나 평화스럽게 지나갔다.

제 14 장

동프롱 사제의 납치

앞 장을 읽는 데 꽤 시간을 보내는 바람에, 혹시 동프롱 사제를 기억하는 사람들은, 그렇게 많은 들것이 모이는 일이 일어나지 않는데, 그가 어느 작은 마을에서 4개의 들것 중 하나에 타고 있었다는 것을 알아야 한다. 그러나 알다시피, 4개의 산을 마주치는 일보다 오히려 4개의 들것이 한꺼번에 만나는 일이 일어나기 쉽다. 따라서 이 사제는 우리의 배우들과 같은 여관에서 묵었고, 르망의 의사들에게 진찰받았는데, 그들은 그가 (이 가련한 사람이 너무나 잘 알고 있었던) 신장 결석이 있다고 아주 우아한 라틴어로 말했다. 그리고 나로서는 알지 못하는 다른 일들을 마무리하고, 신자들의 안내로 돌아오려고 아침 9시 경 여관에서 떠났다.

그에게는 어린 질녀가 한 명 있었는데, 아가씨든 아니든, 아가씨처럼 옷을 입고, 들것 앞에서 뚱뚱하고 키가 작은 그 사제 옆에 자리 잡고 있었다. 기욤이라는 농부는 사제의 단호한 명령에 따라, 말이 발을 잘못 짚을까 봐 말굴레를 잡고 전방의 말을 끌고 있었다. 그리고 쥘리앵이라는 사제의 하인은 자주 말 엉덩이를 밀어야 할 정도로 다루기 힘든 후방의 말이 잘 가도록 신경을 쓰고 있었다. 노란색 구리로 된 사제의 요강은 들것의 오른쪽에 매달려 있었고, 여관에서 문질러 닦았기 때문에 마치 금처럼 반짝거렸는데, 동프롱 사제의 옆집에 살았던 친구들 중 한 귀족을 위해 사제가 파리의 심부름꾼에게서 꺼내 놓았었던 상자 안에 모자 하나로만 장식되어 있는 왼쪽보다는 훨씬 더 잘 어울렸다.

르망에서 4, 5킬로미터 떨어진 곳에, 그 들것이 벽보다 더 강한 울타리로 덮은, 움푹한 길에서 작은 대열을 이루어 가고 있었을 때, 두 명의 보병에게 지원을 받은 세 명의 기수들이 그 존엄한 들것을 멈춰 세웠다. 그들 중 한 명이 이 신작로를 달리던 우두머리인 것처럼 보였는데, 죽어! 제일 먼저 움직이는 놈, 죽일 거야. 이렇게 무시무시한 소리로 말하고, 들것을 끌고 있던 농부 기욤의 눈 옆에 두 손가락을 걸친 권총의 총구를 보여주었다. 또 다른 자는 쥘리앵에게도 그렇게 했고, 보병 중 한 사람은 총으로 사제의 질녀를 겨냥했지만, 그녀는 들것에서 아주 태평스럽게 잠을 자고 있었는데, 그렇게 작은 평화로운 대열을 사로잡은 끔찍한 두려움에서 비켜나 있었다.

이 비열한 자들은 들것을 끌고 가는 심술궂은 말들이 달리는 것보다 더 빨리 몰았다. 이 폭력적 상황 속에서 아무도 입을 열지 않고 침묵을 지키고 있었다. 사제의 질녀는 살아 있다기보다 죽은 것에 가까웠다. 기욤과 쥘리앵은 끔찍한 총기를 보고 감히 입도 열지 못하고 울고 있었다. 그리고 사제는 내가 이미 여러분에게 말했다시피, 내내 자고 있었다. 기수 중 한 사람이 재빨리 그 뚱보에게서 떨어져 나와 전방을 차지했다. 그동안 들것은 숲으로 들어갔고, 숲 입구에서 전방의 말은 말을 끄는 사람만큼 겁을 먹고 있었는데, 짓궂은 장난인지 혹은 원래 육중하고 둔해서 할 수 있는 것보다 더 빨리 달렸기 때문인지, 이 불쌍한 말은 다리가 어느 바퀴자국 안에 빠져서 너무 심하게 비틀거리는 바람에 사제는 잠에서 깼고 그의 질녀는 들것에서 떨어져 말의 야윈 엉덩이 위로 주저앉았다. 선한 사제는 쥘리앵을 불렀지만 그는 감히 사제의 말에 대답도 못했다. 질녀도 불렀지만 그녀는 입을 열 수 없는 상황이었다. 농부도 다른 사람들만큼 어려운 지경에 있는 바람에 사제는 정말 화가 났다. 모두 그가 신을 저주한 것이라고 말하고 싶었지만, 나는 멘의 저지대 출신 사제로서 그 말을 믿을 수 없다.

사제의 질녀는 말 엉덩이에서 일어서서 다시 자리를 고쳐 앉았지만 감히 그녀의 숙부를 보지 못했다. 말은 거뜬하게 다시 일어났고, 멈춰! 멈춰! 하는 큰 목소리로 소리치는 사제의 고함 소리에도 불구하고, 어느 때보다 더 빨리 달렸다. 그의 고함 소리가 더 커지자 말은 흥분했고 훨씬 더 빨리 달렸는데, 그 바람에 사제는 또 더 큰 소리로 고함을 쳤다. 그는 쥘리앵을 부르다가 기욤을 부르다가 했는데, 누구보다도 질녀를 더 자주 불렀고, 질녀의 이름에 화냥년이라는 이중 수식어를 자주 사용했다. 그렇지만 그녀가 말을 하려고 했다면 했을 것이다. 그녀에게 꼼짝없이 입을 열지 못하게 했던 자가 전방을 차지하고 들것에서 4, 50보 멀리 떨어져 있던 마부들을 만났기 때문이다.
그러나 그녀가 소총이 겁이 나서 숙부의 욕설을 모른 체하자, 사제는 마침내 사람들이 끝내 자신의 말을 따르지 않는 것을 보면서 울부 짖었고 살려 달라고 사람 죽인다고 고함치기 시작했다. 그러고 나서, 전방을 차지했던 기수 두 명이 보병에게 자기 자리로 돌아가라고 하고 다시 들것 쪽으로 와서 멈추라고 했다. 그들 중 한 명이 기욤에게 섬뜩하게 이렇게 말했다.

안에서 고함치는 미친놈이 누구야?

오호! 나리, 나리께서 나보다 더 잘 아시겠지요.

불쌍한 기욤이 대답했다. 그 기수는 그의 입안에 권총 끝을 넣고, 질녀에게 보여주면서, 가면을 벗고 그녀가 누구인지 말하라고 명령했다. 자신의 들것에서 일어난 모든 일을 보고, 드 론이라는 그의 한 이웃 귀족과 소송을 벌였던 사제는 자신을 살해하려고 하는 자가 바로 그놈이라고 믿었다. 따라서 그는 이렇게 고함을 치기 시작했다.

드 론 씨, 당신이 나를 죽이면, 당신을 신 앞으로 불러내겠소. 내가 비록 미천하지만 신성한 사제인데, 당신은 늑대인간처럼 파문당할 것이오.

그동안 불쌍한 질녀는 가면을 벗고 기수에게 낯선 겁먹은 얼굴을 드러냈다. 그것은 전혀 기대치 않았던 결과를 만들었다. 화가 난 이 사람은 들것의 전방을 끌었던 말의 배에 그의 권총을 쏘고, 안장의 앞 테에 두었던 또 다른 권총으로 보병들 중 한 명의 머리를 정통으로 쏜 뒤 이렇게 말했다.

이봐, 잘못된 생각을 하는 자들은 이렇게 다루어야 하지.

사제와 그의 일행에게 두려움이 더 커진 것은 그때였다. 그는 자백을 요구했다. 쥘리앵과 기욤은 무릎을 꿇었고 사제의 질녀는 자신의 숙부 옆에 자리 잡았다. 그러나 그들을 그렇게 공포로 몰아넣었던 자들은 이미 떠났고, 권총을 맞고 죽은 사람을 그냥 두고 말을 최대한 빨리 달려 그들에게서 멀어졌다. 쥘리앵과 기욤이 떨면서 일어났고, 사제와 질녀에게 기병들이 가 버렸다고 말했다. 들것이 앞으로 기울어지지 않도록 뒤에 있던 말을 수레에서 풀어야 했고 기욤에게 다른 말을 찾아오도록 가까운 마을로 보냈다.

사제는 자신에게 일어난 일에 대해 어떻게 해야 할지 몰랐다. 그는 왜 그자들이 자신을 납치하려고 했는지, 왜 도둑질은 하지 않고 그를 떠났는지, 그 기병이 왜 바로 그의 편 중에 한 명을 죽였는지 짐작할 수 없었다. 사제는 오직 불쌍하게 죽은 그의 말 때문에 분노가 치밀었고, 분명 기이한 그자와 해결해야 할 게 아무것도 없는 것 같았다. 그는 항상 자신을 살해하려고 했던 자가 드 론이었고 그의 생각이 맞을 거라고 결론 내렸다. 질녀는 그에게 그녀가 잘 알고 있는 드 론이 한 일이 아니라고 주장했지만, 사제는 그자가 자기 친척들이 살던 고롱[1]에서 아마 만날 거라고 기대하고 청부한 증인들을 믿고 큰 범죄 소송을 잘 해내려고 그랬던 것이라고 생각했다.

그들이 그 점에 대해 이의를 제기했을 때, 멀리서 어떤 기병대가 나타난 것을 본 쥘리앵이 있는 힘을 다해 도망쳤다. 쥘리앵이 도망치는 것을 본 사제의 질녀도 그가 그럴 이유가 있을 거라고 생각하고 도망쳤다. 그 때문에 사제는 어찌할 바를 모르고, 수많은 이상한 사건

---

1 멘의 저지대에 있는 작은 마을. 그곳 주민들은 거짓 증언을 잘 해주는 사람들로 유명했다.

에 대해 더 이상 어떻게 생각해야 할지 몰랐다. 마침내 그도 좀 전에 쥘리앵이 본 기병대를 보았는데, 설상가상으로, 그 기병대가 곧바로 그에게 오고 있다는 것을 알았다. 이 기병대는 아홉 내지 열 마리 말로 이루어져 있고, 그 가운데에는 목을 매달려고 끌려가는 사람들처럼, 사나운 말 위에 초췌한 한 남자가 묶여 있었다.

사제는 신에게 기도하기 시작했고 그에게 남아 있던 말〔馬〕을 잊지 않고, 기꺼이 신의 은총을 빌었지만, 그가 라 라피니에르와 몇몇 궁수들이라는 것을 알았을 때 깜짝 놀랐고 동시에 안심했다. 라 라피니에르는 거기서 그가 뭘 하고 있었는지 물었고 말의 시체 옆에 뻣뻣하게 죽은 남자를 보고 그를 죽인 사람이 그였는지 물었다. 사제는 그에게 무슨 일이 일어났는지 이야기했고, 또 자신을 살해하고자 한 자는 드 론이라고 결론 내렸다. 그것에 대해서 라 라피니에르는 충분히 조서를 꾸몄다. 궁수 중에 한 명은 죽은 시신을 치우도록 가까운 마을로 달려갔는데, 들것을 끌 말 한 마리를 가지러 가는 기욤을 만났던 사제의 질녀와 쥘리앵이 안심하고 함께 돌아왔다.

사제는 더 이상 어떤 곤란한 일도 겪지 않고 동프롱2으로 돌아갔는데, 살아 있는 한, 자신의 납치 이야기를 할 것이다. 죽은 말은 늑대들이나 개들이 먹어치웠다. 죽은 사람의 시신은 내가 알지 못하는 곳에 매장되었다. 그리고 라 라피니에르, 르 데스텡, 라 랑퀸, 롤리브, 궁수들과 포로는 르망으로 돌아갔다. 그리고 산토끼를 잡기는커녕 어떤 남자를 만난 라 라피니에르와 배우들의 사냥은 그렇게 끝난 것이다.

---

2 노르망디 지방의 옛 마을 이름.

제 15 장

여관에 등장한 돌팔이 의사.
데스탱과 레투알의 계속되는 이야기. 세레나데

여러분들은 앞 장에서 동프롱 사제를 납치한 사람들 중 한 명이 사제
와 같이 있던 사람들을 떠나 어디론가 재빨리 사라졌다는 것을 기억
할 것이다. 그가 푹 패고 아주 좁은 길에서 말을 세차게 몰고 있었을
때, 멀리서 마부들이 자기 쪽으로 달려오는 것을 보았다. 그는 그들
을 피하려고 발길을 돌리려 했는데 너무 갑자기 그리고 급하게 말을
돌리는 바람에 말이 뒷발로 서다가 주인 위로 넘어졌다. 라 라피니에
르와 일행들은 (그가 바로 이 일행들을 봤기 때문이다) 한 남자가 자기들
쪽으로 신나게 달려오다가, 재빨리 되돌아가는 것이 아주 이상하다
고 생각했다. 라 라피니에르는 직책상 그걸 좋은 쪽보다 오히려 안 좋
은 쪽으로 생각했을 뿐 아니라, 천성적으로 감수성이 아주 예민한 그
로서 당연히 의심을 품게 되었다.

 의구심이 점점 커지던 그때, 다리 하나가 말 아래 깔려 있는 이 남
자 옆에서, 라 라피니에르는 그자가 말에서 떨어진 것 못지않게 그 광

경을 본 목격자들이 있다는 것에 대해서도 당황하는 기색이 없다는 것을 알았다. 라 라피니에르는 점점 겁이 나면서도 아무것도 하려고 하지 않고 어떤 프랑스 관료보다 자신의 임무를 잘 해내는 법을 알았기 때문에, 그자에게 다가가서 이렇게 말했다.

이보쇼, 양반, 급하셨소? 아! 당신이 어설프게 떨어지지 않을 곳으로 당신을 부축하겠소.

이 말은 그가 말에서 떨어졌을 때보다 훨씬 더 그 불행한 사람을 어리둥절하게 만들었다. 그리고 라 라피니에르와 일행들은 그의 얼굴에서 무엇보다 아주 괴로워하는 표정을 보았는데, 라 라피니에르는 대담하지는 않지만 그를 체포하지 못할 정도로 흔들리지는 않았다. 그리고 라 라피니에르는 사수들에게 그자가 일어서도록 도와주라고 명령하고 말 위에 그를 묶어서 졸라매라고 했다. 여러분이 본 혼란 속에서, 죽은 남자와 총에 맞아 죽은 말 옆에서, 그 후 얼마 뒤 동프롱 사제를 만난 것이 자신이 잘못 생각한 게 아니라고 확신했다. 라 라피니에르가 도착하면서 눈에 띌 정도로 그 포로가 두려워한 탓이 컸다.

르 데스탱은 다른 사람들보다 더 찬찬히 그자를 보면서, 알 것 같은데 어디서 봤는지 기억해낼 수 없었다. 길을 가는 동안에도 어렴풋한 기억을 되살리려고 애를 썼지만 소용이 없었다. 르 데스탱은 찾으려고 했던 것을 찾아낼 수 없었다. 마침내 그들은 르망에 도착했고, 라 라피니에르는 이른바 그 범인을 감옥에 집어넣었으며, 이튿날 공연하기로 했던 배우들은 일을 정리하려고 여관으로 돌아갔다.

그들은 주인과 서로 화해했다. 자유주의자였던 시인이 저녁 식사비를 내려고 했다. 여관에 있던 라고탱은 레투알에게 사랑에 빠진 이

후 여관에서 나가지 않았고, 시인이 그를 식사에 초대했는데, 전날 밤, 배우들과 주인의 가족 사이에 셔츠바람으로 벌어진 싸움에 관객이었던 모든 사람들을 식사에 초대하고 싶어 안달이 난 것이다.

저녁 식사를 하기 얼마 전, 이미 여관에 있던 일행은 한 돌팔이 의사1와 그의 아내, 무어인 늙은 하녀, 원숭이 한 마리와 두 하인으로 구성된 일행으로 늘어났다. 라 랑퀸은 그를 오래전부터 알고 있었다. 그들은 서로 꼭 껴안았다. 그리고 사교성이 좋았던 시인은 분에 넘치는 인사를 할 때까지 돌팔이 의사와 그의 아내 곁을 떠나지 않았고, 그렇다고 별다른 말을 하지 않았으며, 일행에게 그와 식사하게 되어 영광이라는 인사를 강요하진 않았다. 모두 식사를 했다. 식사하는 동안 특별한 일은 없었다. 모두들 많이 마셨고, 적지 않게 먹었다.

라고탱은 레투알의 얼굴을 자기 눈으로 다시 볼 수 있었는데, 그가 삼킨 포도주만큼이나 그를 취하게 만들었다. 그리고 라고탱은, 비록 시인이 그가 위대한 시인이라고 숭배했던 테오필2의 시를 신랄하게 비난하면서 그에게 반박할 좋은 빌미를 주었지만, 식사하는 동안 거의 말을 하지 않았다. 여배우들은 한동안 돌팔이 의사의 아내와 대화를 나누었는데, 그녀는 스페인 여자였고 비호감은 아니었다. 그러고 나서 그들은 각자 방으로 돌아갔고, 르 데스탱은 라 카베른과 그녀의

---

1   경험에만 의존하는 의사 혹은 대중에게 싸구려 약재와 처방약들을 파는 거리의 약장수. 극장에서는 포스터와 쪽지를 통해 그의 숙소와 의술을 알려준다.
2   테오필 드 비오(1590~1626) : 프랑스 시인이자 극작가. 생 타망, 트리스탕 레르미트와 함께 17세기 초 바로크와 리베르탱 작가로 알려졌으나, 17세기 후반 고전주의 이론가들에게 비판받아 오랫동안 잊혔다가 사후 재평가됐다.

딸이 듣고 싶어 안달이 날 지경이라고 하는 그의 이야기를 마무리하려고 그들을 방으로 데리고 갔다.

그동안 레투알은 자신이 맡은 역을 연습하기 시작했다. 그리고 르데스탱은 라 카베른과 그녀의 딸이 앉았던 침대 옆 의자에 앉아서 자신의 이야기를 다음과 같이 계속했다.

두 분은 지금까지 내가 완전히 레오노르와 사랑에 빠져 있고 내 편지로 인해 레오노르와 그녀의 어머니의 마음속에 남아 있을 결과에 고통스러워하는 모습을 보았지요. 두 분은 이전보다 더 사랑에 빠지고 모든 사람들 중에서 가장 낙담하는 내 모습을 보실 거예요. 나는 매일 라 부아시에르 양과 그녀의 딸을 보러 갔지요. 나는 사랑의 열정에 너무 눈이 멀어 사람들이 나를 대하는 싸늘한 태도를 눈치 채지 못하고, 너무 잦은 나의 방문이 결국 그들에게 불편할 수 있다는 것도 거의 생각하지 못한 것이지요. 라 부아시에르 양은 생 파르가 그녀에게 내가 어떤 사람인지 알려주고 난 이후 아주 괴로워했지요. 그러나 그녀는 자신을 위해 나에게 일어난 그 사건이 있은 후 나에게 정중하게 자신의 집을 방문하지 말라고 할 수 없었지요. 그녀의 딸의 경우, 그녀가 그 이후 한 행동을 통해 내가 판단하건대, 나는 그녀에게 연민을 느꼈고, 그녀는 내가 그녀에게 특별한 존재가 되지 않도록 그녀를 결코 시야에서 놓치지 않았던 그녀의 어머니의 감정을 따르지 않았지요.

그러나 두 분에게 사실을 말하자면, 이 아름다운 여인은 그녀의 어머니보다는 좀 덜 냉정하게 나를 대했지만, 어머니 앞에서는 감히 그런 내색을 하지 못했지요. 이처럼 나는 저주받은 영혼으로 고통받았고, 나의 잦은 방문은 내가 환심을 사고 싶은 사람들에게 나를 더 가증스럽게 만드는 역할을 할 뿐이었지요. 라 부아시에르 양이 프랑스에서 온 편지를 받은 어느 날, 부득이 외출하게 되었는데, 편지를 읽자마자 사람을 보내 마차를 한 대 빌려서, 내가 그녀를 난처한 상태에서 만난 이후 감히 혼자 갈 수 없었기 때문에, 자신과 동행하려고 스테파노 영주를 찾았지요. 나는 그녀가 찾으러 보낸 사람보다 더 준비를 하고 있었고 그녀의 시종 역할을 하는 데 더 적임이었지만, 그녀는 관계를 끊고 싶었던 사람에게 최소한의 시중도 받으려고 하지 않았지요. 다행히 스테파노는 없었고, 그녀는 내가 스스로 나서도록, 자신을 데리고 갈 사람이 아무도 없는 어려움을 내 앞에서 보여줄 수밖에 없었지요. 그건 내가 기뻐서 한 일이었지만, 그녀에게는 내가 그녀를 데리고 갈 수밖에 없는 데 대한 원망도 있었지요.

나는 그녀를 어느 추기경 댁으로 모시고 갔는데, 그분은 당시 프랑스의 후원자였고 그녀가 접견을 요청하자 다행히 접견해주었지요. 그녀의 일이 중요하고 그녀가 틀림없이 상당히 어려움에 처한 것 같았지요. 그녀가 특히 동굴 같은, 아니면 아주 아름다운 정원 가운데 눈이 띄지 않는 어느 샘에서 그분과 오랫동안 이야기를 나누었기 때문이지요. 그동안 이 추기경을 따랐던 사람들은 모두 가장 마음에 드는 정원 곳곳에서 산책하고 있었지요. 그리고 나는, 내가 숱하게 그렇게 바랐던 대로, 비록 전보다 대담하지는 않았지만, 아름다운 레오노르와 단 둘이서 오렌지나무 숲길에서 시간을 보냈지요. 나는 그녀가 그런 것을 알고 있는지, 그리고 그녀가 호의적으로 먼저 말을 건넸는지 모르지만, 나에게 이렇게 말했지요.

어머니가 최근 우리를 피하고 우리 때문에 당신이 고통스러워하는

데 대해 스테파노 영주를 호되게 꾸짖으려고 했던 것 같아요.

나는 그녀에게 이렇게 대답했지요.

그런데 나는 그렇게 생각하지 않고, 지금까지 누린 큰 행복을 받은 것에 대해 어머니에게 감사해요.

내 말에 그녀는 이렇게 대꾸했지요.

나는 당신에게 유리하도록 모든 일에 함께해야 할 의무가 있어요. 그러니까, 스테파노가 당신에게 준 행복을, 내가 만끽하도록, 여자로서 알아야 할 것이 있는지 나에게 말해주세요.

내가 그녀에게 말했지요.

나는 당신이 그 행복을 포기할까 봐 두렵소.

그녀는 다시 말했지요.

나는 전혀 시기하지 않아요. 내가 전혀 다른 일로 그럴지라도, 우연히 나를 위해 자신의 목숨을 바친 사람에게 그러지 않을 거예요.

당신은 시기심으로 그렇게 할 것 같지 않아요.

내가 그녀에게 대답했지요.

그러면 내가 어떤 다른 동기 때문에 당신의 행복을 바라지 않을 것 같으세요?

그녀가 다시 말했지요.

무시하겠지요.

내가 그녀에게 그렇게 말했지요.

내가 무엇을 무시한다는 것인지 그리고 내가 어떤 것을 무시하는 것이 당신에게 얼마나 그것을 불쾌하게 하는 것인지 나에게 알려주지 않으면, 당신은 너무나 나를 고통스럽게 만드는 것이지요.

그녀는 그렇게 덧붙였지요.

내가 해명하는 것은 아주 쉬운 일이지만, 당신이 내 말을 잘 이해하려고 할지 모르겠어요.

나는 그녀에게 이렇게 대답했지요.

그러면 나에게 말하지 말아요. 왜냐하면, 우리가 어떤 것을 잘 이해하려고 하는지 의심하면, 그것은 이해할 수 없거나 그것이 기분을 상하게 하는 신호이기 때문이지요.

그녀가 나에게 그렇게 말했지요. 그녀가 나에게 한 말보다, 그녀의 어머니가 돌아오는 바람에 내 사랑에 대해 그녀에게 말할 기회를 찾지 못하고, 내가 그녀의 말에 어떻게 대답할지 어쩔 줄 몰랐다고 두 분에게 고백하지요. 내가 원하는 바대로 제대로 대화를 이끌지 못한 데다가 더 많은 시간을 지체하지 않으면서, 나는 그녀에게, 그녀의 마지막 말에는 답하지 않고, 마침내, 내가 용기를 내서, 내가 대담하게 그녀에게 편지를 쓴 것을 그녀에게 확인하려고 오래전부터 말할 기회를 찾고 있었고, 그녀가 내 편지를 읽었다는 것을 내가 알지 못했다면 내가 전혀 그런 일을 감행하지 못했을 거라고 말했지요. 이어서 나는 그녀에게, 내가 쓴 편지 내용의 요지를 다시 말하고, 교황이 이탈리아 공작들과 벌인 전쟁[3]을 수행하기 위해 곧 떠나야 하며 거기서 죽을 각오를 하고 있는데, 내가 그녀를 위해 살아야 할 존재가 아니지만, 혹시라도 내가 운명적으로 그녀를 사랑하고 있다면 그녀가 나에

---

3 1641년 교황 우르바노 8세(본명 바르베리니)가 파르마와 피아첸차와 벌인 전쟁을 암시한다.

게 어떤 감정을 가지고 있는지 알려줄 것을 요청한다고 덧붙였지요. 그녀는 얼굴을 붉히면서, 나의 죽음이 그녀와 무관한 일은 아닐 것이라고 고백했지요. 그리고 그녀는 이렇게 덧붙였지요.

당신이 친구들을 위해 무언가를 할 사람이라면, 우리에게 유익한 것 한 가지를 남겨주세요. 혹은, 적어도, 당신이 방금 나에게 말한 것보다 더 절박한 이유 때문에 당신이 혹시라도 갑작스럽게 죽게 되더라도, 내가 곧 어머니와 돌아가야 할 프랑스에서 우리가 서로 다시 만날 때까지 목숨을 잃으면 안 돼요.

나는 그녀에게, 나에 대해 가지고 있는 감정을 더 명확하게 말해 달라고 재촉했지만, 그때 그녀의 어머니가 너무 우리 가까이 있어서 그녀가 말하고 싶었지만 나에게 대답할 수 없었지요. 라 부아시에르 양은 아마 내가 특히 레오노르와 이야기를 나눌 시간이 있었기 때문인지 나에게 상당히 냉정한 표정을 지었는데, 이 아름다운 여인조차도 그 때문에 약간 곤경에 처한 것 같았지요. 그건 감히 그들의 집에서는 나에게 그럴 시간이 거의 없었기 때문이지요. 나는 레오노르가 나에게 대답한 것 중에서 나에 대한 그녀의 사랑을 유리하게 해석하면서, 세상에서 가장 만족한 마음으로 그들과 헤어졌지요.

다음 날 습관처럼, 나는 잊지 않고 그들을 만나러 갔지요. 그런데 그들이 외출했다고 했는데, 3일 연속 똑같은 말을 들었고 나는 싫은 내색하지 않고 돌아왔지요. 마침내 스테파노 영주는 나에게, 라 부아시에르 양이 내가 자기 딸을 만나는 것을 허용하지 않기 때문에 더 이상 거기 가지 말라고 충고하고, 그는 내가 거절당하는 것이 마땅하다는 생각을 한다고 덧붙였지요. 그는 내가 신뢰를 잃은 이유를 알려주었지요. 레오노르의 어머니는 딸이 나에게 편지를 쓴 것을 발견하고, 그녀를 심하게 구박한 후, 식솔들에게 내가 그들을 방문하려고 할 때마다 집에 없다고 나에게 말하라고 지시했다는 것이었지요. 그때 나는 생 파르가 나에게 못된 짓을 했다는 것을 알았고, 그 이후로, 나의 방문이 그녀의 어머니를 귀찮게 했었던 거지요. 그 딸에 대해서, 스테파노는 나에게 그녀의 어머니가 딸만큼 나의 운명에 무관심했더라도 나의 장점에도 불구하고 그녀는 나를 잊어버렸을 거라고 확신시켰지요. 나는 두 분에게 이 난처한 소식 때문에 내가 얼마나 실망했을지 말하지 않겠소. 비록 내가 그녀를 소유하기를 바란 것은 전혀 아니었지만, 그들이 나에게 레오노르를 부당하게 피하게 한 만큼 상심한 것이지요. 나는 생 파르에게 화가 났고, 심지어 그와 싸울 생각도 했지만, 결국 내가 그의 아버지와 그의 동생에게 빚진 것을 눈앞에 놓고 생각하면서, 나는 눈물에 의지할 수밖에 없었지요. 나는 아이처럼 울었고, 내가 혼자가 아닌 어디에 있어도 속이 상했을 거예요. 결국 나는 레오노르를 보지 못하고 떠나야만 했지요. 우리는 교황의 군대에 종군했는데, 거기서 자살하려고 내가 할 수 있는 모든 것을 다했지요. 운명은 다른 일에서 항상 그랬던 것처럼, 나의 뜻에 어긋나고 있었지요. 나는 죽으려고 했지만 죽지 않았고, 내가 전혀 생각지도 않았던 명성을 얻게 되었는데, 다른 때라면 그런 것에 만족했겠지만, 그 당시 레오노르에 대한 추어 이외에 나를 만족시켜줄 수 있는 건 아무것도 없었지요.

베르빌과 생 파르는 프랑스로 돌아가지 않을 수 없었고, 거기서 아르크 남작은 아이들의 우상 같은 아버지로서 그들을 맞이했지요. 나의 어머니는 나를 아주 차갑게 맞이했지요. 아버지는 파리의 글라리스 백작 댁에 계셨는데, 백작은 아버지를 백작 아들의 감독관으로 선택했지요. 내가 베르빌의 목숨을 구해준 바로 그 이탈리아 전쟁에서 내가 어떻게 했는지 알았던 아르크 남작은 내가 귀족 자격으로 그의 가족이 되기를 원하셨지요. 그는 내가 아버지를 만나러 파리에 가는 것을 허락하셨는데, 아버지는 그의 아내가 했던 것보다 훨씬 더 최악으로 나를 맞아주었지요. 그와 같은 신분의 또 다른 사람에게 내 또래의 아들이 하나 있었는데, 스코틀랜드 백작에게 그를 소개했지만, 아버지는 마치 내가 그의 명예에 누가 될까 두려워 나를 기꺼이 집 밖으로 끌고 나왔지요. 그는 우리가 함께 길을 가는 동안 내가 지나치게 용감하고, 거만한 체하며, 으스대는 군인이 되기보다 기술을 배워 직업을 하나 가지는 것이 더 나았을 거라고 나를 수없이 나무랐지요.

두 분은 그런 대화가, 교육을 잘 받아, 전쟁에서 스스로 어느 정도 명성을 얻고, 결국 아주 아름다운 한 여성을 감히 사랑하고, 심지어 그녀에게 자신의 열정을 찾은 젊은이에게 유쾌한 일이 아니라고 생각할 수 있겠지요. 나는 두 분에게, 누구나 아버지에 대해 가져야 하는 존경과 우애의 감정이 내가 아버지를 정말 귀찮은 늙은이로 여길 수밖에 없게 만들었다고 고백해요. 그는, 내가 두 분에게 방금 말했던 것처럼 나를 구슬리면서, 이 거리 저 거리로 산책하다가, 나에게 일부러 자기를 만나러 오지 말라고 하면서, 갑자기 나를 두고 가 버렸지요. 나는 대수롭지 않게 그의 말에 따르기로 결심했지요.

나는 그와 헤어지고 나를 아버지처럼 맞아주었던 생 소뵈르를 만나러 갔지요. 그는 나의 아버지의 난폭한 행동에 아주 분개하셨고, 나에게 절대 나를 버리지 않겠다고 약속하셨지요. 아르크 남작은 파리에서 지내야 할 여러 일이 생겼지요. 그는 생제르맹 교외의 끝에, 얼마 전 지은 아주 아름다운 저택에 살았는데, 이 지역을 파리만큼 아름답게 만든 여러 일들이 있었지요.

생 파르와 베르빌은 궁정을 드나들고, 쿠르4로 가거나 방문하곤 했으며, 프랑스 다른 도시에 사는 사람들을 시골사람으로 여기게 만드는 이런 대도시에서 그들과 같은 신분의 젊은이들이 하는 것은 모두 다 했지요. 내가 그들과 함께하지 않았을 때, 나는 온갖 실내 사격장에서 사격연습을 하거나, 연극을 보러 다녔지요. 아마 이런 일이 계기가 되어 내가 변변한 배우가 되었을 거예요.

어느 날 베르빌이 특히 나를 붙잡고, 나에게, 같은 거리에 사는 어떤 아가씨와 완전히 사랑에 빠졌다고 털어놓았지요. 그는 그녀에게는 살다뉴라는 오빠가 있는데, 마치 그녀와 또 다른 여동생의 남편이나 되는 것처럼 그 둘과 만나는 남자들을 시샘한다고 알렸고, 게다가 그녀와 일이 잘 진행되고 있고, 다음 날 밤, 아르크 남작의 정원처럼, 들판으로 난 뒷문과 연결되는 그녀의 정원으로 그를 들어오라고 했다는 말을 했지요. 그는 나에게 이런 속내를 털어놓고 나서, 나와 함께 그 아가씨에게 가서 그녀의 호의를 얻도록 내가 할 수 있는 모든 것을 해 달라고 부탁했지요.

---

4   1630년 경, 특히 옛 프레 오 클레르크(Pré-aux-Clercs)에 생제르맹 교외가 건축되고 센강변에, 남동쪽으로, 쿠르 라 렌(Cours-la-Reine)이 개방되면서 파리의 모습이 변하고, 이곳은 빠른 속도로 인기 있는 산책 장소가 된다.

나는 베르빌이 항상 나에게 베풀어준 우정 때문에 그가 원하는 것이라면 뭐든 거절할 수 없었지요. 우리는 밤 10시경, 정원의 뒷문으로 들어갔고, 정원에서 기다리던 그 연인과 하녀가 우리를 맞았지요. 가련한 살다뉴 양은 나뭇잎처럼 떨고 있었고 감히 말을 하지 못했지요. 베르빌은 더 이상 안심하지 못했지요. 하녀는 한마디도 하지 않았으며, 그저 베르빌을 따라만 왔던 나도 말을 하지 않았고 하고 싶지 않았지요. 결국 베르빌이 움직였고 하녀와 나에게 망을 잘 보라고 지시하고 연인을 어둑한 골목길로 데리고 갔지요. 우리는 서로 한마디도 하지 않고 꽤 오랫동안 이리저리 다니면서 주의 깊게 망을 보았지요. 어느 골목 끝에서, 우리는 그 젊은 연인들과 마주쳤지요. 베르빌은 나에게 마들롱 부인과 이야기를 잘 나누었는지 제법 큰소리로 물었지요. 나는 그에게 그녀가 불평할 이유가 없을 거라고 생각한다고 대답했지요. 곧바로 하녀가 이렇게 말했지요.

물론 없지요. 그 사람이 아직 나에게 아무 말도 하지 않았으니까요.

베르빌은 그 말에 웃기 시작했고, 마들롱 부인에게 내가 비록 아주 우울한 사람이긴 하지만 대화를 해 볼 만한 사람이라고 단언했지요. 살다뉴 양이 말을 받아서 그녀의 하녀도 무시할 여자는 아니라고 말했지요. 그러고 나서 이 행복한 연인들은 우리와 헤어졌고, 불시에 사람들 눈에 띄지 않도록 조심하라고 부탁했지요.

그때.나는 틀림없이, 내가 보증금을 얼마나 벌었는지, 그 동네 어떤 하녀들을 알고 있는지, 새로 나온 노래를 알고 있는지, 주인에게 많은 수익을 챙기는지 나에게 물어볼 하녀에게 대단히 귀찮을 거라는 마음의 준비를 했지요. 그러고 난 후, 나는 살다뉴 집안의 모든 비밀과 그 사람과 그의 여동생들의 결점을 모두 알게 되리라고 기대했지요. 하인들은 서로 만나면 자기 주인에 대해 알고 있는 것을 모두 서로 말하고 그들의 재산과 식솔들의 재산을 일구는 데 그들이 얼마나 꼼꼼하게 챙기는지 말하지 않고 넘어가는 일이 없으니까요. 그러나 나는 먼저 나에게 이렇게 말하는 하녀와 대화하는 내 모습을 보고 깜짝 놀랐지요.

말없는 양반, 그대가 하인인지, 그리고 하인이라면 얼마나 대단한 덕이 있는 사람이라서 그런지 지금까지 나한테 그대의 주인에 대해 안 좋은 말을 하지 않는데 나에게 솔직하게 고백해 보오.

하녀의 입에서 나온 너무도 의외의 이 말에 나는 놀랐지요. 나는 그녀에게 그녀가 무슨 명목으로 나를 속속들이 알려고 하는지 물었지요. 그녀는 나에게 이렇게 말했지요.

보아 하니, 그대는 고집이 센 양반이라서 내가 두 배로 간청을 해야겠군요. 자, 반역자 양반, 으스대고 거만한 하인들에 대해 신이 주신 능력으로, 그대가 누군지 말해 보오.

나는 그녀에게 이렇게 대답했지요.

나는 내 침대에서 잘 자고 싶은 불쌍한 하인일 뿐이오.

그녀가 이렇게 응수했지요.

내가 그대를 알기가 쉽지 않을 것 같군요. 적어도 그대가 여자의 환심을 사려는 사람은 아니라는 것을 내가 이미 파악했지요. 왜냐하면 그대가 나에게 먼저 말을 걸거나, 나에게 수많은 달콤한 말을 하거나, 내 손을 잡고 싶어 하거나, 그대에게 두세 차례 따귀를 때리거나 발길질을 하게 하거나, 그대를 심하게 할퀴게 하거나, 마지막으로, 복이 많은 사람처럼 자기 집으로 돌아가거나, 그렇게 할 것 같지 않았기 때문일까요?

나는 그녀의 말을 끊고 말했지요.

파리에 많은 여성들이 있는데, 표시를 하고 다니면 좋을 것 같아요. 하지만 내가 나쁜 꿈을 꿀까 겁이 나서, 내가 그저 생각하고 싶지 않은 여성들도 있지요.

그녀가 대답했지요.

그대 말은 내가 못생겼다는 말이군요. 이봐요, 까다로운 양반, 밤에는 고양이들이 모두 회색이라는 걸 모르나요?

나는 그녀에게 응수했지요.

낮에 후회할 수 있어서, 밤에는 아무것도 하고 싶지 않아요.

그녀가 나에게 말했지요.

그러면 내가 아름다운 여인이라면?

나는 그녀에게 말했지요.

당신이 나에게 보여준 마음을 보면 겉모습으로 대접을 받고 환심을 받을 만하지만, 나는 당신을 그다지 존경하지 않았을 것 같아요.

그녀가 나에게 물었지요.

그대는 유능한 여자를 겉모습으로 대접하시나요?

나는 그녀에게 말했지요.

내가 그런 여자를 사랑한다면 세상사람 누구보다도 사랑하겠지요.

그녀가 덧붙였지요.

그대가 사랑을 받는다면, 그대에게 중요한 게 뭐지요?

내가 그녀에게 응수했지요.

내가 환심 사는 마음이 발동하면 서로 만나야 하지요.

그녀가 말했지요.

사실, 내가 하인을 통해 주인을 판단해야 한다면, 나의 안주인은 베르빌 씨를 잘 선택했는데, 그대의 마음을 진정시킬 하녀는 거드름을 피울 이유가 있을 거 같아요.

내가 그녀에게 말했지요.

내 소문을 듣는 것으로 충분하지 않아요. 나를 만나야 하지요.

그녀가 응수했지요.

서로 그럴 필요가 없는 것 같군요.

그리고 우리의 대화는 더 이상 지속될 수 없었지요. 왜냐하면 살다뉴 씨가 길 쪽으로 난 문을 큰소리로 두드렸기 때문이었지요. 자기 방으로 가야할 시간을 벌려고 했던 그의 여동생의 지시로 사람들이 서둘러 문을 열어주지 않은 것이지요. 그 아가씨와 하녀는 너무나 당황해서 나갔고 얼마나 급했는지 우리를 정원 밖에 그대로 두고 우리에게 작별인사도 하지 않고 가 버렸지요.

베르빌은 우리가 집에 도착하자마자 나에게 자기 방으로 같이 가고 싶다고 했지요. 나는 이보다 더 사랑에 빠지고 만족한 남자를 본 적이 없었지요. 그는 나에게 그의 연인이 재치가 넘친다고 부풀려 말했고, 내가 그녀를 보지 않았다면 자신의 마음이 만족스럽지 않았을 거라고 말했지요. 결국 그는 나에게 밤새 같은 말을 수백 번 되풀이했고 동이 트기 시작한 후에야 잠자리에 들 수 있었지요. 나로서는 내가 너무 좋은 대화를 나눈 하녀를 찾았다는 데 아주 놀랐고, 비록 레오노르에 대한 기억 때문에 내가 파리에서 매일 보는 모든 아름다운 여성들에게 극히 무관심했지만, 그녀가 아름다운 여인인지 알고 싶은 마음이 있었다는 것을 두 분에게 고백하지요.

베르빌과 나는 정오까지 잤지요. 그는 잠에서 깨자마자, 살다뉴 양에게 편지를 썼는데, 이미 편지를 여러 번 전한 바 있고 그녀의 하녀와 서로 연락했던 그의 하인을 통해 편지를 보냈지요. 이 하인은 아주 비호감의 외모에 게다가 더 비호감의 성격을 가진 바스 브르타뉴[5] 사람이었지요.

그때 나는 하인이 집을 나서는 것을 보았는데, 나와 이야기를 나눴던 여인이 그의 상스러운 모습을 보고, 잠시라도 그와 얘기를 해봤다면, 틀림없이 그녀는 그가 베르빌과 함께 온 사람이라는 의심을 하지 않을 거라는 생각이 들었지요. 이 뚱뚱한 바보는 바보치고는 주어진 임무를 아주 잘 해냈지요. 하인은 살다뉴 양을 발견했는데, 베르빌이 그녀에게 품었던 사랑을 비밀로 한 레리 양이라는 그녀의 언니와 함께 있었지요. 그가 그녀의 답장을 기다리는 동안, 살다뉴 씨가 계단 위에서 노래하는 소리가 들렸지요. 살다뉴는 여동생들의 방으로 갔고, 여동생들이 우리의 브르타뉴 사람을 옷장 속에 급히 숨겼지요. 그 오빠는 누이동생들과 오래 있지 않았고, 브르타뉴 사람은 은신처에서 나왔지요.

살다뉴 양은 베르빌에게 답장하려고 작은 서재 안으로 들어갔고 레

---

5 바스 브르타뉴(Basse Bretagne)는 프랑스 북서부에 위치한 브르타뉴 반도의 서쪽 지역이며 동쪽 지역은 오트 브르타뉴(Haute Bretagne)이다.

리 양은 브르타뉴 사람과 대화를 했지만, 아마 그녀를 그다지 즐겁게 해주지 못했을 거예요. 편지를 다 쓴 살다뉴의 여동생이 우리의 그 아둔한 사람에게 편지를 전달했고, 그녀는 짧은 편지에서 베르빌에게 바로 그 정원에서, 그때 그 시간에 기다리겠다고 약속하는 쪽지와 함께 하인을 그의 연인에게 보냈지요.

날이 어두워지자마자, 두 분은, 베르빌이 그녀가 그에게 약속한 밀회 장소로 갈 준비를 했다고 생각할 수 있겠지요. 우리는 정원 안으로 들어갔고, 나는 앞장서서 바로 그 여자와 이야기를 나누었으며, 그녀가 아주 성숙하다는 생각을 했지요. 그녀는 다른 때보다 훨씬 더 그렇게 보였고, 두 분에게 고백하건대, 그녀의 목소리와 말하는 태도에서 그녀가 아름다운 여인이기를 바랐지요. 그러나 그녀는 바스 브르타뉴 사람을 본 적이 있지만, 내가 그곳 출신이라는 것을 믿을 수 없었고, 내가 왜 낮보다 밤에 더 재치가 넘치는지 이해할 수가 없었지요. 왜냐하면 그 브르타뉴 사람은 우리에게 살다뉴가 누이동생들의 방에 올까 봐 대단히 두렵다고 말했는데, 나는 살다뉴 양에게도 나 자신에게도 두려울 게 없었다고 하면서, 내가 이 성숙한 하녀 앞에서 체면을 세웠기 때문이지요. 그것은 내가 베르빌의 하인이 아니라는, 그녀가 가질 수 있는 모든 의심을 해소해 주었고, 나는 그 이후, 그녀가 나에게 진짜 하녀 같은 말투를 하기 시작했다는 것을 눈치 챘지요.

그녀는 나에게 이 살다뉴 씨가 끔찍한 사람이며, 아주 어릴 때 아버지도 어머니도 없이 많은 재산에다 친척이 거의 없는 상태에서, 그의 여동생들을 강제로 수녀로 만들려는 독재를 행사했고, 부당한 아버지뿐만 아니라 시기하고 참을 수 없는 남편처럼 그들을 다루었다고 알려주었지요.

이번에는 내가 그녀에게 아르크 남작과 그의 자식들에 대한 이야기를 하려고 했는데, 그때 우리가 닫아 놓은 적이 없던 정원의 문이 열렸지요. 그리고 우리는 살다뉴 씨가 두 하인을 데리고 들어오는 것을 보았지요. 그중 한 명은 횃불을 들고 있었지요. 그는 자신의 집과 우리 집이 같은 골목에 있는, 그러니까 매일 도박을 하고 생 파르가 자주 즐기던, 그 길 끝에 있는 집에서 돌아온 것이지요. 그들은 그날도 거기서 도박을 했지요. 그리고 일찍 돈을 잃은 살다뉴가 여느 때와 달리 뒷문으로 집에 돌아온 것이지요.

그 문이 열린 것을 발견하고, 우리는 내가 방금 두 분에게 말씀드린 것처럼 깜짝 놀랐지요. 그 당시 어두운 골목길에 우리는 모두 네 명이 있었는데, 그 때문에 살다뉴와 그의 하인들의 시야에서 숨을 수 있었지요. 살다뉴 양은 바람을 쐰다는 핑계로 정원에 있었지요. 그리고 사태를 더 그럴듯하게 만들기 위해, 두 분이 생각할 수 있듯이, 그녀는 크게 그럴 마음이 없었지만 노래를 부르기 시작했지요. 그동안 베르빌은 포도덩굴을 잡고 벽을 타고 넘어 다른 쪽으로 몸을 던졌지요. 그런데 아직 안으로 들어가지 않았던 살다뉴의 세 번째 하인이 그가 벽을 뛰어넘는 걸 보았고 어김없이 그의 주인에게, 방금 한 남자가 길에서 정원의 담을 뛰어넘는 것을 보았다고 말했지요. 동시에 베르빌이 잡고 빠져나갔던 그 포도덩굴이 불행하게도 내 밑에서 끊어졌고 사람들은 내가 정원에 쿵 하고 떨어지는 소리를 들었지요.

내가 떨어진 소리는 그 하인이 한 이야기에 더해져 정원에 있던 모든 사람들을 동요시켰지요. 살다뉴는 세 명의 하인과 함께 그가 소리를 들었던 쪽으로 달려갔지요. 그리고 그는 한 남자가 손에 검을 든 것을 보고 (왜냐하면 내가 몸을 일으키자마자, 나는 나를 방어할 태세를 취했기 때문이지요) 그의 측근들 선두에서 나를 공격했지요. 나는 곧 그에게 내가 싸우기 쉽지 않다는 것을 보여준 것이지요. 횃불을 들고 있던 하인이 다른 사람들보다 더 앞서 나갔지요. 그 바람에 나는 살다뉴의 얼굴을 볼 기회가 있었는데, 내가 전에 두 분에게 말씀드렸다시피, 그가 레오노르에게 폭력을 행사하려는 것을 막았다는 이유로 예전에 로마에서 나를 살해하려고 했던 바로 그 프랑스 사람이라는 것을 알았지요. 그도 나를 알아보았고, 그는 내가 자신에게 똑같이 되돌려주려고 온 거라고 확신하면서, 이번에는 자신을 피하지 못할 거라고 나에게 소리를 쳤지요. 그는 두 배로 애를 더 썼는데, 그때 내가 너무 서두른 탓인지, 떨어지면서 나의 한쪽 다리가 거의 부러진 것이지요.

나는 발걸음을 늦추고, 어느 서재로 들어갔는데, 눈물에 젖은 베르빌의 연인이 거기로 들어오는 것을 봤지요. 그녀는 내가 그곳에 피신해 있었는데도, 그럴 시간이 없어서 그런 건지 겁이 나서 꼼짝하지 못한 탓인지, 서재에서 나가지 않았지요. 내가 아주 좁은 서재의 문 사이로 공격을 받을 수밖에 없다는 것을 알았을 때 나는 용기가 더 생기는 것을 느꼈지요. 나는 살다뉴의 손에다, 그리고 그의 하인들 중 가장 완강한 하인의 팔에 부상을 입혔지요. 이 일은 나를 약간 방심하게 만들었지요. 그렇지만 나는, 내가 검을 내리쳐서 그들에게 고통을 주었지만 결국 그들이 권총으로 나를 죽일 수 있다고 생각하면서도, 거기서 피하고 싶지 않았지요.

그런데 베르빌이 나를 구하러 왔지요. 그는 나를 두고 자기 집으로 피신하고 싶지 않았던 거지요. 그리고 그는 떠들썩한 소리와 검이 부딪치는 소리를 듣고, 위험에 빠진 나를 끌어내고 그 위험을 나와 함께 하려고 왔지요. 베르빌이 이미 알고 지냈던 살다뉴는 자신의 친구와 이웃으로서 그가 자신을 구하러 온 것이라고 믿었지요. 살다뉴는 어쩔 수 없는 상태에서, 그에게 다가가서 이렇게 말했지요.

이봐요, 베르빌 씨, 내가 우리 집에서 죽게 생겼어요.

그의 생각을 알았던 베르빌은 그에게 주저 없이, 다른 일에 대해서는 그를 도와주겠지만, 자신은 어떤 상황에서도 오직 나를 도와주려는 생각으로 여기 있을 뿐이라고 말했지요. 배신을 당한 데 대해 몹시 화가 난 살다뉴는 그에게 악담을 하면서, 끝까지 혼자서 두 배신자들을 상대할 거라고 말했고, 동시에 자신을 열렬하게 맞았던 베르빌에 대한 분노로 가득했지요.

나는 서재에서 나와 내 친구를 만나러 갔지요. 그리고 횃불을 들고 있던 하인을 그 자리에서 붙잡았지만, 그를 죽이고 싶지 않았지요. 나는 그저 그의 머리 위로 장검을 휘둘렀을 뿐인데, 그는 혼비백산해서 도둑이야 하고 고함을 치면서 정원에서 나간 후 들판으로 도망쳤지요. 다른 하인들도 달아났지요. 살다뉴의 경우, 횃불의 불빛이 사라진 바로 그때, 나는 베르빌이 그에게 부상을 입혔는지 혹은 다른 사고 때문인지 그가 울타리에 떨어지는 것을 봤지요. 우리는 그를 일으켜 세울 일이 아니라, 여기서 빨리 떠나는 것이 적절하다고 판단했지요. 내가 서재에서 봤었던 살다뉴의 여동생은 그녀의 오빠가 자신에게 엄청난 폭행을 할 사람이라는 것을 잘 알기에, 그때 밖으로 나왔고, 눈물을 글썽이면서 우리한테 와서 속삭이는 소리로 자신을 데려가 달라고 간청했지요.

베르빌은 자기 힘으로 그의 연인과 함께하게 된 것이 기뻤지요. 우리는 정원의 문이 반쯤 열려 있는 것을 발견했는데, 그대로 두고, 우리가 밖으로 나가야 할 경우, 손쉽게 문을 열도록 문을 닫지 않았지요. 우리의 정원에는 페인트칠이 되어 잘 꾸며진 낮은 내실이 있었는데, 여름에는 거기에서 식사를 하기도 했어요. 저택하고는 떨어져 있었지요. 나의 젊은 주인들과 나는 거기서 가끔 무기들을 만들곤 했지요. 그리고 그곳은 저택에서 가장 쾌적한 장소였기 때문에, 아르크 남작과 그의 자식들과 나는 각자 열쇠를 하나씩 가지고 있었고, 거기에 있는 책과 가구들이 안전하도록 하인들은 들어오지 못하게 했지요.

우리는 마음을 진정하지 못한 우리의 아가씨를 바로 거기에 숨겨두었지요. 나는 그녀에게 우리가 그녀의 안전과 우리의 안전을 생각해서, 곧 그녀에게 돌아올 거라고 말했지요. 베르빌은 폭음을 한 그의 브르타뉴 하인을 깨우는 데 꼬박 15분이 걸렸지요. 그가 초에 불을 붙이자마자, 우리는 살다뉴의 여동생을 어떻게 할지 잠시 생각했지요. 결국 우리는 그녀를 나의 하인과 나 이외에 드나들지 않는, 이 집 꼭대기에 있는 내 방에 숨기기로 했지요. 우리는 촛불을 들고 정원의 거실로 돌아갔지요. 베르빌이 들어가면서 큰 소리로 고함을 질렀고, 나는 그 소리에 엄청 놀랐지요. 나는 그에게 무슨 일인지 물어볼 여유가 없었는데, 누군가 거실의 문을 열고 거기서 말하는 소리를 듣고 그 순간 내가 촛불을 꺼 버렸기 때문이지요. 베르빌이 물었지요.

거기 누구요?

그의 형 생 파르가 우리에게 대답했지요.

나야. 너희들은 이 시간에 촛불도 없이 여기서 무슨 작당을 하는 거야?

베르빌이 그에게 대답했지요.

잠이 안 와서 가리그하고 이야기 나누었어요.

생 파르가 말했지요.

그런데 나도 잠이 안 와 거실에서 시간을 보내려고 온 거야. 제발 나 혼자 있게 내버려둬.

우리는 두 번 부탁하지 않게 했지요. 나는 가능한 한 가장 교묘하게 우리의 아가씨를 나가게 했는데, 내가 그녀와 동시에 들어온 생 파르 사이에 놓이게 되었지요. 나는 절망한 그녀를 내 방으로 데리고 갔고, 돌아가다가 베르빌을 발견했는데 그의 하인이 다시 촛불을 켠 그의 방에 있었지요. 베르빌은 나에게 괴로운 얼굴로, 반드시 살다뉴 집으로 돌아가야 한다고 말했지요. 내가 그에게 말했지요.

뭐하려고요? 그를 어떻게 하려고요?

베르빌은 소리를 질렀지요.

아! 불쌍한 가리그, 내가 살다뉴 양을 그녀의 오빠의 손아귀에서 끌어내지 못한다면 나는 세상에서 가장 불행한 사람이 될 거야!

내가 그에게 이렇게 대답했지요.

그러면 그녀가 내 방에 있으니까 그냥 그렇게 둘까요?

그랬으면 좋을 텐데!

그는 나에게 한숨을 쉬면서 말했지요.

나는, 당신은 꿈을 꾸고 계시는군요, 하면서 그의 말에 응수했지요. 난 꿈을 꾸는 게 아니야, 그가 되받았지요.

우리가 살다뉴 양의 언니를 살다뉴 양으로 착각했어.

뭐라구요! 당신이 정원에 같이 있지 않았나요?

내가 곧장 그에게 말했지요.

이보다 더 확실한 것은 없어.

그가 나에게 말했지요.

그러면 당신이 원하는 그 자매가 내 방에 있는데도 그대는 왜 그녀를 그의 오빠 댁에서 죽으라고 두는 거지요?

내가 그의 말에 대꾸했지요.

아! 가리그, 나는 내가 무엇을 본 건지 잘 알아.

그가 소리쳤지요.

나도 알아요. 그리고 내가 속지 않는다는 것을 당신에게 보여드릴 테니, 살다뉴 양을 보러 오세요.

내가 그에게 그렇게 말했지요. 그는 나에게 내가 미쳤다고 말하고 세상에서 가장 괴로워하면서 나를 따라왔지요. 그런데 내 방에 내가 전혀 본 적이 없고 내가 데리고 온 적도 없는 한 아가씨를 보았을 때, 내가 얼마나 놀라고 낙담했는지요. 베르빌은 나만큼이나 놀랐지만, 반면에 세상에서 가장 만족한 사람이었지요. 왜냐하면 그는 살다뉴 양과 함께 있었기 때문이지요. 그는 나에게 속은 사람은 자신이라고 고백했지만, 나는 그의 말에 대답할 수 없었고, 내가 항상 함께했던 아가씨가 어떤 마법으로 정원의 거실에서 내 방으로 와서 다른 여자로 변했는지 이해할 수 없었지요. 나는 베르빌의 연인을 뚫어지게 쳐다보았는데, 그녀는 틀림없이 살다뉴 댁에서 끌어내 온 여자가 아니고 심지어 그녀와 닮지도 않았지요.

베르빌은 아주 미친 듯이 나를 보고, 도대체 무슨 일이야? 내가 속은 것이라고 다시 한 번 그대에게 고백하네. 그렇게 말했지요.

살다뉴 양이 우리와 함께 이 안에 들어왔다면 내가 당신보다 더 속은 거예요.

내가 그에게 대답했지요.

그러면 도대체 누구와 함께 들어온 거지?

그가 되받았지요.

나는 바로 그 아가씨 말고 누가 그걸 알 수 있는지 모르지요.

내가 그에게 말했지요.

그때 살다뉴 양이 나를 두고 말하면서 우리에게 이렇게 말했지요.

내가 그대와 함께 온 게 아니라면, 나도 내가 누구와 함께 왔는지 모르지요.

그녀는 계속했지요.

오빠 집에서 나를 끌어낸 분이 베르빌 씨가 아니고, 당신이 나가고 잠시 뒤에 어떤 남자가 우리 집으로 들어왔지요. 나는 우리 오빠의 불평 때문에 그런지, 혹은 그와 동시에 들어온 우리 하인들이 일어난 일에 대해 그에게 알린 것인지 모르지요. 그는 방에 있던 오빠와 내 하녀를 데리고 가라고 했고, 나에게 와서 내가 당신에게 방금 말한 것과 그녀는 이 사람이 우리 오빠와 이웃 사람들이 아는 사람이라는 걸 알아차렸다고 나에게 알렸기 때문에, 나는 정원에서 그를 기다렸지요. 거기서 나는 그에게, 오빠의 분노가 사그라지도록 이튿날 내 여자 친구들 중 한 부인의 집으로 데려가게 해줄 때까지, 나를 그의 집으로 데려가 달라고 간청했지요. 나는 그에게 세상에 두려운 문제들은 다가지고 있다고 고백했지요. 이 남자는 나에게 공손하게 내가 원하는 어디든지 데려가겠다고 하고 나에게 심지어 자신의 목숨을 걸고 나의 오빠로부터 나를 보호해주겠다고 약속했지요. 바로 그의 안내로 나는 이 집으로 왔고, 거기서 내가 목소리를 듣고 베르빌이라는 것을 알아차렸는데, 그가 바로 그 사람에게 말했던 거지요. 그러고 나서 당신이 보는 그 방에 사람들이 나를 숨긴 거지요.

살다뉴 양이 우리에게 말한 것을 내가 완전히 납득한 것은 아니었지만, 적어도 그녀에게 어떤 일이 일어났는지 내가 추측하는 데 크게 도움이 되었지요. 베르빌은 자신의 연인을 너무 뚫어지게 보는 바람에 그녀가 우리에게 말하는 것에는 거의 신경을 쓰지 못했지요. 그는 그녀가 어떻게 내 방으로 왔는지 알려고 크게 애를 쓰지 않았고 그녀에게 달콤한 말을 늘어놓기 시작했지요. 나는 불빛을 들고, 그들을 남겨둔 채, 정원의 거실로 돌아와 생 파르에게 말을 걸려고 했는데, 바로 그때 그가 나에게 그의 습관대로 무례한 말을 하려고 했지요. 그런데 나는 생 파르 말고, 틀림없이 살다뉴 집에서 데리고 온 것으로 알았던 바로 그 아가씨를 발견하고 너무나 놀랐지요.

나를 더 놀라게 한 것은 누구한테 폭력을 당한 사람처럼 그녀가 완전히 혼돈 상태에 있다는 것을 본 것이었지요. 그녀의 머리는 완전히 흐트러져 있었고 그녀의 얼굴뿐 아니라 목을 덮었던 손수건은 여러 군데 피투성이였지요. 그녀는 내가 나타나는 것을 보자마자 나에게 말했지요.

나를 죽이려고 그러는 게 아닐진대, 베르빌이 내 옆으로 오지 않아요. 그대가 2차 폭력을 시도하는 게 훨씬 낫겠어요. 1차 폭력에서 나를 방어할 충분한 힘이 내게 있다면, 신은 나에게, 내가 감히 그대 목숨을 빼앗지 못하더라도 그대 눈을 뽑아 버릴 충분한 힘을 줄 거예요.

그녀는 울면서 덧붙였지요.

그러니까 그대가 내 여동생에 대해 이런 폭력적인 사랑을 한다고 말한 것이지요? 내가 그의 광기를 호의적으로 대했던 게 나에게 오히려 비싼 대가를 치르게 하는군요! 그리고 우리가 해야 하는 일을 하지 않을 때, 우리가 가장 두려워하는 고통을 겪는 것이 정당한가요! 그대는 어떻게 생각하는가요?

내가 깜짝 놀란 것을 보면서, 그녀는 또 나에게 말했지요.

그대는 그대의 나쁜 행동에 대해 양심의 가책을 좀 느끼나요? 그렇다면 나는 기꺼이 그걸 잊을게요. 그대는 젊어요. 그리고 그대 나이 또래 남자가 신중하다고 믿다니 내가 너무나 경솔했지요. 그러니 그대에게 부탁할게요. 나를 우리 오빠 집으로 다시 데려다주세요. 그가 아무리 폭력적이더라도, 난폭한 사람일 뿐이며, 아니 오히려 우리 집의 치명적인 적이며, 그대가 더 큰 죄를 더 짓지 않았더라도 그보다 농락당한 한 여자와 살해된 신사에 만족하지 않았던, 그대가 더 두려워요.

그녀가 아주 격하게 내뱉은 이 말을 마치면서, 그녀는 내가 이전에 그런 고통스러운 장면을 본 적이 없을 정도로 격렬하게 울기 시작했지요. 두 분에게 고백하건대, 바로 거기에서 나는 너무나 큰 혼란 속에서도 꿋꿋하게 지켰던 정신을 잠시 잃어버렸지요. 그리고 그녀가 자신에 대한 이야기를 멈추지 않았다면 나는 매우 놀라기도 했고 그녀가 나에게 그 모든 비난을 퍼부었던 서슬에 감히 그녀의 말을 중단시키지 못했겠지요. 나는 그녀에게 대답했지요.

아가씨, 나는 베르빌이 아닐 뿐만 아니라, 나는 그대에게, 그분이 그대가 통탄하는 그런 나쁜 행동을 할 분이 전혀 아니라고 감히 단언해요.

그녀가 되받았지요.

뭐라구요! 그대가 베르빌이 아니라구요? 그대가 나의 오빠와 손을 잡는 것을 내가 보지 않았나요? 어떤 신사가 그대를 구하러 오지 않았나요? 그리고 그대가 나의 요청에 따라 그대와 나에게 어울리지 않는 폭력을 가하고자 했던 이 집 안으로 나를 끌고 오지 않았나요?

그녀가 고통에 얼마나 숨이 막혔던지, 나에게 더 이상 아무 말을 할 수 없었지요. 나는 그녀가 얼마나 베르빌을 알고 그를 얼마나 알지 못했는지 이해할 수가 없어 이보다 더한 고통이 없었지요. 나는 그녀에게, 누군가 그녀에게 가한 폭력은 나로서는 모르는 일이라고 말했는데, 그녀는 살다뉴의 여동생이고, 그녀가 원하면 그의 여동생이 있는 곳으로 그녀를 데려갈 것이기 때문이지요. 내가 말을 다 했을 때, 나는 베르빌과 살다뉴 양이 거실 안으로 들어가는 것을 보았는데, 그녀는 누군가 자신을 자기 오빠 집으로 데려가주기를 정말로 바라고 있었지요. 나는 그녀에게 이런 위험한 환상이 어디에서 왔는지 모르지요. 두 자매는 서로 보자마자 부둥켜안았고 앞다퉈 서로 울기 시작했지요. 베르빌은 그녀들에게 즉각 내 방으로 돌아가라고 부탁했는데, 야만적인 사람의 손아귀에서 그들이 위험할 뿐 아니라, 살다뉴 씨의 집이 말 그대로 불안하기 때문에, 그의 집 문을 열고 들어가기가 힘들 것이라고 그들에게 설명했지요. 게다가 그의 집에서는 그들이 발각될 수 있고, 곧 날이 밝아오고 있으니, 살다뉴에 대한 소식에 따라, 어떻게 할지 생각해 보자고 했지요. 베르빌은 이 가련한 두 자매들이 서로 함께 만나게 되어 아주 안심해 있는 상태라, 자신이 원하는 대로 그들을 기꺼이 따르게 하는 데 어려움이 없었지요.

우리는 내 방으로 올라가서, 우리를 어려움에 빠트린 묘한 사건을 잘 검토한 후, 우리가 너무나 확실하게, 레리 양에게 가했던 폭력이 틀림없이 생 파르가 한 짓이라는 것을 알았다면, 빤한 것이지만, 베르빌과 나는 그가 최악 이상의 어떤 짓도 할 수 있다고 믿었지요. 우리의 추측이 틀리지 않았지요. 생 파르는 살다뉴가 자신의 돈을 잃은 바로 그 집에서 도박을 했고, 우리가 혼란을 겪고 얼마 후에 그의 정원 앞으로 지나가면서, 살다뉴의 하인들과 서로 마주쳤던 거지요. 그들은 그들의 주인에게 일어난 일을 생 파르에게 이야기했는데, 주인을 포기하면서 그들이 저지른 비겁한 행동을 변명하려고 7, 8명의 도둑들에게 살해당했을 것으로 확신했지요.

생 파르는 그의 이웃처럼 그를 도우러 가지 않을 수 없다고 믿었고, 그가 그녀를 자기 방으로 데려가게 하지 않고는 거기를 떠나지 않았으며, 방에서 나오면서 레리 양은 그에게 자기 오빠의 폭력으로부터 자신을 피신시키도록 부탁했고, 그의 여동생이 우리와 간 것처럼 그녀는 그와 함께 갔지요. 따라서 그는, 내가 두 분에게 이야기한 것처럼, 우리가 있었던 정원의 거실에 그녀를 두고 싶었지요. 그리고 그는 우리의 아가씨를 볼까 우리가 걱정한 것 못지않게, 우리가 그의 아가씨를 볼까, 그리고 두 자매가 우연히 서로 만날까 걱정했기 때문에, 그가 들어오고, 우리가 나갈 때, 나는, 그가 우리에게 똑같이 속은 바로 그 순간, 내 손에서 그의 아가씨를 발견했는데, 이처럼 아가씨들이 바뀌어 있었던 거지요. 그것은 내가 불을 껐고 그들이 비슷한 옷을 입었던 것만큼 더 그럴 수 있는 일이었고, 그들이 우리처럼 완전히 이성을 잃은 상황에서 어떻게 할지 몰랐던 것이지요.

우리가 거실에서 생 파르와 헤어지자마자, 그는 아주 아름다운 아가씨와 둘만 있는 것을 알고, 이성보다 본능이 더 강하게 발동했고, 혹은 말하자면 그가 당연히 그런 것처럼, 야만성 그 자체가 되어, 무슨 일이 벌어질지 생각하지 않고 그 기회를 이용하려고 했고, 은신처처럼 그의 팔 안에 안겨 있었던 지체 높은 아가씨에게 돌이킬 수 없는 모욕을 했던 거지요. 그의 야만성은 당연히 그런 것처럼 비난을 받았지요. 레리 양은 암사자처럼 자신을 방어했고, 그를 물어뜯었으며, 할퀴었고, 피투성이로 만들었지요. 그럼에도 그는 그저 잠자리로 가서, 그렇게 사리에 어긋난 행동을 하지 않은 것처럼, 조용히 잠들었지요.

두 분은 레리 양이 어떻게 정원에 있었는지 아마 알기 힘들겠지요. 그녀가 거기 있을 때 그녀의 오빠가 우리를 갑자기 찾아왔고, 그녀의 여동생처럼 그녀는 거기에 오지 않았지요. 이것은 두 분처럼 나를 당황스럽게 한 일이지만, 나는 두 사람으로부터 레리 양이 하녀가 미덥지 못하다고 생각한 탓에 정원에 그녀의 여동생을 따라갔다는 것을 알았지요. 그리고 나는 마들롱이라는 하녀와 이야기를 나눈 것이지요. 따라서 나는 그 하녀에게 그런 재치를 발견했더라도 더 이상 놀라지 않았지요.

그리고 레리 양은 나에게, 정원에서 나와 대화를 하고 보통 하인보다 더 정신적인 것을 나에게 발견하고 난 후, 베르빌이 재치가 거의 없고 그녀가 아직 나에게 미련을 가지고 있다는 것을 그녀에게 보여 준 베르빌의 하인이 자신을 몹시 놀라게 했다고 고백했지요. 그때부터 우리는 서로에게 존경 그 이상의 무엇을 느꼈지요. 그리고 나는 감히, 우리 두 사람 중 한 사람이 하인이거나 하녀였다는 것 이상으로, 우리가 더 평등하고 더 조화롭게 사랑할 수 있었다는 점에서 그녀가 적어도 나만큼 편안했던 것 같아요.

우리가 또 함께했던 날이 밝았지요. 우리는 우리의 아가씨들을 내 방에 잠든 채로 그냥 두고, 베르빌과 나는 우리가 해야 할 일을 생각했지요. 베르빌처럼 사랑에 빠지지 않았던 나의 경우, 잠이 와서 죽을 것 같았지만, 내 친구를 너무 과중한 사건 속에 그냥 둘 수 없을 것 같았지요. 베르빌의 하인은 서툴렀지만 나에게는 신중한 하인이 있었지요. 나는 최대한 그에게 상황을 알려주고 살다뉴 집에서 일어난 일을 알아내려고 그를 보냈지요. 그는 자신의 용무를 재치 있게 해냈는데, 우리에게 살다뉴의 식솔들이, 도둑들 때문에 그가 심하게 다쳤으며, 혹시 그의 여동생들이 있더라도, 그들을 전혀 걱정하지 않아서인지 혹은 그의 식솔들에게 자신에게 불리한 일에 대한 소문을 무마하려고 그녀들에 대해 말하지 못하게 했는지, 누구도 그녀들에 대해 말을 하지 않더라고 알려주었지요. 그때 베르빌이 나에게 말했지요.

여기서 결투가 벌어질 거라는 것을 내가 잘 알고 있지.

그러면 아마 살인 사건이 벌어지겠군요.

내가 그에게 대답했지요.

게다가 나는 그에게, 살다뉴는 로마에서 나를 살해하려고 했던 바로 그 자이며, 우리가 서로를 알아봤다고 알려주었지요. 그리고 나는, 대개 그렇듯이, 바로 내가 그의 목숨을 해치려고 했다고 그가 생각하면, 그는 틀림없이 그의 누이동생들이 우리와 알고 지내는 관계를 전혀 의심하지 않을 거라고 덧붙였지요. 나는 우리가 알고 있는 것을 이 가엾은 여인들에게 알렸지요. 그러는 동안, 베르빌은 생 파르를 찾아서 우리가 짐작한 대로 그의 감정을 간파했지요. 그는 그의 얼굴이 할퀴였다는 것을 알았지만, 베르빌이 그에게 물어볼 게 있어도 달리 끌어낼 수 있는 게 없었고, 그게 아니라도 그가 도박하고 돌아왔을 때 살다뉴의 정원의 문이 열려 있었고, 그의 집이 떠들썩했으며, 그의 식솔들이 심하게 부상을 입은 그를 자기 방으로 옮겨 놓았다는 것을 발견했지요. 베르빌이 그에게 말했지요.

큰 사건이 났군요. 그의 누이동생들이 아주 상심했을 거예요. 아주 아름다운 여인들이지요. 내가 그들을 찾아가고 싶어요.

나하고 무슨 상관이냐?

난폭한 형이 그에게 대답했지요. 그러고 나서 베르빌이 생 파르에게 할 말이 많았지만 그는 더 이상 아무 대답도 하지 않고 휘파람을 불기 시작했지요.

베르빌은 그와 헤어지고 내 방으로 돌아왔는데, 나는 상심한 우리의 아름다운 여인들을 위로하기 위해 온갖 말로 설득했지요. 그녀들은 실망했고, 틀림없이 자신의 열정에 사로잡힌 오빠의 이상하고 극단적인 폭력을 기다릴 뿐이었지요. 나의 하인은 그들에게 줄 먹을 것을 구하러 근처 주막에 갔지요. 그는 우리가 그들을 내 방에 숨겨둔 15일 동안 계속 이런 식으로 했는데, 다행히 내 방이 저택의 꼭대기에 있고 다른 집에서 멀리 떨어져 있었기 때문에, 그들이 발각되지 않았던 거지요. 그들은 무슨 수도원 같은 곳에 있다는 반감은 없었지만, 자신들에게 일어난 난처한 사건 때문에, 그들이 거기에 스스로 갇힌 뒤에 그들이 원할 때 수도원에서 나가지 못할까 봐 두려워하는 큰 문제가 생겼지요.

그동안 살다뉴의 상처는 나았고, 우리가 지켜보던 생 파르는 그를 매일 찾아갔지요. 베르빌은 내 방에서 꼼짝하지 않았지요. 거기서 자주 종일 책을 읽거나 나와 이야기를 나누면서 보내는 데 익숙했기 때문에, 그 집에서 누구도 그런 일에 신경 쓰지 않았지요. 살다뉴 양에 대한 그의 사랑은 매일 커져 갔으며, 그녀도 그에게 사랑을 받은 만큼 그를 사랑했지요. 나는 그녀의 언니가 마음에 들지 않은 것이 아니었고 그녀도 나에게 무관심하지 않았지요. 내가 레오노르에게 가지고 있었던 열정이 사그라들었기 때문이 아니었지만, 나는 그 점에 대해서 더 이상 아무것도 바라는 게 없었지요. 그리고 내가 그녀를 소유했을 때 그녀를 불행하게 만들 거라는 생각을 했던 것 같군요.

어느 날 베르빌은 그가 손에 검을 잡고 있는 것을 보고 싶다는 살다뉴의 짤막한 편지를 받았는데, 그르넬평원6에서 그의 친구 중 한 명과 그를 기다린다는 내용이었지요. 바로 그 편지를 통해, 그는 베르빌에게 나 말고 다른 사람을 데리고 오지 말라고 부탁했는데, 이것은 나에게 아마 그가 우리 둘 다 쓸어버리고자 하는 게 아닌가 하는 의구

6　그르넬평원은 파리의 시테섬에서 센강의 좌안에 펼쳐진 평원으로 그 당시 자주 결투가 벌어졌던 장소였다.

심이 들게 했지요. 이런 의심은 꽤 근거가 있었는데, 베르빌은 무엇을 할지 이미 경험을 통해 알았지만, 그가 살다뉴에게 온갖 종류의 만족을 주고 심지어 그의 여동생과 결혼할 거라고 알리려 결심했기 때문에, 그걸 포기하려고 하지 않았지요. 집에 마차가 세 대 있었지만, 그는 임대 마차를 구하러 사람을 보냈지요.

우리는 살다뉴가 우리를 기다리는 곳으로 갔는데, 거기서 베르빌은 그의 적을 도와주는 그의 형을 발견하고 깜짝 놀랐지요. 우리는 타협을 통해 사태를 무마시키려고 굴복도 간청도 서슴지 않았지요. 세상에서 가장 도리에 맞지 않는 두 사람과 어쩔 수 없이 싸워야 했지요. 나는 생 파르에게, 내가 그를 향해 검을 겨누게 되어 어찌해야 할 줄 모르겠다고 하소연하고 싶었고, 그가 나의 인내를 시험하는 온갖 모욕적인 태도에 오직 복종하고 존경하는 말로 대응할 뿐이었지요. 결국 그는 나에게, 내가 늘 자신의 마음에 들지 않았고, 자신의 명예를 회복하기 위해서, 내가 자신의 검의 일격을 받아야 한다고 난폭하게 말했지요. 그렇게 말하며, 그는 나에게 맹렬하게 달려들었지요.

나는 약간의 부상 위험을 무릅쓰고, 공격에 나서기로 마음먹고 잠시 대비할 수밖에 없었지요. 신은 나에게 선의를 베푸셨고, 그는 내 발 밑에 쓰러졌지요. 나는 그가 일어나도록 그냥 두었는데, 그게 나에게 대항하도록 한층 더 그를 자극했지요. 결국 그가 나의 한쪽 어깨에 가벼운 상처를 입혔는데, 내가 어떤 하인에게 부상을 입혔을 때 그랬겠지만, 그는 내 인내가 지칠 정도로 너무나 무례하게 역정을 내면서 나에게 고함을 쳤지요. 나는 그를 공격했고, 그를 당황스럽게 만들었으며, 아주 다행스럽게 그에게 다가가서 그의 검의 손잡이를 잡을 수 있었지요.

그대가 그렇게도 싫어하는 사람이지만 그대에게 목숨을 돌려주겠소.

그때 내가 그에게 그렇게 말했지요. 서로 사이가 돈독한 그와 살다뉴를 우리가 떼어 놓아야 할 것이라고 지적했지만, 그는 정말 난폭한 사람처럼, 전혀 말 한마디 하지 않고 갖은 애를 다 썼지만 소용없었지요. 그러나 나는 그에게 달리 조치를 취해야 한다는 것을 잘 알았지요. 나는 그를 더 이상 용인하지 않았고, 그에게서 검을 빼앗아 멀리 던져 버리고 최소한 그의 손을 분질러 버릴 생각을 했지요. 나는 곧 그의 하인과 싸우고 있는 베르빌을 구하러 달려갔지요. 그들에게 다가가면서, 나는 멀리서 우리 쪽으로 오고 있는 기병대들을 보았지요. 살다뉴는 무장이 해제되었는데, 동시에 누가 내 뒤에서 일격을 가한다는 느낌이 들었지요. 내가 그에게서 빼앗아 그대로 두었던 그의 검을 아주 비겁하게 휘두르는 자는 바로 용맹한 생 파르였지요. 나는 더 이상 원한이 남아있지 않았지만, 그에게 일격을 가해 큰 부상을 입혔지요.

바로 그때 갑자기 아르크 남작이 나타나서, 내가 그의 아들에게 부상을 입히는 것을 보고, 항상 나에게 잘해주려고 했던 것 이상으로 나에게 그만큼 위해를 가하려고 했지요. 그는 내가 있는 쪽으로 말을 몰고 내 머리에 검으로 일격을 가했지요. 그와 함께 온 사람들이 그와 함께 나를 공격했지요. 나는 다행히도 그 많은 적들에게서 빠져나왔지만, 세상에서 가장 용맹한 친구인 베르빌이 목숨의 위협을 무릅쓰고, 그들과 나 사이에 끼어들지 않았다면, 그들의 수에 굴복해야 했겠지요. 그는 이 사건에 끼어들어, 다른 사람들 이상으로 나를 공격하는 그 하인의 귀에 장검을 내리쳤지요. 나는 내 검의 손잡이를 잡고 아르크 남작에게로 향했지만 그를 꺾지는 못했지요. 그는 나를 망나니, 배은망덕한 자라고 불렀고, 나에게 그의 입에서 나오는 온갖 욕을 했으며, 내 목을 매달아 놓을 거라고 나를 위협하기까지 했지요. 나는 아주 당당하게, 내가 아무리 망나니고 배은망덕한 자라지만, 내가 그의 아들의 목숨을 살려주었는데, 배신하는 바람에 일격을 당한 뒤에야 그에게 부상을 입혔을 뿐이라고 대답했지요.

베르빌은 내 잘못이 없다고 그의 아버지에게 주장했지만, 아르크 남작은 평생 나를 절대 보고 싶지 않다고 말했지요. 살다뉴는 아르크 남작과 함께 생 파르를 태운 마차를 탔지요. 그리고 절대 나와 헤어지려고 하지 않았던 베르빌은 그의 옆에 있던 다른 마차에서 나를 맞았지요. 그는 나를 그의 친구들이 있는 어느 대공의 저택에 내려주고, 그의 아버지 댁으로 떠났지요.

생 소뵈르 씨는 바로 그날 밤 나에게 마차를 보내서, 나를 은밀하게 집으로 맞아주었고, 마치 아들처럼 나를 보살펴주었지요. 베르빌이 다음 날 나를 만나러 와서, 나에게 그의 아버지가 내 방에서 발견한 살다뉴의 자매들을 통해 우리가 싸운 자초지종을 알게 되었다고 이야기해주었지요. 이어서 그는 나에게 크게 기뻐하면서, 위험한 부상을 입지 않았던 그의 형이 나으면 곧장 두 쌍의 결혼으로 사태가 해결되리라고 말했지요. 그리고 그는 내가 살다뉴와 함께하지 않더라도, 오로지 나와 함께하겠다고 했지요. 그리고 그의 아버지도 더 이상 분노하지 않으며, 나를 가혹하게 대한 것에 대해 유감스럽다고 했지요. 그리고 그는 내가 그런 기쁨을 함께하도록 곧 회복하기를 바랐지요. 그러나 나는 그에게, 그의 아버지가 그랬듯이, 나의 천한 신분으로 나를 매도할 수 있는 땅에서 더 이상 머물 수 없으며, 내가 전쟁에서 죽거나 그의 행동이 나에게 보여준 자존심에 걸맞은 운명을 맞도록 곧 프랑스로 떠날 것이라고 대답했지요. 나는 내 결심이 그의 마음을 아프게 했지만, 사랑에 빠진 사람은 사랑이 아닌 다른 열정에 오랫동안 사로잡히지 않을 거라고 믿고 싶군요.

이렇게 르 데스탱은 그의 이야기를 계속했는데, 그때 길에서 소총을 쏘고 곧바로 오르간을 연주하는 소리가 들렸다. 어느 여관의 문에서 아마 아직 들어본 적이 없는 이 악기가 있는 곳으로, 소총 소리 때문에 잠이 깬 모든 사람들이 창문으로 달려갔다. 누군가 내내 오르간 연주를 계속했고 거기서 서로 알고 지냈던 사람들은 오르간 연주자가 교회 성가를 연주하고 있다고 했다.

이 독실한 세레나데를 제대로 인식하고 이해할 수 있는 사람이 아무도 없었다. 그러나 하나는 소프라노를 노래하고, 다른 하나는 베이스를 울리는 두 개의 불쾌한 소리가 들렸을 때, 사람들은 더 이상 그것을 의심하지 않았다. 보면대의 두 가지 목소리는 오르간 소리와 어우러졌고, 그 고장의 모든 개들이 짖어 대면서 합창을 만들었다. 그들은 〈자, 우리 목소리와 상아 류트로, 정신을 홀리고〉7라는 노래를

---

7   이 노래는 《샹송 코미디》(1640, 익명)에 나오는데, 샤를 소렐의 소설 《프랑시옹》 11권에 똑같은 시행들이 인용되어 있다. "자, 우리의 목소리와 상아 류트로,

불렀고 나머지 노래도 불렀다. 이 오래된 곡을 제대로 부르지 못하고 그 후, 낮은 소리로 부르다가 가장 큰 소리로 부르는 어떤 사람의 목소리가 들렸고, 사람들은 성가대원들이 내내 같은 곡만 부른다고 비난했다. 불쌍한 대원들은 사람들이 어떤 노래를 불러주기를 바라는지 모른다고 했다.

여러분들이 원하는 노래를 부르세요.

바로 그 사람이 중간 목소리로 대답했다.

노래를 부르면 우리가 사례를 할 테니까요.

이 결정적인 휴식이 있은 후, 오르간은 음색을 바꾸었고, 아주 경건하게 아름다운 〈시편〉 20장을 부르는 소리가 들렸다. 음악을 중단시킬까 봐 두려워 아직 관객들 중 아무도 감히 말을 하지 못했다. 그때 세상의 모든 선의를 위해, 그런 경우 침묵을 지키지 않던 라 랑퀸이 아주 큰 소리로 외쳤다.

그러니까 이렇게 길에서 신성한 봉사를 하는 거예요?

청중들 중 어떤 사람이 말을 받아서 그것을 이른바 '어둠의 노래' 8라고 말했다. 그게 밤의 행렬이라고 덧붙이는 사람도 있었다. 결국 여관의 모든 익살꾼들은, 그들 중 한 사람도 음악을 연주하는 사람이 누구를 위해, 왜 연주하는지 따지지 않고, 음악을 즐겼다.

〈시편〉 20장이 계속 이어지는 동안, 나쁜 습성의 암캐를 따르는 십

정신을 홀리고."

8   가톨릭교회의 성무일과 중 하나로, 성(聖) 주간에 새벽의 어둠 속에서 행해지는 공적 새벽기도와 노래를 말한다.

여 마리의 개들이 음악가들의 다리 사이에 뒤섞여, 그들의 여주인을 따라갔다. 그리고 오랫동안 어울리지 않는 여러 경쟁자들처럼, 잠시 서로 으르렁 거리면서 짖고 난 후, 음악가들은 오르간을 연주해서 개들을 조용하게 해 놓았지만, 결국 갑자기 그놈들이 엄청난 적의와 분노로 덤벼드는 바람에 다리를 물까 봐 겁이 나서 도망쳐 버렸다.

이 무절제한 연인들은 그 사태를 제대로 제지하지 못했다. 그놈들은 반주 기계를 받치고 있던 무대 탁자를 뒤집었고, 나는 특히 그들이 아는 어떤 암캐가 짝짓기 때가 되면, 이 개들이 원래 오줌을 잘 싸기 때문에, 이 망할 놈의 개들이 다리를 들지 않고, 뒤집혀진 오르간에다 오줌을 싸는 것을 욕을 하고 싶지 않다. 그 연주회는 이처럼 엉망진창이 되었고, 주인은 여관의 문을 열어서, 오르간 진열대와 식탁, 무대를 숨겨 버리고 싶었다. 그의 하인들과 그가 이 자비로운 작품에 열중하고 있었을 때, 오르간 연주자는 세 사람과 함께 오르간으로 돌아왔다.

그들 사이에는 한 여자와 외투로 코를 숨긴 한 남자가 있었다. 이 남자가 레투알 양에게 세레나데를 연주해주고 싶었던, 그리고 세레나데를 위해 교회의 오르간 연주자로서 키가 작은 거세된 한 사람에게 말을 걸었던 바로 진짜 라고탱이었다. 소프라노를 노래하고, 그의 하녀가 가져온 오르간을 연주한 사람이 이 괴물이었는데, 남자도 여자도 아니었다. 이미 변성기가 지난 합창대의 한 아이가 베이스로 노래를 불렀고, 이 모든 것이 노린 대가는 동전 두 닢이며, 그만큼 그가 값비싼 대가를 치르고 이미 이 지역 멘의 좋은 고장에서 살아가게 해준 것이다. 여관 주인이 세레나데의 주동자들을 알아보고 곧장, 여관

172

의 창문에 있던 모든 사람들이 듣도록 큰 소리로 말했다.

라고탱 씨, 그러니까 우리 집 대문에 와서 저녁예배를 노래하는 분이 당신인가요? 당신은 잠이나 자고 우리 손님들이 그냥 자게 해주면 좋겠군요.

라고탱은 그가 자신을 다른 사람으로 오해하고 있다고 대답했지만, 그것은 그가 부인하고 싶은 체하는 것을 그만큼 더 믿게 하는 방법이었다. 그동안, 오르간 연주자는 그의 오르간이 고장난 것을 발견하고, 수염 없는 짐승들처럼, 엄청 화를 내고, 라고탱에게 욕을 하면서, 그에게 오르간 값을 물어내야 한다고 말했다. 라고탱은 그에게 자신은 그런 것은 개의치 않는다고 대답했다.

그렇지만 그 말 농담이 아니오.

거세된 사람이 대꾸했다.

나는 보상을 받고 싶소.

여관 주인과 그의 하인들이 그를 위해 목소리를 냈지만, 라고탱은 무식한 사람들에게 하는 것처럼, 그들에게 그건 세레나데도 아니라고 알려주었다. 그리고 그렇게 말하고, 그는 우아한 척 자랑하면서 가 버렸다. 악단은 거세된 사람의 하녀의 등 위에 오르간을 지게 하고, 어깨 위에 탁자를 올리고, 두 개의 발판을 든 합창대의 아이와 함께, 아주 기분이 나빠 자기 집으로 가 버렸다. 여관은 문이 닫혔다. 르 데스탱은 여배우들에게 잘 자라고 하고 1차로 그의 이야기를 끝맺었다.

제 16 장

연극 공연, 그리고 못지않게 중요한 다른 것들

다음 날, 배우들은 저녁 식사 후 공연할 연극을 연습하려고, 아침부터 그들이 투숙한 여관의 어느 방에 모였다. 라고탱이 이미 세레나데에 대해 털어놓았지만 그의 말을 믿기 어려운 체했던 라 랑퀸은 동료들에게 그 땅딸보가 언젠가 반드시, 교묘하게 환심을 사려고 한 그의 행동을 자랑할 거라고 했는데, 세레나데에 대한 이야기를 하려고 하면 그때마다, 심술궂지만 화제를 돌려야 한다고 덧붙였다.

바로 그때 라고탱이 방으로 들어왔다. 그리고 여느 때처럼 배우들에게 인사하고 난 뒤, 레투알 양에게 그의 세레나데에 대해 이야기하려고 했다. 그 당시 그녀는 그에게 떠돌이 별처럼, 그녀가 몇 시에 자고 밤을 어떻게 보냈는지 그가 그녀에게 물을 때마다 대답도 하지 않고 자리를 옮겼다. 그는 그녀를 떠나 앙젤리크 양에게 갔지만, 그녀는 그에게 말을 걸기는커녕, 자신의 역을 연습할 뿐이었다. 그는 라 카베른에게도 말을 걸었지만, 그를 쳐다보지도 않았다. 배우들은 모두 한 명씩 한 명씩 정확하게 라 랑퀸이 내린 지시를 따랐고, 라고탱이 말을 걸어도 전혀 대답하지 않거나, 그가 전날 밤에 대해 말하려고 할 때마다 매번 화제를 돌렸다.

마침내 그는 자만심에 다급한 나머지, 더 이상 자신의 체면이 깎이는 것을 그냥 두고 볼 수 없어서, 아주 큰 소리로, 모든 사람들에게 이렇게 말했다.

여러분에게 진실을 하나 고백할까 하는데요.

그러자 누군가가 대답했다.

당신은 당신 뜻대로 그 진실을 이용하겠지요. 그날 밤 여러분에게 세레나데를 부른 사람은 바로 나지요.

그가 덧붙였다.

그런데 이 고장에서는 오르간으로 세레나데를 부르나요?

르 데스탱이 그에게 말했다.

당신은 누구에게 세레나데를 불렀나요? 웬만한 개들이 다 나서서 싸움을 하게 만든 그 아름다운 부인 때문 아닌가요?

그가 계속했다.

확실해요.

롤리브가 말했다.

물어뜯는 본성을 가진 이 짐승들이 서로 싸우고 심지어 라고탱 씨를 질투하지 않았더라면, 그렇게 듣기 좋은 음악을 엉망으로 만들지 않았을 테니까요.

일행 중 또 다른 사람이 발언을 했는데, 그가 그의 연인과 같이 있었고, 거기에 공공연하게 갔기 때문에, 그녀를 선의로 사랑한다는 것을 의심하지 않는다고 했다. 결국 그 방에 있던 사람들이 모두, 자기의 속내 이야기를 털어놓고 명예를 회복했기 때문에 면죄부를 준 라 랑퀸을 제외하고, 세레나데를 두고 라고탱을 궁지로 몰았다.

그리고 이번에는 라고탱만큼 어리석고 무익한 인물로, 무엇보다 자신의 허영심을 채울 거리를 찾은 시인이, 지체 높은 사람이나, 아니면 그런 사람을 사칭하는 사람의 어투로 말하면서, 개들을 내쫓지 않았다면, 인정사정없는 조롱거리로 방 안에 있던 모든 사람들을 지쳐 버리게 만들었을 것이다.

세레나데로 말할 것 같으면, 내 결혼식에 수많은 종류의 악기로 이루어진 세레나데를 15일간 연속으로 나에게 불러준 기억이 난다. 그 세레나데가 온 마레 지역으로 퍼졌고, 루아얄 광장1의 가장 우아한 부인들도 그 세레나데를 함께 불렀을 정도였다. 여자들의 환심을 사려는 여러 남자들은 그걸 자기 공으로 돌렸고, 심지어 나에게 세레나데를 불러주었던 사람들을 자신의 식솔들에게 맡긴 지체 높은 사람에게 질투심을 불러일으켰지만, 그들은 아무런 이득을 얻지도 못했다. 왜냐하면 그들이 모두 내 고장 출신이었고, 세상에 둘도 없는 선량한 사람들이며, 그중 대부분은 우리 고장의 마을들이 들고일어났을 때 내가 조직한 군대의 장교들이었기 때문이다.

라고탱에게 자신의 빈정거리는 천성을 자제한 라 랑퀸은 자신이 끊임없이 괴롭힌 시인에게는 똑같은 호감을 가지고 있지 않았다. 따라

---

1   루아얄 광장(현 보주 광장)은 파리의 마레에 위치한 광장으로 그 당시 새롭게 떠오르던 사교계의 중심지이며 선남선녀들의 약속 장소였다.

서 그가 입을 열고, 그 애송이 같은 뮤즈에게 이렇게 말했다.

그대가 우리에게 불러주는 세레나데는 그냥 소음이었소. 지체 높은 사람이라면 괴로워서, 자기 집의 천한 놈을 보내 그자의 입을 막아 버리거나 멀리 쫓아 버렸을 것이오. 내가 그걸 더 믿게 만든 것은 그대의 아내가 늙어서 죽었고, 그것도 그대의 말대로 결혼하고 6개월 만에 죽었다는 것이오. 그렇지만 그녀는 임신통(痛)으로 죽었소.

시인이 말했다.

그러면 할머니, 증조할머니나 고조할머니에 대해 말해 보시오.

라 랑퀸이 대답했다.

앙리 4세가 통치할 때부터, 자궁은 그녀에게 더 이상 고통을 주지 않았소. 그리고 그대가 아무리 우리에게 침이 마르도록 그녀를 자주 칭찬하고 다니지만, 내가 그녀에 대해 그대보다 더 많은 소식을 알고 있다는 것을 보여주려고, 그녀에 대해 그대가 전혀 몰랐던 한 가지를 알려주고 싶소. 마르그리트 왕비2의 궁정에서 … .

이렇게 이야기를 시작하자, 그 방에 있던 사람들이 모두 라 랑퀸 옆으로 몰려들었는데, 그가 온갖 종류의 사람들을 기억하고 있다는 것을 잘 알고 있었기 때문이다. 그를 몹시 싫어했던 시인은 그의 말을 가로막고 이렇게 말했다.

아니오, 내 금화 100냥을 걸겠소.

---

2 마르그리트 드 발루아(1553~1615)는 앙리 4세의 첫 왕비이다. 1599년 이혼했는데 여왕 마고라는 별명으로 알려져 있다. 1605년 파리에 돌아온 그녀는 자신의 저택에서 시인, 소설가, 학자들과 교류하며 여생을 보냈다.

때마침, 금화를 걸겠다는 이 도발에 모든 일행들은 웃음을 터뜨렸고 그를 방 밖으로 몰아냈다. 항상 그렇게 상당한 돈을 걸고 그 가엾은 사람은 거짓말을 해대면서 매주 당치도 않게 1천 내지 1천 2백 냥으로 올리는 식으로 입에 발린 과장을 해왔던 것이다.

라 랑퀸은 그의 말뿐만 아니라 행동도 전반적으로 통제했다. 그가 가진 영향력은 너무나 커서 나는 감히 그를 안토니우스의 재능에 영향을 미친 아우구스투스[3]의 재능에 비유한다. 즉, 가치로 따지자면 맞는 말이지만, 시골의 두 배우를 그렇게 중요한 두 로마 영웅과 비교할 수는 없다. 따라서 라 랑퀸이 자신의 이야기를 시작하고, 시인이 그의 말을 가로막았지만, 내가 여러분에게 말한 것처럼, 모두가 즉각 그 이야기를 마무리해 달라고 간청했다. 그러나 그는 그들에게 시인의 전 생애와 그의 아내의 인생을 포함해서 다음번에 이야기하겠다고 약속하면서 그들에게 양해를 구했다.

중요한 것은 이웃 도박장에서 바로 그날 공연하기로 한 연극을 반복 연습하는 것이었다. 연극을 반복하는 동안 특별한 아무 일도 일어나지 않았다. 저녁 식사 후에 공연이 있었다. 공연은 아주 잘되었다. 레투알 양은 그녀의 미모로 모든 사람들의 넋을 빼앗았고 앙젤리크는 자신을 흠모하는 팬들이 생겼고, 모든 사람들을 만족시킬 정도로 서로 자신의 역할을 잘 해냈다.

---

3   악티움해전에서 안토니우스와 클레오파트라의 연합군에 승리를 거둔 옥타비아누스는 로마 원로원으로부터 아우구스투스라는 칭호를 부여받고 로마제국의 초대황제가 된다.

르 데스탱과 그의 동료들도 자신들의 역을 훌륭하게 해냈고, 파리에서 자주 연극을 보러 다녔던 관객들도 '왕립 극단'도 이보다 더 잘하지 못했을 것이라고 인정했다. 라고탱은 그의 머릿속에서 몸과 마음을 다해, 레투알 양을 위한 기금을 출연하겠다고 라 랑퀸에게 공언했으며, 라 랑퀸은 매일 그 여배우에게 그 기금을 받아들이도록 하겠다고 그에게 약속했다. 이런 약속이 없었다면, 그의 실망은 곧 심술궂은 땅딸보 변호사의 비극적 이야기의 정말 대단한 주제가 되었을 것이다. 나는 여배우들이 남자들의 마음을 사로잡은 것만큼 남자 배우들도 르망의 부인들의 마음을 사로잡았는지 말하지 않겠다. 내가 그것에 대해 뭔가 알고 있더라도, 아무 말도 하지 않을 것이다. 그런데 아무리 현명한 사람이라도 항상 언어의 대가는 아니기 때문에, 나는 유혹하는 온갖 이야깃거리에서 벗어나기 위해, 이 장을 끝내려고 한다.

제 17 장

라고탱의 예의 때문에 벌어진 안 좋은 결과

데스탱이 자수를 놓은 낡은 옷을 벗고 다시 평상복을 입자마자, 라 라
피니에르는 동프롱 사제가 납치된 날 그들이 붙잡은 남자가 데스탱에
게 할 말이 있다고 요청했기 때문에 그를 르망의 감옥으로 데리고 갔
다. 그동안 여배우들은 큰 무리를 이룬 르망 사람들과 함께, 그들의
여관으로 돌아갔다. 라고탱은, 공연했던 죄드폼[1]에서 라 카베른 양이
나왔을 때, 그 옆에 있었기 때문에, 사랑하는 레투알에게 도움을 더
주고 싶었지만, 라 카베른을 데려가려고 그녀에게 손을 내밀었다. 그
는 오른쪽과 왼쪽에 시종을 두듯, 앙젤리크 양에게도 손을 내밀었다.
　이런 이중의 예의는 이중 삼중으로 불편의 원인이 되었다. 왜냐하
면 라고탱이, 앙젤리크가 가장자리로 걷지 않도록 하려다 보니 자연

1　죄드폼(Jeu de Paume)은 테니스의 유래가 된 구기 종목의 경기장이었는데, 현
　재는 현대미술을 전시하는 죄드폼국립미술관이다.

스레 길의 높은 곳을 차지했던 라 카베른을 조여 왔기 때문이다. 게다가, 그들의 허리띠밖에 오지 않았던 그 땅딸보는 그들의 손을 아래로 너무 세게 잡아당기는 바람에 그들은 그 남자 위로 넘어지지 않으려고 진땀을 흘렸다.

그들을 더 한층 불편하게 했던 것은 그가 뒤에서 레투알 양이 자기도 모르게 그녀를 데리고 간 두 명의 젊은 멋쟁이에게 말을 거는 소리를 듣고, 그녀를 보려고 끊임없이 뒤돌아보곤 했다는 것이다. 불쌍한 여배우들은 자주 손을 떼어내려고 애를 썼지만, 그가 얼마나 단단하게 잡고 있었던지 밧줄을 잡고 싶었을 정도였다. 그들은 그에게 너무 아프지 않게 잡으라고 수없이 간청했다. 그는 그들에게 이렇게 대답했을 뿐이다.

괜찮아요! 괜찮아요! (그것은 그의 일상적인 인사였다)

그리고는 그들의 손을 더 세게 잡았다. 그들이 자유로워질 거라고 기대한 그들의 방 계단까지 참아야만 했지만, 라고탱은 그 정도로 그칠 사람이 아니었다. 그는 그들이 그에게 하는 말끝마다 괜찮아요, 괜찮아요 하면서, 두 여배우와 함께 먼저 앞장서서 올라가려고 애를 썼다. 계단이 너무 좁아 그렇게 할 수 없게 되자, 라 카베른은 등을 벽에 붙이고 먼저 올라가서, 그 뒤에 오는 라고탱을 잡아당기고, 라고탱은 그 뒤에 있는 앙젤리크를 잡아당겼는데, 앙젤리크는 아무것도 당길 게 없어 미친 여자처럼 웃었다.

이런 불편함 가운데, 그들의 방에서 네댓 번째 계단에서, 그들은 엄청 무거운 귀리 자루를 지고 있는 여관 주인의 하인을 발견했는데, 하인은 자기 짐에 짓눌려 있어서 그들에게 자신이 현재 상태에서 짐을 지고 다시 올라갈 수 없기 때문에 그들이 내려가야 한다고 어렵게 말했다. 라고탱은 반박하고 싶었다. 그러나 하인은 그의 귀리 자루가 그들에게 떨어질지 모른다고 아주 단호하게 말했다. 그런데도 라고탱은 내내 여배우들의 손을 놓으려고 하지 않았지만, 그들은 아주 침착하게 잡았던 손을 급히 풀었다.

귀리를 짊어진 하인은 그들을 심하게 눌렀는데, 이 때문에 라고탱이 헛발을 짚었는데도 자신이 하던 대로 여배우들의 손을 잡고 넘어지지 않으려고 했다. 그러나 라 카베른이 높은 곳에 있었기 때문에 그녀의 딸뿐만 아니라 라고탱도 그녀를 떠받치고 있었는데, 그가 라 카베른을 자기 몸 쪽으로 잡아당겼다. 따라서 그녀가 라고탱 위로 넘어졌고, 그의 가슴과 배 위를 밟고 지나갔으며, 그녀의 머리가 앙젤리크의 머리와 너무 심하게 부딪치는 바람에 서로 넘어져 버렸다. 많은 사람들이 일어나지 못하고 더 이상 귀리 자루 무게를 견뎌낼 수 없다고 생각한 그 하인은 여관 하인을 대하듯 욕을 하면서, 결국 계단 위에 자루를 내려놓았다. 자루의 끈이 풀어지고 불행하게도 자루가 터져 버렸다.

주인이 거기에 도착해서, 그의 하인한테 화를 내려고 하자, 하인은 여배우들에게 화를 냈고, 여배우들은 라고탱에게 화를 냈는데, 라고탱은 화를 낸 사람들 그 이상으로 화를 냈다. 왜냐하면 바로 그때 레투알 양이 도착했는데, 며칠 전 누군가 가위로 모자를 잘라 버렸을 때처럼 애석하게도 이 불행한 사건의 증인이었기 때문이다. 라 카베른은 라고탱이 절대 자신을 데리고 다니지 못하게 할 거라고 단단히 맹세를 하고, 레투알 양에게 온통 멍이 든 손을 보여주었다.

레투알은 라 카베른을 데리고 가려고 극장 앞에서 그녀를 붙잡은 라고탱 씨의 넋을 빼앗은 데 대해 신이 그녀를 벌한 것이라고 말하고, 그가 자신에게 한 약속을 어겼기 때문에 그 땅딸보에게 일어난 일에 대해 아주 기쁘다고 덧붙였다. 라고탱은 이런 말을 하나도 듣지 않았다. 왜냐하면 주인이 그에게 자신의 귀리에 대한 손실을 지불해야 할 일이라고 하고, 그 때문에, 라고탱을 약자 편의 변호사라고 부른 그의 하인을 패주고 싶었기 때문이다. 이번에는 앙젤리크가 그와 다투었는데 자신은 그의 임시방편에 불과했다고 그를 비난했다. 마침내 운명은 그때까지, 르 페르슈2와 라발3을 포함해서, 멘의 전 지역을 통틀어 라 랑퀸이 라고탱에게 가장 행복한 연인으로 만들어주겠다는 약속을 지키지 못했다는 것을 보여주었다.

하인은 귀리를 주워 모았고, 여배우들은 어떤 불상사도 없이 한 명씩 한 명씩 그들의 방으로 올라갔다. 라고탱은 그들을 따라가지 않았는데, 나는 그가 어디로 갔는지 몰랐다. 저녁 식사 시간이 되었다. 모두 여관에서 식사했다. 식사 후 각자 헤어졌고, 르 데스탱은 여배우들과 방으로 들어가서 그의 이야기를 계속했다.

---

2 르 페르슈는 백작령으로 프랑스 왕국 시절의 지방 이름. 파리의 북서쪽에 위치.
3 루아르 지방 메이엔주의 행정도시로 파리의 서쪽에 위치.

제 18 장

데스탱과 레투알 이야기의 후속편

나는 앞 장을 약간 짧게 썼는데, 이 장은 좀더 길 것이다. 그렇다고 내가 확신은 하지 못하지만, 두고 보자. 르 데스탱은 의례히 자신의 자리에 앉아서 자신의 이야기를 이렇게 계속했다.

내가 너무 오랫동안 이야기하는 바람에 이미 두 분을 지치게 만든 인생을 가능한 한 간단하게 마무리하지요. 두 분에게 말씀드린 대로, 베르빌은 나를 만나러 왔지만, 나에게 그의 아버지 집으로 돌아가자고 설득하지 못하고, 내가 내린 결정에 너무나 상심한 것처럼 보였는데, 나와 헤어져서, 집으로 돌아갔지요. 얼마 후, 그는 살다뉴 양과 결혼했고, 생 파르는 레리 양과 결혼했지요. 그녀가 섬세한 성격인데 반해 생 파르는 그러지 않았는데, 나는 너무나 어울리지 않는 두 기질이 어떻게 서로 맞았는지 정말 상상하기 어려웠지요.

그동안 나는 완전히 나았고, 인자한 생 소뵈르 씨는 내가 이 나라를 떠나겠다는 결심을 확인하고, 내가 여행하도록 나에게 돈을 주었고, 결혼했지만 나를 잊지 않았던 베르빌은 좋은 말 한 마리와 금화 100냥을 선물로 주었지요. 나는 다시 로마에 들를 생각으로 이탈리아로 돌아가려고 리옹으로 떠났지요. 그리고 그 후 로마에서 나의 레오노르를 마지막으로 만났고, 캉디에서 죽을 뻔했지만 오랫동안 불행할 정도는 아니었지요.

느베르[1]에서, 나는 강에서 가까운 한 여관에 묵었지요. 일찍 도착해서 저녁 식사를 기다리는 동안 어떻게 시간을 보낼지 몰라, 루아르 강을 가로지르는 큰 돌다리 위로 산책을 하러 갔지요. 두 여인들도 거기서 산책을 하고 있었는데, 그중 한 여인은 병색이 있어 보였고, 다른 여인에게 의지하여 아주 힘들게 걷고 있었지요. 나는 그 여인들 옆을 지나면서 그들을 보지 않고 인사를 하고, 나의 불행한 운명과 종종 나의 사랑을 생각하면서 다리 위를 잠시 산책했지요. 나는, 신분상 형편없는 옷을 입는 걸 용서할 수 없는 사람들에게 옷을 잘 차려 입는 것이 필수적이듯이, 옷을 꽤 잘 입고 있었지요. 내가 다시 이 여인들 옆으로 지나가면서, 적당한 소리로 이렇게 말하는 것을 들었지요.

내 생각에, 그 사람이 죽지 않았다면 그 사람인 것 같아.

나에게 그런 말을 할 이유가 없는데 내가 왜 고개를 돌렸는지 모르지요. 그러나 두 여인은 그런 말을 다른 사람 들으라고 한 게 아니었지요. 나는 라 부아시에르 양의 아주 창백하고 수척한 얼굴을 보았는데, 자신의 딸 레오노르의 부축을 받고 있었지요. 나는, 파리에 있는

---

1   느베르(Nevers)는 프랑스 중부 부르고뉴 프랑슈 콩테 지역의 니에브르주 도시이다.

동안 몸과 마음을 단단하게 다졌기 때문에, 내가 로마에 있었을 때보다 더 대담하게 그 여인들에게 곧바로 다가갔지요. 나는 라 부아시에르 양이 달릴 수 있다면 도망쳤을 거라고 믿을 정도로 그들이 너무 놀라고 당황해하는 것을 발견했지요. 그 때문에 나도 깜짝 놀랐지요. 나는, 나에게 가장 소중한 이 세상의 사람들과 같이 있다는 것이 얼마나 행복한 만남이냐며 그들의 안부를 물었지요. 그들은 나의 말에 안심을 했지요. 라 부아시에르 양은 나에게, 그들이 나를 보고 깜짝 놀랐는데 내가 이상하게 생각하지 않는 것 같더라고 말했지요.

그리고 스테파노 영주가 그들에게 내가 로마에서 같이 지냈던 귀족들 중 한 사람의 편지를 보여주었고, 그 편지에서 내가 파르마 전쟁 중에 죽었다는 소식을 그녀에게 알려주었는데, 그녀는 그렇게 자신의 마음을 아프게 했던 그 소식이 사실이 아니라는 데에 기뻤다고 덧붙였지요. 나는 그녀에게 죽음이 나에게 일어날 수 있는 가장 큰 불행이 아니며, 나는 실제로 그런 소문을 퍼트리려고 베네치아로 갔다고 했지요. 그들은 나의 결심에 슬퍼했으며, 어머니는 그때 나에게 특별한 애정을 표했는데, 그 이유를 짐작할 수 없었지요. 마침내, 나는 그녀로부터 그녀를 공손하게 만든 것이 무엇인지 알아냈지요.

내가 또 그녀를 도울 수 있었는데, 그녀가 처한 상황에서 그녀가 로마에서처럼 나를 무시하고 나에게 냉담하게 대할 수 없었지요. 그리고 그들을 고통스럽게 할 만한 커다란 불행한 일이 일어났지요. 아주 아름다운 가구들을 많이 팔아 돈을 마련하여, 그들은 오랫동안 자신들을 돌봐주었던 프랑스 하녀와 함께 로마에서 떠났는데, 스테파노 영주는 그들에게 자신과 같은 플랑드르 사람인 데다, 자기 나라로 돌아가고 싶었던 그의 하인을 주었지요. 이 하인과 이 하녀는 함께 결혼할 생각으로 서로 사랑하고 있었는데, 그들의 사랑을 아무도 몰랐지요.

라 부아시에르 양은 로안2에 도착해서, 강을 따라갔지요. 느베르에서, 그녀는 밖으로 나갈 수 없을 정도로 몸이 안 좋았지요. 아픈 동안 그녀를 시중들기 힘들었고, 그의 하녀는 평소와 달리 그 일을 제대로 해내지 못했지요. 어느 날 아침, 하인과 하녀의 모습이 더 이상 보이지 않았지요. 더 난처했던 것은 그 불쌍한 여인의 돈도 사라졌다는 것이지요. 그로 인해 그녀에게 생긴 고통이 병을 더 악화시켰고, 그녀는 느베르에서 지내면서 파리에서 소식이 오기를 기다릴 수밖에 없었고, 그녀가 여행을 계속할 소식이 오기를 바라고 있었지요.

라 부아시에르 양은 짧게 이 난처한 사건을 내게 알려주었지요. 나는 마침 내가 머물고 있는 여관으로 그들을 데리고 갔고, 그들과 잠시 지낸 후, 저녁 식사를 하기 위해 내 방으로 갔지요. 나는 식사를 하지 않고, 적어도 대여섯 시간 식탁에 있었던 것 같아요. 나는 곧 그들을 만나러 갔고, 그들은 나를 반갑게 맞아준 것 같아요. 나는 어머니가 침대에 누워 있는 것을 발견했고 딸은 조금 전까지 보였던 밝은 모습과 달리 슬픈 얼굴을 하고 있는 것 같았지요. 그녀의 어머니는 그녀보다 훨씬 더 슬펐는데 나도 그랬지요. 우리는 잠시 동안 아무 말 없이 서로를 쳐다보았지요. 마침내 라 부아시에르 양은 나에게 자신이 파

---

2   로안(Roanne)은 프랑스 중동부 오베르뉴 론 알프 지역 루아르주의 도시다. 루아르강이 지나간다.

리에서 받은 편지들을 보여주었는데, 딸과 자신을 세상에서 가장 비통하게 만들었던 편지들이었지요. 그녀는 눈물을 쏟으며 자신이 비통했던 이유를 나에게 알려주었지요. 자신의 어머니만큼 격렬하게 그녀가 우는 모습을 보고 비록 내가 이미 다 그들에게 보여주기는 했지만, 앞으로는 내 감정을 내비치지 않으리라는 생각마저 들었지요. 하지만 나는 그녀가 나의 솔직한 마음을 의심하지 않고 나에게 의존하고 있다는 생각이 들 정도로 감동했지요. 내가 그들에게 말했지요.

두 분의 마음을 몹시 아프게 하는 것이 아직 무엇인지 모르지만, 내가 두 분이 느낀 고통을 덜어드리는 데 내 목숨이라도 필요하다면 두 분의 마음을 편하게 할 수 있을까요. 그러니까, 부인, 내가 무엇을 해야 할지 말씀해주세요. 두 분에게 돈이 없다면 나에게 돈이 있어요. 두 분에게 적이 있다면 나에게는 용기가 있어요. 그리고 내가 두 분에게 해드리는 모든 일 중에서도, 나는 두 분을 모셨다는 것으로 만족해요.

내 얼굴과 내 말을 통해 내가 마음속에 간직하고 있는 것을 그들에게 너무 잘 보여준 탓인지 그들의 커다란 고통은 조금 진정되었지요. 라 부아시에르 양은 나에게 편지 한 통을 읽어주었는데, 그녀의 여자친구 중 한 분이 그녀에게, 그녀가 전혀 언급한 적이 없었고, 내가 레오노르의 아버지인 줄로 알았던 사람이 궁정에서 나가라는 명령을 받고 홀란드로 가 버렸다고 전해준 편지였지요. 이처럼 가엾은 라 부아시에르 양은 돈도 없고 희망도 없이 낯선 나라에 있었던 거지요. 나는 다시 그녀에게, 내가 가진 500에퀴에 달하는 돈을 주었고, 그녀에게 홀란드로 가고 싶다면 모셔갈 거고, 그녀가 가고 싶다면 세상 끝까지 모셔가겠다고 말했지요.

마침내 나는 그녀에게, 내가 하인으로서 그녀를 모실 만한 인물로서, 아들처럼 그녀를 사랑하고 존경할 사람이라는 확신을 주었지요. 나는 아들이라는 말을 하면서 얼굴이 몹시 화끈거렸지만, 내가 로마에서 문전박대를 당하고, 더 이상 레오노르를 볼 수 없는 그런 가증스런 사람이 아니었으며, 라 부아시에르 양은 나에게 더 이상 엄한 어머니가 아니었지요. 내가 그녀에게 해준 모든 배려에 대해 그녀는 항상 레오노르도 나에게 아주 고마워할 것이라고 대답했지요. 모든 일이 레오노르의 이름으로 일어났고, 두 분은 그녀의 어머니가 자신의 안주인을 변호하는 하녀에 불과하다고 말했겠지요. 그만큼 대부분의 사람들은 그들이 자신들에게 오직 쓸모 있는 사람이냐에 따라 사람을 생각하는 게 사실이지요. 나는 그들을 안심시켜 놓고, 세상에서 가장 만족한 사람처럼 내 방으로 갔지요.

나는 뜬눈으로 밤을 샜지만, 아주 기분 좋게 보냈는데, 그 바람에 늦게까지 침대에 누워 있었고, 새벽에야 잠을 자기 시작했지요. 레오노르는 그날 내가 보기에 전날보다 더 신경 써서 옷을 입은 것 같았는데, 그녀는 내가 옷차림에 무관심하지 않다는 것을 알아차렸던 거지요. 나는 아직 너무 허약한 그녀의 어머니를 두고 그녀만 데리고 미사에 갔지요. 우리는 함께 저녁 식사를 했고, 그때부터 우리는 같은 가족이었던 거지요. 라 부아시에르 양은 내가 그녀에게 베푼 도움에 대해 대단히 고마워했고, 나에게 은혜를 갚기 전에는 죽지 않겠다고 다짐했지요.

나는 내 말〔馬〕을 팔았고, 병이 심해지자, 우리는 배를 타고, 오를

레앙까지 내려갔지요. 배를 타는 동안 우리는 그녀의 어머니에게 방해를 받지 않은 채 말할 수 없는 행복을 느꼈고, 나는 레오노르와 대화를 즐겼지요. 나는 이 아름다운 여인의 마음속에 그녀의 눈빛처럼 반짝이는 빛을 발견했지요. 아마 로마에서는 그녀가 내 마음을 의심할 만 했겠지만 그때 내가 그녀의 마음에 들지 않은 건 아니었지요. 내가 더 이상 두 분에게 무슨 말을 할까요? 그녀를 사랑한 만큼 그녀도 나를 사랑하게 되었지요. 그리고 두 분은 서로 우리를 만날 때부터, 우리 둘의 사랑이 아직 식지 않았다는 것을 눈치 챌 수 있었겠지요.

뭐라고요!

앙젤리크가 말을 막았다.

아니 레투알 양이 레오노르인가요?

그럼 누구겠어요?

르 데스탱이 그녀에게 대답했다. 레투알 양이 나섰고, 르 데스탱이 자신의 동반자로서 그녀를 소설에나 나올 법한 미인인 레오노르로 만들었다는 것을 의심하는 것도 당연하다고 말했다.

앙젤리크는 이렇게 응수했다.

그게 그런 이유 때문이 아니라, 사람들은 자신들이 그렇게 바랐던 것을 항상 믿기 어렵기 때문이지요.

라 카베른 양은 그럴 거라 확신했다고 했으며, 이 이야기는 더 진전되지 않기를 바랐다. 그러기 위해 르 데스탱은 자신의 이야기를 이어 갔고 이렇게 계속했다.

우리는 오를레앙에 도착했는데, 우리의 입성은 두 분에게 그 자초지종을 알리고 싶을 정도로 정말 즐거웠어요. 포구에서 옷을 운반하려고 배를 타고 오는 사람들을 기다리는 한 무리의 미천한 사람들이 우리의 배 안으로 떼로 몰려들었지요. 그들은 30명 넘게 나타나서, 그들 중 가장 힘이 약한 사람들은 손으로 운반할 수 있는 두세 개의 작은 꾸러미를 실었지요. 내가 혼자였다면, 아마 이런 무례한 사람들을 이기지 못할 정도로 현명하지 못했을 거예요. 그들 중 여덟 명은 20파운드도 나가지 않는 작은 상자를 하나 들었는데, 그것을 바닥에서 들어 올리는 데 매우 힘들어 하는 체했고, 마침내 그들은 그걸 머리 위로 들어 올리고, 각자 겨우 손가락 끝으로 받치고 있을 뿐이었지요. 포구에 있던 하층 계급의 사람들이 웃기 시작했고, 우리도 그걸 보고 웃지 않을 수 없었지요. 그렇지만, 나는 많은 짐을 가지고 온 시내를 지나가야 하기 때문에 부끄러워 얼굴이 벌게졌지요. 왜냐하면 한 사람이 운반할 수 있는 우리의 옷가지에 스무여 명이 달라붙었고, 내 권총 몇 자루에만 네 명이 나서 운반했기 때문이지요.

내가 두 분에게 순서에 따라 말하겠지만, 우리는 시내로 들어갔지요. 술 취한 여덟 명의 키가 큰 불량배들처럼 보이는 사람들이 그들 사이에서, 내가 두 분에게 이미 말한 대로, 작은 상자를 운반하고 있었지요. 내 권총들은 각각 두 사람이 운반했는데, 한 명씩 그들을 따르고 있었지요. 나만큼 얼굴이 벌게진 라 부아시에르 양도 즉각 뒤따라갔지요. 그녀는 두 개의 커다란 도선사(導船士) 지팡이 위에 받친 짚으로 만든 큰 의자에 앉았는데, 네 사람이 서로 교대했고, 그녀를 싣고 가면서 수없이 욕설을 해대고 있었지요. 작은 가방 하나와 천으로 덮인 꾸러미 하나로 이루어진, 우리 옷가지들이 뒤따랐는데 7, 8명의 불량배들이 깨진 항아리 놀이를 할 때처럼, 길을 가는 도중에 그 옷을 서로에게 던졌지요. 나는 이런 장난을 나도 모르게 즐거워했을 정도로, 활짝 웃던 레오노르의 손을 잡고, 승리한 팀을 이끌었지요.

우리가 걸어가는 동안, 행인들은 우리를 보려고 거리에서 발길을 멈추고, 우리 때문에 떠들썩해진 소리에 모든 사람들이 창문으로 모여들었지요. 마침내 우리는 많은 불량배들을 데리고, 파리 옆에 있는 변두리에 도착했고, '황제들'이란 여관에서 묵었지요. 나는 나의 여인들을 낮은 거실로 들어오게 했고, 이어 주인과 안주인이 이 불량배들과 싸우는 바람에, 내가 불량배들을 얼마나 심하게 위협했던지 그들에게 별것 아닌 것들을 줬는데, 그들은 그걸 받고 매우 만족해했지요. 라 부아시에르 양은, 돈이 생긴 기쁨 때문에 말끔히 나았고, 마차를 타고 갈 정도로 건강해졌지요.

우리는 이튿날 떠나는 마차에 세 자리를 잡았고, 다행히도 이틀 만에 파리에 도착했지요. 역마차가 서 있는 저택 앞에 내리면서, 나는 우리의 사륜마차와 동행했던 한 역마차에서, 우리처럼 오를레앙에서 온 라 랑퀸을 알게 되었지요. 그는 내가 칼레의 역마차 여관이 어디 있는지 묻는다는 얘기를 들었지요. 그는 나에게 자신이 바로 그 시간 거기로 가는데, 우리가 묵을 숙소가 없고 우리가 원한다면, 그가 전에 묵었던 적이 있으며 가구가 갖춰진 방이 있는 자신이 아는 한 여인의 집으로 데리고 가서 묵도록 하겠다고 했지요. 거기서 우리가 아주 편하게 지낼 거라고 했지요. 우리는 그를 믿었고 그가 아주 마음에 들었지요.

이 여인은 평생 극단의 문지기도 하고, 무대 장치가도 한, 심지어 전에는 대사를 암송하려고 했지만 잘 해내지 못했던 한 남자의 미망인이었지요. 그는 배우들을 도우면서 뭔가를 수집했는데, 가구가 있는 방에 그들을 숙박시키고 하숙생들을 받을 생각을 하고, 그렇게 편안하게 지냈지요. 우리는 제법 안락한 방 두 개를 빌렸지요. 라 부아시에르 양은 레오노르의 아버지에 대한 안 좋은 소식을 접했는데, 그녀로부터 우리에게 숨겼던, 그녀를 다시 병들게 만들 정도로 몹시 슬프게 했던 다른 소식들을 알았지요. 이 일로 그녀가 마음먹었던 우리의 홀란드 여행이 얼마동안 지연되었는데, 내가 그녀를 안내할 생각이었지요. 그리고 거기서 극단과 만나기로 한 라 랑퀸은 내가 그에게 비용을 지불해주기로 약속을 한 후에 우리를 기다리려고 했지요.

라 부아시에르 양에게 어떤 여자 친구 한 사람이 자주 찾아왔는데, 그 친구는 하녀처럼 로마 대사 부인의 시중을 들었고, 심지어 그녀가 레오노르의 아버지에게 사랑받았던 시절 라 부아시에르의 절친한 친구였지요. 바로 그 친구로부터 그녀는 이른바 그녀의 남편이라는 사람이 자신을 싫어한다는 것을 알았고, 우리가 파리에 있는 동안 그녀로부터 여러 가지 도움을 받았지요. 나는 아는 사람의 눈에 띌까 봐 될 수 있는 한 외출을 거의 하지 않았지요. 내가 집에 있어도 그다지 힘들지 않았던 이유는 레오노르와 함께 있고, 그녀의 어머니를 보살핌으로써 그녀의 마음속으로 점점 더 파고들었기 때문이지요.

내가 두 분에게 방금 말한 이 여인의 설득으로, 우리는 환자에게 바람을 쐬게 하려고 어느 날 생 클루3로 산책하러 갔지요. 우리 안주

3　생 클루(Saint-Cloud)는 파리의 노트르담 대성당에서 서쪽으로 9.9킬로미터 떨어져 있는 도시다.

인이 함께했고 라 랑퀸도 있었지요. 우리는 배를 탔고, 가장 아름다운 정원4에서 산책했지요. 그리고 가벼운 식사를 한 후, 내가 생각한 것 이상으로 나를 오래 붙잡은 아주 황당한 어떤 여주인과 주막에서 계산하는 동안, 라 랑퀸은 우리 일행을 배로 안내했지요. 나는 가능한 한 순조롭게 그 여주인의 손아귀에서 벗어나, 나의 일행을 다시 만나려고 돌아왔지요.

그런데 나는 우리의 배가 강에서 앞으로 나가는 것을 보고 깜짝 놀랐는데, 나를 태우지 않고 심지어 내 검과 외투를 들었던 어린 하인을 나에게 남기지도 않고 파리로 싣고 가 버린 것이지요. 내가 강가에 도착해서, 사람들이 왜 나를 기다리지 않았는지 알기 어려웠는데, 한 오두막집에서 소문을 들었지요. 나는 오두막 가까이 가서, 두세 명의 귀족들을 만났는데, 귀족처럼 보였던 그들이 한 도선사와 싸우려고 했지요. 왜냐하면 그 도선사가 우리의 배를 뒤쫓아 가는 것을 거절했기 때문이지요. 나는 혹시나 하여 이 오두막 안으로 들어갔는데, 그 때 그 일행이 강을 떠났고 도선사는 얻어맞을까 봐 겁을 먹고 있었지요. 나의 일행이 나를 생 클루에 두고 가 버린 것에 대해 내가 고통스러웠다면, 이런 폭력을 행사한 사람이 내가 그렇게도 잘못되기를 바랐던 바로 그 살다뉴라는 것을 알고 적지 않게 당황했지요. 내가 그를 알아본 순간, 그는 배의 끝에 있다가 내가 있는 곳으로 지나갔지요. 나는 너무 당황해서 최대한으로 내 얼굴을 숨겼지만, 그와 너무 가까

---

4 이 책의 1부가 헌정된 파리의 대주교 장 프랑수아 드 공디, 즉 레 추기경의 전원 주택을 둘러싸고 있는 정원이다.

이 있었던 바람에 그가 나를 알아보지 못한다는 것은 불가능했고, 나에게 겁이 없었기 때문에, 나는 세상에서 가장 절망적인 결정을 내렸지요. 질투가 거기에 연관되지 않았다면 증오만으로 내가 그런 결정을 할 수 없었겠지요.

그가 나를 알아본 순간, 나는 그의 몸통을 잡고 그와 강으로 몸을 던졌지요. 자신이 낀 장갑이 그를 방해했거나 기습을 당했기 때문에 그는 나에게 당할 수밖에 없었지요. 지금까지 그 사람보다 더 익사할 뻔한 사람은 없었지요. 다들 우리가 어떤 사고로 물에 빠졌을 거라고 생각하고, 대부분의 배들이 그를 구하러 갔지요. 그리고 살다뉴만이 그 사건이 어떻게 일어났는지 알았고, 그 일에 대해 당장 불평을 하거나 나를 뒤쫓아 가도록 할 수 없었지요.

따라서 나는 헤엄치는 데 방해가 되지 않는 얇은 옷만 입었기 때문에 큰 어려움 없이 강가로 갔고, 사태가 빨리 지나갈 필요가 있었기 때문에, 나는 살다뉴가 구조되기 전에 생 클루에서 아주 멀리 가 버렸지요. 사람들이 그를 구하기가 아주 힘들었다면, 그를 피하려고 내가 얼마나 위험을 무릅썼는지 그가 공언했을 때 사람들이 그의 말을 쉽게 믿었을 거라고 생각해요. 왜냐하면 나는 왜 그가 그걸 비밀로 했는지 알지 못하기 때문이지요. 나는 한 바퀴 빙 돌아 다시 파리로 갔는데, 밤이 돼서야 들어갔지요. 옷을 말릴 필요 없이, 달리면서 햇빛과 격한 운동으로 내 옷에 습기는 거의 남아 있지 않았지요.

마침내 나는 사랑하는 레오노르와 다시 만났는데, 그녀가 정말로 슬펐을 거라고 생각했지요. 라 랑퀸과 우리의 안주인은 나를 보고 아주 기뻐했는데, 라 랑퀸과 우리의 안주인에게 내가 자기 아들이라고 더 믿을 수 있게끔 어머니로서 가슴 아팠던 라 부아시에르 양도 마찬가지였지요. 그녀는 사람들이 나를 기다리지 않았던 것에 대해 특히 나에게 사과하고, 그녀가 살다뉴에 대한 두려움 때문에 나를 생각하지 못했다고 고백했지요. 게다가 라 랑퀸을 제외하고, 내가 살다뉴와 함께했더라면 나머지 우리 일행들이 나 때문에 어쩔 줄 몰랐겠지요. 그때 우리가 식사했던 여관인지 주막인지 거기서 나오면서, 이 교활한 사람이 배가 있는 곳까지 우리 일행을 따라갔다는 것을 알았지요. 그는 레오노르에게 아주 무례하게 가면을 벗으라고 했고, 그녀의 어머니는 그를 로마에서 같은 일을 저질렀던 바로 그 사람으로 알고, 너무나 겁이 나 배로 다시 가서 나를 기다리지 않고 그를 강으로 가게 했다는 것을 알았지요.

그동안 살다뉴는 같은 기질을 가진 두 남자와 만났지요. 그리고 잠시 강가에서 회의를 한 후, 그는 그들과 함께 배 안으로 들어갔고, 나는 거기서 그가 도선사에게 레오노르를 뒤쫓아 가도록 위협하는 모습을 발견했지요. 이런 뜻밖의 일로 나는 전에 비해 거의 밖으로 나가지 않게 되었지요. 라 부아시에르 양은 우울증이 더해지면서, 얼마 후 병이 들었지요. 그리고 그것은 우리가 겨울을 파리에서 보낸 탓이었지요. 우리는 스페인에서 돌아온 한 이탈리아 고위 성직자가 페론[5]을 거쳐 플랑드르로 간다는 소식을 들었지요. 라 랑퀸은 그의 여권에서, 배우로서 우리를 이해시킬 정도로 충분한 믿음을 가졌지요.

어느 날, 우리는 센가(街)에 묵었던 이 이탈리아 성직자 집으로 갔

---

5   프랑스 북쪽에 위치한 오 드 프랑스(Hauts-de-France) 지방의 도시.

는데, 라 랑퀸의 아는 배우들과 생제르맹 교외에서 즐겁게 저녁 식사를 했지요. 그와 내가, 어두워지기 전, 퐁 뇌프 다리를 지나가다가, 대여섯 명의 노상강도들에게 공격을 받았지요. 나는 최대한 방어를 했고, 두 분에게 고백하지만, 라 랑퀸은 선한 사람이 할 수 있는 모든 일을 다 했고, 심지어 나의 목숨을 구해주었지요. 불행하게도 내가 검을 떨어뜨리는 바람에, 이 도둑들에게 붙잡힐 수밖에 없었지요. 라 랑퀸은 용감하게 그들 사이에서 빠져나왔고, 보잘것없는 외투를 잃은 것 말고는 별다른 일은 없었지요. 나는 내 옷을 제외하고 거기서 모든 것을 잃었지요. 그리고 나를 절망하게 만든 것은 그들이 레오노르 아버지의 초상화가 그려진 초상화 상자를 가져가 버린 것인데, 라 부아시에르 양이 나에게 그 상자 안에 있던 다이아몬드들을 팔아 달라고 부탁했었지요.

나는 퐁 뇌프 다리 끝에 있는 한 외과의사의 집에서 라 랑퀸을 다시 만났지요. 그는 팔과 얼굴에 부상을 입었고, 나는 머리에 아주 가벼운 부상을 입었지요. 라 부아시에르 양은 그의 초상화를 잃은 데 대해 너무나 마음이 아팠지요. 그러나 그 원본을 다시 찾을 수 있을 거라는 희망이 그녀를 위로했지요. 결국 우리는 파리를 떠나 페론으로 갔지요. 우리는 페론에서 브뤼셀로 갔고, 브뤼셀에서 헤이그로 갔지요. 레오노르의 아버지는 거기에서 영국으로 간다고 15일 전에 떠났는데, 의회와 싸우는 왕6을 도우려고 영국에 간 거지요.

---

6   그 당시 전제적인 통치 방식 때문에 의회와 자주 마찰을 빚었던 영국의 왕 찰스 1세를 가리킨다.

레오노르의 어머니는 그 일로 크게 상심해서 병이 들었고 그 병으로 돌아가셨지요. 그녀는 나를 보고 자기 아들인 것처럼 괴로워하다가 돌아가셨어요. 그녀는 나에게 자기 딸을 부탁했고 절대 그녀를 포기하지 말고, 그녀의 아버지를 찾아서 그녀를 맡기도록 최선을 다하겠다는 약속을 하라고 했지요. 그로부터 얼마 후, 나는 한 프랑스인에게 남아 있던 돈을 몽땅 도난당했지요. 그리고 내가 레오노르와 같이 있어야 할 불가피성이 너무나 절실해서 우리는 라 랑퀸의 중재로 우리를 받아준 두 분의 극단에 참여한 것이지요. 나머지 내가 겪은 모험은 두 분이 아시지요.

그것은 그때부터 내가 살다뉴의 심술을 본 것으로 생각하는 투르까지 두 분의 모험과 공유한 것들이었지요. 그리고 내가 틀리지 않다면, 이 고장에서 곧 그를 찾을 것이고, 나보다 레오노르에 대해 내가 더 두려워하는 것은 그녀가 나를 잃거나 어떤 불행이 그녀와 나를 떼어 놓는다면 한 충실한 종복으로부터 그녀가 버림받을지 모른다는 거지요.

르 데스탱은 이렇게 자기 이야기를 마쳤다. 그리고 그때 레투알 양의 불행한 기억 때문에 마치 그녀의 불행을 시작하게 만든 것처럼 눈물을 흘린 그녀를 잠시 위로한 후, 그는 여배우들과 헤어져서 잠자리에 들었다.

제 19 장

시의적절한 몇 가지 고찰.
라고탱의 새로운 불행과 여러분이 읽을 다른 것들

사랑은 젊은이들에게 모든 것을 시도하게 만들고, 늙은이들에게는 모든 것을 잊게 만들며, 사랑은 트로이 전쟁의 원인이었고, 내가 회상하려고 애쓰고 싶지 않은 다른 많은 것들의 원인이었으며, 그 당시 어떤 다른 곳 못지않게 보잘것없는 한 여관에서도 가공할 만한 것임을 르망시에서 보여주려고 했다.

그러니까 사랑은 식욕을 잃을 정도로 사랑에 빠진 라고탱으로 만족하지 않았다. 사랑은 거기에 대단히 과민한 라 라피니에르에게 수없는 방탕한 욕망을 불러일으켰고, 로크브륀을 돌팔이 의사의 아내와 사랑에 빠지게 했으며, 그의 허영심에 용기와 시, 광기의 4분의 1을 더하거나, 오히려 그에게 이중의 부정한 짓을 저지르게 했다. 왜냐하면 그는 오래전, 그에게 애써 자신들을 사랑하지 말라고 조언했던 레투알과 앙젤리크에게 사랑에 대해 말한 적이 있기 때문이다.

그러나 이런 모든 것은 앞으로 내가 여러분에게 말하는 것에 비하면 아무것도 아니다. 게다가 그는 돌팔이 의사의 아내와 사랑에 빠진 라 랑퀸의 냉담한 태도와 인간혐오를 이겨 냈다. 그리고 이렇게 시인 로크브륀은 자신이 지은 죄와 자신이 밝힌 배척당한 책에 대해 속죄하기 위해 세상에서 가장 냉혹한 인간을 경쟁자로 삼은 것이다. 이 돌팔이 의사의 아내는 이름이 도냐 이네질라 델 프라도로서 스페인 말라가 출신인데, 그런 그녀의 남편은 이른바 베네치아 귀족으로 페르디난도 페르디난디이며, 노르망디의 캉 출신이었다. 바로 그 여관에는 아직 적어도, 내가 방금 여러분에게 그 비밀을 폭로한 사람들만큼 위험하게 같은 죄를 저지른 여러 사람이 있었다. 그러나 우리는 여러분에게 그들이 언제 어디에 있는지 알려줄 것이다.

라 라피니에르는 레투알 양이 '쉬멘'[1]을 공연하는 것을 보고 그녀에게 반해 버렸고, 동시에 그는 돈을 위해서는 모든 것을 다 할 수 있는 사람이라고 판단한 라 랑퀸에게 자신의 심술을 드러낼 계획을 세웠었다. 신성한 로크브륀은 자신의 용기를 발휘할 만한 스페인 여인을 정복하는 상상을 했다. 라 랑퀸에 대해, 나는 어떤 매력으로 이 이방인 여자가 모든 사람을 싫어하는 한 남자를 사랑할 수 있게 만들었는지 잘 모른다. 그전에 저주받은 영혼이 된, 말하자면 죽기 전에 사랑에 빠진 이 늙은 배우는 아직도 침대에 있었는데, 그때 마치 배가 아플 때처럼 사랑에 안달이 난 라고탱이 자신의 일을 생각해주고 자신을 불쌍히 여겨 달라고 그를 찾아왔다. 라 랑퀸은 그에게, 그의 연인 옆에서 그를 특별히 도와주지 못할 그런 일은 일어나지 않을 거라고 약

---

1   1636년 초연된 코르네유의 비희극 〈르 시드〉에 나오는 여주인공.

속했다.

바로 그때 라 라피니에르도 옷을 다 입은 라 랑퀸의 방으로 들어가서, 그를 따로 불러, 자신의 약점을 고백하고, 레투알 양의 호의를 얻을 수 있게 해준다면, 자신의 능력으로, 궁수 직을 걸고 그리고 자식이 없기 때문에 상속녀로서 결혼할 그의 질녀의 몫까지 그에게 안 될 일은 아무것도 없을 것이라고 말했다. 교활한 라 랑퀸은 이 형리의 예측으로는 그런 기대를 생각하지 못한, 라고탱에게 약속한 것보다 훨씬 더 많은 것을 그에게 약속했다.

로크브륀도 고견을 들으러 갔다. 그는 가론²강변 출신의 가장 고질적인 오만한 자였는데, 그가 스스로 자신의 좋은 가문, 재산, 시(詩)와 가치관에 대해 말한 것을 사람들이 믿기 때문에 라 랑퀸이 끊임없이 자신을 괴롭히고 심하게 비난해도 화내지 않을 거라고 생각했다. 라 랑퀸이 그렇게 하는 것은 오직 대화를 이어가기 위한 것이라고 믿었고, 더군다나 자신은 조롱을 세상 사람보다 더 잘 들어주었고, 그런 조롱이 굳어질 때조차도 그것을 기독교적 철학자로서 인내했다. 따라서 그는 스스로 모든 배우들이 그러한 자신의 면모에 감탄할 것이라 생각했다. 게다가 웬만한 일에 거의 감탄하지 않을 정도로 꽤 경험이 있고, 명예를 좇는 이런 자를 좋게 생각하기는커녕, 항상 자신의 부모처럼 언급했던 자기 고장의 성직자들과 대영주들이 정말로, 많은 다른 것들과 마찬가지로 이런 대단한 결속과 문장(紋章)들이 오래된 양피지에 새겨 놓은 계보도의 가지들인지 알 정도로 자신의 모

---

2   프랑스 남서부를 흐르는 강

습을 충분히 파악하고 있는 라 랑퀸도 감탄했을 거라고 믿었다.

　라 랑퀸이 항상 사람들의 귀에 대고 말을 하고, 모든 것과 아무것도 아닌 것을 자주 비밀로 하는 나쁜 습관이 있기 때문에, 비록 그런 일로 로크브륀이 당황할 일은 아니지만, 라 랑퀸이 함께 있는 것이 아주 불쾌했다. 따라서 그는 특히 라 랑퀸을 붙잡고 두세 번 그렇게 한 건 아니지만, 자신은 스페인 여자들을 제외하고 모든 나라의 여자들을 사랑한 적이 있기 때문에, 돌팔이 의사 아내가 재주가 많은지, 그리고 그가 즐길 만한 가치가 그녀에게 있는지 알기가 아주 어렵다고 그에게 말했다. 그가 만날 때마다 금화 100냥을 보증할 선물을 했더라면 이보다 가난하지 않을 거라고 했는데, 이런 일은 그의 좋은 가문에 대해 이야기하는 것만큼 자주 일어나는 일이었다.

　라 랑퀸은 그에게 도냐 이네질라의 재주에 대해 대답할 정도로 그녀를 제대로 알지 못한다고 말했다. 그녀의 남편이 프랑스 최고의 도시에서 해독제를 파는데, 거기서 자주 만난다고 했다. 그리고 그녀가 프랑스어를 웬만큼 하기 때문에 알고 싶은 것을 알아보려면 그녀와 대화할 수밖에 없다고 했다. 로크브륀은 스페인 여자에게 자신의 찬란한 혈통을 부각시키고자 양피지에 쓴 가계도를 그에게 맡기려고 했다. 그러나 라 랑퀸은 그녀의 사랑을 받느니 몰타의 기사를 하는 게 더 나을 거라고 말했다. 그러고 나서 로크브륀은 손으로 돈을 세고 있는 사람처럼 행동하고, 라 랑퀸에게 이렇게 말했다.

　당신은 내가 어떤 사람인지 잘 알지요.

　그럼요, 그럼요. 난 당신이 어떤 사람인지, 평생 당신이 어떤 사람이 될지 잘 알지요.

라 랑퀸이 대답했다.

시인은 왔던 대로 되돌아갔고, 경쟁자이며 동시에 절친인 라 랑퀸은 그런 줄도 모르고 역시 경쟁자들인 라 라피니에르와 라고탱에게 다가갔다.

늙은 라 랑퀸의 경우, 자신에게 바라는 것을 요구하는 사람들을 쉽게 싫어하면서, 자연스럽게 모든 사람들을 싫어했으며, 게다가 항상 이런 비밀 때문에 계속 반감을 간직한 그 시인에게 커다란 반감을 가졌다. 따라서 라 랑퀸은 바로 그때 원숭이 같은 그의 재치가 잘 어울리는, 그가 할 수 있는 가장 심술궂은 장난을 계획했다. 시간을 낭비하지 않도록, 바로 그날부터 터무니없는 심술로 돈을 빌리기 시작했는데, 그 돈으로 다리부터 머리까지 덮고 내의로 둘러쌌다. 평생 불결한 사람이었지만, 사랑은 더 큰 기적을 만들고, 그의 인생 말년에 자신을 돌보게끔 만들었다. 늙은 시골 배우였을 때보다 더 자주 흰 내의를 입었고 염색을 하며 동료들도 눈치 챌 정도로 아주 정성을 다해 자주 면도를 하기 시작했다.

그날 배우들은 도시의 가장 부유한 어느 부르주아의 집에서 연극을 공연하려고 붙잡혀 있었는데, 그는 자신이 후원자였던 친척 중 어느 여인의 결혼식에 큰 향연을 베풀고 무도회를 열었다. 그 모임은 시내에서 4킬로미터 떨어진 어딘가, 어느 곳인지 모르지만, 그 고장의 가장 아름다운 저택에서 있었다. 극단의 무대 장치가와 소목장이가 무대를 설치하려고 아침부터 거기에 갔다. 모든 일행이 마차 두 대에 타고 갔는데, 오전 11시쯤 르망에서 출발해서 연극을 공연할 저녁 식사 시간에 도착했다. 스페인 여자 도냐 이네질라도 여배우들과 라 랑퀸의 부탁으로 함께했다. 라고탱은 연락을 받고, 변두리 끝에 있는 한 여관에서 마차를 기다렸다가 자신이 빌린 멋진 말을 그 길에 어울리는 낮은 방의 창살에 매어 두었다.

저녁 식사를 하기 위해 식탁에 앉자마자 그는 마차가 오고 있다는 연락을 받았다. 큰 검을 옆에 차고 소총을 멜빵에 걸친 채, 그의 사랑의 날개로 말이 있는 곳으로 달려갔다. 자신이 왜 그런 공격적인 무기를 갖추고 결혼식에 갔는지 결코 고백하고 싶지 않았고, 사랑하는 절친 라 랑퀸조차도 그것을 알 수 없었다. 그의 말에서 굴레를 벗겼을 때, 마차들이 너무 가까이 있어서 작은 성 게오르기우스3로 자처하기 위한 장점을 찾을 여유가 없었다. 능숙한 마부가 아니어서 많은 사람들 앞에서 기질을 보여줄 준비가 안 되어 있었기 때문에 그는 마지못해 그렇게 했는데, 말은 다리가 긴데 그의 다리는 짧았다. 그렇지만 용감하게 등자 위로 올라가서 안장의 다른 편에 오른쪽 다리를 걸쳤지만, 가죽 띠가 약간 느슨한 바람에 그 땅딸보에게 몹시 방해되었다. 왜냐하면 말에 올라타려고 했을 때 안장이 말 위에서 돌았기 때문이다.

그럼에도 불구하고 모든 일이 그때까지 그런대로 잘 되어갔지만, 멜빵을 걸치고, 목걸이처럼 자신의 목에 매달려 있던 빌어먹을 소총이, 불행히도 자기도 모르게 다리 사이로 떨어졌는데, 엉덩이가 울퉁불퉁한 안장에 닿지 않고, 소총이 안장머리에서 껑거리끈까지 가로

---

3 기독교의 성인으로, 일반적으로 칼이나 창으로 용을 찌르는 백마 탄 기사를 가리킨다.

질러 가 버렸다. 이처럼 자세가 불편했고, 발끝이 등자에 닿지도 않았다. 게다가 그의 짧은 다리를 싸고 있던 박차는 말에 전혀 닿지 않는 느낌이 들었다. 그것은 오직 소총 위에 걸쳐 있던 땅딸보가 생각 이상으로 우습게 떠나도록 만들었다.

그는 다리를 조이고, 말은 엉덩이를 세웠으며, 그 경솔한 사람이 말의 고삐를 격하게 잡아채자, 말이 머리를 쳐들면서, 라고탱은 무거운 몸이 자연스럽게 말의 목덜미 위에 미끄러졌고, 코를 처박았지만, 실수를 바로잡고, 말에게 굴레를 씌웠다. 말이 뛰어올랐는데, 이 때문에 엉덩이가 넓은 안장에 걸쳐져 말 엉덩이 위에 놓이게 되었고, 소총은 다리 사이에 그대로 놓여 있었다. 거기에 무언가를 싣는 데 익숙하지 않았던 말이 뛰어올랐고 그 바람에 라고탱은 다시 안장 위에 놓였다. 심술궂은 마부가 다리를 조이자 말은 다시 훨씬 더 세게 엉덩이를 세웠고, 그때 가엾은 라고탱의 궁둥이 사이에 안장머리가 놓였는데, 그를 축대 위에 둔 것처럼 그대로 두고, 우리는 휴식을 좀 취하겠다. 왜냐하면 내 명예를 걸고, 내가 이런 묘사를 하는 데 이 책의 상당 부분을 할애했지만, 아직 그것으로 그다지 만족하지 않기 때문이다.

제 20 장

이 책의 가장 짧은 장.
비틀거리는 라고탱의 후속편과 로크브륀에게 일어난 유사한 일

우리는 라고탱을 말의 안장머리 위에 앉아 있도록 두었는데, 자세가 굉장히 불편하고 그에게 벌어진 일 때문에 굉장히 괴로웠다. 나는 불행한 기억 속의 죽은 파에톤[1]도 자기 아버지의 혈기왕성한 4마리 말 사건 이후, 당나귀처럼 온순한 말 위에 앉아있는 우리의 땅딸보 변호사보다 더 불편했을 것으로 생각하지 않는다. 그가 이 무모한 파에톤처럼 자기 목숨을 잃지는 않겠지만, 그가 처한 위험에서 의식적으로 빨리 끌어내지 않더라도 내가 펼치는 멋진 무대의 변덕스러운 운명에 따라야 한다. 왜냐하면 우리 극단이 르망에 있는 동안 우리에게 할 일이 많기 때문이다.

불운한 라고탱이 신체 중 가장 살찐 엉덩이에 안장머리가 닿는 느

---

1   그리스 신화에 나오는 태양신 헬리오스의 아들로 아버지를 졸라 네 마리의 날개 달린 마차를 몰다가 통제력을 잃고 제우스의 벼락에 맞아 죽었다.

낌이 오자, 다른 모든 지각 있는 동물들이 그러하듯이, 곧 거기에 앉는 데 익숙해졌다. 말하자면 그저 별것 아닌 것에 앉아 있다는 느낌이 들고, 분별 있는 사람처럼 굴레를 벗고 말의 갈기를 잡자 곧장 말이 내달리기 시작했다. 그 위로 소총이 발사되었다. 라고탱은 총알이 몸통을 관통하고 있다는 생각이 들었다. 말도 그렇게 느끼고 심하게 비틀거리는 바람에 라고탱에게 의자 역할을 했던 안장머리가 사라졌고, 그 결과 한쪽 발은 안장의 박차에 걸려 있고, 다른 발과 나머지 몸통은 소총과 함께 검, 멜빵, 탄띠를 바닥에 놓으려고 걸린 발이 벗겨지길 기다리면서, 한동안 말의 갈기에 매달려 있었다. 마침내 발이 벗겨졌고, 손은 붙잡았던 갈기를 놓치고, 땅바닥으로 떨어져야 했다. 말 위에 오를 때보다 훨씬 더 능숙하게 잘 해낸 일이었다.

이런 일이 그를 구하려고, 혹은 오히려 그 광경을 즐기려고 멈춰선 마차들이 보는 데서 일어났다. 그가 바닥에 떨어지고 나서 움직이지 않던 말에게 욕을 퍼붓자, 사람들이 그를 달래려고 어느 마차에 시인이 앉을 자리에 그를 앉혔는데, 시인은 이네질라가 있는 문에서 환심을 사려고 편안하게 말을 타고 있었다. 라고탱은 아주 호전적으로 몸통 위에 걸쳤던 검과 총기를 그에게 주었다. 그는 등자를 펴고, 굴레를 조절해서, 확실히 라고탱보다 말 위에 잘 올라탔다.

그러나 그가 이 공교로운 짐승 위에 무언가를 던졌다. 그러자 제대로 졸라매지 않은 안장이 라고탱 쪽으로 돌았고, 신발을 묶었던 것이 끊어지자, 말은 한동안 한쪽 발은 등자에 걸려 있고, 다른 발은 말의 다섯 번째 다리 역할을 하면서, 신발이 오금 위로 떨어지는 바람에, 파르나스 시민2의 뒤태가 관중들의 눈에 선명히 드러난 채 그를 태웠다. 라고탱의 사건을 보고 부상을 당하지 않을까 하는 걱정 때문에 아무도 웃지 못했지만, 로크브륀의 사건으로 마차 안에서는 요란한 웃음소리가 잇따랐다. 마부들은 말을 세우고 실컷 웃었고, 관중들은 모두 로크브륀 뒤에서 함성을 질렀으며, 그 소리에 말을 내팽개치고, 어느 집으로 달아났는데, 그만 길을 잘못 든 것이다. 왜냐하면 시내 쪽으로 방향을 틀었기 때문이다.

라고탱은 마차값을 지불해야 할까 봐 겁이 났고, 마차에서 내려서 뒤따라갔다. 그리고 시인은 엉덩이를 가리고, 아주 당황해하면서, 연인 앞에서 또다시 이 세 번째 불상사를 겪은 라고탱의 전쟁 장비들 때문에 다른 사람들을 난처하게 하면서, 어느 마차 안으로 들어갔는데, 우리는 여기쯤에서 20장을 끝내려고 한다.

---

2   파르나스는 뮤즈들이 산다고 하는 그리스의 산. 여기서 파르나스 시민은 시인을 가리킨다.

제 21 장

아마 그다지 재미없을 장

배우들은 그 고장의 귀족에다 가장 존경받는 그 집주인의 환대를 받았다. 주인은 그들에게 헌옷들을 보관하고, 밤에 펼쳐진 연극을 자유롭게 준비하도록 방 두 개를 주었다. 특히 그들에게 저녁 식사를 대접했고, 저녁 식사 후에, 산책을 원하는 사람들은 큰 숲과 아름다운 정원 중에서 선택해야 했다. 집주인의 가까운 친척인 렌 의회의 한 젊은 고문은, 르 데스탱이 재치가 있고 여배우들은 아주 아름답고 외운 시구들 말고 다른 주제도 이야기할 수 있다는 것을 알아차리고, 우리의 배우들에게 다가가서, 발길을 멈추고 그들과 대화를 했다. 보통 배우들을 만나면 나누는 이런 저런 이야기들, 연극 작품들과 연극을 만드는 사람들에 대해 이야기했다. 이 젊은 고문은 그중에서도 사람들이 정기적으로 작품으로 만들 수 있는 알려진 주제들은 모두 사용되었다고 말했다. 그리고 이야기가 고갈되었고 결국 사람들은 24시간의 규칙[1]에서 벗어나게 될 거라고 했다.

사람들, 대부분의 세상 사람들은 연극의 엄격한 규칙들이 무슨 소용이 있는지 모른다고 했다. 사람들은 이야기를 듣는 것보다 이야기를 공연하는 것을 보는 것이 더 즐거우며, 그렇기 때문에, 기상천외한 스페인 연극에 빠지지 않고 아리스토텔레스의 엄격한 규칙에 고문당하지 않고, 정말 구미에 맞는 작품을 만들 수 있을 것이라고 했다.

연극에서 이제 소설에 대한 이야기를 했다. 의회 고문은 현대 소설보다 더 재미있는 것은 아무것도 없다고 말했다. 프랑스 사람들만이 좋은 소설을 만들 줄 알며, 스페인 사람들은 '단편'이라고 부르는 짧은 이야기를 만드는 비결을 가지고 있는데, 우리는 단편을 훨씬 더 잘 이용하며, 지나치게 교양이 많기 때문에 때로 고대의 불편한 상상의 주인공들보다는 인간성의 역량에 더 따른다고 했다. 결국 모방할수 있는 예들은 적어도 사람들이 생각해내기 어려운 예들처럼 아주유용하다고 했다. 그리고 그는 미셸 드 세르반테스의 몇몇 단편들처럼 프랑스어로 단편을 잘 만든다면, 그런 단편은 영웅소설들만큼 인기 있을 거라고 결론 내렸다.

그런데 로크브륀은 이 의견에 같이하지 않았다. 그는 소설에 공작들과 더구나 대공들의 모험 이야기가 없다면 소설을 읽는 재미가 하나도 없으며, 그런 이유 때문에, 《아스트레》2는 몇 군데에서만 자기마음에 들었을 뿐이라고 아주 단호하게 말했다.

---

1   고전극에서 3일치의 법칙 중 하나로, 한 편의 연극이 한 장소에서, 한 가지 중심 사건으로, 24시간 이내에 일어난 사건이어야 한다는 이론.
2   17세기 초 프랑스의 소설가 오노레 뒤르페의 작품으로 연인 아스트레와 셀라동의 사랑을 그린 전원소설이다.

당신이 새로운 소설을 만들면 어떤 이야기에서 왕과 황제가 나올까
요?

고문이 그에게 되받았다.

완전히 공상 소설처럼, 역사상 전혀 근거가 없는 그런 소설들을 만
들어야지요.

로크브륀이 말했다.

돈키호테의 책은 당신과 그다지 맞지 않다는 것을 내가 잘 알지요.

고문이 응수했다.

그 책은, 비록 많은 재사꾼들이 좋아하긴 하지만, 내가 여태까지
본 가장 멍청한 책이에요.

로크브륀이 되받았다.

그 책보다는 오히려 당신의 문제로 그 책이 마음에 들지 않겠지요.

르 데스탱이 말했다.

로크브륀은 르 데스탱이 한 말을 들었더라면 틀림없이 응수했을 것
이다. 그러나 그는 여배우들에게 접근한 몇몇 부인들에게 자신의 만
용을 이야기하는 데 열중하고 있었는데, 그들에게 《카상드르》, 《클
레오파트라》, 《폴렉상드르》 그리고 《키루스》3를 무색하게 할 소설,
비록 《키루스》가 페팽의 아들4처럼 '대왕'이라는 별명이 붙어 있지

---

3   《카상드르》(1642~1645), 《클레오파트라》(1646~1658) 는 각각 10권, 12권에
     달하는 라 칼프르네드의 소설이고, 《폴렉상드르》(1609~1637) 는 5권에 달하는
     공베르빌의 소설이며, 《키루스 대왕》(1649~1653) 은 마들렌 드 스퀴데리와 조
     르주 드 스퀴데리의 대하소설이다.
4   페팽은 751년 프랑크 왕국의 왕으로 카롤링거 왕조를 열었다. 그의 아들이 샤를

만, 5부에 각 10권으로 된 그런 소설을 쓰겠다고 약속했다.

그동안 고문은 데스탱과 여배우들에게 자신이 스페인 작가들을 모방해서 단편들을 쓰려고 했으며, 그중에 몇 편을 그들에게 알려주고 싶다고 말했다.

이네질라가 발언 기회를 얻어 스페인어보다 가스코뉴어5에 가까운 프랑스어로, 그녀의 첫 남편이 스페인 궁정에서 글을 잘 쓰는 명성을 누렸다고 말했다. 그 사람은 궁정에서 알아줬던 단편을 상당수 창작했는데, 그녀에게 아직 손으로 쓴 원고 몇 편이 있으며, 번역을 잘하면 프랑스에서도 인기가 있을 거라고 했다. 그 고문은 이런 종류의 책에 대단히 호기심이 있었다. 스페인 여인에게, 자신에게 한 편을 읽어준다면 무척 즐거울 것이라고 말했고, 그녀는 아주 정중하게 그러겠다고 했다. 그리고 심지어 그녀는 이렇게 덧붙였다.

내 생각에 사교계의 제법 많은 사람들과, 우리나라의 몇몇 여인들이 그런 소설과 시를 쓰는 것으로 알고 있으며, 나도 그런 여인들처럼 써 보고 싶었고, 당신에게 나의 방식대로 쓴 몇 작품을 보여드릴 수 있지요.

로크브륀은 무모하게도, 자기 방식대로, 그 작품들을 프랑스어로 쓰겠다고 자청했다.

이네질라는 프랑스에 가려고 피레네 산맥을 넘은 적이 없는 스페인 여성 중에 아마 가장 섬세할 것이며, 그에게 프랑스어를 잘 아는 것으

마뉴 대제다.
5   프랑스의 남서부 지방인 가스코뉴 일대에서 쓰는 방언의 일종이다.

로 충분하지 않고, 마찬가지로 스페인어도 알아야 하며, 프랑스어가 가능한지 판단할 정도로 프랑스어를 충분히 알 때, 그에게 번역할 단편들을 주는 데 어려움이 없을 거라고 대답했다. 그때까지 말이 없던 라 랑퀸은 자신이 인쇄업 교정자였기 때문에 프랑스어에 대해서는 의심하지 말라고 했다.

오히려 로크브륀이 그에게 돈을 빌린 것이 다시 기억난다는 말을 뱉지는 않았다. 따라서 자신의 습관대로 그를 압박하지는 않았는데, 그가 한 말에 대해 이미 완전히 얼굴이 일그러진 것을 보고, 한동안 인쇄업소에서 진짜 교정을 했지만, 크게 당황하면서 그것은 단지 자기 자신의 작품이었을 뿐이라고 고백했다. 레투알 양은 그때 도냐 이네질라에게, 많은 일화들을 알고 있기 때문에, 자신이 그녀에게 그 일화를 이야기하도록 자주 괴롭히겠다고 말했다.

바로 그때 스페인 여인이 스스로 나섰고, 모두 그녀의 제안을 받아들였다. 함께 있던 모든 사람들이 그녀 주위에 몰려들었다. 그때 그녀는 이야기를 하기 시작했는데, 여러분들이 다음 장에서 읽을 그런 글이 아니라, 그녀가 스페인어에 많은 재능이 있다는 것을 보여줄 정도로 아주 이해하기 쉽게 시작했다. 왜냐하면 언어의 아름다움은 알지 못했지만, 그녀의 재능이 한없이 발휘되었기 때문이다.

제 22 장

뛰는 놈 위에 나는 놈 있다[1]

포르토카레로의 옛 가문에 빅토리아라는 톨레도의 한 젊은 부인이 네덜란드의 기마대 대장이었던 자기 오빠가 없는 동안, 톨레도에서 2킬로미터 떨어진 타요강[2]가에 그녀가 소유한 집에 은거하고 있었다. 그녀는 17살에 한 노신사의 미망인이 되었는데, 노신사는 서인도제도에서 부유하게 지냈지만, 결혼 6개월 만에 바다에서 목숨을 잃고, 자기 아내에게 많은 재산을 남겼던 것이다. 그녀의 남편이 죽고 나서, 이 아름다운 미망인은 오빠 옆에서 지냈는데, 스무 살에 어머니들이 자기 딸들에게, 남편들이 자기 아내들에게 모범으로 삼게 하고, 호색

---

1   이 단편은 스페인 작가 솔로르사노(1584~1648)의 《카산드라의 유희》(1640)에서 영감을 받은 작품인데, 고메스 엔리쿠에스의 〈명예가 나에게 강요하는 것〉(*A lo que obliga el honor*)이라는 제목의 단편을 각색한 것이다.
2   스페인에서 발원해서 톨레도와 포르투갈 리스본을 거쳐 대서양으로 흘러가는 이베리아 반도에서 가장 긴 강.

가들의 욕망조차 미덕으로 사로잡은 대상이 되어 모든 사람들에게 인정받을 정도로 살았다. 그러나 그녀가 은둔해서 살면서 여러 사람의 사랑을 식어 버리게 했지만, 다른 한 편으로 모든 사람들이 그녀에 대해 가지고 있는 평판은 더 높아졌다.

그녀는 이 시골집에서 자유로운 전원생활을 즐기면서 살았다. 어느 날 아침, 목동들이 두 남자를 데리고 왔는데, 그들이 옷이라고는 하나도 걸치지 않고 나무에 묶여 밤새 지낸 것을 발견했다는 것이다. 사람들은 그들에게 각각 몸을 가릴 보잘것없는 목동용 망토를 주었는데, 그들은 그런 차림으로 아름다운 빅토리아 앞에 나타났다. 초라한 옷차림이 가장 젊은 사람의 부유한 용모를 숨기지 못했는데, 그는 그녀에게 신사답게 인사하고 자신이 동 로페스 드 공고라라고 하는 코르도바의 귀족이라고 했다.

그는 세비야에서 왔고, 중요한 업무 때문에 마드리드로 가는 길에 톨레도에서 반나절을 즐겁게 보냈으며, 전날 거기서 저녁 식사를 했고, 밤이 찾아왔다는 것이다. 잠이 들었는데, 그의 하인도 뒤에 남았던 노새부리는 사람을 기다리면서 잠이 들었다고 했다. 그런데 도둑들이 그가 잠들어 있는 것을 발견하고 나무에 묶었고, 하인도 셔츠까지 빼앗고 난 후 나무에 묶었다고 했다.

빅토리아는 그가 한 말의 진실을 조금도 의심하지 않았다. 그의 좋은 인상이 유리하게 작용했고, 아주 난처한 어려움에 빠진 한 이방인을 구조할 관대함이 항상 있었다. 다행히 그의 오빠가 보관하여 둔 헌 옷 몇 벌이 있었다. 스페인 사람들은 새 옷을 사더라도 절대로 낡은 옷을 버리지 않기 때문이다. 두 사람은 그 귀족의 키에 가장 잘 맞고 가장 멋진 옷을 골랐다. 하인도 자신에게 가장 잘 맞는 옷을 즉석에서 찾아서 입었다.

저녁 식사 시간이 되자, 빅토리아는 이 이방인이 자기 식탁에서 식사를 하도록 했는데, 그녀의 눈에 너무나 잘생긴 것 같았고 그녀와 아주 재치 있게 이야기를 나누었으며, 더할 나위 없이 그를 잘 도와주었다는 생각을 했다. 그들은 그날 남은 시간을 함께했는데, 서로가 너무 마음에 든 나머지 그날 밤 그들은 평소보다 잠을 제대로 자지 못했다. 이방인은 하인을 마드리드로 보내 돈을 구하고, 옷을 마련해 오도록 시키려고 했으며, 혹은 적어도 그렇게 하려는 체했다. 아름다운 미망인은 그것을 허락하지 않고 그가 여행을 마칠 수 있도록 해주겠다는 약속을 했다.

그는 바로 그날부터 그녀에게 사랑을 이야기했고 그녀는 그의 말을 호의적으로 들었다. 마침내 보름 만에, 편안한 장소, 이 두 젊은이에게 공히 동일한 장점, 한쪽의 수많은 맹세에 다른 쪽의 지나친 솔직함과 맹신, 결혼 약속의 성사, 빅토리아의 늙은 종복과 하녀 앞에서 상호간에 이루어진 서약 등은 그녀에게 그런 일이 벌어지리라고 믿을 수 없었던 실수가 되었고, 이 축복 받은 이방인이 톨레도의 가장 아름다운 여인을 소유하게 되었다. 8일 동안 두 젊은 연인들 사이에 사랑의 열정과 불꽃이 있을 뿐이었다.

서로 헤어져야만 했을 때는 눈물뿐이었다. 빅토리아는 그를 붙잡을 권리가 있었다. 그러나 이방인은 그녀에게 그녀와의 사랑 때문에 아주 중요한 일이 손해를 보게 되었다고 주장했고, 그가 성의를 다해 얻은 이익과 마드리드에서 벌어진 소송과 심지어 궁정에서 그에게 요구하는 것들을 소홀하게 만들었다고 주장하고 있어서, 그가 떠나는 것보다 그와 함께 있는 게 나을 정도로 맹목적으로 사랑하는 게 아니었기에, 우선 그가 서둘러 떠나도록 해야 했다. 그녀는 톨레도에서 그와 그의 하인이 입을 옷을 마련하도록 했고 그가 원하는 만큼의 돈을 주었다. 그는 좋은 노새를 타고 하인은 또 다른 노새를 타고, 마드리드로 떠났는데, 그가 떠났을 때, 가엾은 여인은 정말 마음이 아파 괴로웠지만, 그는 그다지 슬퍼하지 않고, 자신을 세상에서 가장 큰 위선으로 가장했다.

그가 떠난 바로 그날, 하녀가 그가 잤던 방을 청소하면서, 편지 속에 싸인 초상화 상자를 발견했다. 그녀는 그대로 안주인에게 가져갔는데, 그 상자 속에서 아주 젊은 미인의 얼굴을 보았고 그 편지 속에 쓴 다음과 같은 말, 혹은 같은 내용을 의미하는 글을 읽었다.

나의 사촌에게,
너에게 아름다운 엘비르 드 실바의 초상화를 보낸다. 네가 실제로 그녀를 보게 되면, 화가가 그린 것보다 훨씬 더 아름다운 여인일 거야. 그녀의 아버지 동 페드로 드 실바가 너를 애타게 기다리고 있단다. 너의 결혼조항들은 네가 원했던 그대로이며, 내가 보기에 너에게 아주 유리한 것 같다. 이런 모든 것을 볼 때 네가 여행을 서둘러야 할 것 같구나.

동 앙투안 드 리베라
마드리드에서

그 편지는 세비야에 있는, 동 페르낭 드 리베라에게 보낸 것이었다. 세상사람 누가 보더라도, 로페스 드 공고라가 아닌 다른 사람에게 쓸 수 없는 그런 편지를 읽고 빅토리아가 얼마나 놀랐을까, 여러분 상상해 보시라. 그녀는 그렇게도 그녀의 은혜를 입은 이 이방인이 재빨리 자기 이름을 위장했다는 것을 알았지만, 너무 늦어 버렸고, 그렇게 위장한 것을 보고 그 사람이 배신했다는 것을 완전히 확신해야 했다. 그 초상화의 아름다운 여인이 그녀를 무척 고통스럽게 했을 것이고, 이 결혼 건이 이미 성사된 마당에 결국 그녀를 실망시킨 것이다. 그녀만큼 고통스러운 사람은 없었다.

그녀의 탄식은 그녀를 숨 막히게 할 것 같았고, 얼마나 울었던지 머리가 아플 정도였다. 정말 참담하구나! 그녀는 가끔 속으로, 또 가끔은 결혼의 증인들이었던 늙은 시종과 하녀 앞에서 그렇게 말했다. 돌이킬 수 없는 실수를 하려고 내가 그렇게 오랫동안 정숙했던가? 나를 소유하면 행복할 거라고 생각했던, 내가 아는 수많은 지체 높은 사람들을 거절해야 했던가? 평생 나를 불행하게 만들어 놓고 난 뒤, 아마 나를 비웃을 그 낯선 사람에게 나를 바치려고 그랬던가? 톨레도 사람들이 뭐라 할 거며, 온 스페인에서 뭐라고 할까? 비겁하고 남을 속이는 젊은이는 신중한 사람일까? 그에게 사랑받았는지 알기 전에 그를 사랑했다고 증명해야 했을까? 그가 진심이었다면 자기 이름을 숨겼을까? 결국 나는 그가 나에게 가지고 있는 장점들을 숨겨주기를 바라는 것일까? 내 스스로 이런 일을 저지르고, 오빠가 나에게 뭐라고 하지 않을까? 스페인에서 그의 명예에 누를 끼치고 있는데, 그가 플랑드르에서 명예를 얻은들 무슨 소용이 있을까? 아니야, 아니야, 빅토리아, 우리는 모든 것을 잃었기 때문에 모든 것을 해 봐야 돼. 하지만 복수

218

를 하고 마지막 치료를 하기 전에, 우리가 경솔하게 제대로 보호하지 못했던 것을 능숙하게 얻으려고 해야 돼. 더 이상 바라는 게 아무것도 없을 때 사라져도 늦지는 않을 거야.

빅토리아는 아주 나쁜 일에 곧바로 좋은 결정을 내릴 수 있는 아주 뛰어난 능력이 있었다. 그의 늙은 시종과 하녀가 그녀에게 조언하려고 했다. 그러나 그녀는 그들이 자신에게 무슨 말을 할지 다 알고 있지만, 행동하는 게 더 이상 문제가 아니라고 말했다. 바로 그날부터, 빅토리아는 짐수레와 손수레에 가구들과 양탄자들을 싣고, 하인들 사이에 자기 오빠의 급한 용무 때문에 궁정으로 가야 한다는 소문을 퍼뜨리라고 하고, 시종과 하녀와 함께 마차에 올라, 마드리드로 향해, 짐을 챙겨 떠났다.

그녀는 마드리드에 도착하자마자, 동 페드로 드 실바의 집을 수소문했다. 그리고 그의 집을 알아내고, 같은 지역에 집을 하나 빌렸다. 늙은 시종의 이름은 로드리그 상티얀이었다. 어릴 때부터 빅토리아의 아버지가 그를 키웠고, 그는 빅토리아를 마치 그의 딸처럼 좋아했다. 그는 젊은 시절을 보냈던 마드리드에 많은 친척들이 있어서, 곧장 동 페드로 드 실바의 딸이 페르낭 드 리베라라는 세비야의 어느 귀족과 결혼한다는 것을 알았다. 그와 동일한 이름을 가진 그의 사촌들 중 한 명은 결혼했고, 동 페드로가 이미 자기 딸 옆에 둘 사람들을 구하고 있다는 것도 알게 되었다.

다음 날부터, 로드리그 상티얀은 대충 옷을 차려입었고, 빅토리아는 평범한 신분의 미망인처럼 차려입었으며, 하녀 베아트릭스는 로드리그의 아내, 즉 빅토리아의 의붓어머니 역할을 하고, 동 페드로 집으로 가서 그와 접견을 신청했다. 동 페드로는 그들을 아주 공손하게 맞았고, 로드리그는 그에게, 아주 자신 있게, 자신은 톨레도 산악지방의 초라한 귀족이라고 말했다. 그런데 그에게 빅토리아라는, 첫 아내의 하나밖에 없는 딸이 있는데, 그녀의 남편은 얼마 안 있어, 세비야에서 살다가 죽었다고 했다. 그리고 재산도 거의 없는 미망인이 된 자기 딸을 보면서, 그녀의 신분을 찾아주려고 궁정으로 데리고 왔다고 했다. 그와 결혼이 임박한 그의 딸에 대한 이야기를 듣고, 새 신부를 수행하는 여자로서 아주 그만인 젊은 미망인을 맡김으로써, 그를 기쁘게 하고, 딸이 가진 재능 때문에 대담하게도 그에게 자기 딸을 맡길 생각을 했으며 그녀의 좋은 인상 덕분에 그도 상당히 만족하리라고 덧붙였다.

나는 이야기를 더 진행시키기 전에, 스페인에서는 부인들이 그들 옆에 수행하는 여인을 두고 있다는 것을 알지 못하는 사람들에게 말해야겠다. 이 수행하는 여인들은 거의 가정부들이거나, 아주 지체 높은 여인들 옆에 있는, 우리가 알고 있는 시녀들과 거의 같다. 나는 또 이 수행하는 여인들이나 수행하는 남자들이 완고하고 귀찮게 구는 동물들이며, 적어도 시어머니들만큼 무서운 사람들이라고 말해야겠다.

로드리그는 자신의 역할을 아주 잘 해냈고, 빅토리아는 아름다웠지만, 순박한 옷을 입고 있었으며, 동 페드로 드 실바가 보기에 아주 즐겁고 좋은 징조라서 그는 바로 그때 자기 딸을 위해 그녀를 맞아들였다. 심지어 로드리그와 그의 아내에게도 자신의 집에 거처를 마련해주겠다고 했다. 로드리그는 거처에 대해 변명을 하고, 그가 자신에게 베풀고자 하는 영광을 받아들이지 못하는 몇 가지 이유가 있지만,

같은 지역에 거주하고 있으므로, 자신을 쓰고자 할 때는 언제나 도움을 드릴 준비를 하겠다고 말했다. 이렇게 해서 빅토리아는 동 페드로의 집안에서 그와 그의 딸 엘비르에게 무척 사랑받았으며, 모든 하인들의 부러움을 샀던 것이다.

그의 부정한 사촌을 동 페드로 드 실바의 딸과 결혼을 성사시킨 동 앙투안 드 리베라는 그에게 자주 와서, 그의 사촌이 여행 중이며, 세비야에서 떠나면서 그에게 편지를 썼다고 말했지만, 이 사촌은 오지 않았다. 이 일은 그를 몹시 애타게 만들었다. 동 페드로와 그의 딸은 그 일에 대해 어떻게 할지 몰랐고, 빅토리아는 전보다 훨씬 더 많은 일을 맡았다.

동 페르낭은 빨리 갈 수 없었다. 그가 빅토리아 집에서 떠났던 바로 그날, 신은 그의 배신에 대해 그를 벌하였다. 그가 이예스카스3에 도착했을 때, 갑작스레 어느 집에서 나온 개 한 마리가 그의 노새에게 겁을 주자, 노새가 벽에 부딪쳐 그의 한쪽 다리에 타박상을 입혔고 그를 땅바닥에 내동댕이쳐 버렸다. 동 페르낭은 넓적다리가 탈구되었고 떨어지면서 건강이 너무 안 좋아 더 이상 갈 수 없게 되었다. 그는 7, 8일 동안 그 고장의 시원찮은 의사들과 외과 의사들 손 안에 놓이게 되었다. 그리고 고통이 매일 더 심각해지면서, 그의 사촌에게 자신의 불행을 알리고, 들것을 보내 달라고 부탁했다. 이 소식에 모두 그가 노새에서 떨어진 것을 마음 아파했으며, 그에게 무슨 일이 일어났는지 마침내 알게 된 것에 기뻤다.

---

3   톨레도 지방에 소속된 스페인의 마을.

그를 아직도 사랑하고 있는 빅토리아는 몹시 걱정했다. 동 앙투안
은 동 페르낭을 찾으러 사람을 보냈다. 그를 마드리드로 데리고 왔
고, 그와 그를 맞을 화려한 행렬을 위해 (왜냐하면 그 집안의 사랑을 받
고 부자였기 때문이다) 그가 입을 옷을 마련하는 동안, 이예스카스 의
사들보다 더 유능한 마드리드의 외과 의사들이 그를 완벽하게 치료했
다. 동 페드로 드 실바와 자기 딸 엘비르는 동 앙투안 드 리베라가 그
의 사촌 동 페르낭을 데리고 갈 날을 통보받았다. 젊은 엘비르는 소홀
히 하지 않았고 빅토리아는 만감이 교차했던 것 같다.

그녀는 새 신랑으로 치장한, 자신의 배신자가 들어가는 것을 보았
다. 비록 옷을 제대로 입지 못하고 단정하지 못해 그녀의 마음에 들지
않았지만, 그녀는 그가 결혼식 의상을 입은 가장 잘생긴 사교계의 남
자라고 생각했다. 동 페드로도 상당히 만족했고, 그의 딸이 거기서
책잡을 무언가를 발견했다면 아주 까다롭게 굴었을 것이다. 모든 하
인들이 눈을 커다랗게 뜨고 그들의 젊은 여주인의 신랑감을 바라보았
으며, 틀림없이 마음 졸였던 빅토리아를 제외하고, 집안의 모든 사람
들은 밝았다. 동 페르낭은 아름다운 엘비르에게 매료되었고 그의 사
촌에게 그녀가 초상화보다 훨씬 더 아름답다고 고백했다. 그는 그녀
와 그녀의 아버지에게 말을 건네면서, 재사(才士)로 첫인사를 했고,
청혼하는 입장에 있는 남자가 장인과 연인에게 일상적으로 하는 모든
어리석은 말은 최대한 삼갔다. 동 페드로 드 실바는 두 사촌과 한 사
업가와 함께 사무실로 들어가서, 결혼조항에 빠져 있는 무언가를 첨
가했다. 그동안 엘비르는 방안에 있었는데, 그녀 앞에서 인상 좋은
그녀의 신랑감을 보고 기뻐했던 모든 여인들에게 둘러싸여 있었다.

빅토리아만이 열광하는 사람들 사이에서 냉정하고 심각했다. 엘비르는 그걸 알아채고 그녀를 따로 데리고 가서 그녀에게, 자신의 아버지가 많은 장점을 가진 것처럼 보이는 사위를 기꺼이 선택한 데 대해 아무 말이 없어 놀랐다고 말하고, 적어도 아첨이든 예의든 무슨 말을 해야 할 거 아니냐고 덧붙였다. 빅토리아가 그녀에게 말했다.

부인, 그대의 신랑감에 대해 눈에 띄는 그의 장점이 하도 많아 그대에게 칭찬할 필요가 없습니다. 그대가 본 냉정한 태도는 결코 무관심에서 비롯된 것이 아니며, 하지만 그대를 감동시키는 모든 일에 제가 함께하지 않는다면, 저는 그대가 베푸는 호의를 받을 자격이 없는 것 같습니다. 따라서 그대의 남편이 될 사람을 제가 제대로 알지 못하더라도 다른 사람들만큼 그대의 결혼을 기뻐했을 것입니다. 제 남편은 세비야 출신이고 그의 집은 그대 신랑감의 아버지의 집에서 멀지 않았답니다. 그 사람은 좋은 집안 출신이고, 부자며, 잘생겼고, 재능이 있다고 믿고 싶어요. 마지막으로 그 사람이 그대와 어울리는 사람이라면, 그대는 한 남자의 모든 애정을 받을 자격이 있습니다. 그리고 그는 자신이 가지고 있지 않는 것을 그대에게 줄 수 없습니다. 저는 그대가 불쾌할 만한 말을 할 수 없겠지만, 그대 삶의 행복과 불행이 달려있는 일에, 동 페르낭에 대해 알고 있는 모든 것을 그대에게 폭로하지 않는다면, 그대에게 빚지고 있는 모든 것에서 벗어날 수 없을 것 같습니다.

엘비르는 자기 가정부가 자신에게 말한 것을 듣고 깜짝 놀랐다. 그녀가 자신의 마음속에 두고 있던 의심을 자기에게 밝히는 것을 더 이상 미루지 말라고 부탁했다. 빅토리아는 그녀에게, 이것은 하녀들 앞에서 말할 수 있는 게 아니며, 몇 마디 말로도 안 된다고 했다. 엘비르는 자신의 방에서 중요한 일이 있는 체했고, 그녀와 단 둘이 서로 마주하자마자, 빅토리아는 그녀에게, 페르낭 드 리베라가 세비야에서 아주 가난하지만 매우 사랑스러운 여인인 뤼크레스 드 몽살브라는 여인과 사랑에 빠졌다고 말했다. 그에게는 결혼을 약속한 그 여자에게서 세 아이가 있다고 했다. 그리고 리베라의 아버지가 살아 있을 때, 그 일은 비밀로 지켜졌지만, 그가 죽고 난 후, 뤼크레스가 결혼 약속을 이행하라고 요구하자, 그가 지극히 냉정해졌다고 했다. 그녀는 이 일을 자신의 친척들 중 두 귀족에게 맡겼다는 것이다. 이 일은 세비야에서 큰 물의를 일으켰으며, 동 페르낭은 자신을 죽이려고 사방으로 찾았던 이 뤼크레스의 친척들을 피하기 위해, 그의 친구들의 조언에 따라 한동안 세비야에서 사라졌다고 했다. 그 일은 한 달 전 그녀가 세비야를 떠났을 때 그런 상태였으며, 동시에 동 페르낭이 마드리드에서 결혼할 거라는 소문이 퍼졌다고 덧붙였다.

엘비르는 그녀에게 이 뤼크레스가 아주 아름다운 여인인지 물어보지 않을 수 없었다. 빅토리아는 그녀에게 오직 필요한 것은 행복이라고 말했고, 그리고 그녀가 깊은 생각에 빠지도록 했으며 자신이 방금 알았던 사실을 즉각 자기 아버지에게 알리겠다는 생각을 하도록 만들었다. 바로 그때 사람들이 와서 그녀를 불렀고, 특히 그들의 자리를 피하게 했던 일을 그녀의 아버지와 마무리한 뒤 자신의 신랑감을 만나러 돌아갔다.

엘비르는 떠났다. 그동안 빅토리아는 대기실에 있었는데, 그녀가 톨레도에서 가까운 자기 집으로 아주 후하게 맞이했을 때, 그녀의 배신자와 동행했던 바로 그 하인이 들어가는 것을 보았다. 이 하인은 그의 주인에게 편지 상자를 하나 가지고 왔는데, 세비야 우체국에서 준 상자였다. 그는 미망인의 머리 모양으로 완전히 변장한 빅토리아를 보지 못했다. 그는 그녀에게, 자기 주인에게 편지를 전하도록 말을 하게 해 달라고 부탁했다. 그녀는 하인에게, 주인과 말하려면 오래 기다려야 하니, 자신에게 그 상자를 맡기면, 말할 기회가 올 때 상자를 전하겠다고 말했다. 하인은 쉽게 그렇게 했고, 상자를 그녀의 손에 맡기고는, 자신의 볼 일이 있는 곳으로 돌아갔다.

어떤 일도 소홀히 한 적이 없는 빅토리아는 방으로 올라가서, 편지 상자를 열고, 급히 그녀가 쓴 편지 한 장을 덧붙여서 눈 깜짝할 사이에 상자를 다시 닫았다. 그러는 동안, 두 사촌은 자신들의 방문을 마무리했다. 엘비르는 하녀의 손에 들려 있는 동 페르낭의 상자를 보고 그게 무언지 물었다. 빅토리아는 그녀에게 태연하게, 동 페르낭의 하인이 자신에게 상자를 주었고 그걸 자기 주인에게 전해주라고 했으며, 그가 나갔을 때 그녀가 거기에 없었기 때문에 나중에 자신이 그 상자를 전할 생각이었다고 말했다.

엘비르는 상자를 열어도 자신에게 위험이 없으며 거기에 아마 그에게 알린 무언가가 있을 거라고 말했다. 빅토리아는 다른 것은 묻지 않고, 상자를 다시 열었다. 엘비르는 편지를 전부 다 봤으며, 여자의 필체로 쓴 편지를 보고 어김없이 눈길이 멈추었는데, 마드리드에 있는 페르낭 드 리베라에게 보낸 편지였다. 다음은 그녀가 읽은 편지 내용이다.

당신이 없는 동안 궁정에서 당신이 결혼한다는 소식을 알았는데, 당신은 곧, 그 사람을 실망시키고, 무관심이나 명백한 배신 없이 미루거나 그녀에게 거절할 수 없는 것을 이행하지 않는다면, 자신의 목숨 이상으로 당신을 사랑하는 한 사람을 잃게 될 거예요. 사람들이 당신에 대해 하는 말이 사실이고 당신이 나와 우리 아이들에게 할 일을 더 이상 생각하지 않는다면, 당신이 나에게 그렇게 하도록 부탁하게 될 때, 적어도 당신은 내 사촌들이 당신의 목숨을 빼앗아 버린다는 생각을 해야겠지요. 왜냐하면 당신의 목숨은 오직 내가 그들에게 부탁하는 데 따라 달려 있으니까요.

뤼크레스 드 몽살브
세비야에서

엘비르는 편지를 읽고 난 후, 그녀의 하녀가 자신에게 했던 모든 말을 더 이상 의심하지 않았다. 그녀는 그 편지를 아버지에게 보여주었고, 그녀의 아버지는 지체 높은 귀족이라는 사람이 자신에게 아주 소중한 한 여인에게 정조가 없을 정도로 비열하고, 그자에게 아이들이 있다는 것에 대해 너무 놀랐다. 동시에, 그는 친한 친구들 중 어느 세비야의 귀족에게 그자에 대해 자세히 알아보았는데, 그로부터 동 페르낭의 재산과 그가 무슨 일을 하는지 이미 파악하고 있었다. 그가 나가자마자, 동 페르낭이 와서 그의 연인의 하녀가 편지를 돌려주는 일을 맡았다고 말한 하인을 대동하고, 그의 편지를 달라고 했다. 그는 거실에서 엘비르를 발견하고, 그녀에게 두 사람의 방문이 그녀와 함께 있는 자리에서 벌어지긴 했지만, 오직 그의 하인이 그녀의 하녀에게 맡긴 자신의 편지를 달라고 온 것이지 그녀를 만나려고 온 것이 아니라고 말했다.

엘비르는 그에게 자신이 그 편지를 갖고 있었다고 대답했다. 그녀는 호기심에 그 상자를 열고 싶었으며, 세비야 같은 대도시에서 그 또래의 남자에게 연애 사건이 어느 정도 있을 거라는 것을 의심하지 않는다고 했다. 그리고 그녀의 호기심이 그녀를 그다지 충족시켜주지 않았지만, 그 대신에 서로 알기 전에 결혼하는 사람들은 대단히 위험을 감수한다는 거를 알려주는 것이라고 했다. 그리고 나서 그녀는 곧바로 그에게 기꺼이 그의 편지를 읽고 싶다고 덧붙이고, 그 편지를 그의 손에 맡기고는, 인사를 하고, 답을 기다리지 않고 헤어졌다.

동 페르낭은 그의 연인이 하는 말을 듣고 깜짝 놀랐다. 그는 바꿔치기 된 편지를 읽고 누군가 음흉하게 그의 결혼을 방해하려고 한다는 것을 알았다. 그는 거실에 남아있던 빅토리아에게 말을 걸고, 그녀의 얼굴을 잠시 쳐다보면서, 어떤 경쟁자나 악의적인 사람이 방금 읽은 편지를 바꿔치기 했다고 말했다.

내가, 세비야에 아내가 있다니!

그는 완전 얼이 빠져 소리쳤다.

나에게, 아이들이 있다니! 아! 내가 조금이라도 기만했다면, 내 목을 쳐도 좋소!

빅토리아는 그에게, 그 사람은 아무 죄가 없겠지만, 그의 연인이 그것을 제대로 납득하지 못하고 있어서 결혼이 반대를 무릅쓰고 강행되지 않을 게 확실하며, 동 페드로는 자신이 일부러 찾아간 그의 친구들 중 세비야의 한 귀족이 그에게 이른바 이 음모가 허구라는 걸 확인해줬다고 말했다.

그게 내가 바라는 바요.

동 페르낭이 그녀의 말에 대답했다. 그리고 혹시라도 세비야에 뤼크레스 드 몽살브라는 이름을 가진 여인이 있다면, 나를 믿을 수 없는 사람으로 여겨도 좋소.

그는 계속했다.

그리고 조금도 의심하지 않지만, 당신이 엘비르의 심정이라면, 당신에게 부탁하오. 그녀에게 나를 잘 봐 달라고 간청하도록 나에게 고백해 달라고 말이오.

빅토리아가 대답했다.

물론, 그녀가 내 말을 거절한다고 해도 다른 사람에게 그렇게 하지 않을 거라 생각하지만, 나도 그녀의 기분을 알고 있지요. 그녀가 스스로 마음이 상했다고 생각하면 아무도 쉽게 진정시키지 못하지요. 그리고 내 운명의 모든 희망이 그녀가 나에 대해 가지고 있는 선의에만 의지하는 것처럼, 나는 그녀에게, 당신에 대해 지나칠 정도로 배려가 필요하고, 당신의 성실성에 대해 그녀가 가지고 있는 나쁜 생각을 버리도록 애쓰겠지만, 그녀 옆에서 마음이 편하지는 않겠지요.

그녀는 덧붙였다.

나는 가난해요. 그 때문에 내가 얻는 것은 없고 잃는 게 많지요. 내가 재혼하는 데 그녀가 나에게 약속했던 것을 어긴다면, 내가 비록 젊어서 어떤 귀족의 마음에 든다 해도, 나는 평생 미망인이 되겠지요. 그런데 사실 돈이 없으면 ….

그녀는 하녀들이 하듯이 긴 설교를 늘어놓았다. 자신을 잘 위장하려면, 말을 많이 해야 했기 때문이다. 그러나 동 페르낭은 그녀의 말을 끊으면서 그녀에게 말했다.

나를 좀 도와 달라고 당신에게 이렇게 부탁하오. 그러면 나는 당신의 안주인에게서 보답을 받을 수 있도록 해주겠소.

그는 덧붙였다.

당신에게 말이 아닌 다른 것을 주고 싶다는 것을 보여줄 테니, 나에게 종이와 잉크를 주세요. 그러면 당신이 원하는 것을 약속하겠소.

가짜 하녀가 그에게 말했다.

저런! 나으리, 신의 있는 사람은 말로도 충분합니다만, 당신의 마음이 그러시다면, 당신이 원하는 것을 찾아보지요.

그녀는 수백만 개 이상의 황금 같은 약속을 하는 데 필요한 것을 가지고 돌아갔고, 동 페르낭은 지나치게 여자의 환심을 사려는 사람이었거나, 아니면 이런 자신감으로 그녀가 그를 제대로 돕도록 강요하기 위해 종이에 하얗게 그의 이름을 쓸 정도로 엘비르를 마음으로 소유하고 있었다. 빅토리아는 들떠 있었다. 그녀는 동 페르낭에게 놀라운 것들을 약속하고, 혹시 그녀 스스로 이 사건에 연루된다면 세상에서 가장 불행한 여자가 되고 싶다고 말했다. 그리고 그녀는 거짓말을 하지 않았다. 동 페르낭은 희망을 가득 안고 그녀와 헤어졌다.

그녀의 아버지로 통했던, 그녀의 시종 로드리그 상티안은 그녀가 세워 놓은 계획을 알려고, 그녀를 만나러 왔으며, 그녀는 그에게 그 내용을 설명하고, 서명한 백지를 보여주었는데, 그가 그녀와 함께 신을 찬양한 것이었으며, 모든 것이 자신을 만족시켜주는 것 같다고 말했다. 그는 시간을 허비하지 않도록, 내가 이미 여러분에게 말했다시피, 동 페드로의 집 옆에 빅토리아가 빌린 집으로 돌아갔다.

그리고 그는 동 페르낭의 서명 위에 결혼 서약을 썼는데, 거기에는 빅토리아가 전원의 저택에서 이 배신자를 맞이한 목격자들이 입증되어 있고, 시간이 기록되어 있었다. 그는 스페인에 사는 사람만큼 글을 잘 썼는데, 그의 손으로 써서 빅토리아에게 남긴 동 페르낭의 편지를, 그조차도 깜빡 속은 행간들까지 정말 잘 연구했다.

동 페드로 드 실바는 동 페르낭의 결혼 소식을 알리려고 찾아간 신사를 만나지 못했다. 그는 그에게 쪽지 한 장을 집에 두고 돌아왔는데, 바로 그날 저녁, 엘비르가 그녀의 하녀에게 마음을 열고, 자신이 동 페르낭과 결혼하느니 차라리 그녀의 아버지 말을 따르지 않을 거라고 단언하면서, 더구나 그녀에게 자신은 오래전에 디에고 드 마라다라는 사람에게 사랑을 약속했다고 고백했다. 그녀의 아버지 마음에 들려고 자신의 애정을 강요하면서 아버지의 말을 충분히 따랐다고 했다. 그리고 신은 동 페르낭의 기만이 드러나게 하고, 그녀가 그를 거절하면서 자신에게 또 다른 남편을 예정하는 것 같은 신성한 의지에 따를 것이라고 생각했기 때문이라고 했다.

여러분은 엘비르가 올바른 결정을 내리도록 빅토리아가 확실하게 해주었고 그 당시 그녀에게 동 페르낭의 의도대로 말하지 않았다는 것을 믿어야 한다. 그때 엘비르가 그녀에게 말했다.

동 디에고 드 마라다는, 내가 아버지 말을 따르기 위해 그 사람을 떠났기 때문에 나에 대해 그렇게 만족하지 않았지요. 그러나 단지 단한 번의 눈길로 그에게 호의를 베풀면 즉시, 동 페르낭이 현재 뤼크레스와 멀어진 만큼 비록 나와 멀어져 있지만, 나는 동 디에고를 다시 돌아오게 할 거라고 확신하지요. 빅토리아가 그녀에게 말했다. 아가씨, 그에게 편지를 쓰세요. 그러면 내가 나서서 그에게 당신의 편지를 갖다줄게요.

엘비르는 그녀가 자신의 의도에 대단히 호의적인 모습을 보고 무척 기뻤다. 그녀는 빅토리아를 위해 마차를 몰 말을 준비하고 빅토리아는 동 디에고에게 줄 아름다운 편지를 가지고 마차에 올랐다. 그리고 그녀의 아버지 상티얀의 집에 내려서, 그녀의 안주인의 마차를 보내고, 그녀가 원하는 곳으로 걸어서 가겠다고 마부에게 말했다. 착한 상티얀은 그가 쓴 결혼 서약을 그녀에게 보여주었다. 그리고 그녀는 곧 짧은 편지 두 장을 썼는데, 하나는 디에고 드 마라다에게, 다른 하나는 그녀의 안주인의 아버지 페드로 드 실바에게 쓴 것이었다. '빅토리아 포르토카레로'라는 서명이 든 이 편지 두 장을 통해, 그녀는 그들에게 그녀의 집을 가르쳐주고 아주 중요한 일이 있으니 자신을 만나러 오라고 부탁했다. 이 편지를 받을 사람들에게 가져가는 동안, 빅토리아는 그녀의 순박한 미망인의 옷을 벗고 화려한 옷으로 갈아입고, 머리를 손질했는데, 누가 봐도 정말 아름다웠으며, 아주 우아한 여인으로 단장했다.

동 디에고 드 마라다는 자신이 한 번도 들어본 적이 없는 한 여인이 원하는 것이 무언지 알려고 잠시 후 그녀를 만나러 왔다. 그녀는 그를 아주 공손하게 맞았다. 그리고 그녀 옆에 자리를 잡자마자, 누군가 그녀에게 와서 페드로 드 실바가 그녀를 만나고 싶어 한다고 전했다. 그녀는 동 디에고에게 그녀의 규방에 숨으라고 부탁하고, 그녀가 동 페드로와 나누는 대화를 듣는 것이 그에게 매우 중요하다고 확신시켰

다. 그는 순순히 너무 아름답고 너무 좋은 인상을 주는 여인이 하라는
대로 했다.

그리고 동 페드로는 빅토리아의 방으로 들어갔는데, 그녀가 그의
집에서 하고 다녔던 것과 다른 머리 맵시를 눈치 채지 못했고, 그리고
화려한 그녀의 옷은 그녀의 용모를 더 돋보이게 했으며, 그녀의 얼굴
모습을 바꾸어 놓았다. 그녀는 자신이 하는 말을 모두 동 디에고가 다
들을 수 있는 곳에 동 페드로를 앉게 하고, 이렇게 말했다.

나으리, 당신이 더 이상 궁금해서 못 견딜 것 같아 우선 내가 누군
지 알려야 하겠습니다. 나는 톨레도, 포르토카레로 집안 출신입니
다. 나는 16살에 결혼했고 결혼한 지 6개월 만에 미망인이 되었습니
다. 아버지는 성 야고보 수도회의 십자훈장을 차고 있었고 오빠는 칼
라트라바의 수도회4 회원이지요.

동 페드로는 그녀의 말을 끊고 그녀의 아버지가 그의 친한 친구 중
한 사람이라고 말했다.

나으리께서 저에게 그런 사실을 가르쳐주셔서 무척 기쁘군요.

빅토리아가 그에게 대답했다.

왜냐하면 내가 당신에게 말해야 하는 사건에서 많은 친구들이 필요
할 것이기 때문이지요.

그러고 나서 그녀는 동 페드로에게 동 페르낭과 그녀에게 일어난

---

4   스페인에서 가장 오래되고 명망 있는 군대식 수도회로 십자군 전쟁, 레콩키스타
     등 성전에 참전한 칼라트라바 수도회는 1158년, 성 야고보 수도회는 1175년에
     창설되었다.

일을 알려주었고, 상티얀이 위조했었던 결혼 서약을 그의 손에 넘겼다. 그가 그 내용을 읽자마자, 그녀가 다시 나서서 그에게 말했다.

나으리, 당신은 명예가 나 같은 신분의 사람을 어떻게 강요하는지 알고 계시겠지요. 정의가 내 편이 아니라도, 내 부모님과 친구들은 나를 굳건히 믿고, 가능한 가장 멀리서 뒷받침하도록 내 일에 아주 관심을 가지고 있습니다. 나으리, 당신이 당신 따님의 결혼을 그대로 강행하지 않도록 내 주장을 당신에게 알려야 한다고 믿었습니다. 따님이 부정한 남자보다 더 소중한 사람이며, 나는 당신이, 그녀에게 논란이 될 수 있는 남편을 그녀에게 줄려고 고집하지 않을 정도로 아주 현명한 분이라고 믿습니다. 그 사람이 아무리 스페인 대공이라도 해도, 부당한 사람이라면 나는 절대 그러고 싶지 않습니다.

동 페드로가 대답했다.

그런 사람은 내 딸하고 결혼하지 못할 뿐만 아니라, 나는 그에게서 우리 집안을 지키겠소. 그리고 부인, 그대를 위해, 나의 신뢰와 친구를 걸고 내가 가지고 있는 것을 그대에게 주겠소. 이미 그 사람이 자신의 명성은 아랑곳하지 않고 쾌락을 발견하는 곳이라면 어디든지 자신의 쾌락을 즐기고 심지어 쾌락을 찾아다니는 사람이라는 얘기를 들었소. 그런 기질을 가진 사람이기 때문에, 그 사람이 그대와 어울리지 아닐진대, 일이 순조로우면, 틀림없이 스페인 궁정에 남편이 있을 내 딸과도 전혀 어울리지 않는 사람이지요.

동 페드로는 빅토리아가 그에게 이제는 할 말이 없다는 것을 알고, 더 이상 머물지 않았다. 그리고 빅토리아는 동 디에고가 그녀의 안주인의 아버지와 나눈 대화를 다 들었던 규방 뒤에서, 그에게 나오라고 했다. 따라서 그녀는 자신의 이야기를 두 번 반복하지 않았다. 그녀는 그의 넋을 빼앗아 버린 엘비르의 편지를 주었다. 그리고 그는 그 편지가 어떻게 그녀의 수중으로 들어갔는지 알 수 없었기 때문에, 그녀는 그가 그녀만큼 비밀을 지키는 데 신경 쓰고 있다는 것을 잘 알고, 그에게 하녀로 변신한 것을 비밀로 했다.

동 디에고는 빅토리아와 헤어지기 전에, 그의 연인에게, 희망이 되살아난 것을 보는 기쁨이 그 희망을 잃었다고 생각했을 때 그가 겪은 고통으로부터 판단을 잘하도록 했다는 편지를 썼다. 그는 아름다운 미망인과 헤어졌고, 그녀는 곧 하녀 복장을 하고 동 페드로의 집으로 돌아갔다. 그동안 동 페르낭 드 리베라는 연인의 집으로 갔고, 빅토리아가 위조한 편지 때문에 엉망이 된 것을 화해시키려고 거기에 그의 사촌 동 앙투안을 데리고 왔다. 동 페드로는 그들을 발견했고 그의 딸도 함께 있었는데, 그녀는, 그들이 동 페르낭을 변호하려고 혹시라도 뤼크레스 드 몽살브라는 여인이 있는지 세비야에 수소문해 보는 것이 더 낫다고 했을 때, 그들에게 제대로 대답할 수 없었다.

그들은 재차 동 페드로 앞에서 동 페르낭을 변호하는 데 도움이 될 수 있는 모든 말을 다했다. 그 말에 동 페드로는 세비야 여인과의 애정이 위선이라면, 그런 위선을 부수는 것은 쉽지만, 방금 빅토리아 포르토카레로라는 톨레도 출신의 한 여인을 만났는데, 동 페르낭이 그녀와 결혼을 약속한 바 있고, 남들 모르게 넉넉하게 도움을 받은 적이 있기 때문에 그녀에게 훨씬 많은 것을 빚고 있다고 대답했다.

그가 그녀에게 자기 손으로 쓴 약정서를 주었기 때문에 그것을 부인할 수 없다고 했다. 그리고 명예를 가진 신사라면 이미 톨레도에서 그랬기 때문에, 마드리드에서 결혼할 생각을 하지 말아야 한다고 덧붙였다. 이 말을 마치면서, 그는 두 사촌들에게 정식 결혼 약정서를 보여주었다.

동 앙투안은 사촌의 글씨체를 알아보았고, 동 페르낭은 자신이 그것을 쓴 적이 없다는 것을 잘 알고 있었지만, 자신을 속인 그는 세상에서 가장 당황한 남자가 되었다. 아버지와 딸은 아주 차갑게 그들에게 인사를 하고 그 자리에서 물러났다. 동 앙투안은 자신이 다른 일을 생각하는 동안 한 가지 일에서 자신을 이용했다는 이유로 그의 사촌을 꾸짖었다. 그들은 마차에 다시 올랐고, 동 앙투안은 동 페르낭에게, 빅토리아에게 저지른 그의 나쁜 소행을 고백하라고 했고, 그의 악랄한 행동을 수없이 비난하면서 그런 행동이 미칠 수 있는 난처한 결과를 그에게 상기시켰다. 그에게 마드리드뿐만 아니라 스페인 어디서든 더 이상 결혼할 생각을 말아야 하고, 빅토리아의 오빠가 단순히 명예 문제에 만족하는 것으로 그치는 사람이 아니기 때문에 피의 대가나 혹시라도 목숨의 대가를 치르지 말고, 결국 빅토리아와 결혼하는 것이 다행일 것이라고 말했다. 그의 사촌이 동 페르낭에게 그렇게 비난을 퍼붓고 있는 동안 그는 아무 말이 없었다.

그의 양심상 그에게 은혜를 베푼 사람을 속이고 배신한 것을 충분히 인정했지만, 이 약정서는 그를 미치게 만들었고, 어떤 마법으로 누가 그 약정서를 쓰게 했는지 이해할 수 없었다. 미망인의 복장을 하고 동 페드로 집으로 돌아온 빅토리아는 동 디에고의 편지를 엘비르에게 주었는데, 엘비르는 그녀에게 두 사촌이 와서 변명하기는 했지만, 세비야의 여인과 동 페르낭의 사랑 말고 그를 비난할 다른 내용이 있다고 말했다. 그러고 나서 그녀에게, 자신이 그녀보다 더 잘 알고 있는 것을 알려주었는데, 자신은 동 페르낭의 나쁜 행실을 백 번 싫어하면서도, 그녀를 정말 놀라게 했다.

바로 그날 엘비르는 자신의 여자 친척 중 한 사람의 집에서 하는 연극 공연을 보러 가라는 부탁을 받았다. 오로지 자신의 사건만 생각하고 있던 빅토리아는 엘비르가 그녀를 믿고 싶다면, 이 연극이 그녀의 의도에 무익하지 않기를 바랐다. 그녀는 젊은 안주인에게 동 디에고를 보고 싶다면, 그만큼 쉬운 일도 없다고 말했다. 그녀의 아버지 상티얀의 집은 이런 대화를 하기에 세상에서 가장 편한 곳이며 연극이 자정에야 시작하기 때문에 일찍 출발해서 여자 친척 집에 너무 늦지 않게 도착하지 않으면 동 디에고를 볼 수 있다고 했다. 진정으로 동 디에고를 사랑했지만, 그녀의 아버지의 의지를 존중함으로써 오직 동 페르낭과 결혼하지 않을 수 없었던 엘비르는 빅토리아가 그녀에게 제안한 것에 반감은 없었다.

그녀들은 동 페드로가 잠들자마자 마차에 올랐고 빅토리아가 세든 집에서 내렸다. 상티얀은 집주인으로서, 빅토리아의 의붓어머니인 그의 아내 역을 했던 베아트릭스의 도움을 받아, 그녀를 환대했다. 엘비르는 동 디에고에게 짧은 편지를 썼고 바로 그때 디에고가 그녀에게 왔다. 그리고 빅토리아가 특히 엘비르의 이름으로 동 디에고에게 편지를 써서, 그에게 그들의 결혼이 이루어지는 것은 오직 그에게 달려 있을 거라고 전했다. 그녀는 그를 위해 그 일에 개입했으며, 엘비르의 아버지에게 기분 나쁜 상황을 지나치게 배려하다가 불행해지기를 원하지 않는다고 했다. 바로 그 편지에서 빅토리아는 그에게 그녀를 놓치지 않도록 그녀의 집을 찾는 데 상당한 단서를 주었다.

이 두 번째 편지는 엘비르가 동 디에고에게 편지를 쓰고 얼마 후에 보낸 것이다. 빅토리아는 세 번째 편지를 써서, 상티얀이 직접 그 편지를 페드로 드 실바에게 가져갔는데, 그에게 선의와 명예를 지키는 하녀로서 의견을 제시했으며, 그의 딸이 연극을 보러 간 게 아니고, 당연히 그녀의 아버지가 머물던 집으로 갔다는 것이다. 그녀는 동 페르낭과 결혼하려고 그를 찾아오라고 보낸 적이 있었는데, 거기에 절대 동의하지 않을 거라는 것을 잘 알고, 자신이 엘비르의 하녀가 되겠다고 결심하면서 그녀에 대해 가지고 있는 좋은 생각에 속지 않았다는 것을 입증하기 위해 그걸 알려야 한다고 믿었던 것이다.

게다가, 상티얀은 동 페드로에게 ― 우리가 파리에서 경찰이라고 부르는 ― 경관을 데리고 오라고 했다. 이미 누워 있었던 동 페드로는 서둘러 옷을 입었는데, 그 순간 그는 세상에서 가장 화가 난 사람이었다. 그가 옷을 입고 경찰을 부르러 보내는 동안, 빅토리아에게 무슨 일이 일어나는지 돌아가 보자.

다행스럽게도, 사랑하는 두 사람은 그 편지들을 받았다. 먼저 그의 편지를 받은 동 디에고가 밀회 장소에 도착했다. 빅토리아는 그를 맞았고 엘비르와 함께 그를 방 안으로 데리고 갔다. 나는 여러분에게 이 젊은 연인들이 서로 나눈 애정을 이야기하는 데 시간을 보내지 않겠다. 방문을 두드리는 동 페르낭 때문에 나에게 그럴 시간이 없다.

빅토리아가 직접 문을 열어주었고, 그에게 도움을 베푼 것을 강조한 후, 사랑에 빠진 그 신사는 그 일에 대해 수없이 사의를 표했는데, 그녀에게 베풀었던 것 훨씬 그 이상을 그녀에게 주겠다고 약속했다.

그녀는 그를 어느 방으로 데리고 가서, 곧 도착할 엘비르를 기다려 달라고 부탁하고, 캄캄한 방에 두었는데, 그의 안주인이 그렇게 하기를 원하며, 그들이 잠시 같이 있지 않아 그녀를 볼 수 없겠지만, 지체 높은 젊은 여자가 수줍어하기 때문에, 아주 대담하게, 우선 그녀가 사랑한 그 사람의 시선에 익숙해지는 데 힘들 수 있을 것 같아서 그렇게 해야 한다고 했다. 그렇게 하고 나서, 빅토리아는 가능한 가장 신속하고, 시간이 얼마 없는 만큼 아주 우아하게, 치장하고 단장했다. 그녀는 동 페르낭이 있는 방으로 들어갔는데, 그녀가 상당히 젊고, 신분이 낮은 하녀를 지체 높은 여인으로 여기게 만드는 스페인에서 유행하는 옷을 입고 향수를 가지고 있었기 때문에 그녀가 엘비르가 아닐 거라는 최소한의 의심도 하지 않았다. 그러고 나서 동 페드로와 경찰, 상티얀이 도착했다. 그들은 엘비르가 그의 신랑감과 함께 있던 방으로 들어갔다. 젊은 연인들은 깜짝 놀랐다. 동 페드로는 분노의 첫 반응으로, 자신이 무심코 맹목적으로 동 페르낭이라고 생각했던 사람에게 검을 휘두를 생각을 했다. 동 디에고를 알아본 경찰은 그의 팔을 잡으면서, 그가 한 행동에 조심하고, 그의 딸과 같이 있는 사람이 페르낭 드 리베라가 아니라, 그 사람만큼 지체 높고 부유한 동 디에고 드 마라다라고 소리쳤다.

동 페드로는 현명한 판단을 내린 후 자기 앞에 무릎 꿇은 딸을 일으켜 세웠다. 그는 그녀의 결혼을 반대하면서 그녀를 힘들게 한다면, 그도 힘들어질 것이고, 자신이 그걸 선택했을 때, 그녀에게서 더 나은 해결책을 찾지 못했을 거라는 생각을 했다. 상티얀은 동 페드로와 경찰, 그 방에 있던 모든 사람들에게 그를 따라오라고 부탁하고 그들을 동 페르낭이 빅토리아와 함께 감금된 방으로 데리고 갔다. 누군가 왕명으로 방문을 열라고 했다. 동 페르낭이 방문을 열었고 동 페드로가 경찰과 함께 있는 것을 보고, 그들에게 기세등등하게 그는 자기 아내인 엘비르 드 실바와 함께 있다고 말했다. 동 페드로는 그에게 속고 있으며, 자신의 딸은 다른 사람과 결혼한다고 대답했다.

그리고 당신에 대한 말인데, 당신은 빅토리아 포르토카레로가 당신의 아내라는 것을 더 이상 부인할 수 없어.

그가 덧붙였다. 빅토리아는 그때 세상에서 가장 당황하고 있던 그녀의 배신자에게 자신이 누구인지 알렸다. 그녀가 그의 배은망덕을 나무라자, 그 말에 그는 아무 대답도 하지 못했고, 더구나 그를 감옥으로 데려갈 수밖에 없다고 말한 경찰에게 아무 대답을 못했다. 결국 그의 양심의 가책, 감옥으로 가는 두려움, 신의 있는 사람으로 말한 동 페드로의 격려, 빅토리아의 눈물, 엘비르에 못지않은 그녀의 미모, 그리고 다른 모든 것 이상으로, 젊은 시절 그의 온갖 방탕과 열정에도 불구하고, 영혼 속에 남아 있던 동 페르낭의 너그러움 등이 그를 이성과 빅토리아의 미덕으로 돌아가도록 강요했다.

그는 그녀를 다정하게 안았다. 그녀는 그의 팔 안에서 기절할 것 같았고 동 페르낭의 키스는 그녀가 막아도 아무 소용이 없는 것 같았다. 동 페드로와 동 디에고, 엘비르는 빅토리아의 행복에 함께했고, 상티얀과 베아트릭스는 기뻐서 어쩔 줄 몰랐다. 동 페드로는 자기 잘못을 바로잡은 동 페르낭을 입이 마르도록 칭찬했다. 두 젊은 여인들은 자신들이 연인들에게 키스하듯이 우정의 증거로 서로 포옹했다. 동 디에고 드 마라다는 그의 장인, 혹은 곧 장인이 될 사람에게 수없이 복종의 맹세를 했다.

동 페드로는 딸과 집으로 돌아가기 전에, 다음 날 그들이 모두 자신의 집에서, 15일 동안 기쁨으로 그들이 겪은 근심을 다 잊어버리기를 바라는 저녁 식사를 하겠다고 말했다. 경찰에게도 간곡하게 식사 초대를 했다. 그는 참석하겠다고 약속했다. 동 페드로는 그를 집으로 데리고 갔고, 동 페르낭은 빅토리아와 함께 남았는데, 그때 그녀는 그로 인해 마음 아팠었지만 또한 그로 인해 그만큼 기뻤다.

제 23 장

배우들이 연극을 공연하지 못한 뜻밖의 불행한 사태

이네질라는 놀라운 재능을 발휘해 이야기를 마무리했다. 로크브륀은 무척 만족한 나머지 그녀의 손을 잡고 강제로 손에 키스를 했다. 그녀는 스페인어로 그에게 사람들이 대귀족들과 어릿광대들 때문에 온갖 시련을 겪었다고 했고, 라 랑퀸은 그것에 대해 마음속 깊이 알고 있다고 했다. 이 스페인 여인의 얼굴은 지워지기 시작했지만, 아직 아름다운 잔영들이 남았고, 그녀의 아름다움은 전보다 못했지만, 정신은 젊은 여인보다 더 호감을 갖게 만들었다. 그녀의 이야기를 들었던 사람들은 모두, 그녀가 썩 잘 알지 못하는 언어로 이해시키려고 가끔 이탈리아어와 스페인어를 뒤섞지 않을 수 없었지만, 그녀가 자신들을 즐겁게 해줬다는 데 동의했다. 레투알은 그녀에게, 긴 이야기를 하느라 너무 많은 말을 한 것에 대해 변명하기보다는, 그녀가 많은 재능을 가지고 있다는 것을 보여준 데 대해 그녀로부터 감사의 말을 기다린다고 했다. 저녁 식사 후 나머지 시간은 대화로 이어졌다.

정원에는 밤참 시간까지 르망의 부인과 신사로 가득했다. 사람들은 르망식 밤참을 먹었는데, 말하자면 맛있는 식사를 했다는 것이고, 모두 연극을 보려고 자리를 잡았다. 그런데 라 카베른 양과 그녀의 딸이 보이지 않았다. 사람들이 그들을 찾으러 나섰다. 아무 소식 없이 30분이 지났다. 마침내, 거실 밖에서 큰 소란이 들렸는데, 거의 동시에 가엾은 라 카베른이 머리가 헝클어지고, 얼굴에 멍이 들고 피투성이가 되어, 들어오는 모습이 보였고, 그리고 분을 삭이지 못한 여자처럼 자기 딸이 납치됐다고 고함을 질렀다.

그녀가 숨이 넘을 갈 정도로 오열을 하는 바람에, 말을 제대로 하지 못했는데 사람들은 그녀로부터, 딸과 자신이 맡은 역을 반복 연습하고 있었을 때, 알지 못하는 남자들이 정원 뒷문으로 들어왔다는 것을 겨우 알아냈다. 그리고 그들 중 한 명이 딸을 붙잡아, 그녀가 그자의 눈을 뽑아 버릴 생각을 했는데, 나머지 두 놈이 자기 딸을 데려가는 것을 보았다는 것이다. 그자가 자신을 사람들이 보고 있는 이 지경으로 만들어 놓고, 다시 말을 탔으며, 같이 있던 자들도 말을 탔는데 그중 한 명이 그자 앞에 있던 그녀의 딸을 채갔다고 했다. 그녀는 또 "도둑이야!"라고 고함치면서 오랫동안 그들을 따라갔지만, 아무도 듣는 사람이 없어, 도움을 요청하러 되돌아왔다고 했다. 말을 마치고 나서, 그녀가 얼마나 큰소리로 울기 시작했는지 모든 사람들에게 동정심을 불러 일으켰다.

모인 사람들이 모두 동요했다. 르 데스탱은 라고탱이 방금 르망에서 타고 온 말 위에 올라탔다. (나는 사실 그 말이 그를 땅바닥에 내동댕이친 바로 그 말인지는 모른다.) 같이 있던 여러 젊은 사람들이 먼저 그들의 눈에 띈 말을 타고 이미 멀리 간 르 데스탱 뒤를 쫓아갔다. 라 랑퀸과 롤리브는 말을 타고 간 사람들 뒤를 따라, 걸어갔다. 로크브륀은 최대한 라 카베른을 달래던 레투알과 이네질라와 함께 남았다. 그가 그의 동료들을 따라 가지 않은 데 대해 말들이 많았다. 어떤 사람들은 비겁한 짓으로 생각했고, 좀더 관대한 또 다른 사람들은 그가 여인들하고 같이 남아 있는 것이 잘못한 일이 아니라고 생각했다. 그동안 사람들은 집주인이 연극 때문에 바이올린을 가져오지 못하게 했기 때문에, 결국 모여서 노래에 맞춰 춤을 추었다.

가엾은 라 카베른은 몸이 좋지 않아 그들의 옷장이 있는 방의 한 침대 위에 누웠다. 레투알은 마치 자기 어머니처럼 그녀를 보살폈고, 이네질라는 아주 친절하게 해주었다. 환자는 혼자 있게 해 달라고 부탁했고 로크브륀은 두 여인을 일행들이 있는 거실로 데리고 갔다. 그들이 거기에 자리를 잡자마자 그 집의 한 하녀가 와서 레투알에게 라 카베른이 그녀를 찾는다고 말했다. 레투알은 시인과 스페인 여인에게 잠시 라 카베른 양을 보고 오겠다고 했다. 로크브륀은 약삭빠른 사람이라, 이 기회를 이용해서 유쾌한 이네질라에게 자신이 필요한 것들을 언급한 것 같다.

그동안, 라 카베른은 레투알을 보자마자, 그녀에게 방문을 닫고 자기 침대 가까이 오라고 부탁했다. 자기 옆으로 온 그녀를 보자마자, 제일 먼저 한 것은 마치 그녀가 우는 것밖에 할 게 없는 듯 울고, 세상에서 가장 비참하게 울고 흐느끼면서 눈물로 젖은 그녀의 손을 잡는 것이었다. 레투알은 많은 사람들이 납치범들의 뒤를 쫓고 있기 때문에 그녀의 딸을 곧 찾을 것이라고 기대하게 하면서 그녀를 위로하려고 했다.

　그 애가 절대 돌아오지 못할 것 같아요.

　라 카베른은 그렇게 대답하고 훨씬 더 큰 소리로 울었다.

　그 애가 절대 돌아오지 못할 것 같아요.

　그녀는 같은 말을 되풀이했다. 그리고 그 애가 그리울 수밖에 없겠지만, 나무라야겠어요. 밉고, 낳은 것이 후회가 돼요. 그녀는 레투알에게 종이 한 장을 주면서 말했다.

　자, 당신이 함께했던 그 정직한 동료를 보고 이 편지에서 내 죽음을 정리하고 불명예스러운 내 딸에 대해 읽어 보세요.

　라 카베른은 다시 울기 시작했고, 레투알은 여러분이 읽는 수고를 해준다면, 여러분이 읽을 다음 내용을 읽었다.

　내가 오직 진심으로 존경할 만한 사람을 기만으로 속이는 일은 없기 때문에, 당신에게 나의 좋은 집안과 내 재산에 대해 말한 것을 모두 의심하지 말아야 하오. 아름다운 앙젤리크여, 그런 점에서 난 당신에게 자격이 있소. 따라서 내가 당신에게 요구하는 것을 지체 없이 나에게 약속하시오. 어떤 사람인지 더 이상 의심하지 않을 때에야 비로소 당신이 나에게 그렇게 할 테니까 말이오.

　그녀가 이 편지를 다 읽자마자, 라 카베른은 그녀에게 글 내용을 알고 있는지 물었다. 레투알은 그녀에게 말했다.

　내 편지처럼, 우리의 모든 배역을 쓰는 나의 오빠의 하인인 레앙드르의 편지군요.

불쌍한 여배우가 대답했다.

그 배신자가 나를 죽일 거예요. 그가 처신을 제대로 하는지 보세요.

그녀는 레투알의 손에 바로 레앙드르의 또 다른 편지를 놓으면서, 그렇게 덧붙였다. 다음은 한 마디도 빼지 않은 그 편지다.

이틀 전에 당신이 결정을 내리지 못하고 아직 그대로 있다면 나를 행복하게 만드는 것은 오로지 당신에게 달려 있소. 아버지의 소작인이 나에게 돈을 빌려주고, 금화 100냥과 좋은 말 두 마리를 보냈소. 그것은 하나밖에 없는 아들을 자기 목숨보다 더 사랑하는 아버지가 그 아들이 곧 돌아오도록 원하는 대로 모든 것을 다 해주지 않는다면, 내가 완전히 속고 있는 영국에서 보내는 데 우리에게 필요한 이상의 것이지요.

그러니까, 그대의 동료이자 하인을 두고, 내가 그렇게도 잘 키운 딸과 우리가 모두 재능과 지혜에 감탄했던 이 젊은이를 두고 그대가 무슨 말을 하겠어요? 나를 가장 놀라게 한 것은 그들이 함께 말하는 것을 사람들이 본 적이 없었다는 것이고, 내 딸의 명랑한 성격은 그녀가 사랑에 빠질 수 있는 데 대해 한 번도 의심하게 만들지 않았다는 것이지요.

그렇지만 나의 사랑하는 레투알, 그 애가 사랑에 빠졌어요. 그리고 사랑이라기보다 오히려 광적이라 할 정도로 제정신이 아닌 거지요. 내가 보지 않았지만 믿을 수 없을 정도로 너무 열정에 빠져 말하는 식으로 레앙드르에게 편지를 쓴 그녀를 보고 깜짝 놀랐지요. 그대는 그녀가 진지하게 말하는 것을 들은 적이 없지요. 아! 정말, 그 애는 편지에서 다른 말로 잘도 해요. 그리고 내가 그 애에게 빼앗은 편지를 찢어 버리지 않았다면, 그대는 나에게 열여섯 살에 그 애가 노회한 여자들처럼 애교를 잘 알고 있다고 고백하겠지요. 내가 그 애 때문에 겪었던 모든 고통에 대해 제대로 보답하지 못하는 것을 사람들이 없는 곳에서 그 애를 꾸짖으려고 이 작은 숲으로 데리고 갔었는데, 거기서 납치된 것이지요.

그녀는 덧붙였다.

내가 겪은 고통을 그대에게 알려줄게요. 그리고 어떤 딸이라도 자신의 어머니를 이보다 더 사랑할 수밖에 없었음을 알게 될 거예요.

레투알은 지극히 당연한 불평에 어떻게 대답할지 몰랐다. 그리고 그렇게 큰 고통을 가만히 들어주고 있는 게 나았다. 라 카베른이 말을 이어 갔다.

그런데 그자가 내 딸을 그렇게 사랑한다면, 왜 그 애의 어머니를 살해하려고 했을까요? 나를 붙잡은 그자의 동료들 중에 그자가 나를 잔인하게 두들겨 팼고 내가 더 이상 저항하지 않자 이후 심지어 오랫동안 나를 악착스럽게 따라다녔어요. 그리고 이 불행한 사내가 그렇게 부자라면, 왜 도둑처럼 내 딸을 납치할까요?

라 카베른은 오랫동안 하소연했고, 레투알은 최대한 그녀를 위로했다. 집주인은 그녀가 몸이 어떤지 보러왔고, 르망으로 돌아가고 싶다면 마차가 준비되어 있다고 그녀에게 말했다. 라 카베른은 그에게 그 집에서 밤을 보낼 좋은 곳을 찾아 달라고 부탁했고, 그는 그녀에게 기꺼이 그렇게 해주었다. 레투알은 그녀 곁에서 지냈고, 이네질라는 르망의 부인들이 마차에 태우고 갔는데, 자기 남편과 오랫동안 떨어져 있고 싶지 않다고 했다. 로크브뢴은 이래저래 여배우들 곁을 감히 떠나지 못하고, 거기에 무척 화가 났지만, 누구나 이 세상에서 자기가 바라는 대로 다 하지는 못하는 법이다.

총감 부인께[1]

만일 부인께서 칭찬받기를 즐거워하지 않는 총감님의 기질과 같다면, 저는 책 한 권을 바침으로써 부인께 총애를 사려고 애쓰지 않겠습니다. 책을 바치면 늘 칭찬을 늘어놓지요. 비록 부인께 책을 바치지 않더라도 부인을 칭송하며 부인에 대한 이야기를 할 수밖에 없습니다.

부인처럼, 대중들에게 모범이 되는 사람들은 모든 사람들의 찬사를 받아야 합니다. 왜냐하면 그 찬사가 그들 덕이기 때문입니다. 심지어 자화자찬도 그들에게 허용되어 있습니다. 그들은 칭찬하는 일 외에 할 수 있는 게 아무것도 없기 때문입니다. 그들은 다른 사람들과 마찬가지로 스스로에게 공정하며, 항상 진실하지 않더라도, 오히려

---

1   마리 마들렌 드 카스티유 빌마뢰유(Marie-Madeleine de Castille-Villemareuil, 1635~1716). 1651년 재무총감 푸케와 결혼했다. 푸케처럼 시인들과 교류했고 스카롱은 그녀의 후한 혜택을 받았다.

때로 겸손하지 않아도 사람들은 용서하기 때문입니다. 선천적으로, 저는 좋든 나쁘든 남의 평판에 대해 잘 판단하는 사람인지 깊이 살피지 않고, 항상 존경할지 비난할지 모든 것에 대해 아주 엄격한 정의를 행사합니다. 저는 어리석은 짓이 확인되면 벌합니다. 즉, 그런 행동을 가차 없이 산산이 분쇄하지만, 또한 장점을 발견하면 너그럽게 보상합니다. 저는 끊임없이 그것에 대해 열광적으로 말하고, 그것이 아무 쓸모가 없더라도 좋은 친구로 생각하지만, 두려울 게 없더라도 대단한 적으로 생각합니다. 만일 그런 찬사를 받을 만하지 않다면, 따라서 제가 부인께 찬사를 드릴 수 없는 것도 저에 대해 가지고 있는 모든 권한으로, 부인께서 할 수 있는 모든 것이지요.

부인은 환심을 받지 않고도 아름답습니다. 젊은데도 경솔하지 않고 그렇게 돋보이려고 하지 않아도 많은 재능을 가지고 있습니다. 무뚝뚝하지 않고 정숙하며, 과시하지 않고 경건하며, 오만하지 않고 부유하며, 악명이 없는 좋은 집안 출신이지요.

부인께서는 명예와 직무가 아직 미덕을 제대로 보상하지 못하는, 금세기 가장 유명하신 분을 남편으로 모시고 있습니다. 그분은 모든 사람들의 존경을 받고, 싫어하는 사람이 아무도 없으며, 마치 오직 희망만 붙잡고 있듯이, 오로지 선행만을 베풀었을 정도로 항상 위대한 영혼을 가진 분이셨습니다.

마지막으로, 부인, 더할 나위 없이 행복한 분이십니다. 그리고 그 행복은 부인처럼 하늘이 다른 모든 것을 다 준 사람들에게 항상 하늘도 베풀지 못하는 선행이기 때문에, 사람들이 줄 수 있는 모든 찬사 중 별것도 아닙니다.

모든 사람들이 하는 말을 전해드린 후, 저는 부인에 대한 특별한 의무를 이행하며, 영광스럽게 저를 만나러 오시고, 저에게 베푸신 영광에 대해 감사드리려고 합니다.

부인, 그 영광을 결코 잊지 않으리라고 맹세하며, 흔히 남녀 불문하고, 지체 높은 여러 사람들로부터 은혜를 입고 있지만, 부인의 방문만큼 저에게 기뻤던 일이 없었습니다. 따라서 저는 이 세상의 사람 그 이상입니다.

부인께,

아주 보잘것없고, 아주 순종하며,

그리고 무한 은혜를 입은 당신의 종복,

스카롱.

제 2 부

제1장

나머지 장의 도입 역할만 하는 장

태양은 우리의 정반대쪽에서 수직으로 떨어지고 있었고 그 누이1에게 어두운 밤으로 이끄는 데 필요한 빛만을 빌려주고 있었다. 귀뚜라미와 올빼미들, 세레나데를 부르는 것들이 서로 만나는 장소는 아니지만, 침묵이 온 대지 위에 드리워 있었다. 마침내, 모든 것이 자연 속에 잠들었고, 혹은 적어도, 머릿속에 어려운 시를 다듬고 있는 시인이나, 불행한 연인, 이른바 저주받은 영혼, 그날 밤 해야 할 일이 있는 이성적이고 난폭한 동물을 제외하고는, 틀림없이 모든 것이 잠들어 있었다.

르 데스탱이 잠 못 이루는 사람들 중 한 사람이라는 것은 두말할 필요가 없다. 구름이 자주 희미한 달빛을 가리는 가운데 질주하는 말처

---

1   그리스 신화에서 태양의 신 헬리오스는 새벽의 여신 에오스, 달의 여신 셀레네와 남매지간이다.

럼, 그가 추격하고 있는 앙젤리크 양의 납치범들도 잠 못 들기는 마찬
가지다. 그는 라 카베른 양을 무척 사랑했다. 그녀가 아주 사랑스럽
고 그가 그녀에게 사랑받는다고 확신했으며 그녀의 딸도 그에게 아주
소중했기 때문이다. 게다가 레투알 양은 연극을 해야 하지만, 모든
시골 배우들 일행 중에서 그 둘보다 더 고결한 여배우들을 찾을 수 없
었기 때문이다. 직업상 그런 미덕을 가진 사람들이 없다는 것을 말하
는 것이 아니라, 세상 사람들의 오해와 다르게 그녀들은 낡은 과장과
겉치레로 채워져 있지 않았다.

　따라서 우리의 용감한 배우는 라피타이 족들이 켄타우로스 족들을
쫓을 때2보다 더 흥분하고 의연하게 이 납치범들을 뒤쫓고 있었다.
그는 우선 긴 골목길을 따라갔는데, 거기에 정원으로 통하는 문이 나
타났고, 그 문으로 앙젤리크가 납치되었던 것이다. 잠시 질주한 후,
르멘의 길 대부분이 그렇듯이, 그는 되는 대로 움푹한 길로 접어들었
다. 그 길은 바퀴 자국과 돌멩이들로 가득 찼다. 그리고 달빛이 비추
고 있었지만, 너무 어두워서 르 데스탱은 사람이 걷는 속도보다 말을
더 빨리 달리게 할 수 없었다. 속으로는 아주 험한 그 길을 저주했는
데, 그때 어떤 사람이 두 팔을 그의 목 주위로 휘두르거나 어떤 마귀
가 안장 뒤에서 달려드는 것처럼 느꼈다. 르 데스탱이 무서워하자 말
이 너무 겁을 먹었는데, 그를 둘러싸고 껴안은 채 붙잡고 있던 유령이
그를 안장에서 꽉 붙들지 않았다면 그는 땅바닥에 팽개쳐 버렸을 것

2　그리스 신화에서 켄타우로스 족이 친척 관계인 라피타이 족의 결혼식에 초대되
　었다가 벌어졌던 두 종족 간에 서로 쫓고 쫓기는 대대적인 싸움을 말한다.

이다. 말이 겁을 먹은 듯 날뛰는 데다, 데스탱은 어찌할 바를 모르고, 말에 박차를 가해서 달렸는데, 그의 목 주위에서 두 손이 어른거리고, 말이 질주하면서 계속 헐떡거리는 차가운 얼굴이 그의 뺨에 부딪치는 느낌이 아주 기분 나빴다. 그 길이 제법 길어서 오래 달렸다.

마침내, 광야에 접어들면서, 말은 맹렬하게 달리다가 속도를 늦추었고, 르 데스탱은 두려움이 가셨다. 결국 아무리 참을 수 없는 고통이라도 거기에 익숙해지기 때문이다. 그때 달이 비추면서 말 엉덩이에 탄 벌거벗은 키 큰 사내의 보기 흉한 얼굴이 그의 눈에 들어왔다. 조심스러워서 그런지 모르지만, 그는 그 사람에게 누군지 묻지 않았다. 계속해서 말을 전속력으로 몰자, 말이 무척 헐떡거렸고, 가장 바라지 않았지만, 말 엉덩이에 탄 기수가 바닥에 내려서 웃기 시작했다. 르 데스탱은 그의 가장 멋진 말을 밀치고, 뒤를 보니까, 그 유령이 왔던 곳으로 전속력으로 달리는 것을 보았다.

두려움이 가시고 나서야 자신은 두려웠다고 고백했다. 거기서 백보 떨어진 곳에서, 큰 길을 발견하고, 어느 작은 마을로 들어갔는데, 온 동네 개들이 잠에서 깨어났고, 그가 뒤쫓던 사람들이 거기를 지나갔을 거라는 생각을 했다. 그걸 알아보려고, 할 수 있는 한, 길 위에 있던 서너 집의 잠든 주민들을 깨우려고 했다. 그러나 사람들을 볼 수 없었고 개들하고 실랑이를 했다.

마침내, 찾아간 마지막 집에서 아이들이 고함치는 소리를 듣고, 문을 열라고 위협했고, 떨고 있는 셔츠 차림의 한 여인으로부터, 경관들이 얼마 전에 이 마을을 지나갔고 심하게 울던 한 여자를 데리고 갔는데, 그들이 그녀를 조용히 시키느라 애를 먹었다는 것을 알았다.

그는 그 여인에게서 벌거벗은 사내를 만났다는 이야기를 들었고, 그녀는 그 사람이 미쳐서 들판을 뛰어다니는 이 마을의 농부라고 알려주었다. 이 여자가 말을 탄 사람들이 마을을 지나갔다고 한 이야기는 그에게 넘치는 용기를 주었고 그의 말의 대열을 서두르게 했다.

나는 여러분에게 그 말이 몇 번이나 비틀거리고 자신의 그림자에 겁을 먹었는지 말하지 않겠다. 여러분은 그가 숲 속에서 길을 잃고, 아무것도 보이지 않다가 또 달이 비추는 가운데, 말에게 먹이를 주기에 적합하다고 판단한 한 농가 옆에서 불빛을 발견했다는 것 정도만 알면 충분하다. 우리는 그를 그냥 거기에 둘 것이다.

제 2 장

장화

르 데스탱이 앙젤리크를 납치한 자들을 전속력으로 뒤쫓는 동안, 이 납치에 르 데스탱만큼 마음을 쓰지 못한 라 랑퀸과 롤리브는 걸어가는 처지라 르 데스탱만큼 서둘러 납치범들을 뒤쫓지 못했다. 따라서 그들은 멀리 가지 못했고 이웃 마을에 아직 문을 닫지 않은 여관을 발견하고, 거기에서 잠자리를 구했다. 주인은 그들을 어떤 방으로 안내했는데, 그 방에는 귀인인지 평민인지 한 손님이 이미 저녁 식사를 하고 누워있었고, 내가 알지 못하는 일로 서둘러야 했기 때문에 새벽에 떠날 요량이었다. 그러나 이 배우들이 오는 바람에 일찍 말을 타고 떠나려던 계획은 소용없게 되었다. 왜냐하면 그는 그들 때문에 잠이 깼고 아마 마음속으로는 투덜거렸겠지만, 인상이 꽤 좋은 두 남자 때문에 아무 내색을 하지 못했기 때문이다.

라 랑퀸은 그에게 다가가서, 우선 자신들이 그의 휴식을 방해한 것을 사과하고, 그리고 나서 어디서 왔느냐고 물었다. 그는 앙주에서 왔으며, 급한 볼 일 때문에 노르망디로 갈 거라고 했다. 라 랑퀸은 옷을 벗으면서, 시트를 데우는 동안 계속 질문을 했다. 그러나 그런 질문이 서로에게 아무런 도움이 안 되고 잠이 깨 버린 그 불쌍한 남자에게 아무런 득이 되지 않았기 때문에, 그냥 자게 해 달라고 부탁했다. 라 랑퀸은 그에게 진심어린 사과를 했고, 동시에 자신의 자존심 때문에 이웃 남자의 자존심 따위는 잊어버리고, 여관의 시동이 씻어서 막 가지고 온 새 장화 한 켤레를 신어 볼 생각을 했다.

그때 오로지 잠잘 생각만 한 롤리브는 침대에 누웠고, 라 랑퀸은 불을 피운 장작이 끝까지 타는 걸 보려는 것이 아니라, 남이야 어찌됐건 간에 기꺼이 새 장화를 신어 볼 고상한 욕망으로 불 옆에 있었다. 그는 그 남자가 헤매다가 깊이 잠이 들었을 거라고 생각했고, 침대 밑에 있던 장화를 신었는데, 맨발에 장화를 신고, 박차를 매는 것도 잊지 않았다. 그렇게 장화를 신고 박차를 매고, 롤리브 옆으로 가서 누웠다. 두 시트 사이에 다시 누우려고 하다가 그냥 넘어가지 않고 그런 시도를 무산시킬 수 있을 자기 동료의 맨 다리에 그의 무장한 다리가 닿지 않도록 침대 가장자리에 누워야 했던 것이다. 그날 밤은 그런대로 평화스럽게 지나갔다.

라 랑퀸은 잠을 자거나 자는 체했다. 수탉들이 울었다. 날이 밝았고 우리의 배우들의 방에서 잠을 잤던 남자가 불을 켜고 옷을 입었다. 문제는 장화를 신는 일이었다. 하녀 하나가 그 남자에게 라 랑퀸이 몹시 싫어한 낡은 장화를 내놓았다. 사람들은 그 장화가 그 남자의 것이라는 그녀의 주장에 동조했다. 그는 화를 냈고 불같이 고함을 질렀다. 주인이 방으로 올라왔고 그에게 선술집주인의 신용을 걸고 그 집

뿐만 아니라 마을에도 그의 장화 이외의 다른 장화는 없었다고 맹세했다. 심지어 마을 사제도 말을 탄 적이 없었다는 것이다. 그러고 나서 그에게 그 사제의 훌륭한 점에 대해 언급하고 그가 어떻게 사제가 되었고 언제부터 교구를 소유하게 되었는지 이야기하려고 했다. 주인의 수다는 마침내 그를 더 이상 참지 못하게 만들었다.

시끄러운 소리에 잠이 깬 라 랑퀸과 롤리브가 사건을 파악하고, 라 랑퀸은 사태를 엄청나게 과장하며 주인에게 그건 아주 고약한 일이라고 말했다.

새 장화든 헌 장화든 개의치 않아요.

장화를 벗은 그 불쌍한 사내가 라 랑퀸에게 말했다.

하지만 그건 내 아버지 못지않게, 지체 높은 사람에게 아주 중요한 문제지요. 세상에서 아무리 형편없는 장화라도, 장화를 팔겠다면, 요구하는 이상을 주겠소.

라 랑퀸은 침대 밖으로 몸을 내밀고, 가끔 어깨를 으쓱하면서 아무 대답도 하지 않고, 쓸데없이 장화를 찾고 있던 주인과 하녀에게 눈길을 주고, 뒤이어 장화를 잃어버리고 그동안 자기 생활을 저주하고 아마 불길한 무언가를 고민하던 그 불행한 사내에게 눈길을 주다가, 그때 의외로 관대하고, 평소답지 않게 잠이 와서 죽겠다는 사람처럼, 침대 속으로 기어들어가면서, 큰 소리로 이렇게 말했다.

제기랄, 이봐요, 당신 장화 때문에 더 이상 떠들지 말고, 어제 밤 당신이 내가 그렇게 해주기를 바랐던 것처럼 우릴 제발 자도록 내버려두고 내 장화 가져가요.

그 불행한 사내는 장화를 다시 찾았기 때문에 더 이상 그러지 않았지만, 그가 들은 말을 믿기 힘들었다. 그가 너무 흥분한 목소리로 마지못해 횡설수설하면서 고맙다고 하는 바람에 라 랑퀸은 그 남자가 결국 침대로 자신을 껴안으러 오지 않을까 겁이 났다. 그래서 화를 내면서 고함을 치고 점잖게 내뱉었다.

이봐요, 제기랄, 당신 참 귀찮게 구는군요. 당신이 장화를 잃어버리고, 당신에게 그 장화를 주는 사람들에게 고마워하다니! 제기랄, 다시 말하지만, 내 장화 가져가요. 우리가 자게 해주면 당신에게 달리 바라는 건 없소. 안 그러면 내 장화 돌려주고 원하는 대로 떠드시오.

그가 대꾸하려고 입을 열려고 했을 때, 라 랑퀸이 소리쳤다.

아, 맙소사! 날 자게 해주든지, 내 장화 그냥 두든지요!

아주 단호한 투로 말하는 바람에 라 랑퀸에게 존경심을 표했던 집주인이 그 자리에 없었던 그 손님을 방 밖으로 데리고 나왔는데, 너그럽게 돌려받은 장화 한 켤레에 대해 유감이 있었기 때문이다. 그렇지만 방에서 나와 장화를 신고 부엌으로 가야 했는데, 그때 라 랑퀸은 그날 밤 잘 때보다 더 조용하게 잠자리로 갔고, 잠자려는 그의 의지는 장화를 훔치고 싶은 욕망과 그 일로 붙잡힐까 하는 두려움과 더 이상 싸우지 않았다. 라 랑퀸보다 밤을 잘 보낸 롤리브는 아침 일찍 일어나, 다른 할 일이 없어, 포도주를 꺼내 즐겁게 마셨다. 라 랑퀸은 11시까지 잤다.

그가 옷을 입었을 때, 라고탱이 방으로 들어왔다. 그는 아침에 여배우들을 찾았는데, 레투알 양이 그녀의 동료를 사람들과 함께 뒤쫓지 않았다고 그의 친구들 중에서 그를 못 믿겠다고 비난했다. 그는 그녀에게, 소식을 모르고 르망으로 돌아오지 않겠다고 약속했지만, 말을 임대하거나 빌릴 수도 없었기 때문에, 방앗간 주인이 노새라도 빌려주지 않았다면 약속을 지킬 수 없었을 것이고, 장화도 신지 않고 노새를 타고, 내가 방금 여러분에게 말한 대로 두 배우가 갔던 마을에 도착한 것이다.

라 랑퀸은 정신을 차리고 있었다. 그는 라고탱이 신발을 신은 것을 보지 못하고, 오히려 우연히 그가 들킬까 봐 심히 염려하며 훔친 장화를 숨길 멋진 방법을 자신에게 준 거라고 생각했다. 따라서 그는 먼저 라고탱에게 신발을 빌려주고, 자기 장화가 새 거라서 한쪽 발에 상처가 났으니 신어보라고 말했다. 라고탱은 크게 기뻐하며 동의했다. 왜냐하면 노새를 타면서, 핀 하나가 양말에 구멍을 내는 바람에 신발을 신지 않은 것을 후회했기 때문이다. 문제는 저녁 식사였다. 라고탱이 배우들과 노새에 대한 비용을 치렀다. 소총이 자신의 다리 사이에서 격발이 되었을 때, 비틀거리고 난 후, 안전 조치를 하지 않은 짐승은 절대 타지 않겠다고 맹세했다. 따라서 그는 노새 위에 쉽게 탈 수 있었지만, 아주 조심스럽게, 노새의 안장 위에 어렵게 자리를 잡았다. 정신은 말짱했지만 분별 있는 행동이 되지 않았고, 아무 생각 없이 자기 허리띠까지 오는 라 랑퀸의 장화를 다시 세웠지만, 그 지방에서 가장 기운이 없는 그의 작은 오금을 제대로 접지 못했다.

그러다, 마침내 라고탱은 노새를 타고, 배우들은 걸어서 그들이 발견한 첫 번째 길을 따라갔고, 가는 도중에 라고탱은 배우들과 연극을 공연할 의도를 드러내고, 그들에게 자신이 곧 프랑스 최고의 배우가 되리라고 확신하지만, 자신의 직업을 이용할 것을 전혀 바라지 않으며, 단지 호기심으로 공연을 하고, 자신이 시도하려고 하는 모든 것에 타고났다는 것을 보여주려고 그러는 것이라고 주장했다. 라 랑퀸 과 롤리브는 라고탱의 고귀한 욕망을 격려하고, 칭찬하고 용기를 주 면서 아주 기분 좋게 해주자, 그는 노새의 등 위에서 시인 테오필 드 비오가 쓴 〈피람과 티스베〉의 시구를 암송하기 시작했다. 그가 미친 사람처럼 낭송하는 것을 보고, 짐을 실은 수레를 따라서 같은 길을 가 던 농부들은 신의 말씀을 설교하는 것으로 믿었다. 그가 암송하는 동 안, 그들은 내내 모자를 벗고 대로(大路)의 설교자처럼 그를 존경해 마지 않았다.

제 3 장

라 카베른의 이야기

앙젤리크가 납치되었던 집에 남아 있었던 두 여배우들은 르 데스탱 못
지않게 잠들지 못했다. 레투알 양은 절망 속에 있는 라 카베른을 혼자
그냥 두지 않고 될 수 있는 한 슬퍼하지 않도록 위로하려고 그녀와 같
은 침대에 누웠다. 결국, 아주 당연한 고통은 반드시 스스로 방어하려
는 이유가 있다고 판단하면서, 그녀는 그 때문에 그런 고통과 더 이상
싸우지 않았다. 그러나 기분을 전환해 보려고, 동료 배우가 불행한 운
명을 겪은 것 못지않게 자신의 불행한 운명에 대해 불평을 토로하기
시작했다. 그리고 레투알 양이 이렇게 교묘하게 이야기를 시작하는
데, 자신보다 더 불행한 사람이 있다고 하면서 라 카베른이 가능한 한
더 편안하게 그녀의 모험을, 자신에게 이야기하도록 유도했다.

따라서 그녀는 얼굴을 흥건히 적셨던 눈물을 닦고, 곧바로 다시 그
런 생각을 하지 않으려고 한 번 크게 한숨을 쉬고 이렇게 자신의 이야
기를 시작했다.

나는 여배우로 태어난, 어느 배우의 딸이지요. 그에게서 배우라는 직업 말고 다른 직업을 가진 친척들이 있다는 이야기를 들은 적이 없었지요. 어머니는 마르세유 상인의 딸이었는데, 그 상인이 아버지와 결혼하도록 그 딸을 준 것이지요. 어머니에게 반했지만 미움을 받았던 한 갤리선 장교가 자신에게 닥친 위기에서 목숨을 구해준 아버지에게 보답하려고 했던 거지요. 아버지에게 행운이었지요. 왜냐하면 그 장교는 아버지가 요구한 것도 아닌데, 시골 배우가 바라는 것보다 더 부유하고, 아름답고 젊은 여인을 주었으니까요. 아버지의 장인은 아버지에게 상인으로서 더 많은 명예와 더 많은 이익을 제시하면서, 가능한 그의 직업을 그만두도록 했지요. 그러나 어머니가 연극에 빠져서, 아버지가 그만두지 못하도록 말렸지요. 아버지는 배우 생활이 어머니가 생각하는 것만큼 행복한 생활이 아니라는 것을 잘 알고 있기 때문에, 아내의 아버지가 자신에게 제안한 의견을 따르는 것이 싫지는 않았지요.

아버지는 결혼하고 얼마 안 되어 마르세유에서 나와서, 어머니를 데리고, 자신보다 더 배우를 하고 싶어 안달이 난 그녀를 첫 무대로 진출시켜 단기간에 훌륭한 여배우로 만들었지요. 어머니는 결혼 첫해 바로 임신이 되었고, 무대 뒤에서 나를 낳았지요. 1년 후에는 내가 무척 사랑한 남동생이 생겼지요. 우리 극단은 우리 가족과 배우 세 명으로 이루어졌는데, 그중 한 사람은 엑스트라 역을 맡은 여배우와 결혼했지요. 우리는 페리고르[1]의 한 마을에서 명절을 보내고 있었는

---

1   프랑스 도르도뉴 지방에 속한 지역으로 라스코 벽화를 비롯해 역사 유적이 풍부

데, 나와 어머니, 다른 여배우 등 셋이 짐을 실은 수레 위에 타고 있었고, 남자들은 걸어서 우리를 호위하고 있었지요.

그때 우리의 작은 마차가 7, 8명의 못된 놈들에게 공격을 받았고, 술에 엄청 취한 그놈들이 우리에게 겁을 주려고 공중에 총을 한 방 쏘았는데, 나는 온통 산탄으로 뒤덮였고, 어머니는 산탄에 맞아 팔에 부상을 입었지요. 그들은 아버지와 동료 두 사람이 방어도 하기 전에 그들을 붙잡아 잔인하게 두들겨 팼지요. 내 동생과 우리 극단의 가장 어린 배우는 도망쳤고, 그 이후로, 나는 동생에 대한 소식을 듣지 못했지요. 마을 사람들이 우리에게 엄청난 폭력을 가했던 사람들과 마주쳤고 우리의 수레를 제 길로 돌아가게 해주었지요. 그들은 큰 전리품을 챙겨서 안전하게 두려고 하는 사람들처럼 서둘러 오만하게 걸어갔고, 무슨 말인지 알아들을 수 없는 소리로 떠들고 있었지요.

한 시간 걸은 후에, 그들은 우리를 어느 성 안으로 들어가게 했는데, 들어가자마자 우리는 그 보헤미안들이 잡혔다고 여러 사람들이 아주 기뻐하면서 소리치는 것을 들었지요. 우리는 거기서 그들이 우리를 배우로 대하지 않는다는 것을 알아차렸는데, 그것은 우리에게 약간의 위로를 주었지요. 우리의 수레를 끌던 암말이 너무 재촉을 당하고 맞는 바람에, 피로에 지쳐 쓰러지고 말았지요. 그 말의 소유자로 일행들에게 그 말을 자랑했던 여배우는 마치 자기 남편이 죽는 모습을 본 것처럼 가엾게도 고함을 질렀지요. 바로 그때 어머니는 팔에서 느낀 고통으로 기절했고, 내가 어머니 때문에 내지른 고함 소리는

하다.

여배우가 자기 말 때문에 내지른 고함 소리보다 훨씬 더 컸지요.

우리가 내지른 고함 소리와 우리를 데리고 온 잔인하고 술에 취한 자들의 떠들썩한 소리에 아래쪽 어느 방에서 성의 영주가 아주 험상 궂은 표정의 붉은 조끼와 망토를 걸친 네댓 명을 대동하고 나왔지요.

그는 먼저 그 보헤미안 도둑들이 어디 있는지 묻고 우리에게 엄청난 겁을 주었지요. 그런데 우리들 중에 금발인 사람들만 보이자, 그는 아버지에게 누구인지 물었고 정말 놀랍게도 우리가 불행한 배우들이라는 것을 모르고 있었지요. 그는 내가 지금까지 들은 가장 격렬한 모독을 하면서, 우리를 붙잡은 사람들에게 검을 휘두르며 공격하자, 그들이 한순간에 사라졌는데, 어떤 사람들은 부상을 당했고, 다른 사람들은 잔뜩 겁에 질렸지요.

그는 아버지와 동료들을 풀어주고, 여자들을 방으로 데리고 가서 우리의 옷 짐을 안전한 곳에 두게 하라고 명령했지요. 하녀들이 나타나서 우리를 시중들고 팔 부상으로 건강 상태가 아주 나쁜 어머니를 위해 침대를 준비하게 했지요. 여관의 주인인 듯한 어떤 남자가 주인의 입장에서 일어난 사건에 대해 우리에게 사과하러 왔지요. 그는 우리에게, 불행히도 오해를 한 불량배들이 쫓기고 있었는데, 대부분 얻어맞거나 불구가 되었다고 했지요. 어머니의 팔을 치료하기 위해 이웃 마을에 사람을 보내 의사를 찾아보겠다고 말하고, 그리고 즉시 우리에게 빼앗긴 것은 없는지 물어보고, 우리 옷 짐을 보고 무언가 없는 것이 있는지 알아보라고 했지요.

저녁 식사 때에 그는 우리 방으로 먹을 것을 가져왔지요. 그가 찾아오라고 보냈던 의사가 도착했지요. 어머니는 치료를 받고 고열에 시달리며 잠이 들었지요. 다음 날, 성의 영주가 배우들을 오라고 했지요. 그는 어머니의 건강 상태를 알렸고, 그녀가 나을 때까지 자기 집에서 내보내지 않겠다고 했지요. 그는 친절하게도 달아난 내 동생과 젊은 배우를 주변 지역에서 찾아보도록 했지만, 찾아내지 못했고, 그 일로 어머니의 열은 더 높아졌지요. 그리고 이웃한 작은 마을에서 처음 어머니를 치료한 의사보다 더 경험이 많은 일반 의사와 외과 의사를 불렀지요. 사람들이 우리에게 대접을 잘해주면서 결국 우리가 당했던 폭력을 곧 잊어버리게 해주었지요.

우리는 이 귀족의 집에서 지냈는데, 아주 부유한 사람이었으나, 그 고장에서 사랑받는 사람이라기보다 경외의 대상이었고, 국경 지역의 총독처럼 모든 행동에 폭력적이었으며, 누구보다 용감하다는 명성을 가지고 있었지요. 그는 시고냐크 남작으로 불렸지요. 우리가 있던 시절 최소한 후작으로 보였는데, 그 당시, 그는 페리고르의 진정한 폭군이었지요. 그의 영지에서 살았던 한 보헤미안 무리가 그의 성에서 4킬로미터 떨어진 곳에 자기 소유의 종마 사육장의 말을 훔쳤고 그가 보낸 하인들이 내가 이미 당신에게 언급했다시피 우리를 오해해서 희생양으로 삼은 거지요.

어머니는 완전히 나았지요. 그리고 나의 아버지와 동료들은 자신들을 잘 대접해준 데 대해 감사의 뜻을 표하기 위해, 가난한 배우들이 할 수 있는 것으로, 시고냐크 남작이 기뻐할 것이므로 성 안에서 연극을 공연하자고 제안했지요. 최소한 스무네 살 먹은, 틀림없이 왕국의 시동들 중 최연장자로 보이는 키가 큰 한 시동과 귀족적 풍모의 하인이 내 동생과 그와 도망친 배우의 역을 배웠지요. 배우들 일행이 시고냐크 남작의 성에서 연극 공연을 한다는 소문이 그 고장에 퍼졌지요. 많은 페리고르 귀족들이 초대되었지요. 그리고 그 시동이 맡은 역이 배우기가 너무 어려워서 그 역을 없애고 두 줄로 역을 줄이지 않을 수 없다는 것을 알았을 때, 우리는 시인 가르니에의 〈로제와 브라다망트〉2를 공연했지요. 그 모임은 아주 좋았고, 실내는 아주 밝았으며, 무대는 안락했고, 장식은 주제와 잘 맞았지요. 우리는 모두 잘하려고 애를 썼으며 성공적이었지요. 어머니는 여전사로 분장하고, 천사처럼 아름다웠으며, 약간 창백한 병색에서 벗어나면서, 그녀의 얼굴빛은 실내를 밝힌 모든 불빛보다 더 반짝이고 있었지요.

비록 내가 서글픈 이유가 좀 있지만, 그날을 생각하면 키 큰 시동이 재미있게 자기 역을 해낸 것에 웃지 않을 수 없지요. 내가 기분이 안 좋다고 당신에게 아주 재미있는 일을 숨길 이유가 없지요. 아마 당신은 그렇게 생각하지 않겠지만, 나는 그 일이 좌중을 매우 웃겼고, 그 이후 정말로 웃을 거리가 있거나 내가 사소한 일로도 웃는 사람이 된 탓인지 그 일로 많이 웃었지요. 그는 늙은 에이몽 백작의 시동 역을 맡았는데, 연극 전체에서 암송할 것은 단 두 줄 뿐이었지요. 늙은 백작이 자기 딸 브라다망트가 로제와 사랑에 빠져, 황제의 아들과는 절대 결혼하지 않겠다는 말에 딸에게 엄청나게 화를 내는 장면이지요. 시동은 자기 주인에게 이렇게 말하지요.

---

2 〈로제와 브라다망트〉(*Roger et Bradamante*)는 1582년 파리 파티송 출판사에서 나온 로베르 가르니에의 작품으로, 17세기 초 유행한 비희극의 원형을 제시한 작품이다. 아래 인용된 대사는 2막 2장에 나오는 내용이다.

주인님, 안으로 들어가시지요. 주인님께서 쓰러질까 두렵습니다.
주인님 두 발이 그렇게 성치 않으십니다.

이 어리석은 시동은 자기 역을 해내기가 쉬웠는데도, 자신의 역을 망가뜨리는 것으로 그치지 않고 마지못해 죄인처럼 떨면서 이렇게 말했지요.

주인님, 안으로 들어가시지요. 주인님께서 쓰러질까 두렵습니다.
주인님 두 다리가 그렇게 성치 않으십니다.

이 형편없는 (마지막) 운3이 모든 사람들을 놀라게 했지요. 에이몽 역을 했던 배우가 그 말에 폭소를 터뜨렸고 더는 화가 난 늙은이를 연기할 수 없었지요. 모든 관객들이 웃고 난리가 났으며, 나는 고개를 열린 무대 쪽으로 돌리고 관객들을 보고 내 모습을 보면서 웃다가 넘어질 뻔했지요. 저택의 주인은 웃는 일이 거의 없고 사소한 일에 웃지 않는 우울한 사람이었는데, 그의 시동이 외운 것을 실수하고, 근엄함을 애써 지키려다 그가 펑크낼 거라고 생각했던 시구를 제대로 암송하지 못한 그의 태도에서 웃음이 터진 것이지요.
결국 다른 관객들처럼 폭소가 터졌는데, 그의 하인들은 그가 그렇게 웃는 모습을 본 적이 한 번도 없었다고 우리에게 고백했지요. 그리

---

3   마지막 운에서 시동이 '발'(vos pieds)이라고 해야 하는데, '다리'(vos jambes)라고 한 것이다.

고 그가 그 고장에서 대단한 권력을 가지고 있는 만큼 환심을 사려고 그런 건지 혹은 용기를 내려고 그런 건지 그 사람만큼 혹은 그 사람보다 더 웃지 않는 사람이 아무도 없었지요.

그때 라 카베른이 이렇게 덧붙였다.

내가 당신에게 웃겨 죽을 이야기 하나 해주고 가겠소라고 말하고, 말을 하지 않는 사람들처럼 여기서 한 일에 대해 무척 걱정이 돼요. 왜냐하면 내가 당신에게 내 시동의 이야기를 즐거운 마음으로 약속하고 기다리게 했음을 내가 고백하기 때문이지요.

레투알이 그녀에게 대답했다.

아니에요. 나는 당신이 나에게 바란 그대로 그렇게 생각했지요. 시동의 어설픈 연기는 그 일을 즐겁게 만드는 데 많은 도움이 되기 때문에, 그 사건은 이야기로 들은 사람들보다 직접 본 사람들에게 더 재미있게 여겨질 수 있는 것은 사실이지요. 뿐만 아니라 우리가 다른 사람들의 웃음에 같이 웃고 지나가는 시간과 장소, 자연스런 성향도 그 이후 가질 수 없는 이점들을 그에게 줄 수 있었던 것이지요.

라 카베른은 더 이상 자신의 이야기를 변명하지 않고 그녀가 그만두었던 이야기를 계속했다. 그녀는 이어갔다.

배우와 관객들이 얼마나 웃었던지 실컷 웃고 난 뒤, 시고냐크 남작은 그의 시동이 자기 잘못을 고치거나, 차라리 거기 있는 사람들을 더 웃기기 위해 무대에 다시 나타나려고 했지요. 그러나 내가 지금까지 본 중에서 가장 당돌한 그 시동은 세상에서 가장 거친 주인 중에 한 사람이 그에게 명령한다 해도 아무것도 하려고 하지 않았겠지요. 그는 자신이 할 수 있는 만큼 했는데, 말하자면 아주 엉망으로 한 것이지요. 그것이 합리적이었다면 아주 사소한 것에 불과한 그의 불행이 그 이후 우리에게 일어날 수 있는 가장 큰 불행의 원인이 되었지요. 우리 연극은 전 관객의 박수를 받았지요. 익살극은 보통 파리 외의 어디에서나 일어나는 것처럼, 희극보다 훨씬 더 즐겁게 하지요. 시고냐크 남작과 그의 이웃들인 다른 귀족들은 즐거워했고 우리가 또 공연하는 것을 보고 싶어 했지요. 귀족들이 너그러운 마음으로 배우들을 위해 갹출금을 냈지요. 남작이 다른 사람들에게 모범을 보이려고 먼저 갹출금을 냈고 연극은 첫 축제를 예고한 셈이었지요.

남자와 여자들이 앞다투어 음식을 대접하는 가운데, 우리는 페리고르 귀족들 앞에서 한 달 동안 공연을 했고, 남녀를 막론하고 대접을 받았으며, 심지어 일행들은 그들의 반쯤 헤진 옷을 이용했지요. 남작은 우리에게 그의 식탁에서 식사하게 하고, 그의 하인들은 우리를 정중하게 모셨으며 우리에게 자주 그들의 주인이 기분 좋은 것이 우리 덕분이고, 연극에 교화된 후 그가 완전히 변한 것을 발견했다고 말했지요. 시동만이 우리를 자신의 명예를 실추시킨 사람들로 간주했고, 집 안의 모든 사람들은 보잘것없는 요리사까지도, 그가 망가뜨린 시구를 항상 그에게 암송했고, 그 일로 비난을 당할 때마다 그에게 그 시구는 잔인한 비수였으며, 마침내 그 비수로 우리 단원 중 누군가에게 복수할 결심을 했지요.

시고냐크 남작의 숲에 늑대들이 우글거리는 바람에 그 고장이 아주 불편을 겪었는데, 늑대들로부터 벗어나려고 남작이 이웃들과 농부들을 소집한 어느 날, 남작의 하인들도 마찬가지로 나의 아버지와 동료들처럼 각자 소총을 하나씩 소지하고 있었지요. 그중에는 심술 난 시동도 끼어 있었는데, 그가 우리에게 복수할 계획을 실행하려던 기회를 찾았다 생각하고, 소총을 장전하면서 화약과 산탄을 서로 나누어 주던 다른 사람들과 떨어져 있던 나의 아버지와 동료들 눈에는 아예 보이지 않게 나무 뒤에서 그들에게 소총을 쏘았고 불행하게도 아버지의 두 다리를 관통했지요.

동료들은 처음에는 아버지를 부축하느라 정신을 차릴 수 없어 살인자가 도망치는 것을 막지 못했고 그 후에는 그 고장을 떠난 그를 추격할 생각을 하지 못했지요. 이틀 만에 아버지는 부상으로 돌아가셨지요. 어머니는 극심한 고통을 겪었고, 그 일로 다시 병이 도졌고, 나는 내 나이 또래의 여자가 겪을 수 있는 최악의 슬픔을 겪은 거지요.

어머니의 회복은 늦어졌고, 우리 극단의 남자 배우들과 여자 배우는 시고냐크 남작과 작별하고 다시 다른 극단을 시작하기 위해 다른 곳으로 갔지요. 어머니는 두 달 이상 앓았고, 시고냐크 남작에게, 대부분의 귀족들이 그 사람과 연루되어 있는 고장에서 지금까지 가장 무서운 폭군이라는 악명과는 어울리지 않는 관용과 선의의 시혜를 받고 난 후, 마침내 나았지요. 주인이 늘 인정도 없고 예의도 없는 것을 봐왔던 하인들은 우리한테 세상에서 가장 친절하게 대하며 지내는 것을 보고 놀랐지요. 사람들은 그가 어머니와 사랑에 빠진 거라고 생각할 수 있었겠지요. 그러나 그는 어머니에게 거의 말을 건 적이 없고 아버지가 돌아가시고 난 이후 우리에게 식사하도록 배려해준 우리의 방에 한 번도 들어온 적이 없었지요. 그가 자주 사람을 보내서 자신의 소문에 대해 알려고 했던 것도 사실이지요. 그 고장 사람들이 자신을 험담하는 것을 그냥 두지 않았는데, 그 이후 우리는 그런 사실을 알았지요.

　그러나 어머니는 그런 지체 높은 분의 성에서 예의상 더 오래 머물
수가 없어서, 이미 거기서 나갈 생각을 하고, 마르세유의 친정아버지
집으로 갈 계획을 했지요. 따라서 어머니는 시고냐크 남작에게 그런
계획을 알렸고, 우리가 그에게서 받은 모든 친절에 대해 고맙다고 했
으며, 이미 어머니가 그에게 많은 은혜를 입었음에도, 내가 알지 못
하는 도시까지 어머니와 내가 타고 갈 짐승과, 우리가 실어갈 것은 거
의 없지만, 어머니가 처음 만나는 상인에게 팔려고 한 우리의 작은 가
방을 실을 수레를 마련할 은혜를 베풀어 달라고 그에게 간청했지요.
남작은 어머니의 계획에 깜짝 놀라는 것 같았고 어머니는 그에게 동
의도 거절도 받아낼 수 없었던 것에 대해 적이 놀랐지요.

　그다음 날, 영주였던 한 본당의 사제가 방으로 우리를 만나러 왔지
요. 그는 내가 잘 알고 지내던 착하고 상냥한 소녀인 그의 조카와 함
께 왔지요. 우리는 그녀의 삼촌과 어머니가 함께 있도록 하고 성의 정
원으로 산책 나갔지요. 사제는 어머니와 오랫동안 대화를 했고 저녁
식사 때에야 헤어졌지요. 나는 어머니가 깊은 생각에 잠겨 있다는 생
각을 했지요. 어머니에게 무슨 일이냐고 두세 번 물었지만 아무 대답
도 없었지요. 어머니가 우는 모습을 보고 나도 울기 시작했지요. 마
침내 나에게 방문을 닫으라고 하고, 전보다 훨씬 더 크게 울면서, 이
사제가 어머니에게, 시고냐크 남작이 어머니를 미친 듯이 사랑하고
있고, 게다가 어머니를 너무 존경하는 나머지 어머니를 사랑하고 있
으면서도 감히 어머니와 결혼하고 싶다는 말을 하지 못하고 있거나
어머니가 자신에게 그 말을 하지 못하게 하고 있다고 확신한다는 말

을 했지요. 이야기를 마치고 나서 어머니는 탄식하고 오열하면서 숨이 막힐 것만 같았지요. 나는 어머니에게 다시 한 번 어떻게 할 건지 물었지요. 어머니는 나에게 말했지요.

아! 애야, 내가 너에게 여러 번 말하지 않았니? 난 이 세상에서 가장 불행한 여자라고.

나는 어머니에게, 그건 여배우에게 지체 높은 아내가 되는 것이므로 그렇게 큰 불행은 아니라고 말했지요. 어머니는 나에게 말했지요.

아! 가엾은 것! 너는 경험 없는 젊은 애처럼 말을 잘도 하는구나!

그리고 덧붙였지요.

만일 그 사람이 이 선한 사제를 속여서 나를 속이거나, 나와 결혼할 생각이 없는데도 나를 믿게 하려고 한다면, 나는 완전히 사랑의 노예가 되어 한 남자로부터 어떤 폭력이라도 감수해야 하지 않겠니? 그리고 그 사람이 정말 나와 결혼하고 싶어 하고 내가 동의하더라도, 그 환상이 사라질 때 세상에서 어떤 불행이 나의 불행으로 찾아올까? 그리고 그 사람이 어느 날 나를 사랑한 것을 후회하면 얼마나 나를 미워할까? 애야, 안 돼, 안 돼. 행운은 네가 생각하는 것처럼 나를 찾아오지 않아. 나를 사랑했고 내가 사랑했던 남편을 잃고 난 뒤, 그가 나를 미워하고 내가 그를 미워하도록 강요하는 그런 무서운 불행이 나에게 꼭 올 것만 같아.

내가 터무니없다고 생각한 어머니의 고통이 너무 심해지는 바람에 어머니는 내가 옷을 벗는 것을 도와주는 동안에 질식할 것만 같았지요. 나는 최선을 다해 어머니를 위로했고, 내 또래 여자가 할 수 있는 이성을 발휘해 어머니가 고통을 극복하도록 도와드렸고, 어머니에게, 아무리 상냥하지 않은 남자라 할지라도 그가 늘 우리와 함께한 친절하고 정중한 태도가 나에게 좋게 보였고, 특히 그 사람이 정말 소심하게도 그렇게 존경할 것도 없는 직업을 가진 여자에게 자신의 사랑을 고백한 것 같다고 말하는 것을 잊지 않았지요. 어머니는 내가 하고 싶은 말을 모두 하도록 그냥 두고, 몹시 괴로워하면서 잠자리로 갔지만 밤새 괴로워하다가 잠을 제대로 자지 못했지요. 나는 오는 잠을 참으려고 했지요. 자러 가야 했지만 어머니와 마찬가지로 거의 잠을 자지 못했지요.

어머니는 일찍 일어났고 내가 잠이 깼을 때, 어머니가 옷을 입고 조용히 계시는 것을 보았지요. 나는 어머니가 어떤 결심을 했는지 알고 무척 괴로웠지요. 왜냐하면 솔직하게 말하면, 나는 시고냐크 남작이 자신의 진실한 감정에 따라 말하고, 어머니가 자신의 감정을 그가 원하는 대로 그에게 전했을 때, 어머니에게 닥칠 대단한 미래에 대한 내 상상력을 부추겼기 때문이지요. 어머니를 후작 부인으로 부르는 것을 듣는다는 생각이 나에게 기분 좋은 일이었고 그런 욕망이 점점 어린 나의 머리를 엄습하고 있었지요.

라 카베른은 이렇게 자기 이야기를 했고 레투알은 그녀의 이야기를 주의 깊게 듣고 있었는데, 그때 그들은 방으로 누군가 걸어오는 소리를 들었다. 그 소리는 그들이 방문을 빗장으로 잠갔던 것을 생생히 기억하기 때문에 더 이상하게 들렸다. 그동안 그들은 계속 걸어오는 소리를 들었다. 누구냐고 물었다. 아무 대답이 없었다. 그리고 잠시 뒤 라 카베른은 닫혀 있지 않은 침대 맡에서 사람의 형체를 보았는데, 한

숨짓는 소리를 들었고, 그 형체는 침대 맡에 기대어, 다리를 눌렀다. 그녀는 무엇이 그녀를 무섭게 만드는지 더 자세히 보려고 반쯤 일어나서, 말을 걸 결심을 하고, 방 안쪽으로 머리를 내밀었지만, 아무것도 보지 못했다. 아무리 일행이 적어도 때로는 확신을 주지만, 또 때로는 함께 있어도 두렵기는 마찬가지다.

라 카베른은 아무것도 보이지 않아 겁이 났고 레투알은 라 카베른이 두려워하는 걸 보고 겁이 났다. 그들은 너무 겁이 나서 감히 아무말도 못하고, 침대 속으로 기어들어가서 담요로 머리를 덮고 서로를 꼭 껴안았다. 마침내 라 카베른이 레투알에게 불쌍한 딸이 죽어서 딸의 영혼이 자신 옆으로 와서 탄식한 것이라고 말했다. 레투알이 그녀의 말에 대답하려고 하는데, 그때 그들은 또 방에서 누군가 걷는 소리를 들었다. 레투알은 아까보다 훨씬 더 먼저 침대 안으로 기어들어갔고, 그것이 자기 딸의 영혼이라는 생각에 더 대담해진 라 카베른은 좀 전에 했던 것처럼 침대에서 일어나서, 또 같은 형체가 나타나 한숨을 쉬고 그녀의 다리에 기대고 있는 것을 보면서, 그녀는 손을 앞으로 내밀고 그 형체의 강한 털을 만지다가, 끔찍한 비명을 질렀고, 침대 위에서 거꾸로 떨어졌다. 동시에, 그들은 밤에 보이는 물체를 보고 겁이 났을 때처럼 개가 짖는 소리를 들었다.

라 카베른은 훨씬 더 대담해져서 그게 무엇인지 보았다. 그때 큰 사냥개 한 마리가 그녀를 보고 짖는 것을 보았다. 그녀가 큰 소리로 사냥개를 위협하자, 그놈은 짖으면서 방 한구석으로 도망치더니 사라졌다. 용감한 여배우는 침대 밖으로 나와서, 창문을 들어오는 달빛에, 귀신같이 사냥개가 사라진 방 모퉁이에서 작은 비밀 계단이 있는 작은 문을 발견했다. 그 집의 사냥개가 거기를 통해서 방 안으로 들어왔다는 것을 쉽게 판단할 수 있었다. 그 놈이 침대 위에서 자고 싶었지만, 거기서 자고 있던 사람들의 허락 없이, 감히 자지 못하고, 개 소리로 한숨을 쉬었고, 옛날식 모든 침대들이 그렇듯이, 높은 침대에 앞다리를 기댄 채, 라 카베른이 방 안쪽으로 처음 머리를 앞으로 내밀었을 때 숨어 있었던 것이다.

그녀는 레투알에게 처음에 그것이 귀신일 것이라는 생각을 떨쳐주지 못했고 사냥개임을 이해시키는 데 오래 걸렸다. 그녀는 비록 괴로웠지만, 겁쟁이라고 동료를 놀려 댔고 그때 그들에게 필요한 것은 잠이었지만, 잠이 안 오는 어느 시점에 그녀의 이야기를 마무리했다.

새벽 동이 트기 시작했다. 그들은 잠들었다가 10시경 일어났다. 사람들이 르망으로 데려갈 마차가 와서 그들이 원하면 떠날 준비가 되었다고 알렸다.

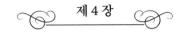

제 4 장

르 데스탱, 레앙드르를 만나다

그동안 르 데스탱은 이 마을 저 마을 다니면서, 그가 찾고 있는 것을
수소문했지만, 어떤 소식도 알아내지 못했다. 그는 큰 고장을 샅샅이
뒤졌다. 겨우 두세 시간 다니다가 배가 고프고 말도 지쳐서 그가 떠났
던 큰 마을로 다시 돌아왔다. 그는 거기서 꽤 괜찮은 여관을 발견했는
데, 큰길가에 있어서, 사람들이 어떤 여인을 납치한 기병의 무리에
대한 이야기를 들었는지 곧장 수소문할 수 있었기 때문이다. 거기에
있던 마을 의사가 이런 말을 했다.

　당신에게 그런 소식을 알려줄 수 있는 신사 한 분이 있어요. 내 생
각에 그 사람이 그자들하고 다툼이 있었는데 그자들에게 가격을 당한
것 같아요.

　그가 덧붙였다.

　나는 그의 목뼈 위에 난 푸르스름한 종기에 고통을 진정시키고 염
증을 완화하는 찜질을 해주고 그자들이 그 사람의 후두부를 가격해서

280

난 큰 상처에 붕대를 감아주었지요. 온 몸이 멍투성이라 피를 뽑고 싶었지만, 그 사람이 원하지 않았지요. 피를 뽑아야 하는데 말이지요. 그는 심하게 떨어졌고 맞아서 기진맥진한 것 같았지요.

이 마을 의사는 의술 용어를 술술 말하는 데 재미를 붙여 르 데스탱이 그와 헤어지고 아무도 그의 말을 듣는 사람이 없는데도, 사람들이 뇌출혈로 죽어가는 어떤 여인의 피를 뽑으려고 찾아올 때까지 오랫동안 계속했다.

그동안 르 데스탱은 의사가 말한 그 사람의 방으로 올라갔다. 거기서 옷을 잘 차려입은 젊은 사람을 발견했는데, 머리에 붕대를 감고 침대에 누워서 쉬고 있었다. 르 데스탱은 사전 동의도 없이 방으로 들어온 것에 대해 사과하려 했지만, 인사하려는 첫마디에, 상대방이 침대에서 일어나 자신을 껴안고 그에게, 작별 인사도 하지 않고 4, 5일 전 헤어졌던 하인 레앙드르라고 했는데, 라 카베른이 자신을 그녀의 딸을 납치한 사람으로 생각하고 있다는 말을 듣고 깜짝 놀랐다.

르 데스탱은 그가 옷을 잘 입고 혈색이 아주 좋은 것을 보고 무슨 말을 해야 할지 몰랐다. 그가 그런 생각을 하는 동안, 레앙드르는 한숨 돌릴 여유가 생겼다. 왜냐하면 먼저 말을 꺼내지 못할 것 같았기 때문이다. 그가 르 데스탱에게 말했다.

제가 나름대로 당신을 존경하면서도, 당신에게 제가 해야 될 도리를 다하지 못한 점에 대해 무척 당황스럽습니다. 그러나 당신에게 바로 말씀드리기 전에, 당신과 같은 분들이 보통 그렇듯이 당신을 믿고 자기 인생의 모든 행복이 달려 있는 비밀을 감히 털어놓지 못한, 경험 없는 젊은이를 용서해주시겠지요.

르 데스탱은 그에게 (하인으로서) 도리를 다하지 못한 점에 있어 자신이 어떻게 할지 알 수 없다고 말했다.

아마 당신이 아직 모르고 있다면 알려드릴 것들이 있지요. 그런데 그전에 여기 어떻게 오게 된 것인지 알아야겠군요.

레앙드르가 그에게 대답했다.

르 데스탱은 그에게 앙젤리크가 어떻게 납치되었는지 이야기해주었다. 그리고 그녀를 납치한 자들을 뒤쫓고 있다고 했다. 르 데스탱은 여관에 들어오면서 그가 그자들과 마주쳤다는 것을 알았으며 자신에게 그 내막을 알려줄 수 있을 것이라고 했다.

내가 그자들하고 마주쳤고, 단 한 사람이 여러 명을 상대하듯이, 그자들을 상대한 것은 사실이지요. 그런데 첫 상대에게 부상을 입히고 내 검이 그자의 몸속에서 부러지는 바람에, 앙젤리크 양을 도우려고 했지만 아무것도 할 수 없었고, 어떤 사건이든 뛰어들 각오를 했지만 그녀를 돕다가 죽을 수도 없는 노릇이었지요.

레앙드르가 한숨을 쉬면서 그에게 이렇게 대답했다.

그자들은 보다시피 나를 이 지경으로 만들었지요. 머리에 장검을 맞고 의식을 잃은 거지요. 그자들은 내가 죽은 것으로 생각했고 신속하게 사라졌지요. 앙젤리크 양에 대해 내가 알고 있는 건 이게 전부예요. 여기서 당신에게 더 많은 것을 알려줄 하인 한 사람을 기다리고 있습지요. 그는 내 말[馬]이 그다지 큰 도움이 안 되기 때문에 그자들이 두고 갔던 말을 내가 다시 탈 수 있도록 도와주고 나서 그자들을 멀리 쫓아갔지요.

르 데스탱은 그가 자신에게 알리지 않고 왜 떠났는지, 어디 출신인지, 어떤 사람인지 물었고, 자기 이름과 신분을 숨겼을 거라는 것을 더 이상 의심하지 않았다. 레앙드르는 그에게 자신이 대단한 사람이라고 고백했으며, 그가 입은 상처 때문에 너무 고통스러워서 다시 누웠고, 르 데스탱은 침대 맡에 앉았으며, 레앙드르는 그에게 여러분이 다음 장에서 읽을 내용을 말했다.

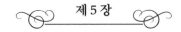

제 5 장

레앙드르의 이야기

나는 지방에서 꽤 알려진 집안의 귀족이지요. 아버지가 돌아가시면,
언젠가, 적어도 1만 2천 파운드의 연금을 받는다는 기대를 하고 있지
요. 아버지는 자신을 의지하고 자신과 관련된 사람들을 모두 분노하
게 만든 지 80년이 되었음에도 불구하고, 너무 건강해서 아버지의 전
재산인 아주 멋진 영지 3개를 내가 언젠가 상속할 거라는 기대보다 혹
시 아버지가 죽지 않는 것은 아닐까 하는 걱정이 더 커졌지요. 아버지
는 내 적성에 맞지도 않는데 브르타뉴 의회의 고문이 되기를 바라고
그러기 위해 나에게 일찍이 공부를 시켰지요.

나는 당신의 극단이 라 플레쉬1에 공연하러 왔을 당시 학생이었지
요. 나는 앙젤리크 양을 보고 그녀를 사랑하지 않고는 더 이상 다른

---

1   라 플레쉬(La Fléche)는 프랑스 중서부 페이 드 라 루아르(Pays de la Loire) 지
방에 위치한 소도시다.

일을 할 수 없을 정도로 그녀에게 반했지요. 점점 더 사랑에 빠졌고 그녀에게 사랑한다고 말할 자신이 생겼지요. 그녀는 그 말에 전혀 화를 내지 않았지요. 나는 그녀에게 편지를 썼지요. 그녀는 내 편지를 받고 냉담하게 대하진 않았지요. 그 이후, 당신이 라 플레쉬에 있는 동안, 라 카베른 양이 아파 방 안에 꼼짝할 수밖에 없어 아주 수월하게 내가 그녀의 딸과 함께 대화를 할 수 있었지요. 그녀는 거리낌이 없고 엄격하지 않을 것 같은 배우라는 직업을 가진 것 치고는 너무나 엄격했기 때문에 틀림없이 그 대화를 방해했을 것 같아요.

나는 그녀의 딸과 사랑에 빠지고 나서, 더 이상 학교에 가지도 않고, 하루도 빠지지 않고 연극을 보러 다녔지요. 예수회 신부들은 내가 내 의무를 다해주기를 바랐지요. 그러나 나는 세상에서 가장 매력적인 연인을 선택하고 나서 더는 불쾌한 스승들을 따르고 싶지 않았지요. 당신의 하인은 그 해 라 플레쉬에 엄청난 혼란을 일으킨 브르타뉴의 학생들2에게 무대 바로 앞에서 살해되었지요. 거기에 많은 학생들이 가담했고 거기 포도주값이 쌌던 탓이지요. 일부 그 때문에 당신들은 라 플레쉬를 떠나 앙제로 갔지요.

나는 앙젤리크 양의 어머니가 딸에게서 눈을 떼지 않았기 때문에 그녀에게 작별인사도 못했지요. 내가 할 수 있는 것이라고는 그녀 앞에 나타나서, 얼굴에 절망감을 드러내고 두 눈은 눈물로 젖은 채 그녀

---

2 그 학생들은 소란을 피우고 싸움질하는 자들로 특히 유명했다. 인명 피해가 나는 난투극도 허다했다. 트리스탕 레르미트의 소설 《총애를 잃은 시종》(II, pp. 38~39)에 그런 예를 볼 수 있다.

가 떠나는 모습을 바라보는 것이었지요. 그녀의 슬픈 표정을 보고 죽고 싶은 생각이 들었지요. 나는 방 안에 틀어박혔지요. 그날 종일 그리고 밤새도록 울었지요. 그리고 아침부터, 나하고 키가 같은 내 하인의 옷으로 갈아입고, 그를 라 플레쉬에 두고 내 학용품을 모조리 팔아서 그에게 앙제에 나를 찾으러 오라는 명령과 함께, 내가 요구하면 나에게 돈을 보내주는 아버지의 소작농에게 편지를 남겼지요.

나는 길을 떠났고, 뒤르텔3에서 당신을 만났는데, 거기서 당신은 사슴을 사냥하던 신분이 높은 여러 사람들하고 7, 8일 동안 지내던 중이었지요. 가끔 당신이 하인이 없어 불편을 겪거나, 혹은 아마 내 인상과 얼굴이 당신 마음에 들었는지, 나를 억지로 붙잡는 바람에, 나는 당신에게 도움을 주었고 당신은 나를 당신의 하인으로 대했지요. 내가 머리를 아주 짧게 잘랐던 탓에 앙젤리크 양 옆에서 나를 자주 봤던 사람들이 나를 알아보지 못했지요. 뿐만 아니라, 변장하려고 입었던 내 하인의 형편없는 옷 때문에 보통 학생들의 옷보다 더 멋진 옷을 입고 다니던 내 모습과는 완전히 달리 보였지요.

나는 먼저 앙젤리크 양의 눈에 띄었고, 그 이후 내가 모든 것을 버리고 그녀를 따랐기 때문에, 그녀는 나에게 자신에 대한 사랑의 열정이 아주 격렬하다는 것을 의심하지 않았다고 고백했지요. 그녀는 내가 이성을 잃었다고 생각하고 내가 이성을 되찾도록 설득하는 데 정말 헌신적이었지요. 오랫동안 나보다 소극적인 태도로 사랑을 식어버리게 만든 그녀에게서 나는 가혹함을 느꼈지요. 그러나 결국, 내가

3　지금의 뒤르탈(Durtal)로 앙제 지역에 위치한 작은 마을이다.

그녀를 사랑하기 때문에, 내가 그녀를 사랑하는 한 그녀가 나를 사랑하도록 만들었지요.

당신은 신분이 높은 사람으로 아름다웠던 영혼을 가지고 있었기 때문에, 곧 내가 하인 신분이 아니라는 것을 알아차렸지요. 나는 당신의 호감을 얻었지요. 당신 극단의 모든 남자들 틈에서 잘 지냈고, 심지어 당신들 사이에서도 아무도 사랑하지 않고 모든 사람들을 싫어하는 라 랑퀸의 미움도 받지 않았지요. 나는 사랑하는 두 젊은이가 함께 만날 때 서로 할 수 있는 말을 당신에게 미주알고주알 되풀이하면서 시간을 낭비하지는 않을 거예요. 당신이 잘 알고 계시지요. 다만 당신에게 말할 것은 라 카베른 양이 우리의 판단을 의심하거나 혹은 의심하지 않으면서도 자기 딸에게 내가 말도 꺼내지 못하게 했다는 것이지요. 그녀의 딸이 자기 말을 듣지 않고, 나에게 편지를 써 그녀를 놀라게 했다고, 그녀가 자기 딸을 공공연히 그리고 특히 얼마나 가혹하게 대했던지 그 이후 내가 어렵지 않게 그녀를 납치할 결심을 하게 되었지요. 나는 당신이 적어도 나만큼 사랑에 빠져 봤고, 누구 못지않게 너그러운 분이라는 사실을 알기 때문에 당신에게 이런 고백을 하는 것이 두렵지 않지요.

르 데스탱은 레앙드르의 이 마지막 말에 얼굴이 붉어졌고, 레앙드르는 이야기를 계속하면서 르 데스탱에게 오직 자신의 계획을 실행하려고 극단을 떠났다고 했다. 그리고 아버지의 소작농이라는 사람이 그에게 돈을 보내겠다는 약속을 했고, 그는 또 생 말로에서 어떤 상인의 아들에게서 그 돈을 받을 것으로 기대한다고 했는데, 그 사람은 그와 우정이 돈독한 사람으로 얼마 전 자기 부모가 돌아가셔서 그 재산의 주인이 된 사람이라고 했다. 그는 그 친구의 주선으로 쉽게 영국으로 가서, 아버지가 화내실까 봐 앙젤리크 양을 노출시키지 않고 아버지와 평화롭게 지낼 기대를 하고 있다고 덧붙였다.

아마도 그의 아버지는 그녀의 어머니에게도 부유하고 신분이 높은 남자가 가난한 두 여배우에 대해 가질 수 있는 모든 장점 때문에 온갖 종류의 적대적인 행동을 했을 것이다.

르 데스탱은 레앙드르에게, 그가 젊고 그가 가진 신분 때문에 그의 아버지가 틀림없이 라 카베른 양을 유혹하는 데 대해 비난하는 거라고 했다. 그는, 사랑하는 사람들은 사랑의 열정에 대한 조언 외에 다른 조언은 믿지 않으려 하고 그걸 비난하기보다는 더 동정한다는 것을 잘 알기 때문에, 레앙드르에게 자신의 사랑을 잊지 말라고 했다.

그러나 르 데스탱은 그가 영국으로 도망가려고 했던 계획을 강하게 만류하고 그에게 어느 낯선 땅에서 두 젊은 사람에게 일어날 수 있는 일을 상기시켰다. 바다의 항해에서 오는 피로와 위험, 그들에게 돈이 떨어지면 돈을 다시 마련하기 어려운 상황, 마지막으로 앙젤리크 양의 미모와 두 사람이 젊기 때문에 그들에게 가할지 모르는 공격 등이다. 레앙드르는 그런 불길한 예상에 대해 반론하지 않았다.

그는 다시 한 번 르 데스탱에게 오랫동안 자신을 숨긴 것에 대해 용서를 구했고, 르 데스탱은 라 카베른 양이 그에게 호의적으로 대하도록 그녀의 마음속에 그가 가지고 있을 것으로 생각하는 모든 능력을 발휘하겠다고 약속했다. 그는 또, 앙젤리크 양 이외 다른 여자를 결코 생각하지 않는다고 굳게 결심한다면, 극단을 떠나는 일은 결코 있어서는 안 된다고 말했다. 그는 레앙드르에게 그동안 그의 아버지가 죽을 수 있고 혹은 사랑의 열정이 사그라지거나 아마 사라질지 모른다고 지적했다. 레앙드르는 그런 일은 절대 일어나지 않을 거라고 소리쳤다.

르 데스탱이 말했다.

그러니까 그런 일이 당신의 연인에게 일어나지 않도록 그녀를 절대 놓치지 말아요. 우리하고 같이 연극을 해요. 연극을 하고 더 나은 무언가를 할 수 있는 건 혼자가 아니지요. 당신의 아버지에게 편지를 쓰세요. 그에게 당신이 전쟁터에 있다는 것을 믿게 만들고 그에게서 돈을 끌어내려고 하세요. 그동안 나는 그대와 형제처럼 함께 살고, 내가 당신이 소중하게 여기는 것이 무엇인지 알지 못했지만, 그대가 나에게 받았던 부당한 처우를 잊도록 해주겠소.

레앙드르는 자신이 받은 처우로 그의 온 육체를 통해 느낀 고통 때문이었는지 르 데스탱의 발밑에 엎드렸다. 그는 정말 호의적인 말로 르 데스탱에게 최소한의 감사를 표하고 다정한 우정을 맹세했으며, 그 이후 신사로서 제3자로부터 받을 수 있는 최고의 사랑을 받았다. 그리고 그들은 앙젤리크 양을 찾는 문제에 대해 이야기했다. 그러나 큰 소란이 일어난 소리를 듣고 대화를 중단하고 르 데스탱은 여관의 주방으로 내려갔는데, 여러분은 다음 장에서 어떤 일이 일어났는지 알게 될 것이다.

제 6 장

주먹 난투극. 여관 주인의 죽음과 기억할 만한 다른 것들

마을 학교 교사처럼 검은 옷을 입은 남자와, 경찰 인상을 풍기는 회색 옷을 입은 남자가 서로 머리채와 수염을 잡고 아주 끔찍하게 서로 주먹을 날리고 있었다. 그들의 옷과 표정은 그들이 서로 그러기를 원하는 모습이었다. 마을의 학교 교사로 검은 옷을 입은 사람은 사제의 동생이었고 같은 마을의 경찰로 회색 옷을 입은 사람은 여관 주인의 동생이었다. 여관 주인은 그때 주방 옆방에서 벽에 머리를 부딪쳐 정신을 너무나 몽롱하게 만든 고열로 숨지기 일보 직전이었다. 고열에 겹친 부상으로 완전히 바닥에 쓰러지는 바람에, 정신을 차리지 못했고, 아마 돈도 제대로 벌어 보지도 못하고 목숨을 잃을 수밖에 없었다.

그는 오랫동안 군대에 복무하고 나이가 많이 들어서야 마침내 마을로 돌아왔다. 지독하게 가난한 데다가, 돈도 돈이지만, 성실성이라고는 찾아볼 수 없을 정도였다. 그러나 여자들이 그런 남자에게 매료되지 않을 것 같은데 흔히 매료되는 일이 있듯이, 마을의 다른 농부들

보다 더 긴 송곳 같은 그의 머리카락, 여자 군인에게 한 맹세들, 비가 오지 않을 때 축제 때마다 꽂은 곤두선 깃털 하나, 말[馬]이 없는데도 낡은 장화를 후려치는 녹슨 검, 이런 모든 것이 여관을 운영하던 한 늙은 과부의 시야에 들어왔다. 그녀는 미모 때문이 아니라 포도주와 귀리를 엉터리로 계량해서 비싸게 팔아 죽은 남편과 함께 모아 놓은 재산 때문에 그 고장의 가장 부유한 농부들이 줄을 서는 혼처였다.

그녀는 그 구혼자들을 끊임없이 물리쳤지만, 결국 늙은 군인이 늙은 여주인을 쟁취한 것이다. 이 여관 여주인의 얼굴은 가장 작았지만, 그녀의 배는 이 지방에 배 나온 사람들이 많기는 하지만, 르멘에서 가장 컸다. 나는, 박물학자들이 이 고장에 배 나온 사람들이 많은 것이 수탉의 지방 때문인지, 그 이유를 찾아봤으면 한다. 내가 그녀를 생각할 때마다 나타날 것 같은 키가 작고 뚱뚱한 이 여자 이야기를 다시 하자면, 그녀는 자기 부모에게 일언반구도 없이 그 군인하고 결혼해 버렸다. 그리고 그와 늙어가면서 또 온갖 고생을 하고 난 후, 결국 그가 머리를 부딪쳐 죽는 것을 보고 기뻤다. 그녀는 그것을 신이 내린 정당한 심판으로 여겼다. 왜냐하면 그가 머리를 부딪치는 일이 자주 있었기 때문이다.

르 데스탱이 여관의 주방으로 들어왔을 때, 이 여주인과 그녀의 하녀는 두 척의 배처럼 달라붙은 싸움꾼들을 떼어 놓는 마을의 늙은 사제를 도와주고 있었다. 그러나 르 데스탱의 위협과 위엄은 훌륭한 목자의 설교로 할 수 없는 것을 해냈고, 죽일 듯한 두 상대는 이빨에서 흐르는 피를 내뱉고 코에서 피가 흐르고 턱과 머리에서 껍질이 벗겨지고 나서야 서로 떨어져 나갔다.

사제는 성실한 사람이었고 세상물정을 잘 알고 있었다. 그는 르 데스탱에게 아주 공손하게 감사를 표했다. 그리고 르 데스탱은 그를 기쁘게 해주려고 바로 좀 전에 서로 목을 조르려고 안았던 사람들을 우정으로 포옹하게 했다. 화해하는 동안, 여관 주인은 친구들에게 알리지 못한 채 아무도 모르게 그의 운명을 마감했는데, 평화가 이루어진 후 사람들이 방으로 들어갔을 때 그를 매장할 수밖에 없다는 것을 알았을 정도였다.

사제는 죽은 사람을 위해 기도했는데, 적절하게 했다. 그의 기도가 짧았기 때문이다. 그의 보좌사제가 그와 교대하러 왔고, 그동안 과부는 울부짖을 작정을 하고 아주 드러내 놓고 다짜고짜 오열했다. 죽은 사람의 형은 슬픈 척이든 정말이든 슬퍼했으며, 하인들과 하녀들도 거의 그의 형처럼 슬펐다. 사제는 르 데스탱의 방으로 따라가서 그를 도와주겠다고 했다. 그는 레앙드르에게도 그렇게 했고 그들은 그와 함께 식사하도록 했다. 르 데스탱은 종일 아무것도 먹지 못하고 일을 많이 한 탓인지, 아주 게걸스럽게 먹었다. 레앙드르는 먹는 것보다는 사랑에 빠진 생각에 골몰했고, 사제는 먹는 것 이상으로 많은 말을 했다. 그는 그들에게 인색했던 망자에 대해 많은 재미있는 이야기를 해주었고, 열정이 넘쳐서 그의 아내뿐 아니라 이웃들과 겪은 재미있는 갈등들도 알려주었다.

사제는 그중에서 망자가 자기 아내와 라발로 여행을 간 이야기를 해주었는데, 돌아오면서 그 둘을 태운 말의 발에서 편자가 빠졌고, 설상가상으로, 편자가 사라졌다는 것이다. 어느 나무 아래서 자기 아내에게 말고삐를 잡고 있으라고 해 놓고 라발까지 되돌아가서, 그가 지나갔을 거라고 생각한 온 사방으로 그 편자를 샅샅이 찾았다고 했다. 그러나 그는 헛수고를 했고, 반면에 그의 아내는 그를 참고 기다리지 못할 거라고 생각했다. 그가 족히 10킬로미터나 되는 길을 되돌아갔고 그녀가 힘들기 시작했을 때, 그녀는 그가 손에 장화와 반바지를 들고, 맨발로 돌아오는 것을 보았기 때문이다. 그녀는 이 새로운 사건을 보고 깜짝 놀랐지만, 그에게 감히 이유를 물어보지 않았는데, 그만큼 그는 그 난리 덕분에 자기 집으로 가서 지시를 내릴 수 있었기 때문이다. 그녀는, 그가 그녀에게 신발을 벗기라고 했을 때 감히 다시 떠나지도 못하고, 그에게 그 이유를 물어보지도 못했다. 그녀는 단지 그게 신앙심으로 그럴 수 있는 게 아닌가 생각했다. 그는 아내에게 말고삐를 잡으라고 하고, 뒤에서 서둘러 걸어갔다. 이처럼 신발도 없는 남자와 여자, 두 발에 편자가 없는 말이 아주 생고생을 하고 난 후, 서로 완전히 지쳐 밤이 되기 전에 집에 도착했다. 주인과 안주인은 발에 껍질이 벗겨지는 바람에 약 보름 동안 거의 걸을 수도 없었다. 그는 자신이 한 다른 일을 전혀 기억하지 못하고, 그 일을 생각했을 때 자기 아내에게 웃으면서, 그들이 라발에서 돌아오면서 신발을 벗지 않았더라면, 말편자 두 개 이외에 신발 두 켤레도 샀을 것이라고 말했다.

르 데스탱과 레앙드르는 사제가 그들에게 선의로 한 이야기에 그리 감동받지 않았는데, 사제가 들려준 이야기가 그리 재미없다고 생각했거나, 그 당시 그들이 웃을 기분이 아니었기 때문이다. 대단한 수다쟁이였던 사제는 거기 그대로 있고 싶지 않았고, 르 데스탱에게 말을 걸어, 그가 방금 들은 이야기는 망자가 죽음을 목전에 두고 있던 상황에서 그에게 말할 만큼의 가치가 없었다고 말했다.

사제는 덧붙였다.

4, 5일 전부터 그 사람이 죽음을 피할 수 없다는 것을 알았지요. 그는 집안일 때문에 괴로워한 적이 없었지요. 그는 아팠던 동안 먹은 모든 날계란을 두고 후회했지요. 그는 자신의 매장을 어떻게 할지 알고 싶어 했으며 심지어 내가 그의 매장 문제를 고백한 날 나에게 흥정하려고 했지요. 결국, 그가 시작했을 때처럼 마지막으로, 죽기 두 시간 전에, 내 앞에서 아내에게 구멍이 숭숭 난, 그가 알고 있는 어느 낡은 시트 안에 자신을 묻어 달라고 명령했지요. 그의 아내는 그렇게 하면 그가 제대로 잘 묻히지 못할 것이라고 말했지요. 그는 다른 방법으로 묻히고 싶지 않다고 고집했지요. 그의 아내는 거기에 동의할 수 없었지요. 그리고 그가 그녀를 때리지 못할 거라는 것을 알고 있었기 때문에, 한 성실한 아내로서는 남편이 유감스러워 하든 말든 남편 덕분이라는 존중에서 벗어나지 않고, 여태 그에게 한 것보다 더 활발하게 그녀의 의견을 고집했지요.

그녀는 결국 그에게 구멍이 숭숭 난 형편없는 시트를 어깨 위에 걸치고 어떻게 요사팟 계곡[1]에 나타날지 어떤 모습으로 부활할 생각인지 물었지요. 병자는 그 말에 화를 냈고 자신이 건강할 때 늘 그랬던 것처럼, 이렇게 소리쳤지요.

이런! 이 빌어먹을 년! 난 부활하고 싶지 않아.

---

1   예수가 승천한 곳으로 알려진 예루살렘 동쪽 올리브 동산의 계곡. 기독교의 전통에 따르면 죽은 자들이 최후의 심판 때에 이 계곡에 모일 것이라고 한다.

나는 웃음을 참기 힘들었고, 그가 화를 내며 신을 모독하는 것을 이해하기도 그만큼 힘들었지요. 더구나 그가 그녀의 아내에게 한 말도 일종의 모독이었지요. 그는 거기에 대해 회개하는 행동을 했지만, 그럼에도 불구하고 그가 선택한 시트 말고 다른 시트에 묻히지 않을 것이라고 그녀에게 말해야만 했지요.

그가 부활을 포기한다고 아주 큰 소리로 분명하게 말했을 때, 나의 형은 폭소를 터트렸고, 그걸 생각할 때마다 그 때문에 웃지 않을 수 없었지요. 망자의 형은 거기에 화를 냈지요. 그리고 나의 형과 서로 말다툼을 하다가 둘 다 거칠어져, 서로 맞잡고 수없이 주먹을 날렸는데, 사람들이 그들을 떼어 말리지 않았다면 아마 계속 서로 치고 받았겠지요.

사제는 이렇게 자신의 이야기를 마치고, 르 데스탱에게 말을 걸었는데, 레앙드르는 그의 이야기에 그다지 귀를 기울이지 않았기 때문이다. 그는 배우들에게 다시 도움을 주겠다고 한 뒤 그들과 헤어졌다. 그리고 르 데스탱은 슬픈 레앙드르를 위로하려고 했고, 그가 생각해낼 수 있는 최선의 희망을 주었다.

비록 그 가난한 젊은이는 낙심했지만, 마치 그의 하인이 빨리 오기를 기다리는 듯 가끔 창문을 바라보았다. 그러나 우리는 누군가를 초조하게 기다릴 때, 아무리 침착한 사람들이라도 그 사람이 오는 쪽으로 자주 바라볼 정도로 어리석다. 나는 여기서 6장을 마무리 하려고 한다.

제 7 장

불신에 이어 공포에 사로잡힌 라고탱. 시신의 모험.
난투극과 이 진실한 이야기에서 다룰 만한 다른 놀라운 사건들

그러니까 레앙드르는 방 창문을 통해, 하인이 올 쪽을 바라보며 기다
리고 있었는데, 그때 고개를 다른 쪽으로 돌리다가, 땅딸보 라고탱이
허리띠까지 오는 장화를 신고, 작은 노새를 타고, 등자 한쪽에 라 랑
퀸, 다른 쪽에는 롤리브를 보디가드처럼 대동하고 오는 것을 보았다.
그들은 이 마을에서 저 마을까지 르 데스탱의 소식을 수소문한 덕분
에 마침내 그를 찾은 것이다.

르 데스탱은 아래쪽으로 내려와서 방이 있는 위층으로 그들을 안내
했다. 그 사람들은 처음에 옷과 표정이 변한 젊은 레앙드르를 알아보
지 못했다. 르 데스탱은 사람들이 그의 모습을 보고 알아채지 못하도
록, 그에게 익히 권위적인 목소리로 저녁 식사를 준비하라고 명령했
다. 그런데 그를 알아본 배우들은 오히려, 그가 옷을 잘 차려 입었다
는 말을 하지 않고, 르 데스탱이 대신해 대답했는데 '멘 저지대'에 살
고 있는 한 부유한 아저씨가, 보다시피, 머리에서 발끝까지 잘 차려

296

입혔고, 원하는지는 않았지만, 그에게 돈을 주고 연극판을 떠나도록 강요했으며, 그렇게 그에게 작별 인사도 하지 않고 헤어졌다고 했다.

르 데스탱과 다른 사람들은 그들의 수색 소식을 서로 물었지만 거기에 대해 서로 말하지 않았다. 라고탱은 비록 앙젤리크 양의 납치가 너무나 비통하기는 하지만, 다른 여배우들은 건강하다고 르 데스탱을 안심시켰다. 밤이 되자, 모두 저녁을 먹었고, 새로 온 사람들은 다른 사람들처럼 술을 거의 마시지 않았다. 라고탱은 기분이 좋아져서 모든 사람들에게 술을 마시고 싶으면 마시라고 했다. 그는 술집의 허세 부리는 사람처럼 우스꽝스러운 짓을 하고 모든 사람들이 있는데도 노래를 불렀다. 그러나 그런 행동이 호응을 받지 못한 데다 안주인의 시동생이 사람들에게 죽은 사람을 옆에 두고 방탕한 짓을 하는 것이 잘한 일이 아니라고 항의하자, 라고탱은 소란은 덜했지만 술은 더 마셨다. 모두 자러 갔다. 르 데스탱과 레앙드르는 그들이 이미 차지한 방에 있었고, 라고탱과 라 랑퀸, 롤리브는 주방 옆에 있는 작은 방에 있었으며, 그 방 옆에 아직 매장하지도 못한 망자의 시신이 있었다.

안주인은 높은 방에 누웠는데, 르 데스탱과 레앙드르가 바로 그 방 옆에 있었다. 그리고 그녀는 죽은 남편의 시신을 보지 않고 그 방에서 떼거리로 찾아온 친구들의 위로를 받았다. 그녀는 그 마을에서 가장 뚱뚱한 여자들 중에 한 명이었는데, 남편은 그 동네에서 항상 미움을 받은 데 반해 그녀는 늘 모든 사람들에게 사랑받았기 때문이다. 여관은 적막했다. 개들은 자고 있었을 것이다. 왜냐하면 짖지 않았기 때문이다. 다른 짐승들도 모두 자고 있거나 틀림없이 그러고 있을 것이다. 그리고 그런 고요는 새벽 2, 3시까지 지속되었는데, 그때 갑자기

라고탱이 라 랑퀸이 죽었다고 고래고래 고함치기 시작했다. 동시에 그는 롤리브를 깨우고, 르 데스탱과 레앙드르에게 일어나라고 하고, 울거나 적어도, 그가 말한 대로, 갑자기 옆에서 죽은 라 랑퀸을 보려면 방으로 내려가라고 했다. 르 데스탱과 레앙드르가 그를 따라갔고, 그들이 방으로 들어가면서 맨 먼저 본 것은 갑자기 죽었다고 해서 믿기 힘들었지만 아주 건강한 사람처럼 방을 이리저리 다니는 라 랑퀸이었다. 먼저 들어간 라고탱은 오히려 그를 알아보지 못하고, 마치 자신이 뱀을 밟을 뻔하거나 구멍에 발을 디딘 것처럼 뒤로 펄쩍 물러났다. 그는 고함을 지르고, 죽은 사람처럼 창백해져 방 밖으로 필사적으로 도망치다가 르 데스탱과 레앙드르와 심하게 부딪쳤는데, 까딱했으면 그들을 땅바닥으로 덮칠 뻔했다.

그가 겁이 나서 감기에 걸릴 위험을 무릅쓰고 여관의 정원까지 도망치는 사이, 르 데스탱과 레앙드르는 라 랑퀸에게 그의 죽음의 자초지종을 물었다. 라 랑퀸은 그들에게 라고탱이 왜 저러는지 모르겠다고 말하고 그가 호들갑을 떤다고 했다. 그동안 롤리브는 미친 사람처럼 웃었다. 라 랑퀸은 그의 습관처럼 말을 하지 않고 냉정했는데, 롤리브와 그는 더 이상 말을 하지 않았다.

레앙드르는 뒤따라가서, 라고탱이 셔츠를 입고 있었지만 추위로 떠는 게 아니라 겁이 나 발발 떨면서, 나무 뒤에 숨어있는 것을 발견했다. 그는 라 랑퀸이 죽은 것으로 상상을 하고 있다가, 처음에는 레앙드르를 귀신으로 여기고 그가 옆으로 다가왔을 때 도망갈 생각을 했다. 이어서 르 데스탱이 왔는데, 그도 다른 귀신처럼 보였다. 그들은 그에게 그 어떤 말 한마디도 꺼낼 수 없었다. 그리고 마침내 그의 팔을 잡고 방으로 데리고 갔다.

그러나 그들이 정원에서 나왔을 때, 라 랑퀸이 그곳에 나타났다. 라고탱은 자신을 데리고 온 사람들을 내쫓고, 정신 나간 눈으로 뒤를 보면서, 빽빽한 장미나무 숲으로 달아났다. 그러나 머리부터 발끝까지 어쩔 줄 몰랐던 라고탱은 라 랑퀸을 피해 도망가지 못했다. 라 랑퀸은 그를 미친놈이라고 하면서 묶어야 한다고 했다. 그들은 기어 들어간 장미나무 숲에서 라고탱을 끌어냈다. 라 랑퀸은 그에게 자신이 죽지 않았다는 것을 보여주기 위해 그의 맨살을 손바닥으로 한 대 갈겼다. 그리고 마침내 겁먹은 땅딸보를 방으로 데리고 가서 침대 위에 눕혔다.

그러나 눕혀 놓자마자, 옆방에서 여자가 고함치는 소리를 들었는데, 그게 무슨 소린지 짐작할 수 있었다. 그건 슬픈 여인의 비명 소리가 아니라, 여러 여자들이 겁이 날 때 함께 내지르는 끔찍한 고함 소리였다. 르 데스탱이 가서 둘러보니 안주인과 네댓 명의 여자들이 있었는데, 그들은 침대 밑을 찾고, 굴뚝을 쳐다보면서 공포에 사로잡힌 것 같았다. 그는 그들에게 무슨 일이냐고 물었다. 안주인이 반은 울부짖거나 반은 말을 하면서, 불쌍한 남편의 시신이 어떻게 되었는지 모른다고 했다. 말을 마치면서 그녀가 울부짖기 시작했다. 그러자 다른 여인들도 그에게 합창으로 대답했고 얼마나 큰 소리로 애통하게 말했던지 여관에 있던 사람들이 모두 방으로 들어왔고 이웃에 있던 사람들과 지나가던 사람들도 모두 여관으로 들어왔다.

그때 우두머리 고양이 한 마리가 주방의 식탁 위에 꼬챙이를 반쯤 꿰어둔 비둘기를 잡아채서 라고탱의 방으로 도망쳤는데, 라 랑퀸하고 라고탱이 잤던 침대 밑으로 숨었다. 하녀는 손에 나무 방망이를 들고 고양이를 쫓아가서, 비둘기가 어떻게 되었는지 보려고 침대 밑을 보다가, 고래고래 고함을 지르기 시작했고, 그녀가 주인을 발견하고 그 말을 하도 되풀이하니까 안주인과 다른 여자들이 들어왔던 것이다. 하녀는 여주인의 목을 안고 달려들어, 무척 기뻐하면서 그녀에게 자신이 주인을 찾아냈다고 말했지만, 불쌍한 과부는 자기 남편이 다시 살아나는 게 아닌가 싶어 겁이 났다. 왜냐하면 사람들이 그녀가 범인이라고 판단할 정도로 얼굴이 하얗게 질린 것을 알아차렸기 때문이다. 결국 하녀는 사람들에게 침대 밑을 보라고 하고 거기서 시신을 보았는데, 그걸 보고 다들 마음이 매우 괴로웠다.

비록 시신이 엄청 무거웠지만, 거기서 시신을 끌어내거나 누가 시신을 거기에 넣었을지 아는 건 그다지 어렵지 않았다. 사람들은 시신을 방으로 가지고 가서 파묻기 시작했다. 배우들은 르 데스탱이 잤던 방으로 물러났는데, 그는 이 이상한 사건에서 아무것도 이해할 수 없었다. 레앙드르는 머릿속에 오직 사랑하는 앙젤리크뿐이었고, 라 랑퀸이 죽지 않은 데 대해 라고탱이 의아스럽게 생각하는 바람에 당황스러웠는데, 라고탱은 자신을 조롱하는 것을 보고 너무 괴로워서, 끊임없이 말하면서 이런 저런 온갖 종류의 대화에 끼어드는 그의 습관과는 달리 더 이상 말을 하지 않았다.

라 랑퀸과 롤리브는 놀란 기색도 거의 없었고, 라고탱의 공황 상태나, 어떠한 사람의 도움 없이 시신을 이 방에서 저 방으로 옮겨 놓은 것에 대해서도 거의 놀라지 않았는데, 아는 사람들은 거의 없겠지만, 르 데스탱은 그들이 그 기적 같은 일에 상당한 역할을 했다고 의심했다. 그동안 그 사건은 여관의 주방에서 밝혀졌다. 농사일을 담당하는 어느 하인이 저녁 식사를 하려고 돌아왔다가, 공포스럽게도, 자기 주인의 시신이 스스로 일어서서 걸었다고 한 하녀에게 말하는 것을 듣고, 그가 새벽에, 주방을 지나가다가, 셔츠를 입은 두 사람이 시신을 발견했다는 방에서 시신을 어깨에 메고 있는 것을 봤다고 말했다. 죽은 주인의 동생은 그 하인이 말하는 것을 듣고 이상한 행동을 발견했다. 과부가 곧 그 사실을 알았고 그녀의 친구들도 알았다. 모두 그런 이상한 행동에 분노했고 이구동성으로 틀림없이 이 사람들이 시신에 해코지를 하려고 한 마법사들이라고 결론 내렸다.

사람들이 라 랑퀸에 대해 아주 좋지 않게 생각하고 있었는데, 그때 그가 그들의 방에서 점심 식사를 하게 해 달라고 주방으로 들어왔다. 망자의 동생이 그에게 왜 자기 형의 시신을 방으로 가지고 왔는지 물었다. 라 랑퀸은 그의 말에 대답하기는커녕, 그를 쳐다보지도 않았다. 과부도 그에게 똑같은 질문을 하자, 그는 똑같이 냉담하게 대했는데, 그 부인이 이전에 그를 대할 때와는 다른 냉담한 태도였다. 그녀는 새끼를 빼앗긴 암사자처럼 (나는 여기서 이 비교가 지나치게 너그러운 건 아닌지 모르겠다) 분노하면서, 그에게 눈을 치켜떴다.

그녀의 시동생이 라 랑퀸에게 주먹을 한 대 날렸고, 안주인의 친구들도 그를 용서하지 않았다. 하녀들이 끼어들었고 하인들도 가세했다. 그러나 단 한 사람에게 여러 사람들이 달려드는 바람에, 서로 치고받고 있었다. 라 랑퀸이 혼자 여러 사람을 상대하고, 결과적으로 그에게 여러 사람이 달려들었지만, 상대의 수에 놀라지 않고, 자진해 나서서, 나머지는 우연에 맡기면서, 신이 그에게 준 온 힘을 다해 무력을 쓰기 시작했다. 어떤 불공정한 싸움도 이보다 더 치열하지 않았다. 뿐만 아니라, 라 랑퀸은 위험에 빠질 수 있다고 판단하면서, 그의 힘뿐만 아니라 솜씨를 발휘해서, 할 수 있는 최대한으로 주먹을 날렸다. 처음 마주친 사람의 뺨에 따귀를 날렸지만, 제대로 맞지 않고, 가볍게 스칠 뿐이었는데, 두 번째 심지어 세 번째까지 날렸지만 마찬가지였다. 왜냐하면 그가 대부분 180도 회전하면서 따귀를 날렸지만, 그렇게 날린 따귀는 턱에 맞아 다른 소리만 났기 때문이다. 싸움꾼들의 시끄러운 소리에 롤리브가 주방으로 내려왔다. 그는 동료와 동료를 때리는 사람들을 구분할 여유가 생기자마자, 그들을 때렸고, 격렬한 저항이 걱정이 되기는 했지만, 그의 동료 이상으로 두들겨 팼다.

그러니까 라 랑퀸에게 가장 많이 얻어맞은 두세 명이 롤리브에게, 아마 손실을 만회하려고 덤벼드는 것 같았다. 시끄러운 소리는 점점 커져 갔다. 그리고 동시에 안주인이 한쪽 눈에 주먹을 한방 맞았는데, 눈에서 수천 개(그것은 불확실한 것에 대한 확실한 숫자다)의 불이 번쩍거렸고, 싸움판 밖으로 나오게 되었다. 그녀는 자기 남편이 죽었을 때보다 더 큰 소리로 울부짖었다. 그녀의 고함 소리에 이웃 사람들이 집으로 들어왔고 르 데스탱과 레앙드르가 주방으로 내려왔다. 그들이 평온한 마음으로 왔지만, 사람들이 그들에게 선전포고도 하지 않고 먼저 공격했다. 느닷없이 주먹이 날아들자, 그들은 주먹을 날린 자들을 가만두지 않았다. 안주인과 친구들, 하녀들이 도둑이야 하고 고함을 쳤지만, 눈에 멍이 든 사람들, 코에서 피가 흐르는 사람들, 턱이 깨지고 머리가 온통 헝클어진 사람들을 구경할 뿐이었다.

이웃들이 이웃집 여자가 도둑이라고 고함친 사람들을 상대하며 끼어들었다. 거기서 서로 주먹을 날리는 장면을 잘 묘사하려면 나보다 더 잘 그리는 붓이 필요할 것 같다. 결국, 서로에 대한 적의와 분노가 넘쳤고, 꼬챙이와 가구들을 잡아서 머리 쪽으로 던지려고 했는데, 그때 사제가 주방으로 들어와서 싸움을 멈추게 하려고 애썼다.

사실, 사람들이 그에 대한 존경심이 좀 있기는 했지만, 그들이 지치지 않았다면, 싸움꾼들을 떼어 놓는 데 애를 먹었을 것이다. 시끄러운 소리가 멈춘 건 아니지만, 쌍방 모두 적대적인 행동은 멈췄다. 서로 먼저 말을 하려고 했고, 여자들이 남자들 이상으로 가성으로 소리를 지르는 바람에, 불쌍한 사제는 귀를 막고 문 쪽으로 가지 않을 수 없었다. 그 바람에 시끄럽게 떠들던 사람들이 입을 다물었다.

사제는 다시 전쟁터로 들어왔고, 주인의 동생이 그의 명령에 따라 먼저 발언하고, 이 방에서 저 방으로 시신을 옮긴 것을 가지고 그에게 불평을 쏟아냈다. 주인의 동생은 코에서 코피가 나오는데도 닦지도 않고, 얼마 되지 않는 피를 뱉는 것 이상으로 시신을 해코지한 것을 과장했다.

라 랑퀸과 롤리브는 사람들이 그걸 자신들 탓으로 돌리고 있다고 했고, 나쁜 의도로 그렇게 한 게 아니라, 단지 늘 했던 대로, 자신들의 동료 중 한 사람에게 겁을 주려고 그랬다고 주장했다. 사제는 그들을 몹시 나무라고 놀리려고 꾸민 일 때문에 일어난 결과를 이해하라고 했다. 그리고 사제가 재치가 있고, 소교구의 신자들 사이에 신뢰가 높았기 때문에, 갈등을 화해시키는 데 큰 어려움은 없었다. 더 개입하면 할수록 더 많은 것을 잃는다. 그러나 불화의 신이 아직 이 집에서 자신이 하고 싶은 대로 모두 다 하지는 못했다.

높은 방에서 돼지 먹따는 소리와 거의 다르지 않은 울부짖는 소리가 들렸다. 그 소리를 내는 사람은 다름 아닌 땅딸보 라고탱이었다. 사제와 배우들, 여러 사람들이 나서 그에게로 달려갔는데, 머리를 제외하고, 온 몸이 여관의 세탁물을 보관하는 데 사용하는 큰 나무상자 안에 처박혀 있는 것을 발견했다. 그리고 상자 안에 갇힌 그 불쌍한 사람에게 더 난감한 것은, 무겁고 거대한 상자 뚜껑이 다리 위로 떨어졌고 보기에도 아주 고통스럽게 다리를 누르고 있었다.

그들이 들어갔을 때, 상자와 멀지 않은 곳에서, 그들을 보고 감격한 것처럼 보인 어떤 힘이 센 하녀가 라고탱을 잘못 앉힌 게 아닌가 의심을 받았다. 그건 사실이었다. 그녀는 그렇게 한 것을 무척 자랑했는데, 방의 침구를 정리하는 데 열중하면서, 사람들이 라고탱을 어떻게 상자에서 끌어내는지 쳐다보지도 않고, 심지어 사람들이 들은 그 소리가 어디서 난 소리인지 그녀에게 묻는 말에도 대답하지 않았다.

그러는 동안 키가 보통 사람 반밖에 안 되는 그가 함정에서 끌려 나와서 자기 발로 검이 있는 곳으로 달려가지도 못했다. 사람들은 그가 검을 잡지 못하게 막았지만, 키 큰 하녀와 부딪치는 것은 막지 못했고, 또한 그녀가 머리에 얼마나 세게 한 방 먹였는지 온 머리가 흔들리는 것을 막지 못했다. 그가 뒤로 세 발자국 물러났지만, 무서운 적을 대하는 뱀처럼 덤벼들 듯이 롤리브가 그의 반바지를 잡지 않았다면 더 세게 달려들었을 것이다. 그가 한 노력은, 아무리 헛된 것이라도 아주 필사적이었다.

그의 반바지 혁대가 끊어졌고 말이 없던 구경꾼들이 웃기 시작했다. 사제는 사태의 심각성을 잊었고 주인 동생은 슬퍼하는 것도 잊었다. 라고탱만이 웃고 싶지 않았고, 그의 분노는, 자신이 모욕을 당했다는 생각을 하면서, 그를 완전히 그런 상태로 몰고 간 롤리브로 향했다. 그는 파리에서 그랬듯이, 하녀가 정돈한 침대에서, 헤라클레스 같은 괴력으로, 이미 혁대가 끊어진 반바지를 벗어 버리고, 털이 무성하고 가느다란 손을 엉덩이 주위로 올렸다가 내렸다가 하면서, 그들의 얼굴을 순식간에 진홍색처럼 발갛게 만들었다.

무모한 라고탱이 용감하게 침대 밑으로 급히 들어갔지만, 당연히 너무 무모했다. 불행하게도 그의 한쪽 발이 침대(와 벽 사이)의 틈에 놓아두었던 요강에 들어갔는데, 전에도 자주 요강에 빠진 적이 있었던지 다른 발의 도움을 이용해 빠진 발을 요강에서 꺼내지 못해, 같이 있는 사람들을 한층 즐겁게 하고 세상 사람들에게 거의 들어 보지 못한 조롱이 자신에게 쏟아질까 봐 그 틈에서 감히 나오지 못했다

그가 그렇게 동요되고 난 후 너무 조용한 모습을 보고 모두 깜짝 놀랐다. 라 랑퀸은 거기에 무슨 이유가 있을 거라고 짐작했다. 그는 반은 스스로, 반은 강제로 그를 침대의 틈에서 끌어냈다. 그리고 그때 모두 말발굽 상처가 난 곳을 보았고, 땅딸보가 스스로 만든 금속발을 보고 웃지 않는 사람이 없었다. 우리는 그가 멋진 한쪽 발로 말발굽쇠를 밟고 있도록 그냥 두고 동시에 여관으로 들어오는 일행을 맞으러 가려고 한다.

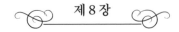

제 8 장

라고탱의 발에 얽힌 일

라고탱이 혼자 힘으로 그리고 친구들의 도움 없이 다리를 빼낼 수 있었다면, 다시 말해 정말 불행하게도 다리가 빠졌던 몹쓸 요강 밖으로 다리를 끌어낼 수 있었다면, 그의 분노는 적어도 그날 내내 계속되었을 것이다. 그러나 그는 선천적 오만을 꺾고 르 데스탱과 라 랑퀸에게, 나로서는 그 발이 어느 쪽인지 몰랐지만, 왼발이나 오른발을 자유롭게 움직이게 해 달라고 겸손하게 부탁하면서, 얌전하게 따르지 않을 수 없었다. 그는 그들 사이에 일어난 일 때문에 롤리브에게 말하지 않았지만, 롤리브는 부탁을 받기도 전에 구하러 왔고, 두 명의 동료와 함께 라고탱을 진정시키려고 최선을 다했다.

땅딸보가 요강 밖으로 발을 빼려고 애를 쓰다가 발이 부었는데, 르 데스탱과 라 랑퀸은 발을 훨씬 더 붓게 만들었다. 라 랑퀸은 먼저 요강에 손을 넣었지만, 얼마나 어설프고, 심지어 짓궂었는지 라고탱은 그가 발을 영원히 못쓰게 만들어 놓으려고 하는 게 아닌가 하는 생각을 했다. 그는 라 랑퀸에게 더 이상 그 일에 끼지 말라고 부탁했다. 그는 다른 사람들에게도 같은 부탁을 하고, 침대 위에 누워서 다리가 빠진 요강을 줄질하려고 철물공을 데리고 올 때까지 기다리고 있었다. 그날 나머지 시간 동안 여관은 다소 평화로워졌지만 르 데스탱과 레앙드르는 꽤 슬프게 보냈다. 레앙드르는 약속했던 대로 그의 연인 소식을 알아내지 못하고 돌아온 자기 하인 때문에 아주 힘들었고, 르 데스탱은 자신이 앙젤리크 양의 납치에 관여하고 있고 레앙드르가 아주 침통한 흔적이 역력한 그의 얼굴을 보고 동정하는 것 외에도, 사랑하는 레투알 양과 멀리 떨어져 있어서 기뻐할 수도 없었다.

라 랑퀸과 롤리브는 마을 사람들과 어울려서 공놀이를 했다. 그리고 라고탱은 발을 꺼내려고 애를 쓰고 난 후, 잠을 자고 싶기도 하고 혹은 그에게 몹쓸 사건이 일어난 후에 사람들이 있는 곳에 나타나지 않는 게 편해서 그날 나머지 시간 잠을 잤다. 주인의 시신은 마지막 거처로 옮겨졌고, 남편의 죽음으로 그녀가 가졌을 죽음에 대한 긍정적 생각에도 불구하고 여주인은, 브르타뉴에서 파리로 가는 두 영국 사람들에게 숙박비를 비싸게 받는 것도 마다하지 않았다.

막 해가 졌고, 그때 르 데스탱과 레앙드르가 방 창문을 떠나지 못하고, 마부 세 사람과 네댓 명의 하인과 함께, 말 네 마리가 끄는 마차가 한 대 여관에 도착하는 것을 보았다. 한 하녀가 그들에게 방금 도착한 일행에게 방을 양보해 달라고 부탁하러 왔다. 라고탱은 방을 지키고 싶었지만 남의 눈에 띄지 않을 수 없었고, 전날 라 랑퀸이 죽는 것을 본 것 같은 방으로 르 데스탱과 레앙드르를 따라갔다.

여관 주방에서 마차의 남자들 중 한 명이 르 데스탱을 알아보았는데, 불쌍한 카베른이 아주 불행한 결혼 생활을 하는 동안 알고 지냈던 바로 렌의 의회 자문이란 사람이었다. 이 브르타뉴의 상원의원은 르데스탱에게 앙젤리크의 소식을 물었고 그녀를 아직 찾지 못한 점에 대해 고통스럽다는 의사를 표했다. 그 사람의 이름은 라 가루피에르였는데, 이름을 보면 나는 그가 브르타뉴 사람이라기보다 앙주 사람이라는 생각이 들었다. 왜냐하면 바스 브르타뉴에는 더 이상 케르 (-ker) 로 시작하는 사람들의 이름이 없고, 앙주 사람들의 이름은 이에르(-ière) 로, 노르망디 사람은 빌(-ville), 피카르디 사람들은 쿠르 (-cour), 가론 주변 사람들은 아끄(-ac) 로 끝나기 때문이다.

라 가루피에르 씨의 이야기로 돌아가면, 이미 여러분에게 말했다시피, 재주가 있는 사람이었다. 그는 자신이 절대 지방사람이라고 생각하지 않으며, 보통 회기가 아닐 때 파리의 주막에서 돈을 낭비하다가 궁중에서는 상복을 입는다. 이 사건은 어느 편지에 기록되어 확인할 수 있는데, 그는 귀족은 전혀 아니고, 내가 감히 말씀드린다면 비(非)부르주아 출신이다. 더구나, 그는 재치가 뛰어난 사람이었다. 운문과 산문을 경솔하게 판단하는 오만하거나 난폭한 무지한 자들도 재치를 즐길 줄 아는 것처럼 거의 모든 사람들이 재치를 즐기는 일에 민감하기 때문이다. 그럼에도 불구하고 그자들은 그가 수치스럽게도 글을 잘 쓴다고 생각하고, 필요한 경우에는, 어떤 사람에게 '위조지폐를 만들 거'라고 비난하듯이 '그가 책을 만든다'고 비난할지 모르겠다.

배우들은 잘 지낸다. 그들은 공연하는 도시에서 더할 나위 없이 위로를 받는다. 왜냐하면 그들은 시인들의 앵무새나 찌르레기들이고 심지어 재주가 타고난 사람들 중 어떤 이들은 가끔 연극을 만들거나,

자신의 본성과 어울리지 않는 일에 엮이기도 하지만 그런 일들을 더 알려고 하거나 자주 접하려는 일종의 야망이 있기 때문이다. 최근에 어떤 의미에서 사람들은 배우라는 직업을 정당하게 평가했고, 예전 보다는 훨씬 그들을 존중한다. 또한 연극을 보는 사람들이 순수한 배우들로부터 가르침을 받고 즐거움을 얻는[1] 건 사실이다.

오늘날 적어도 파리에서는, 연극이 가지고 있는 방탕한 요소는 모두 일소되었다. 또한 사기꾼들, 시동들과 하인들 그리고 그전에 어릿광대들의 형편없는 익살 이상으로 편하게 외투를 입고 연극 보러 가는 기타 인간쓰레기들이 일소된 것은 바람직한 것 같다. 그러나 오늘날 익살극은 없어진 것 같은데, 내가 비난받겠지만, 부르고뉴 관의 2층 박스에는, 사람들이 내뱉는 은밀하고 지저분한 말장난에 기꺼이 웃는 특별한 무리들이 있다고 감히 말한다.

여담은 그만하자. 라 가루피에르 씨는 여관에서 르 데스탱을 발견하고 무척 기뻐하면서, 그에게 르망의 신랑과 라발 고장으로 데리고 온 신부, 내가 신랑에게서 이야기로 들은 그의 어머니, 그 지방의 어느 귀족, 어느 고문 변호사, 그리고 라 가루피에르 씨 등 마차의 일행과 저녁 식사를 하기로 약속했다. 그들은 모두 서로 친척들이었고, 르 데스탱은 그들을 결혼식에서 봤는데, 앙젤리크 양이 거기서 납치된 것이다.

---

1   스카롱은 배우들의 신분 추락으로부터 그들을 북돋아주는 1641년 4월 16일 자 루이 13세의 칙령에 나오는 논거를 재론하고 있다. "우리는 여러 가지 안 좋은 일상으로부터 우리 백성들을 순수하게 즐겁게 해줄 수 있는 배우들의 활동을 공적 영역에서 그들의 명성에 비난도 편견의 탓으로도 돌리지 않기를 바란다."

내가 방금 거론한 모든 사람들에다가 하녀 혹은 가정부를 더하면, 여러분은 그들을 실은 마차가 가득 찼다는 것을 알게 될 것이다. 게다가 부비옹2 부인(신랑의 어머니를 그렇게 불렀다)은 비록 가장 작지만 프랑스에서 가장 뚱뚱한 여자 중 한 명이었다. 그녀는 보통 인간의 신체를 구성하는 무겁거나 단단한 다른 물질 없이, 매년, 살이 엄청나게 찌는 게 확실하다고 했다. 내가 여러분에게 방금 말하고 나서, 여러분은 땅딸막한 여자들이 다 그렇듯이 그녀가 아주 살이 많이 쪘다는 것을 쉽게 믿을 수 있을 것이다.

저녁 식사가 차려졌다. 르 데스탱은 늘 그렇듯 좋은 인상으로 나타났는데, 그 당시 더러운 내의는 그대로여서, 레앙드르가 그에게 하얀 내의를 빌려주었다. 르 데스탱은 습관적으로 거의 말이 없었고, 다른 사람들이 그에게 말을 많이 해도, 아마 그들처럼 쓸데없는 말은 하지 않았을 것이다. 라 가루피에르는 식탁 위에 맛있는 것들을 그에게 대접했다. 부비옹 부인도 라 가루피에르에게 질세라 잘해줬는데, 손쓸 겨를도 없이 식탁의 접시가 모두 한순간에 비었고, 르 데스탱의 접시는 닭 날개와 다리로 얼마나 넘쳤던지 나는 그 이후 어떻게 사람들이 우연히 밑바닥이 거의 없는 접시 위에 높은 고기 피라미드를 쌓을 수 있었을까 하고 자주 놀랐다.

라 가루피에르는 그런 것에 신경 쓰지 않고, 르 데스탱에게 열심히 시(詩)에 대해 말하면서, 자기 의견을 제시하고 있었다. 부비옹 부인

---

2 부비옹은 (거세된) 어린 소다. 이 책에서 스카롱이 등장시킨 부비옹 부인은 몸집도 있고 동시에 사랑의 열정도 있다.

도 의도적으로, 배우에게 계속 음식을 챙겨주다가, 더 이상 잘라줄 닭고기가 없자, 양고기 넓적다리 여러 조각을 주었다. 그는 그걸 어디에 놓을지 몰라 각각 양손에 잡고 어딘가에 놓을 자리를 찾았는데, 그때 그의 식욕으로 끼칠 손해에 가만히 있고 싶지 않았던 신사가 르 데스탱에게, 미소를 지으면서, 접시에 있는 것을 다 먹을 건지 물었다. 르 데스탱은 접시에 눈길을 던지고, 거의 그의 턱 높이에, 잘게 잘린 닭고기 더미를 보고 깜짝 놀랐는데, 라 가루피에르와 라 부비옹이 그를 위해 전리품을 쌓아 놓은 것이었다.

르 데스탱은 얼굴이 붉어지고 그것을 보고 웃지 않을 수 없었다. 라 부비옹은 얼굴이 일그러졌다. 라 가루피에르는 그걸 보고 한바탕 웃으며 모든 사람들을 얼마나 동요시켰는지 라 부비옹도 네댓 번 폭소를 터뜨렸다. 하인들은 주인이 떠난 자리를 다시 차지하고 이번에는 그들이 웃었다. 젊은 신부는 그게 하도 재미있어서 술을 마시면서 웃어 댔고, 술잔에 있는 대부분의 술로 시어머니의 얼굴과 남편의 얼굴을 덮어 버리고 나머지는 식탁과 식탁에 앉은 사람들의 옷 위에 부어 버렸다. 사람들이 다시 웃기 시작했고 라 부비옹 혼자 웃지 않고, 얼굴을 붉히며 성난 눈빛으로 가엾은 며느리를 쳐다보았는데, 그러자 그녀의 기쁨이 약간 꺾였다.

마침내 사람들이 그만 웃었다. 왜냐하면 내내 웃고만 있을 수 없었기 때문이다. 모두 눈을 닦았다. 라 부비옹과 그의 아들은 눈과 얼굴에 흘린 포도주를 닦았고 젊은 신부는 웃음을 억지로 참아가면서 그들에게 사과했다. 르 데스탱은 접시를 식탁 가운데 놓고 각자의 음식을 다시 먹었다. 저녁 식사가 계속되는 동안 달리 할 말이 없었다. 그리고 비록 부비옹 부인이 엉뚱하게 진지한 태도로 무장하는 바람에 같이 있던 사람들의 즐거움을 약간 혼란스럽게 했지만, 좋든 싫든 농담은 멀리 사라졌다. 식탁을 치우자마자 부인들은 방으로 갔다. 변호사와 신사는 서로 카드를 건네고 카드놀이를 했다.

라 가루피에르와 르 데스탱은 카드놀이를 하지 않을 때 뭘 할지 모르는 사람들이 아니라서, 서로 정신적인 이야기를 나눴고 아마 르멘 저지대의 여관에서 한 번도 나눈 적이 없는 가장 멋진 대화를 했을 것이다. 라 가루피에르는 의도적으로 통상 기억하는 것보다 정신적으로 좀더 제한되어 있는 배우에게 가장 은밀하리라고 생각한 모든 것에 대해 이야기했고, 르 데스탱은 자기 세계를 잘 알고 있는 아주 해박한 사람처럼 이야기했다.

그중에서, 그는 상상할 수 있는 모든 식견을 동원해서, 많은 재치를 가지고 있으면서 꼭 필요할 때만 재치를 사용하는 여자들, 오로지 재치를 보여주기 위해서만 재치를 사용하는 탁월한 여자들에 대해 이야기했다. 그리고 빈정거리는 사람들에게 이상한 재치를 시기하는 여자들과 그들 자신이 하는 외설적인 농담과 말장난에 웃는, 요컨대, 동네에 웃음을 주는 여자들, 아름다운 세상을 가장 다정하게 만들고 좋은 또래에 속하는 여자들에 대해 이야기했다. 그는 또한 거기에 연관되어 있는 남자들만큼 글을 잘 쓰는 여자들과 비록 대중에게 자신들의 재치의 결과물을 보여주지 못해도 오직 겸손으로 행동하는 여자들에 대한 이야기도 했다.

라 가루피에르는 아주 성실한 사람이었고 신사로서 그 속성을 잘 아는 사람이지만, 어떻게 시골 배우가 진정한 교양에 대해 완벽하게 알 수 있는지 이해할 수 없었다. 그가 속으로 감탄하면서, 변호사와 신사가 뒤집어진 카드를 놓고 서로 싸웠기 때문에 더 이상 카드놀이를 하지 않고 너무나 자고 싶어 자주 하품하는 동안, 사람들이 저녁 식사를 했던 방에 침대 세 개를 마련해주었고, 르 데스탱은 레앙드르와 함께 잤던 동료들의 방으로 갔다.

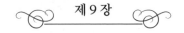

제 9 장

라고탱의 또 다른 불행

라 랑퀸과 라고탱은 함께 잤다. 롤리브는 화가 난 라고탱을 움켜잡으면서 여러 군데가 뜯겨진 옷을 다시 깁느라고 밤을 보냈다. 특히 이르망의 땅딸보를 아는 사람들은, 그가 어떤 사람하고 싸울 때마다, 이런 일은 자주 일어났는데, 항상 상대방 옷의 전부나 일부를 뜯거나 찢어 버린다는 것을 알아챘다. 이것은 그의 확실한 방법이었다. 그리고 싸움이 벌어져 그를 주먹으로 상대하는 사람은, 무기를 휘둘러서 제 얼굴을 방어하듯이, 옷을 방어할 수 있었다.

라 랑퀸은 자리에 누우면서, 그의 안색이 굉장히 좋지 않았기 때문에 건강이 안 좋은지 물었다. 라고탱은 지금보다 더 건강한 적이 없다고 말했다. 그들은 곧장 잠이 들었고 여관에 들어온 사람들은 모두 라 랑퀸이 라고탱을 존중한 것처럼 그들의 휴식을 방해하지 않으려고 했는데, 그렇지 않았다면 땅딸보는 밤을 제대로 보내지 못했을 것이다.

그동안 롤리브는 옷을 깁고, 할 일을 모두 다 하고 난 후, 라고탱의 옷을 가지고 와서, 재단사처럼 능숙하게, 저고리와 반바지를 줄이고 제자리에 갖다 놓았다. 그리고 그는 밤에 옷을 깁고 뜯고 하느라고 시간을 대부분 다 보내고 라고탱과 라 랑퀸이 자는 침대에 누웠다.

시끄러운 소리로 하루를 시작하는 여관에서 항상 그러듯이 사람들은 일찍 일어났다. 라 랑퀸은 라고탱에게 또 안색이 안 좋다고 말했다. 롤리브도 그에게 같은 말을 했다. 그는 그 말을 믿기 시작했고, 동시에 옷이 손가락 네 마디 이상으로 아주 작아졌다는 것을 발견했는데, 잠시 잠자는 동안 몸이 부었을 거라고 확신하고 갑자기 그게 내심 걱정되었다. 라 랑퀸과 롤리브는 늘 그의 안색이 안 좋다고 과장했고, 라 랑퀸과 롤리브에게 라고탱을 속인다는 사실을 미리 들었던 르 데스탱과 레앙드르도 그에게 얼굴이 많이 변했다고 말했다. 불쌍한 라고탱은 눈물이 그렁그렁했다. 르 데스탱은 그걸 보고 미소를 지었고, 라고탱은 그 때문에 화가 엄청 났다.

그리고 여관 주방으로 가서 거기 있는 사람들이 모두 그에게 배우들이 한 말을 그대로 했고, 심지어 갈 길이 멀어 일찍 일어난 마부들도 그런 말을 했다. 그들은 배우들하고 점심을 먹고 모두 아픈 라고탱의 건강을 위해 건배했지만, 라고탱은 그들에게 예의를 표하기는커녕 불평을 하고 침통한 마음으로 마을 의사한테 가서 몸이 부은 것을 설명했다. 의사는 병의 원인과 결과에 대해 이야기했는데, 병에 대해서 개뿔 아는 게 없었고, 주제와는 상관없는 엉뚱한 기술적 용어를 사용하면서 사제 요한[1]에 대해 15분 동안 늘어놓았으며, 라고탱은 그

---

1   12세기 초에서 17세기 초까지 유럽에서 유행했던 사제왕 요한의 전설에 대한 이

말에 화를 내고, 놀랄 정도로 신을 모독하면서, 자신에게 다른 할 말이 없는지 물었다. 의사가 또 설명하려고 했다.

의사가 피 세 병을 뽑아 어떻든 간에 어깨에 흡각(吸角)을 붙인 이 화난 병자 앞에 고분고분하지 않았더라면 라고탱은 그와 싸웠을 것이다. 치료가 막 끝났을 때, 레앙드르가 와서 라고탱에게 화내지 않겠다고 약속하면, 사람들이 그에게 못된 짓을 한 것을 알려주겠다고 말했다. 그는 레앙드르가 원하는 것 이상으로 약속하고 영원한 저주를 걸고 약속한 것을 모두 지키겠다고 맹세했다. 레앙드르는 그의 맹세에 대해 증인들이 있으면 좋겠다고 말하고 그를 여관으로 데리고 가서, 주인과 하인들이 다 있는 데서 다시 맹세하라고 하고, 그에게 사람들이 그의 옷을 줄여 놓은 것이라고 했다.

라고탱은 처음에 부끄러워 얼굴이 붉어졌다. 그리고 나서 화가 난 얼굴이 창백해지면서, 그가 한 어마어마한 맹세를 어기려고 하자, 그때 7, 8명의 사람들이 나서서 그에게 격렬하게 훈계를 했고, 아무리 맹세를 한다고 해도, 그의 말을 듣는 사람이 아무도 없었다. 그는 말을 하지 않았지만, 다른 사람들은 끊임없이 귀에 고함을 질렀는데, 하도 오랫동안 고함을 치는 바람에 그 불쌍한 사람은 이러다가 청각을 잃을 것 같았다.

마침내 생각보다 난관을 잘 벗어나서 최선을 다한 그의 입에서 처음으로 노래가 나오기 시작했다. 이렇게 혼란스럽고 시끄러운 소리

야기다. 동방의 무슬림과 이교도들의 나라 너머에서 기독교 왕국을 통치했다는 가공의 인물이었다.

가 큰 웃음소리로 바뀌어 주인들에게서 하인들로 전해졌고 여관 곳곳에서는 그런 일이 벌어졌고, 여러 주제에 대해 여러 사람들이 이야기하고 있었다. 함께 웃던 많은 사람들의 소란이 점점 줄어들어 공중에 사라지는 동안, 거의 메아리처럼, 연대기에 충실히 따르는 사람은 호의적이든 악의적이든 혹은 하늘에 아우라가 나타나는 것처럼, 독자의 즐거움 속에 이 장을 마무리할 것이다.

제 10 장

유혹을 이기지 못한 부비옹 부인은
어쩌다가 이마에 혹이 났을까

하루 종일 달려야 할 마차는 일찍 준비를 마쳤다. 일곱 사람으로 가득
찬 마차가 출발했다. 여관에서 얼마 안 떨어진 데서, 차축의 가운데
가 부서졌다. 마부가 신세를 한탄하자, 사람들은 차축의 수명이 다한
것을 마치 그의 탓인 것처럼 그를 질책했다. 한 사람씩 마차에서 내려
서 다시 여관으로 돌아가야 했다. 마차에서 내린 사람들은 온 고장을
다 뒤져도 거기서 12킬로미터 떨어진 큰 마을보다 더 가까운 곳에 마
차를 고치는 목수가 없다는 얘기에 매우 당황했다. 그들은 회의를 했
지만, 마차가 다음 날이 되어야 굴러 갈 수 있다는 것을 잘 알기 때문
에 아무것도 해결하지 못했다.

부비옹 부인은 집안의 재산이 모두 자신에게서 나오기 때문에 자기
아들에게 막강한 권한이 있었는데, 아들에게 하인들을 태운 말을 타
고, 다른 말에는 아내를 태워서, 목수를 찾아갈 바로 그 마을의 사제
였던 늙은 숙부를 찾아가라고 명령했다. 그 마을의 영주는 이 의회고

문의 친척이었고 변호사 겸 귀족으로 알려졌다. 영주는 그들을 함께 만나고 싶어 했다. 여관 안주인은 약간 비싸게 빌리더라도 타고 갈 말을 찾으라고 했고, 이렇게 부비옹 부인은 혼자 여관에 남게 되었다. 그녀의 뚱뚱한 체구 때문에 설사 그녀를 태울 아주 튼튼한 당나귀를 찾았더라도 탈 수조차 없었기 때문에, 좀 피곤하거나 피곤한 체했다.

그녀는 하녀를 르 데스탱에게 보내서 저녁 식사하러 오라고 부탁하고, 식사를 기다리는 동안 머리를 곱슬곱슬하게 손질하고 분을 바르며, 앞치마와 레이스가 있는 가운을 입고 제노바 깃을 단 아들의 모자를 썼다. 작은 상자에서 며느리의 혼수 치마 중 하나를 꺼내서 차려 입고, 마침내 살찐 작은 요정으로 변신했다. 르 데스탱은 자유롭게 동료들과 저녁 식사를 하고 싶었지만, 밥상을 차리자마자 저녁 식사하러 그를 찾으러 보낸 공손한 부비옹 부인을 어떻게 거절했겠는가?

르 데스탱은 대담하게 옷을 입은 그녀의 모습을 보고 깜짝 놀랐다. 그녀는 웃는 얼굴로 그를 맞았으며, 손을 씻으라고 하면서, 무슨 말을 할 것처럼 그의 손을 꽉 잡았다. 그는 왜 저녁 식사에 초대받았는지 생각했지만, 부비옹 부인은 그가 식사를 하지 않는다고 자주 나무라는 바람에 변명할 수 없었다. 천성적으로 말이 별로 없는 데다가 그녀에게 무슨 말을 할지 몰랐다. 부비옹 부인은 말할 거리를 찾는 대단한 재간이 있었다. 말을 많이 하는 사람은 말을 거의 하지 않고 그 말에 대답하지 않는 사람과 마주하면, 말을 더 많이 하게 된다. 비슷한 경우에 그랬겠지만, 그녀가 스스로 남을 판단하고, 자신이 주장한 말에 사람들이 대꾸하지 않는다는 것을 알고, 그녀의 말을 무관심하게 듣는 사람에게 자신이 한 말이 그다지 마음에 들지 않았을 거라고 생각한다.

그녀는 말하면서 자신의 실수를 바로잡으려고 하는데, 대체로 그
녀가 이미 한 말은 별 의미가 없지만, 그녀는 사람들이 그녀 말에 귀
기울이지 않을 만큼 무분별하게 말하지는 않는다. 누구라도 그걸 구
분할 수 있지만, 사람들이 있는 데서 말할 기분이 날 때 계속 혼자서
지칠 줄 모르고 말하는 수다쟁이들이 있기 때문에, 나는 그들에게 할
수 있는 최선의 방법은 가능한 한 그 사람들만큼 그리고 그 사람들보
다 더 많은 말을 하는 것이라고 생각한다. 모든 사람들이 나서서 말을
중단시킬 다른 수다쟁이 옆에 더 말 많은 수다쟁이를 막지 못할 것이
고 어쩔 수 없이 그의 말을 들어줄 것이기 때문이다. 나는 그런 생각
을 여러 경험을 통해 알고 있고 심지어 내가 나무라는 사람들 축에 들
지 않을지 모른다.

비할 데 없는 부비옹 부인은 유례없이 아무것도 아닌 일에 대해서
도 정말 말 많은 여자였는데, 혼자 말할 뿐만 아니라, 혼자 대답하기
도 했다. 자신에게 상황을 유리하게 만들고 그녀의 환심을 사려고 하
는 르 데스탱의 과묵한 성격은 큰 고장에서 다 알려졌다. 그녀는 그에
게 자신이 거주했던 라발시에서 일어난 일을 모두 이야기하고, 거기
서 일어난 스캔들을 언급했지만, 한 개인이나 온 가족을 헐뜯지 않았
고, 좋게 말할 것을 굳이 나쁘게 말하지 않았다. 그녀가 이웃에게 단
점을 지적할 때마다, 비록 그녀도 여러 단점을 가지고 있었지만, 자
신이 말한 그런 단점은 가지고 있지 않다고 주장했다. 르 데스탱은 그
런 이야기를 시작하면 아주 괴로웠고 그녀의 말에 대답하지 않았다.
그러나 결국 가끔 미소를 짓거나 때로, 그게 아주 재미있다거나 혹은

아주 이상하다는 말을 하지 않을 수 없다고 생각했다. 그리고 자주 말도 안 되는 이런 저런 말을 했다.

르 데스탱이 식사를 마쳤을 때 식탁을 치웠고, 부비옹 부인은 그에게 그녀 옆 침대 발판 위에 앉으라고 했는데, 그녀의 하녀가 여관 하녀들을 먼저 나가도록 한 뒤 방에서 나가면서 문을 잡아당겼다. 르 데스탱이 그게 신경 쓰였을 거라고 생각한 부비옹 부인이 그에게 이렇게 말했다.

우리를 놔 놓고 문을 닫는 저 경솔한 여자 좀 봐요!

그녀의 말에 르 데스탱이 이렇게 답했다.

내가 문을 열게요.

그러자 부비옹 부인이 제지하면서 이렇게 말했다.

그런 말을 하려고 하는 게 아니라, 문을 닫고 있으면 두 사람만 하고 싶은 대로 할 수 있듯이, 사람들은 하고 싶은 대로 믿을 수도 있다는 것을 당신은 잘 아시겠지요. 당신 같은 사람들은 경솔한 판단을 하지 않지요.

르 데스탱이 그녀의 말에 대꾸했다.

그런 말을 하려는 게 아니라, 남들의 비방에는 아무리 조심해도 지나치지 않다는 거지요.

부비옹 부인이 말했다.

비방은 무슨 근거가 있어야 하지요.

르 데스탱이 그녀 말에 대꾸했다.

당신과 나를 두고, 가난한 배우와 당신 같은 신분의 여자 사이에 어느 정도 어울릴 수도 있다는 것을 사람들은 잘 알고 있지요.

그가 계속했다.

따라서 문을 열어 놓는 게 좋겠지요?

그런 말이 아니에요.

문에 빗장을 걸면서 부비옹 부인이 말했다. 그녀는 덧붙였다.

문이 닫혔는지 아닌지 신경 쓸 사람이 없기 때문이지요. 그리고 닫으려면 닫는 거고, 우리만 동의하면 문은 열어두는 게 더 낫지요.

그녀는 말한 대로 그렇게 했고, 아주 불타는 듯한 통통한 얼굴과 아주 반짝 빛나는 작은 눈으로 르 데스탱에게 가까이 다가갔는데, 그는 어떻게 체면을 지키면서 그녀가 그에게 건 싸움에서 도망칠까 생각했다. 육감적인 뚱뚱한 여자가 목에서 숄을 벗자 그다지 즐겁지 않은 르 데스탱의 눈에 적어도 10파운드의 유방, 다시 말해 젖가슴의 3분의 1이 모습을 드러냈는데, 나머지는 그녀의 양쪽 겨드랑이에 같은 무게로 처져 있었다.

그녀는 나쁜 의도로 얼굴이 붉어졌고 (왜냐하면 유방은 음탕한 여자들도 얼굴을 빨갛게 만들기 때문이다), 목도 얼굴 못지않게 붉어졌으며, 둘 다 멀리서 보면 진홍색 모자로 보였을 것이다. 르 데스탱도 얼굴이 빨개졌지만, 부끄러워서 그랬는데, 더 이상 부끄러움도 없는 부비옹 부인은 빨개지지도 않았고, 무슨 생각을 했는지는 여러분에게 맡기겠다.

그녀는 자기 등에 무슨 작은 벌레가 붙었다고 소리를 질렀고, 가려움을 느낄 때처럼 그녀의 갑옷 같은 옷 속에서 몸을 움직이면서 르 데스탱에게 거기에 손을 넣어 달라고 부탁했다. 가엾은 사내는 떨면서 그렇게 했고, 그동안 부비옹 부인은 저고리에 난 구멍 때문에 그의 허리를 만지면서 그에게 간지럼을 타지 않는지 물었다. 싸우든지 굴복하든지 해야 했다.

그때 라고탱이 문 반대편에서 듣고, 손과 발로 마치 부술 듯이 문을 치면서, 르 데스탱에게 당장 문을 열라고 소리쳤다. 르 데스탱은 부비옹 부인의 땀나는 등에서 손을 빼내고 늘 고래고래 고함을 지르는 라고탱에게 문을 열려고 갔다. 그리고 그녀와 닿지 않으려고 아주 능숙하게 그녀와 식탁 사이로 지나가다가 무언가에 발이 걸려 비틀거렸고, 잠시 얼떨떨할 정도로 아주 심하게 의자에 머리를 부딪쳤다. 그동안 부비옹 부인은 재빨리 숄을 다시 걸치고, 문을 열어주자 동시에 성급한 라고탱이 있는 힘을 다해 반대편 문을 밀치는 바람에 가엾은 부인의 얼굴에 얼마나 세게 부딪쳤는지 코가 납작해지고 게다가 주먹을 한 대 맞은 것처럼 커다란 이마에 혹이 하나 생겼다. 그녀는 죽는다고 소리쳤다.

그 경솔한 땅딸보는 그녀에게 최소한의 사과도 하지 않고 펄쩍펄쩍 뛰면서, 앙젤리크 양을 찾았어요! 앙젤리크 양이 여기 왔어요! 하고 거듭 말했다. 라고탱의 고함 소리 때문에 르 데스탱이 안주인을 구해달라고 아무리 불러도 하녀가 부비옹 부인의 비명 소리를 듣지 못하자, 라고탱은 이 때문에 르 데스탱이 화가 났을 거라고 생각했다. 마침내 하녀가 물과 하얀 수건을 가지고 왔다. 르 데스탱과 그녀는 최선을 다해, 문을 너무 세게 밀치는 바람에 가엾게 다친 부인의 상처를 치료했다. 르 데스탱은 라고탱이 한 말이 사실인지 알고 싶어 안달이 났지만, 펄쩍펄쩍 뛰는 그의 말을 듣지 않고, 부비옹 부인 곁을 떠나지 않고 그녀의 얼굴을 씻고 닦아주며, 이마의 혹을 붕대로 감아주고

나서, 경솔한 라고탱을 불렀는데, 그는 르 데스탱을 원하는 곳으로
데리고 가려고 그를 마구 잡아당겼다.

제 11 장

2부에서 가장 재미없는 내용들

앙젤리크 양이 레앙드르의 하인에게 이끌려 막 도착한 것은 사실이었다. 이 하인은 레앙드르가 그의 주인이란 걸 알아채지 못할 정도였는데, 앙젤리크 양은 그가 옷을 잘 차려 입은 것을 보고 놀랐고, 라 랑퀸과 롤리브가 겨우 알아챈 것을 능숙하게 알아본 것이다.

앙젤리크 양과, 친구들 중 한 사람처럼 보이도록 만든 자신의 하인에게 레앙드르는 그녀를 어디서 어떻게 찾아냈는지 물었다. 그때 라 고탱이 의기양양하게 르 데스탱을 데리고 들어왔는데, 들뜬 마음처럼 그가 빨리 가지 않으니까 오히려 그의 뒤에서 끌고 들어왔다. 르 데스탱과 앙젤리크는, 오랫동안 만나지 못했거나, 다시 만날 기대를 하지 못하다가 느닷없이 만났을 때 서로 사랑하는 사람들이 느끼는 우정을 보여주며 다정하게 안았다. 그녀는 레앙드르와 특히 첫 대면만 하고, 서로 제대로 쳐다보지 않아도 많은 것을 말하는 눈으로만 서로를 쓰다듬었다.

그동안 레앙드르의 하인은 그의 주인에게, 마치 친구에게 말하듯이, 자신이 겪은 이야기를 시작했다. 하인은 주인하고 헤어진 후, 그렇게 하라고 부탁받은 것처럼, 앙젤리크의 납치범들을 뒤쫓았는데, 그만 그자들을 숙박지에서 놓쳐 버리고, 다음 날 어느 숲 입구에서 앙젤리크 양이 혼자 걸어가면서, 엉엉 울고 있는 모습을 발견하고 깜짝 놀랐다고 했다. 그리고 자신이 레앙드르의 친구며 그의 부탁으로 그녀를 쫓아왔다고 말했기 때문에, 그녀는 매우 안심했고 자신을 르망으로 안내하거나 레앙드르를 어디서 만날 수 있는지 안다면 그곳으로 데려가 달라고 간청했다고 덧붙였다. 하인은 계속 말을 이었다.

아가씨를 납치한 자들이 왜 그녀를 그렇게 풀어줬는지 당신에게 말하는 것은 그녀의 몫이지요. 왜냐하면 우리가 같이 가는 동안 그녀가 너무나 슬퍼하는 모습을 보고 오열하다가 질식할까 두려워 내가 감히 그것에 대해 그녀에게 말하지 못했기 때문이지요.

같이 있는 사람들 중 아무리 무관심한 사람들이라도 너무 끔찍하게 보이는 사건의 자초지종을 앙젤리크 양에게 듣고 싶어 안달이 났다. 납치범들이 폭력적으로 그녀를 납치했다가 그렇게 쉽게 되돌려주거나 풀어준 것을 어떻게 생각해야겠는가? 앙젤리크 양은 잠을 자게 해 달라고 부탁했지만, 여관이 만원이어서, 사제가 그 고장의 가장 부유한 한 농가의 과부로 이웃집에 살던 누이동생 집에 있는 방 하나를 주라고 했다.

앙젤리크는 잠을 자고 싶은 마음은 그다지 없고 그저 쉬고 싶을 뿐이었다. 그 때문에 르 데스탱과 레앙드르는 그녀가 침대에 있다는 것을 알고 곧 만나러 갔다. 비록 르 데스탱이 그녀의 사랑의 절친이라는 게 매우 기뻤지만, 그를 보자 얼굴을 붉히지 않을 수 없었다. 르 데스탱은 그녀의 부끄러운 생각을 동정했다. 그리고 그녀가 어쩔 줄 몰라 하는 것보다 다른 것에 신경 쓰도록, 그녀에게 레앙드르의 하인이 말하지 못했던 것을 말해 달라고 부탁하자, 이렇게 말했다.

우리가 집 정원에서 산책하고 있었는데, 들판 쪽으로 향한 작은 문이 열리고 대여섯 명의 사내들이 들어와서 어머니를 거의 보지 않고 나를 잡아채서 무서워 죽을 지경인데 그들의 말〔馬〕이 있는 곳으로 데리고 가는 것을 보고 어머니와 내가 얼마나 놀랐는지 상상할 수 있겠지요. 두 분이 세상에서 가장 용감한 여자로 알고 있던 어머니는 첫 번째 사내를 발견하고 아주 맹렬하게 덤벼들었고 그자를 얼마나 딱하게 만들었는지 어머니의 손아귀에서 빠져나올 수 없자, 그자는 도와 달라고 그의 동료들을 부르지 않을 수 없었지요. 그자를 구하고 어머니를 때릴 정도로 아주 비겁한 자가 이 납치의 주동자였는데, 길을 가다가 그자가 자랑을 늘어놓는 얘기를 내가 들었지요.

그는 밤이 깊어가는 동안 나에게 접근하지 않았고, 그동안 우리는 도망치고 쫓기는 사람들처럼 걸었지요. 우리가 사람이 사는 곳으로 지나갔더라면 내 고함 소리 때문에 그들이 잡혔겠지요. 그러나 그들은 내가 고함을 질러 마을 사람들을 다 깨웠던 어느 마을을 제외하고는, 마을을 발견해도 최대한 우회했지요.

날이 밝았지요. 납치범이 나한테 다가와서 내 얼굴을 채 보지도 않고, 큰 소리를 질러 동료들을 모아 회의를 열었는데, 내 생각에 약 30분 계속된 것 같았지요. 내가 괴로워하자 납치범은 매우 화난 것 같았지요. 그는 자기 말을 듣고 있는 사람들을 모두 겁주면서 거의 모든 동료들과 다퉜지요. 결국 그들의 떠들썩한 회의는 끝이 났고 무슨 결정을 했는지 나는 모르지요. 다시 걷기 시작했고 그들은 더 이상 그전만큼 나를 공손하게 대하지 않았지요. 그자들은 내가 불평하는 소리를 들을 때마다 나를 꾸짖고 마치 내가 그들에게 잘못한 것처럼 나에게 저주를 퍼부었지요.

그자들은 여러분이 알다시피, 나를 무대복을 입은 채로 납치했고, 그걸 숨기려고 그들이 입은 조끼로 나를 덮었지요. 그들은 길에서 어떤 남자를 만났고, 나는 그로부터 무언가를 알았지요. 나는 그가 레앙드르라는 것을 알고 깜짝 놀랐는데, 그가 나를 알아보면 깜짝 놀랄거라고 생각했지요. 나는 일부러 그가 잘 알고 있는 옷을 드러내서 그의 시선을 끌었고 그는 내 얼굴을 보자마자 깜짝 놀랐지요. 그가 놀랐다는 말을 두 분에게 했을 거예요.

나는 레앙드르에게 칼을 겨누고 있는 것을 보고 말 위에 나를 안고 있었던 자의 손아귀 안에서 기절했지요. 그때 내가 다시 의식을 되찾았을 때, 우리가 걷고 있다는 것을 알았고, 레앙드르의 모습은 더 이상 보이지 않았지요. 내 고함 소리는 다시 커졌고 납치범들은 그중에 부상자가 한 명 있었는데, 들판 사이로 길을 들었고, 어제 어느 마을에 당도하고 전사들처럼 거기서 잠을 잤지요.

오늘 아침, 어느 숲 입구에서, 말을 탄 아가씨를 안내하는 한 남자를 만났지요. 그들은 그녀의 가면을 벗기고 그녀를 알아보고, 찾던 것을 찾아낸 사람들처럼 만면에 기쁨을 나타내면서 그녀를 데리고 갔고, 그 후 그녀를 안내했던 남자를 수차례 두들겨 팼지요. 이 아가씨는 내가 내질렀던 만큼 고함을 질렀는데 그녀의 목소리가 내가 아는 사람의 목소리 같았지요. 우리가 숲 속으로 채 50보도 들어가기 전에, 여러분에게 여러 사람들 중 우두머리가 나타났다고 말한 사람이 나를 잡고 있던 사람에게 접근해서 나를 두고, "이 고함치는 여인을 바닥에 내려놔라"고 말했지요. 그는 그 말대로 했지요.

그들은 나를 놓아준 후 사라졌고, 나는 혼자 남아 걸었지요. 나 혼자 남았다는 두려움 때문에, 두 분에게 말했다시피, 나를 여기로 데리고 왔고 멀리서 우리를 따라온 그 남자가 발견하지 못했다면 나는 죽을 수도 있었을 거예요. 나머지는 여러분도 다 알고 있는 얘기예요.

그녀는 르 데스탱에게 계속 말을 걸었다.

그런데 내가 이 말을 여러분에게 해야 할 것 같군요. 그자들이 나보다 더 좋아했던 그 아가씨는, 당신 여동생을 닮았고, 목소리가 같았어요. 내가 무엇을 믿어야 할지 모르겠군요. 왜냐하면 그녀와 함께 있던 남자는 레앙드르가 당신과 헤어지고 난 후 당신 하인과 닮았는데, 나는 그게 바로 그 사람이라는 생각을 떨칠 수가 없기 때문이지요.

그때 아주 근심에 차 있던 르 데스탱이 말했다.

그게 무슨 말인가요?

앙젤리크가 그에게 대답했다.

내 생각에 그렇다는 거지요.

그녀가 계속했다.

우리가 닮은 사람들을 착각할 수 있지만, 내가 착각한 것이 아니라면 큰 걱정이지요.

르 데스탱이 응수했다.

나도 그 때문에 정말 두렵소. 얼굴이 완전히 변했는데, 내가 정말 두려워하는 적 한 명이 이 지방에 있는 것 같소. 그런데 라고탱과 어제 르망에서 헤어졌던 내 여동생을 누가 이 숲 입구에 놓아두었을까요? 내 동료들 중 한 명에게 신속하게 거기에 가 보라고 부탁하겠소. 그리고 나는 여기서 기다리다가 그가 나에게 알려주는 소식에 따라 어떻게 해야 할지 결정하겠소.

그가 이 말을 마쳤을 때 길에서 누가 부르는 소리를 들었다. 창문을 통해 가루피에르 씨를 봤고, 그는 마실 나갔다가 돌아오는 길이었는데, 이야기 나눌 중요한 일이 있다고 했다. 그를 만나러 가면서 레앙드르와 앙젤리크를 두고 갔다. 두 사람은 서로 만나지 못해 힘든 시간을 보낸 후에 자유롭게 서로 우정을 나누고 서로에게 가지고 있는 감정을 공유했다. 나는 그들의 이야기를 듣는 것도 정말 큰 기쁨이라고 생각했지만, 그들이 은밀하게 서로 만나도록 그대로 두는 것이 더 낫다고 판단했다.

그동안 르 데스탱은 라 가루피에르에게 원하는 게 무엇인지 물었다. 라 가루피에르가 그에게 이렇게 말했다.

당신은 베르빌이라는 귀족을 알고 있나요? 그가 당신 친구 중에 한 사람인가요?

베르빌은 내가 세상에서 가장 은혜를 많이 입었고 내가 가장 존경하는 그분의 사랑을 가장 많이 받은 사람이지요.

르 데스탱이 말했다.

그런 것 같아요.

라 가루피에르가 응수했다.

오늘 만나러 갔던 사람의 집에서 그를 봤지요. 저녁 식사를 하면서 당신 얘기를 했는데, 이후 베르빌은 다른 이야기는 하지 않았지요. 그는 나에게 수많은 질문을 했는데, 그를 만족시킬 수 없었으며, 내가 당신에게 그를 만나러 가 보라는 말을 하지 않아도(당신이 그렇게 하리라는 것을 의심하지 않아요), 비록 그가 거기서 여러 일이 있더라도 여기로 왔을 거 같아요.

　르 데스탱은 그가 알려준 좋은 소식에 대해 고맙다고 했고, 그가 베르빌을 만난 곳을 알았으니, 그의 적 살다뉴의 소식도 바라면서, 거기에 갈 결심을 했다. 그는 살다뉴가 앙젤리크의 납치 주동자일 거라고 확신하고, 앙젤리크가 알아챘다고 생각한 사람이 바로 레투알 양이라면 그자가 사랑하는 레투알을 손아귀에 넣었을 것이다.

　그는 동료들에게 딸을 다시 찾았다는 소식으로 라 카베른을 기쁘게 해주려고 르망으로 돌아가라 부탁하고, 특별히 한 사내를 자신에게 보내거나 혹은 그들 중 누군가 다시 와서 레투알 양의 상태가 어떤지 그에게 직접 말해줄 것을 약속받았다. 그는 라 가루피에르에게 어느 길로 떠나야 할지, 베르빌을 만날 마을 이름이 무엇인지 알아보았다.

　사제에게는 르망에서 그의 누이동생을 찾아, 레앙드르의 말을 타고, 저녁쯤 찾던 마을에 도착할 때까지 앙젤리크를 돌볼 것을 약속하라고 했다. 그는 그 고장에 있을 거라고 생각한 살다뉴가 다가오면 서로 만날까 두려워서 자신이 직접 베르빌을 찾으러 갈 것인지 판단하지 못했다. 따라서 그는 어느 보잘것없는 여관에 묵고, 거기서 꼬마 소년을 보내 그가 베르빌을 만나고 싶어 한다는 말을 전했다.

　베르빌은 그를 만나러 왔고, 그의 목을 끌어안고, 오랫동안 말을

하지 않고 한없이, 다정하게 포옹했다. 다시는 만나지 못할 거라고
생각했는데, 정말 사랑하는 두 사람이 서로 만난 것처럼, 그들이 서
로 포옹하도록 그대로 두고, 다음 장으로 넘어가자.

제 12 장

아마 앞 장만큼이나 재미없을 장

베르빌과 르 데스탱은 서로의 사건에 대해 몰랐던 모든 것을 알게 되었다. 베르빌은 그에게 형 생 파르의 잔혹한 성격과 그것을 견디는 그의 아내의 놀라운 미덕에 대해 말했다. 그는 기쁨을 과장하고 간직하면서 즐기고 있었고 아르크 남작과 생 소뵈르 씨의 소식도 알려주었다. 르 데스탱은 그에게 하나도 숨기지 않고 자신이 겪은 일을 모두 이야기했고, 베르빌은 살다뉴가 그 고장에서, 늘 아주 무례하고 매우 위험한 사람이라고 고백하고, 그를 찾아서 레투알 양을 만나게 되면 그녀를 자유롭게 하기 위해 가능한 모든 일을 다하고 르 데스탱을 그의 식구로 그리고 그의 모든 친구들 중 한 명으로 대접하겠다고 약속했다. 베르빌이 그에게 말했다.

이 고장에 그가 은신처로 삼을 곳은 아버지 집과 내가 모르는 어떤 귀족의 집밖에 없지요. 그 귀족은 살다뉴보다 나을 게 없는 사람으로, 막내 중에 막내라 집안의 주인이 아니지요. 그가 지방에서 지낼 때는 우리를 만나러 와야 하지요. 아버지와 우리는 인척관계 때문에 그를 묵인하고 있지요. 생 파르는 그들 사이에 어떤 관계가 있기는 하지만 그를 더 이상 좋아하지 않아요. 따라서 당신이 내일 나와 함께 갔으면 하는 생각이에요. 나는 당신을 어디에 머물게 할지 알고 있고, 당신이 보고 싶은 사람들 이외에는 눈에 띄지 않을 거예요. 그리고 그동안 나는 살다뉴를 감시하도록 하지요. 사람들이 그를 아주 가까이에서 염탐하고 있어서 우리가 알고 있는 그는 아무것도 하지 못할 거예요.

르 데스탱은 친구가 자신에게 해준 조언을 들으며 확신을 가지고 그를 따르기로 결심했다. 베르빌은 친척인 그 마을의 늙은 영주와 저녁을 먹으러 갔는데, 베르빌은 자신이 그의 상속자가 될 거라고 생각했다. 그리고 르 데스탱은 여관에서 그가 찾은 것을 먹고, 아버지 댁에 가려고 아침 일찍 떠날 생각을 하는 베르빌이 기다리지 않도록 일찍 잤다.

그들은 정해진 시간에 떠났다. 그들이 12킬로미터를 함께하는 동안, 서로 말할 기회가 없었던 여러 가지 사건의 자초지종을 알았다. 베르빌은 르 데스탱을 마을에 결혼한 어느 하인의 집에 머물게 했는데, 아르크 남작의 성에서 5백여 보 떨어진 곳에 그의 소유인 아주 편안한 작은 집이었다. 그에게 거기에 은밀하게 있으라고 하고 곧 찾아오겠다고 약속했다. 베르빌은 헤어진 지 채 두 시간이 되지 않아 다시 찾아와 그에게 할 말이 많다고 했다. 르 데스탱은 창백해졌고 바로 상심했다. 그리고 베르빌은 그에게 불행한 사태가 일어날 것을 대비해 미리 어떤 대책을 세우도록 했다. 말에서 내리면서, 그에게 말했다.

내가 살다뉴를 만났소. 사람들 네 명이 붙어 그를 어느 방으로 데리고 왔는데, 여기서 4킬로미터 떨어진 곳에서 그의 말이 그 사람 위에 쓰러져 완전히 부상을 당한 거지요. 그 사람이 나에게 할 말이 있다고 했고, 자기 방으로 나를 찾아오라고 부탁했으며, 곧장 현장에 있던 의사가 떨어지면서 심하게 밟힌 그의 다리를 봤던 것 같았지요. 우리가 둘만 남게 되었을 때, 그가 나에게 이렇게 말했지요.

당신이 비록 내 일에 참견하는 사람들 중에서 가장 너그럽지 못하고 당신의 지혜가 항상 내 광기를 두려워하지만, 당신에게 내 잘못을 털어놓겠소. 그러고 나서, 그 사람은 자신이 평생 사랑에 빠진 어떤 여배우를 납치했으며, 나를 놀라게 할 이 납치에 대한 전말을 나한테 이야기하겠다고 고백했지요. 내가 당신에게 그의 친구들 중 한 명이라고 말했던 이 신사는 그 지방을 다 뒤져도 은신처를 찾을 수 없어서 그와 헤어지고 나서도 그가 꾸민 일을 돕기 위해 같이 협력했던 사람들을 데려 오지 않을 수 없었다고 말했지요. 밀수 행렬에 연루된 그의 형제들 중 한 명이 간접세 세관들에게 감시를 당하고 피신하는 데 그의 친구들이 필요했기 때문이었지요. 그가 나에게 이런 말을 했지요. 내 사건이 큰 소동을 일으켰기 때문에, 감히 작은 도시에도 나타나지 못하고, 납치한 여인을 데리고 이리로 왔지요. 당신의 아내인 내 여동생에게 내가 두려워하는 엄격한 아르크 남작의 눈에서 멀리 피해, 그녀의 집으로 그 여인을 피신시켜 달라고 부탁했지요. 내가 여기서 그녀를 지킬 수 없고 나에게 세상에서 가장 멍청한 하인 둘밖에 없기 때문에, 말을 타면 바로 도달할 수 있는 브르타뉴에 있는 내 땅까지 내 하인들과 그 여인을 안내하도록 당신의 하인을 나에게 빌려주기를 간청하오. 그는 내 하인 이외에 몇 사람을 줄 수 있는지 물었지요. 왜 냐하면 그가 아무리 경솔해도, 동의 없이 납치한 한 여자를 멀리 데리 고 가는 것이 어렵다는 것을 잘 알기 때문이지요.

나는 그에게 일을 쉽게 하도록 해주었고, 그는 미친 사람들이 쉽게 바라는 것처럼 그렇게 곧 믿었던 것이지요. 그의 하인들은 당신을 알 지 못해요. 내 하인은 아주 유능하고 나한테 아주 충실하지요. 내 하 인을 통해 살다뉴에게 그의 친구 중 용감한 사람이 있다고 말해 두겠 소. 그게 당신이오. 당신의 안주인에게 그걸 알리겠소. 그리고 오늘 밤, 그들은 달빛에 긴 여정을 떠날 수 있을 것이고, 그 여인이 첫 마 을에서 아픈 체할 거예요. 멈춰야 할 거요. 내 하인은 살다뉴의 하인 들을 취하게 하려고 할 것이고요. 그건 아주 쉽지요. 그는 당신에게 그 여인하고 달아나는 방법을 도와줄 거고 두 술꾼에게 당신이 이미 가 버렸다고 믿게 만들면서, 당신이 간 길과는 반대 길로 그들을 데리 고 갈 거예요.

르 데스탱은 베르빌이 그에게 제안한 것에 대해 그럴듯하다고 생각 하고 있었다. 바로 그때, 그가 찾으러 보냈던 하인이 방으로 들어갔 다. 그들은 해야 할 일을 함께 의논했다. 베르빌은 헤어지면 아마 오 랫동안 보지 못할 거라고 생각하고 그와 헤어지기 힘들어, 그날 내내 르 데스탱과 함께 있었다. 르 데스탱이 부르봉 온천1에서 베르빌을

---

1   부르봉(Bourbon)은 17세기 온천으로 유명한 곳으로, 많은 사람들이 몰려들기 때문에 배우들이 자주 거기 갔다. 부르봉은 스카롱이 그의 류머티즘을 치료하기 위해 두 차례 갔던 곳이다.

만나기를 기대한 것은 사실이다. 거기로 가려고 했고 그의 극단을 거기로 가게 하겠다고 약속한 터였다.

밤이 왔다. 르 데스탱은 베르빌의 하인과 약속된 장소로 갔다. 살다뉴의 두 하인도 거기로 왔고 베르빌 자신은 레투알 양을 그들에게 맡겼다. 사랑할 수 있는 만큼 서로 사랑한 두 연인이 얼마나 기뻐했을지, 서로 말없이 얼마나 열렬히 사랑했을지 상상해 보시라. 거기서 2킬로미터 떨어진 곳에서, 레투알은 눈물을 흘리기 시작했다. 사람들은 그녀에게 8킬로미터 떨어진 마을까지 가면 그곳에서는 쉴 수 있을 거라고 희망을 주었다. 그녀는 고통이 점점 커지고 있는 체했다. 베르빌의 하인과 르 데스탱은 난처했지만 살다뉴의 하인들이 떠났던 곳에서 너무 가까이 머무는 게 이상하다고 생각하지 않도록 대비했다.

마침내 모두 마을에 도착했고 여관에서 숙박하려고 했는데, 다행히 손님들과 술꾼들로 가득 찼다. 레투알 양의 환자 연기는 어두운 곳보다 촛불의 불빛이 있는 곳에서 더 잘 드러났다. 옷을 입은 채로 누웠고 한 시간만 그냥 쉬고 나면 말을 타고 갈 수 있을 것 같다고 말했다. 완전히 술에 취한 살다뉴의 하인들은 주인의 명령에 따라 베르빌의 하인에게 모든 것을 맡기고 곧 그들만큼 취한 네댓 명의 농부들하고 한패가 되었다. 그들은 세상만사 생각하지 않고 함께 술을 마시기 시작했다. 베르빌의 하인은 그들을 기분 좋게 하려고 가끔씩 한 잔 마시고, 환자가 어떤지 보러 간다는 구실로, 가능한 일찍 떠날 수 있도록 그녀를 말에 태웠고, 르 데스탱도 태워서 가야 할 길을 알려주었다. 그는 술꾼들이 있는 곳으로 돌아와서, 그들에게 아가씨가 잠들어 있는 것을 봤고 곧 말을 타고 갈 수 있는 신호라고 말했다. 또 르 데스탱은 잠이 들었다고 했다. 그러고 나서 술을 마시기 시작했고 이미 매우 건강을 해친 살다뉴의 두 하인들과 건배했다. 그들은 엄청 마셨고 심하게 취해서 식탁에서 일어날 수 없었다. 사람들은 그들을 곳간으로 데려갔는데, 그들이 누운 침대를 망가뜨렸기 때문이다.

베르빌의 하인은 취해서 날이 밝을 때까지 자고, 갑자기 살다뉴의 하인들을 깨워서, 매우 슬픈 표정으로 아가씨가 달아났고, 동료가 뒤쫓도록 했으며 말을 타고 그녀를 놓치지 않기 위해 헤어져야 한다고 말했다. 그가 그들에게 한 말을 이해시키는 데 한 시간 이상이 걸렸고, 내 생각에 그들의 숙취가 일주일 이상 계속된 것 같다.

그날 밤 여관에 있던 사람들이 모두, 여주인과 하녀들까지 취했기 때문에, 르 데스탱과 아가씨가 어떻게 되었는지 알릴 생각을 못했을 뿐 아니라, 심지어 도대체 그들을 봤는지도 기억나지 않았다는 생각이 든다. 많은 사람들이 술을 깨고, 베르빌의 하인이 걱정하면서 살다뉴의 하인들에게 가라고 재촉하고 그리고 술 취한 두 사람이 그렇게 서두르지 않는 동안, 사랑하는 레투알 양을 다시 만난 기쁨에 사로잡힌 르 데스탱은 그녀와 길을 떠나는데, 베르빌의 하인이 살다뉴의 하인들에게 가는 길과 반대 방향의 길을 가도록 했을 거라고 조금도 의심하지 않았다.

그때 달빛은 무척 밝았고 그들은 어느 마을로 향하는 큰길을 따라 편안하게 가고 있었는데, 우리는 그들을 다음 장에서 그 마을에 도착하게 해 놓을 것이다.

제 13 장

라 라피니에르 씨의 못된 짓

르 데스탱은 살다뉴가 레투알을 납치한 숲에서 사랑하는 그녀가 어떤 일을 겪었는지 알고 싶어 참을 수 없었지만, 쫓기고 있다는 두려움이 더 컸다. 따라서 그는 썩 좋지 않은 말에 박차를 가하고, 나무에서 꺾은 회초리와 고함 소리에도 측대보(側對步)로 가는 레투알의 말을 재촉할 생각만 했다. 마침내 두 젊은 연인들은 안심했고 서로 다정한 사랑을 나누었다. (비록 내가 자세한 내막은 잘 모르지만, 방금 일어난 일이 있고 나서 그것에 대해 말할 여유가 있었기 때문이라고 확신한다.) 따라서 서로의 마음을 동정한 후에, 레투알은 르 데스탱에게 라 카베른을 잘 보살폈다고 알려주었다. 그녀가 그에게 말했다.

그녀가 받은 고통으로 병이 들지 않을까 두려워요. 나는 그런 일을 한 번도 겪지 않았으니까요. 사랑하는 오라버니, 그대의 하인이 말을 타고 와서, 그대가 앙젤리크의 납치범들을 찾았고 심하게 부상을 입었다는 소식을 나에게 알리고 난 뒤부터, 내가 그녀만큼 위로가 필요했을 거라고 생각할 수 있지요.

내가 부상당하다니!

르 데스탱이 말을 막았다.

나는 부상당한 적도, 그런 위험에 처한 적도 없었소. 그리고 그대에게 말을 보낸 적이 없소. 내가 이해하지 못할 어떤 미스터리가 있군요. 가끔 그대가 내 건강이 어떤지 그리고 빨리 가는 게 불편하지 않은지 내게 자주 물었던 것에 대해 놀랐소.

그대는 나를 기쁘게 하고 또 나를 슬프게 하는군요. 레투알이 그에게 말했다.

부상 때문에 나는 무척 걱정했지요. 그리고 방금 그대가 나에게 한 말을 들으니 그대의 하인이 우리에게 어떤 나쁜 의도로 적들에게 당했다는 생각이 드는군요.

오히려 그는 우리 편에 있는 어떤 사람에게 당했소.

르 데스탱이 그녀에게 말했다.

나는 살다뉴 말고는 적이 없소. 그러나 하인을 내 배신자로 만든 사람이 그 사람일 리 없어요. 살다뉴가 그대를 찾아냈을 때, 하인을 두들겨 팼다는 것을 내가 알기 때문이오.

그런데 그대가 그걸 어떻게 알지요?

레투알이 그에게 물었다.

왜냐하면 그대에게 어떤 말을 했다는 게 기억이 나지 않기 때문이에요. 그대가 르망에서 어떻게 나왔는지 나에게 가르쳐줬다면 그대가 그걸 알겠지요. 내가 그대에게 방금 말한 것 말고 다른 것을 알려줄 게 없어요.

레투알이 계속했다.

라 카베른과 내가 르망에 돌아온 그다음 날, 그대의 하인이 말 한 마리를 몰고 와서 나에게, 아주 슬퍼하면서 그대가 앙젤리크의 납치범들에게 부상을 당했고, 그대를 찾으러 가라고 부탁했다는 말을 했지요. 비록 늦었지만, 즉각 말을 탔지요. 나는 르망에서 20킬로미터 떨어진, 내가 이름도 모르는 곳에서 자고, 이튿날 어느 숲 입구에서, 내가 알지 못하는 사람들에게 잡힌 거지요. 말을 탄 한 여자를 아주 심하게 내동댕이치는 것을 보았고 그 사람이 동료라는 것을 알아차렸지요. 그러나 내가 처한 딱한 상황과 그대에 대한 걱정 때문에 더 이상 그녀를 생각할 수 없었지요. 나를 그런 지경에 두고, 모두 저녁까지 걸었는데, 들판을 거쳐, 수없이 걸었지요. 우리는 막 어두워지기 전에 시골의 어느 작은 성에 도착했는데, 우리를 받아들이려고 하지 않는다는 것을 내가 눈치 챘지요. 바로 거기서 살다뉴를 알아보았고 그를 보고 실망했지요. 우리는 또 오랫동안 걸었고 결국 나는 다행히 그대가 나를 끌어냈던 그 집에 몰래 들어가게 되었지요.

레투알이 자신의 모험 이야기를 다 마쳤을 때 날이 밝아오기 시작했다. 그들은 그때 르망의 대로에 있었고 그 앞에 보이는 어느 마을로 가려고 전보다 말을 더 세게 몰았다.

르 데스탱은 못된 살다뉴 이외에도 그 고장에서 어떤 적을 조심해야 할지 알아보려고 정말로 그의 하인을 붙잡고 싶었다. 열심히 돌아다녔지만, 그를 찾을 수 있을 것 같지 않았다. 르 데스탱은 사랑하는 레투알에게 동료인 앙젤리크에 대해 알고 있는 것을 모두 알려주었다. 그때 울타리 옆에 반듯이 누워있던 한 남자가 말을 얼마나 놀라게 했던지 르 데스탱의 말이 겨우 몸을 피했는데 레투알 양이 말에서 바닥으로 떨어졌다. 그녀가 말에서 떨어진 것을 보고 깜짝 놀란 르 데스탱은 겁에 질려 힝힝거리며 숨을 헐떡거리고 비틀거리면서 뒤로 물러나는 말처럼 빨리 그녀를 다시 일으켜 세웠다. 그녀는 다치지 않았다. 말들이 진정했고, 르 데스탱은 가서 누워있는 그 남자가 죽었는지 자는지 살펴보았다.

그가 자는 것 같기도 하고 죽은 것 같기도 했다. 코를 아주 심하게 골고 있었지만 (그가 살아 있다는 확실한 표시다), 르 데스탱이 그를 깨우는 데 무척 애를 먹었기 때문이다. 결국, 잡아당기자 눈을 떴는데, 르 데스탱이 그리도 찾으려고 했던 바로 그의 하인이라는 것을 알아챘다. 그 망나니는 아무리 취했어도, 곧 주인을 알아보고 너무 당황스러워했다. 르 데스탱은 그가 저지른 배신을 확신하고 의심하고 있었다.

그에게 왜 레투알 양에게 르 데스탱이 부상당했다는 말을 했는지, 왜 데리고 가려고 했던 르망에서 그녀를 데리고 나왔는지, 누가 그에게 말을 주었는지 물었다. 그러나 그가 너무 취한 탓인지 혹은 취한 것 이상으로 취한 척하는 건지 한마디도 말을 하지 않았다. 르 데스탱은 화가 나서 검 손잡이로 몇 대 치고, 레투알 양의 말고삐로 손을 묶어서 그 죄인을 마음대로 부렸다. 나뭇가지를 하나 부러뜨려 커다란 몽둥이를 만들어서 하인이 기꺼이 걸어가지 않으려고 할 때, 때와 장소에 따라 그 몽둥이를 사용했다. 그는 레투알이 말에 타는 것을 도와주고, 자신도 말에 올라타서 죄인을 사냥개처럼 옆에 두고, 가던 길을 계속 갔다.

르 데스탱이 본 마을은 그가 이틀 전에 떠났던 부비옹 부인이 진성 콜레라에 걸리는 바람에 아직 거기에 있던 라 가루피에르 씨와 일행을 두고 갔던 바로 그 마을이었다. 르 데스탱이 도착했을 때, 르망으로 돌아가 버린 라 랑퀸과 롤리브, 라고탱을 더 이상 만나지 못했다. 레앙드르는 사랑하는 앙젤리크를 떠나지 않았다. 나는 그녀가 레투알 양을 어떻게 맞았는지 여러분에게 말하지 않겠다. 서로 무척 사랑했던 아가씨들이, 심지어 그들이 처한 위험을 넘기고 난 후, 서로 어떻게 포옹했을지 쉽게 짐작할 수 있다.

르 데스탱은 라 가루피에르 씨에게 성공적인 행차였음을 알리고, 특히 그와 잠시 이야기한 후, 그의 하인에게 여관방으로 들어오라고 했다. 거기서 그는 다시 심문을 받았고, 그가 입을 닫으려고 하자, 실토하도록 총을 한 자루 가져 오라고 했다. 총을 보고, 그는 무릎을 꿇고, 큰 소리로 울면서, 주인에게 용서를 구하고, 그가 한 모든 짓은 라 라피니에르가 시켰으며, 보답으로 그를 돕겠다고 약속했다고 고백했다.

또 그로부터 라 라피니에르가 거기서 8킬로미터 떨어진, 어느 불쌍한 과부에게 빼앗은 어느 집에 있다는 것을 알았다. 르 데스탱이 이 사실을 라 가루피에르 씨에게 말하자, 즉시 하인을 보내 라 라피니에르에게 중요한 일로 그를 만나러 왔다고 말했다. 이 렌의 고문은 그르망의 행정관리보다 지위가 높았다. 고문은 브르타뉴에서 거열(車裂)에 처해질 뻔한 그를 살려준 적이 있으며 그가 저지른 모든 범죄 사건에서 항상 보호해주었다. 그를 흉악범으로 여기지 않아서가 아니라, 라 라피니에르의 아내가 그 고문과 먼 친척이기 때문이다. 라

라피니에르에게 보낸 하인은 그를 찾아 말에 태울 준비를 하고 르망
으로 갔다.

라 가루피에르 씨가 자신을 찾는다는 소식을 듣자마자 라 라피니에
르는 곧 그를 만나러 떠났다. 그동안 재주 있는 사람을 무척 열망한
라 가루피에르는 지갑을 하나 가져오라고 하고, 지갑에서 좋든 나쁘
든 온갖 종류의 시를 꺼냈다. 그는 르 데스탱에게 스페인어에서 번역
한 시와 이어서 일화를 하나 읽어주었는데 여러분은 다음 장에서 그
일화를 읽게 될 것이다.

제 14 장

자신의 소송 사건의 재판관[1]

아프리카의 페즈라는 대도시에서 걸어서 한 시간밖에 안 떨어진 바다에 인접한 바위들 사이에서 모로코의 물레이 왕자가 사냥하다가 길을 잃고 난 후 밤에 혼자 남게 되었다. 하늘은 구름 한 점 없었다. 바다는 고요했고 달과 별이 밤을 환하게 비춰주었는데, 말하자면, 그날 더운 나라의 아름다운 밤은 우리가 사는 추운 지방의 온도가 가장 아름다운 밤보다 더 쾌적한 밤이었다.

무어인 왕자는 해안을 따라 말을 몰면서, 거울 같은 해수면 위에 비친 달과 별을 즐겁게 보고 있었는데, 그때 애통한 고함 소리가 그의 귀를 때렸고 호기심에 그 소리가 시작되는 것으로 믿었던 곳까지 갔

---

1   스페인의 여류 작가 마리아 데 사야스(Maria de Zayas, 1590~1647)의 앙투안 단편 중 하나를 각색한 것이다. 1656년 앙투안 메텔 두빌(Antonie Métel d'Ouville)이 프랑스어로 번역했다.

다. 말하자면, 그는 모로코의 아랍 말을 거기로 몰았고, 바위틈에서 한 여자를 발견했는데, 그녀는 있는 힘을 다해 손을 묶으려고 하는 한 남자에게서 자신을 방어하고 있었고, 반면에 또 다른 여자는 내의로 그녀의 입을 막으려고 애쓰고 있었다. 젊은 왕자가 도착하면서 이런 폭력을 계속하던 사람들이 멈췄고 그들이 제대로 다루지 못한 여자에게 약간의 휴식을 주었다.

물레이는 그녀에게 무슨 일로 고함을 치는지, 다른 사람들에게는 그녀에게 왜 그러는지 물었지만, 이 남자는 그 말에 대답하기는커녕, 손에 청룡도를 쥐고 휘둘렀는데, 그가 그의 말처럼 신속하게 피하지 않았더라면 크게 부상을 입었을 것이다.

네 이놈, 네가 감히 페즈의 왕자를 공격하느냐?

물레이가 그에게 소리쳤다.

나는 그대를 왕자로서 잘 알고 있었소. 그대가 나의 왕자이고 나를 단죄할 수 있기 때문에 내가 그대의 목숨을 빼앗거나 내 목숨을 내놓아야 하오.

그 무어인 남자가 그에게 대답했다. 이 말을 마치면서 물레이에게 워낙 거세게 덤벼드는 바람에 왕자는 비록 용맹하지만 공격할 생각보다는 너무 위험한 적으로부터 방어하기에 급급했다. 그동안 두 여자는 드잡이를 하고 있었고, 좀 전에 패배했다고 생각한 여자는 마치 그녀의 보호자가 승리를 거둘 것이라고 확신한 것처럼 상대방이 도망가지 못하게 막았다. 실망은 용기를 더 내게 만들고 때로 심지어 가장 용기가 없는 사람들에게 용기를 주기도 한다. 비록 왕자의 용기가 그 적보다 더할 나위 없이 더 크고 서로 다른 박력과 재주로 견디게 하지만, 그 무어인이 죄에 대해 마땅히 받아야 할 벌이 모든 위험을 감수하게 하고, 왕자와 그 사람 사이에 오랫동안 승리를 장담하지 못하는 용기와 힘을 그에게 주었다. 그러나 보통, 다른 사람들을 초월하는 사람들을 보호하는 하늘 덕분에 다행히 왕자의 부하들이 그 근처를 지나가다가 사람들이 싸우는 시끄러운 소리와 두 여인의 고함 소리를 들었던 것이다.

그들은 달려가서 주인을 알아보고, 그때 그와 맞서 손에 무기를 들고 있는 자와 맞붙어, 그자를 땅바닥으로 쓰러뜨렸는데, 거기서 그를 죽이지 않고, 벌의 본보기로 삼으려고 했다. 왕자는 그자가 자신과 다른 사람에게도 덤벼들지 못하도록 부하들에게 그자를 말 뒤에 붙들어 매고 다른 행동을 하지 못하게 했다. 두 기병이 말 엉덩이에 태워서 두 여자를 데리고 왔고, 날이 밝기 시작했을 때, 물레이와 일행들은 페즈에 도착했다.

젊은 왕자는 페즈에서 자신이 마치 왕인 것처럼 절대적으로 명령했다. 그는 그 무어인을 앞으로 데리고 오라고 했는데, 이름은 아메트이며 페즈의 부자들 중 한 사람의 아들이었다. (모든 남자들을 가장 질투하는) 무어인들은 모든 사람들의 눈에 아내들과 노예들을 극도로 숨기려고 하기 때문에 두 여인들에 대해서는 아무도 몰랐다.

왕자가 구조한 그 여자는 그를 놀라게 했고, 모두 그녀를 보고 감탄했으며, 노예처럼 보잘것없는 옷을 입었음에도 숨길 수 없는 그녀의 미모와 위엄 있는 태도는 아프리카에서 가장 큰 그의 궁정의 모든 사람을 놀라게 하기 충분했다. 다른 여인은 이 나라의 신분 높은 여인들처럼 옷을 입었고 비록 그녀가 상대 여인보다는 못하지만 미인으로 여길 만했다. 그러나 두려움 때문에 드러난 창백한 얼굴 탓에 상대 여인과 경쟁할 수 있을 정도의 미모도 점차 사라졌고, 첫 번째 여인의 얼굴에는 정숙한 수줍음을 나타내는 아름다운 홍조가 그만큼 더 드러나고 있었다.

무어인 남자는 물레이 앞에 나타나 죄인처럼 내내 눈을 땅에다 내리박고 있었다. 물레이는 그에게 고통스럽게 죽고 싶지 않다면 스스로 자기 죄를 고백하라고 명령했다.

사람들이 나를 어떻게 할지, 그들이 나에게 어떻게 했는지 잘 알고 있소.

그가 거만하게 대답했다.

그리고 내가 아무것도 고백하지 않으면 나에게 고통도 없겠지요. 그러나 내가 그대를 죽이려고 했기 때문에 나는 죽음을 피할 수 없소. 분하게도 그대를 죽이지 못해 형리들이 모든 것을 꾸며내서 나를 고통스럽게 만들 것임을 그대가 알았으면 하오. 이 스페인 여인들은 나의 노예였소.

그가 덧붙였다.

한 여인은 좋은 신부가 되어 자기 운명을 받아들이고, 내 동생 자이드와 결혼했소. 다른 여인은 절대 종교를 바꾸려고 하지 않고 그녀를 사랑하는 내 마음을 도무지 받아들이지도 않았소.

부하들이 위협했지만 그는 더 이상 말하려고 하지 않았다. 물레이는 그를 철창으로 둘러싸인 지하 독방에 가두라고 했다. 배교자가 된 자이드의 아내는 외딴 감옥으로 보내졌고, 아름다운 노예 여인은 줄레마라는 어느 무어인의 집으로 안내되었는데, 스페인 출신으로 신분이 높은 사람이었지만 기독교인이 될 마음이 없었기 때문에 스페인을 버린 사람이었다. 무어인 남자는 옛날 그라나다에서 명성이 자자했던 유명한 제그리스 가문 출신이었다. 그리고 그의 아내 조라이드는 같은 집안 출신으로, 페즈에서 가장 아름다운 여인이며, 아름다울 뿐 아니라 재치 있는 여인으로 명성을 날렸다. 조라이드는 처음에 그 기독교인 노예 여인의 미모에 매료되었는데, 첫 대화를 하면서 그녀의 재치에 또 매료되었다. 이 아름다운 기독교 여인을 위로할 수 있었다면, 그녀는 조라이드의 애정을 받으며 위로받았겠지만, 마치 자신의 고통을 덜 수 있는 모든 것을 피했듯이 오직 혼자 있는 것을 즐기며 그만큼 고통을 받았고, 조라이드 앞에서는 탄식과 눈물을 참으려고 극단적인 폭력성을 띠었다.

물레이 왕자는 그녀의 모험을 무척 알고 싶었다. 왕자는 그 일을 줄레마에게 알렸고, 왕자가 그에게 아무것도 숨기지 않았듯이, 줄레마도 왕자에게 자신이 아름다운 기독교인 여인을 사랑하는 것 같다고 고백했다. 그리고 그는, 그녀의 표정에서 나타나는 슬픔 때문에 스페인에서 그녀를 두고 벌이는 미지의 경쟁자, 즉 아무리 멀리 떨어져 있다 해도 경쟁자가 없는 나라에서조차 그녀의 행복을 막을 수 있는 그런 경쟁자를 두는 게 두렵지 않았더라면, 왕자에게 이미 그런 사실을 알렸을 거라고 했다.

따라서 줄레마는 그의 아내에게 기독교 여인으로부터 노예의 삶의 자초지종과 어떤 일로 그녀가 아메트의 노예가 되었는지 알아보라고 명령했다. 조라이드는 왕자만큼 그녀에 대해 알고 싶었고, 수없이 우정과 애정을 베푼 사람에게 아무것도 거절해서 안 된다고 생각한 스페인 노예 여인에게 그런 마음을 먹도록 하는 데 그다지 어려움은 없었다. 그녀는 조라이드가 원한다면, 알고 싶어 하는 것을 다 이야기해주겠다고 말했다. 그러나 그녀에게 알려줄 게 불행한 이야기밖에 없기 때문에 아주 지루한 이야기를 하는 게 두렵다고 했다.

그 이야기가 나에게 지루하지 않을 거라는 것을 당신이 잘 알죠.

조라이드가 그녀에게 대답했다.

내가 얼마나 열심히 그 이야기를 듣고 얼마나 그 이야기를 함께하는지 보면, 당신이 비밀을 털어놓을 사람 중 나보다 당신을 더 사랑하는 사람은 없다는 것을 알게 되겠지요.

그녀는 이 말을 마치면서, 그 여인을 포옹하고, 그녀가 부탁한 것을 더 이상 오래 끌지 말고 들어 달라고 간청했다. 그들만 남게 되자, 불행한 기억 때문에 흘린 눈물을 닦고 난 후, 아름다운 노예는 다음과 같이 여러분이 읽게 될 이야기를 시작했다.

내 이름은 소피예요. 나는 스페인 여자로, 발렌시아에서 태어나서, 아버지와 어머니처럼, 부유하고 신분이 높은 사람들이 맺는 결혼의 첫 결실로, 어릴 때부터 당연히 가장 애정을 쏟는 딸에 대한 온갖 보살핌을 받으며 자랐지요. 나에게, 나보다 한 살 어린 남동생이 있었지요. 정말 귀여운 동생이었지요. 내가 그를 사랑한 만큼 그도 나를 사랑했고 우리들의 우애는 우리가 함께 있지 않을 때, 사람들이 우리의 얼굴에서 우리 나이 또래의 아무리 즐거운 일로도 해소할 수 없는 슬픔과 걱정을 눈치 챌 정도였지요. 따라서 우리는 다시는 떨어지지 않았지요. 우리는 각각 좋은 가문의 아이들에게 가르쳐주는 모든 것을 같이 배웠지요. 그래서 나는 격렬한 기병시합에서도 남동생보다 재주가 모자라지 않았고 그는 지체 높은 여자들만 잘하는 일들을 잘 해내서 모든 사람들을 놀라게 했지요. 아버지의 친구들 중 한 귀족은 자신의 아이들이 우리와 함께 아주 특별한 교육을 받으면서 자라기를 바랐지요. 그분이 부모님에게 그런 제안을 하셨고, 그들은 동의하셨지요. 두 집안이 서로 이웃이었기 때문에 일이 수월했지요. 이 귀족은 아버지만큼 재산이 있었고 귀족 신분에서도 뒤지지 않았지요. 그에게도 내 남동생과 나와 같은 또래의 아들과 딸이 하나씩 있었고, 발렌시아에서 두 집안이 언젠가 겹혼인으로 맺으리란 것을 누구도 의심하지 않았지요.

동 카를로스와 루시(남매의 이름이었지요)는 둘 다 귀여웠지요. 남동생은 루시를 사랑했고 그녀의 사랑을 받았지요. 동 카를로스는 나를 사랑했고 나도 그를 사랑했지요. 우리 부모님들도 그것을 잘 알고 있었고, 그걸 트집 잡기는커녕, 우리가 어리지 않았더라면 함께 결혼하는 걸 미루지 않았을 거예요. 그러나 우리의 순수한 사랑의 행복은 내 귀여운 동생의 죽음으로 흔들렸지요. 그는 8일 동안 엄청난 고열로 시달렸는데, 그건 나에게 첫 불행이었지요. 루시는 너무나 큰 충격을 받아 스스로 수녀가 되겠다는 것을 막을 도리가 없었지요. 나는 그 일로 병으로 죽을 지경이었으며 카를로스도 자식의 여윈 모습을 보고 있는 자신의 아버지를 걱정하게 할 정도로 아팠으며, 그가 그토록 사랑한 내 동생의 죽음, 위험에 처한 나의 상황과 자신의 여동생의 결심에 예민했지요.

마침내 젊음이 우리를 낫게 했고 시간이 우리의 고통을 진정시켰지요. 동 카를로스의 아버지는 그 후 얼마 뒤 돌아가셨고 아들에게 빚은 하나도 없이, 엄청난 재산을 남겼지요. 그의 재산은 동 카를로스의 관대한 기질을 충족시킬 정도였고, 내 마음을 사로잡고 내 환심을 사려는 태도는 나의 허영을 부추겼으며, 그의 사랑을 공공연하게 만들었고 나에 대한 사랑을 더욱 키웠지요. 동 카를로스는 자주 나의 부모님에게 머리를 조아리고 자신에게 딸을 줌으로써 행복을 더 이상 미루지 않게 해 달라고 간청했지요. 그동안 끊임없이 지출을 하면서 환심 사려는 행동을 했지요. 나의 아버지는 그의 재산이 결국 줄어드는 것을 걱정했고 그 때문에 나를 그와 결혼시킬 결심을 하게 된 것이지요. 따라서 아버지는 동 카를로스가 곧 사위가 되기를 바랐고, 특히 동 카를로스가 얼마나 기뻤는지 내가 확신할 만큼 확인시켜주지는 못했지만, 자신은 목숨보다 더 나를 사랑한다는 것을 나에게 확실하게 했지요. 그는 나를 위해 무도회를 열었고 온 도시 사람들을 초대했지요.

그와 나에게 불행하게도, 중요한 문제로 스페인에 온 어느 나폴리 백작이 있었지요. 백작은 내가 상당히 아름답다고 생각하고 나한테 반해서 아버지에게 결혼하고 싶다고 요청했으며, 그 후 발렌시아 왕국에 속한 그의 신분이 알려졌지요. 아버지는 이 이방인의 재산과 신분에 현혹되었지요. 아버지는 그가 요구하는 모든 것을 그에게 약속했는데, 바로 그날부터, 동 카를로스에게 자신의 딸을 두고 더 이상 요구할 게 아무것도 없다고 전하며, 그가 나를 찾아오지 못하게 하고, 동시에 나에게는 이탈리아 백작이 마드리드로 떠나는 여행에서 돌아오면 그를 나와 결혼할 사람으로 생각하라고 명령했지요.

나는 아버지 앞에서 불만을 숨겼지만, 내가 혼자였을 때, 동 카를로스는 내 기억에 세상에서 가장 다정한 사람으로 남아 있었지요. 나는 이탈리아 백작에 대한 기분 좋지 않은 모든 감정을 깊이 생각했지요. 나는 그에 대해 격렬한 반감을 느꼈고 내가 동 카를로스를 사랑한다고 생각한 이상으로 그를 사랑하고 그 사람 없이 살아갈 수 없으며 그의 경쟁자와 행복할 수 없다는 것을 느꼈지요. 나는 눈물로 호소했지만, 그것은 나 같은 불행한 처지에서 무력한 처방이었지요.

동 카를로스는 습관처럼, 내 허락도 없이, 내 방으로 들어왔지요. 그는 내가 눈물을 흘리고 있는 것을 보고, 그도 눈물을 참지 못했는데, 나의 진실한 감정을 알아낼 때까지, 자신의 마음속에 간직하고 있던 것을 나에게 숨길 생각을 했지요. 그는 나에게 다가와서 눈물로 젖은 내 손을 잡고, 나에게 말했지요. 소피, 결국 당신과 헤어지는군요. 당신을 안 지 얼마 되지 않는 이방인이 나보다 더 부자니까 더 행복하겠지요. 소피, 그 사람이 당신을 소유할 것이고, 당신은 동의하겠지요. 그렇게 사랑했던 당신, 당신이 나를 사랑하고 아버지를 통해 나에게 약속한다고 믿게 했던 당신! 그런데, 아! 부당한 아버지, 나에게 약속을 어긴 탐욕스러운 아버지! 그는 계속했지요. 당신이 값을 매길 수 있는 재산이라면, 당신을 얻을 수 있었던 것은 바로 나의 변함없는 마음이고, 당신이 나에게 약속한 마음을 기억한다면, 당신은 바로 그 마음으로 이 세상에 그 누구도 아닌 내 사람이오.

그는 이렇게 고함을 쳤지요.

그런데, 당신한테까지 자신의 욕망을 부추길 정도로 용기를 가졌던 사람이 당신이 그 사람보다 더 좋아하는 사람에게 복수할 용기가 없을 거라고 생각하며, 모든 것을 잃은 불행한 사람이 온갖 짓을 하는 것이 이상하다고 생각하세요? 아! 당신이 나만 사라지기를 바란다면, 그 사람이 당신의 마음에 들 수 있었고 당신이 그를 감싸기 때문에 그는 아주 행복한 경쟁자로 살아가겠지요. 그러나 당신에게 실망스럽고 가증스럽지만 당신이 버린 동 카를로스는 당신이 그 사람에 대한 증오를 키워가도록 아주 잔인하게 죽을 것이오.

나는 그의 말에 이렇게 대답했지요.

동 카를로스, 당신은 부당한 아버지 같은 사람과 내가 사랑하지 않는데 나를 괴롭히는 어떤 사람에게 휩쓸려, 우리에게 닥친 불행을 특별히 죄를 지은 것처럼 내 탓으로 돌리는 건가요? 나를 나무라지 말고 나를 불쌍히 여겨주시고 나를 비난하기보다는 당신에게 나를 보호할 방법을 생각해주세요. 내가 당신을 비난하는 게 더 정당하고, 당신이 나를 제대로 알지 못했기 때문에 당신이 나를 진심으로 사랑하지 않았다는 것을 고백하게 할 수 있어요. 그러나 우리는 쓸데없는 말로 낭비할 시간이 없어요. 당신이 나를 어디로 데리고 가든 당신을 따라가겠어요. 나는 당신이 어떤 일을 하더라도 좋아요. 그리고 당신과 절대 헤어지지 않도록 어떤 일도 감수하겠다고 당신에게 약속하지요.

동 카를로스는 내 말에 너무나 안도했고 그의 기쁨은 그가 처했던 고통만큼 그를 흥분시켰지요. 그는 자기 생각에 사람들이 그를 부당하게 대한 데 대해 나를 비난한 점을 나에게 용서를 구했고, 나를 납치하지 않는 한 아버지 말을 따르지 않을 수 없다는 것을 이해해 달라고 했기 때문에, 그가 나에게 제안한 모든 것에 동의하고, 다음 날 밤 그가 나를 어디로 데리고 가든 그를 기꺼이 따라갈 준비를 하겠다고 약속했지요. 연인에게 모든 일은 쉽지요.

동 카를로스는 어느 날 자신의 일을 정리하고 돈을 마련해서 그가 원하는 어느 시간에 바르셀로나로 떠날 범선을 준비했지요. 그동안 나는 모든 보석과 돈이 될 수 있는 모든 것을 모았고, 아무도 의심하지 않도록 내 계획을 알아서 잘 숨겼지요. 따라서 나는 누구의 눈에도 띄지 않고, 밤에 정원으로 난 문으로 나갈 수 있었고 거기서 클로디오라는 카를로스가 아끼는 시종을 만났지요. 그는 아름다운 목소리에 노래도 잘 불렀고 말하는 태도와 모든 행동에서 보통 시종의 나이와 신분으로는 가질 수 없는 재치와 양식, 예의를 보였기 때문에 카를로스가 믿은 거지요. 그는, 카를로스가 배 한 척을 준비해둔 곳으로 나를 안내하도록 자신을 보냈으며 내가 그 시종에 대해 알고 있는 여러 이유 때문에 카를로스가 직접 나를 데리러 올 수 없었다고 말했지요.

내가 잘 아는 동 카를로스의 노예 한 명이 우리를 만나러 왔지요. 우리는 그가 지시한 명령에 따라 어렵지 않게 시내에서 나와서 오랫동안 걸었고 정박해 있는 배 한 척과 바닷가에서 우리를 기다리는 작은 보트를 보았지요. 그들은 내가 사랑하는 동 카를로스가 곧 올 것이며 그동안 나는 배에서 보내기만 하면 된다고 했지요. 그 노예는 나를 보트로 데리고 갔고, 내가 봤던 선원들이라고 생각했던 여러 사람들도 클로디오를 보트 안으로 들어가라고 했지만, 내 생각에 그가 자신을 방어하며 안으로 들어가지 않으려고 제법 애를 쓰는 것 같았지요. 동 카를로스가 없었기 때문에 이 일은 나에게는 더 큰 고통이었지요.

나는 카를로스를 내놓으라고 했지만 노예는 나에게 더 이상 카를로스는 없다고 거만하게 말했지요. 동시에 나는 클로디오가 고함을 치는 소리를 들었고, 그는 울면서 노예에게 이렇게 말했지요.

배신자 아메트! 그대는 라이벌 여인을 몰아내고 내 연인과 함께 있게 해주기로 나에게 약속했잖아요? 노예가 그에게 대답했지요. 경솔한 여인, 클로디오여, 배신자한테 약속을 지켜야 할까? 내가, 자기 주인에게 충성심 없는 사람이 통보도 없이 해안 경비대로 하여금 나를 뒤쫓게 하고 내가 목숨보다 더 사랑하는 소피를 나에게서 떼어 놓으려고 하는데 나를 지켜주리라고 바라야만 했을까? 내가 남자라고 믿었지만 여자에게 하듯이 한 이 말을 도무지 이해할 수 없었고, 나에게 극도의 불쾌감을 주는 바람에 나는 나를 떠나지 않았던 신의 없는 무어인의 팔 안에서 죽을 것만 같았지요.

나는 오랫동안 기절했고, 깨어났을 때, 이미 바다로 나간 배의 선실 안에 있었지요. 동 카를로스도 없이 적이라고 생각한 사람들과 함께 있는 나 자신을 발견하고 내가 얼마나 실망했을지 상상해 보세요. 내가 무어인들의 손아귀에 있고 노예 아메트가 그들에게 온갖 권력을 행사하고 있으며 그의 동생 자이드가 배의 주인이라는 것을 알아차렸기 때문이지요. 이 무례한 자는 나를 쳐다보지 않고, 자신이 오래전부터 나에게 반했으며 그의 열정이 나를 강제로 납치해서 페즈로 데리고 갔다는 몇 마디 말로 나에게 고백하는 것을 들을 수 있었지요.

내가 동 카를로스를 그리워하지 않도록 자신에게 집착하지 않고, 내가 스페인에 있었을 때만큼 행복하도록 오직 나에게만 집착하겠다는 것이지요. 내가 기절하는 바람에 기력이 얼마 남아 있지 않았지만, 그가 기대하지 못했던, (내가 당신에게 이미 말했다시피) 내가 수련으로 연마한 뛰어난 솜씨로 그에게 덤벼들었고, 칼집에서 칼을 꺼냈지요. 그리고 그의 동생 자이드가 그의 목숨을 구하려고 정말 제때에 내 팔을 잡지 않았다면 그 배신자에게 복수하려고 했지요. 나는 쉽게 무장해제 당했지요. 왜냐하면 내 칼이 빗나갔고, 많은 적들에게 대들어 봐야 헛수고였기 때문이지요. 나의 결기에 혼쭐이 난 아메트는 사람들이 나를 끌고 간 방에서 모두 나가게 했고 막 내 운명 속에 일어난 잔인한 변화 뒤에 당신이 상상할 수 있는 그런 절망 속에 나를 남겨두었지요.

나는 슬퍼하면서 밤을 보냈고 다음 날도 내 슬픔을 조금도 누그러뜨리지 못했지요. 흔히 시간이 고통을 달래주었겠지만 내 고통에 어떤 효과도 없었고, 우리의 항해 둘째 날, 나는 자유를 찾고 동 카를로스를 다시 만나고 혹시 남은 내 인생 잠시 동안이라도 쉴 수 있는 희망을 잃은 불길한 밤, 전보다 훨씬 더 고통스러웠지요. 아메트는 감히 내 앞에 나타날 때마다 내가 너무나 가혹하다고 생각했는지 더 이상 나타나지 않았지요. 사람들이 가끔 나에게 먹을 것을 가지고 왔지만, 나는 나를 공연히 납치한 데 대해 그 무어인이 무서워할 정도로 완강하게 거절했지요. 그동안 배는 해협을 지나고 있었고 페즈 해안에서 멀지 않았을 때 클로디오가 내 방으로 들어왔지요. 나는 그를 보자마자, 그에게 말했지요.

나를 배신한 고얀 놈, 내가 너에게 어떻게 했기에 네가 나를 세상에서 가장 불행한 여자로 만들고 나에게서 동 카를로스를 떼어 놓았느냐?

그가 나에게 대답했지요. 당신은 그에게 지나친 사랑을 받았지요. 그리고 나도 당신만큼 그를 사랑했기 때문에, 그로부터 한 라이벌 여인을 멀리 떼어 놓고 싶어 죄를 범했지요. 그러나 만일 내가 당신을 배신했다면, 아메트도 나를 배신한 것이고, 만일 내가 혼자 불행하지 않도록 위로를 찾지 못한다면 아마 나도 당신만큼 괴로울 거예요.

나는 그에게 말했지요. 이 수수께끼 같은 일을 나에게 설명하고, 내가 네 마음속에 가지고 있는 적이 남자인지 여자인지 알도록 네가 누군지 나에게 알려다오.

그때 그가 나에게 말했지요. 소피, 나는 당신과 같은 여성이고 당신처럼 나도 동 카를로스를 사랑했지요. 그러나 우리가 같은 열정을 태웠다는 것은 동일한 결과를 거두지 못하는 것이었지요. 동 카를로스는 언제나 당신을 사랑했고 당신이 늘 자신을 사랑한다고 믿었으며, 그는 내가 어떤 사람인지 전혀 알지 못했기 때문에, 나를 전혀 사랑하지 않았고 심지어 내가 그를 사랑한다는 것을 믿지 않은 것 같았지요. 나도 당신처럼 발렌시아 출신이지요. 동 카를로스가 나와 결혼한다고 해도 신분이 낮은 사람과 결혼하는 사람들에게 하는 비난을 피할 수 있을 만큼 그에 못지않은 귀족 신분과 재산을 가지고 태어났지요. 그러나 당신에 대한 그의 사랑은 그를 온통 사로잡았고, 그는 오직 당신만 바라보고 있었지요.

내 입으로 내 약점을 부끄럽게 고백할 수 없지만 나는 내 눈으로 똑똑히 보고 있었지요. 나는 그를 찾을 것으로 생각했던 곳은 어디든지 갔고, 그는 나를 볼 수 있는 곳에 있었으며, 내가 그를 사랑했듯이 그가 나를 사랑했다면 틀림없이 나는, 그가 나를 위해 했을 모든 노력을 그를 위해 다했지요. 나는 어릴 때부터 부모 없이 자랐기 때문에 내 재산과 나 자신을 마음대로 할 수 있어서, 사람들은 나에게 어울리는 혼처를 제안했지요. 그러나 동 카를로스가 나를 사랑해주길 바랐던 희망은 결국 뜻대로 되지 않았지요.

나처럼 멸시받지 않을 정도로 사랑스러운 자질을 가진 다른 모든 사람들처럼, 나를 사랑하도록 만드는 것이 어렵다고 해서 불운한 사랑에서 물러서기는커녕, 나는 더욱 동 카를로스에 대한 사랑에 빠져들었지요. 결국, 내 목적에 유용할 수 있는 최소한도 소홀히 했다고 나를 나무랄 게 없었기 때문에, 나는 머리를 깎아 버리고, 남자로 변장해서, 우리 집에서 늙어간 한 하인을 통해 카를로스에게 소개되었는데, 그 하인은 톨레도의 산골 출신에 가난한 귀족으로 스스로 나의 아버지라고 했던 사람이지요.

내 얼굴과 용모가 당신 연인의 마음에 들었는지, 카를로스는 대번에 내게 사로잡혔지요. 비록 나를 여러 번 본 적이 있었지만, 나를 알아채지 못했고, 그는 곧 내 아름다운 목소리, 노래하는 태도 그리고 신분이 높은 사람들이 부끄럽지 않게 즐길 수 있는 모든 악기를 연주하는 재주에 만족한 만큼 나의 재치에 설득되었지요. 그는 보통 시종들에게 없는 재능을 발견했다고 믿었고, 내가 그에게 충성과 신중한 태도를 수없이 보여주었더니 나를 하인보다는 심복으로 더 잘 대접해 주었지요.

내가 방금 나한테 유리하게 말한 이야기 속에서 얼마나 내가 으스대고 있는지 당신은 세상사람 누구보다도 더 잘 알겠지요. 당신은 내가 있을 때 동 카를로스에게 나를 수없이 칭찬했고 그 사람 옆에서 나를 보살펴주었지만, 나는 라이벌 여인의 그런 행동이 몹시 괴로웠지요. 그리고 시간이 흐르면서 내가 동 카를로스를 더 즐겁게 했지만, 당신은 불행한 클로디아(사람들이 나를 이렇게 부르기 때문이지요)를 더 미워하게 만들었지요. 그동안 당신의 결혼은 진전되고 있었고 내 희망은 후퇴하고 있었지요. 결혼이 성사되었고 내 희망은 사라졌지요.

이탈리아 백작이 그 당시 당신에게 반했는데, 그 사람에 대한 나쁜 인상과 결점들이 당신에게 반감을 줄 만큼 그의 신분과 재산도 당신 아버지의 눈에 반감을 주었고, 나는 적어도 당신의 눈에서 당신의 불안한 모습을 보고 기뻤으며, 그때 내 마음은 그런 심적 변화로 항상 불행한 사람들이 가지는 이런 광적인 희망에 기대를 가졌지요. 그러나 결국 당신의 아버지는 당신이 사랑한 동 카를로스보다 당신이 사랑하지 않는 그 이방인을 더 좋아했지요.

나는 나를 불행한 여자로 만든 사람이 이제 불행한 사람이 되었고, 그리고 내가 미워한 라이벌 여인이 나보다 훨씬 더 불행한 여인이 된 것을 보았지요. 나는 한 번도 내 소유가 된 적이 없는 한 남자에게서 잃은 것이 아무것도 없으니까요. 그리고 당신은 당신에게 전부였던 동 카를로스를 잃었고, 이런 상실감이 비록 좀 크기는 했지만, 당신이 사랑하지 않는 남자를 영원한 폭군으로 삼는 것보다는 훨씬 더 적은 불행이었으니까요. 그러나 내 행운은, 좀더 정확하게 말하자면 내 희망은 오래 가지 않았지요. 나는 동 카를로스로부터 당신이 그를 따르기로 결심했으며, 심지어 그가 당신을 바르셀로나로 데리고 가서, 거기서 프랑스나 이탈리아로 가겠다는 계획에 필요한 명령을 하는 데 내가 이용되었다는 것을 알았지요.

그때까지 내가 불운을 견디려고 한 모든 노력이 혹독한 충격 후에 나를 저버렸고 내가 비슷한 불행을 두려워한 적이 없는 그 이상으로 나를 놀라게 했지요. 나는 병이 날 정도까지 괴로웠고 침대에서 꼼짝 못할 정도로 병이 났지요. 어느 날, 내 슬픈 운명을 나 스스로 한탄하고 아무도 안 들을 거라는 믿음으로 내 사랑에 대해 절친한 친구에게 말할 때처럼 큰 소리로 말했는데, 내 말을 들은 무어인 아메트가 내 앞에 나타나 나에게 준 혼란이 지나간 후에, 나에게 이런 말을 했지요.

클로디아, 나는 너를 알고 있단다. 네가 동 카를로스 시종이 되려고 너의 성을 변장하기 전부터 말이야. 그리고 너를 안다고 너에게 알리지 않은 것은 나도 너처럼 계획이 있었기 때문이지. 나는 방금 네가 절망적 결심을 하겠다는 이야기를 들었지. 너는 그를 위해 사랑 때문에 죽고 더 이상 사랑을 기대하지 않는 젊은 여자로서 너의 주인에게 너의 모습을 드러내고 싶은 거지. 그리고 적어도 네가 얻을 수 없는 사람을 사랑한 것을 후회하면서 응당 그의 눈앞에서 자살하고 싶은 거구나. 가엾은 것! 소피에게 동 카를로스의 소유를 더 한층 확신시켜주는 일인데 자살해서 어떡하려고 그래!

네가 받아들일 수 있다면 너에게 좋은 조언을 주려고 해. 너의 연인을 너의 라이벌 여인에게서 떼어 놓아라. 네가 내 말을 믿으면 그 방법은 쉽지. 그리고 비록 많은 결심을 요구하더라도, 네가 남자 옷을 입고 너의 사랑을 만족시키기 위해 너의 명예를 위태롭게 할 결심을 하는 거 외에 그 이상의 결심을 할 필요가 없지. 그러니까 내 말을 유의해서 잘 들어. 무어인은 이야기를 계속했지요.

내가 아무에게도 발설한 적 없는 비밀을 너에게 털어놓으마. 그리고 너에게 제안하는 계획이 마음에 들지 않더라도, 그것을 따를지 여부는 너에게 달려 있지. 나는 페즈 출신으로 그 고장의 귀족이지. 불행한 사태로 내가 동 카를로스의 노예가 되었고, 아름다운 소피 때문에 그녀의 노예가 되었지. 나는 너에게 많은 얘기들을 거의 하지 않았지. 너는 너의 연인이 약혼녀를 빼앗아서 바르셀로나로 떠나기 때문에 너의 불행을 해결할 방법이 없다고 생각하지. 네가 그 기회를 이용하면, 그것은 너의 행복이고 나의 행복이야. 나는 내 몸값에 대해 의논하고 그것을 지불했지.

동 카를로스가 계획을 실행하려고 모든 준비를 다 해 놓은 아주 가까운 정박지에서 아프리카 소형 갤리선이 나를 기다리고 있어. 그는 계획을 하루 연기했지. 신속하고 교묘하게 그 계획을 미리 알리자. 소피에게 가서 너의 주인이 시켰다며 오늘 밤 떠날 준비를 하라고 말해라. 그녀를 내 배에 데리고 와라. 나는 그녀를 아프리카로 데리고 가겠다. 그리고 너는 발렌시아에 혼자 남아 네가 그를 사랑한다는 것을 안다면 아마 곧 소피만큼 너를 사랑했을 너의 연인을 차지하는 게 될 거야.

클로디아의 이 마지막 말을 듣고, 나에게 닥친 고통에 얼마나 마음을 졸였던지 큰 한숨을 쉬면서, 생명의 신호를 조금도 주지 않고 또 실신했지요. 아마 그때 끊임없이 나를 불행하게 만든 데 대해 후회한 클로디아가 지른 고함 소리가 아메트와 그의 동생의 귀를 사로잡아 내가 있던 배의 선실로 오게 했지요. 사람들은 나에게 할 수 있는 모든 치료를 다했지요. 나는 의식이 돌아왔고, 클로디아가 아직도 그 무어인에게 우리를 배신한 것을 비난하는 소리를 들었지요.

못된 놈! 그녀가 그에게 말했지요. 너는 왜 나에게, 나의 연인 옆에 있고 싶지 않다고 해도, 보다시피 이 아름다운 여인을 비참한 상황으로 몰고 가도록 조언했느냐? 그리고 너는 왜 나에게 정말 소중한 사람을 나와 그에게도 해가 되는 배신을 하게 했느냐? 네가 모든 사람들

362

중 가장 비겁한 배신자인데도 너의 고장에서 귀한 신분 출신이라고 어떻게 감히 말하느냐?

미친 년, 입 다물어! 아메트가 그녀에게 대답했지요.

나에게 죄를 지었다고 비난하지 마라. 너도 공모자니까. 나는 이미 너에게 너처럼 주인을 배신하는 자는 배신을 당하는 것도 당연하고, 너를 데리고 가면서, 내 목숨과 틀림없이 소피의 목숨도 보장할 거라고 말했지. 네가 동 카를로스와 함께 남을 거라는 것을 그녀가 알면, 그녀는 고통으로 죽을 수 있기 때문이야.

바로 그때 막 살레시[2]의 항구로 들어오던 선원들의 떠들썩한 소리와 배의 대포 소리가 항구의 소리에 어우러지면서, 아메트와 클로디아가 서로 주고받던 비난이 중단되었고, 나는 잠시 가증스러운 이 두 사람의 시야에서 해방되었지요. 사람들이 클로디아와 나의 얼굴을 베일로 가린 채 우리를 배에서 내렸고, 우리는 배신자 아메트와 함께 그의 친척인 한 무어인의 집에 투숙했지요. 다음 날 그들은 우리를 은폐된 짐수레에 태워서 페즈로 떠났는데, 아메트가 거기서 크게 기뻐하는 그의 아버지로부터 환대를 받았다면, 나는 세상에서 가장 슬프고 가장 절망적인 상태였지요. 클로디아는 곧 기독교를 버리기로 결정하면서 배신자 아메트의 동생인 자이드와 결혼했지요.

이 못된 아메트는 나에게 종교도 바꾸고 클로디아가 자이드와 결혼했듯이 그는 교묘하게 내가 자신과 결혼하도록 설득하는 것도 잊지

---

2 (모로코, 튀니지, 알제리 등) 바르바리아인들의 유명한 본거지로 라바트(모로코의 수도) 앞에 있는 작은 항구.

않았지요. 그리고 그자는 나의 독재자들 중에서 가장 잔인했지요. 온 갖 종류의 약속, 좋은 대우와 호의로 나를 사로잡으려고 애썼지만 소용이 없자 그 후부터, 아메트와 그의 모든 친척들은 나에게 할 수 있는 온갖 상스러운 짓을 했지요. 나는 매일 그토록 많은 적에 대해 인내를 감수해야 했고, 클로디아가 사악하다고 스스로 후회하고 있다고 믿기 시작했을 때 내가 바라는 것 이상으로 더욱 강하게 나의 고통을 견뎌냈지요. 그녀는 사람들 앞에서는 남들보다 더 분명한 적의를 가지고 나를 괴롭혔지만, 가끔 나를 특별히 잘 보살펴주었는데, 그녀가 미덕으로 교육받았다면 고결해질 수 있었던 사람으로 여기게 만들었지요.

다른 이슬람교도들의 관습처럼, 집안의 다른 모든 여인들이 공중목욕탕에 가 버린 어느 날, 그녀는 내가 있는 곳을 찾아와서 얼굴에 잔뜩 슬픈 표정을 하고, 나에게 이런 말을 했지요.

아름다운 소피, 전에는 카를로스가 당신을 너무 사랑했기 때문에 나는 당신을 미워했지만, 그다지 나를 사랑하지 않는 그를 소유할 수 있을 거라는 희망을 잃으면서 그 미움은 멈췄어요. 당신을 불행하게 만들고 인간의 두려움 때문에 나의 신을 버린 것에 대해 나는 끊임없이 자책하지요. 최소한 이 양심의 가책으로 나는 한 여성을 위해 세상에서 가장 어려운 일이라도 해낼 수 있을 것 같아요. 나는 살아있는 동안이나 죽은 후에라도 구원을 얻을 수 없다는 것을 잘 알고 있지만 더 이상 스페인과 기독교에서 멀리 떨어져 이교도들과 함께 살 수 없어요.

내가 당신에게 털어놓는 비밀을 통해 내가 진정으로 회개하고 있다는 판단을 할 수 있겠지요. 당신을 내 인생의 주인으로 만들고 내가 당신에게 강요했던 모든 악행에 복수하는 방법을 당신에게 가르쳐주는 비밀이지요. 나는 50명의 기독교인 노예를 샀는데, 대부분이 스페인 사람들이고, 모두 큰일을 할 수 있는 사람들이지요. 내가 그들에게 은밀하게 준 돈으로, 신이 선의를 베풀어주시어 우리를 스페인으로 데리고 갈 수 있는 작은 배를 하나 확보했지요. 내 운명을 따라 내가 당신을 구해 달아나게 하거나 혹은 잔인한 적들의 손아귀에서 당신을 끌어내다가 불행한 삶을 함께 끝내는 것도 오직 당신에게 달려 있어요. 자, 소피, 결정하세요. 그리고 우리는 어떤 계획도 의심받을 수 없으니, 시간 낭비하지 말고 당신과 내 목숨의 가장 중요한 실행에 대해 깊이 생각합시다.

나는 클로디아 앞에 무릎을 꿇고 나 스스로 그녀에 대해 판단하면서, 그녀의 말의 진실성을 전혀 의심하지 않았지요. 나는 그녀에게 내 표현과 내 마음으로 최선을 다해 고마워했지요. 나는 그녀가 나에게 베풀고 싶었던 호의를 느꼈다고 생각했지요. 우리는 그녀가 바위 사이에 작은 배를 숨겨 놓았다고 말한 어느 바닷가 쪽으로 도피하려고 날을 잡았지요. 내가 아주 행복할 거라고 생각한 그날이 왔지요. 우리는 다행히, 집에서, 그리고 도시에서 나왔지요. 나는 우리의 계획을 용이하게 성공할 수 있도록 만든 하늘의 의지에 감탄하고 끊임없이 신을 축복했지요.

그러나 내 불행의 끝은 내가 생각한 만큼 그렇게 가깝지 않았지요. 클로디아는 오직 배신자 아메트의 지시대로 행동했고, 그자보다 훨씬 더 악독한 배신자인 그녀는 나를 외딴 곳으로 안내했는데, 그날 밤, 비록 이슬람교도지만 도덕적으로 선한 자인 아메트의 아버지의 집에서 나의 정숙함에 대해 감히 아무 시도도 못했던 폭력적인 무어인에게 나를 맡겨 버렸지요. 나는 나를 데려가서 방황하게 만든 그 여자를 순진하게 따라갔고 그녀의 능력으로 곧 자유를 누릴 거라고 기대하며 그녀에게 아무리 감사해도 모자라다고 생각했지요. 나는 그녀에게 고맙다고 하는 것도, 그녀가 나에게 아메트의 부하들이 기다리는 바위로 둘러싸인 거친 길을 아주 빨리 걷게 하는데도 지치지 않았지요.

그때 내 뒤에서 들리는 시끄러운 소리를 듣고, 고개를 돌리자 나는 아메트가 손에 청룡도를 들고 있는 것을 보았지요. 파렴치한 노예들아, 그가 소리쳤지요. 너희들이 이렇게 주인을 피해 도망쳤구나! 나는 대답할 시간도 없었지요. 클로디아는 뒤에서 내 팔을 잡았고 아메트는 그의 검을 바닥에 놓았지요. 그들은 미리 함께 준비한 동아줄로 내 손을 묶으려고 최선을 다했지요. 나는 보통 여자들 이상의 힘과 재주로 이 못된 두 사람의 노력에 오랫동안 저항했지만, 결국 나는 힘이 빠져 버렸고 오직 이 한적한 곳에 혹시 지나가는 사람의 이목을 끌 수 있는 고함 소리에 의존했지요.

이제 차라리 더 이상 아무 기대도 하지 않을 만큼, 나에게 남은 희망이 거의 없었을 때 물레이 왕자가 나타난 거지요. 당신은 그가 내 명예와 말하자면 내 목숨을 어떻게 구했는지 이미 알지요. 가증스러운 아메트가 자신의 잔인성을 채우려 했다면 나는 틀림없이 고통받고 죽었을 거예요.

소피는 이렇게 자신의 모험 이야기를 마쳤고 친절한 조라이드는 그녀를 설득해 너그러운 왕자의 배려로 스페인으로 돌아가는 방법을 기대하라고 했다. 그리고 바로 그날 조라이드는 소피로부터 들은 모든 일을 남편에게 알렸고 그는 그것을 물레이에게 알렸다. 아름다운 기독교 여인의 운명에 대한 이야기는 그에게 그녀에 대한 사랑의 열정을 부추기지는 않았지만, 그가 고결한 사람인만큼 그녀가 비난받을 행동을 하지 않도록, 그런 사실을 알고 자신의 고장에서 일어난 연애 사건임을 알려주는 것은 아주 쉬운 일이다.

그는 소피의 미덕을 높이 평가했고, 그녀의 미덕에 이끌려 그 전보다 더 행복하게 해주려고 했다. 그는 조라이드를 통해 그녀가 원할 때 스페인에 보내겠다는 말을 전하라고 했다. 그리고 그가 그런 결심을 한 이후, 이 사랑스러운 여인의 고유한 미덕과 아름다움을 경계하면서 스스로 그녀를 만나는 것을 자제했다.

그녀는 안전하게 귀향할 수 있는 데 대해 적이 당황했다. 상인들이 페즈에서 밀거래하지 않는 스페인까지 여정은 길었다. 그리고 그녀가 한 기독교인의 배를 발견했을 때, 자신이 젊고 아름답기 때문에, 무어인 남자들 사이에서 발견할까 봐 두려워했던 것을 기독교인 남자들 사이에서 발견할 수 있었다.

성실성은 배 위에서 통하지 않는다. 거기에서 선의는 전쟁터보다 더 보호를 받지 못한다. 그리고 아름다움과 순결함이 가장 약한 곳에서, 악인들의 대담한 행동은 그것을 이용하고 쉽게 모든 짓을 저지르게 만든다. 조라이드는 소피에게 남자 옷을 입으라고 조언했다. 왜냐하면 그녀는 다른 여자들보다 키가 커서 남자로 변장하기가 쉬웠기 때문이다. 조라이드는 물레이가 페즈에서 그녀를 안전하게 맡길 수 있는 사람을 찾지 못할 거라고 말했다. 그리고 또 그녀는 소피에게, 물레이가 예의바른 남자를 한 명 대기시켜 그녀처럼 여자로 변장시키고 그가 믿을 수 있는 여자 동행인을 붙였는데, 그렇게 하면 군인들과 선원들 사이에 배에서 혼자 눈에 띄어 생길 수 있는 걱정에서 안전할 거라고 했다.

이 무어인 왕자는 어떤 해적에게서 해상에서 취득한 전리품 하나를 구입했다. 그것은 어느 스페인 귀족의 온 가족을 태운 오랑의 총독 배에서 나온 것이었는데, 이 총독은 적의를 품고 그 귀족을 스페인 감옥으로 보내 버렸다. 물레이는 이 기독교인이 가장 대단한 사냥꾼이라는 것을 알았고, 이 젊은 왕자는 사냥을 무척 좋아했기 때문에, 그를 노예로 삼고 싶었다. 그리고 그를 더 잘 보호하려고, 그가 자신의 아내, 아들과 딸과 떨어지지 않도록 해주려고 했다. 물레이에게 봉사하면서 페즈에서 산 지 2년 만에, 그는 이 왕자에게 땅 위를 달리거나 공중으로 솟아오르는 모든 종류의 사냥감들에게 완벽하게 소총을 쏘는 법과 무어인들에게는 생소한 여러 사냥법을 가르쳤다. 그는 그 점에서 충분히 왕자의 은총을 받을 만했고 그의 기분전환에 너무나 필요한 존재가 되어 그의 송환에 결코 동의하고 싶지 않았으며, 모든 종류의 자비를 베풀어 스페인을 잊어버리게 만들려고 했지만, 더 이상 조국으로 돌아갈 수 없다는 절망이 우울증을 일으켜 마침내 죽음에 이르렀고, 그의 아내는 남편이 죽고 나서 오래 살지 못했다.

그들이 물레이에게 자유를 요구했지만, 그는 그들을 위해 당연히 자유를 누릴 가치가 있는 사람들을 자유롭게 해주지 못한 데 대해 양심의 가책을 느꼈고, 그가 저지른 잘못을 가능한 한 그들의 자식들에게 보상하려고 했다. 그 딸은 도로테였는데, 소피 또래에 아름답고 재치가 있었다. 그녀의 남동생은 열다섯 살이 넘지 않았고, 이름은 상슈였다. 물레이는 소피와 동행하도록 그 둘을 선택했고 그런 기회를 이용해 그들을 함께 스페인으로 보냈다. 일은 비밀리에 진행했다.

두 아가씨와 어린 상슈를 위해 스페인식으로 남장을 시켰다. 물레이는 소피에게 많은 보석을 주어 화려하게 치장하게 했다. 또 도로테에게는 그녀의 아버지가 이미 왕자의 호의로 받은 모든 것에다, 나머지 인생을 부유하게 살 수 있도록 멋진 선물을 마련해주었다.

그 당시, 샤를 캥3은 아프리카에서 전쟁을 하고 튀니스시4를 포위하고 있었다. 황제는 모로코 해안에서 난파한 몇몇 스페인 귀족들의 송환을 다루기 위해 물레이에게 대사 한 명을 보냈다. 물레이는 바로 이 대사에게 자기의 진짜 이름으로 알려지기를 원하지 않는 지체 높은 귀족인 동 페르낭의 이름으로 소피를 부탁한 것이었다. 그리고 도로테와 동생은 그녀의 일행으로, 한 사람은 귀족으로 한 사람은 시종으로 통했다.

소피와 조라이드는 아쉽게 서로 헤어질 수밖에 없었고 눈물을 흘렸다. 조라이드는 아름다운 이 기독교 여인에게 풍성한 보석 한 꿰미를 주었는데 이 상냥한 무어 여인과 아내 못지않게 소피를 사랑한 줄레마가 그 둘의 우정을 거절함으로써 그만큼 그들의 마음을 상하게 할 수

---

3 1516년부터 스페인의 왕이었다가 1519년부터 1556년까지 신성로마제국의 황제로 군림한 카를 5세(1500~1558).
4 카를 5세는 1535년 당시 유럽을 압박하던 오스만제국을 상대로 튀니스에서 중요한 승리를 거두었다.

있다는 것을 알렸더라면 그녀가 받아 보지 못했을 보석이었다.

조라이드는 소피에게 탕헤르나 오랑으로 가는 길 혹은 아프리카에 황제가 점령하고 있던 여러 곳에서 가끔 그녀의 소식을 알려주겠다고 약속해 달라고 했다. 기독교도 대사는 살레에서 내려 소피를 데리고 갔는데, 이제부터 그녀를 동 페르낭으로 불러야 했다. 그는 튀니스 앞에 있던 황제의 군대를 만났다. 변장한 우리의 스페인 여인은 그에게 오랫동안 페즈 왕자의 노예였던 안달루시아의 귀족으로 소개되었다. 그녀는 전쟁에 목숨을 거는 것을 두려워할 정도로 자신의 목숨을 아낄 이유가 없었기 때문에, 기병으로 통하기를 원했지만, 황제의 군대에 넘치는 용감한 전사들처럼 명예롭게 전투에 자주 갈 수가 없었다. 그녀는 자원군들 사이에 있었지만, 자신을 드러낼 기회를 놓치지 않고 황제가 가짜 동 페르낭에 대한 애기를 들을 정도로 눈부신 활약을 하게 된다.

그녀는 황제 옆에서 아주 행복했는데, 그때 기독교인들이 열세에 놓였던 치열한 전투에서 황제가 무어인들의 함정에 빠져 측근들의 버림을 받고 배신자들에 둘러싸였다. 그의 말이 이미 황제 밑에 깔려 죽었고, 우리의 여전사가 그를 다시 말 위에 태우지 않고, 믿기 힘든 노력으로 용맹을 떨치면서, 기독교도들에게 이 용감한 황제를 구하러 올 시간을 벌지 않았더라면 그는 죽었을 것이다. 그런 멋진 행동은 보상이 없지 않았다.

황제는 낯선 동 페르낭에게 성 야곱 기사단과 마지막 전투에서 죽은 한 스페인 영주의 기병대를 주었다. 또 그에게 지체 높은 사람의 마차 일체를 주라고 했고, 그때부터 군대에서 이 용감한 여인보다 더 높이 평가받고 존경받는 사람은 아무도 없었다. 남자 같은 모든 행동이 그녀에게 너무나 자연스러웠고 얼굴은 미남이었으며 아주 젊게 보였고, 그의 용맹은 젊은이들 가운데 무척 감탄할 정도였으며, 그의 재능은 황제의 군대에서 그와 친분을 맺지 않으려는 귀족이나 지휘자가 없을 정도로 정말 매력적이었다.

따라서 모든 사람들이 그녀에 대해 더구나 그녀의 멋진 활약에 대해 이야기하는 마당에, 그녀가 순식간에 자신의 주인의 신임을 얻었던 것은 당연한 것이었다. 그때 돈과 군수품들을 가지고 온 새로운 부대가 배를 타고 스페인에서 도착했다. 황제는 우리의 여전사가 소속된 주요 지휘관들과 함께, 무장을 하고 그들을 만나기를 원했다. 이 새로 온 군인들 사이에서, 그녀는 동 카를로스를 본 것 같았는데 그가 틀림이 없었다. 그녀는 그날 내내 그가 염려되었고, 이 새로운 부대의 구역에서 그를 찾아보게 했지만, 찾지 못했는데, 그가 이름을 바꾸어 버렸기 때문이었다.

그녀는 밤새 잠을 이루지 못하고 해가 뜨자마자 일어나서 그녀의 눈물을 흘리게 했던 이 사랑하는 연인을 직접 찾아 나섰다. 그녀는 그를 찾아냈지만 그가 그녀를 알아보지 못했다. 그녀가 성장해서 신장에 변화가 생겼고, 아프리카의 태양 때문에 그녀의 얼굴빛이 변했기 때문이다. 그녀는 그를 다른 지인으로 여기는 척하고 그에게 세비야의 소식과 그의 생각을 일깨우는 이름으로 불리는 어떤 사람의 소식을 물었다. 동 카를로스는 그녀가 착각하고 있고 그 사람은 세비야에 있었던 적이 없으며, 그는 발렌시아 출신이라고 말했다.

당신은 내가 사랑하는 사람하고 너무 닮았군요.

소피가 그에게 말했다.

너무 닮아서, 당신이 내 친구가 되는 게 싫지 않다면 내가 당신 친구가 되고 싶어요.

동 카를로스는 그녀에게 대답했다.

그런 이유가 당신에게 소중하다면 당신의 우정을 받아들이지 않을 수 없는 똑같은 이유로 당신은 이미 나의 우정을 얻었겠지요. 당신은 내가 오랫동안 사랑했던 사람과 닮으셨군요. 당신은 그 사람의 얼굴과 목소리를 갖고 있어요. 그런데 그 사람은 당신처럼 남자가 아니에요. 당신이 그 사람의 기질과 다른 건 확실해요.

그가 크게 한숨을 쉬면서 그렇게 덧붙였다.

소피는 동 카를로스의 이 마지막 말에 얼굴이 붉어지지 않았을 수 없었다. 아마도 눈이 눈물로 젖기 시작해서 카를로스는 소피의 얼굴이 변하는 것을 눈치 채지 못했을 게다. 그녀는 마음이 흔들렸고, 이 감정을 더 이상 숨길 수 없어, 동 카를로스에게 자신의 막사로 그녀를 만나러 오라고 부탁했다. 그녀는 거기서 기다리겠다고, 그리고 그 부대에서 그를 '동 페르낭 기지의 연대장'으로 불리는 자신의 구역을 알려준 뒤 그와 헤어졌다. 그 이름을 듣고, 동 카를로스는 그에게 제대로 경의를 표하지 못한 것이 두려웠다. 이미 그가 얼마나 황제의 신임을 받고 있는지, 그리고 비록 미지의 인물이지만, 그 사람이 궁정의 일인자들과 황제의 은총을 받고 있다는 것을 알았다. 그는 누구나 알고 있는 그의 구역과 막사를 찾는 데 어려움이 없었고, 비록 말단 기병이었지만 기지의 중요 장교 중 한 사람인 것처럼 환대를 받았다.

그는 동 페르낭의 얼굴에서 소피의 얼굴을 알아보고 그 전보다 훨씬 더 놀랐고, 그의 영혼 속으로 파고드는 목소리에 더욱 놀랐으며, 이 세상에서 가장 사랑했던 사람의 기억을 되살렸다. 자신의 연인임을 알리지 않은 채 소피는 그와 식사를 하게 되었다. 식사 후 하인들을 물러나게 하고, 아무도 찾지 말라고 명령한 후, 다시 한 번 이 기병에게 자신이 발렌시아 출신이라는 것을 재삼 말했다. 그리고 나서 그가 그녀를 납치할 계획을 세운 날까지 두 사람의 공통의 모험에 대해 그 사람만큼 그녀가 잘 알고 있는 것을 이야기했다.

동 카를로스가 그녀에게 말했다.

내 사랑을 그렇게 받아들이고 나를 그렇게 사랑했던 지체 높은 한 여인이 지조도 없이 배신하고, 그렇게 큰 잘못을 나에게 교묘하게 숨기면서, 그녀를 납치하려고 내가 선택한 시종을 두고 어느 날 나보다 그녀를 납치한 나의 젊은 시종을 더 좋아한 그녀의 선택에 현혹되었다는 것을 당신이라면 믿겠어요?

그런데 당신은 그렇게 믿나요? 소피가 그에게 말했다.

모든 일에는 우연이 지배하고, 흔히 우리의 예상을 혼란시켜서 가장 예상할 수 없는 결과를 가져오지요. 당신의 연인은 당신과 헤어지지 않을 수 없었으니 아마 죄인보다 더 불행하겠지요.

동 카를로스가 그녀에게 대답했다.

내가 그녀의 잘못을 의심할 수 있었더라면 얼마나 좋겠어요! 그랬다면 그녀가 나에게 가져다준 모든 상실과 불행이 나로서 참기 어렵지 않았을 것이고 그녀가 여전히 나에게 변함없는 사람이라고 믿을 수 있다면 내가 불행하다고까지 생각하지 않겠지만, 그녀는 오직 배신자 클로디오에게 충실하고, 동 카를로스를 잃고서야 불행한 동 카를로스를 사랑하는 척했던 것이지요.

　소피가 그에게 이렇게 응수했다.

　당신은 그렇게 그녀의 말을 듣지 않고 비난하고 그녀가 경솔하다기보다 더 사악하다고 공공연히 말하는 것으로 보아, 당신이 그녀를 사랑한 것 같지 않아요.

　그러자 동 카를로스가 이렇게 소리쳤다.

　그러면 이 파렴치한 여인보다 더 한 여인이 있을까요? 그녀를 납치한 시종을 의심하게 하지 않도록, 그녀가 아버지 집에서 사라졌던 그 날 밤, 그녀는 방에, 내 기억 속에서 지워 버리기에는 나를 너무나 불행하게 만든 편지, 마지막 악의적인 편지 한 장을 남겼지요. 나는 그 편지를 들려주고 이 젊은 여인이 어떻게 자신을 숨길 수 있었는지 당신에게 판단하게 하고 싶어요.

편지

나에게 그렇게 하라고 한 이후에도 당신은 내가 동 카를로스를 사랑하는 것을 막지 못했을 것입니다. 그 사람의 장점은 나에게 오로지 많은 사랑을 베풀 수 있었고, 한 젊은 사람의 생각이 그럴 거라고 예견되었을 때, 거기에 이해관계는 설 자리를 찾을 수 없는 것입니다. 따라서 나는 당신이 착하다고 생각한 그 사람, 젊은 시절부터 내가 사랑했던 그 사람과 떠납니다. 그리고 그 사람이 지금보다 훨씬 더 부유하더라도, 그 사람이 없다면 사는 것도, 내가 사랑하지 않는 낯선 사람과 수천 번 죽지 않고 사는 것도 불가능할 것 같습니다. 우리의 잘못은 (혹시라도 있다

374

면) 당신의 용서를 받아 마땅한 것입니다. 만일 당신이 우리를 용서해 준다면, 우리는 당신이 우리에게 하려고 했던 부당한 폭력을 피했던 것보다 더 빨리 그 용서를 받아들이겠습니다.

소피

당신은 소피의 부모님이 이 편지를 읽었을 때 그들이 느낀 고통이 얼마나 컸을지 상상할 수 있겠지요. 동 카를로스는 계속했다. 그들은 내가 발렌시아에 그들의 딸하고 함께 숨어 있거나, 내가 멀리 가지 않기를 바랐던 거지요. 그들은 친척인 부왕을 제외하고, 모든 사람들에게 딸이 사라진 것을 비밀에 부쳤고, 날이 밝기 시작하지마자, 사법 당국이 방 안으로 들어왔고 내가 자고 있는 것을 발견했지요. 나는 그럴 이유가 있는 만큼, 그 방문에 깜짝 놀랐고, 사람들이 나에게 소피가 어디 있냐고 묻고 난 후, 나도 그녀가 어디 있냐고 물었을 때, 나를 고발한 사람들은 그 말에 화를 내고 나를 아주 거칠게 감옥으로 끌고 가도록 했지요.

나는 심문을 받았고 소피의 편지에 대해 나를 방어하려고 아무 말을 할 수 없었지요. 그 때문에 내가 그녀를 납치하려고 한 것 같았지만, 오히려 나의 시종이 그녀와 동시에 사라진 것 같았지요. 소피의 부모님은 그녀를 찾으라고 했고, 나의 친구들은 이 시종이 그녀를 어디로 데리고 갔는지 찾아내려고 온갖 열성을 다했지요. 그것은 내 결백을 보여주는 유일한 방법이었지만, 달아난 이 연인들의 소식은 전혀 알 수 없었고, 나의 적들은 그때 두 사람이 죽은 것으로 나를 기소했지요. 결국, 힘에 의존한 불의가 결백을 짓누르고 승리했지요.

나는 곧 재판을 받을 것이고 사형 판결을 받을 거라는 통보를 받았지요. 하늘이 나를 위해 기적을 만들어 내기를 바라지 않았고, 따라서 나는 탈옥을 감행하려고 했지만 절망적이었지요. 나는 나 같은 수감자들인 산적들을 만났지요. 우리는 친구들의 도움으로, 감옥 문을 힘으로 부수고, 부왕이 이를 통보받기 전에, 발렌시아에서 가장 가까운 산으로 갔지요. 우리는 오랫동안 그 지역의 주인이었지요.

소피의 배신, 그녀의 부모님이 가하는 박해, 부왕이 나에게 부당하게 대했다고 믿었던 모든 것 그리고 마지막으로 내 재산의 손실은 나를 엄청난 절망 속으로 빠뜨렸지만 나는 내 동료들과 함께 부딪친 모든 만남에서 목숨을 걸었지요. 그리고 나는 그 때문에 그들 사이에서 명성을 얻었고 그들은 내가 그들의 지도자가 되기를 원했지요. 나는 성공적으로 해냈고 우리의 부대는 아라곤과 발렌시아 왕국에 가공할 존재가 됐으며, 우리는 이 왕국들의 도움을 받을 정도로 무례했지요.

당신에게 아주 은밀한 비밀을 하나 이야기하지요.

동 카를로스가 덧붙였다.

당신이 나에게 베푸는 신의에 대한 나의 호의로 당신을 내 인생의 주인으로 삼고자 하며, 당신에게 아주 위험한 비밀을 털어놓기로 하지요.

그는 계속했다.

결국 나의 사악한 모습에 지쳐, 나는 예상치 못한 내 동료들을 피해서 바르셀로나로 떠났지요. 거기서 아프리카로 떠나는 신병들 속에서 단순한 기병으로 들어갔지요. 나는 목숨을 아낄 이유가 없고, 합법적으로 적들과 싸우면서 오직 당신을 위해 내 목숨을 바칠 수 있어요. 나를 위해 베푼 당신의 선의는 세상에서 가장 배은망덕한 여인이 나를 모든 남자들 중 가장 불행하게 만든 이래, 내 영혼이 받은 유일한 온화함이기 때문이지요.

미지의 소피는 부당하게 비난받은 소피의 편에 섰고 그녀의 연인에게 자신의 잘못이 알려지기 전에 그 연인에 대해 나쁜 판단을 하지 않도록 설득하려는 것도 잊지 않았다. 그녀는 그 불행한 기병에게 그의 불행을 함께하고 싶고, 진심으로 그 불행을 누그러뜨리고 싶으며, 말보다 더 뚜렷한 결과를 거두기 위해, 그에게 그녀의 소속이 되기를 부탁했다. 그리고 기회가 주어지면, 그가 소피의 부모와 발렌시아 부왕의 박해로부터 벗어날 수 있도록 그녀가 황제 옆에서 자신과 모든 친구들의 신임을 이용하겠다고 말했다.

동 카를로스는 가짜 동 페르낭이 자신에게 소피를 변호하기 위해 했던 모든 말에 결코 굴복하지 않았지만, 결국 그녀에게 식탁과 집에서 받은 구애에 굴복했다. 바로 그날부터, 이 변함없는 연인은 동 카를로스 기지의 우두머리에게 말해서, 훌륭한 사람으로 생각하게 만들고, 이 기병이 그녀의 친척이라고 하면서, 그녀의 편에, 말하자면 그녀와 함께하도록 한 것이다. 죽었거나 배신했다고 생각했던 그의 여주인을 위해 일하는 불운한 우리의 연인이었다. 그가 그녀에게 예속되기 시작해서 자신의 주인이라고 믿는 사람과 아주 잘 지내고 있지만 어떻게 그렇게 순식간에 사랑하게 될 수 있었는지 알기 힘들다. 그는 그녀의 감독자이며 동시에 그녀의 비서이며, 시종이며, 심복이다. 다른 하인들은 동 페르낭 못지않게 그에게 존경심을 가지고 있고, 그는 분명 아주 사랑스러워 보이는 주인의 사랑을 받는 것을 알고 행복할 것이다.

그리고 배신자 소피가 끊임없이 그에게 생각나게 만들고, 그에게 아주 소중한 주인의 위로와 되찾은 행운으로 슬픔을 이겨낼 수 없게 만든다 할지라도 본능적으로 그가 잃어버린 소피를 사랑하지 않을 수 없었다. 소피가 아무리 다정하게 대해도, 괴로워하는 그의 모습을 볼 수 있었고, 그녀가 그의 불행의 원인이라는 것을 의심하지 않았다.

그녀는 그에게 자주 소피에 대해 말했으며, 가끔 열정적으로, 분노로, 그리고 신랄하게, 동 카를로스가 성실과 신의가 없었던 것에 대해 비난하는 자신을 변호했으며, 결국 카를로스는 항상 소피를 주제로 이야기할 때마다 이 동 페르낭이 그전에 소피를 사랑했던 것 같고 아마 지금도 사랑하고 있을 거라고 믿게 되었다.

아프리카 전쟁은 역사에서 보는 대로 끝이 났다. 황제는 그 후 독일, 이탈리아, 플랑드르와 여러 곳에서 전쟁을 했다. 우리의 여전사는 자신의 능력을 발휘해서 지휘함으로써, 비록 그런 능력이 이 용맹한 여성만큼 젊은이에게도 극히 드물게 나타나기는 하지만, 동 페르낭이라는 이름으로, 여러 차례 활약하면서 용맹하고 노련한 장수로서 명성을 드높였다. 황제는 플랑드르로 가지 않을 수 없었고 프랑스의 왕에게 프랑스 통과를 부탁하게 되었다. 그 당시 통치하던 프랑스 왕은 운 좋게 항상 그를 이기면서도 늘 제대로 이용하지 못했던 치명적인 적을 관대함과 솔직함에서 능가하고자 했고, 카를 5세는 마치 프랑스 왕처럼 파리에서 환대를 받았다. 잘생긴 동 페르낭은 그를 따르는 능력 있는 몇 안 되는 사람 중에 하나였고, 그의 주인이 가장 우아한 궁정에서 좀더 오래 체류했다면, 남자로 여겨진 이 아름다운 스페인 여인은 많은 프랑스 부인들에게 사랑을 베풀고 우리의 가장 모범적인 궁정인들에게 질투했을 것이다.

그동안 스페인에서 발렌시아의 부왕이 죽었다. 동 페르낭은 자신의 장점과 부왕에게 감히 아주 중요한 직책을 부탁하는 데 자신에 대한 부왕의 애정을 기대했고, 자신이 바라는 대로 그 일을 맡았다. 그는 가능한 한 빨리 동 카를로스에게 그가 요구한 좋은 결과를 알리고, 자신이 발렌시아의 부왕의 지위를 차지하면 동 카를로스가 바로 소피의 부모와 화해할 것이며 산적의 두목이었던 것에 대해 황제의 은총을 얻을 것이고, 심지어 기회가 주어지는 대로 자신의 재산을 소유하게 되리라는 것을 기대하게 만들었다. 동 카를로스는 이 멋진 약속 덕분에 그가 사랑으로 인해 얻은 불행을 어느 정도 위로받을 수 있었다.

황제는 스페인에 도착해서 마드리드로 바로 갔고, 동 페르낭은 자신의 통치권을 차지하게 되었다. 부왕 동 페르낭이 발렌시아로 들어간 날부터 소피의 부모는 부왕 옆에서 그의 집을 관리하고 그의 명령을 집행하는 비서 역을 맡은 동 카를로스에게 고소하는 청원을 올렸다. 동 페르낭은 그들을 정당하게 평가하고 동 카를로스에게 자신의 결백을 지켜주겠다고 약속했다. 사람들은 동 카를로스에게 반대하는 새로운 정보를 만들었다. 다시 한 번 목격자들의 이야기를 듣게 했고 마침내 소피의 부모는 딸을 잃은 데 대한 회한과 합법적이라고 여겼던 복수의 욕망에 자극받아, 그 일을 아주 빨리 서둘렀던 덕분에 5, 6일 만에 재판받을 수 있었다. 그들은 부왕 동 페르낭에게 피고를 감옥에 가둬 달라고 요구했다. 동 카를로스는 소피의 부모에게 여관에서 나가지 않겠다고 말하고 언젠가 그를 심판하도록 그들에게 강한 인상을 주었다.

온 발렌시아시를 뒤흔들었던 그 운명적인 날 바로 전날, 동 카를로스는 그를 지지한 부왕에게 특별한 지지를 요청했다. 그는 무릎을 꿇고 부왕에게 말했다.

전하, 바로 내일 제가 결백하다는 것을 모든 사람에게 알려주셔야 합니다. 비록 제가 심문해 달라고 한 목격자들이, 저를 비난하는 범죄에서 완전히 벗어나게 해주더라도, 제가 마치 신 앞에 선 자처럼, 전하에게 맹세하지만, 저는 소피를 납치하지 않았을 뿐 아니라, 그녀를 보지 못했으며, 그녀의 소식을 들은 바 없고, 그 이후 그녀의 소식을 모르고 있습니다. 제가 그녀를 납치하려고 한 것은 사실이지만, 지금까지 저도 모르는 불행으로 제가 실종되거나 그녀가 실종되면서 그녀가 사라졌습니다.

그만해요, 동 카를로스.

부왕이 그에게 말했다.

가서 편히 주무시오. 나는 그대의 주인이고 친구며, 그대가 생각하는 것보다 그대의 결백을 더 잘 알고 있어요. 그리고 설사 의심한다고 하더라도 내가 정확하게 밝힐 수 없을 거 같아요. 왜냐하면 그대가 내 집에 있고 내 집 소속인 데다 내가 그대를 보호한다는 약속을 하고 나하고 여기 왔을 뿐이니 말이오.

동 카를로스는 자신이 온갖 늘어놓은 말에 대해 너무나 친절한 주인에게 감사했다. 그는 잠자리에 들었지만 곧 용서받을지 초조해서 잠을 이루지 못했다.

그는 날이 밝자마자 일어나서, 평소보다 더 정갈하게 치장을 하고 그의 주인이 일어나길 기다렸다. 그런데 내가 착각한 건데, 그는 옷을 입고 난 후에야 방으로 들어갔다. 소피가 남장을 한 이후, 그녀처럼 변장한, 그녀의 심복인 도로테만 방에 누워 있었는데, 소피에게 모든 도움을 주었으며, 자신이 숨고 싶다는 것을 알려줄 수 있었다.

따라서 동 카를로스가 부왕의 방으로 들어갔을 때, 도로테는 모든 사람들에게 방문을 열었는데, 부왕은 스스로 결백하다고 믿고 싶은 어떤 기소된 사람 때문에 아침 일찍 일어났다고 나무라기보다 오히려 그를 보지 못했으며, 그에게, 잠을 자지 못한 사람은 책임 의식을 느껴야 한다고 말했다.

동 카를로스는 약간 당황한 채, 전하가 자신에게 베풀 정의를 통해 은밀하게 적들을 곧 추적하리라는 희망뿐 아니라, 두려움도 확신하면서 잠을 잘 수 있었다고 대답했다.

부왕이 또 그에게 말했다.

그런데 당신은 치장을 잘하고 아주 우아하군요. 그리고 나는 사람들이 당신의 목숨에 대해 의논하는 날 당신은 아주 조용하리라고 생각하지요. 당신을 기소하는 죄에 대해 내가 무엇을 믿어야 할지 모르겠군요. 우리가 소피에 대해 대화할 때마다, 당신은 나보다 열정이 식었고 더 무관심하게 말하는군요. 사람들은 당신처럼, 당신이 그녀의 사랑을 받았고 그녀를 죽였다고 나에게 비난하지 않아요. 소피를 납치했다고 당신이 비난하는 젊은 클로디오도 마찬가지지요. 당신은 그녀를 사랑했다고 하지요. 부왕이 계속했다.

그리고 당신은 그녀를 잃고 난 후에 살아남았고, 이제 당신이 용서를 받고 편안해질 거라고 확신하고 있지요. 당신은 목숨도 싫고 당신에게 그녀를 사랑하게 만들 수 있는 모든 것을 싫어하는 것 같아요!

아! 변덕스런 동 카를로스여, 또 다른 사랑이, 당신에게 그녀가 온전히 당신의 것이고 감히 당신을 위해 모든 것을 다할 때, 당신이 진정으로 그녀를 사랑했다면 당신이 잃어버린 소피에게 간직해야 할 사랑을 잊어버리게 했지요.

부왕의 이 말에 반쯤 넋이 나간 동 카를로스는 그 말에 대답하고 싶었지만, 그렇게 할 수 없었다.

그만하세요.

그는 부왕에게 심각한 얼굴로 말했다.

그리고 당신의 재판관들을 위해 당신의 웅변을 그만두세요. 나는 그 말에 놀라지 않으며, 내 하인들 중 한 사람을 통해 황제에게 나의 공정성에 대해 좋지 않은 의견을 제시하지 않을 것이기 때문이지요.

그동안, 부왕은 그를 굳게 믿고 있는, 근위병들의 대장을 향해 덧붙였다. 감옥을 부순 그 대장은 도피 중인 그를 처벌하지 말라고 나에게 한 약속을 지키지 않을 수 있지요.

사람들은 곧 검을 압수해 동 카를로스를 무장해제시켰고, 동 카를로스는 근위병들로 둘러싸인 채 자신을 동정하는 모든 사람들을 바라보다가, 창백해진 얼굴로 실망한 채 힘들게 눈물을 참았다. 가난한 귀족이 대영주들의 변덕스런 마음을 충분히 경계하지 않은 데 대해 후회하는 동안, 그를 심판할 재판관들이 방으로 들어왔고 부왕이 자리를 잡고 난 후 자리에 앉았다. 아직 발렌시아에 있던 이탈리아 백작과 소피의 아버지와 어머니가 나타났는데, 아주 실망한 탓에 대답할 용기조차 잃어버린 피고인의 소송에 증인들을 불러낸 것이었다. 그가 전에 소피에게 쓴 편지들은 인정이 되었다. 그리고 그에게 소피 집안의 이웃들과 하인들을 대면시켰고, 마지막으로 그가 그녀를 납치했다고 주장한 그날 그녀가 방에 두었던 편지를 내놓았다. 피고인은 주인이 자는 것을 보았다고 증언하는 하인들의 말을 들어 달라고 했지만, 사실 그는 잠이든 체했다가 나중에 일어났다.

그는 재판관들에게 맹세코 소피를 납치하지 않았다고 했고 그녀와 헤어지려고 그녀를 납치했을 리가 없다고 주장했다. 그러나 사람들은 그가 그녀를 죽이고, 시동과 그녀가 사랑하는 심복도 죽였다고 엄청 비난했다. 그를 심판할 수밖에 없었고 모두 한목소리로 그를 비난하고 있었을 때, 부왕이 그를 가까이 오게 해서 이렇게 말했다.

불행한 동 카를로스여! 그대는, 사람들이 비난하듯 그런 죄를 저질렀다고 내가 그대를 의심했다면, 모든 애정의 표시를 보낸 그대를 발렌시아로 데려오지 않았을 거라고 그대는 믿을 수 있을 것이오. 어떤 부당한 이유로 내 권한을 행사하고 싶지 않더라도 내가 그대의 유죄 판결을 내리지 않는 것은 불가능하오. 그리고 내 눈에 흐르는 눈물로 그대의 불행에 대한 내 고통을 판단할 수 있을 것이오. 그것이 아무리 사소하더라도 그대의 상실을 좀 덜 수 있다면, 우리는 화해할 수 있을 거요. 결국, 소피가 스스로 나타나서 그대를 변호하지 않는다면, 그대는 죽을 준비를 할 수밖에 없어요.

자신이 구원받지 못한 것에 실망한 카를로스는 부왕 앞에 무릎을 꿇고 이렇게 말했다.

전하, 아프리카에서, 그리고 영광스럽게 제가 전하를 모실 때부터, 그녀가 저를 지루한 불운에 빠뜨린 이야기를 할 때마다 제가 그녀에 대해 항상 똑같이 이야기한 것을 잘 기억하고 계시겠지요. 그리고 그녀는 그 고장에서 그리고 다른 어느 곳에서도, 제가 영광스럽게 저를 사랑해주시는 어느 주인에게, 여기 어느 재판관 앞에서 부인했을 것을 고백하지 않았을 것이라고 믿고 있겠지요. 저는 항상 신에게 하듯이, 전하에게 진실을 말했고, 또 전하에게 제가 소피를 사랑하고 흠모한다고 말했지요.

모두 놀란 가운데, 부왕이 그의 말을 끊고 말했다.

배은망덕한 자여, 그녀를 흠모한다고 말해 보세요.

방금 부왕이 한 말에 깜짝 놀란 카를로스가 반복했다.

저는 그녀를 흠모합니다. 저는 그녀에게 그녀와 결혼하겠다고 약속했습니다.

그는 계속했다.

그리고 제가 그녀를 바르셀로나로 데려가려고 한 것은 맞습니다만, 그녀를 납치했거나, 그녀가 어디 숨어 있는지 안다면, 저를 가장 잔인하게 죽여주십시오. 제가 죽음을 피할 수 없습니다만, 변덕스럽고 믿을 수 없는 한 여인을 제 목숨보다 더 사랑한 것이 그저 죽어도 마땅한 죄라면, 저는 결백하게 죽겠습니다.

그러나 부왕이 화난 얼굴로 소리쳤다.

그 여인과 그대의 시종은 어떻게 되었나요? 그들이 하늘로 올라갔나요? 땅 속에 숨었나요?

동 카를로스가 그에게 대답했다.

시종은 친절하고, 그녀는 아름다웠습니다. 그는 남자였고 그녀는 여자였습니다.

아! 배신자!

부왕이 그에게 말했다.

그대가 바로 여기에서 그대의 비겁한 의심과 불행한 소피에 대한 그대의 같잖은 평가를 드러내다니! 남자들의 약속에 자신을 맡기고 너무 쉽게 믿음으로써 무시당하는 여자여, 저주받을지어다! 나쁜 놈, 소피는 공통의 미덕을 지닌 여자도 아니고, 그대의 시종 클로디오도 남자가 아니었구나. 소피는 의연한 여인이었고 그대의 시종은 그대를 사랑한, 사랑을 잃은 여인이었으며, 그녀가 그대를 배신하고 경쟁자인 소피를 그대에게서 훔친 자였구나. 내가 소피예요. 부당한 연인이여! 배은망덕한 연인이여, 내가 소피예요. 마땅히 사랑받을 자격도 없는 남자를 위해 엄청난 고통을 겪고 최후의 치욕도 견딜 수 있다고 스스로를 믿었던 소피란 말이에요.

소피는 더 이상 말을 할 수 없었다. 그녀를 알아본 아버지는 그녀를 껴안았다. 그녀의 어머니는 기절했고 동 카를로스도 기절했다.

소피는 아버지의 팔을 풀고 기절한 두 사람에게로 달려갔고 그녀가 두 사람 중 누구에게 달려갈까 생각하는 동안 두 사람은 정신을 차렸다. 어머니의 얼굴이 눈물로 젖었다. 그녀는 어머니의 얼굴을 눈물로 적셨다. 그녀는 다시 기절하다시피 한 사랑하는 동 카를로스를 가장 다정하게 안았다. 그는 이번에는 잘 견뎠고, 감히 소피에게 키스하지 못하고, 대신 아직 남아있는 힘을 다해 그녀의 두 손에 수십 번이고 입을 맞추었다.

소피는 사람들이 그녀를 포옹하고 축하해주는 말에 가까스로 마음을 다스릴 수 있었다. 이탈리아 백작은 다른 사람들처럼 자신을 추스르면서, 그녀의 아버지와 어머니가 약속한 것처럼 그가 그녀에 대해 가지고 있는 바람을 말하고 싶었다. 그의 얘기를 들은 동 카를로스는 격렬하게 입 맞추던 소피의 한 손을 놓고, 방금 그에게 돌려준 검을 손에 잡으면서, 모든 사람들을 겁주는 자세를 취했으며, 발렌시아를 심연 속으로 떨어지게 하겠다고 맹세하면서, 모든 사람들과 소피 자신이 그에게 더 이상 꿈꾸지 못하게 할지라도 그에게서 소피를 빼앗지 못할 것이라고 했다.

그녀는 자신이 사랑하는 동 카를로스 이외에 다른 남편을 가지지 않을 것이며 그녀의 아버지, 어머니에게 그를 착한 사람으로 여기라고 간청하며 그렇지 않으면 그녀가 평생 수도원에서 갇혀 사는 모습을 볼 각오를 하라고 했다. 그녀의 부모는 그녀가 원하는 남편을 자유롭게 선택하라고 했고, 바로 그날부터 이탈리아 백작은 이탈리아나 그가 원하는 완전히 다른 고장으로 떠났다.

소피는 모든 사람들이 감탄한 가운데 자신이 겪은 모험을 모두 이야기했다. 동 카를로스와 소피가 결혼한 후, 이 용감한 여인이 발렌시아 부왕의 지위와 동 페르낭의 이름으로 마땅히 받을 만한 모든 자비를 동 카를로스에게 넘기겠다는 놀라운 소식을 담은 편지 한 통이 황제에게 전해졌다. 황제는 이 축복 받은 연인에게 아직도 그의 후손들이 소유하고 있는 공국을 주었다.

발렌시아시는 화려하게 치른 결혼식 비용을 지불했으며, 소피와 함께 다시 여자의 옷을 입은 도로테는 동 카를로스의 가까운 친척인 어느 기병과 결혼했다.

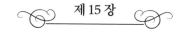

제 15 장

라 라피니에르 씨의 뻔뻔함

렌의 고문이 단편을 다 읽었을 때 라 라피니에르가 여관에 도착했다.
그는 사람들이 라 가루피에르 씨가 있다고 말한 방으로 어리둥절한
채 들어갔지만, 그의 밝은 얼굴은 방의 한구석에서 르 데스탱과 재판
받는 죄인처럼 수척하고 겁먹은 그의 하인을 보자 확연히 변했다.

라 가루피에르는 안에서 방문을 닫고 난 다음, 용감한 라 라피니에
르에게 그를 찾으러 보낸 이유를 짐작하지 못하겠는지 물었다.

내 몫을 챙기려고 했던 한 여배우 때문이 아닌가요?

그 사악한 자가 웃으면서 대답했다.

뭣이라고, 당신 몫이라니!

심각한 표정을 지으면서 라 가루피에르가 말했다.

그게 당신이 재판관인 것처럼 내리는 판결이오? 그리고 도대체 당
신 같이 아주 사악한 사람을 목을 매달게 한 적 있었소?

라 라피니에르는 계속 사태를 농담으로 돌리고 그걸 선의로 여기게

만들려고 했지만, 그 상원의원은 그럴 때마다 그를 얼마나 모진 말로 취조했던지 결국 그는 의도가 나빴음을 고백했고, 이런 코믹한 모험들이 벌어질 때 알 수 있듯이, 생명의 은혜를 입고 난 후에 너무 심하게 감정을 상하게 한 사람에게 구실을 만들지 않도록 온갖 지혜가 필요했던 르 데스탱에게 구질구질한 변명을 했다. 그러나 라 라피니에르는 르 데스탱에게 아주 중요한 사건을 일으킨 범인이었는데, 이 사악한 사람을 극복하게 하겠다고 약속한 라 가루피에르 씨에게 알린 또 다른 사건을 이 불공정한 관리와 해결해야만 했다.

내가 비록 라 라피니에르를 탐구하는 데 어려움이 있지만, 그가 신보다 사람들에게 더 사악하다거나 이웃에게 부당하기보다 본질적으로 사악한 사람이라고 할 만한 점은 전혀 발견할 수 없었다. 다만 내가 확실하게 알고 있는 것은 전체적으로 이 사람보다 더 많은 악행을 더 뚜렷하게 저지른 사람이 없었다는 것이다.

그는 레투알 양을 납치하고 싶었으며, 또한 자신이 대단한 행동을 자랑이라도 하듯이 대담하게 고백했으며, 뻔뻔하게도 유사한 시도에서 성공을 의심한 적이 없었다고 그 고문과 배우에게 말했다. 그는 르 데스탱을 향해서, 계속했다.

내가 당신 하인을 손아귀에 넣었기 때문이지요. 그리고 누군가 당신의 누이동생에게 당신이 다쳤다고 지목한 곳으로 당신을 찾으러 갈 생각을 했지요. 그녀는 내가 그녀를 기다리던 집에서 10여 킬로미터도 되지 않는 곳에 있었지요. 그때 나에게 그녀를 데리고 온 어리석은 작자에게서 도대체 누가 그녀를 빼앗아 갔는지, 서로 심하게 싸우고 난 후 누가 내 명마를 훔쳐갔는지 나는 알지 못하오.

르 데스탱은 분노로 얼굴이 창백해졌고 가끔 이 흉악범이 어떤 낯짝으로 감히 그에게 마치 별거 아닌 일을 이야기하듯이 모욕적으로 말하는 것을 보고 창피해서 얼굴이 붉어졌다. 라 가루피에르도 그 말에 분노했으며 이렇게 위험한 사람에 대해 대단히 분개했다. 그가 라라피니에르에게 말했다.

내가 막지 않았다면, 르 데스탱 씨가 당신을 수백 대 패주었을 못된 짓을 한 상황을 당신이 감히 어떻게 그리도 솔직하게 우리에게 알려주는지 모르겠소. 하지만 옛날 당신이 파리에서 소매치기 하던 시절에 훔친 다이아몬드 상자를 르 데스탱에게 되돌려주지 않으면 당신도 똑같은 일을 당할 수 있다는 것을 경고하오. 그 당시 당신의 공범이었다가 이후 당신의 하인이 된 도갱은 죽어가면서 당신이 아직 그 상자를 가지고 있다고 르 데스탱에게 고백했으며, 그리고 당신이 그것을 돌려주는 데 조금이라도 곤란하다고 하면, 내가 당신의 유익한 보호자였던 만큼 당신이 나에게도 위험한 적이라는 것을 분명히 하오.

라 라피니에르는 예상하지 못한 이 말에 벼락을 맞은 듯했다. 그가 아무리 대담해도 자신이 저지른 범행을 이번에 완전히 부인하지는 못했다. 그는 당황한 사람처럼 말을 더듬거리면서, 그 상자가 르망에 있다고 고백하고, 그가 할 수 있는 일이 거의 없는 만큼 아무도 그에게 요구하지 않은 가증스러운 서약을 하면서 그 상자를 돌려주겠다고 약속했다. 그런 행동은 아마 그가 평생 저지른 가장 천진난만한 행동 중 하나였겠지만, 그럼에도 그것은 순수하지 않았다. 왜냐하면 그가 약속한 것처럼 상자를 돌려준 것은 사실이지만, 그 상자가 르망에 있다는 것은 사실이 아니었기 때문이다.

레투알 양이 대수롭지 않게 그에게 넘어오지 않으려고 할 경우 그 상자를 그녀에게 선물을 줄 목적으로 그 당시 그의 몸에 지니고 있었기 때문이다. 이것은 라 라피니에르가 라 가루피에르 씨를 마음에 들어 하는 만큼 그에게 다시 호감을 얻고 싶어 초상화 상자를 라 가루피에르의 손에 넘기면서 고백한 내용이다. 그 상자에는 상당한 가치가 나가는 다이아몬드 다섯 개가 들어 있었다. 거기에 레투알의 아버지가 칠보로 그려져 있었고, 이 아름다운 여인의 얼굴은 그것만 보고도 그녀가 그의 딸인 것을 알아볼 정도로 초상화 속 아버지와 닮았다.

르 데스탱은 라 가루피에르 씨가 자신에게 다이아몬드 상자를 주었을 때 어떻게 감사해야 할지 몰랐다. 그는 상자를 돌려 달라고 요구할 수도 없는 힘없는 배우였지만, 못된 사람의 손아귀에 들어가면 위험한 몽둥이가 되는 관직을 앞세우던 라 라피니에르로부터 상자를 강제로 돌려받을 수 없었던 것이다. 르 데스탱이 이 상자를 잃어버렸을 때, 이 보석을 남편의 다정한 선물처럼 소중하게 간직했던 레투알의 어머니가 겪은 고통 때문에 그의 고통은 훨씬 더 컸다. 따라서 그가 그 상자를 되찾고 얼마나 기뻐했는지 쉽게 상상할 수 있을 것이다.

그는 앙젤리크, 레앙드르와 함께 마을의 사제 누이동생 집에 있던 레투알을 만나 기쁨을 함께했다. 그들은 함께 의논해서 다음 날 르망으로 돌아가기로 결정했다. 라 가루피에르 씨는 마차를 제공했지만 그들은 타지 않으려고 했다. 남녀 배우들은 라 가루피에르 씨와 그의 아내와 함께 저녁 식사를 했다. 그들은 여관에서 일찍 자고, 날이 밝자마자, 르 데스탱과 레앙드르는 각자 연인을 안장 뒤에 태우고 라고탱과 라 랑퀸, 롤리브가 이미 돌아간 르망으로 떠났다.

390

라 가루피에르 씨는 르 데스탱에게 수많은 호의를 베풀었다. 부비옹 부인은 그 배우와의 작별해야 한다는 것을 슬퍼했고, 그걸 받아들이지 못해 전보다 병이 더 깊었다.

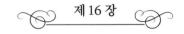
라고탱의 망신

라고탱과 함께 르망으로 돌아온 두 배우는 작은 키에 어울리는 작은
시골집에서 그들을 대접하고 싶었던 땅딸보 라고탱 때문에 본길에서
우회했다. 아무리 충실하고 정확한 이야기꾼이 자신의 이야기의 중
요한 사건과 그 사건이 일어난 장소를 자세하게 이야기한다 해도, 나
는 여러분에게 라고탱이 미래의 동료들 — 나는 그를 아직 시골 배우
들의 유랑 극단에 받아들이지 않았기 때문에 그렇게 부른다 — 을 데
리고 간 '작은 집'이 우리의 북반구 어디에 있는지 정확하게 말하지
않겠다. 따라서 여러분에게 단지 그 집이 갠지스 강의 이쪽에, 르망
의 서북쪽에 위치한 실레 르 기욤에서 멀지 않다는 것만 말하겠다.

그가 도착했을 때, 그 집은 보헤미안 일행들이 차지했는데, 그의
소작인이 크게 불평하는데도, 일행 중 대장의 아내가 급히 해산해야
한다는 핑계로, 혹은 오히려 이 도적들이 큰 길에서 멀리 떨어진 농가
의 가금류들을 아무 탈 없이 쉽게 훔쳐 먹을 수 있다는 기대로 거기에

묵고 있었던 것이다.

처음에 라고탱은 엄청 화난 땅딸보처럼 분개했고, 포르타유 가문[1]의 딸과 결혼했기 때문에 스스로 인척관계라고 했던 르망의 관리처럼 보헤미안들을 위협했으며, 그리고 그 포르타유 가문이 어떻게 라고탱 집안의 친척인지 청중들에게 알려주기 위해 일장 연설을 했는데, 긴 연설은 그의 절제 없는 분노에 어떤 기질을 보여주는 것도 아니었고 그가 파렴치하게 그렇게 장담하는 것을 막을 수도 없었다.

그는 관리 대리인처럼 그들을 위협하고 라 라피니에르의 이름으로 모두 무릎을 꿇렸지만, 보헤미안 대장이 그에게 공손하게 말하는 바람에 더 화가 났다. 보헤미안 대장은 라고탱의 인상에서 지체 높은 사람 같은 느낌이 들었고 그의 성(그 악당은 울타리로만 닫혀있던 그의 작은 집을 이렇게 불렀다)에 모르고 들어간 것을 후회하지 않은 것은 아니었지만, 그의 인상이 좋다고 너무나 뻔뻔하게 칭찬했다. 그는 또, 산통 중인 부인이 곧 산통에서 벗어나면 일행은 소작인에게 자신들에게 대접해준 가축의 대가를 치르고 나서 철수할 것이라고 덧붙였다.

라고탱은 코웃음을 치고 자신에게 연신 절하는 한 사내와 싸울 거리를 찾지 못해 분통이 터져 죽을 지경이었지만, 결국 이 침착한 보헤미안이 라고탱을 열 받게 했다. 그때 라 랑퀸과 대장의 동생이 옛날 친한 동지였던 탓에 서로를 알아보았고, 이 바람에 너무 큰 소리로 그 사건을 압도했기 때문에 틀림없이 안 좋은 일에 끼어들려고 했던 라

---

1   르망 지역에서 아주 유명한 의회 가문의 이름. 스카롱이 르망에 있었던 당시에 관리가 다니엘 느뵈였는데, 실제로 그의 아내가 포르타유 가문이었다.

고탱에게 잘 된 셈이었다. 따라서 라 랑퀸은 그에게 진정하라고 했다. 그는 정말 그러고 싶었고 그의 천성적 오만으로 그랬다면 그 스스로 그럴 수 있었다. 바로 그때 보헤미안 부인이 사내아이를 분만했다. 그 일행의 기쁨은 이루 말할 수 없었고, 대장은 배우들에게 저녁 식사를 하자고 청했고, 라고탱은 프리카세2를 만들려고 이미 닭을 몇 마리 잡았다.

보헤미안들은 사냥으로 잡은 자고새들과 산토끼들, 훔친 새끼 돼지 두 마리와 인도 품종의 닭 두 마리를 가지고 있었다. 또 그들에게 햄과 소의 혀도 있었고, 산토끼 파테를 조각내서 잘라 놓자 식탁을 차린 보헤미안 꼬마 네댓 명이 먹었다. 거기에 라고탱이 닭 여섯 마리로 만든 프리카세를 더해 보라. 그리고 여러분이 보기에도 그들이 나쁘지 않은 식사를 한다는 걸 인정할 것이다. 식사 자리에는 배우들 외에도 아홉 명이 더 있었고, 모두 춤도 잘 추고 훔치기는 더 잘 하는 사람들이었다.

그들은 왕과 공작들의 건강을 위한 건배로 시작해서 평소처럼 마을에 일행들을 맞이한 모든 선한 영주들의 건강을 위해 마셨다. 대장은 배우들에게 해산한 부인의 삼촌인 라그라브 대장의 배신으로 라로셸 점령 때 목을 맨 고(故) 샤를 도도를 기억하며 마실 것을 청했다. 모두 이 배신자 대장과 모든 관리들에게 저주를 퍼부었고, 라고탱의 포도주를 바닥냈으며, 그렇게 먹고 그렇게 마시고도 싸우지 않고 지나갔다. 초대된 손님들은 각자, 심지어 인간 혐오자 라 랑퀸을 포함해

---

2 잘게 다진 닭고기와 야채를 넣은 요리.

서, 이웃에게 우정의 맹세를 하고 다정하게 입맞춤하고 얼굴을 눈물로 적셨다. 라고탱은 완전히 그의 집에 초대된 것을 영광스럽게 생각하고 진탕 마셨다.

밤새 마시고 난 후, 그들은 해가 떴을 때 필시 잠자리에 든 것 같았지만, 조용한 술꾼으로 만든 바로 이 포도주 때문에 모두, 감히 말하자면, 동시에 자리를 떠야겠다는 생각이 들었다. 라 랑퀸과 롤리브는 라고탱의 소작인 소유의 누더기들을 넣어서 봇짐을 만들고 라고탱은 노새 위에 올라탔다. 라고탱은 식사 중에 그를 데리고 올 만큼 진지했으며 라 랑퀸과 롤리브를 대동한 채 한 시간 전에 비워 버린 담배 파이프를 진지하게 빨아대면서 아무 걱정 없이, 르망으로 떠났다.

그는 채 얼마 가지 않아, 연기도 전혀 나지 않는 빈 파이프를 연신 빨면서, 술기운에 갑자기 머리가 어지러웠다. 그는 애초 떠났던 소작지로 아주 조심하면서 돌아간 노새 위에서 떨어졌고, 라고탱은 배가 너무 불러 몇 차례 구역질을 하고, 완벽하게 자신의 할 일을 한 뒤, 길 가운데서 잠이 들었다. 얼마 되지 않아, 오르간 페달처럼 코를 골면서 잤다. 그때 (우리가 그림에서 보는 원시인처럼) 벌거벗었지만, 온통 수염으로 덮인, 더럽고, 땟물이 흐르는 한 사내가 다가와서 그의 옷을 벗기기 시작했다. 이 원시인 같은 사내는 여관에서, 내가 여러분에게 이 진실한 이야기를 어디선가 얘기한 대로, 라 랑퀸이 자신의 신발 대신에 자신한테 맞는 라고탱의 새 신발을 벗기려고 무척 애를 썼던 사람이었다. 그리고 뭐랄까, 고주망태는 아니지만 온 힘을 다해 라고탱을 깨워서, 말 4마리를 달고 끌고 가는 사람처럼 고함을 치면서, 엉덩이를 잡고 일고여덟 걸음 끌고 가도 소용이 없었다. 곤히 잠든 그의 호주머니에서 칼이 하나 떨어졌다. 이 부랑자는 칼을 잡고, 마치 라고탱의 가죽을 벗길 것처럼, 피부에 걸친 셔츠와 신발, 몸에서 벗겨 내려고 했던 모든 것을 찢어 버렸다. 그리고 옷을 벗긴 술꾼의 누더기 옷들을 모두 봇짐으로 만들어, 그걸 가지고 사냥감을 잡은 늑대처럼 달아났다. 우리는 이자가 전리품을 가지고 달아나도록 그냥 둘 건데, 이자는 르 데스탱이 앙젤리크 양을 찾기 시작했을 때, 그 전에 그를 엄청 무서워했던 바로 그 미친 자로, 우리는 밤새 자고 깨어나야 할 라고탱 곁을 떠나지 않을 것이다.

햇볕에 노출된 벌거벗은 육신은 곧 파리와 여러 종류의 날벌레들이 덮고 쏘아 댔지만, 그는 그래도 잠을 깨지 않았고, 얼마 후 농민들 일행이 마차를 몰고 지나갈 때까지도 깨지 않았다. 그들은 라고탱의 벌거벗은 육신을 보지도 않고 고함을 쳤다.

그 사람이야!

그리고 가능한 한 소리를 죽이고 다가가서, 마치 그를 깨우는 것이 두렵기나 한 것처럼, 그들은 안심하고 큰 밧줄로 그의 발과 다리를 묶었다. 그를 그렇게 졸라매고, 마차에 실어서, 본의가 아니지만, 부모의 의사에 반해 연인을 납치하는 호색가처럼, 곧장 서둘러 떠났다. 라고탱은 너무 취해서 온갖 폭력을 가해도 깨지 않았고, 이 농부들이 마차를 무척 빨리 몰아 심하게 덜컹거려도 깨어나지 않았는데, 얼마나 마차를 급히 몰았던지 물과 진흙으로 가득한 웅덩이에 빠져 뒤집혔고, 그 바람에 라고탱도 뒤집어졌다. 그는 바닥이 돌멩이나 어떤 딱딱한 것이 깔린 서늘한 곳에 떨어지면서 심한 충격으로 깨어났고 자신이 처한 놀라운 상황을 보고 깜짝 놀랐다. 그는 발과 손이 묶인 채 진흙탕에 떨어진 것을 알았다.

취기에 마차에서 떨어지면서 머리가 깨질 듯한 현기증을 느꼈고, 그를 일으켜 세운 서너 명의 농부와 마차를 들어 올린 다른 사람들을 보고도 어떤 상황인지 판단하지 못했다. 자신이 당한 사건에 대해 너무 겁에 질려서 태생적으로 대단한 떠버리인 그조차, 말을 해야 할 처지에 아무 말도 못하고, 잠시 후 말을 하고 싶어도 아무한테도 말을 할 수 없었다. 왜냐하면 농부들이 비밀회의를 한 후에 불쌍한 땅딸보의 발만 풀어주고, 그에게 그 이유를 말하거나 어떤 예의를 표하기는커녕, 침묵을 굳게 지켰고, 마차가 왔던 쪽으로 돌아서서 서둘러 돌아갔기 때문이었다.

신중한 독자라도 아마 농부들이 라고탱에게 뭘 원하는지 그리고 왜 그에게 아무것도 하지 않았는지 알기 어려울 것이다. 사건을 확실히 알아차리기 어렵고 밝히지 않는 한 알 수 없다. 그리고 나로서도 애를 쓰기는 했지만 거의 기대하지 않고 있었는데, 내 친구들을 모두 동원한 후, 나중에 여러분에게 말하겠지만, 얼마 전에야 우연히 알았을 뿐이다.

약간 우울증이 있는 미친 사람으로, 멘 저지대의 한 사제가 소송 때문에 파리에 왔는데, 소송 판결을 기다리는 동안 '요한 묵시록'에 대한 몇 가지 빈약한 생각을 출판하고 싶어 했다. 그는 망상을 아주 많이 하고 그의 새로운 생각을 무척 사랑한 나머지 낡은 것들을 싫어했다. 이런 식으로 그는 같은 페이지를 스무 번이나 고쳐서 인쇄업자를 화나게 했다. 그는 생각을 자주 바꾸지 않을 수 없었고 마침내 현재 이 책을 인쇄한 사람에게 보냈는데 일단 내가 여러분에게 이야기한 바로 이 모험은 그 책의 몇 페이지에 걸쳐 실려 있었다.

이 선한 사제는 나보다 아는 게 더 많았고, 그런 시도를 한 동기를 알 수 없었지만, 여러분에게 말한 대로 라고탱을 납치한 바로 그 농부들을 알았다. 따라서 나는 처음에 그 이야기가 어디에 문제가 있는지 알고 인쇄업자에게 알렸더니 그는 깜짝 놀랐지만, (왜냐하면 그는 많은 다른 사람들처럼, 내 소설이 제멋대로 만들어진 책이라고 믿었기 때문이다) 사제는 인쇄업자를 통해 나를 굳이 만나고 싶다는 부탁을 하지 않았다. 그때 나는 진짜 르망 사람으로부터, 잠든 라고탱을 묶은 농부들이 들판을 도망친 가엾은 미친 사람과 가까운 친척이고, 르 데스탱이 그들을 밤에 만났으며 대낮에 라고탱의 옷을 벗긴 사람들이라는 것을 알았다. 그들은 그 친척을 가둘 생각을 했고, 그렇게 하려고 자주 시도했으며, 힘세고 강한 미친 사람에게 자주 얻어맞았다.

몇몇 마을 사람들은 멀리서 라고탱의 육신이 햇볕에 반짝이는 것을 보았고, 미친 사람이 잠이 든 것으로 여겼으며, 얻어맞을까 봐 감히 가까이 가지 못했기 때문에, 여러분이 본대로 아주 신중하게 이 농부들에게 알렸다. 농부들은 제대로 알아보지 못한 채 라고탱을 잡고 보니 그들이 찾는 친척이 아니었기 때문에, 그가 아무 짓을 하지 못하도록 손을 묶은 채로 두었다.

이 사제의 기억은 나에게 많은 기쁨을 주었으며, 그가 큰 도움이 되었다고 나는 고백한다. 그러나 나는, 그에게 우스꽝스런 이미지들로 가득 찬 책을 출판하지 말라고 친구로서 조언함으로써 작은 도움도 주지 못했다. 여기서 쓸데없는 이야기를 두서없이 얘기했다고 나를 비난하는 사람도 아마 있을 것이고, 아주 진솔한 이야기라고 칭찬하는 사람도 있을 것이다.

라고탱 이야기로 돌아가자. 몸은 진흙투성이에 멍이 들었고, 입은 말랐으며, 머리는 무겁고, 양손은 등 뒤로 묶여 있었다. 그는 있는 힘을 다해 일어나서, 집도 사람도 보지 않고 시선을 옮길 수 있는 한 가장 멀리 옮기면서, 자신에게 무슨 사건이 일어났는지 알기 위해 온 정신을 집중하고 자신이 다니던 첫 번째 길을 발견하고 떠났다.

양손이 묶여 있었기 때문에, 불행히도 각다귀들이 온 몸에 붙어서 떨어지지 않는 극심한 불편을 감수했는데, 손이 묶여 닿을 수 없어, 그놈들을 짓눌러 박살내거나 붙어 있는 놈들을 떼어 내서 거기서 벗어나려고 가끔 바닥에 드러누울 수밖에 없었다. 마침내, 그는 울타리로 덮이고 물이 질펀한 한산한 길로 들어섰는데, 이 길은 작은 하천으로 이어져 있었다. 진흙으로 뒤덮인 몸을 씻을 수 있어서 기뻤지만, 냇가에 다가가면서, 마차가 뒤집힌 것을 보았는데, 마부와 한 농부가 어느 교회의 귀인이 격려하는 가운데 완전히 물에 빠진 대여섯 명의 수녀들을 끌어내고 있었다.

그녀는 중요한 일로 르망에 갔다 온 에스티발의 늙은 수녀원장3이었는데, 마부의 실수로 사고를 당한 것이었다. 마차에서 끌려 나온 수녀원장과 수녀들은 멀리서 곧장 그들 쪽으로 오는 라고탱의 벌거벗은 모습을 보고, 대단히 분노했는데, 신중한 수도원 원장인 지플로

---

3 르망에서 30여 킬로미터 떨어진 에스티발 수도원에 그 당시 엄격주의로 유명한 클레르 노(Claire Nau)라는 수녀원장이 있었고, 스카롱이 르망에 체류할 때 알고 있었던 조프루아 벨라예(Geoffroy Bellaillé)라는 수도원장이 있었다.

신부가 수녀들보다 훨씬 더 분노했다. 그는 부도덕함 때문에, 재빨리 수녀들에게 등을 돌리라고 했고, 라고탱에게 더 가까이 다가오지 말라고 있는 힘을 다해 소리쳤다.

라고탱은 그대로 앞으로 나갔고 행인들의 편의를 위해 길 위에 펼쳐 놓은 긴 나무판자를 걸치기 시작했다. 지플로 신부는 마부와 농부를 대동하고 앞으로 나서서, 우선 그의 모습이 악마 같다고 생각한 만큼 그를 몰아내야 할지 주저했다. 결국 신부는 그가 누구며, 어디서 왔는지, 왜 벌거벗었는지, 왜 손이 묶여 있는지 물었고, 목소리 톤과 손동작을 그의 말과 맞추면서 청산유수로 이런 질문들을 했다. 라고탱은 무례하게 이렇게 대답했다.

당신이 무슨 상관인가요?

그리고 그 판자 위로 지나가면서, 존귀하신 지플로 신부를 얼마나 세게 밀었는지 그를 물속으로 떨어지게 했다. 신부는 떨어지면서 마부를 끌어당겼고, 마부는 농부를 끌어당겼다. 그리고 라고탱은 물속으로 떨어지는 그들의 꼴이 너무나 우스꽝스러워서 폭소를 터뜨렸다. 그는 베일을 내리고, 울타리 쪽으로 등을 돌리며, 모두 얼굴은 들판 쪽으로 돌린 수녀들을 향해서 길을 계속 갔다. 라고탱은 수녀들의 얼굴에 전혀 관심을 두지 않고, 거기서 벗어날 생각을 하면서, 지나갔는데, 이것은 지플로 신부가 예상하지 못한 것이었다.

신부는 농부와 마부의 도움을 받아 라고탱을 따라갔다. 마부가 셋 중에서 가장 화가 났는데, 수녀원장이 그를 꾸짖었기 때문에 이미 기분이 나빴으며, 뚱보에게서 떨어져 나와, 라고탱에게 가서 자신이 빠졌던 냇가의 물을 적신 회초리를 세게 휘두르며 복수했다. 라고탱은 일 초도 기다리지 않고 반격했다. 그는 회초리로 맞는 개처럼 도망가 버렸다. 그리고 마부는 단 한 차례의 무자비한 회초리에 만족하지 않고 서둘러 그를 쫓아갔고, 회초리를 맞은 라고탱의 살점에서 피가 흘렀다. 지플로 신부는 뛰는 바람에 숨을 헐떡거렸지만, 이렇게 계속 고함을 질렀다.

있는 힘을 다해 회초리로 내려쳐라, 회초리로 내려쳐라!

그리고 마부도 있는 힘을 다해 라고탱을 더 심하게 내려치고 만족하기 시작했다. 그때 그 딱한 사람에게 방앗간이 피난처처럼 나타난 것이다. 라고탱은 형리에게 쫓기는 신세가 되어 방앗간으로 달려갔는데, 가금 사육장의 문이 열려 있는 것을 발견하고 거기로 들어갔다가 우선 마스터프4와 맞닥뜨렸고 그 놈이 그의 궁둥이를 문 것이다. 그는 고통스런 비명을 질렀고 얼마나 급하게 열린 정원으로 뛰어갔는지 입구에 놓여 있던 꿀벌 통 여섯 개를 엎어 버렸다. 그리고 그것은 불행의 절정이었다. 긴 코를 가지고 침으로 무장한 날개 달린 이 작은 코끼리 같은 벌들이 방어할 양손이 없는 이 벌거벗은 땅딸보의 육체를 악착스럽게 따라다녔고 그는 끔찍한 상처를 입었다. 그가 너무 큰 소리로 고함을 치는 바람에 그를 물었던 개가 겁이 나서라기보다, 벌 떼 때문에 도망쳤다.

무자비한 마부는 개처럼 짖었고 분노를 못 이겨 잠시 자비를 잊은 지플로 신부는 지나치게 앙심을 품은 것을 후회하고 직접 가서 방앗간 주인과 하인들을 다그쳤는데, 그들은 정원에서 살해된 한 남자를

---

4 사냥이나 가축을 지키는 대형 맹견.

구하러 너무 늦게 온 것이다. 방앗간 주인은 라고탱을 날아다니는 적들의 뾰족하고 독이 있는 검들 사이에서 끌어냈고, 비록 그가 꿀벌 통에 떨어진 것 때문에 화가 났지만, 그 비참한 사람을 불쌍히 여겼다. 그에게 어디서 벌거벗고 왔는지 그리고 어디서 벌통 사이에 양손이 묶였는지 물었다. 라고탱이 대답하려고 했지만, 온 몸에서 느낀 극심한 고통 속에서 말을 할 수 없었다. 어미가 아직 핥지도 못한 갓 태어난 새끼 곰 한 마리가, 벌떼에게 쏘여 다리부터 머리까지 부어오른 것처럼, 라고탱이 사람의 형체가 아니라 성게 모양처럼 되어 버렸다.

방앗간 주인의 아내는 라고탱을 불쌍히 여기고, 그에게 잠자리를 마련해주고 자도록 해주었다. 지플로 신부, 마부와 농부는 다시 마차에 탄 에스티발 수녀원장과 수녀들에게 돌아갔다. 암말을 탄 존귀한 지플로 신부의 호위를 받으며 일행들은 길을 계속 갔다. 방앗간은 뒤 리뇽의 소유이거나 그의 사위 바고티에르의 소유였다 (나는 누구 것인지 잘 알지 못했다). 이 뒤 리뇽은 라고탱의 친척이었는데, 방앗간 주인과 그의 아내와 아는 사이여서 라고탱은 그들에게 많은 보살핌을 받았고 다행스럽게도 완전히 회복할 때까지 이웃마을 의사에게 치료를 받았다.

그가 걸을 수 있게 되자 곧, 르망으로 돌아갔는데, 라 랑퀸과 롤리브가 노새를 구해 자신을 르망으로 데려간 것을 알고 얼마나 기뻤는지, 마차에서 떨어진 일, 마부에게 회초리로 맞은 일, 개에게 물린 일 그리고 벌떼에게 쏘인 일을 잊어버리게 해주었다.

제 17 장

땅딸보 라고탱과 키다리 라 바그노디에르 사이에 일어난 일

르 데스탱과 레투알, 레앙드르와 앙젤리크, 아름답고 완벽한 두 쌍의 연인들은 다른 불상사 없이 르멘의 수도에 도착했다. 르 데스탱은 앙젤리크가 그녀의 어머니에게 호감을 얻게 해주고, 레앙드르의 장점과 신분, 사랑을 돋보이게 하는 법을 잘 알고 있었기 때문에 라 카베른은 자신이 반대했던 이 젊은이와 자신의 딸이 서로에게 가진 사랑의 열정을 인정하기 시작했다. 가난한 극단이 르망시에서 아직 일을 잘 해내지 못했지만, 연극을 무척 사랑한 한 귀족이 르망 사람들의 인색한 기질을 보완해주었다. 재산의 대부분이 르멘에 있었던 그는 르망에 집을 가지고 있었고, 지방뿐만 아니라 궁정을 드나드는 친구들 중 지체 높은 사람들과 심지어 파리의 멋진 재사들도 르망으로 모셨는데, 그들 중에는 일류 시인들이 있었다. 그리고 결국 그건 근대적 메세나 방식이었다.

그는 연극과 연극에 관여하는 모든 사람들을 무척 좋아했는데, 그 일로 매년 르멘의 수도에 프랑스의 우수한 배우 극단을 끌어들인 것이다. 르망의 관객들에게 그다지 만족하지 못한 우리의 가난한 배우들이 르망에서 나가려고 했을 때, 방금 여러분에게 언급한 영주가 여기 도착한 것이다. 그는 그들에게, 자신에 대한 사랑을 위해서 그리고 의무적으로 15일간 르망에 머물러 달라고 부탁하고, 금화 100냥을 주었으며 여기에서 떠날 때도 그만큼 주겠다고 약속했다. 그 당시 르망에 와서 그의 부탁으로 얼마간 머물다 가는 남녀의 지체 높은 여러 사람들에게 연극으로 기분을 전환하는 것은 아주 큰 즐거움이었다.

내가 오르스 후작이라고 부르는 이 영주는 대단한 사냥꾼이었는데 프랑스에서 가장 아름다운 사냥 마차를 르망에 가져오게 했다. 르멘의 광야와 숲 덕분에 이곳은 프랑스의 다른 지방에서는 찾을 수 없을 정도로 사슴이나 산토끼를 사냥하기에 가장 쾌적한 고장 중 하나가 되었고, 그 당시 르망시는 사냥축제의 소문을 듣고 모인 사냥꾼들로 넘쳐났다. 그들은 대부분 아내와 함께 궁정의 부인들을 만나고, 불을 피워 놓고 며칠 간 궁정 이야기를 나누는 것이 즐거웠다. 시골 사람들이 어느 때 어느 곳에서 궁정 사람들을 봤다거나, 예를 들면, '로크로르에게 내 돈을 잃었어', '크레키는 엄청 땄어', '코아트캥1은 투렌에서 사슴을 몰고 있지' 등과 같은 아주 건조한 이름을 항상 들먹이는 것이 그들에게는 사소한 욕망이 아니다. 그리고 가끔 그 사람들이 정치

---

1   로크로르 공작은 뛰어난 군인이었는데, 궁정에 가장 무례한 사람들 중 한 사람으로, 나중에 공작인 된 크레키 원수와 함께 대단한 도박꾼으로 통했다. 덜 알려진 코아트캥 후작은 생말로 주지사였으며 리슐리외 근위병 대장이었다.

나 전쟁 이야기를 시작하면, (장담하건대) 가능한 한 중요한 소재를 다 써 버릴 정도로 무분별하게 이야기하지 않는다.

여담은 그만하자. 그러니까 르망은 뚱뚱한 귀족들과 호리호리한 귀족들로 넘쳤다. 여관은 손님들로 가득 찼고 지체 높은 사람들이나 그들의 친한 시골 귀족들을 묵게 한 대부분의 뚱뚱한 부르주아들은 순식간에 고급 시트와 꽃무늬를 넣어 짠 내의를 더럽혔다. 배우들은 선불을 받은 배우들처럼 잘 하고 싶은 기분으로 연극무대를 열었다. 르망의 부르주아들은 연극을 위해 분위기를 띄웠다. 도시와 지방의 부인들은 매일 궁정의 부인들을 만나는 것이 즐거웠고, 그녀들은 적어도 평상시보다 옷을 더 잘 입거나 잘 입는 법을 배웠고, 그녀들이 수선해 달라며 낡은 옷을 많이 맡긴 덕분에 재단사들도 큰 이익을 챙길 수 있었다. 매일 저녁 열린 무도회에서 서툰 댄서들이 아주 형편없는 쿠랑트 춤2을 추었으며, 도시의 여러 젊은이들이 네덜란드나 위소3산(産) 나사(羅紗) 양말과 왁스로 닦은 구두를 신고 춤을 추었다.

우리의 배우들은 연회에 자주 불려갔다. 레투알과 앙젤리크는 기사들에게 사랑을 받았고, 부인들에게는 부러움을 샀다. 이네질라는 배우들의 요청에 따라 사라반드 춤4을 추었는데, 모두 감탄하였다. 로크브룅은 사랑으로 철철 넘치는 것 같았고 갑자기 피가 끓어올랐다. 그리고 라고탱은 라 랑퀸에게, 레투알의 마음속에 자신을 더 오

---

2   루이 13세 때 유행한 빠른 춤곡의 하나다. 프랑스어의 '달리다'(*courir*)에서 나온 말로 프랑스 풍의 쿠랑트와 이탈리아 풍의 쿠렌테가 있다.
3   프랑스 남부의 카르카손 옆에 위치.
4   12세기 스페인에서 시작된 캐스터네츠를 쥐고 추는 활발하고 선정적인 춤.

랫동안 잡아둔다면, 프랑스는 라고탱 없이 건재할 것이라고 고백했다. 라 랑퀸은 그에게 희망을 주었고, 자신을 특별히 존중한다는 것을 증명하기 위해, 25내지 30프랑의 동전을 빌려 달라고 부탁했다. 라고탱은 이 무례한 부탁에 얼굴이 창백해졌고, 방금 그에게 한 말을 후회하고 거의 사랑을 포기했다. 그러나 결국, 노발대발하면서, 여러 호주머니에서 꺼낸 모든 종류의 동전을 합쳐서, 그날 이후 그의 이야기를 들어주겠다고 약속한 라 랑퀸에게 아주 서글프지만 그 돈을 주었다.

그날 〈동 자페〉5를 공연했는데, 공연한 사람이 즐거워할 이유가 있을 만큼 즐거운 연극작품이었다. 관객들로 넘쳤고, 공연은 잘되었으며, 불행한 라고탱을 제외하고 모든 사람들이 만족했다. 그는 연극에 늦게 왔고, 지각한 죄로 등이 넓고 두꺼운 조끼를 입어 덩치가 아주 크게 보인 어느 시골 신사 뒤에 자리 잡았다. 그 사람과 불과 의자 한 줄 떨어져 앉아 있었지만 라고탱은, 앞에 앉은 키 큰 사람의 머리가 다른 사람들의 머리보다 높은 것 같아서 그가 서 있는 걸로 생각하고, 그에게 계속해서 다른 사람들처럼 앉으라고 소리쳤다.

라 바그노디에르라는 이 신사는 오랫동안 라고탱이 자기 이야기를 하고 있다는 것을 몰랐다. 정말 아주 뚱뚱하고 더럽지만 섬세하지 않은 라고탱이 그를 힐난하며 선생이라고 부르자, 그 신사가 고개를 돌렸고 마침내 그에게 앉으라고 아주 거칠게 말하며 짜증내는 땅딸보를

---

5 1645년 〈조들레 혹은 시종 선생〉, 1650년 〈우스꽝스러운 상속자〉와 함께 1653년에 출판된 스카롱의 주요 희곡 중 하나인 〈아르메니아의 동 자페〉.

보았다. 라 바그노디에르는 거기에 거의 동요하지 않고 마치 아무 일도 없는 것처럼 무대 쪽으로 고개를 돌렸다. 라고탱은 다시 그에게 앉으라고 소리쳤다. 그는 다시 고개를 돌려서, 그를 쳐다보고 무대 쪽으로 고개를 돌렸다. 라고탱이 다시 소리쳤다. 바그노디에르는 세 번째 고개를 돌리고, 세 번째 그 사내를 쳐다봤으며, 세 번째 무대 쪽으로 고개를 돌려 버렸다.

연극이 계속되고 있는데도 라고탱은 앉으라고 똑같이 있는 힘을 다해 그에게 소리쳤고 라 바르노디에르는 누구라도 화나게 할 수 있는, 똑같이 냉정한 태도로 그를 쳐다보았다. 라 바그노디에르를 큰 개에 비유한다면 라고탱은 벽에 대고 오줌이나 싸는 거 말고 어쩔 수 없이 큰 개 뒤에서 짖어 대는 발바리에 비유할 수 있었다. 결국 모든 사람들이 일행 중 가장 키가 큰 키다리와 가장 키가 작은 땅딸보 사이에 일어나고 있는 일에 주목하고, 라 바그노디에르가 냉정하게 쳐다보기만 하는데 라고탱이 씩씩거리면서 욕하기 시작하자 모든 사람들이 그걸 보고 웃기 시작했다.

이 라 바그노디에르라는 사람은 가장 키가 크고 가장 거친 사람이었다. 그는 바로 옆에 있는 두 신사에게 무슨 일로 웃는지 의례적으로 냉정하게 물었다. 그들은 그에게 그게 그와 라고탱 때문이라고 솔직하게 말했고 그를 기분 나쁘게 하기보다 축하하는 일이라고 생각했다. 그러나 그들은 그를 기분 나쁘게 했고 라 바그노디에르가 찌푸린 얼굴로 그들에게 이유 없이 내뱉은 "천치 같은 놈들"이라는 말은 그가 뭔가 오해를 하고 그들을 그의 말에 각자 나름대로, 큰 모욕으로 대꾸하지 않을 수 없게 했다. 라 바그노디에르는 우선 그들의 팔꿈치를 왼

쪽으로 오른쪽으로 밀칠 뿐이었는데, 그의 양손은 조끼 속에서 어쩔 줄 몰랐으며, 손을 꺼내기 전에, 성격상 아주 적극적인 신사 형제가 그의 뺨을 대여섯 차례 때렸는데, 그 간격은 우연히 너무나 잘 계산되어 있어서 보지 않고 소리를 들은 사람들은 누군가 똑같은 간격으로 손뼉을 여섯 번 친 것이라고 믿었다. 마침내 바그노디에르는 무거운 조끼 속에서 팔을 잡아당겼지만, 사자처럼 그를 때린 두 형제들이 있었기 때문에 다급해서, 그의 긴 팔은 움직임이 자유롭지 못했다. 그가 뒤로 물러나려 했고 뒤에 있다가 그를 쓰러뜨린 어떤 사람 위로 거꾸로 넘어졌으며, 그 사람과 그의 의자가 불행히도 라고탱 위로 넘어졌고, 라고탱은 또 다른 사람 위로 넘어졌으며, 그 사람은 또 다른 사람 위로 넘어졌고, 그 사람은 또 다른 사람 위로 넘어졌으며, 그렇게 의자들이 끝나는 데까지, 한 줄이 완전히 핀들처럼 넘어졌다.

넘어진 사람들, 짓밟힌 부인들, 겁이 난 여인들, 고함치는 아이들, 말하는 사람들, 웃는 사람들, 불평을 늘어놓는 사람들 그리고 손으로 때리는 사람들, 그 사람들의 시끄러운 소리는 지옥 같은 소음을 만들었다. 결코 이런 사소한 이유가 이보다 더 큰 사건을 일으킨 적이 없었다. 그리고 놀라운 일은 비록 검을 찬 사람들 사이에 다툼이 벌어지고 일행들이 수백 개의 검을 들고 있었지만 검을 꺼낸 사람은 아무도 없다는 것이다. 그러나 훨씬 더 놀랐던 것은 라 바그노디에르가 그 사건에도 가장 무관심하게 동요하지 않고 점잔을 뺐다는 것이다. 그리고 더구나 저녁 식사 후 내내, '우박 같은 따귀를 맞았네'라는 불행한 네 마디만 하고, 이 키다리 사나이는 냉정하고 그의 키에 걸맞게 말없이 저녁 식사가 끝날 때까지 입을 열지 않았다. 서로 뒤엉킨 사람들과 의자들의 이 끔찍한 혼돈을 정리하는 데 오래 걸렸다.

사람들이 정리하느라 애를 쓰고 가장 자비로운 사람들이 라 바그노 디에르와 두 적 사이에 서 있는 동안, 마치 땅속을 뚫고 나오는 듯 끔찍하게 울부짖는 소리가 들렸다. 라고탱이 아니면 누구겠는가? 사실, 운명은 불행한 자를 박해하기 시작했을 때, 항상 그를 박해한다. 불쌍한 땅딸보의 의자는 바로 도박장의 하수구를 덮는 널빤지 위에 놓여 있었다. 이 하수구는 항상 가운데, 밧줄 바로 아래에 있다. 하수구는 빗물을 받는 역할을 하고 하수구를 덮는 널빤지는 상자 덮개처럼 일어난다.

수많은 일이 세월이 흐른 후에 일어나듯이, 연극이 공연되는 이 도박장의 널빤지는 매우 썩었고 라고탱 밑에서 무너져 내렸는데, 그때 꽤 무거운 한 남자가 자신의 몸과 의자로 그를 짓눌러 버렸다. 이 남자는 라고탱이 완전히 빠진 구멍 안에 한 쪽 다리가 빠졌다. 이 다리에 장화를 신고 있었는데, 박차가 라고탱의 목을 찔렀고, 그 바람에 그는 아무도 예상할 수 없는 엄청난 고함을 질렀다. 누군가 이 남자에게 손을 건넸고, 구멍에 빠진 다리가 자리를 바꾸었을 때, 라고탱이 그의 발을 얼마나 세게 물었는지 이 남자는 뱀한테 물린 줄로 생각하고 고함을 질렀는데, 그를 구하려는 사람을 소스라치게 하는 고함소리에 겁이 나서 잡고 있던 다리를 놓아 버렸다.

마침내 라고탱이 상황을 파악하고 더 이상 고함을 치지 않는 그 남자에게 다시 손을 내밀었다. 왜냐하면 라고탱이 더 이상 물지 않았고, 두 사람이 함께, 모든 사람들, 주로 그를 보면서 웃는 사람들을 머리와 눈으로 위협하면서, 그에게 아주 영광스럽고 라 바그노디에르에게는 치명적인 무언가를 깊이 생각하면서, 붐비며 나오는 사람들 속에 파묻혀 대낮의 빛조차 보지 못하던 땅딸보를 찾아냈기 때문이다. 나는 라 바그노디에르에게 그런 일이 있었다고는 하지만, 두 신사 형제와 어떻게 화해했는지 몰랐다. 적어도 그들이 그 이후 서로 아무 일도 없었다는 말을 들었다.

그 당시 르망시에서 유명 인사들 앞에서 벌어진, 우리 배우들의 첫 공연을 방해한 사건의 내막이다.

제 18 장

제목이 필요 없는 장

다음 날은 전무후무한 코르네유 선생의 〈니코메드〉가 공연되었다. 이 희곡은 내 생각에 훌륭한 작품이며 뛰어난 극작가의 작품[1]이다. 그는 이 작품에서, 모든 등장인물들에게 서로 아주 다른 성격을 제시하면서, 작가 자신을 개입시키면 시킬수록 그의 영감은 더 풍성해지고 더 크게 드러났다. 그 공연은 전혀 방해를 받지 않았는데, 그건 아마도 거기에 라고탱이 없었기 때문이었을 것이다. 그가 사건을 일으키지 않고 지나가는 날이 없었는데, 그의 형편없는 명예와 폭력적이고 주제넘은 정신은 그때까지 그에게 가차 없이 닥친 불운과 함께했다.

땅딸보는 저녁 식사 후 이네질라의 남편 방에서 보냈는데, 돌팔이 의사 페르디난도 페르디난디라는 노르망디 사람으로 (내가 이미 여러

---

[1] 1651년 공연된 〈니코메드〉에 대한 이러한 찬사는 〈르 시드〉 논쟁 때 코르네유에게 쏘아붙인 스카롱의 격렬한 공격에 종지부를 찍는 것이다.

분에게 말했다시피) 베네치아어를 쓰고, 전문적인 연금술 의사이며, 있는 그대로 솔직히 말하자면, 대단한 사기꾼에다 훨씬 더 교활한 사람이었다. 라 랑퀸은 레투알 양이 라고탱을 사랑하게 만들겠다고 약속한 뒤로 라고탱이 끊임없이 그를 성가시게 한 데서 조금 벗어나고자, 그에게 돌팔이 의사가 세상에서 아무리 정숙한 여자라도 남자 꽁무니를 따라다니게 할 수 있지만, 유럽의 가장 위대한 영주들에게 그의 재주를 제대로 펼치지 못했기 때문에, 그만이 알고 있는, 입이 무거운 특별한 친구들만을 위해서 기적을 펼치는 대단한 마법사라는 것을 믿게 했다.

그는 라고탱에게 호감을 얻으려면 모든 것을 이용하라고 조언했는데, 그런 일은 그에게 어려운 일이 아닐 거라고 확신시켰고, 돌팔이 의사는 호감을 가진 사람들을 쉽게 좋아하게 되고, 일단 어떤 사람을 좋아하면, 그가 가진 것을 남김없이 주는 재치 있는 사람이라고 했다. 명예를 좇는 사람은 칭찬해주고 존경하기만 하면 된다. 즉, 그는 사람들이 원하는 것을 한다.

인내하는 사람은 그렇지 않아서 통제하기 쉽지 않다. 그리고 경험상, 겸손한 사람은 사람들이 거절했을 때 자신에게 감사하며, 거절에 화를 내는 사람이라기보다 오히려 무언가를 하려고 하는 사람이다.

라 랑퀸은 라고탱에게 자신이 원하는 것을 설득시켰고, 라고탱은 그때부터 돌팔이 의사에게 자신이 대단한 마법사라는 것을 설득시켰다. 나는 여러분에게 그가 무슨 말을 했는지 다시 말하지 않겠다. 라 랑퀸에게 경고를 받은 돌팔이 의사가 자신의 역을 잘 수행하고 자신이 마법사라는 것을 믿게 하려고 오히려 마법사라는 것을 부인한 것으로 충분하다. 라고탱은 어떤 화학적 작용을 하기 위해 불 위에 유리병을 놓은 그와 함께 저녁을 보냈는데, 그 참을성 없는 르망 사람이 아주 고통스러운 밤을 보내면서, 그에게서 단정적인 것은 아무것도 끌어낼 수 없었다.

다음 날 그는 아직 침대에 있는 돌팔이 의사의 방으로 들어갔다. 이네질라는 라고탱이 아주 나쁜 사람이라고 생각했다. 그녀가 장미처럼 신선한 침대에서 나올 나이가 더 이상 아니고, 아침마다 많은 사람들 앞에 나타나기 전에 특히 오랫동안 방 안에 갇혀 있어야 했기 때문이다. 따라서 그녀는 온갖 사랑스러운 옷을 입은 무슬림 하녀를 대동하고 작은 방으로 빠져나갔다. 그동안 라고탱은 페르디난디 씨를 다시 침대에 그대로 두었고 페르디난디 씨는 라고탱이 기대한 이상으로, 눈을 떴지만, 그에게 아무 약속도 하려고 하지 않았다.

라고탱은 그에게 후한 인심을 표하려고 했다. 저녁 식사를 준비하도록 했고 배우들과 여배우들을 초대했다. 나는 여러분에게 자세한 식사 장면은 이야기하지 않겠다. 다만 사람들이 아주 즐거워하고 거나하게 먹었다는 것만 알 것이다.

저녁 식사 후, 르 데스탱과 여배우들이 신성한 로크브륀의 도움을 받아 매일 쓰고 있거나 번역하던 단편 중 스페인 단편 한 편을 읽어 달라고 이네질라에게 부탁했다. 그는 아폴론과 아홉 자매를 통해 그녀에게 여섯 달 뒤에 우리 프랑스어의 아주 우아하고 섬세한 것들을 가르쳐주겠다고 맹세한 적이 있었다. 이네질라는 남의 청을 쉽게 들어주지 않는데, 라고탱이 마법사 페르디난디에게 아첨하는 동안, 그녀는 다음 장에서 여러분이 읽을 단편을 매력적인 목소리로 읽었다.

제 19 장

경쟁하는 두 형제[1]

몽살브 가문의 도로테와 펠리시안은 세비야에서 가장 사랑받는 아가
씨들이었는데, 그들이 그렇지 않았더라도, 그들의 재산과 신분을 보
고 무척 결혼하고 싶어 하는 모든 기사들이 그들에게 달려들었다. 그
들의 아버지, 동 마누엘은 아직 누가 마음에 든다는 말을 하지 않았
다. 그리고 그의 딸 도로테는 장녀로서, 여동생보다 먼저 결혼할 예정
인데, 자신의 눈길과 행동을 너무나 잘 관리하고 있어서 그녀의 구혼
자들 중 가장 오만한 자마저도 그녀가 사랑의 약속을 받아줄지 안 받
아줄지 늘 궁금했다. 그런데도 이 아름다운 아가씨들이 미사에 가면
잘 차려입은 연인들이 줄을 섰다. 그들이 성수를 잡으면 아름답든 추
하든 여러 명이 손을 동시에 내밀었다. 그들이 얼마나 과도한 시선을

---

1   스페인 작가, 알론소 데 카스티요 솔로르사노(Alonso de Castillo Solórzano)의
      단편집 《카산드라의 유희》(1640)에서 발췌한 단편이다.

집중적으로 받았는지 기도서 위로 아름다운 눈을 치켜뜰 수 없었고, 얼마나 인사를 많이 받는지 교회에서 한 발짝도 움직일 수 없었다.

미모에 대한 관심은 공공장소와 교회에서 그들을 엄청 피곤하게 했지만, 성(性)에 엄격하고 관습을 강요하는 그 나라의 폐쇄성을 견딜 수 있게 하는 기분전환도 되었기 때문에 그들은 아버지 집의 창문 앞으로 사람들을 끌어들였다. 그들은 밤마다 어떤 음악이든 즐겼으며 사람들은 공공장소 쪽으로 난 창문 앞으로 자주 떼로 몰려갔다. 그러던 어느 날 어느 이방인이 도시의 모든 기병에게 그의 재주로 감탄의 대상이 되었고 완벽하게 잘생긴 남자였기 때문에 아름다운 자매들의 주목을 받았다. 그는 플랑드르에서 기병대를 지휘했는데, 그를 알고 있던 세비야의 여러 기병이 그에게 몰려드는 것은 당연했다. 그런데 그는 여자 군인처럼 옷을 입었다.

그로부터 며칠 후, 세비야에 주교를 서품하는 의식이 있었다. 동 상슈 드 실바라는 그 이방인은 세비야의 신사들과 교회의 의식에 함께하고 있었다. 두툼한 조끼에 머리에는 깃털이 덮인 작은 모자를 쓴 여러 부인들 틈에 그들처럼 세비야식으로 변장한 몽살브 가문의 아름다운 자매들도 그 자리에 있었다. 동 상슈는 우연히 두 아름다운 자매와 어떤 부인 사이에 있었는데, 그가 그 부인에게 다가갔지만, 그녀는 공손하게 자기에게 말을 걸지 말고 그녀가 기다리는 사람에게 그가 차지한 자리를 비워 달라고 부탁했다. 동 상슈는 그녀의 말대로 하고, 몽살브 가문의 도로테에게 다가갔는데, 그녀는 여동생보다 그와 더 가까이 있어서, 그 부인과 그 사이에 일어난 광경을 보고 있었다. 그가 그녀에게 말했다.

제가 이방인이라서 대화를 거절하지는 않으리라 기대하고 이 부인에게 말을 걸었는데, 제가 너무 경솔했다고 제 자신을 나무랄 수밖에 없군요.

그는 계속했다.

내가 당신에게 부탁하는 것은 그녀가 방금 이방인에게 가혹하게 대하듯이 너무 엄격하게 대하지 말고, 그리고 세비야 부인들의 명예를 위해, 이방인에게 그들의 선의를 칭찬할 구실을 달라는 거지요.

도로테가 그에게 대답했다. 당신은 이 부인과 달리 당신을 대할 수 있는 큰 선의를 제게 베풀어주시는군요. 당신은 오직 그녀의 거절을 내 탓으로 돌리지만, 우리 고장의 부인들을 비난하지 않도록 이 예식이 진행되는 동안 내가 오직 당신하고만 말하려 해요. 그러면 당신은 내가 여기서 누구와도 만날 약속을 하지 않았다고 판단하시겠지요.

동 상슈가 그녀에게 말했다.

내가 놀란 것은 당신이 한, 바로 그런 행동이지요. 그런데 당신이 겁이 많거나, 이 도시의 신사들이 소심하거나, 그런 게 아니라면 내가 차지할 자리가 없는 것 같아요.

도로테가 그에게 말했다.

그러면 당신은 신사분이 없어서, 내가 그런 신사를 만날 수 있는 어떤 모임에 얼마든지 갈 수 있다는 것을 내가 모를 거라고 생각하세요? 다음에는 당신이 알지 못하는 사람에 대해 정말 잘못된 판단을 내리지 말아주세요.

동 상슈가 반박했다.

당신을 섬기도록 허락해준다면 내 기질이 얼마나 대단한지 당신이 생각하는 것보다 내가 당신을 더 좋게 판단하리라는 것을 잘 아시겠지요.

도로테가 그에게 말했다.

우리의 첫 느낌대로 따르는 것이 항상 좋지는 않아요. 게다가, 당신이 나에게 하신 제안 중에 큰 어려움이 있어요.

동 상슈가 그녀의 말에 대꾸했다.

마땅히 내가 소유가 되기 위해 극복하지 못할 것은 없지요.

도로테가 그에게 대답했다.

그건 시간의 문제가 아니에요. 당신이 세비야를 스쳐 지나갈 수밖에 없는 곳으로 생각하지 못하거나 그저 지나가면서 나를 사랑하는 것을 내가 좋지 않게 생각한다는 것을 아마 당신은 모르겠지요.

동 상슈가 그녀에게 말했다.

당신이 내게 원한다고 말해주세요. 그러면 내가 평생 세비야에 있겠다고 약속하지요.

나에게 그렇게 말해주시니 아주 친절하시군요. 그리고 나는 그런 말을 할 줄 아는 남자가 그렇게 친절을 베풀 수 있는 부인에게 여기서 아직 선택되지 않았다는 것이 놀랍군요.

도로테가 대꾸했다.

그가 그럴 만한 가치가 없다고 생각하는 건 아닐까요? 그건 오히려 자신의 능력을 경계하는 거지요.

동 상슈가 그녀에게 말했다.

내가 당신에게 요구하는 것을 정확하게 대답해주세요. 그리고 당신을 세비야에 머물게 할 수 있는 우리 부인들의 능력을 나에게 몰래 알려주세요.

도로테가 그에게 말했다.

나는 이미 당신에게, 당신이 원한다면 내가 세비야에 머물 거라고 말했지요.

동 상슈가 그녀에게 말했다.

당신은 나를 본 적이 없지요. 그럼 다른 사람에게도 알리세요.

도로테가 그에게 말했다.

내가 당신에게 고백하겠소. 당신이 나에게 그렇게 명령하니까요. 몽살브 가문의 도로테가 당신처럼 재치가 넘친다면, 나는 그녀가 장점을 존중하고 보살핌을 허용하는 행복한 남자라고 믿겠소.

세비야에는 그녀와 비슷하고 심지어 그녀를 능가하는 여러 부인들이 있지요.

도로테가 그에게 그렇게 말하고 덧붙였다.

그러나 당신은 그녀를 따르는 사람들 중에 다른 사람들보다 더 특별한 대우를 하는 누군가가 있다는 말을 듣지 못했나요?

나는 그럴 가치가 전혀 없었기 때문에 당신이 무슨 말을 하는지 그다지 어렵지 않게 알고 있지요.

동 상슈가 그녀에게 말했다.

당신은 왜 다른 것도 아닌 그것을 당장 그럴 가치가 없다고 하는 거지요?

도로테가 동 상슈에게 물었다.

부인들의 변덕은 가끔 이상하지요. 그리고 매일 자기들의 눈앞에서 수년간 봉사한 남자들보다 새로 나타난 사람이 처음 접근할 때 진전이 더 잘되지요. 당신은 나에게 당신보다 다른 부인을 사랑해 보라고 하면서 교묘하게 나를 망가뜨리는군요.

동 상슈가 말했다.

그리고 나는 그걸 보니, 당신이 오래 전에 약혼한 사람을 무시하고 새로 나타난 남자의 환심에 신경쓰지 않을 것 같군요.

도로테가 그에게 대답했다.

그건 마음속에 담아 두지 마세요. 오히려 내가 천성적으로 당신의 아첨을 믿을 정도로 순진하지 않아서 설득하기 쉽지 않다고 생각해주세요. 그리고 당신은 나를 본 적조차 없지요.

동 상슈가 대꾸했다.

나의 고백이 부족하더라도 사랑을 받아주세요. 이미 당신에게 매료된 이방인에게 더 이상 마음을 숨기지 마세요.

도로테가 그에게 대답했다.

당신의 마음이 내 얼굴 때문에 매료될 것 같지 않아요.

동 상슈가 반박했다.

아! 당신이 그렇지 않다고 너무나 솔직하게 고백하니까 정말 아름다울 뿐이에요. 지금 내가 당신을 난처하게 하기 때문에 스스로 망가지려고 하거나 아직 당신의 마음에 모든 자리가 채워지지 않았다고 확신해요.

그는 덧붙였다.

따라서 나를 용서하는 당신의 선의가 그만큼 싫증나는 것은 정당하지 못하고, 내가 당신에게 내 삶의 모든 시간을 바칠 때 당신은 내가 오직 시간을 보낼 목적만 가지고 있다고 믿지 않기를 바라는 거지요.

도로테가 그에게 말했다.

내가 당신과 대화하는 데 사용한 시간을 낭비하지 않기를 바라지 않는다는 것을 입증하기 위해, 차라리 당신이 누구인지 내가 모른다고 하는 것이 편안하겠지요. 내가 당신의 말을 따르면서 어길 리가 없지요.

그가 그녀에게 말했다.

사랑스런 미지의 여인이여, 나는 어머니의 이름에서 물려받은 실바라는 이름을 가지고 있지요. 아버지는 페루에 있는 퀴토의 주지사이며, 아버지의 명령에 따라 지금 세비야에 있는 것이지요. 군인이라는 가장 멋진 직업을 가지고 생 자크 기사령인 플랑드르에서 내 평생을 보냈지요. 그는 계속했다. 몇 마디 안 되는 말로 하자면 이게 현재의 내 모습이고, 이제부터 좀 사적인 곳에서 내 평생 무엇을 할지 오직 당신에게 알려주고 싶소.

도로테가 그에게 말했다.

가능한 한 가장 빨리 그럴 수 있겠군요. 그동안 당신은 나를 아는데 어려움이 없을 것이고, 혹시 당신이 나를 전혀 모르신다면, 내가 귀족 출신이며 내 얼굴이 두려움의 대상이 아님을 아는 것으로 만족하세요.

동 상슈는 정중하게 인사하고 그녀와 헤어져서 함께 이야기 나눌, 할일 없는 많은 호색가들을 만나러 갔다. 침울한 부인들 중에는 다른 사람들의 태도에 항상 까다로워 하고 자신들의 태도에는 한없이 관대하며, 제대로 확인되지 않는 것을 모두 자신들의 미덕으로 여기게 하면서도 그들 스스로가 선과 악의 심판자가 되는 사람들이 있다. 그리고 그들은, 젊음의 명랑한 태도가 슬픈 주름으로 모범이 되는 것보다 더 파렴치해도 약간 난폭한 거친 행동과 독실한 얼굴 표정으로 체면을 다시 세울 수 있다고 믿고 있다. 따라서 이런 부인들은 여기서 아주 짧은 지식으로 도로테 양이 잠시 만나 알았던 한 남자와 너무 갑자기 관계가 진행됐을 뿐 아니라 그녀에게 사랑에 대한 언급을 묵인한 것에 대해서도 경솔한 여자라고 말할 것이다. 그리고 그들이 좌지우지했을 한 소녀가 그렇게 관계가 진전되었다면, 그녀는 15분도 그 세계에 있을 수 없을 거라고 말할 것이다.

그런 세계를 모르는 여자들이라도 각 나라에 특별한 관습이 있다는 것을 알고 있으며, 프랑스에서는 여성과 심지어 소녀도 어디든 자유롭게 다니거나, 적어도 사랑의 고백을 최소한이나마 할 수 있다. 그러나 스페인에서 그런 여성들이 수녀들처럼 억압되어 있어서 사랑한다고 말하는 사람이 사랑을 받지 못하더라도 사랑한다고 말한다고 해서 기분상하는 일은 아니다. 그들은 훨씬 그 이상으로 행동한다. 먼저 다가가고 먼저 사로잡히는 쪽은 항상 거의 부인들이다. 왜냐하면 그들은 교회와 궁정에서 그리고 발코니에서 질투의 시선으로 매일 보는 호색가들의 눈에 마지막으로 띄는 여인들이기 때문이다.

도로테는 동 상슈와 나눈 대화에 대해 여동생 펠리시안에게 속내를 이야기하며 이 이방인이 세비야의 모든 기병들보다 훨씬 더 자신의 마음에 든다고 털어놓았다. 여동생은 그녀가 자유롭게 행동한 의사를 충분히 인정했다. 아름다운 두 자매는 사랑스러운 여자들이 남자들을 선택하지 못하고 그들의 뜻이 아닌, 오직 부모들의 선택에 따라 결혼한 여자들에 비해 남자들이 가지고 있는 특권에 대해 오랫동안 반성했다.

도로테가 여동생에게 말했다.

나는 사랑이 부여하는 의무감이 나를 아무것도 하지 못하게 할 거라고 확신했지. 그러나 내가 여러 사람에게서 찾아야 할 모든 것을 그 사람만 갖지 못한다면 그런 남자와 결혼하지 않겠다고 결심했고, 내가 사랑하지 않는 남편과 사느니 차라리 내 인생을 수도원에서 보내고 싶어.

펠리시안은 언니에게 자신도 그녀처럼 그런 결심을 했다고 말하고, 그들은 자신들의 아름다운 생각이 그 문제에 대해 그들에게 뒷받침하는 모든 추론을 통해 서로 확신했다. 도로테는 그녀가 동 상슈에게 알려주겠다고 한 약속을 지키기 어렵다고 생각하고 그 문제에 대해 여동생에게 많이 걱정된다고 말했다. 그러나 여러 방법을 찾아보고 펠리시안은 언니에게 그들의 친척이면서 가장 따뜻하고 편안한 친구들 중에 (왜냐하면 모든 친척이 다 친한 것은 아니기 때문이다) 그녀가 안심할 수 있도록 성의껏 도움을 줄 수 있는 어떤 부인이 있다는 것을 명심하라고 했다.

언니가 알다시피, 아주 오랫동안 우리를 도왔던 마린이 외과의사하고 결혼했어요. 그는 우리 여자 친척에게 자신의 집에 붙어 있는 작은 집을 세놓고 있는데, 두 집이 입구 하나를 함께 쓰고 있어요.

세상에서 가장 편안한 이 착한 동생이 그녀에게 말했다.

그 집들은 외진 지역에 있고, 우리가 전보다 더 자주 친척을 방문하러 간다는 것을 사람들이 보더라도, 동 상슈가 외과의사의 집에 들어가고, 거기다 밤에 변장해서 들어가도 아무도 신경을 쓰지 않을 거예요.

　도로테가 여동생의 도움으로, 사랑의 음모를 계획하고, 그녀가 친척에게 자신을 도와 달라고 하면서, 마린에게 해야 할 일을 가르쳐주었다. 그동안, 동 상슈는 미지의 여인을 생각하면서, 그녀가 그를 놀리기 위해 그녀의 소식을 알려줄 거라고 그에게 약속한지 모르고, 동 상슈를 알고 있는 세비야에 가장 친한 호색가들의 열렬한 사랑을 받으면서, 그녀가 모르게 매일, 교회에서나 발코니에서 그녀를 보고 있었다.

　어느 날 아침, 그는 그 미지의 여인을 생각하면서, 옷을 입고 있었는데, 그때 누군가 그에게 와서 베일을 쓴 어떤 여인이 그를 찾는다는 말을 했다. 그 여자를 들어오게 하고 그는 그녀에게서 여러분이 읽을 쪽지를 받았다.

　내가 할 수 있었다면, 당신에게 내 소식을 좀더 일찍 알렸을 거예요. 당신이 아직 나를 알고 싶은 마음이 남아 있다면, 어두워질 때 내 쪽지를 준 여성이 당신에게 말하겠지만, 내가 당신을 기다리는 곳으로 어떻게 안내할지 알게 될 거예요.

　여러분은 그가 얼마나 기뻤는지 상상할 수 있을 것이다. 그는 축복받은 심부름꾼 여인을 격렬하게 포옹하고 금목걸이를 그녀에게 주었고 그녀는 간단한 의식을 치른 후에 목에 걸었다. 그녀는 날이 어두워지면 그녀가 알려주는 외진 곳으로 수행원 없이 와야 한다고 그에게 일러주고, 세상에서 가장 편안하고 조급한 그와 헤어졌다.

마침내 날이 어두워졌다. 그는 멋있게 꾸미고 향수를 뿌리고, 그날 아침 그 심부름꾼 여인이 그를 기다리는 밀회 장소로 갔다. 그녀는 어느 작은 집으로 들어가서 모두 얼굴을 베일로 덮은 세 명의 여인이 있는 아주 멋진 방으로 그를 안내했다.

그는 키를 보고 그 미지의 여인을 알아보았는데, 우선 그녀가 베일을 올리지 않는 데 대해 불만을 터트렸다. 그녀는 망설이지 않았고, 그녀의 여동생과 그녀는 몽살브의 아름다운 두 여인을 보고 너무나 행복해하는 동 상슈를 발견했다. 그리고 베일을 벗으면서 도로테가 그에게 말했다.

자, 때로 매일 눈에 보이는 호색가들이 여러 해에 걸쳐도 얻지 못하는 것을 낯선 사람이 한순간에 얻을 것이라고 내가 당신에게 약속했을 때 내가 사실을 말한 것이지요. 그녀는 덧붙였다. 그리고 내가 당신에게 베푸는 호의를 존중하지 않거나 당신이 그걸 내 결점으로 판단하시면, 당신은 모든 사람들 중에서 가장 배은망덕한 사람이겠지요.

항상 당신 때문에 나에게 일어나는 모든 일은, 그것이 나에게 마치 하늘에서 일으킨 일인 듯이, 존중하겠소.

흥분한 동 상슈가 그녀에게 말했다.

그러면 나도 당신이 나에게 베푸는 선의를 잘 간직할 테니 혹시라도 내가 그것을 잃더라도 내 잘못이라기보다 내 불행으로 그렇게 되리라는 것을 나중에 알게 될 거예요.

그들은 순식간에

사랑이 우리의 의미를 지배할 때

　그 사랑 때문에 우리가 하는 말을 모두 하고 있구나.

　어떻게 할지 잘 아는 그 집의 안주인과 펠리시안은 우리의 두 연인 사이에서 충분한 거리를 두고 떨어져 있었다. 그리고 그들은 그렇게 아주 편해졌으며, 비록 이미 많은 사랑을 가졌지만, 그전보다 훨씬 더 많은 사랑을 나누었으며, 할 수 있다면, 서로 훨씬 그 이상의 사랑을 나누기 위한 날을 정했다. 도로테는 동 상슈에게 서로 자주 만나도록 그녀가 할 수 있는 것을 하겠다고 약속했다. 그는 가능한 한 정신적으로 그녀에게 감사해했다. 다른 두 여인들은 가끔 대화에 끼어들었고 마린은 때가 되었을 때 헤어져야 한다는 것을 그들에게 상기시켰다. 도로테는 슬펐고, 동 상슈는 얼굴색이 변했지만, 작별을 고해야 했다.

　그 용감한 기병은 다음 날부터 아름다운 여인에게 편지를 썼고, 그녀는 그가 원하는 대로 그에게 답장을 보냈다. 나는 여러분에게 그들의 사랑의 편지가 어떤 내용인지 알려주지 못한다. 내 손에 그 편지가 없기 때문이다. 그들은 같은 곳에서, 처음 서로 만났던 것과 같은 방식으로 자주 만났고, 〈피람과 티스베〉2처럼 서로 피를 흘리지 않고, 열렬한 사랑 속에서 그들에게 지속되지 않을 정도로 서로를 정말 사랑

2　테오필 드 비오의 비극에서 피람은 자신이 사랑하는 티스베가 사자에게 잡아먹힌 줄 믿고 절망하면서 자살한다. 칼에 찔린 채 죽어 있는 피람을 보고 절망한 나머지 스스로 자신을 찌르고 자살한다.

하게 되었다. 사랑과 열정, 그리고 돈은 오랫동안 숨길 수 없다고들한다. 도로테는 머릿속에 낯선 연인을 떠올리고, 대수롭지 않게 말할수 없었으며, 그리고 그녀만큼 자신들의 관심사들을 잘 숨기고 그녀가 끊임없이 동 상슈에 대해 말하면서 그들이 사랑하는 것을 무시하고, 그를 칭찬하는 말을 하는 몇몇 여인들이 관심을 기울이고 열정을바치는 세비야의 모든 귀족들보다 그를 그 위에 놓았다. 펠리시안은특히 자주 언니에게, 언니가 그 신사에 대해 말할 때 기쁨에 사로잡혀있는 것을 보면서, 그에 대해 더 신중하게, 그리고 함께 있을 때 아플정도로 그녀의 발을 밟으면서 수차례 신중하게 하라고 일렀다.

도로테에게 사랑에 빠진 어떤 기병이 그녀의 가장 친한 친구 중 한여인에게 그 소식을 듣고 도로테가 동 상슈를 사랑한다는 것을 믿는데 어려움이 없었다. 왜냐하면 그는 이 이방인이 그 도시에 온 이후,그가 가장 끌렸던 이 아름다운 여인의 노예들이 그녀에게 최소한의호의적인 시선도 받지 못했다는 것을 기억했기 때문이다. 이 동 상슈의 경쟁자는 부자에다 출신이 좋은 가문이었고, 동 마누엘(도로테의아버지)의 마음에 들었지만, 아버지는 딸에게 그 사람에 대해 이야기를 할 때마다, 도로테가 너무 어려서 결혼시키지 않도록 간청했기 때문에, 딸을 그와 결혼하도록 압박하지 않았다.

이 기병은 (방금 그의 이름이 기억났는데, 동 디에그였다) 그를 의심스럽게 하는 게 뭔지 한층 확신하고 싶었다. 그에게는 시종이 한 명 있었는데, 주인들만큼 멋진 내의를 가지고 있거나 입고 있어서, 다른하인들 사이에서 그런 유행을 만들고 하녀들에게 존경을 받을 뿐 아니라 부러움을 사고 있는 용감한 사내 중에 한 명이었다. 이 시종이 구즈만이었고, 타고난 재능이 있어서 반쯤 시(詩)로 물든 사람으로, 대부분 세비야의 연애시를 썼는데, 이게 파리의 퐁 뇌프 노래들이며, 로망스들을 기타를 치며 노래하지만, 한 곡씩 한 곡씩 따로, 입술이나 혀로 과장하지 않고 불렀다. 그는 사라반드 춤을 추었으며, 캐스터네츠를 빼 놓지 않았고, 배우가 되려고 했으며, 약간의 용맹이 그의 장점이었는데, 그러나 사실을 있는 그대로 말하면, 약간 장난스런 용맹이었다.

이런 모든 멋진 재능은 그의 주인이 그에게 전수해준 화술과 결합되었는데, 이론의 여지없이 스스로 사랑스럽다고 생각한 하녀들이 (내가 감히 이렇게 말한다면) 그를 사랑하는 모든 욕망의 대상으로 만들었다.

동 디에그는 그에게, 그 몽살브의 여인들을 시중들었던 젊은 여인인 이자벨에게 부드럽게 대하라고 명령했다. 그는 주인의 말에 따랐다. 이자벨은 그런 사실을 알고 구즈만의 배려를 받는 것이 행복한 것 같았으며 순식간에 그를 사랑하게 되었다. 구즈만도 그녀를 사랑하게 되었고 주인의 말을 따르면서 오로지 진심으로 그녀를 사랑했다. 구즈만이 큰 야망을 가진 하녀들의 탐욕에 불을 지핀다면, 이자벨은 가장 고귀한 생각을 가진 스페인 하인에게 유리한 수단이었다. 그녀는 아주 관대한 안주인들에게 사랑을 받았고, 아버지로부터 얼마간의 재산을 기대하고 있었는데, 아버지는 성실한 장인이었다.

구즈만은 따라서 진지하게 그녀의 남편이 되기를 꿈꿨다. 그녀는 그렇게 그를 받아들였다. 그들은 서로 결혼에 대해 신뢰를 주었고 그 때부터 마치 결혼한 것처럼 같이 살았다. 이자벨은 외과의사의 아내인 마린의 집에서 도로테와 동 상슈가 은밀하게 서로 만나고, 그녀 앞에서 안주인을 시중들었던 마린이, 항상 연인이 인심을 베푸는 이런 일에서 여전히 그녀의 가까운 친구였다는 점에 대해 불만이 많았다. 그녀는 마린이 동 상슈에게 받은 선물 중에서 자신에게 목걸이를 주었다는 것을 알았고, 마린이 그로부터 다른 많은 선물을 받았으리라는 생각을 했다. 그 일로 그녀는 마린을 죽도록 싫어했고, 그 때문에 나는 아름다운 여인도 그 일에 관심을 가지고 있다고 생각했다.

따라서 구즈만이 그녀에게 도로테가 어떤 사람을 사랑하는 것이 사실인지 털어놓으라고 처음 간청했을 때, 그녀가 자신의 모든 것을 다 준 구즈만에게 안주인의 비밀을 알렸더라도 놀라지 말아야 한다. 그녀는 우리의 젊은 연인들의 음모(은밀한 만남)에 대해 자신이 알고 있는 모든 것을 그에게 알리고, 동 상슈가 풍성하게 만들어준 마린의 행운을 오랫동안 과장하고 나서, 그 집의 한 하녀로서 더 많은 혜택을 누린 데 대해 그녀를 저주했다. 구즈만은 그녀에게, 도로테가 그의 연인과 함께 있는 날을 알려 달라고 부탁했다. 그녀는 그렇게 했고, 그는 충실한 이자벨로부터 알아낸 모든 것을 잊지 않고 그의 주인에게 알렸다.

동 디에그는 옷을 초라하게 차려입고, 하인이 가르쳐준 날 밤 마린의 집 문 옆에 있다가, 그의 경쟁자가 들어가고, 잠시 후에, 도로테의 여자 친척의 집 앞에 마차 한 대가 멈추는 것을 보았고, 거기서 이 아름다운 여인과 여동생이 내렸는데, 동 디에그의 끓고 있는 속을 여러분은 상상할 수 있을 것이다. 그때부터 그는 위험한 경쟁자를 세상에서 제거함으로써, 그로부터 벗어날 계획을 하고, 영광의 살인을 확신하며, 며칠 밤 동 상슈를 기다렸고, 마침내 그를 찾아서 아주 잘 무장한 두 하수인의 지원을 받아 그를 공격했다.

한편, 동 상슈는 자신을 방어할 수 있었는데, 단도와 검 외에도, 허리에 권총 두 자루를 차고 있었다. 우선 그가 사자처럼 자신을 방어하자 목숨을 빼앗으려고 달려들던 적들이 검을 피해 물러섰다. 그러자 동 디에그가 받은 돈의 대가대로만 행동한 하수인들보다 더 맹렬하게 그를 몰아붙였다.

동 상슈는 잠시 적들 앞에서 걸음을 멈추고 도로테가 있는 집에서 멀리 떨어져 싸움 소리를 차단했지만, 결국 너무 신중하게 하다가 죽을까 겁이 났고 동 디에그로부터 심한 압박을 받다가, 그에게 권총을 쏘아 반 죽음 상태로 바닥에 쓰러뜨렸고, 큰 소리로 사제를 찾았다. 권총 쏘는 소리에 하수인들이 사라졌다. 동 상슈는 집으로 도망갔고, 이웃 사람들이 길에 나와 동 디에그를 발견했는데, 그를 알아보았고, 그는 마지막으로 기운을 차리고 그를 죽이려고 한 동 상슈를 비난했다. 사법 당국이 그를 찾지 못할지라도, 동 디에그의 부모들이 피붙이의 죽음이 단죄되지 않은 것을 그냥 보지 않을 것이며, 틀림없이 그를 어디서든 발견하면 죽이려고 할 것이라고 그의 친구들이 우리의 기병에게 알려주었다.

따라서 그는 수도원으로 은거해서, 거기서 도로테에게 자신의 소식을 알리고 그가 안전할 때 세비야에서 나올 수 있도록 자신의 일을 정리했다. 그동안 사법 당국은 서둘러 동 상슈를 찾으려고 했지만 찾아내지 못했다.

초기의 맹렬한 추격이 지나가고 모든 사람들이 그가 도망쳤다는 것을 확신한 후, 예배를 드린다는 핑계로 도로테와 여동생의 여자 친척이 그들을 동 상슈가 은거하고 있는 수도원으로 데리고 갔다. 그리고 거기서 선한 신부의 중재로, 두 연인들이 예배당에서 만나서, 어떤 시련에도 지조를 지킬 것을 서로 약속하고, 수많은 아쉬움을 뒤로하고 헤어지면서, 너무나 딱한 상황에 대해 서로 이야기했다. 여동생과 여자 친척, 선한 수도사 등 목격자들은 울었고, 그 이후 그들을 생각할 때마다 눈물을 흘렸다.

동 상슈는 변장을 하고 세비야에서 나왔는데, 떠나기 전에 그와 도로테를 서인도제도로 가게 해 달라고 부탁하는 편지를 인편으로 아버지에게 남겼다. 이 편지에서 그는 아버지에게 자신이 세비야를 떠나지 않을 수 없는 사건과 자신이 나폴리에 은거할 거라는 계획을 알렸다. 다행히 거기에 도착해서, 영광스럽게 그가 소속했던 부왕에게 갔다. 온갖 호의를 받았지만, 도로테로부터 소식이 없었기 때문에, 그는 만 1년 동안 나폴리의 생활이 지겨웠다. 부왕은 갤리선 여섯 척을 무장시키고 그를 투르크와의 전쟁에 출전시켰다. 동 상슈는 용맹을 발휘할 좋은 기회를 그냥 지나치지 않았다. 그리고 이 갤리선들을 지휘한 사람이 그를 자신의 갤리선에 받아들이고 신분과 재능을 가진 사람과 함께 있는 것을 기뻐하면서, 선미에 있는 선실에 투숙시켰다.

나폴리의 갤리선 여섯은 거의 (시칠리아) 메시나의 목전에서 투르크 갤리선 여덟 척을 발견하자 주저하지 않고 공격했다. 긴 전투 끝에, 기독교 군들은 적 갤리선 세 척을 나포하고 두 척을 완전히 격침시켰다. 기독교 갤리선들 중 대장 갤리선은 다른 갤리선보다 무장이 더 잘 되어 있어서 저항이 더 심했던 투르크 군의 대장 갤리선과 서로 맞붙었다. 그러나 바다 물살이 세지고 폭풍우가 너무나 거세지는 바람에 결국 기독교 군과 투르크 군은 서로 물리치는 것보다 폭풍우를 피하려 했다. 따라서 양쪽 갤리선들에 걸려 있었던 쇠갈고리를 떼어 냈고, 아주 용감한 동 상슈가 투르크의 대장 갤리선 안으로 뛰어들었을 때 아무도 뒤따르지 못했는데, 그 배는 기독교 군에게서 멀리 도망쳤다.

그가 혼자 적들의 지배에 놓이게 되었다는 것을 알았을 때, 노예가 되느니 차라리 죽는 것이 낫다고 생각하고 일어날 수 있는 모든 위험을 무릅쓰고 바다로 뛰어들었다. 그는 헤엄을 아주 잘 쳤기 때문에 어떻게든 기독교 군 갤리선들 쪽으로 헤엄쳐 가려고 했다. 그러나 비록 동 상슈의 행동을 목격하고 죽음을 피할 수 없을 거라고 생각하고 실망했음에도 불구하고 기독교 군 장군이 그가 바다로 뛰어들었던 쪽으로 갤리선을 선회하도록 했지만, 궂은 날씨 때문에 그의 모습은 보이지 않았다. 그러나 바람과 조수에 떠밀리면서도 동 상슈는 있는 힘을 다해 팔로 파도를 가르며 육지 쪽으로 헤엄쳤다. 잠시 후 다행히 대포에 맞아 부서진 투르크 갤리선의 판자 하나를 발견했다. 이 판자는 제때에 나타나 동 상슈에게 유용한 구조선 역할을 해주었는데, 그는 하늘이 그에게 보내준 것으로 믿었다.

동 상슈는 전투가 벌어진 시칠리아 해안까지 10리도 떨어지지 않은 곳에서, 바람과 조수의 도움을 받아 기대한 것보다 더 빨리 해안에 도착했다. 그는 해안가에 부딪쳐 다치지 않고 육지에 당도했고, 아주 명백한 위험으로부터 그를 구해주신 신에게 감사한 후에, 너무나 무기력했지만 가능한 한 빨리 육지로 갔다. 그리고 언덕으로 올라가서,

세상에서 가장 관대할 거라고 생각한 어부들이 사는 마을을 보았다.

그가 전투하는 동안 쏟았던 노력과 바다에서 겪은 노고들, 이어서 젖은 옷을 입고 추위로 엄청난 열이 올라 그는 오랫동안 누워 지냈다. 그러나 마침내 다른 것은 하지 않고 오로지 식이요법만으로 나았다. 아픈 동안, 그는 적들로부터 더 이상 동 디에그의 부모들을 지킬 수가 없고 도로테의 지조를 시험하기 위해 모든 사람들이 그가 죽었다고 믿을 수 있도록 계획을 세웠다.

그는 플랑드르의 파비오라는 몽탈트3 가문의 시칠리아 후작과 대단히 친했다. 한 어부에게 그가 메시나에 살고 있는 것으로 알고 있는데 거기 있는지 알려 달라고 명령했다. 그리고 그가 거기 살고 있다는 것을 알고, 이 후작의 집으로 들어갔는데, 모든 사람들이 그의 죽음을 슬퍼하면서 그를 애도하고 있었다. 파비오 후작은 죽었다고 생각한 친구를 다시 만날 수 있어 너무나 기뻤다.

동 상슈는 그에게 어떻게 도망쳤는지 알려주었고 도로테에 대해 가지고 있는 열렬한 사랑을 숨기지 않고 세비야의 모험을 그에게 이야기했다. 시칠리아의 후작은 스페인으로 갈 것을 제안하고, 도로테가 동의한다면, 그녀를 납치해서라도 시칠리아로 데리고 오겠다고 했다. 동 상슈는 친구로부터 위험한 우정의 표시를 받아들이고 싶지 않았지만, 그를 스페인에 데리고 가려고 하는 것에 대해 너무나 기뻤

---

3   1657년 《희극적 소설》 제 2부가 출판된 바로 그해, 파스칼은 퀼른의 출판사에서 펴낸 《시골 친구에게 보내는 편지》(안혜련 역, 나남, 2011) 에서 루이 드 몽탈트라는 가명의 인물을 등장시킨다. 단순히 우연의 일치지만, 파스칼이 스카롱의 소설을 평가한 것은 다 아는 일이다.

다. 동 상슈의 하인인 산체스가 그의 주인의 죽음에 너무 슬퍼한 나머지 나폴리의 갤리선들이 메시나에 식량을 보급받으러 왔을 때, 세월을 보내려고 어느 수도원으로 들어갔다. 파비오 후작은 이 시칠리아 영주의 추천을 받았지만 아직 그에게 수도사의 옷을 주지 않았던 수도원장을 찾아갔다. 산체스는 사랑하는 주인을 다시 만나 기뻐 어쩔 줄 몰랐고, 수도원으로 다시 돌아갈 생각을 하지 않았다.

동 상슈는 떠날 준비를 하고, 그동안 모든 사람들과 함께 동 상슈가 죽었다고 믿은 도로테의 소식을 알아보도록 그를 스페인으로 보냈다. 그 소문은 서인도제도까지 퍼졌다. 동 상슈의 아버지는 아들을 그리워하다가 죽었고, 또 다른 아들에게는, 그가 죽었다는 소식이 거짓이라면 재산의 절반을 그의 형에게 주라는 조건으로, 4만 에퀴의 재산을 남겼다. 동 상슈의 동생은 동 주앙 드 페랄트였는데, 아버지 이름에서 따온 것이다. 그는 돈을 전부 가지고 스페인으로 떠나 동 상슈에게 사건이 일어난 지 1년 후에 세비야에 도착했다.

그는 그의 형과 다른 이름을 가지고 있어서, 쉽게 동생이라는 것을 숨길 수 있었다. 이것은 형의 적들이 있는 도시에서 일어난 사건으로 오랜 기간 머물 수밖에 없었기 때문에 비밀을 지키는 데 중요했다. 그는 도로테를 보고 형처럼 사랑에 빠졌지만, 형처럼 그녀의 사랑을 받지 못했다. 슬픔에 빠진 이 아름다운 여인은 사랑하는 동 상슈 이후 아무도 사랑할 수 없었다. 동 주앙 드 페랄트가 그녀의 마음을 사로잡으려고 한 모든 일이 그녀를 괴롭혔으며, 그녀는 매일 아버지 동 마누엘이 제안한 세비야의 가장 좋은 혼처들을 거절했다.

그때 산체스가 세비야에 도착했고, 그의 주인이 명령한 대로, 도로테의 태도를 알아보고 싶었다. 그는 그 도시의 소문을 통해 얼마 전 서인도제도에서 온 아주 부유한 어떤 기병이 그녀에게 반했고 아주 세련된 연인으로서 온갖 노력으로 그녀의 환심을 사려고 한다는 것을 알았다. 그는 그런 내용을 그의 주인에게 편지로 썼는데, 그에게 더 큰 고통을 주었으며, 그의 주인은 하인이 그에게 준 것보다 훨씬 더 큰 고통을 상상했다.

파비오 후작과 동 상슈는 스페인 갤리선을 타고 메시나에서 출발했는데, 세비야까지 관할한 산 루카르에 무사히 도착했다. 그들은 밤에 도착해서 산체스가 그들에게 묵으라고 한 집에 들어갔다. 다음 날 방에서 지내다가, 밤이 되자, 동 상슈와 파비오 후작은 동 마누엘의 집 주변을 둘러보러 갔다. 도로테의 창문 아래서 악기를 조율하고 있는 소리에 이어 훌륭한 음악 소리를 들었다. 그 후, 류트의 반주에 맞춘 목소리가 천사로 변장한 암사자의 가혹한 울음소리처럼 처량했다.

동 상슈는 남성의 세레나데로 답하려고 했지만, 파비오 후작은 그게 도로테가 경쟁자에게 은혜를 베풀려고 발코니에 나타나거나, 노래한 곡조의 가사가 만족하지 않는 연인의 불평이라기보다 받은 호의에 대한 감사 표시라면, 그걸 그만두는 것이 그가 할 수 있는 전부라고 설명하면서 그를 가로막았다. 아마 그런 세레나데는 통하지 않았을 것이므로 동 상슈는 파비오 후작과 함께 물러났다.

그동안 도로테는 그 서인도제도 기병의 사랑으로 괴로워하기 시작했다. 그녀의 아버지, 동 마누엘은 딸이 결혼하는 것을 무척 보고 싶었고 동 주앙 드 페랄트라는 부유하고 정말 좋은 가문의 이 서인도제도 사람이 사위가 되겠다고 하면, 다른 누구보다 더 마음에 들어 하고, 그녀는 다른 어느 때보다 아버지에게 압박을 받을 것이라고 의심하지 않았다. 파비오 후작과 동 상슈가 각자 역을 맡은 세레나데가 있은 다음 날, 도로테는 여동생과 이야기를 하면서, 서인도제도 사람이 환심을 사려고 하는 행동을 더 이상 참을 수 없으며, 아버지에게 이런 말을 전하기 전에, 환심 사려는 행동을 공공연하게 할 정도로 이상한 사람이라고 말했다.

전혀 생각하지 못한 방법이에요.

펠리시안이 그녀에게 말했다.

내가 언니 입장이라면, 첫 대면하는 기회에 그를 심하게 학대하면 그가 언니를 좋아할 거라는 기대를 접고 곧 실망하겠지요. 나로서는 그 사람이 전혀 마음에 들지 않았어요. 궁정에서만 지켜야 하는 품위도 없고 세비야에서 예의바른 배려가 전혀 없으며, 이방인이라는 느낌이 아무것도 없어요.

그녀는 이어서 동 주앙 드 페랄트에 대해 아주 불쾌한 모습을 그리려고 애썼지만, 그가 처음 세비야에 나타났을 때 자신이 언니에게 그가 마음에 들지 않은 것은 아니라고 고백했던 것이나 그 사람에 대해 말할 때마다, 아주 열광적으로 칭찬했다는 것을 기억하지 못했다.

도로테는 여동생이 너무나 변했고, 그녀가 예전에 이 기병에 대해 가졌던 감정이 변한 체한다는 것을 알아채고, 그 사람에게 호감을 가지지 않았다고 믿게 하려고 했지만 동생이 그에 대해 호감을 가진 것이 아닌지 의심했다. 그리고 그것을 명확히 하기 위해, 그녀는 동생에게, 그녀가 그 사람에 대한 반감으로 동 주앙의 환심을 사려는 태도에 감정이 상한 게 아니라, 그와 반대로 그의 얼굴에서 동 상슈의 모습을 발견하면서, 세비야의 다른 어떤 기병보다 그녀의 마음에 들 수 있었을 거라고 말했다. 뿐만 아니라, 그가 부자에 좋은 가문 출신이라 쉽게 아버지의 동의를 얻을 것이라고 말했다. 그녀는 덧붙였다.

하지만 나는 동 상슈 이후 아무도 사랑할 수 없어. 그의 아내가 될 수 없었기 때문에, 난 다른 사람의 아내도 되지 못할 거야. 그리고 수도원에서 여생을 보낼 거야.

펠리시안이 그녀에게 말했다.

언니가 아주 이상한 그런 계획을 아직 결정하지 않았다면, 나에게 그렇게 말하는 것만으로 나를 더 슬프게 할 수 있어요.

노로테가 그녀에게 대답했다.

내 동생 펠리시안, 전혀 의심하지 마라. 너는 곧 세비야에서 가장 부유한 혼처를 구할 것이고, 내가 동 주앙을 만나고자 하는 것은 오로지 내가 결혼에 동의할 거라는 그의 기대를 접게 하고난 후 그가 나 대신 너에게 사랑의 감정을 갖도록 설득하기 위해서란다. 그에게 그의 환심으로 더 이상 나를 괴롭히지 않도록 부탁하려고 그를 만날 뿐이야. 나는 네가 그에 대해 많은 반감을 가지고 있다는 것을 알기 때문이지. 그리고 사실, 나는 그것에 대해 불만이 있단다. 왜냐하면 그 사람 말고 너와 결혼할 만한 사람이 내가 알기로 세비야에 아무도 없기 때문이지.

펠리시안이 그녀에게 말했다.

그는 나를 싫어한다기보다 나에게 무관심해요. 그리고 그 사람이 내 마음에 들지 않는다고 언니에게 말한 것은, 내가 그에 대해 가지고 있는 진정한 반감이라기보다 내가 언니에 대해 가지고 싶었던 어떤 배려 때문이었지요.

도로테가 그녀에게 대답했다.

내 사랑하는 동생, 차라리 네가 나에게 진솔하게 말하지 못한다고 고백해라. 그리고 그때 너는 나에게 동 주앙에 대한 평가를 제대로 입증하지 못했고, 나에게 가끔 그를 열렬하게 칭찬했지만, 그가 너의 마음에 들지 않는 게 아니라 오히려 그가 너무 드러내 놓고 내 마음에 들려고 할까 봐 네가 두려워했던 것을 기억하지 못했지.

펠리시안은 도로테의 이 마지막 말에 얼굴이 벌게지고, 온몸에 완전히 맥이 풀렸다. 그녀는 정신이 너무 혼란스럽고, 정리가 잘 안 된 수많은 일 때문에 언니가 자신을 나무란 것에 대해 그녀를 설득하기보다 제대로 방어하지 못했다고 말했다. 그리고 마침내 그녀는 동 주앙을 사랑한다고 고백했다.

도로테는 그녀의 사랑을 반대하지 않고 그녀를 힘껏 도와주겠다고 약속했다. 바로 그날부터, 도로테는 이자벨에게 동 주앙을 찾아가서 동 마누엘의 정원 문의 열쇠를 건네주고, 도로테와 여동생이 거기서 그를 기다릴 테니, 아버지가 잠든 자정에 밀회장소로 오라고 말하라는 명령을 했다. 이자벨은 동 상슈에게 일어난 사건 이후 구즈만과 모든 왕래를 끊은 상태였다. 동 주앙에게 흠뻑 빠져서 그를 안주인의 마음에 들게 하려고 했지만 실패한 이자벨은 그녀가 그토록 변해 버린 것에 놀랐으며 나쁜 소식만을 가지고 있다가 이미 자신에게 많은 선물을 줬던 동 주앙에게 좋은 소식을 전해줄 수 있어 아주 편안해졌다.

이자벨은 동 주앙의 집으로 달려갔다. 그녀가 그의 손에 건네준 결정적인 정원 열쇠가 없었다면 행운을 믿기 어려웠을 그는 이자벨에게 금화 50냥이 가득한 향기 나는 주머니를 건넸다. 그녀는 정원 열쇠를 받은 동 주앙만큼이나 기뻐했다. 우연히, 동 주앙이 도로테 아버지의 정원으로 들어오기로 한 바로 그날 밤, 동 상슈가 그의 친구 후작을 데리고, 경쟁자의 의도를 좀더 확인하려고 이 아름다운 여인의 집 근처로 다시 순찰하러 왔던 것이다.

후작과 그는 밤 11시 경 도로테의 집 근처 길에 있었는데, 그때 잘 무장한 네 사람이 그들 옆에 멈췄다. 질투하는 연인은 그가 경쟁자라고 믿었다. 그는 이 사람들에게 다가가서 그들이 맡은 일이 그의 계획과 같은 일이니, 그 계획을 자신에게 양보할 것을 부탁한다고 말했다.

우리는 정중하게 그렇게 하겠소.

그 사람들이 그에게 대답했다.

당신이 우리에게 요구하는 바로 그 일이, 우리도 가지고 있고 그 실행을 오랫동안 늦추지 않을 정도로 아주 빨리 실행될 계획에 절대로 필요하지 않다면 말이오.

동 상슈의 분노는 이미 최고조에 이르렀다. 따라서 손에 검을 쥐는 것과 그가 무례하다고 생각한 이 사람들을 공격하는 것은 거의 같은 순간에 벌어진 일이었다. 동 상슈의 갑작스런 공격에 그들은 깜짝 놀랐고 우왕좌왕했으며, 후작도 친구만큼 강하게 공격하자, 그들은 제대로 방어하지 못하고 길 끝까지 빠르게 밀려났다. 거기서, 동 상슈는 팔에 가벼운 부상을 입었는데, 그를 부상 입힌 사람을 얼마나 심하게 찔렀는지 그의 검을 적의 몸 속에서 빼내는 데 오래 걸렸고 그를 죽였다고 생각했다. 그동안 후작은 고집스럽게 그 사람들을 추격했는데, 그들은 동료가 쓰러지는 것을 보자 있는 힘을 다해 그 앞에서 도망쳤다.

동 상슈는 싸우는 소리를 듣고 길 양쪽 중 한쪽에 랜턴을 든 사람들이 오고 있는 것을 보았다. 그는 그들이 사법당국일까 두려웠는데, 정말 그들은 사법 관리들이었다. 그는 싸움이 시작되었던 길로 재빨리 달려갔고, 이 길의 반대쪽 길 가운데에서, 동 상슈가 달려오는 소리에 랜턴을 비추면서 한 손에는 검을 쥔 늙은 기병과 마주쳤다. 이 늙은 기병은 동 마누엘이었는데, 평소처럼 저녁에 이웃집에서 게임을 하고 나서 동 상슈가 그를 발견한 곳에서 가까운 정원 문을 통해 그의 집으로 들어가려던 순간이었다. 그는 사랑에 빠진 우리의 기병에게 소리쳤다.

거기 가는 사람이 누구요?

동 상슈가 그에게 대답했다.

당신이 방해하지 않는다면 빨리 지나가야 할 사람이오.

동 마누엘이 그에게 말했다.

아마 사고가 생겨서 피난처를 찾아야 하나 보오. 우리 집이 여기서 멀지 않은데, 당신에게 피난처 역할을 할 수 있소.

동 상슈가 그에게 대답했다.

사실, 아마 당국에서 나를 찾는 것 같은데, 몸을 숨기기 힘들어요. 당신이 이방인에게 집을 내줄 정도로 너그러운 사람이기 때문에, 당신에게 나의 구원을 안전하게 맡기고, 당신이 나에게 베푸는 은혜를 절대 잊지 않고, 나를 찾는 사람들이 그냥 지나가도록 필요한 시간만 이용하겠다고 약속하오.

그때 동 마누엘은 가지고 있던 열쇠로 문을 열고, 동 상슈를 정원으로 들어오라고 하고, 그를 월계수 숲에 숨겨 놓고 그동안 아무 눈에 띄지 않도록 그의 집에 더 잘 숨으라고 명령하는 것 같았다. 동 상슈가 이 월계수 숲에 숨은 지 얼마 안 됐을 때 그에게 한 여자가 다가오는 것을 보았고 그녀는 이렇게 말했다.

자, 나의 기병이여! 나의 안주인 도로테가 당신을 기다리고 있어요.

그 이름을 듣는 순간, 동 상슈는 그가 바로 연인의 집에 있으며, 그리고 그 늙은 기병은 그녀의 아버지라는 생각이 들었다. 그는 그의 경쟁자와 바로 그 장소에 밀회를 정한 데 대해 도로테를 의심하고, 당국에 대한 두려움보다 질투에 더 괴로워하며 이자벨을 따라갔다. 그때 동 주앙은 정해진 바로 그 시간에 와서, 이자벨이 그에게 준 열쇠를 가지고 동 마누엘의 정원 문을 열고 동 상슈가 방금 나온 바로 그 월계수 숲에 숨었다. 잠시 뒤, 한 남자가 그에게 곧바로 오는 것을 보았다. 그가 공격하면 방어할 준비를 하고 있었는데, 이 남자가 동 마누엘이라는 것을 알고 깜짝 놀랐다. 그는 자기를 따라오라고, 그리고 잡힐까 두려워할 필요가 없는 곳에 머무르게 하겠다고 말했다.

동 주앙은 동 마누엘의 말에서, 그가 정원에서 당국의 추격을 받은 사람을 구해줄 수 있었다고 짐작했다. 그에게 기꺼이 그렇게 해준 데 대해 고맙다고 하면서, 그를 따라가는 것 말고 다른 방법이 없었다. 그리고 누가 보더라도 그가 사랑의 계획을 놓치게 만든 장애물 때문에 화가 나기보다 위험을 무릅쓴 데 대해 무척 당혹했다고 생각할 수 있다. 동 마누엘은 그를 방으로 안내한 후, 그 방에 그를 두고 나가서 또 다른 방에 침대 하나를 준비했다.

440

그가 처해 있을 어려움 속에 그를 그냥 두고 다시 그의 형 동 상슈드 실바의 이야기를 해 보자. 이자벨은 그를 도로테와 펠리시안이 동 주앙 드 페랄트를 기다리는, 정원으로 난 낮은 방으로 안내했다. 한 사람은 자신을 매우 마음에 들어 해서 연인이 되기를 기대했고, 다른 사람은 그에게, 자신은 그를 사랑할 수 없고 여동생의 마음에 들도록 하는 게 더 나을 것 같다고 고백하기로 되어 있었다.

따라서 동 상슈가 방으로 들어가자 아름다운 두 자매는 그를 보고 깜짝 놀랐다. 도로테는 그를 보고 마치 죽은 사람처럼 감각이 없었고, 여동생이 그녀를 부축하고 의자에 앉혔지만, 그 위에서 쓰러질 것 같았다. 동 상슈는 꼼짝하지 못했다. 이자벨은 겁이나 죽을 것 같았고 죽은 동 상슈가 그의 안주인이 그에게 저지른 잘못을 복수하기 위해 그들에게 나타난 게 아닌가 생각했다. 펠리시안은, 다시 살아난 동 상슈를 보고 너무나 겁이 났지만, 마침내 정신이 깨어난, 언니에게 닥친 일 때문에 훨씬 더 고통스러웠다. 그리고 그때 동 상슈가 그녀에게 이렇게 말했다.

배은망덕한 도로테여, 내 죽음에 대해 떠도는 소문이 어느 정도 당신의 변심에 핑계가 된다 해도, 그것이 나에게 일으킨 절망 때문에 그 일로 당신을 나무랄 만큼도 나에게 생명이 남아 있지 않은 것 같소. 나는 모든 사람들이 나를 죽었다고 믿게 해서 오직 나만을 사랑하겠다고 한 당신이 약속을 어기는 것이 아니라 내 적들이 나를 잊기를 바랐소. 내가 소리치고 비명을 질러 복수하고 시끄럽게 해서 당신 아버지가 잠에서 깨어나 당신이 이 집에 숨겨 놓은 연인을 찾겠지요. 그러나 내가 그렇게 무분별할까요! 나는 아직 당신의 기분을 상하게 할까 두렵고 당신이 다른 사람을 사랑하는 것보다 내가 당신을 더 사랑하지 않을까 그게 훨씬 슬프오. 즐기시오. 아름다운 배신자여, 당신의 사랑하는 연인과 잘 지내시오. 당신의 새로운 사랑에 더 이상 아무것도 두려워 마시오. 나는 당신을 다시 만나려고 목숨을 걸었지만, 당신이 배반했다고 평생 당신을 비난할 수 있을 한 남자로부터 곧 당신의 부담을 덜어주겠소.

동 상슈가 이 말을 하고 난 후 가려고 했지만, 도로테가 그를 잡아 결백을 주장하려고 했고, 그때 잔뜩 겁을 먹은 이자벨은 그에게 동 마누엘이 그녀를 따라오고 있다고 말했다. 동 상슈는 문 뒤에 숨을 시간밖에 없었다. 늙은이는 딸들에게 여태 자지 않느냐고 질책했다. 그리고 그가 방문 쪽으로 등을 돌리는 동안, 동 상슈는 방에서 나와, 정원으로 가서, 그전에 숨어 있었던 바로 그 월계수 숲으로 들어갔고, 거기서 그에게 벌어질 수 있는 모든 일에 대비하면서, 그녀가 나타나면 숲에서 나갈 기회를 기다렸다.

동 마누엘은 딸들의 방으로 들어가서 불을 켜고 문을 열라고 두드린 사법 당국의 관리들에게 정원 문을 열어주었다. 왜냐하면 사람들이 관리들에게, 동 마누엘이 자신의 집에 숨겨주고 있는 사람이 길에서 서로 싸운 사람들 중 한 사람일 수 있다는 말을 했기 때문이다. 동 마누엘은 그들이 그의 방을 열지 못할 거고 그들이 찾는 기병이 거기에 갇혀 있다는 것을 확실하게 믿고, 그들에게 그의 집을 뒤지라고 하는 데 어려움이 없었다.

동 상슈는 정원에 깔려 있는 많은 관리들에게 발각될 수밖에 없다는 것을 알고, 그가 숨어 있던 월계수 숲에서 나왔다. 그리고 동 마누엘에게 다가가자, 그를 보고 깜짝 놀랐는데, 그의 귀에 대고 어떤 믿을 만한 기병이 약속을 지키고 자신이 보호하는 사람은 절대 포기하지 않는다고 말했다. 동 마누엘은 친구인 관리에게 자신이 지킬 테니 동 상슈를 그냥 두라고 부탁했다. 그는 쉽게 그 말에 동의했는데, 그의 지위 때문이며, 그리고 부상당한 사람은 그리 위태롭지 않았기 때문이다.

사법 관리들이 물러났다. 동 마누엘은 말투를 보고 동 상슈를 만났을 때 자신이 말을 걸었던 적이 있고, 이 기병이 거듭 말한 것이지만, 동 마누엘이 정원에서 맞이했던 사람이 바로 그라는 것을 알아채고, 딸들이나 이자벨의 안내로 집으로 들어온 신사일 거라고 의심하지 않았다. 그것을 밝히려고, 그는 동 상슈 드 실바를 방으로 들어오라고 했고 그를 찾을 때까지 거기에 있으라고 부탁했다.

그는 동 주앙 드 페랄트가 있던 방으로 갔는데, 그의 시종이 관리들과 동시에 들어온 척 하고 그에게 말을 하려고 했다. 동 주앙은 그의 시종이 심하게 아파서 그를 찾으러 올 수 없다는 것을 잘 알았다. 그뿐만 아니라 그가 어디 있는지 ― 그의 시종은 몰랐다 ― 알았다면 그의 명령 없이 그렇게 하지 않았을 것이다. 따라서 그는 동 마누엘이 한 말에 아주 당황했고 어찌 되든 그의 시종이 집에서 그를 기다릴 수밖에 없을 거라고 대답했다.

동 마누엘은 그때 그를 세비야에서 소문이 자자했던 서인도제도의 젊은 귀족으로 알고, 그의 지위와 재산을 잘 알고 있었기 때문에, 그가 교류가 거의 없던 딸 중 하나와 결혼하지 않고는 집에서 나가지 못하게 하겠다는 결심을 했다. 그는 정신을 혼란시켰던 의심을 분명히 밝히려고 그와 잠시 이야기를 나누었다. 이자벨은 문에서 좀 떨어진 곳에서, 그들이 함께 이야기하고 있는 것을 보고 그의 안주인에게 말하려고 했다. 동 마누엘은 이자벨을 언뜻 보고 그녀가 딸 편에서 동 주앙에게 막 전갈을 보낸 거라고 믿었다. 그는 동 주앙을 두고 방을 비추는 횃불이 다 타고 꺼졌을 때 그녀의 뒤를 쫓아갔다.

늙은이가 이자벨을 찾고 있는 동안, 이 아가씨는 도로테와 펠리시안에게 동 상슈가 아버지 방에 있으며 그들이 함께 이야기하는 것을 보았다고 알렸다. 두 자매는 그녀의 말에 따라 방으로 달려갔다. 도로테는 사랑하는 동 상슈가 아비지와 함께 있는 것이 두렵지 않았고, 그녀는 그를 사랑하고 그에게 사랑을 받았다는 것을 아버지에게 고백하고, 그녀가 어떤 의도로 동 주앙과 밀회를 했는지 말하기로 결심했다. 그래서 그녀는 불빛이 없는 방으로 들어가다가 거기에서 나오는 동 주앙과 마주쳤는데 그녀는 그를 동 상슈로 여기고, 그의 팔을 잡고 이렇게 말했다.

잔인한 동 상슈, 그대는 왜 나를 피해 도망가고, 왜 그대가 나에게 부당한 비난을 하고 내가 대답할 수 있는 내용을 들으려고 하지 않았지요? 그대가 어느 정도 그것을 믿을 만한 이유가 있는 만큼 내게 죄가 있더라도 그대가 나를 지나치게 대할 수 없으리라 고백해요. 하지만 그대는 가끔 진실 그 자체보다 더 진실하게 보이는 거짓된 것들이 있고 그 진실은 항상 시간과 함께 드러난다는 것을 잘 알지 않나요. 따라서 그대의 불행과 내 불행, 그리고 아마 여러 사람들의 불행이 방금 우리를 몰아넣은 혼란을 해결하면서 그대에게 진실을 보여줄 시간을 나에게 주세요. 내가 변호하도록 도와주고 나를 설득하기 전에 나를 너무 성급하게 비난하려고 부당하게 행동하지 마세요. 그대는 어떤 기병이 나를 사랑하고 있다는 말을 들었을 수 있지만, 내가 그를 사랑한다는 말도 들었나요? 그대가 여기서 그를 만났을 수 있지요. 내가 그를 여기 오게 했기 때문이지요. 하지만 내가 어떤 의도로 그렇게 했는지 당신이 알게 되고, 그것이 내가 그대에게 줄 수 있는 가장 큰 지조의 표시라는 것을 알게 된다면, 나는 그대가 내 기분을 상하게 한 것에 대해 지독한 양심의 가책을 느끼게 될 거라고 확신해요. 그대가 있는데, 이 기병이 무엇인가요, 그의 사랑은 나를 귀찮게 해요! 혹시 그가 나를 사랑한다고 말했더라도, 혹시 그가 나에게 쓴 편지를 내가 읽으려고 했더라도, 내가 그에게 하는 말을 보면 그대는 알게 될 거예요. 그러나 그의 시선이 나를 해칠 수 있는데도 불행하게도 내가 그를 보는 것은 그를 보면 항상 그대를 떠올릴 수 있었기 때문이지요.

동 주앙은 도로테의 말을 끊지 않고 그냥 그대로 다 하도록 참았는데, 그녀가 방금 그에게 밝힌 것보다 훨씬 더 많은 것을 알게 되었다. 그때 이 방 저 방을 찾아다니던 동 상슈가 결국 자신이 놓쳤던 정원의 길을 찾았다. 그리고 도로테가 동 주앙에게 말하는 소리를 듣고, 최대한 소리를 내지 않고 그녀에게 다가갔다. 그러나 동 주앙과 두 자매들이 하는 말에 귀를 기울이지 않았다면 아마 그녀와 싸웠을 것이다.

바로 그때, 동 마누엘이 그 앞으로 랜턴을 든 하인들을 몇 명 앞세우고 그 방으로 들어왔다. 경쟁하는 두 형제들은 서로 쳐다보았으며, 한 손에 검의 손잡이를 잡고, 서로를 거만하게 바라보는 모습이 눈에 띄었다. 동 마누엘은 그들 사이에 끼어서 딸에게 둘 중에 한 사람을 남편으로 선택하라고 명령했고, 나머지 한 명과 싸우겠다고 했다. 동 주앙은 발언기회를 얻어, 할 수 있다면, 모든 요구를 자신 앞에서 보았던 기병에게 양보한다고 말했다. 동 상슈도 똑같은 말을 했고, 동 주앙이 딸을 통해 동 마누엘의 집으로 들어왔기 때문에, 그녀가 그를 사랑했고 그의 사랑을 받았으며, 그는 최소한의 양심의 가책을 가지고 결혼하느니 차라리 수천 번이라도 죽는 것이 낫겠다고 덧붙였다.

도로테는 아버지에게 무릎을 꿇고 자신의 말을 들어 달라고 간청했다. 그녀는 아버지에게 동 상슈가 그녀에 대한 사랑 때문에 동 디에그를 죽이기 전에 그녀와 그 사이에 일어난 모든 일을 이야기했다. 그녀는 동 주앙 드 페랄트가 그녀를 사랑했다는 것과, 그를 미망에서 깨닫게 하고 그에게 여동생의 결혼 요청을 제안하려던 계획을 아버지에게 알렸고, 그리고 그녀는 동 상슈에게 자신의 결백을 설득할 수 없다면, 다음 날부터 수도원에 들어가서 절대 나오지 않기로 결단했다고 말했다. 그녀의 이야기를 듣고 두 형제들은 서로를 인정했다.

동 상슈는 도로테와 화해하고 동 마누엘에게 결혼을 허락해 달라고 요청했다. 동 주앙도 그에게 펠리시안과의 결혼을 허락해 달라고 요청했으며, 동 마누엘은 말로 표현할 수 없는 만족으로 그들을 사위로 맞았다. 날이 밝자마자, 동 상슈는 친구와 기쁨을 함께할 파비오 후작을 찾으러 사람을 보냈다. 동 마누엘과 후작은 동 디에그의 상속자인 한 사촌이 그의 친척의 죽음을 잊고 동 상슈와 화해할 때까지 그 사건을 비밀로 했다. 협상하는 동안, 파비오 후작은 이 기병의 여동생과 사랑에 빠졌고 그에게 여동생과 청혼을 했다. 그는 기꺼이 여동생에게 너무나 유리한 제안을 받았고, 그때부터 사람들이 그녀에게 동 상슈를 위해 제안한 모든 것이 일사천리로 진행되었다.

　세 쌍의 결혼식이 같은 날 이루어졌다. 생각해 보면, 모든 일이 오랫동안 서로에게 잘된 일이었다.

제 20 장

라고탱은 어쩌다가 잠이 깼을까

신이 난 이네질라는 단편을 다 읽고 나서 이야기를 들은 모든 청중들에게 단편이 생각보다 짧은 데 대해 아쉬워했다. 그녀가 단편을 읽는 동안, 라고탱은 이야기를 듣기는커녕 그녀의 남편과 마법에 대해 이야기하다가 낮은 의자에 앉아서, 돌팔이 의사처럼 잠이 들었다. 라고탱이 의도적으로 자려고 한 것은 절대 아니었는데, 만일 그가 엄청나게 먹은 고기의 냄새를 견딜 수 있었다면, 이네질라가 단편을 읽고 있는 데 예의를 지키면서 주의를 기울였을 것이다. 따라서 본격적으로 잠을 잔 게 아니지만, 자주 머리를 무릎까지 떨어뜨렸는데, 지겨운 설교를 들을 때 흔히 그러듯이, 어떤 때는 반수면 상태에서 머리를 들어 올리다가, 또 어떤 때는 소스라쳐 잠에서 깨다가 했다.

여관에 숫양이 한 마리 있었는데, 보통 그런 집들을 드나드는 어느 너절한 사람이 손을 앞으로 하고, 머리를 내미는 습관이 있었다. 그러면 그 숫양이, 모든 숫양이 본능적으로 하듯이, 그의 손으로 달려

448

들어, 말하자면 머리로 세차게 들이받았다. 이 짐승은 온 여관을 제멋대로 돌아다녔는데, 심지어 방으로 들어가면 사람들이 자주 먹을 것을 주기도 했다. 숫양은 이네질라가 단편을 읽고 있었을 때도 돌팔이 의사의 방에 있다가, 라고탱의 머리에서 모자가 떨어지고, (내가 이미 말한 대로) 자주 고개가 내려갔다가 올라갔다가 하는 모습을 본 것이다. 숫양은 자기 앞에 투우사라도 나타난 듯 힘을 과시해 보려고 했다. 그놈은 늘 그렇게 하지만, 더 뛰어오르려고, 네댓 발 뒤로 물러났다가, 마치 경주장의 말처럼 달려가서, 뿔로 무장된 머리로 라고탱의 대머리를 향해 돌진했다. 그놈이 들이받는 힘으로 그의 대머리를 도자기처럼 부숴 버릴 것 같았지만, 다행히 라고탱이 고개를 들어 올리고 숫양의 머리를 잡았다. 그렇게 해서 얼굴에 살짝 타박상을 입었을 뿐이었다.

숫양이 들이받는 것을 보던 사람들이 얼마나 놀랐던지 그저 얼떨떨해 가만히 있다가, 그러나 금세 폭소가 터졌다. 늘 한 번 더 들이받는 숫양은 아무런 제지를 받지 않고 다시 달려가려고 필요한 넓은 공간을 차지하고서, 무턱대고 라고탱의 무릎으로 밀고 들어와 들이받는 바람에, 그는 완전히 혼비백산이 되었고, 얼굴에는 찰과상을 입고 여러 곳에 피를 흘렸으며, 또 특히 두 뿔에 의해 여기 저기 상처를 입어서, 엄청 아픈 두 눈에 양손을 갖다 대고 있었다. 왜냐하면 숫양의 두 뿔은 불행한 라고탱의 두 눈 사이의 간격과 똑같았기 때문이다.

숫양의 이 두 번째 공격에 그는 눈을 뜨고, 화가 잔뜩 난 상태에서 누가 부상을 입혔는지 알아채지 못하고, 한 손에 주먹을 쥐고 숫양의 머리를 갈겼는데 뿔에 맞아 엄청 아팠다. 그 때문에 그는 화가 많이 났는데, 보통 싸움을 거는 구경꾼들의 웃는 소리를 듣고 더 화가 나서, 씩씩거리며 그 방에서 나왔다. 그리고 여관에서 나오려는데 주인이 계산을 하라고 그를 붙잡아 세웠다. 이것은 아마 숫양이 그를 뿔로 들이받은 것만큼 화나는 일이었을 것이다.

뷔를레스크 혹은 미자나빔(Mise en abyme)

스카롱은 뷔를레스크 양식으로 큰 인기를 얻었고, 뷔를레스크는 그 당시 대단히 유행하는 장르가 됐다. 뷔를레스크 장르 서사시 〈티페우스〉에 이어 〈아이네이스〉를 패러디한 〈변장한 베르길리우스〉를 출판함으로써 스카롱은 17세기 프랑스 문학사에서 뷔를레스크 장르의 선구자로 우뚝 섰다. 특히 그가 스페인 희곡을 모방한 작품인 〈조들레 혹은 시종 선생〉, 〈살라망크의 풋내기〉, 〈우스꽝스런 후작 혹은 허둥지둥 급한 백작 부인〉, 〈거짓 외모〉, 〈해적 대공〉 등을 잇달아 쓴 것은 이채롭다. 〈티페우스〉와 〈변장한 베르길리우스〉의 희극적 패러디와 스페인 단편들(노벨라, novela)의 소설적 환상을 결합해 뷔를레스크 장르의 최고 걸작 《희극적 소설》이 탄생했다고 봐야 할 것이기 때문이다.

《희극적 소설》은 제 1부(총 23장)와 제 2부(총 20장)로 이루어졌다. 제 1부는 1651년, 제 2부는 1657년에 출간되었지만, 제 3부는 작가가 죽음으로써 미완성으로 남게 되었다. 《희극적 소설》은 프랑스의 르망시(市)에 희극 배우들의 극단이 도착함으로써 시작한다. 6명의 배우와 배우가 되겠다고 열망하는 3명의 시종, 그리고 전속시인 등으로 구성된 지방의 유랑 극단이 공연 혹은 일상에서 겪는 온갖 사건과 모험을 다룬 이야기다.

이 소설에서는 화자가 등장인물들에게 일어난 모험을 이야기하기도 하고, 등장인물이 화자가 되어 자신에 대한 이야기나 자신이 겪은 모험을 말하기도 한다. 화자는 유랑 극단의 배우인 르 데스탱과 레투알을 중심인물로 내세우고, 여기에 작가(스카롱) 자신의 페르소나, 즉 '내 안의 또 다른 나'인 라고탱에 대한 이야기를 한다. 그러나 르 데스탱이 직접 나서서 자신의 이야기를 하기도 하고, 유랑 극단의 다른 배우인 라 카베른과 앙젤리크, 레앙드르도 직접 자신의 이야기를 한다. 여기에 유랑 극단의 배우들에 대한 이야기와는 거리가 먼 스페인 단편 4편이 들어 있는데, 이는 등장인물이 단편소설을 낭독하는 형태로 이루어져 있다. 물론 이 다양한 이야기들은 절대로 순조롭게 이어지지 않는다. 한바탕 싸움이 벌어지거나 주먹다짐으로 이야기가 중간에 끊기기도 하고 연극공연이 중단되기도 한다. 그러나 복잡하고 혼란스러운 이야기는 전체적인 짜임새를 이루면서 중심 이야기와 수많은 곁가지 이야기를 완성한다.

스카롱의 《희극적 소설》은 이처럼 복잡한 층위를 가진 서술방식을 취한다. 즉, 화자가 등장인물에 대해 이야기하는 1차 이야기, 이 등장인물이 화자가 되어 자신의 과거를 이야기하는 2차 이야기, 혹은 이들이 자신과 관련 없는 스페인 단편을 들려주는 또 다른 2차 이야기, 그리고 작가가 1차 이야기와 심지어 2차 이야기의 온갖 사건에 직접 개입하여 늘어놓는 이야기 등으로 구성되었다. 화자가 작가에서 등장인물로 바뀌고, 이 등장인물은 자신이 펼쳐 놓는 이야기 속의 또 다른 등장인물이 되어 새로운 이야기로 전개되면서 중심 이야기가 갈피를 잃고 줄거리를 놓칠 수 있다는 점이 그 당시 구성의 취약점으로 지적되어 작품이 제대로 평가받지 못했다. 그러나 이야기 속의 이야기, 소설 속의 소설, 연극 속의 연극, 심지어 소설 속의 연극처럼 서사의 복합적 의미를 만들어 내는 미자나빔(Mise en abyme)이라는 서술구조는 당시 대단히 파격적이었지만 실험적이고 선구적인 서술 방식을 살펴볼 수 있다는 점에서 매우 흥미로운 작품이다. 오늘날 거의 모든 예술의 미학적 원리가 된 미자나빔 방식을 스카롱이 17세기에 그의 《희극적 소설》에서 치밀하게 자유자재로 펼치고 있다는 것은 눈여겨볼 대목이다.

스카롱은 제1부 5장에서 《희극적 소설》의 인물들에 대해 이렇게 언급했다. "배우 라 랑퀸은 우리 소설의 주요 주인공 중에 한 사람일 뿐이다. 왜냐하면 이 책에서 주인공 한 사람을 위한 이야기는 없을 것이기 때문이다. 그리고 이 세상에 행운과 불운밖에 없듯이, 책의 주인공보다 더 완벽한 것은 하나도 없기 때문에, 가장 최소한을 이야기하는 주인공이 될 단 한 사람보다는 대여섯 명쯤 되는 이른바 주인공들 혹은 그런 인물들이 나에게 더 큰 영광을 안겨줄 것이다."

스카롱은 이 작품이 한 인물의 영웅적인 이야기가 아니라, 유랑 극단과 그 극단을 이루고 있는 배우들의 이야기임을 분명히 밝히고 있다. 르 데스탱의 용감무쌍한 모험, 레투알과 앙젤리크의 납치 사건,

라 랑퀸의 심술궂은 장난 등 배우들을 둘러싼 사건과 모험들뿐 아니라, 극단 주변에서 에피소드를 만드는 라 라피니에르의 사악한 음모, 라고탱의 우스꽝스러운 말썽, 동프롱 사제의 납치 등이 이 소설의 다양한 스토리를 구성한다.

전술한 바와 같이 《희극적 소설》은 화자가 등장인물들에게 일어난 일을 이야기하는 서술방식인 직접서술과 등장인물들이 화자가 되어 직접 자신의 이야기를 하거나 자신의 과거 경험담을 이야기하는 서술방식인 간접서술로 이루어져 있다. 직접서술과 간접서술은 소설에서 병렬식으로 나열되는 것이 아니라 화자가 누구냐에 따라 이야기들이 서로 교차하고 포개지면서 사슬처럼 서로 연결되어 있다.

제1부는 유랑 극단과 배우들이 르망에 도착하고 시장에서 가까운 라 비쉬 도박장에서 연극을 공연하는 것으로 시작한다. 화자는 1장에서 7장에 걸쳐 극단과 극단 주변을 둘러싸고 있는 인물들을 등장시킨다. 특히 라 라피니에르와 배우들 사이에 일어나는 여러 사건을 이야기하면서 8장에서는 6명의 배우와 3명의 하인, 1명의 전속작가 등이 모두 합류하고, 화자의 분신 같은 인물 라고탱이 등장한다. 10, 11장과 16, 17장, 19, 20장에서 라고탱에 대한 이야기, 12장, 21장에서 르 데스탱에 대한 이야기, 14, 15장에서 동프롱 사제와 납치에 대한 이야기, 23장에서 앙젤리크의 납치에 대한 라 카베른의 이야기를 하는데, 이것은 화자의 직접서술에 해당한다. 르 데스탱이 화자로 나서 자신의 회고를 하는 13장, 15장, 18장이 제1부의 간접서술에 해당한다. 여기에서 르 데스탱과 레투알의 과거가 드러나고 두 사람은 남매 사이가 아니라 연인의 관계임이 밝혀진다.

제 2부는 르 데스탱이 납치된 라 카베른의 딸 앙젤리크와 납치범들을 찾아 떠나는 이야기로 시작한다. 라 카베른이 화자로 나서 자신의 과거를 이야기하는 3장과 앙젤리크를 납치한 르 데스탱의 하인 레앙드르가 자신에 대한 이야기를 하는 5장, 레앙드르와 레투알이 자신들의 납치 사건을 이야기하는 11장, 13장은 각각 간접서술이 되고, 화자가 르 데스탱과 라고탱 등 배우와 주변 인물을 이야기하는 나머지 장은 모두 직접서술에 해당한다. 이처럼 간접서술은 다섯 명의 배우가 나서 자신의 경험담을 고백하는 형식으로 직접서술과 뚜렷이 구분된다. 르 데스탱의 이야기는 라 카베른, 앙젤리크, 레투알이 듣고, 라 카베른의 이야기는 레투알 혼자 들으며, 레앙드르와 앙젤리크, 레투알의 이야기는 르 데스탱이 청자가 된다. 르 데스탱, 라 카베른, 레앙드르의 이야기는 자신들의 정체성을 드러내는 자전적 내용이 담겼으며, 앙젤리크와 레투알의 이야기는 그들의 납치 사건을 다룬다.

또한 제 1부의 9장 〈보이지 않는 연인의 이야기〉[1]와 22장 〈뛰는 놈 위에 나는 놈 있다〉,[2] 제 2부의 14장 〈자신의 소송 사건의 재판관〉[3]

---

[1] 얼굴을 베일로 가린 여인에게 사랑에 빠진 한 신사의 이야기로, 그는 이 여인의 경쟁자처럼 보이는 포르시아 공주에게 납치되어 그녀의 지성과 미모에 흔들리지만 끝까지 '보이지 않는 여인'에게 자신의 사랑을 지킨다. 그 두 여인은 동일 인물임이 밝혀진다.

[2] 자신을 위기에서 구해준 여인과 결혼을 약속한 남자가 돌아오겠다고 하고 그녀를 떠난다. 그러나 자신을 속이고 좋은 가문, 부유한 집안의 다른 여인과 결혼하려고 한다는 것을 알게 된 그녀는 그 남자의 집에 들어가 하녀로 변장하고, 거짓으로 자신을 속인 그를 이번에는 그녀가 거짓으로 그를 속이고 마침내 결합하게 된다는 이야기다.

과 19장 〈경쟁하는 두 형제〉4는 이야기 속의 또 다른 이야기들로 극단과 극단의 배우들과는 직접적 관계가 없는 인물들이 어디서 들었던 이야기 혹은 그들이 낭송하는 스페인 단편들이다. 이 부차적인 이야기들은 《희극적 소설》에서 주된 줄거리의 흐름을 정지시키고 독자를 새로운 상상의 세계로 안내하는 소설적 요소를 담당한다. 참고로 작품 전체에서 배우들의 모험이 차지하는 비율이 45.17%, 그들의 회고가 22.5%, 스페인 단편들은 32.33%를 각각 차지한다.

마지막으로 이 책을 읽으면서 우리는 작가가 시시때때로 이야기에 개입하는 불편함을 감수해야 한다. 작가의 개입은 배우나 인물의 모험을 이야기하는 화자인 경우뿐 아니라, 인물이 화자가 되어 직접 자신의 과거를 이야기하는 과정에서도 이루어지며, 심지어 배우의 현재와 과거의 이야기와 관련이 없는 스페인 단편에도 나타난다.

"짐승들이 꼴을 먹는 동안, 작가는 잠시 한숨 돌리고 2장에서 할 이야기를 생각하기 시작했다." "이 점에 대해 이야기할 게 많다. 하지만 내 책을 다양하게 하려면 책의 곳곳에 그런 얘기를 배치하고 마련해

---

3   한 여인이 집안의 반대로 연인과 헤어질 위기에 처하자 그와 함께 야반도주를 계획하지만 뜻하지 않게 그를 사랑한 남장 여자의 속임수에 넘어간다. 천신만고 끝에 그 여인은 남장을 하고 왕의 군대에서 혁혁한 공을 세우며 그녀의 부대에서 상관과 부하로 만나게 된 연인에게 결국 자신의 신분을 밝히고 재결합한다는 이야기다.

4   한 남자가 연인을 위하여 다른 연적을 죽이고 도망친다. 이후 그는 해전에서 겨우 목숨을 건지고 온갖 고생을 한 뒤 마침내 그 연인에게 돌아왔지만, 자신의 형제가 연인의 새로운 연적이 되어 있었다. 결국 두 형제는 연인의 자매와 서로 결혼하는 결말을 맺는다.

놓아야 한다. " "여러분이 다음 장에서 읽을 이 이야기는 라고탱이 한 것이 아니라, 나에게 그 이야기를 알려준 청중 중에 한 사람이 해준 이야기를 따라 내가 하려고 한다. 따라서 말을 하는 사람은 라고탱이 아니라, 바로 나다. " "나는 소설에서 주인공들의 모든 시간을 규정하는 소설꾼들이 하듯이, 그가 밤참을 먹었는지, 먹지 않고 잠자리에 들었는지 정확하게 여러분에게 말하지 않을 것이다. " "사람들은 여기서 내가 끼어드는 일에 대해 할 말이 있을 것이다. 사실 여러분은 다른 곳에서도 내가 끼어드는 것을 볼 것이다. "

이처럼 이야기 중간 중간 느닷없이 등장하는 '나'는 화자로서 이야기를 서술하고 전개하며, 이야기를 조절하고 순서를 정하며 배치하는 작가로서 '권한'을 행사하는 일종의 연출가다. 작품 속에서 맞닥뜨리는 '나'는 때로는 낯설고, 때로는 무례하고, 때로는 황당하기까지 하다. 온갖 이야기에 등장해서 간섭하고 참견하는 오지랖 넓은 작가의 개입은 그러나 고대에서부터 전해져 오던 구전문학이 17세기 프랑스 문학에 남아 있는 흔적이다. 무성영화 시대의 변사처럼 말이다.

폴 스카롱 연보*

1610

7월 4일, 폴 스카롱은 파리 의회 자문인 동명(同名)의 아버지 폴 스카롱과 브르타뉴 의회 자문 가브리엘 고게의 딸 사이에 일곱 번째 아들로 파리에서 태어났다. 부부의 8남매 중 안, 프랑수아즈, 폴 등 셋만 생존했다. 스카롱 가문은 이탈리아 피에몬테주(토리노)의 몬칼리에리(Moncalieri) 출신으로 15세기 초 프랑스로 이민 와서, 사법과 재정, 행정 업무에 종사했다. 스카롱의 여러 친척들이 중요한 직책을 맡았고, 그의 사촌 피에르 스카롱은 1620년에서 1668년까지 그르노블 주교였다.

1613

9월 10일, 스카롱의 모친이 사망하다.

---

* Paul Scarron, Jean Serroy ed(1985), *Le Roman comique*, Gallimard, 375~380을 참고했음.

1617

성 바울에 대한 열정적 숭배로 '사도'라는 별명이 붙은, 변덕스럽고 별난 사람이었던 스카롱의 아버지가 지방의 괜찮은 귀족 출신으로 궤변이 취미인, 까다롭고 인색한 여자 프랑수아즈 드 플렉스와 재혼한다. 그녀는 근본적으로 집안의 분위기를 바꾸고 특히 전처의 자식들을 엄격하게 대하는 반면 마들렌, 클로드, 니콜라 등 자기 자식들은 철저하게 두둔한다.

1623~1624

스카롱은 계모의 뜻에 따라 멀리 보내져 샤를빌에 있는 친척집에서 2년을 보낸다.

1624

파리로 돌아와서 학업을 마치고, 시를 쓰기 시작한다.

1629

스카롱을 없애 버리고 싶은 계모 프랑수아즈 드 플렉스는 그를 성직자로 바치도록 남편에게 허락을 얻는다. 19세에 스카롱은 성직에 입문한다.

1630~1631

성직자 신분이었음에도 전혀 개의치 않고 시인들과 사교계에 드나든다. 마리옹 드 로름의 집에서 미래의 레 추기경인 폴 드 공디와 우정을 맺는데, 20년 뒤 그에게 《희극적 소설》(*Le Roman comique*)의 제1권을 바친다. 그는 문단에서, 특히 트리스탕 레르미트, 사라쟁, 생 타망, 베이, 콜테,

조르주 드 스퀘데리 등 많은 문인들과 알고 지낸다.

1633

교단에 여러 지원을 요청한 후, 스카롱의 아버지는 아들을 위해 보마누아르 라바르댕 몬시뇰이라는 르망의 주교 옆에서 시중드는 '시종' 자리를 하나 얻는다. 특출하고 자유로운 정신의 소유자인 그는 젊은 스카롱을 르망 사회에 소개한다.

1635

리옹의 대주교 알퐁스 드 리슐리외의 수행단이 되어 스카롱은 자신이 보좌하는 보마누아르 라바르댕 몬시뇰과 함께 로마에 다녀온다. 고위 성직자와 외교관들의 사회에 드나들며 의사 부르들로와 시인 프랑수아 메나르를 만난다. 니콜라 푸생도 알게 되는데, 푸생은 나중에 자신의 그림 중 〈성 바울의 승천〉(*Le Ravissement de saint Paul*)을 스카롱에게 보낸다.

1636

르망의 성 쥘리앵 참사회에서 교회 참사회원직을 얻는다. 그러나 죽은 수도 참사회원의 조카와 분쟁이 일어나 오랜 소송을 끌다가 1640년에야 이기게 된다. 라바르댕 가문과 함께, 배우 몽도리와 극작가 메레, 로트루의 후원자로서 연극에 열광한 대영주 블랭 백작에게 소개된다. 그의 비위를 맞추려고 〈르 시드〉 논쟁에 참여하고 코르네유 반대편에 선다. 바람기가 있고 쾌락을 즐기는 인물인 외과의사 샤를 로스토와 중상류 사회에 드나들면서, 즐거움과 야밤 외출을 함께한다.

1637

9월 29일 블랭 백작, 11월 21일 보마누아르 몬시뇰 등 두 명의 후원자를
잃는다.

1638

결핵성 류머티즘의 첫 발병으로 점점 그의 몸에 마비가 온다. 두 가지 전
설로 그 이유를 설명하는데, 하나는 그가 이탈리아에서 '나폴리병'에 걸렸
다는 것이고, 다른 하나는 사육제 때 나체에 꿀을 바르고 깃털 장식을 한
새로 변신한 것이 발각되었는데, 쫓아오는 사람들을 피하려고 뛰어든 륀
강(l'Huisne, 노르망디 지방의 강)의 차가운 물에 때 아닌 미역을 감았다는
것이다.

1640

왕의 사랑을 받은 마리 드 오트포르가 리슐리외 추기경에 의해 르망으로
추방된다. 스카롱은 그녀와 가까이 지내며 오랫동안 우정의 후원을 받는
다. 그해 르망 체류를 마치고 스카롱은 파리로 돌아온다. 그때 아버지는
자문직에서 면직된다. 스카롱은 마레 지구에 있는 라 티상드리가(街)에
자리를 잡는다. 시인이자 의사인 라 메나르디니에르의 조언에 따라 그가
준 약을 복용하지만 그의 병은 점점 악화될 뿐이다.

1641~1642

부르봉 아르샹보 온천에서 두 번의 여름을 보내면서, 왕의 동생 가스통 도
를레앙과 그의 측근을 만난다. 이 체류에서 〈부르봉의 전설〉(*Légendes de*

Bourbon)의 2부를 필사해서 마리 드 오트포르에게 보낸다.

그는 소송에서 아버지를 변호해 달라고 리슐리외에게 청원하지만, 추기경이 사망함으로써 그의 내면에서 깨어날 줄 알았던 연민을 이용할 기회가 허락되지 않는다.

1643

점점 고통을 겪은 그는 내과 치료를 받는 자선병원과 아주 가까운 생 페르 가(街)에서 거주한다. 왕의 명령으로 아버지는 복직되었지만, 아버지의 죽음으로 계모와 의붓 형제들과 상속 소송을 하게 되고 1652년에야 해결된다. 돈이 필요한 그는 마리 드 오트포르 덕분에 왕비로부터 500에퀴를 받고 그는 왕비의 후원을 받는 '환자'가 된다. 같은 해 투생 키네 출판사에서 첫 작품 《뷔를레스크 시집》(*Recueil de quelques vers burlesques*)을 출판한다. 이 시집은 즉시 베스트셀러가 되었고 게 드 발자크의 기분 좋은 평가를 받아 뷔를레스크 장르를 유행시킨다.

1644

이 성공작에 고무된 스카롱은 《뷔를레스크 작품들의 속편》(*Suite des Oeuvres burlesques*), 특히 뷔를레스크 시 〈티페우스 혹은 거인과 신들 간의 전쟁〉(*Typhon ou la Gigantomachie*)을 출판하고 마자랭에게 바친다. 그러나 마자랭에게 답이 없자 스카롱은 실망한다. 안 도트리슈(루이 13세의 왕비)에게 받은 500에퀴의 특별 수당은 연금으로 바뀐다. 다시 마레로 돌아와 트레므 백작의 정부인 그의 여동생 프랑수아즈의 집이 있는 데 두즈 포르트가에 정착한다.

1645

3주 만에 첫 희곡 〈조들레 혹은 시종 선생〉(*Jodelet, ou le maître valet*)을 쓰는데, 주제는 페르난도 데 로하스의 작품에서 참고했다. 이 작품은 오텔 드 부르고뉴에서 공연되어 큰 성공을 거두고, 이 기회에 두 번째 희곡 〈3 명의 도로테 혹은 따귀를 맞은 조들레〉(*Les Trois Dorotées ou le Jodelet souffleté*)를 수정해서 1652년 〈결투자 조들레〉(*Jodelet duelliste*)라는 제목으로 출판한다.

1646

성직자의 특혜를 지키고 싶어 르망으로 여행을 시도한다. 그의 들것을 싣고 가던 말의 뒷발질로 그는 두 번 떨어진다. 마리 드 오트포르에게 이런 글을 쓴다. "이 극심한 탈구 이후로, / 애를 써 보지만/ 고개를 들어 위를 쳐다보지 못합니다."

1648

파리로 돌아와서 진정한 명성을 누린다. 스카롱은 〈변장한 베르길리우스〉(*Le Virgile travesti*)의 12장에 대한 특허를 내고 그중 제 1장이 출판된다. 출판사 투생 키네에서 장당 1천 리브르를 주자, 그는 이때부터 거의 해마다 1장씩 정기적으로 출판한다. 프롱드 난이 시작된다. 조각가 스테파노 델라 벨라가 그의 초상화를 제작한다. 그 작품에 표현된 병에 걸린 자신의 모습을 이렇게 묘사한다. "하나부터 열까지 닮은 데가 없어."

1649

생 미셸가의 트루아 저택에 그를 후원한 옛 연인 셀레스트 드 아르빌 팔레조와 함께 정착한다. 그의 저택에는 수많은 프롱드 당원들이 드나드는데, 레와 공데와 가스통 도를레앙의 친구들이다. 이 모임 중에 마자랭 추기경에 대한 격렬한 독설 〈마자랭 풍자시〉(*Mazarinade*)를 쓰고, 이 시가 1651년 출판되면서 프롱드 난의 풍자문에 그의 이름을 올린다.

1650

여행가, 서간문 작가, 교양인 카바르 드 빌몽이란 친구의 집에 지내며 그의 영향으로 점점 스페인 문학에 관심을 가진다. 심지어 《돈키호테》(*Don Quichotte*) 번역을 시도한다. 카스티요 솔로르사노의 작품을 각색한 새 희곡 〈우스꽝스러운 상속자〉(*L'Héritier ridicule*)를 출판한다.

1651

〈마자랭 풍자시〉의 출판은 특히 시라노 드 베르주라크와 격렬한 논쟁을 일으키고, 시라노는 "이 미라 같은 해골 … 끔찍한 스카롱은 대공의 모든 배은망덕한 자들과 배신자들, 중상모략하는 자들이 지옥에서 당하는 고통의 전범"이라고 규탄한다. 9월에 투생 키네 출판사에서 《희극적 소설》제 1부가 출판된다.

　기안(남미의 프랑스령 기아나)으로 건강 회복을 희망하는 여행을 계획하면서 스카롱은 적도 인도 협회에 참가한다. 그때 시인 아그리파 도비네의 손녀인 프랑수아즈 도비네가 트루아 저택에 소개된다. 그녀의 젊은 시절은 수많은 모험과 아주 불행한 운명의 연속이었다. 그들 사이 교류가 이

루어진다. 그는 스스로 수도원으로 들어가기 위해 그녀를 지참금으로 마
련할 생각을 한다.

1652

3천 리브르를 조건으로 친구 메나주의 비서인 장 지로에게 교회 참사원직
을 양도한다. 4월에 프랑수아즈 도비녜와 결혼하는데, 그의 나이 마흔 둘,
그녀는 열일곱이었다. 그해 말, 두 사람은 투렌으로 떠나는데, 틀림없이
프롱드 난의 결판을 피하기 위해서다.

1653

다시 돌아온 스카롱 부부는 프랑수아즈 스카롱의 집이 있는 데 두즈 포르트
가에 정착한다. 1647년부터 공연된 〈아르메니아의 동 자페〉(Dom Japhet
d'Arménie) 가 출판된다.

1654

마침내 350리브르의 임대료로 뇌브 생 루이가의 안락한 저택에 정착한다.
앉은뱅이 의자에서 꼼짝 않는 남편의 재능과 아내의 미모는 문학하는 사람
들과 환심을 사려는 사람들을 그들의 집으로 모여들게 한다. 스퀴데리, 사
라쟁, 메나주, 니농 드 랑클로, 세비녜 부인, 라 사블리에르 부인, 메레와
기타 여러 사람들이 찾아온다. 호화생활을 하며 스카롱은 궁핍해지고 기
욤 드 뤤 출판사에서 그의 《작품집》(Les Oeuvres) 을 출판하는 것으로 만
족하지 않는다.

1655

마레 극단에서 희곡 〈살라망크의 풋내기〉(*L'Écolier de Salamanque*)를 공연하다. 1월부터 6월까지 〈가제트 뷔를레스크〉(*Gazette burlesque*)를 운영하면서 대공들의 호의를 얻으려고 애쓴다. 심지어 마자랭에게 제4호를 바치기까지 한다. 스페인 작가들의 작품을 자유롭게 각색한 〈비희극 단편〉(*Nouvelles tragi-comédies*)과 푸케에게 바치는 희곡 〈자신의 수호자〉(*Le Gardien de soi-même*)를 출판한다.

1656

여전히 그에게 특별수당을 줄 수 있는 후원자들을 찾고 있다. 파리에 온 스웨덴의 크리스티나 공주에게서 얼마간의 연금을 기대했으나 소용없다. 그러나 가스통 도를레앙으로부터 (최고재판소의) 소원 심사관이라는 직책을 얻고 약간의 사례금을 받는다. 뷔를레스크 서정시 〈레앙드르와 영웅〉(*Léandre et Héro*)을 출판한다.

1657

고통의 치료제를 찾아내리라 기대하면서 연금술과 마실 수 있는 금 제조에 뛰어든다. 항상 돈을 찾아 일을 시작하지만, 그에게 기대한 만큼 보상해주지 못한다. 9월에 《희극적 소설》 제2부를 출판하고 푸케의 아내에게 바친다.

1658

아내 프랑수아즈는 니농드 랑클로의 집에서 빌라르소 후작을 만난다.

1659

부부생활의 불행을 조롱하는 질 부알로와 논쟁을 벌인다. 〈슬픈 서간시〉(*Épîtres chagrines*)를 출간하다. 여름, 아내와 퐁트네 오 로즈에 있는 여동생 프랑수아즈의 시골집으로 떠난다. 거기서 두 권의 희극 〈거짓 외모〉(*La Fausse apparence*)와 그의 사후 출판될 〈해적 대공〉(*Le Prince corsaire*)을 완성하고 《희극적 소설》 제3부 집필을 시도한다.

1660

병이 더 악화되고 비문과 유언을 작성한다. 5월 24일 《희극적 소설》 제3부 특허를 받는다. 탈망에 따르면, "외모를 보존하려고" 사제의 방문을 받아들이는 데 동의한다. 10월 6일 사망하고 장례식은 7일 밤에 생 제르베 교회에서 치른다. 사망 소식이 알려지자마자 흔한 풍자 팸플릿이 나온다. 채권자들이 몰려들고, 미망인은 가구들을 경매로 팔게 되자, 루얄 광장의 자선 수도원으로 피신하지 않을 수 없었다. 1669년 그녀는 루이 14세의 애첩 몽테스팡 부인의 아이들 가정부로 왕을 보필한다. 그녀는 후일 맹트농 후작부인이 되어 1683년 루이 14세와 은밀하게 결혼한다.

지은이 · 옮긴이 소개

지은이_폴 스카롱 (Paul Scarron, 1610~1660)

폴 스카롱은 17세기 프랑스 출신 시인, 소설가, 극작가로 루이 13세와 루이 14세 시대에 걸쳐 활동한 작가다. 그의 가장 유명한 작품이 바로 《희극적 소설》이다. 1638년 사순절 사육제에서 얼음물에 뛰어들었다가 결핵성 류머티즘에 걸려 불구가 된 그는 평생 앉은뱅이처럼 오직 휠체어의 도움을 받으며 살았다.

1643년 출간한 첫 작품 《뷔를레스크 시 모음집》으로 뷔를레스크 장르가 큰 인기를 얻었고, 대단히 유행했다. 뷔를레스크 장르의 서사시 〈티페우스〉(1644)에 이어 베르길리우스의 〈아이네이스〉를 패러디한 〈변장한 베르길리우스〉(1648~1652)를 발표하며 스카롱은 17세기 프랑스 문학사에서 뷔를레스크 장르의 선구자로 우뚝 섰다.

특히 그는 스페인 희곡을 모델로 모방한 〈조들레 혹은 시종 선생〉(1645), 〈아르메니아의 동 자페〉(1653), 〈살라망카의 풋내기〉(1654) 등을 쓰면서도, 그 당시 유행하던 연애소설과는 반대로 풍자적이고, 직설적이며, 단순한 문체로 쓴 《희극적 소설》을 집필하기 시작했다. 스카롱은 《희극적 소설》 제 1부를 1651년, 제 2부를 1657년에 출판했지만, 계획한 제 3부를 쓰지 못하고 평생 그를 괴롭힌 류머티즘이 악화되어 1660년 숨을 거두었다.

옮긴이_곽동준

부산대 불어불문학과 졸업 후 프랑스 리모주대학에서 석사학위를, 그르노블III대학에서 바로크 시인 생 타망(1594~1661)을 연구해 박사학위를 받았다. 현재 부산대 불어불문학과에서 프랑스 어와 시를 가르치며, 바로크 예술과 문화를 연구 중이다.

옮긴 책으로 제라르 뒤로조이 《세계현대미술사전》(1993, 2008), 마르그리트 뒤라스 《간통》(원제: 여름밤 10시 30분, 1994), 앙드레 빌레 《피카소 기억들과 비밀 정원》(1996), 모리스 르베 《프랑스 고전주의 소설의 이해》(1996), 자크 오몽 《영화감독들의 영화이론》(2005), 니콜라 부알로 《부알로의 시학》(2005), 뱅상 아미엘 《몽타주의 미학》(2007), 미셸 옹프레 《바로크의 자유사상가들》(2009), 자크 랑시에르 《사람들의 고향으로 가는 짧은 여행》(2014), 생 타망 《구원받은 모세》(2014), 앙리에트 르빌랭 《바로크란 무엇인가》(2015) 등이 있다.

지은 책으로 《텍스트 미시 독서론》(1996), 《지역시대의 지역논단》(2001), 《세계의 도시를 가다 1: 베를린과 파리》(공저, 2017), 《미술, 어떻게 읽을까》(2018) 등이 있고, 이 외에도 프랑스 시와 바로크에 대한 다수의 논문이 있다.

질 블라스 이야기 전3권

알랭-르네 르사주 장편소설 | 이효숙 옮김

국내에 최초 소개되는 프랑스 피카레스크 소설의 대표작

18세기 프랑스 피카레스크 소설의 대가 알랭-르네 르사주의
대표작으로서 지금까지 전 세계적으로 250차례 이상 재출간된
이 작품은 고전주의 시대에서 계몽주의 시대로 넘어가던
당시 유럽 사회상의 방대한 화폭이라 평가된다. 스페인의
한 가난한 집의 아들로 태어난 주인공 질 블라스가 대학에 들어가기
위해 17세에 집을 나선 이후 겪은 고난과 기상천외한 사건들을
담았다. 300년 전 스페인을 무대로 한 이야기이지만 르사주의
인간 본성에 대한 깊은 통찰력과 신랄하면서도 유머러스한 풍자적
묘사는 오늘 우리에게 깊은 깨달음과 즐거움을 준다.

신국판·양장본 |
1권 584쪽·29,000원 | 2권 304쪽·18,000원 |
3권 320쪽·19,000원

www.nanam.net
031-955-4601
나남
nanam